DONGSUH MYSTERY BOOKS 38

THE TRAGEDY OF X

X의 비극

엘러리 퀸/이가형 옮김

동서문화사

옮긴이 이가형(李佳炯)

도쿄대학 문학부 수학. 전남대 조교수, 중앙대 교수, 국민대 대학원장 역임. 말로 《희망》을 번역하여 한국펜클럽 번역문학상 수상. 지은책 《미국문학사》, 옮긴책 앙드레 말로 《왕도》 오스카 와일드 《살로메》 루소 《사회계약론》 런던 《야성이 부르는 소리》 해미트 《피의 수확》 등이 있다.

DONGSUH MYSTERY BOOKS 38

X의 비극

엘러리 퀸 지음/이가형 옮김
1판 1쇄 발행/1977년 12월 1일
2판 1쇄 발행/2003년 1월 1일
2판 8쇄 발행/2015년 11월 20일
발행인 고정일/발행처 동서문화사
창업 1956. 12. 12. 등록 16-3799
서울 중구 다산로 12길 6(신당동, 4층)
☎ 546-0331~6 (FAX) 545-0331
www.dongsuhbook.com

*

이 책의 출판권은 동서문화사가 소유합니다.
의장권 제호권 편집권은 저작권 법에 의해 보호를 받는 출판물이므로
무단전재와 무단복제를 금합니다.
사업자등록번호 211-87-75330
ISBN 978-89-497-0119-6 04840
ISBN 978-89-497-0081-6 (세트)

X의 비극
차례

독자에게 보내는 공개장 …… 11
도르리 레인에 대한 문헌 …… 14

제1막
제1장 햄릿 장 …… 19
제2장 그랜드 호텔의 방 …… 28
제3장 42번 거리의 횡단선 …… 36
제4장 차고의 별실 …… 48
제5장 차고의 넓은 방 …… 57
제6장 햄릿 장 …… 62
제7장 차고의 별실 …… 64
제8장 데이비드 앤드 롱스트리트 상회 …… 71
제9장 햄릿 장 …… 89

제2막
제1장 지방검찰청 …… 99
제2장 위호켄 나루터 …… 107

제3장 위호켄 종착역 …… 117
제4장 샘 경감의 사무실 …… 146
제5장 햄릿 장 …… 155
제6장 위호켄 …… 162
제7장 웨스트 잉글우드의 데이비드 저택 …… 176
제8장 거래인 클럽 …… 184
제9장 지방 검찰청 …… 192
제10장 햄릿 장 …… 207
제11장 라이맨·브룩스 앤드 셀든 법률 사무소 …… 211
제12장 햄릿 장 …… 216
제13장 프레데릭 라이맨의 집 …… 219
제14장 형사 재판소 …… 225

제3막
제1장 리츠 호텔의 방 …… 243
제2장 위호켄 역 …… 252

제3장 위호켄~뉴버그 구간 열차······ 254
제4장 뉴욕으로 돌아가는 길······ 296
제5장 잉글우드의 데이비드 저택······ 300
제6장 그랜드 호텔의 한 방······ 311
제7장 마이클 콜린즈의 방······ 320
제8장 우루과이 영사관······ 329
제9장 햄릿 장······ 337
제10장 보고타 부근······ 351
제11장 햄릿 장······ 357
제12장 위호켄~뉴버그 구간 열차······ 360

무대 뒤에서
도르리 레인 씨의 설명······ 365

격정에서 비롯되는 흉악범죄는 인간비극의 극치······ 411

등장인물

해리 롱스트리트 주식 중매인
존 O 데이비드 주식 중매인
판 데이비드 데이비드의 아내
잔느 데이비드 데이비드의 딸
크리스토퍼 로드 잔느의 약혼자
프랭클린 아핸 데이비드의 이웃에 사는 친구
체리 브라운 뮤지컬 여배우
포랙스 배우
루이 암페리얼 스위스 상인
마이클 콜린즈 세무 공무원
안나 플래트 롱스트리트의 비서
X ?
브르노 지방 검사
샘 경감
시링 검시의
도르리 레인 탐정. 은퇴한 연극 배우
퀘이시 레인의 조수.

독자에게 보내는 공개장

친애하는 독자 여러분.

지금으로부터 9년 전, 그때까지 엘러리 퀸이라는 하나의 필명으로 글을 써 오던 두 젊은이가 어떤 사람의 간절한 부탁을 받고, 또 여러 가지 사정에 의하여 부득이 새로운 미스터리소설 시리즈를 쓰게 되었다.

그 노력의 결과 두 사람이 창조해낸 인물이 셰익스피어 연극 노배우로서 놀라운 추리 능력을 지닌 도르리 레인이다.

그러나 엘러리 퀸은 본디 탐정 엘러리 퀸의 공적을 기리는 소설을 쓰고 있었으므로, 별안간 이 도르리 레인의 공적을 찬양하는 소설을 엘러리 퀸이라는 이름으로 발표할 수가 없었다.

그래서 두 젊은이는 제2의 필명을 만들기로 하여, 도르리 레인 4부작의 제1권인 《X의 비극》을 버너비 로스라는 새로운 작가의 이름으로 발표했던 것이다.

그런데 엘러리 퀸이라는 (두 사람의) 작가와 버너비 로스라는 (두 사람의) 작가 사이에는 어디를 보더라도 아무런 관계가 없었다. 두 작가의 저서는 저마다 다른 출판사에서 간행되었고, 그들의 둘레에는 일부러 갖가지 장벽이며 비밀을 두텁게 둘러쳐 두었던 것이다.

사실 이 두 개의 익명에 숨겨져 있었던 시절, 공적 생활면에서 두 젊은이는 저마다 검은 가면으로 얼굴을 가리고 한 연단에 올라 실제로 서로 적대시하며 쏘아본 일도 있었다. 한 사람은 엘러리 퀸, 다른 한 사람은 버너비 로스가 되어 서로 미스터리 작가로서의 격렬한 경쟁 의식을 불태워 보여 주었던 것이다. 뉴저지 주의 메플우드에서 일리노이 주 시카고에까지 이르는 수많은 강연회에 모여든 호기심 많은 청중을 앞에 두고 서로 불꽃 튀기듯 주고받던 말들은 결코 겉치레로 그런 것만은 아니었다. 이러한 완전히 다른 인기에 의하여 두 사람은 점점 저마다 다른 개성이라는 환상을 지니게 되었던 것이다.

그러면서도 이 동안에 교묘한 실마리가 하나 잘 숨겨져 있었으니 만일 날카로운 눈을 지닌 책상 위의 탐정이 그것을 깨달았다면, 엘러리 퀸과 버너비 로스의 관계를 쉽사리 알아내어서 이 9년 동안 순진한 세상 사람들을 줄곧 속여 온 짓궂은 속임수를 금방 폭로하였을 것이다.

즉 《로마 모자의 비밀》——엘러리 퀸 시리즈 제1작——의 머리글을 잘 보면 그 제10페이지의 17행째부터 22행에 걸쳐 다음과 같은 주목할 만한 뜻밖의 글이 있는 것을 발견할 수 있다.

'예를 들면 지금은 이미 옛이야기 된 버너비 로스 살인 사건에 부닥쳐 빛나는 수사 활동을 하고 있었던 무렵, 리처드 퀸은 그 공적에 의하여……. 범죄 수사의 유명한 대가들과 어깨를 나란히 하는 명성을 확립했다고 일컬어지고 있었다.'

새로운 필명을 만들 필요에 쫓겼을 때 '버너비 로스'라는 이름을 택한 것은 이 날조된 인용문에 의해서였다. 따라서 버너비 로스가 태어난 것은, 퀸 시리즈 제1권의 머리글이 씌어진 1928년이지만 두 아버지의 손에 의해서 정식으로 세례를 받고 본적을 갖춘 것은 1931년이 되는 것이다.

그리하여 결국 예나 지금이나, 그리고 지금부터 영원히 버너비 로스는 엘러리 퀸이며 그 반대도 또한 진실인 셈이 된다.

도르리 레인 씨에 대해여 한 마디 써 두자. 거의 연극을 하는 기분으로 참견을 하는 속임수의 천재이며, 그리고 어떤 한 인물(굳이 그 이름을 밝히지 않겠으나)을 빼고는 아마도 고금을 통틀어 미증유의 탐정 능력을 지닌, 이 여느 사람과 풍모가 다른 노인에 대하여 우리는 늘 따뜻한 마음을 지녀 왔다.

그의 형제(그와 마찬가지로 책략가인 두 젊은이가 뭐라고 이름붙일 것인지?)와 똑같이 도르리 레인 씨는 본격파이다. 즉 독자에 대하여 공명정대한 한 부류에 속해 있다. 따라서 이 《X의 비극》에서도 또한 이 작품 뒤의 여러 '비극'에서도 결말에 이르기 전에 미리 모든 실마리가 독자에게 안겨지게 될 것이다.

그럼, 이 엄숙한 부활에 즈음하여……. 도르리 레인 만세!

1940년 9월 13일 금요일 뉴욕에서
엘러리 퀸

도르리 레인에 대한 문헌

찰스 글렌 씨가 출판사의 요청에 의하여, 그의 미완성된 저서 레인 전기를 쓰기 위해 준비한 자료에서 발췌하여 편집한 것.

연극계 인명록(1903년판)에서.

도르리 레인. 연극 배우. 1871년 11월 3일, 루이지애나 주 뉴올리안즈에서 태어나다. 아버지는 미국 비극 배우 리처드 레인. 어머니는 영국 희극 여배우 키티 파셀. 미혼. 학력은 가정교사에게 배운 것이 모두임. 7살에 첫무대에 서다. 13살 때, 보스턴 극장 무대에 오른 키럴피의 작품인 《매혹》에서 처음으로 중요한 역을 맡아 출연. 23살 때, 뉴욕의 댈리 극장에서 처음으로 주역을 맡아 《햄릿》을 상연하다. 1909년 런던 도르리 레인 극장에서 《햄릿》을 상연하여 에드윈 부스의 이제까지 기록을 24일 웃도는 장기 흥행 신기록을 수립하다. 저서 《셰익스피어 론》《햄릿의 철학》《앙코르》기타. 플레이어즈, 램즈, 센추리, 프랭클린 인, 커피 하우스 등의 클럽에 소속. 미국 문예 아카데미 회원. 레종 도뇌르 훈장을 받음. 주소는 뉴욕 주 허드슨 강가의 햄릿 장(莊－웨스트체스터 군 레인클리프 역에서 내림). 1928년 연극계에서 은퇴.

〈뉴욕 월드〉지에 실린 《도르리 레인 씨의 은퇴 발표 성명》 기사 (1928)에서.

'…… 도르리 레인은 뉴올리안즈의 '코우머스'라는 이류 극장 무대 뒤에서 태어났다. 그때 마침 아버지 리처드는 일자리를 잃고 있어서 어머니 키티가 남편과 태어날 아기를 위해서 다시 무대에 서지 않으면 안 되었던 때였다……. 어머니가 제1막을 끝내고 돌아와 분장실에서——조산이었다——분만하면서 어머니는 무대에서의 무리로 말미암아 불행한 일생을 끝마쳤다…….'

'…… 따라서 도르리 레인은 글자 그대로 무대 위에서 태어나, 세상에 나오자마자 아버지에게 이끌려 극장과 값싼 여인숙을 전전하며 온갖 쓰라린 생활을 맛보았다. 처음으로 입에 올린 말은 연극 대사였다. 그리하여 남녀 배우들의 보살핌을 받고 극장 공기를 들이마시며 자랐다……. 걸음마를 배우게 되면서부터 단역을 맡았다……. 1887년 리처드 레인은 폐렴으로 세상을 떠났다. 숨을 거둘 때 16살이 된 아들에게 남긴 마지막 훈계는 '훌륭한 배우가 되라'는 말이었다. 그러나 리처드 레인이 아버지로서 꿈에 그린 뛰어난 대망도 젊은 도르리 레인이 다다른 눈부신 높은 지위에는 미치지 못했던 것이다…….'

'…… 최근에 그 자신이 말한 바에 의하면, 그의 색다른 이름은 부모가 유서 깊은 도르리 레인 극장을 둘러싼 위대한 연극계의 전통을 이어받으라고 일부러 지어 준 것이라고 한다…….'

'…… 또한 은퇴를 하는 까닭은 두 귀가 아주 나빠졌기 때문이라고 하는데——병의 상태는 이미 자기 목소리의 음질 변화마저 만족스레 조절하지 못할 만큼 악화되어 있다…….'

'…… 여기서 흥미로운 일은, 오랜 세월에 걸쳐 애착을 가져오던 역을 깨끗이 버리기로 결심한 레인 씨가 꼭 한 가지 예외를 남긴 사실이다. 해마다 4월 23일에 허드슨 강가의 저택에 설치된 개인 극장 무대에서 《햄릿》 전막을 상연한다는 계획이 그것이다. 4월 23일이 선택된 것은, 이 날이 일반적으로 알려진 셰익스피어 탄생일임을 기념하기 위해서라고 한다. 이 《햄릿》은 도르리 레인 씨가 온 세계의 영어가 통용되는 나라들 무대에서 500회가 넘도록 상연해 온 것임을 돌이켜 생각해 보면, 이 의도는 참으로 당연한 일이라 할 수 있다.'

〈컨트리 에스테이트〉지에 실린 도르리 레인 씨의 햄릿 장 소개 기사에서.

'…… 모든 엘리자베스 왕조 건축 양식을 실로 충실하게 이어받은 건축물로서, 한복판의 웅장한 장원풍 저택을 레인 씨의 고용인들이 사는 몇 채의 건물들이 둘러싸 하나의 마을을 이루고 있다. 마을의 집들도 모두 이어 지붕 및 삼각형의 뱃집 지붕 등을 갖춘 엘리자베스 왕조 시대의 오두막집을 그대로 본뜬 것이다. 그리고 모든 근대적인 시설이 갖추어져 시대색을 깨뜨리지 않도록 교묘하게 감추어져 있다……. 정원도 훌륭하여 이를테면 산울타리의 재료는 레인 씨의 지시로 영국 시골에서 일부러 가져온 것이다…….'

〈라 팡튀르(1927년, 파리)〉지에 실린 폴 레봐선이 그린 도르리 레인 씨 초상화에 대한 라우르 모리느의 비평에서.

'…… 최근, 그림으로 그려진 그 사람을 방문하여 내 눈으로 본 그대로의 모습……. 훌쩍 큰 키에 조용하고 어딘지 모르게 날카로움을 감춘 자태, 목덜미까지 드리워진 하얗게 빛나는 머리털, 날카로운 잿빛 눈, 단정하고 고전적인 용모는 한편으로는 무표정하지만 전광처럼 재빠르게 변화하는 기술을 터득하고 있다……. 지금 그는 샤를마뉴 황제처럼 장엄하게 서서 오른쪽 팔에는 그 인버네스(남자용 외투의 한 가지)의 케이프를 걸치고, 그 손 끝에 이것 또한 그와 떼어놓을 수 없는 나무 지팡이를 가볍게 쥐고, 옆의 테이블 위에는 그 폭넓은 검은 펠트 모자가 놓여 있다……. 이 화면에 떠도는 어둠침침한 효과는 이러한 검은 의상에 의하여 한층 더 깊어지고 있다……. 그러나 이 인물이 손가락을 조금 움직이기만 하면 근대 세계 모든 의상은 그 발 아래 꿇어 엎드리고, 그로 하여금 과거에서 빠져나온 멋들어진 인물로 만들어 버리는 기이한 느낌을 받음으로써 그 옷차림도 빛나 보인다.'

193X년 9월 5일, 뉴욕 주 지방 검사 브르노에게 보낸 도르리 레인 씨의 편지에서.
'지금 경찰 당국이 수사중인 존 클레이머를 누가 살해했느냐는 문제에 대해 참으로 분수에 어울리지 않게 당신의 영역을 침범하여 완전히 나의 독자적인 자료를 바탕으로 얼마쯤 긴 분석을 하고 싶습니다.'
'내가 가진 자료는 모두 아주 부정확한 신문 기사에서 모은 것에 지나지 않습니다. 그럼에도 불구하고 만일 내 분석과 해결을 잘 검토하신다면 몇 가지 사실에 대한 관련이 초래할 합리적인 결론은 단지 하나밖에 없다는 나의 견해에 동의하시겠지요.'
'단순한 노인의 어리석은 수다로 여기지 않으시기 바랍니다. 요즘 나는 범죄에 강한 흥미를 느끼고 있으므로 앞으로 해결이 어렵거나 어딘지 확실치 못한 사건이 일어나면 언제든지 그 일을 도울 작정입니다.'

193X년 9월 7일, 브르노 지방 검사가 햄릿 장으로 보낸 전보문.
'클레이머 사건에 대한 명찰(明察), 범인의 자백에 의하여 진술서를 받음. 진심으로 감사드리며 더불어 롱스트리트 사건에 대해 의견을 들으러 내일 아침 10시 30분 샘 경감과 함께 찾아뵙겠음.'

제1막

제1장

햄릿 장. 9월 8일 화요일 오전 10시 30분.

 저 아래에서는 허드슨 강이 짙은 안개에 싸여 희미하게 빛나고 있었다. 흰돛을 단 배가 눈앞으로 쓰윽 나타나더니 천천히 평화롭게 상류를 향해 올라가고 있었다.
 자동차는 좁고 꾸불꾸불한 길을 조금씩 조금씩 올라갔다. 차 안에 탄 두 사람은 고개를 내밀고서 주위를 둘러보고 있었다. 하늘에는 믿기 어려운 중세풍의 작은 망루와 돌로 쌓은 성벽, 총안(銃眼)이 나 있는 틈바귀, 기묘한 모양을 한 교회의 첨탑 등이 구름 사이로 솟아 있었다. 첨탑의 끝은 울창한 푸른 숲 속 위로 튀어나와 있다.
 두 사람은 서로 얼굴을 마주 보았다.
 "코네티컷 양키(마크 트웨인의 풍자 소설. 19세기의 미국인이 갑자기 아서 왕의 궁전에 나타난다는 공상적인 모험을 그린 것임)라도 된 것 같은 기분이 들기 시작하는군요" 하고 몸을 조금 떨면서 한 사람이 말했다.

몸집이 크고 어깨가 떡 벌어진 다른 한 사람이 우렁찬 목소리로 말했다.

"우리는 갑옷을 입은 기사라고나 해 둘까요?"

차는 고풍스럽고 거칠게 만들어진 다리 밑에서 멈춰섰다. 바로 가까이에 있는 초가지붕의 오두막에서 얼굴빛이 좋고 몸집이 작은 노인이 나왔다. 노인은 문 위에 달려 있는 판자를 말없이 가리켰다. 판자엔 구식 글씨로 '햄릿 장 출입 금지'라고 씌어 있었다.

몸집이 큰 남자가 자동차의 창문으로 몸을 내밀고 소리 질렀다.

"도르리 레인 씨를 만나러 왔소!"

"아, 그렇습니까. 선생님." 키가 작은 노인은 깡충깡충 뛰듯하며 이쪽으로 다가왔다.

"통행증을 가지고 계십니까?"

두 방문객은 멍하니 눈을 크게 떴다. 한 사람은 어깨를 움츠렸고 우람한 사나이는 엄하게 말했다.

"레인 씨가 기다리고 계신다고 했소."

"네, 그렇습니까?" 하고 노인은 희끗희끗한 머리를 긁적이며 오두막 안으로 사라졌다. 노인은 금방 돌아와서 말했다. "실례했습니다. 어서 들어가십시오."

노인은 황급히 다리로 가서 철문을 삐걱거리며 열고 옆으로 물러섰다. 차는 다리를 건너 속도를 더하여 깨끗한 자갈길을 달렸다.

푸른 떡갈나무 숲을 조금 달리자 차는 드넓은 곳에 이르렀다. 눈앞에는 아담한 화강암의 돌담에 둘러싸인 성이 잠자는 거인처럼 허드슨 언덕 위에 자리잡고 있었다. 자동차가 다가가자 빗장이 달린 커다란 문이 소리를 내며 열렸다. 문 옆에는 또다른 노인이 모자 차양에 손을 대어 인사하며 웃음을 띠고 서 있었다.

손님이 탄 차는 손질이 잘된 오색찬란한 정원 사이로 꾸불꾸불 나 있는 길을 달려갔다. 그 정원은 드라이브 길로 단정하게 구획지어지고 일정한 사이를 두고서 회양목이 심어져 있었다. 양옆에는 각각 보도가 있고 조금 떨어진 정원에는 뱃집 지붕의 오두막들이 옛날 이야기에 나오는 것처럼 군데군데 서 있었다. 가까운 꽃밭의 중간쯤에 세워진 아리엘(셰익스피어의 《템페스트》에 나오는 공기의 요정)의 석상에서는 맑은 물이 흘러 떨어지고 있었다.

두 방문객은 이윽고 본채에 다다랐다. 건물로 가까이 가자 다른 한 노인이 손님이 도착하기를 기다리고 있었다. 해자에 설치된 굉장히 큰 다리가 소리를 내며 내려왔다. 얼굴이 매우 빨갛고 키가 작은 남자가 번쩍이는 금단추가 달린 제복을 입고 서 있었다. 그는 비밀스러운 연극이라도 하듯이 아부하는 듯한 웃음을 띠고 굽신거렸다.

손님들은 놀라운 표정을 지으며 차에서 내려 뚜벅뚜벅 철교를 걸어갔다.

"브르노 지방 검사님과 샘 경감님이시지요? 어서 오십시오."

배가 불룩한 늙은 하인은 다시 굽신굽신 절을 되풀이하며 손님들의 앞장을 서서 16세기의 세계로 힘차게 걸어갔다.

두 방문객은 넓고 엄숙한 이 저택의 응접실인 듯싶은 방으로 들어갔다. 거대한 들보가 있는 천정, 번쩍이는 금속 갑옷을 입은 기사상 무리, 못에 걸린 골동품들, 구석진 벽에는 북구 신화에 나오는 오딘 신의 신전이 무색하리만큼 커다란 희극의 가면이 이쪽을 보고 있었고, 그 맞은편 벽에는 한 쌍의 비극의 가면이 장엄한 얼굴을 하고 있었다. 모두 다 시대극의 조각들이었다. 방 가운데쯤에는 천장에서 커다란 철제 샹들리에가 늘어져 있었는데, 커다란 양초가 세워진 것으로 미루어 보아 전기를 배선하지 않은 듯싶었다.

구석진 벽쪽에 있는 문이 열리더니 과거 시대의 인물인 듯한 괴상한 모습의 꼽추 노인이 나타났다. 노인은 머리가 벗어지고 구레나룻을 기르고 얼굴은 주름투성이였는데, 대장장이같이 누덕누덕한 가죽 앞치마를 두르고 있었다. 지방 검사와 샘 경감은 서로 얼굴을 마주보았다. 경감이 입을 열었다.

"노인뿐이시오?"

꼽추 노인은 늙었으나 정정한 걸음걸이로 손님 쪽으로 인사하러 다가왔다.

"두 분께서는 이 햄릿 장에 참 잘 오셨습니다." 노인은 조금 어색하고 딱딱한, 여느 때에는 그다지 말을 잘 하지 않는 듯한 괴상한 어조로 짧게 말했다. 제복을 입은 노인을 보며 "이젠 가도 좋아, 폴스태프(셰익스피어 극에 나오는 어릿광대)" 하고 말했으므로 브르노 지방 검사는 더욱 눈을 크게 떴다.

"폴스태프라고······." 검사는 중얼거렸다. "아니겠지, 그런 이름일 리가 없어!"

꼽추 노인은 버럭 화가 치미는 듯 구레나룻이 움찔했다.

"아니, 그 이름이 맞습니다. 저 늙은이는 제이크 핀나라는 배우입니다. 하지만 어쨌든 도르리 나리께서 그렇게 부르시기 때문에······. 어서 이쪽으로 오십시오."

노인은 발소리를 울리며 마루를 걸어 아까 나왔던 문으로 안내했다. 벽에 손을 대자 문이 스르르 열렸다. 저승의 유령이라도 나올 것 같은 이 궁전에 엘리베이터가 있다니! 두 방문객은 어리둥절한 채 고개를 저으며 안내하는 노인을 따라 엘리베이터에 올라탔다. 엘리베이터는 재빨리 올라가더니 이윽고 조용히 멈추었다. 곧 작은 문이 열렸다.

"레인 씨의 방입니다." 꼽추 노인이 말했다.

참으로 웅장하고 고풍스러운 방이었다. 모든 것이 예스러웠고 운치가 있었으며 엘리자베스 왕조의 잉글랜드를 연상케 했다. 가죽과 떡갈나무로 또는 떡갈나무와 돌로 만들어진, 오랜 세월과 매연 때문에 청동색으로 변한 들보가 윗부분에 박혀 있는 너비 3.5미터의 벽난로에는 작은 불길이 타오르고 있었다. 브르노 검사는 갈색 눈을 재빠르게 움직이며 반가운 듯이 불길을 보았다. 날씨가 조금 추웠던 것이다.

안내하는 노인의 기묘한 손짓에 따라 두 손님은 크고 고풍스러운 의자에 앉으면서 놀라운 눈길을 다시금 주고받았다. 노인은 턱수염을 어루만지며 벽 가까이에 가만히 서 있었다. 마침내 조금 움직거리더니 또렷한 목소리로 말했다.

"도르리 레인 씨가 오십니다."

두 손님은 저도 모르게 일어섰다. 문 앞에 키가 큰 남자가 두 사람을 바라보고 서 있었다. 꼽추 노인은 무두질한 가죽빛 비슷한 그 늙은 얼굴에 기분 나쁜 웃음을 띠며 인사를 했다. 지방 검사와 경감도 엉겁결에 머리를 숙였다.

도르리 레인은 성큼성큼 방 안으로 들어오더니 창백하고 큰 손을 내밀었다.

"어서 오십시오. 자, 앉으시지요."

브르노는 너무나도 차분한 그의 잿빛 어린 초록색 두 눈을 넋을 잃고 바라보았다. 이윽고 입을 열자 그 두 눈이 날카롭게 자기의 입술에 쏠리는 것을 깨닫고 움찔했다.

"뵙게 되어 반갑습니다, 레인 씨" 하고 검사는 나직한 목소리로 말했다. "우리는——그——뭐라고 말할 수 없으리만큼 굉장히 훌륭한 저택입니다."

"첫눈에는 대단하게 보이실 겁니다, 브르노 씨. 직선적인 건축에

싫증이 난 20세기 사람들에게는 이 시대착오적인 색다른 맛이 굉장하게 보일 테니까요."

이 배우의 목소리는 그의 두 눈처럼 맑았는데, 브르노는 여태껏 들어 본 일이 없으리만큼 성량이 풍부하다고 느꼈다.

"조금 더 낯이 익으면 저처럼 사랑하게 되실 겁니다. 저의 옛 친구가 햄릿 장은 저 아름다운 언덕을 액자로 삼은 그림과도 같다고 말했었지요. 하지만 저에게는 살아서 숨을 쉬고 있는 옛날 잉글랜드의 가장 좋은 부분을 한 토막 잘라다 놓은 것 같이 여겨집니다……. 퀘이시!"

꼽추 노인은 노배우 옆으로 다가갔다. 레인의 손은 노인의 등에 있는 혹을 어루만졌다.

"이 사람은 퀘이시라고 합니다. 저하고는 떨어질 수 없는 가까운 사람이지요. 그리고 천재라고 해도 좋을 만큼 머리가 좋은 사람이랍니다. 40년 동안이나 저의 분장을 맡아 왔지요."

퀘이시는 또다시 머리를 숙여 보였다. 눈에 보이지 않는 어떤 부드러운 분위기 속에서 이 정반대의 성격을 지닌 두 사람 사이에 오랜 유대가 유지되고 있음을 두 방문객은 느꼈다. 브르노와 샘은 동시에 말하기 시작했다. 레인의 눈은 한 입술에서 다른 입술로 바쁘게 움직였다. 그의 표정 없는 얼굴의 선에 희미한 미소가 감돌았다.

"한 분씩 말씀해 주실 수 없을까요. 저는 완전한 귀머거리거든요. 한 번에 한 분의 입술밖에 읽을 수가 없습니다. 저는 최근에 익힌 이 독순술(讀脣術)을 조금 자랑스럽게 여기고 있지요."

두 방문객이 사과 말을 하고 저마다 의자에 앉는 동안 레인은 벽난로 앞에서 여느 의자와는 비교조차 할 수 없을 만큼 훌륭한 의자를 끌어다가 손님들 앞에 놓고 앉았다. 샘 경감은 불빛이 손님들의 얼굴을 비추도록 하고 레인이 자기의 얼굴은 그늘이 지도록 의자를 배치

했다는 것을 알아차렸다. 퀘이시는 뒤쪽으로 물러가 있었다. 이 노인이 홈같이 구석진 바람벽 앞에 놓인 울퉁불퉁한 갈색 의자에 꼼짝도 않고 웅크리고 있는 것이 샘 경감의 눈에 언뜻 띄었다.

브르노는 헛기침을 했다.

"레인 씨, 샘 경감과 제가 이렇게 찾아와 폐를 끼치게 되어 죄송합니다. 클레이머 사건을 그 훌륭한 편지로 해결해 주셨으니만큼, 이번에 또 어쩔 수 없이 전보를 치게 되었지요."

"사실은 그다지 훌륭한 편지도 아니었습니다, 브르노 씨." 여유 있고 잘 울리는 목소리가 왕이나 앉는 듯한 의자 위에서 울려왔다.

"제가 해결한 사건은 그 전례가 없는 것도 아닙니다. 에드거 앨런 포가 마리 로제 살해 사건의 해결책을 뉴욕의 여러 신문에 써 보낸 그 서한집을 아시지요? 클레이머 사건을 분석하실 때, 조금도 해결에 보탬이 될 수 없는 세 가지 사실 때문에 진상이 흐려졌던 것 같습니다. 유감스럽게도 여러분은 그 세 가지 사실에 휘말려 들어갔었지요. 그건 그렇고, 롱스트리트 살인 사건 때문에 오셨겠지요?"

"그렇습니다, 레인 씨. 우리는——물론 바쁘실 줄 압니다만……."

"이런 일에 잠깐 얼굴을 내밀 수 없을 만큼 바쁘지는 않습니다." 그 목소리에는 희미하긴 하나 생기가 도는 듯했다. "어쩔 수 없이 무대에서 물러난 다음에야 비로소 인생 자체가 얼마나 극적인가를 알게 되었답니다. 무대 위에서는 제약이 있고 속박이 있습니다. 머큐쇼(《로미오와 줄리엣》 속의 인물)의 꿈의 판단에 의하면, 극중의 인물이란 '공상에 지나지 않는 것으로부터 태어난 하찮은 관념의 산물'이라고 합니다."

손님들은 신들린 듯한 레인의 목소리에 감동했다.

"그러나 실제 인생의 사람들은 실감이 넘쳐흘러 무대 이상의 비극을 보여주지요. '공기보다도 희박하고 바람보다도 흔들리는 존재' 따위는 결코 아닙니다."

"그렇습니다" 하고 지방 검사는 천천히 말했다. "그 말씀이 맞습니다."

"범죄란——격정에서 일어나는 흉악 범죄 말씀입니다만——인간 비극의 극치이지요. 살인은 그 가운데서 특히 뛰어나고도 가장 큰 것입니다. 나는 한평생 유명한 여러 남녀 배우들을 친구로 삼으며 살아 왔습니다."

레인은 슬픈 듯이 미소를 지었다.

"모제스카, 에드윈 브스, 애더 레이핸, 그 밖의 여러 유명한 배우들과 함께 나는 최고의 인공적인 감동을 불러일으키는 연극을 해 왔습니다. 그러나 지금 나는 현실 속에서 감동을 불러일으키고 싶습니다. 이 점에 있어 나의 독자적인 기량을 발휘할 수 있다고 여깁니다. 무대에서는 여러 번 사람을 죽였습니다. 살인 계획의 고민이며 양심의 가책 등을 표현해 왔지요. 악역으로는 맥베스도 했고 햄릿도 했습니다. 지금은 생전 처음 보기 때문에 하찮은 일에도 놀라는 어린아이처럼 이 세상이 맥베스나 햄릿으로 가득 차 있는 데 놀라고 있습니다. 진부한 이야기 같습니다만 진실입니다…….

이제까지는 작자가 끈을 흔드는 대로 움직여 왔지만 지금은 스스로 끈을 놀리고 싶은 의욕을 갖게 된 거지요. 누가 만들어 놓은 비극을 연기해 보이는 것보다는 나 자신이 위대한 작가가 되고 싶습니다. 모든 형편이 잘 되어 있습니다. 비참하게 병신이 되어 버린 이 부분도——날씬한 레인의 손가락이 자기의 귀를 만졌다——주의력을 잘 집중시켜 줍니다. 눈마저 감고 있노라면 소리 없는 세계로 들어갈 수 있어 오히려 장애가 없어져서 내가 추구하는 것을 알 수 있게 되지요."

샘 경감은 놀라며 눈을 크게 떴다. 실제적인 성격인 경감으로서는 여느 때와는 전혀 다른 기분에 사로잡혀 있는 듯했다. 경감은 눈을 껌벅이며 너무 열심히 듣다 보니 아무래도 영웅 숭배에 빠져들어 가는 모양이라고 생각했다. 그는 마음 속으로 자기 자신을 비웃었다.

"제가 하는 말을 알아들으시겠지요." 레인의 목소리가 계속 들려왔다. "제에게는 이해력이 있습니다. 배경이 있습니다. 사물을 꿰뚫는 힘이 있습니다. 사물을 관찰하는 소질과 주의력도 있습니다. 추리하고 탐정하는 능력에도 자신이 있습니다."

브르노는 헛기침을 했다. 레인의 염려스러워하는 듯한 두 눈이 검사의 입술에 못박혔다.

"저, 레인 씨. 우리가 가지고 온 하찮은 문제는 당신의 탐정으로서의 높은 포부에 어울리는 것이 못됩니다. 아주 시시한 살인 사건이어서……"

"제가 잘못 말씀드린 것 같군요." 이번에는 레인의 목소리에 유머가 가득 담겨 있었다. "'시시한 살인 사건'이라고요? 하지만 당연하지 않습니까! 어째서 굉장한 사건이라야만 하지요?"

이때 샘 경감이 불쑥 말했다.

"어쨌든 시시하건 굉장하건 어려운 사건임에는 틀림없습니다. 그리고 브르노 씨는 레인 씨가 흥미를 가지시리라 생각하고 있습니다. 이 사건에 대한 신문 기사를 읽으셨겠지요?"

"네, 하지만 신문 기사는 복잡하고 뜻없는 말만 늘어놓았더군요. 전혀 아무것도 모르는 상태에서 문제와 부딪쳐 보고 싶습니다. 자, 이제부터 자세하게 설명해 주시지 않겠습니까, 경감님. 관계되어 있는 인물에 대해서 이야기해 주십시오. 상황도 들려주시고요. 언뜻 보기에는 관계가 없고 뜻이 없는 듯한 것도 모두 말씀해 주십시오. 빠짐없이 말입니다."

브르노와 샘은 서로 눈길을 주고받았다. 브르노가 고개를 끄덕이자 샘 경감은 못난 얼굴을 찡그리며 이제부터 이야기를 시작하겠다는 표정을 지어 보였다.

둘레의 널따란 벽은 사라졌다. 벽난로의 불길은 신의 손길이 미치기라도 한 듯이 가늘어졌다. 그리고 햄릿 장도, 도르리 레인도, 골동품도, 낡은 시대와 낡은 인물들의 기척도 녹아서 경감의 걸걸한 목소리 밑으로 가라앉고 말았다.

제2장

그랜드 호텔의 방. 9월 4일 금요일 오후 3시 30분.

지난 주 금요일 오후에——이하는 샘 경감이 이야기한 사실과 이따금 브르노 지방 검사가 덧붙인 사건의 줄거리이다——뉴욕 42번 거리와 제8대로 모퉁이에 있는 철근 콘크리트로 지은 그랜드 호텔의 어느 한 방에서 두 남녀가 서로 끌어안고 있었다.

남자는 해리 롱스트리트라는 키가 크고 튼튼한 체격의 방탕한 중년 신사였는데, 얼굴은 병적으로 빨갛고 올이 굵은 모직 양복을 입고 있었다. 여자는 체리 브라운이라는 뮤지컬 여배우로서, 라틴계의 얼굴 생김새에 머리는 갈색, 검고 반짝이는 눈동자, 입은 일자형이었다. 방탕하고 다정한 여자였다.

롱스트리트가 젖은 입술로 여자에게 입을 맞추자 여자는 남자의 품으로 파고들어갔다.

"그 사람들이 오지 않았으면 좋겠어요."

"그럼, 이 늙은이의 사랑도 나쁘지 않다는 말이로군." 남자는 감았던 팔을 풀어 한창때를 지난 근육을 자랑스러운 듯이 불끈 쥐어 보였다.

"하지만 올 거야. 틀림없어. 조니 데이비드란 녀석은 말이야——내가 기라고 하면 기는 놈이니까."

"그런데 어째서 그 사람의 악당 친구들까지 오라고 하셨지요? 오고 싶어하지도 않는 사람들을 말이에요."

"그 바보 녀석이 초조해하는 모습을 보고 싶어서야. 녀석은 나의 기력이 왕성한 것에 대해 샘을 내고 있거든. 그런 녀석은 골려 주어야 해."

남자는 갑자기 여자를 무릎에서 내려놓고 방을 가로질러 가더니 벽장에 한 줄로 놓여 있는 술병을 하나 집어서 술잔에 따랐다. 여자는 고양이처럼 나른한 모습으로 남자를 바라보았다.

"이따금 당신을 이해할 수 없을 때가 있어요" 하고 여자는 말했다.

"그 사람을 골려 주어서 무슨 이득이 있지요?" 여자는 하얀 어깨를 움츠렸다. "하지만 당신 마음대로 하세요. 아무튼 마음껏 마시세요!"

롱스트리트는 중얼거리며 얼굴을 젖히고 술을 들이마셨다. 잠시 그대로의 자세로 있자 여자는 자못 재미없다는 듯이 말을 계속했다.

"데이비드 부인도 올까요?"

남자는 위스키 잔을 선반에 탁 놓았다.

"오면 안 되나? 이제 그 여자의 이야기는 하지 말아, 체리. 몇 번이나 말했잖아. 그 여자와는 아무 일도 없었다고 말이야."

"내가 뭐라고 했어요?" 여자는 웃었다. "하지만 당신은 남의 부인을 얼마든지 어떻게 할 수 있을 것 같아요……. 그밖에 또 누가 오지요?"

남자는 씁쓰레한 표정을 지었다.

"굉장한 녀석들이 오지. 아, 데이비드가 그 길다란 중 같은 얼굴을 나타내면 정말 재미있을 거야! 그리고 데이비드의 짝패인 웨스트 잉글우드에 사는 아핸이라는 녀석이 올 거야. 꼭 할망구 같은 녀석인데, 늘 뱃속이 좋지 않다고 투덜대곤 하지."

남자는 자기의 홀쭉한 배를 멍하니 바라보았다.

"녀석들처럼 그렇게 신앙심이 두터운 벽창호들은 늘 뱃속이 좋지 않은 모양이야. 이 롱스트리트 님께서는 그런 적이 한 번도 없는데 말이야! 그리고 잔느 데이비드라는 아가씨가 오지. 그 아가씨는 나를 미워하고 있어. 아마 아버지가 끌고 올 거야. 재미있는 파티가 될걸. 특히 그 아가씨의 남자 친구인 로드가 나타나면 말이야."

"굉장히 멋있는 사나이예요, 해리."

롱스트리트는 눈을 번뜩였다.

"멋있겠지. 거드럭거리고 참견을 잘하는 녀석이니까. 그런 풋내기가 상회에 그냥 붙어 있을 수 있다니, 나 원 참. 그때 데이비드에게 내쫓으라고 할 걸 그랬어……. 하지만 그런 것은 아무래도 좋아." 롱스트리트는 한숨을 쉬었다. "그리고 또 올 사람이 있어. 괴상한 녀석이야——스위스의 난봉꾼인데……."

그는 그다지 재미없는 듯이 웃었다.

"루이 암페리얼이라고 하지. 데이비드의 친구인데 장사 일로 이 나라에 와 있어……. 그리고 물론 마이클 콜린즈도 오지."

벨 소리가 나자 체리는 벌떡 일어나 문으로 달려갔다.

"어머나, 포랙스! 어서 와요!"

방문자는 야한 옷차림의 까무잡잡하고 꽤 나이 든 남자로, 숱이 적은 머리에 포마드를 정성껏 바르고 콧수염에도 기름을 발라 단정하게 손질했는데, 여자의 몸에 팔을 감았다. 롱스트리트는 마지못해 일어서서 협박이라도 하는 듯한 목소리를 내질렀다. 체리 브라운은 얼굴이 빨개지며 손님을 밀어젖히고 머리를 고치기 시작했다.

"기억하시지요? 같이 일하는 포랙스예요." 여자의 목소리는 들떠 있었다. "포랙스, 위대한 포랙스예요. 하루에 두 번 흥행을 하고 그 이름을 떨친 세기적인 독심술가예요. 자, 어서 두 분이 악수하셔야지요."

포랙스는 날씬한 손을 내밀어 시키는 대로 하고는 선반 쪽으로 갔다. 롱스트리트는 어깨를 움츠리며 자기 의자로 돌아갔다. 그러나 또다시 벨 소리가 났으므로 체리는 문을 열고 몇 사람을 안으로 안내했다. 머리며 수염이 희끗희끗하고 키가 작은 말라 빠진 중년 남자가 먼저 주춤거리며 들어왔다. 롱스트리트의 얼굴이 환히 밝아졌다. 성큼성큼 걸어가 친절하게 맞이했다. 인사를 하고 작은 남자의 손을 꼭 쥐었다. 존 O 데이비드는 얼굴을 붉히며 싫어서 견딜 수 없다는 듯이 눈을 반쯤 감았다. 이 두 사람은 몸집부터가 정반대였다. 데이비드는 얌전하고 자질구레한 걱정을 많이 하여 주름이 많았는데, 늘 기분이 동요하고 있는 것이 뚜렷이 드러나 보였다. 롱스트리트는 묵직한 느낌이 들었고 확신이 있는 듯한 뻔뻔스러운 표정으로 남을 얕보는 것 같았다. 롱스트리트가 다른 사람을 맞이하기 위해서 데이비드의 옆을 지나가자 데이비드는 몸을 비켰다.

"어서 오시오, 판!" 이것은 이미 아름다움이 가신 스페인 계통의 뚱뚱한 여자에게 던진 말이었다. 더덕더덕 칠한 얼굴에는 사라진 옛날의 아름다움이 얼마쯤 남아 있었다. 데이비드의 아내였다. 키가 자그마하고 햇빛에 그을린 피부를 가진 처녀 잔느 데이비드는 쌀쌀맞게 인사했다. 그녀는 함께 온 키가 큰 금발의 젊은이 크리스토퍼 로드의 팔을 꼭 끼고 서 있었다. 롱스트리트는 이 젊은이를 완전히 무시한 채 판과, 그리고 체격이 좋고 야하게 옷을 입은 라틴계의 남자 암페리얼과 악수했다.

"마이클!" 하고 소리치며 롱스트리트는 훌쩍 뛰어가 입구에서 터덜터덜 들어오는 어깨가 넓은 남자의 등을 두드렸다. 마이클 콜린즈는 돼지 같은 눈에 늘 적의를 노골적으로 나타내는 튼튼하게 생긴 아일랜드 사람이었다. 인사말을 중얼거리더니 조심스럽게 모두를 둘러보았다. 롱스트리트는 이 사나이의 팔을 잡았다. 눈이 번쩍번쩍 빛나고 있었다.

"이 파티를 홍보지 말아 주게, 마이클." 그의 목소리는 쉬어 있었다. "데이비드에게 시켜서 이야기를 매듭짓도록 하겠다고 했잖나. 저쪽으로 가서 한잔 하게나. 그게 좋겠어."

콜린즈는 팔을 뿌리치고 말없이 선반 쪽으로 비틀거리며 걸어갔다.

급사들이 들어왔다. 몇 개의 호박색 술잔 속에서 얼음이 부딪치는 소리가 났다. 데이비드 집안 사람들은 거의 말없이 굳어 있었다. 예의바른 태도였으나 기분은 그다지 좋은 것 같지 않았다. 데이비드 자신은 의자에 앉아서 창백하고 무표정한 얼굴로 기계적으로 가느다란 술잔의 술을 홀짝거리고 있었는데, 술잔을 쥔 손가락의 관절이 하얗게 되어 있었다.

롱스트리트는 체리 브라운을 끌어내어 새침하게 부끄러워하는 여자를 커다란 한쪽 팔로 끌어안고 큰 소리로 말을 시작하여 손님들의 주의를 끌었다.

"여러분! 오늘 여러분을 초대한 이유는 모두들 잘 아실 겁니다. 오늘이 이 해리 롱스트리트에게 있어 아주 기쁜 날입니다. 그리고 데이비드 앤드 롱스트리트 상회 전체로서도, 또한 상회의 회원들과 호의를 갖고 계시는 여러분들에게도 마찬가지입니다." 그의 목소리가 조금 작아지는 듯했다. 얼굴은 아까보다 더욱 빨개졌고 눈은 바늘처럼 가늘어졌다.

"그럼 소개하겠습니다, 미래의 롱스트리트 부인입니다!"

예상했던 대로 방 안이 술렁거렸다. 데이비드는 일어서서 딱딱하게 여배우에게 인사를 하고는 롱스트리트의 손을 잡았다. 루이 암페리얼은 성큼성큼 걸어와서 정중하게 여배우의 매니큐어를 바른 손 위에 허리를 굽히고 군대식으로 뒤꿈치를 올리며 손등에 입술을 댔다. 남편 옆에 앉은 데이비드 부인은 손수건을 쥐고 창백한 얼굴에 미소를 떠올리려고 애쓰고 있었다. 포랙스는 비틀거리며 걸어오더니 체리의 허리를 덥석 안았다. 롱스트리트가 사정없이 밀어 버렸으므로 취한 그는 혼잣말을 지껄이며 선반 쪽으로 돌아갔다.

여자들은 여배우의 왼손에서 반짝이는 커다란 다이아몬드를 보고 놀라 감탄했다. 이윽고 몇 명의 급사가 식탁이며 그릇을 들고 방 안으로 들어왔다.

모두들 가벼운 식사를 했다. 포랙스는 라디오의 다이얼을 돌렸다. 음악이 흘러나오고 열띤 춤이 시작되었다. 롱스트리트와 체리 브라운만이 들떠서 떠들었다. 이 거인은 어린 아이처럼 날뛰고 법석을 떨며 잔느 데이비드를 끌어안으려고 했다. 금발의 크리스토퍼가 쌀쌀하게 사이에 끼어들어, 젊은 두 사람은 춤을 추며 저쪽으로 갔다. 롱스트리트는 소리내어 웃어댔다. 체리가 그의 팔을 껴안으며 달콤하면서도 어딘지 험악한 표정을 짓고 있었……

5시 45분이 되자 롱스트리트는 라디오를 끄고 흥분한 표정으로 외쳤다.

"웨스트 잉글우드의 우리 집에 가벼운 만찬회 준비가 되어 있습니다. 말씀드리는 것을 잊고 있었습니다. 놀랍지 않습니까? 괜찮겠지요?"

그는 울부짖는 듯한 목소리로 말했다.

"여러분들을 초대합니다. 가십시다. 마이클, 자네도 가세. 그리고 이봐, 포랙스라고 했던가. 같이 가세. 독심술인지 뭔지도 보여 주게나."

그는 시계를 찬찬히 들여다보았다.

"지금부터 나가면 기차를 탈 수 있을 겁니다. 자, 가십시다, 여러분!"

데이비드가 짓눌린 듯한 목소리로 저녁에는 다른 약속이 있으며, 다른 손님들도…… 하고 거절했다.

롱스트리트는 주위를 노려보았다.

"모두 함께 가자고 했단 말이야!"

암페리얼은 어깨를 움츠리며 히죽이 웃었다. 로드는 멸시하는 듯한 눈길로 롱스트리트를 바라보았다. 그리고 데이비드를 뒤돌아보았는데, 젊은이의 눈에 난처한 빛이 언뜻 떠올랐다.

5시 50분 정각이 되자 모두들 식탁에서 일어나 술병이며 냅킨이며 술잔을 내던지고 체리 브라운의 방에서 나왔다. 엘리베이터로 몰려 들어가 잠시 뒤 아래층의 로비로 나왔다. 롱스트리트는 혼자서 급사에게 큰 소리로 저녁 신문과 택시를 불러오라고 시켰다.

마침내 그들은 거리로 나왔다. 호텔의 42번 거리 쪽 출입구 앞이었다. 출입문 담당이 열심히 택시를 불렀다. 길에는 천천히 지나가는 차로 가득 차 있었다. 머리 위에서는 비구름이 달려가고 있었고 하늘은 차츰 캄캄해졌다. 무덥고 가물었던 몇 주일 끝에 갑자기 무서운 소나기가 쏟아져 내렸다.

뜻밖에도 소나기가 억수같이 쏟아지자 길을 가던 사람들과 차는 서로 밀치락달치락, 뛰어오르고 달리며 야단법석이었다.

호텔의 출입 담당자는 큰 소리로 택시를 부르다가 우스꽝스러운 실망의 표정을 지으며 롱스트리트를 뒤돌아보았다. 그들은 8번 거리 모퉁이께에 있는 보석상의 추녀 끝으로 급히 들어갔다.

데이비드가 롱스트리트 옆으로 다가갔다.

"잊기 전에 말해 두겠네. 웨이버에 대해서인데, 내 생각대로 하는 것이 좋지 않겠나?" 하고 말하며, 그는 상대방에게 봉투 하나를 내밀었다.

롱스트리트는 오른팔로 체리 브라운의 허리를 감싸 안고 있었는데, 윗옷 왼쪽 주머니에서 은테 안경을 꺼낸 다음 체리에게서 떨어져 안경을 코 위에 올려놓고 안경집을 다시 주머니 속에 집어넣었다. 그는 봉투에서 타이프로 친 편지를 꺼내어 대강 읽어 내려갔다. 한편 데이비드는 반쯤 눈을 감고 기다리고 있었다.

롱스트리트는 코웃음을 쳤다.

"안 될 말이지."

그는 데이비드에게 편지를 던져 주며 말했다. 편지는 데이비드의 손에까지 닿지 않고 비에 젖은 보도로 날아갔다. 데이비드는 죽은 사람처럼 창백해지며 몸을 구부려 편지를 주워 올렸다.

"웨이버의 마음에 들건 안 들건 내 생각은 달라지지 않아. 그뿐일세. 더 이상 귀찮게 하지 말게."

그때 포랙스가 외쳤다.

"전차가 왔는데, 타도록 합시다!"

혼잡한 길을 헤치며 앞부분이 빨갛고 쑥 들어간 시내 전차가 달려왔다. 롱스트리트는 안경을 잡아떼듯이 하여 윗옷 주머니에 넣고는 그대로 손을 넣은 채로 있었다. 체리 브라운은 그의 큰 몸집에다 자기 몸을 갖다댔다. 롱스트리트는 오른손을 흔들며 큰소리로 말했다.

"택시는 그만두고 전차를 탑시다!"

전차는 삐걱거리며 멈추어 섰다. 흠뻑 젖어 미친 듯이 밀치락달치락하는 사람들의 무리가 지금 막 열리는 뒷문으로 밀려들었다. 그들도 모두 떼를 지어 달려가 입구에서 앞을 다투었는데, 체리 브라운은 그대로 롱스트리트의 왼팔에 매달려 있고, 롱스트리트는 여전히 왼손을 윗옷 주머니 속에 넣고 있었다.

두 사람은 층계에 다다랐다. 차장이 쉰 목소리로 외쳤다.
"빨리 타십시오!"
비가 두 사람의 옷을 적셨다.

데이비드는 아핸과 암페리얼의 폭넓은 몸집 사이에 끼어들었다. 세 사람 다 올라타려고 애쓰고 있었다. 암페리얼은 신사적인 태도로 데이비드 부인을 먼저 태우려고 했다. 그리고 아핸 쪽으로 목을 빼고 재미있다는 듯이 눈을 찡그리며 "지금까지 이런 기묘한 파티에는 가본 적이 없어. 기가 막히는군" 하고 작은 소리로 말했다.

제3장

42번 거리의 횡단선. 9월 4일 금요일 오후 6시.

모두들 전차의 뒤쪽 승강구에 있었는데 붐비는 사람 때문에 숨이 막힐 것 같아 팔꿈치와 무릎을 거칠게 움직여 차장의 칸까지 밀고 들어갔다. 롱스트리트는 차 안을 향해 나 있는 문의 안쪽 층계 가까이에 우뚝 서 있었다. 체리 브라운은 다른 일행들과 되도록 떨어지지 않으려고 했으므로 이때에는 그의 왼팔을 놓고 있었다.

차장은 목청을 돋우어 외치며 차 안으로 손님을 밀어 넣고, 간신히 노란 이중문을 닫을 수가 있었다. 차장의 칸도 터질 듯했다. 승객이 요금을 흔들어 보였지만 문이 꼭 닫힐 때까지 차장은 돈을 받지 않고 운전 기사에게 발차 신호를 했다. 미처 타지 못한 사람들은 밖에 남아 빗속에서 비참한 모습으로 서로 밀치고 있었다.

롱스트리트는 차의 흔들림에 몸을 맡기고 오른손에 1달러 지폐를 움켜쥔 채 뒤쪽 승강구에 있는 일행들의 머리 위에서 흔들어 보였다. 차 안은 찌는 듯했다. 창문이 모두 닫혀 있어 습기로 숨이 막힐 지경이었으며 기분이 언짢았다.
 차장은 몸을 뒤틀어 여전히 뭐라고 떠들어대며 롱스트리트의 손에서 빼앗듯이 돈을 가지고 갔다. 차 안의 사람들은 서로 밀치며 법석을 떨었다. 롱스트리트는 성난 곰처럼 으르렁거렸다. 그러나 그는 겨우 거스름돈을 받고 일행의 뒤를 따르기 위해서 어깨로 헤치며 들어갔다. 차 안의 가운데쯤에 체리 브라운이 있는 것이 보였다. 체리는 롱스트리트의 오른팔을 붙잡고 꼭 매달렸다. 롱스트리트는 가죽 손잡이를 붙잡았다.
 전차는 제9대로를 향해 귀청이 찢어지리만큼 억수같이 퍼붓는 빗속을 불안한 듯이 헤치고 나아갔다.
 롱스트리트는 왼손을 윗옷 주머니에 넣어 안경집을 더듬었다. 그 순간 갑자기 욕설을 내뱉으며 은테 안경을 집었던 손을 급히 빼냈다. 체리가 말했다.
 "왜 그래요, 해리?"
 롱스트리트는 이상한 표정을 지으며 왼손을 살펴보았다. 손바닥과 손가락 여러 군데에 피가 배어 있었다. 두 눈이 동요했고 핏기가 가신 얼굴에 경련을 일으키며 가쁘게 숨을 쉬었다.
 "긁혔나 봐. 대체 어디에 긁힌 것일까……."
 롱스트리트는 탁한 목소리로 말했다. 전차가 흔들거리며 비틀비틀하더니 멈춰섰다. 승객들은 서 있지 못하고 모두 쓰러졌다. 롱스트리트는 본능적으로 왼손으로 가죽 손잡이를 더듬었고 체리는 몸을 지탱하려고 그의 오른팔을 붙잡았다. 전차는 몇 피트쯤 더 나아갔다. 롱스트리트는 손수건을 피가 나오는 손에 꼭 대었다가 바지 주머니 속에 도로 넣고는, 안경집에서 안경을 꺼낸 다음 안경집은 윗옷 주머니 속에 집어넣었다. 그리고 오른팔 밑에 끼고 있던 접은 신문지를 펼쳤다. 그러나 그러한 동작은 모두 어렴풋한 의식 속에서 이루어졌던 것이다.

전차는 제9대로에서 멈추어섰다. 손님들은 시끄럽게 닫혀 있는 문을 두드렸으나 차장은 고개를 저었다. 더욱 더 심하게 쏟아져 내리는 빗속을 전차는 천천히 움직이기 시작했다.

롱스트리트는 갑자기 가죽 손잡이를 놓고, 펼쳐든 신문을 떨어뜨리더니 손을 이마에 갖다댔다. 심한 고통을 참느라 허덕이고 신음했다. 체리 브라운은 걱정스러워하며 그의 오른팔을 꼭 붙잡고 도움을 청하듯이 주위를 둘러보았다……

전차는 제9대로와 제10대로 사이에서 앞서 가는 차가 붐비는 바람에 멈추었다 달렸다 하며 나아갔다.

롱스트리트는 숨을 헐떡거리고 몸을 꿈틀꿈틀하며 어린아이가 놀랐을 때처럼 두 눈을 크게 뜨고는 바늘에 찔린 풍선처럼 바로 앞에 앉아 있는 젊은 여자의 무릎에 쓰러졌다.

롱스트리트의 왼편에 서 있던 떡 벌어진 몸집의 중년 남자가 그 젊은 여자——입술 연지를 짙게 칠한 꽤 아름다운 갈색 머리의 여자였다——에게 몸을 굽히고 이야기하고 있다가 롱스트리트의 축 늘어진 팔을 힘껏 잡아당겼다.

"썩 비키지 못하겠어! 무슨 짓을 하려는 거야?" 하고 그 남자는 외쳤다.

그러나 롱스트리트는 젊은 여자의 무릎에서 미끄러져 그대로 그 남녀의 발밑으로 쓰러졌다.

체리가 외마디 소리를 질렀다.

한순간 쥐죽은 듯한 침묵이 흘렀다. 갑자기 승객들이 모두 이쪽을 돌아다보며 떠들썩하기 시작했다. 롱스트리트 일행이 승객들을 헤치며 이쪽으로 왔다.

"왜 그러지?"

"롱스트리트야."

"쓰러졌어!"

"너무 마셨나?"

"여자를 붙들어 주어야지, 기절한 것 같아!"

여배우가 쓰러지려 하자 마이클 콜린즈가 부축해 주었다.

짙은 화장을 한 젊은 여자와 떡 벌어진 몸집의 남자는 깜짝 놀라 새파랗게 질린 채 아무 말도 못하고 있었다. 여자는 펄쩍 뛰며 남자의 팔에 매달려 겁에 질린 듯한 표정으로 바닥에 쓰러진 롱스트리트를 내려다보았다.

"큰일났어요." 여자는 새된 소리를 질렀다. "누구든지 좀 어떻게 해줘야겠어요. 저 눈 좀 보세요! 이 사람은, 이 사람은……" 여자는 몸을 떨며 남자의 가슴에 얼굴을 묻었다.

데이비드는 돌처럼 서서 작은 두 손을 꼭 쥐고 있었다. 아헨과 크리스토퍼 로드가 롱스트리트의 무거운 몸을 움직여 여자가 앉았던 자리에 올려놓았다. 중년의 이탈리아 사람이 재빠르게 일어나 가누지 못하는 몸을 자리에 눕히도록 도와주었다. 롱스트리트는 눈을 뜬 채 입을 조금 벌리고 숨을 헐떡거렸다. 입술 사이로 거품이 뿜어 나왔다.

법석은 차츰 커져 차의 앞부분으로 번져 갔다. 한 마디 명령하는 큰 목소리가 들리더니 승객이 길을 내주자 형사부장의 완장을 두른 체격이 좋은 경관이 비집고 들어왔다. 앞쪽의 운전대에 타고 있었던 것이다. 전차는 이미 멈춰서고, 운전 기사도 차장도 현장으로 달려왔다.

형사부장은 거칠게 롱스트리트의 일행을 옆으로 밀어젖히고 롱스트리트 위로 몸을 굽혔다. 롱스트리트의 몸은 다시 굳어지기 시작하더니 마침내 완전히 굳어졌다. 형사부장은 허리를 펴고 얼굴을 찌푸리며 말했다.

"죽었군, 맙소사!"

경관은 죽은 사람의 왼손을 언뜻 보았다. 열 군데도 넘을 것 같은 응고한 핏방울이 손가락이며 손바닥에 조금씩 부어오른 작은 상처 모양으로 맺혀 있었다.

"누군가가 죽인 모양이야. 모두들 가까이 오지 말아요!"

형사부장은 큰 소리로 말했다.

"아무도 이 차에서 내려서는 안 됩니다. 알았지요? 그대로 있어야 합니다! 이봐요!"

경관은 위압적인 태도로 운전 기사를 불렀다.

"이 전차를 절대로 움직이게 하지 마시오. 당신 자리로 돌아가시오. 승강구와 창문을 모두 닫고, 알았지요?"

운전 기사는 그 자리에 떴다. 형사부장이 또 외쳤다.

"이봐, 차장! 제10대로 모퉁이에 가서 근무중인 교통 순경에게 관할 경찰서에 전화를 좀 걸어 달라고 해요! 경찰 본부의 샘 경감님에게 연락을 취하라고 말이오. 알겠소? 이리 와요, 내가 내보내 줄 테니까. 내 눈을 속여 문을 열고 달아나는 사람이 있으면 혼날 줄 아시오."

형사부장은 뒤쪽 승강구까지 차장을 따라가서 이중문을 열고 차장이 빗속으로 나가자마자 문을 닫았다. 차장은 제10대로를 향해 달려갔다. 형사부장은 승강구에 있는 키가 크고 까다로운 얼굴을 한 승객을 노려보았다.

"아무도 이 문을 열지 못하도록 지켜 주시오, 알겠소?"

키가 큰 승객은 선선히 고개를 끄덕였다. 그리고 형사부장은 롱스트리트의 시체 옆으로 돌아왔다. 전차 뒤에서는 욕을 퍼붓는 소리며 경적을 울리는 차로 큰 혼란을 빚고 있었다. 겁을 먹고 있는 승객들의 눈에 비가 흘러내리는 창에 얼굴을 대고 들여다보는 군중이 보였다. 키가 크고 까다로운 얼굴을 한 그 승객이 소리쳤다.
"부장님, 경찰 한 분이 안으로 들어오겠다고 합니다!"
"잠깐 기다려요!"
형사부장은 다리를 끌며 돌아가 손수 문을 열어 교통 순경 한 사람을 안으로 들어오게 했다. 순경은 경례를 하며 말했다.
"제9대로에서 근무하는 순경입니다. 무슨 일이 일어났습니까, 부장님? 무엇을 도와 드릴까요?"
"누군가가 죽은 모양이야."
형사부장은 문을 닫고 키가 큰 승객에게 잘 부탁한다고 눈짓했다. 남자는 끄덕여 보였다.
"도와 줄 일이 있어. 샘 경감님과 관할 경찰서에는 이미 연락을 취했네. 운전 기사가 있는 문으로 가서 한 사람도 내리지 못하도록 지켜 주게. 단단히 지켜야 하네."
두 사람은 앞을 향해 승객을 밀어 헤치며 나아가서 교통 순경은 간신히 앞쪽 승강구에 다다랐다.
형사부장은 롱스트리트의 시체를 내려다보며 선 채로 두 손을 허리에 대고 있다가 주위를 둘러보았다.
"음, 최초로 본 사람은 누구지요?" 형사부장은 계속 질문을 했다.
"이 자리에 앉아 있던 사람은 누구입니까?"
젊은 여자와 옆자리에 앉아 있던 이탈리아 중년 신사가 입을 모아 대답했다.
"한 사람씩 말하시오. 당신 이름은?"
여자는 떨리는 목소리로 대답했다.
"저는 에밀리 쥬에트예요. 저는 타이피스트인데 집으로 돌아가는 길이에요. 이 사람이 조금 전에 제 무릎으로 쓰러졌습니다. 저는 일어서서 자리를 양보해 주었지요."

"당신, 무솔리니 씨(이탈리아 인이므로 이렇게 불러 본 것―옮긴이)는?"

"앤토니오 폰타나입니다. 아무것도 보지 못했습니다. 이 사람이 쓰러지기에 자리를 비켜 주었지요" 하고 이탈리아 사람은 대답했다.

"이 죽은 사람은 그때 서 있었소?"

데이비드가 앞으로 나섰다. 매우 침착했다.

"부장님, 저는 이 일에 대해서 정확하게 이야기할 수 있습니다. 이 사람은 해리 롱스트리트라고 하며 저의 공동 경영자입니다. 우리 일행은······."

"일행이라고요?" 형사부장은 까다로운 표정으로 그들을 둘러보았다. "무슨 모임인가요? 서로 마음이 통하는 즐거운 모임이라 그 말인가요? 설명은 나중에 하시오. 샘 경감이 들어 주실 겁니다. 아, 차장이 경관을 데리고 오는군."

형사부장은 뒤쪽 승강구로 재빨리 돌아갔다. 그 옆에 경관이 하나 서 있었다. 형사부장이 직접 문을 열고 두 사람을 안으로 들여 보낸 다음 곧 다시 닫았다.

경관은 모자에 손을 대고 경례했다.

"모로라고 합니다. 제10대로에서 근무중입니다."

"알았네. 나는 더피 형사부장, 제18분서 소속일세" 하고 형사부장은 고함을 지르듯이 말했다. "본부에 연락은 취해 주었겠지?"

"네, 관할서에도 연락했습니다. 샘 경감님과 관할 경찰관이 올 겁니다. 경감님은 전차를 42번 거리와 제12대로의 모퉁이에 있는 그린 선의 차고로 넣으라고 하셨습니다. 거기에서 부장님과 만나시겠답니다. 시체에는 손대지 말라고 하셨습니다. 구급차도 불렀습니다."

"구급차는 필요 없겠지. 모로, 이 문을 지키고 아무도 내리지 못하도록 해주게."

더피는 뒤쪽 승강구의 키가 큰 남자를 보며 말했다.

"이봐요, 아무도 내리려고 하지 않았겠지요? 그 문은 한 번도 열지 않았겠지요?"

"네"라는 대답과 함께 주위의 승객들도 입을 모아 대답하는 소리가 들렸다.

더피는 간신히 전차 앞쪽으로 나아갔다.

"기사 양반, 종점까지 갑시다! 그린 선의 차고에 대어 주시오. 자, 어서 갑시다!"

운전 기사는 불그레한 얼굴의 아일랜드 사람이었는데 투덜투덜 불평을 했다.

"그곳은 이 차의 차고가 아닌데요. 이 차는 제3대로 선에 소속되어 있습니다. 그래서……."

"그대로 대어 주시오!" 더피 형사부장은 귀찮다는 듯이 말하고 제9대로의 교통 순경을 향해 돌아섰다. "호각을 불어서 길을 비키게 하게. 자네의 이름은?"

"시텐필드, 8638번입니다."

"알았네. 자네는 저 문을 맡아 주게, 시텐필드, 아무도 내린 사람이 없겠지?"

"없습니다, 부장님."

"기사 양반, 시텐필드가 타기 전에 내린 사람은 없겠지요?"

"없습니다."

"그럼 갑시다."

전차가 덜컹거리며 움직이기 시작하자 형사부장은 시체 있는 곳으로 돌아갔다. 체리 브라운이 훌쩍훌쩍 울고 있었다. 포랙스는 그녀의 손을 가볍게 두드려 주고 있었다. 데이비드는 굳은 표정으로 서 있었다. 마치 롱스트리트의 시체를 지키기라도 하듯이.

전차는 뉴욕 그린 선의 커다란 차고로 크게 소리를 내며 들어갔다. 차가 들어가 서는 모습을 많은 사복 형사들이 말없이 지켜보고 있었다. 차 밖에서는 여전히 소나기가 요란하게 쏟아지고 있었다.

희끗희끗한 머리에 턱이 크고 몸집이 커다란 사나이——오히려 호감이 갈 만큼 못생긴——가 날카로운 잿빛 눈을 번뜩이며 뒷문을 두드렸다. 모로 순경이 차 안에서 더피 형사부장을 큰 소리로 불렀다. 더피가 나타나 밖을 내다보고 샘 경감의 큰 몸집이 보이자 문고리를 벗겼다. 이중문이 접히면서 열렸다. 샘 경감은 차 안으로 들어서자 더피에게 문을 닫으라고 손짓하고 차 안에서 대기하고 있던 형사들에게도 손짓을 하며 한가운데로 천천히 나아갔다.

"여보게, 더피" 하고 경감이 말했다. 그는 죽은 남자를 물끄러미 내려다보았다. "어떻게 된 일인가?"

형사부장은 샘 경감의 귓가에 대고 작은 소리로 말했다. 샘 경감은 조금도 표정을 바꾸지 않았다.

"롱스트리트라고? 주식 중매인이라……. 흐음, 에밀리 주에트 양이란 누구시오?"

젊은 여자가 우람한 몸집의 동행자에게 부축을 받으며 나섰다. 동행자는 도전적인 태도로 경감을 노려보았다.

"이 사람이 쓰러지는 것을 보았다고 하셨는데, 쓰러지기 전에 뭔가 이상한 데는 없었습니까?"

"없었어요" 하고 젊은 여자는 흥분한 목소리로 말했다. "안경집을 꺼내려고 주머니에 손을 집어넣는 것을 보았어요. 그런데 뭔가에 긁힌 것 같았어요. 손을 꺼냈을 때 피가 배어 있는 것이 보였으니까요."

"어느 주머니에서 꺼냈지요?"

"윗옷 왼쪽 주머니였어요."

"어디쯤에서입니까?"

"네, 전차가 제9대로에 멈춰서기 직전이었어요."

"지금부터 몇 분 전쯤 됩니까?"

여자는 가느다란 눈썹을 찌푸렸다.

"글쎄요, 전차가 두 번째로 멈춰 섰다가 움직이기 시작해 여기까지 오는 데 약 5분 걸렸고, 이 사람이 쓰러지고 난 다음에 전차가 다시 움직이기 시작할 때까지 약 5분, 게다가 이 사람이 손에 상처를 입고 쓰러질 때까지가 아주 조금——2, 3분 정도였을 거예요."

"15분 이상은 걸리지 않았군요. 윗옷 왼쪽 주머니라……."

샘 경감은 무릎을 꿇고 바지 뒷주머니에서 손전등을 꺼내어 죽은 사람의 뚜껑이 없는 주머니의 천을 쥐고 벌리더니 그 안으로 불빛을 비쳤다. 그는 만족한 듯이 중얼거렸다. 손전등을 바닥에 놓고 커다란 주머니칼을 꺼내어 양복 주머니의 한쪽 솔기를 따라 조심스럽게 찢었다. 손전등의 불빛에 두 개의 물건이 비쳤다.

샘 경감은 찢어진 주머니에서 그것을 꺼내지 않은 채 살펴보았다. 하나는 은테 안경집이었다. 경감은 시체의 얼굴을 보았다. 죽은 사람이 쓰고 있는 안경은 보랏빛 코에 조금 비스듬히 걸려 있었다.

경감의 시선은 다시 주머니로 돌아갔다. 두 번째 것은 색다른 물건이었다. 지름이 1인치쯤 되는 작은 코르크 알이었는데, 거기에는 적어도 50개는 될 듯싶은 보통 바느질 바늘이 꽂혀 있었다. 각각 그 끝이 코르크 알에서 6, 7밀리미터씩 나와 있었고 그 결과 이 흉기 전체의 지름이 4센티미터쯤으로 되어 있었다. 바늘 끝에는 붉은 갈색의 물질이 묻어 있었다. 샘 경감은 주머니칼 끝으로 코르크를 찔러서 벌리고 속을 보았다. 속의 바늘 끝에도 같은 것이 있었다. 타르 같은 끈적끈적한 것이었다. 경감은 앞으로 몸을 굽혀 냄새를 맡아 보았다.

"곰팡이 낀 담배 냄새가 나는군." 경감은 어깨 너머로 지켜보고 있던 더피에게 작은 목소리로 말했다. "1년분의 급료를 준다고 해도 이것을 맨손으로 만지지는 못하겠는걸."

경감은 일어나서 주머니를 뒤져 핀셋과 담뱃갑을 꺼냈다. 그리고 담뱃갑에서 담배를 꺼내어 모두 주머니 속에 넣었다. 핀셋으로 조심스럽게 바늘이 꽂힌 코르크를 집어 롱스트리트의 주머니에서 꺼낸 빈 담뱃갑 속으로 옮겼다. 나직한 목소리로 더피에게 뭐라고 말하자 형사부장은 곧 어디론가 가더니 이윽고 신문지를 가지고 돌아왔다. 경감은 대여섯 장쯤 되는 두꺼운 신문지로 담뱃갑을 싸서 그것을 더피에게 건네주었다.

"다이너마이트나 다름 없네, 부장." 경감은 엄격한 표정으로 말하며 일어섰다. "그대로 가지고 있게. 잃어버리면 안 되네."

더피 형사부장은 몸을 긴장시키며 곧바로 서서 손을 쭉 뻗고 꾸러미를 들었다.

샘 경감은 롱스트리트 일행들의 긴장된 시선을 무시하고 앞쪽으로 가서 운전 기사와 입구 가까이에 서 있는 승객들에게 질문하기 시작했다. 이어서 차 안으로 돌아와 차장과 뒤쪽 승강구의 승객들에게도 같은 질문을 되풀이했다. 제자리로 돌아오자 더피에게 말했다.

"다행이네, 부장. 제8대로를 출발한 다음 아무도 이 차에서 내린 사람은 없다는군. 피해자가 이 차에 오른 뒤로 줄곧……. 그럼, 모로와 시텐필드를 자기 부서로 돌려보내게. 많이 있으니까. 그리고 밖에다 경계선을 쳐 주게. 승객을 모두 내리게 해야겠어."

더피는 끔찍스러운 꾸러미를 들고 뒤쪽으로 가서 전차에서 내렸다. 차장은 곧 문을 닫았다.

5분 뒤 다시금 뒷문이 열렸다. 전차 밖으로 튀어나온 승강구의 발판에서 차고 바닥으로 건너가는 계단까지 순경과 형사가 두 줄로 늘어섰다. 샘 경감은 롱스트리트 일행을 따로 서게 했다. 그들은 전차에서 말없이 한 줄로 줄지어 내려와 경계선을 지나 건물 1층에 있는 구석진 방으로 이끌려 갔다. 별실 문이 닫히고 순경이 한 사람 지키고 섰다. 방 안에서는 두 형사가 그들을 지켰다.

롱스트리트 일행을 보낸 다음 샘 경감은 전차의 다른 승객들이 모두 차에서 내리는 것을 지휘했다. 승객들은 길게 줄을 지어서 역시 경계선을 지나 여섯 명쯤 되는 형사에게 감시당하며 이층의 큰 방으로 들어갔다.

샘 경감은 아무도 없는 전차 안에 혼자 서 있었다. 의자에 누운 시체는 얼굴을 찡그린 채 두 눈은 눈부신 불빛을 향해 뜨고 있었는데, 눈동자가 크게 벌려져 있었다. 전차 밖에서 들리는 구급차의 경적 소리에 경감은 퍼뜩 정신을 차렸다. 흰 옷을 입은 두 젊은이가 차고로 달려오고 키가 작은 뚱뚱한 남자가 그 뒤를 따랐다. 그 남자는 유행에 뒤떨어진 금테 안경을 쓰고 구식의 작은 회색 나사 모자를 썼는데, 차양의 뒤를 위로 젖혀 올리고 앞은 내리고 있었다.

샘은 뒷문 고리를 벗기고 윗몸을 밖으로 내밀었다.

"시링 선생, 이쪽입니다!"

키가 작은 뚱뚱한 남자는 뉴욕 주의 검시관인데, 조수를 둘 데리고 헐떡거리며 들어왔다. 시링 의사가 시체 위에 몸을 굽히자 샘 경감은 조심스럽게 시체의 왼쪽 호주머니에 한 손을 넣어 은테 안경집을 꺼냈다.

시링은 허리를 폈다.

"이 시체를 어디로 옮겨 가면 좋겠습니까, 경감님?"

"위층이 좋겠소," 샘 경감의 눈은 심술궂은 유머를 담은 채 깜박거렸다. 그는 무표정하게 말했다. "일행이 있는 별실로 날라다 주십시오, 그렇게 하면 아마 일이 재미있게 될 것 같습니다."

시링 의사가 시체 운반을 지휘하는 동안 경감은 전차에서 뛰어내렸다. 샘은 형사 한 사람을 불렀다.

"지금 곧 해주어야 할 일이 있네. 이 전차 안을 샅샅이 조사해 주게. 휴지 한 장도 버려서는 안되네. 그리고 롱스트리트의 일행과 다른 승객들의 경계선을 통과하던 길목도 살펴보도록 하게. 누군가 무엇이든 버리지 않았는지 알고 싶어서 그러네. 잘 해야 하네, 피보디."

피보디 경위는 싱긋이 웃으며 돌아섰다. 샘 경감은 말했다.

"같이 가세, 부장."

더피는 여전히 신문지에 싼 흉기를 조심스럽게 들고 있다가 맥없이 웃고는 경감의 뒤를 따라 이층으로 가는 계단을 올라갔다.

제4장

차고의 별실. 9월 4일 금요일 오후 6시 40분.

차고의 이층 별실은 넓고 장식이 없는 음침한 곳이었다. 사방의 벽 밑에는 긴 의자가 죽 놓여 있었다. 롱스트리트 일행은 각양각색으로 처량하고 긴장한 모습을 하고서 앉아 있었는데, 모두 한결같이 말이 없었다.

시링 검시관은 들것에 시체를 싣고 가는 두 조수의 앞장을 서서 샘 경감과 더피 형사부장을 따라 방으로 들어갔다. 그는 칸막이를 가져오게 한 다음 그 뒤쪽에 들것을 갖다 놓도록 했다. 그러는 동안 달그락 소리 하나 내지 않고 시링 검시관은 매우 느긋한 기분으로 일을 진행시켰다. 롱스트리트 일행은 명령이라도 받은 듯이 그 뒤에도 내내 칸막이에서 눈길을 돌리고 있었다. 체리 브라운은 포랙스의 떨리는 어깨에 매달려서 울기 시작했다.

샘 경감은 두툼한 두 손을 뒷짐지고 부드러우면서도 무심하다고 할 만큼 침착한 태도로 모두를 둘러보았다.

"여러분은 이 사건에 대하여 조용히 이야기할 수 있는 적당한 방에 모두 모이셨습니다." 경감은 부드럽게 말을 시작했다. "지금은 모두들 다소 흥분하고 계시겠지만, 두세 가지 질문에 대답을 못하실 정도는 아니겠지요?"

모두들 경감을 올려다보며 초등 학생처럼 앉아 있었다.

"형사부장" 하고 샘 경감은 말을 이었다. "여기 계신 분 가운데 누가 죽은 사람이 해리 롱스트리트라는 것을 인정했다고 말했지? 어느 분이신가?"

더피 형사부장은 아내 옆에 꼼짝도 않고 앉아 있는 존 데이비드의 모습을 가리켰다. 이윽고 데이비드는 몸을 움직였다.

샘 경감은 말했다.

"그럼, 전차 안에서 형사부장에게 말씀하시려던 것을 지금 하십시오——조너스, 모두 기록해 주게." 경감은 입구에 모여 있는 형사 중의 한 사람에게 명령했다. "이름은 무엇입니까?"

"존 O 데이비드라고 합니다." 결의와 자신이 그 태도와 목소리에 나타나 있었다. 일행 가운데 몇 사람의 얼굴에 언뜻 놀라움의 빛이 스치고 지나가는 것을 샘 경감은 놓치지 않았다. 데이비드의 태도는 그들을 만족시킨 듯했다. "죽은 사람은 우리 상회의 공동 경영자입니다. 데이비드 앤드 롱스트리트 상회이지요. 월 거리에서 주식 중매업을 하고 있습니다."

"이 부인들과 남자분들은?"

데이비드는 찬찬히 다른 사람들을 소개했다.

"그 전차는 왜 탔습니까?"

몹시 여윈 작은 남자는 무뚝뚝하기는 하나 또렷한 말투로 42번 거리 횡단 전차를 타게 된 까닭, 약혼 피로연, 피로연의 상황, 주말을 자기 집에서 보내자던 롱스트리트의 초대, 호텔을 나오자 소나기가 내려 나루터까지 전차를 타기로 한 일 등을 설명했다.

샘은 잠자코 듣고 있었다. 데이비드의 말이 끝나자 샘은 미소지었다.

"잘 알았습니다, 데이비드 씨. 전차 안에서 제가 롱스트리트의 윗옷 주머니에서 꺼낸 그 바늘이 꽂힌 이상한 코르크 알 말씀입니다만, 전에 본 적이 있습니까? 혹은 그런 것이 있다는 사실에 대해 들은 적이 있습니까?"

데이비드는 고개를 저었다.

"다른 분들도 마찬가지인가요?"

모두들 고개를 끄덕였다.

"알았습니다. 그럼, 데이비드 씨. 이제부터 제가 하는 말이 사실 그대로인지 잘 들어 주십시오. 당신과 롱스트리트와 다른 분들이 42번 거리와 제8대로의 모퉁이에 있는 보석상 추녀 밑에서 기다리고 있는 동안 당신은 롱스트리트에게 한 통의 편지를 보였습니다. 롱스트리트는 왼손을 왼쪽 호주머니에 넣었습니다. 안경집을 꺼내어 안경을 쓰려고 했던 거지요. 그 다음 안경집을 다시 넣기 위해 왼손을 호주머니에 집어넣었습니다. 그때 당신은 그의 왼손에 이상이 생겼다는 사실을 모르셨습니까? 비명을 지르지 않던가요? 손을 급히 빼내지는 않았습니까?"

"전혀 몰랐습니다" 하고 데이비드는 침착하게 대답했다. "당신은 흉기가 그의 주머니 속에 들어간 정확한 시간을 알아내려고 하시는 것 같습니다만, 그때는 절대로 들어 있지 않았습니다, 경감님."

샘은 다른 사람들을 보았다.

"어느 분이든 이상한 점을 발견하지 못했습니까?"

체리 브라운이 가냘프게 울먹이는 듯한 목소리로 말했다.

"이상한 점은 없었어요. 저는 그이 바로 옆에 있었으니까 그이가 바늘에 찔렸다면 금방 알았겠지요."

"좋습니다, 그럼 데이비드 씨. 롱스트리트가 편지를 다 읽고 난 다음 다시 주머니에서 안경집을 꺼내어 안경을 넣고 다시──네 번째이겠지요──주머니에 손을 넣어 안경집을 집어넣었을 때에도 비명을 질렀거나 바늘에 찔린 듯한 기색은 전혀 보이지 않았습니까?"

"맹세해도 좋습니다, 경감님" 하고 데이비드는 말했다. "비명도 지르지 않았고 다른 이상한 태도도 보이지 않았습니다."

다른 사람들도 모두 동의의 표시로 고개를 끄덕였다.

샘 경감은 발뒤꿈치로 서서 가볍게 몸을 흔들었다.

"체리 브라운 양." 이윽고 경감은 여배우를 보며 말했다. "데이비드 씨의 말씀에 따르면 편지를 돌려준 다음에 당신과 데이비드는 전차를 향해서 달려갔고, 그때부터 비를 맞으며 전차에 오를 때까지 당신은 미래의 남편의 왼팔을 잡고 계셨다는데, 사실입니까?"

"네" 하고 여배우는 몸을 조금 떨었다. "저는 그이의 왼팔을 꼭 잡고 있었어요. 그이는 왼손을 주머니 속에 집어넣고 있었지요. 우리는 뒤쪽 승강구로 오를 때까지 그렇게 하고 있었어요."

"거기서 그의 손을 보셨습니까? 왼손을 말입니다."

"네, 조끼 주머니의 잔돈을 꺼내려고 윗옷 왼쪽 주머니에서 왼손을 뺐지요. 잔돈은 없었습니다만······. 전차에 오르자마자였어요."

"그 손은 깨끗했습니까? 상처나 피 같은 것은 없었나요?"

"네, 없었어요."

"데이비드 씨, 롱스트리트에게 보였던 편지를 좀 주십시오."

데이비드가 가슴 호주머니에서 흙이 묻은 봉투를 꺼내어 샘 경감에게 건네 주었다. 샘은 편지를 읽었다. 웨이버라는 단골손님이 보낸 항의서로서 어느 날 어느 시간에 어느 주를 팔아 달라고 의뢰했는데 데이비드 앤드 롱스트리트 상회가 지시에 따르지 않았으므로 그 결과 웨이버는 상당한 금액을 잃었다는 글이 씌어 있었다. 그는 이 손실을 배상해 주어야 하며 상회측이 태만했기 때문이라고 주장하고 있었다. 샘은 아무 말 없이 편지를 데이비드에게 돌려주었다.

"그럼, 지금까지의 사실은 틀림이 없다는 이야기가 되는군요." 경감은 말을 계속했다. "다시 말해서──"

데이비드가 조용한 어조로 다음 말을 이었다.

"흉기는 전차에 오른 뒤 누군가가 주머니에 몰래 넣었다는 이야기가 됩니다."

경감은 진지한 표정으로 하얀 이만 드러내 보였다.

"맞습니다. 비를 피하는 동안 그는 주머니에 손을 네 번 넣었습니다. 전차를 타기 위해 한길을 가로질렀을 때에는 롱스트리트의 왼쪽에 브라운 양이 꼭 붙어 있었습니다. 롱스트리트는 손을 문제의 왼쪽 호주머니에 넣고 있었으므로 그때 어떤 이상한 일이 있었다면 당신이나 브라운 양이 알았겠지요. 차 안에서는 브라운 양이 그의 손을 보고 있었으나 아무런 일도 없었다고 하므로 차에 오르기 전에는 바늘이 꽂힌 코르크가 주머니에 없었다는 이야기가 됩니다."

샘은 턱을 어루만지며 생각에 잠겼다. 이윽고 고개를 젓고는 사람들의 앞을 왔다갔다하며 한 사람 한 사람에게 차 안에서 롱스트리트와는 얼마나 떨어져 있었느냐고 물었다. 경감은 그들이 여기저기 흩어진 채 전차가 흔들리고 승객들이 움직일 때마다 이리 움직이고 저리 흔들렸다는 사실을 알았다. 그는 입을 꼭 다물고 실망한 듯한 기색은 조금도 보이지 않았다.

"브라운 양, 어째서 롱스트리트는 전차 안에서 안경을 꺼냈을까요?"

체리는 힘없이 대답했다.

"신문을 읽으려고 그랬겠지요."

데이비드가 말했다.

"롱스트리트는 늘 나루터로 가는 도중에 저녁 신문의 상장란을 읽습니다."

"롱스트리트가 비명을 지르며 손을 들여다본 것은 안경을 꺼낼 때였습니까, 브라운 양?" 샘은 고개를 끄덕이며 물었다.

"네, 깜짝 놀라며 당황하는 것 같았지만 그뿐이었어요. 어째서 상처가 났는지 이상하다는 듯이 주머니를 뒤지려고 하는데 전차가 심하게 기우는 바람에 가죽 손잡이를 붙잡았지요. 그때, 긁힌 상처를 입었다고 말하더군요. 그이는 말을 하면서 몹시 비틀거렸어요."

"그러나 어쨌든 안경을 쓰고 상장란을 읽었겠지요?"

"신문을 펼치려고 했었지만 미처 펼치지 못했어요. 그이는 제가 보았을 때 이미 쓰러지고 있었어요."

샘은 이맛살을 찌푸렸다.

"매일 저녁, 전차 안에서 상장란을 읽습니까? 아니면 오늘만 무슨 특별한 이유라도 있어서 신문을 보려고 했나요, 브라운 양? 그다지 예의바른 일은 아닌 것 같아서요."

"별로 특별한 이유가 있는 것은 아닙니다" 하고 다시금 데이비드가 냉정한 어조로 끼어들었다. "당신은 롱스트리트를 모르십니다. 그렇기 때문에 그런 말씀을 하시는 겁니다. 그는 하고 싶으면 무슨 일이든 하는 사람입니다. 특별한 이유가 있을 리 없습니다."

그러나 체리 브라운은 눈물 자국이 있는 얼굴로 깊은 생각에 잠기는 듯 물끄러미 앞쪽을 보고 있었다.

"지금 생각이 납니다만" 하고 그녀는 말했다. "오늘은 특별한 이유가 있었던 것 같아요. 오늘 오후의 일인데요, 그이는 신문을 사서——최종판이 아니었던 것 같아요——어떤 주가 어떻게 되었는지 보려고 했거든요. 틀림없이——"

샘은 여배우에게 기운을 북돋아 주려는 듯 목구멍을 울렸다.

"어서 말씀하십시오, 브라운 양. 그 주의 이름은 무엇이었지요?"

"네……. 국제 금속이었어요." 체리는 마이클 콜린즈가 얼굴을 찌푸리고 더러운 마룻바닥을 노려보며 앉아 있는 긴 의자 쪽을 흘끗 보았다. "그리고 국제 금속이 크게 폭락한 것을 보고 해리는 콜린즈 씨가 급히 도움을 요청해 올 것이라고 말했습니다."

"아하, 콜린즈가 도움을 청할 것이라고!"

몸집이 큰 아일랜드 인이 신음하듯 말했다. 샘은 호기심에 찬 눈으로 콜린즈를 보았다.

"그럼, 당신도 롱스트리트의 고객이었군요. 세무서 일로 정신이 없을 줄 알았는데……. 콜린즈 씨, 이 사건과는 어떤 관계가 있소?"

콜린즈는 흰 이를 드러내 보였다.

"당신이 참견할 일이 아니오만 꼭 알아야겠다면 말하지요. 롱스트리트가 국제 금속 주식을 잔뜩 사라고 가르쳐 주었었소. 나를 위해 상황을 관찰했다고 하며 말이오. 그런데 오늘 보니 최저 가격 이하로 떨어졌지 뭐요."

데이비드는 정말로 놀랐다는 표정을 지으며 콜린즈를 바라보았다. 샘이 대뜸 말했다.

"데이비드 씨, 이 거래에 대해서는 알고 계셨습니까?"

"전혀 몰랐습니다." 데이비드는 똑바로 샘의 얼굴을 보았다. "롱스트리트가 금속 주를 사라고 권했다니 정말 놀랍습니다. 지난 주일 저는 폭락할 것을 미리 알고 저의 몇몇 개인적인 손님에게 절대로 사지 말라고 충고했을 정도였으니까요."

"콜린즈 씨, 금속 주의 폭락을 처음 안 것은 언제였소?"

"어제 1시였소. 하지만 데이비드, 자네가 롱스트리트의 이 정보를 모르다니, 그게 무슨 말인가? 대체 어떻게 그런 엉터리 영업을 할 수가 있나? 나는——"

"이봐요, 좀 조용히 하시오. 오늘 1시에, 그리고 호텔에서 만났을 때 말고 롱스트리트와 이야기한 적이 있소?"

샘 경감이 물었다.

"있지요." 콜린즈는 퉁명스럽게 대답했다.

"어디서?"

"상회의 타임즈 스퀘어 출장소에서 오후에 만났었습니다."

샘은 또다시 뒤꿈치로 서서 몸을 흔들었다.

"싸움은 하지 않았소?"

"그런 말 하지 마시오!" 갑자기 콜린즈가 큰 소리로 말했다. "무슨 속셈이오. 오늘 일을 나에게 뒤집어씌우려고 그러시오?"

"묻는 말에나 대답하십시오."

"알았소. 싸움은 하지 않았습니다."

체리 브라운이 비명을 질렀다. 샘 경감은 총알을 맞은 사람처럼 뒤돌아보았다. 그러나 명랑한 뚱뚱보 시링 의사가 셔츠 소매를 걷어 올린 채 칸막이 뒤에서 나오는 모습이 보일 뿐이었다. 롱스트리트의 굳어 버린 죽은 얼굴이 언뜻 보였다…….

"그것이나 주시오. 그 코르크인지 뭔지, 사람들이 저 아래층에서 말하던 것 말이오" 하고 시링이 말했다.

샘은 더피 형사부장에게 눈짓했다. 더피는 살았다는 듯이 꾸러미를 검시관에게 주었다. 의사는 꾸러미를 받아들고 콧노래를 부르며 다시 칸막이 뒤로 사라졌다.
 체리 브라운은 제자리에서 일어나 있었다. 눈을 크게 뜬 얼굴은 악몽 속의 메두사의 목처럼 일그러져 있었다. 체리의 처음 충격은 가라앉았으나 롱스트리트의 흙빛으로 변한 시체를 갑자기 보고는 일부러 그러는 듯한 빈틈없는 히스테리를 일으켰던 것이다. 손끝을 데이비드 쪽으로 뻗으며 달려가서 목덜미를 붙잡고 창백해진 얼굴에다 대고 소리질렀다.
 "당신이 죽였지! 당신이야! 그이를 미워했으니까! 당신이 죽였어!"
 남자들이 파랗게 질리며 모두 일어섰다. 샘 경감과 더피 형사 부장이 튀어나와서 울부짖는 여자를 떼어놓았다. 그러는 동안 내내 데이비드는 돌처럼 꼿꼿이 서 있었다. 잔느 데이비드의 얼굴에서 핏기가 가셨다. 잔느는 입술을 굳게 다물고 호랑이 같은 기세로 여배우를 향해 나아갔다. 크리스토퍼 로드가 잔느의 앞을 가로막고 낮은 목소리로 달랬다. 잔느는 다시 자리에 앉아 걱정스러운 표정으로 아버지를 보았다. 임페리얼과 데이비드 부인은 진지한 표정으로 데이비드의 양쪽에 의장병처럼 자리를 차지하고 있었다. 콜린즈는 밉살스러운 표정으로 자기 자리에 앉아 있었다. 포랙스가 일어나서 체리 브라운에게 뭐라고 빠른 어조로 속삭였다. 체리는 차츰 조용해지더니 울기 시작했다……. 데이비드 부인만이 머리카락 하나 까딱하지 않고 차가운 눈으로 이 광경을 지켜보고 있었다.
 샘 경감은 흐느껴 우는 여자를 내려다보았다.
 "어째서 그런 말을 하십니까, 브라운 양? 어떻게 데이비드 씨가 저 사람을 죽였다는 것을 아십니까? 데이비드 씨가 롱스트리트의 윗옷 주머니 속에 코르크를 넣는 것을 보셨습니까?"
 "아니에요" 여자는 울며 고개를 저었다. "모르겠어요, 몰라요. 그저 이 사람이 해리를 싫어한다는 것만은 잘 알고 있었을 뿐이에요, 독약처럼 싫어했거든요……. 해리는 여러 번 말했어요…….”

샘은 '제기랄' 하며 몸을 일으켜 더피 형사부장에게 뜻있는 눈짓을 했다. 더피는 노트에 기록을 하고 있는 형사에게 몸짓을 해보였다. 형사는 문을 열었다. 그러자 동료 형사가 들어왔다. 이때 포랙스는 체리에게로 몸을 구부려 그 특유의 주문을 외는 듯한 투로 위로의 말을 하고 있었는데, 샘 경감이 고함을 지르듯이 말했다.

"우리가 다시 올 때까지 여러분은 기다리고 계십시오."

경감은 노트를 들고 있는 형사를 데리고 열린 문으로 성큼성큼 걸어 나갔다.

제5장

차고의 넓은 방. 9월 4일 금요일 오후 7시 30분

샘 경감은 그 길로 차고의 넓은 방으로 갔다. 그는 거기서 희한한 광경과 마주쳤다. 수많은 남녀가 서 있기도 하고, 앉아 있기도 하고, 걸어다니기도 하고, 지껄이기도 하고, 초조해하기도 하고, 겁을 먹고 있기도 하고, 불쾌한 얼굴을 짓고 있기도 하는 등 갖가지 모습을 보이고 있었다. 경감은 경비를 담당한 형사 한 사람에게 웃어 보이고 크게 발소리를 내어 사람들의 주의를 끌었다. 모두들 경감에게로 모여들었다. 숨을 헐떡거리는 사람, 불평을 말하는 사람, 비난하는 사람, 질문을 퍼붓는 사람, 욕을 하는 사람…….

"앞으로 나오지 마십시오!" 샘은 호령조로 고함을 질렀다. "아시겠습니까, 불평이며 쓸데없는 말참견이며 변명 같은 것은 하지 마십시오. 여러분이 조용히 해주시면 그만큼 빨리 여기서 나갈 수 있습니다. 쥬에트 양, 당신부터 물어 보겠습니다. 누군가가 살해당한 남자의 주머니 속에 무엇을 넣는 것을 보지 못했습니까? 그 살해당한 남자가 바로 당신 앞에 서 있었을 때 말입니다."

"저는 같이 가는 분과 이야기하고 있었기 때문에……. 그리고 몹시 더워서——" 하고 여자는 입술을 빨며 말했다.

"질문에 대답하시오! 보았습니까, 못 보았습니까?"

"모, 못 보았습니다."

"만일 누군가가 그 주머니에 무엇을 넣었다면 알아차렸으리라고 생각합니까?"

"그렇게 생각되지 않아요. 같이 가는 분과 이야기하고 있었거든요."

샘은 갑자기 그 우람한 몸집의 남자를 쳐다보았다. 흰 머리가 나기 시작한 험상궂은 얼굴에 증오를 가득 띤 그 남자는 롱스트리트가 전차 안에서 쓰러졌을 때 팔을 잡아당겼던 사람이었다. 그의 말에 따르면 자기는 로버트 클랙슨이라는 서기로서, 롱스트리트 옆에 있기는 했으나 아무것도 눈치채지 못했다는 것이었다. 클랙슨의 어두운 얼굴에서 심술궂은 그림자가 사라지고, 갑자기 불안을 느꼈는지 파랗게 질리며 벌려진 입술이 우스꽝스러우리만큼 꿈틀거렸다.

중년의 이탈리아 사람, 앤토니오 폰타나는——까무잡잡한 살갗에 시커먼 콧수염을 기르고 있었다——이발사로서 일을 끝마치고 돌아가는 길이었는데, 앞서 말한 사람들과 별다른 이야기는 없었다. 이탈리아 신문인 〈이르 포포로 로망〉을 차 안에서 줄곧 읽고 있었다는 것이었다.

그 다음에 신문을 받은 사람은 차장이었는데, 찰스 우드라고 하며 근무상의 번호는 2101번으로 5년 전부터 제3대로 철도에 근무하고 있었다. 키가 크고 붉은 머리에 튼튼한 체격으로 약 50살쯤 된 사나이였다. 죽은 사람의 얼굴은 생각이 나며 제8대로에서 올라탄 이들 가운데 한 사람으로 전차에 오를 때의 일을 기억하고 있다고 말했다. 그는 죽은 남자가 1달러 지폐를 내어 열 사람분의 차비를 치렀다고 대답했다.

"그 사람들이 전차에 오를 때 이상한 점은 없었소?"

"아니오, 전차가 만원이어서 문을 닫고 차비를 받는 일에 정신이 팔려서 몰랐습니다."

"전에도 차 안에서 그 남자를 본 적이 있소?"

"네, 늘 그 시간에 탔지요. 오랜 단골손님입니다."

"이름을 아시오?"

"모릅니다."

"죽은 남자와 같이 다니던 사람은 없었소?"

"키가 작고 마른 남자를 본 적이 있습니다. 머리가 희끗희끗한 사람인데 죽은 남자와 늘 함께 다니더군요."

"이름을 알고 있소?"

"모릅니다."

샘은 천장을 노려보았다.

"찬찬히 생각해 보시오, 우드. 절대적으로 확실한 사실을 알고 싶어서 그러니까. 그 일행이 제8대로에서 승차한 다음 당신은 문을 닫았단 말이지요? 거기까지는 좋아요. 그 다음 정거장에서 타고 내린 사람은 없었소?"

"없습니다, 경감님. 만원이라 제9대로에서는 문을 열지 않았습니다. 그러므로 탄 사람도 없지요. 뒷문으로 내린 사람도 없습니다. 틀림없습니다. 앞쪽은 모르겠습니다. 운전 기사 기네스가 알겠지요."

샘은 많은 사람들 속에서 어깨가 떡 벌어진 아일랜드 인 운전 기사를 찾아냈다. 번호는 409번, 8년 동안 이 철도에 근무하고 있다고 했다. 그는 죽은 남자를 한 번도 본 적이 없다고 말했다. "찰스처럼 승객을 눈여겨볼 수 있는 자리가 아니니까요" 하고 그는 덧붙였다.

"틀림없이 본 적이 없소?"

"글쎄요, 그 얼굴이 조금 낯익은 것 같기도 합니다만……."

"제8대로를 지난 다음 앞에서 내린 사람은 없었소?"

"문을 열지도 않았는걸요. 그 노선은 아시다시피 횡단선으로 승객들이 거의 종점까지 가서 저지로 가는 나룻배를 탑니다. 회사가 모두 거기 있으니까요. 그 다음은 더피 부장님이 아십니다. 저와 함께 앞에 계셨거든요. 비번이셨나 봅니다. 때마침 타고 계셨으니 운이 좋았지요."

샘은 얼굴을 찌푸렸으나 기뻐서 찌푸린 얼굴이었다.

"그러니까 제8대로를 지난 다음부터 문은 앞뒤 모두 열린 적이 없다는 것이로군요?"

"그렇습니다." 기네스와 우드가 함께 대답했다.

"좋소, 물러가서 기다리시오."

경감은 몸을 돌려 다른 승객들을 신문하기 시작했다. 롱스트리트의 주머니 속에 누군가가 무엇을 집어넣거나 수상쩍은 짓을 하는 것을 본 사람은 없는 것 같았다. 두 승객이 미심쩍은 진술을 했으나, 흥분한 머리에서 빚어 낸 억측에 지나지 않는다는 사실이 뚜렷해지자 샘은 얼굴을 찌푸리며 외면했다. 경감은 조너스 형사에게 이 방에 있는 모든 사람의 이름과 주소를 적게 했다.

이때 피보디 경위가 잡동사니를 가득 담은 마대를 지고 숨을 헐떡이며 넓은 방으로 들어왔다.

"뭐 좀 찾아냈나, 경위?" 하고 샘이 물었다.

"잡동사니들입니다. 자, 보십시오." 경위는 자루 속에 있는 것을 바닥에 쏟아 놓았다. 종이쪽지, 찢어진 더러운 신문, 빈 담뱃갑, 심이 부러진 연필, 성냥개비, 찌그러진 초콜릿 조각, 두 조각이 난 시간표——모두 하찮은 것들뿐이었다. 코르크와 바늘도막 또는 그것과 관계가 있음직한 것은 하나도 없었다.

"그 전차 구석구석을 모조리 살펴보았습니다. 그리고 경계선을 따라서도 샅샅이 조사했어요. 이 사람들은 차에서 내릴 때 몸에 지닌 것을 아직 그대로 지니고 있을 겁니다."

샘의 잿빛 눈이 반짝였다. 그는 뉴욕 경찰 본부에서 가장 알려진 경감이었다. 유연한 근육과 뛰어난 기민성과 풍부한 상식과 권위 있는 목소리로 글자 그대로 출세의 길을 달려온 사람이다. 경찰관으로서의 책임을 굳게 다하는 행동적인 사나이였다.

"해야 할 일은 오직 하나일세" 하고 샘 경감은 턱을 조금 움직이며 말했다. "이 방 안에 있는 사람을 모조리 조사하는 거야."

"무엇을 찾아내야 합니까?"

"코르크, 바늘, 장소와 인물에 어울리지 않는 것은 무엇이든지 찾아내게. 불평하는 사람이 있으면 윽박지르게. 그럼, 시작."

피보디 경위는 싱긋이 웃으며 방에서 나가더니 금방 형사 여섯과 여순경 둘을 데리고 돌아왔다. 그는 긴 의자 위에 올라서서 외쳤다.

"여러분, 한 줄로 서 주십시오! 부인들은 이쪽에, 남자분들은 저쪽으로! 질문은 하지 마십시오! 협조해 주시면 빨리 돌아가실 수 있습니다."

15분 동안 샘 경감은 벽에 기대어 담배를 피우며 심각하다기보다 우스꽝스러운 이 장면을 지켜보고 있었다. 여순경의 거친 손이 사정없이 여자들을 어루만지고 주머니를 뒤지고 지갑을 살피고 모자 안과 신바닥을 뒤집을 때마다 여자들은 새된 소리로 아우성을 쳤다. 오히려 남자들은 그보다 좀 나은 태도로 주뼛거리면서 순종했다. 한 사람씩 내보낼 때마다 조너스 형사는 이름과 직장과 주소를 물어서 기입했다.

이따금 샘 경감의 두 눈은 나가는 사람의 얼굴을 뚫어지게 바라보았다. 심문하는 듯한 눈초리였다. 조너스가 심문을 마친 한 남자를 경감은 엄격한 태도로 붙잡았다. 키가 작고 얼굴빛이 나쁜 사무원인 듯싶은 남자였는데, 빛바랜 코트를 입고 있었다. 경감은 그 남자를 옆으로 끌고 가서 코트를 벗으라고 명령했다. 갈색의 개버딘 방수 코트였다. 남자의 입술은 두려움으로 하얗게 질렸다. 샘이 코트를 샅샅이 살피고 나서 한 마디 말도 없이 사나이에게 돌려주자 그 남자는 너무나 고마워하며 날듯이 방에서 나갔다.

방 안은 어느덧 텅 비고 말았다.

피보디가 낙심하여 말했다.

"헛일이었군요."

"방 안을 뒤져 보게."

피보디와 다른 형사들은 넓은 방의 쓰레기를 모으고 방구석이며 긴 의자 밑을 뒤졌다. 샘은 자루에서 꺼낸 잡동사니 앞에 웅크리고 앉아서 헤치고 있었다.

이윽고 경감은 피보디와 얼굴을 마주보며 어깨를 움츠리고는 방에서 나가 버렸다.

제6장

햄릿 장. 9월 8일 화요일 오전 11시 20분.

여기까지 이야기했을 때 브르노 지방 검사가 말참견을 했다.

"부디 양해해 주셔야 할 것은 레인 씨, 샘 경감은 아주 사소한 부분까지 모두 말씀드리고 있다는 점입니다. 대부분은 앞서 했던 심문을 보충하는 사항들입니다만, 우리가 나중에 발견한 사실도 많이 있습니다. 거의 다 우리와는 관계가 없는 일로 그다지 중요하지는 ……."

"브르노 씨." 도르리 레인은 중간에서 말을 가로막았다. "중요하지 않은 건 하나도 없습니다. 하찮은 일에도 얼마나 많은 진실이 담겨 있는지 알 수 없습니다. 하지만 지금까지 하신 말씀은 아주 훌륭했습니다."

레인은 큰 안락의자 속에서 몸을 움직여 벽난로 쪽으로 긴 다리를 뻗었다.

"이야기를 계속하시기 전에 잠깐 기다려 주십시오, 경감님."

두 방문객은 흔들거리는 불빛의 그늘에 있긴 했으나 레인이 조용히 두 눈을 감는 것을 보았다. 그는 무릎 위에서 두 손을 가볍게 쥐고 있었다. 희고 단정한 얼굴은 털 끝 하나 움직이지 않았다. 과거 시대의 고요함이 별천지를 이룬 듯한 방 안의 높고 어두운 네 벽에 드리워져 있었다.

퀘이시가 어두컴컴한 곳에서 낡은 양피지 같은 소리를 냈다. 브르노와 샘은 그쪽을 돌아다보았다. 꼽추 노인은 나직하게 웃고 있었던 것이다.

두 손님은 서로 얼굴을 마주보는 순간 도르리 레인의 신중하고 억양이 풍부한 발성법을 익힌 목소리가 들려와서 깜짝 놀랐다.

"경감님, 지금까지 하신 말씀 가운데 아직 완전하게 알 수 없는 점이 하나 있습니다" 하고 레인은 말했다.

"그것이 무엇입니까, 레인 씨."

"경감님의 말씀에 따르면 전차가 제7대로와 제8대로 사이를 달리고 있을 때 비가 내리기 시작했고, 롱스트리트 일행이 제8대로에서 전차를 탔을 때 창문이 꼭 닫혀 있었다고 하셨는데, 창문은 모두 다 닫혀 있었습니까?"

샘 경감의 위엄 있는 얼굴이 멍청해졌다.

"물론이지요, 레인 씨. 틀림없습니다. 더피 부장이 인정했으니까요."

"그것은 잘된 일입니다." 부드러운 목소리가 울렸다. "그럼, 창문은 모두 그때부터 꼭 닫혀 있었다는 말씀이지요?"

"확실합니다, 레인 씨. 전차가 차고에 이르렀을 때 비는 더욱 더 심하게 내리고 있었습니다. 비가 내린 다음부터 창문은 모두 다 닫혀 있었지요."

"아주 잘된 일입니다, 경감님. 어서 말씀을 계속하십시오."

가지런한 흰 눈썹 밑의 움푹 들어간 눈이 반짝 하고 빛났다.

제7장

차고의 별실. 9월 4일 금요일 오후 8시 5분.

샘 경감의 이야기에 따르면 전차의 다른 승객들이 돌아간 뒤 사태는 급속히 진전되어 갔다는 것이었다.

샘은 롱스트리트 일행이 처량한 얼굴로 기다리고 있는 별실로 돌아갔다. 루이 암페리얼은 진짜 신사였으므로 벌떡 일어나더니 군대식으로 발뒤꿈치를 울리며 공손히 머리를 숙였다.

"경감님" 하고 암페리얼은 아주 정중한 태도로 말했다. "모두들 먹을 것을 바라고 있다는 저의 억측을 용서해 주시기 바랍니다. 아주 간단한 것이라도 좋으니 부인들에게나마 주실 수 없을까요?"

샘은 방 안을 둘러보았다. 데이비드 부인은 긴 의자에 앉아 반쯤 눈을 감고 딱딱한 표정을 짓고 있었다. 잔느 데이비드는 로드의 넓은 어깨에 기대어 있었다. 두 사람 다 얼굴이 창백했다. 데이비드와 아헨은 나직한 목소리로 그다지 내키지 않는 듯 말을 주고받고 있었다. 포랙스는 앞으로 윗몸을 구부리고 앉아 꼭 쥔 두 손을 무릎 사이에 끼고 줄곧 체리 브라운에게 뭔가 속삭이고 있었다. 체리는 긴장된 얼굴로 이를 악물고 있었으므로 여느 때의 아름다움은 모조리 그 자취를 감추어 버렸다. 마이클 콜린즈는 두 손 안에 얼굴을 묻고 있었다.

"좋소, 암페리얼 씨. 딕, 아래로 내려가서 뭐든지 먹을 것을 여러분에게 사다 드리게나."

암페리얼이 내미는 지폐를 받아들고 형사 한 사람이 방에서 나갔다. 스위스 인은 해야 할 일을 다한 듯 만족한 표정을 지으며 긴 의자로 돌아가 앉았다.

"선생님의 의견은 어떠시오?"

시링 의사는 칸막이 앞에 서서 윗옷을 입고 있었다. 너덜너덜한 헝겊모자가 벗어진 머리 위에 우스꽝스럽게 얹혀 있었다. 의사는 손짓으로 경감을 불렀다. 샘 경감은 방 안을 가로질러 갔다. 그리고 두 사람은 칸막이 뒤로 가서 죽은 사람을 내려다보았다. 구급차로 온 젊은 조수 한 사람이 시체 옆의 긴 의자에 앉아서 자세하게 보고서를 쓰고 있었다.

또 한 사람은 손톱을 깎으며 가만히 휘파람을 불고 있었다.

"그것이 말이오." 시링 의사는 즐거운 듯이 말했다. "아주 수법이 교묘하오. 호흡기 마비에 의한 사망인데, 정말 기가 막힐 정도입니다."

의사는 손을 들어 통통한 오른손으로 왼손의 손가락을 하나 접어 보였다.

"첫째 독약."

그는 이렇게 말하며 긴 의자 쪽을 턱으로 가리켰다. 흉기가 노출된 채 롱스트리트의 굳어진 발밑에 아무 일도 없었다는 듯이 놓여 있었다.

"코르크 알에 꽂힌 바늘은 5개인데, 코르크에 꽂힌 바늘 끝과 귀에 니코틴이 발라져 있지요. 니코틴의 농축액인 것 같소."

"어쩐지 곰팡이 낀 담배 냄새가 나더군요" 하고 샘 경감은 중얼거렸다.

"그랬겠지요. 순수액은 무색무취의 끈적끈적한 것이지만, 물에 담그거나 그대로 내버려 두면 금방 적갈색으로 변하며 담배 특유의 냄새가 나지요. 틀림없이 이 무서운 독약이 직접적인 사인이오. 하지만 해부를 해서 다른 사인이 없는지 알아보도록 하겠소. 독약은 직접――바늘이 손바닥과 손가락에 21군데 찔려――몸속으로 들어간 것이오. 곧장 혈관으로 들어간 셈이지요. 내가 보기로는 2, 3분 동안은 죽지 않았을 것 같소. 왜냐하면 이 사람은 여느 때 담배를 많이 피우므로 여느 사람보다 니코틴에 대한 저항력이 강하기 때문이오."

의사는 두 번째 손가락을 구부리며 말했다.

"둘째는 흉기인데, 경찰 자료실의 보배로 삼을 만하오, 경감. 그저 대수롭지 않고 간단해 보이지만 독창적이고 끔찍스러운 흉기요. 가히 천재적인 작품이라 하겠소."

그는 세 번째 손가락을 구부리며 말을 이었다.

"셋째는 독약을 어디서 손에 넣었느냐 하는 문제인데, 경감에게는 안된 일이오만 합법적인 계통으로 손에 넣은 것이 아닌 이상 어디에서 구했는지 알 수가 없소. 순수한 니코틴을 사기란 아주 어려운 일이며, 내가 범인이라면 약방에서는 결코 사지 않을 거요. 그야 아주 많은 담배에서 빼낼 수도 있긴 하오. 여느 담배에는 니코틴이

4퍼센트쯤 들어 있으니까. 하지만 그렇더라도 니코틴 제조자를 어떻게 찾아낼 수 있겠소? 가장 좋은 방법은——"
시링 의사는 유명한 살충액의 이름을 말했다.
"그것을 사면 그다지 힘들이지 않고 니코틴을 빼낼 수가 있지요. 본디 함유량은 35퍼센트인데, 증류하면 이 바늘에 발라져 있는 것처럼 진같이 끈적끈적하게 되니까요."
"어쨌든 형사에게 정규적인 입수 경로를 알아 오라고 해야겠소." 샘 경감은 침울하게 말했다. "이 독이 온 몸에 퍼지려면 얼마나 걸릴까요?"
시링 의사는 입을 오므렸다.
"일반적으로는 2, 3초도 안 걸립니다. 그러나 이 니코틴은 순수액이 아니며, 롱스트리트가 여느 때 담배를 많이 피웠다면 3분은 걸릴 것이고 또 사실이 그랬소."
"니코틴이 원인임에 틀림없겠지요? 뭔가 다른 이유는 없을까요?"
"글쎄, 나도 그다지 깨끗한 편은 아니지만 이 사나이의 건강 상태는 정말 지독하오, 경감. 어쨌든 내장에 대해서는 해부해 보고 난 다음에 이야기하기로 합시다. 내일 하도록 하지요. 자, 그럼, 이상이오. 조수들이 이 사람을 차에 싣고 가도록 하겠소."
샘은 바늘이 박힌 코르크 알을 담뱃갑에 넣어 신문지에 싸 가지고 롱스트리트 일행에게로 갔다. 더피 형사부장에게 흉기를 돌려 준 다음 두 조수가 담요에 싸서 들것에 실은 시체를 들고 나가자 샘은 옆으로 물러섰다. 시링 의사는 조수들의 뒤를 따라 싱글거리며 나갔다.
시체가 실려 나가자 다시금 죽음과도 같은 침묵이 감돌았다.
먹을 것을 사러 나가던 형사는 금방 돌아온 모양이다. 그들은 샌드위치 꾸러미를 풀고 천천히 그것을 먹으며 커피를 마셨다. 샘은 데이비드에게 말을 걸었다.

"아마 당신은 롱스트리트의 공동 경영자로서 그의 일상 생활을 가장 잘 알고 계시리라고 생각합니다. 차장은 이따금 차 안에서 롱스트리트를 보았다고 하는데, 맞습니까, 데이비드 씨?"

"롱스트리트는 일과에 대해서는 아주 꼼꼼했습니다." 데이비드는 짜증스럽게 말했다. "특히 퇴근 시간은 정확하게 지켰지요. 다시 말해서 오랜 시간의 노동이나 무리한 일은 그다지 좋아하지 않았던 것입니다. 성가신 일은 거의 모두 저에게 맡겼지요. 본점은 월 거리의 상가에 있습니다만, 일이 끝나면 언제나 타임즈 스퀘어 출장소로 돌아오게 되어 있으며 그 다음에 웨스트 잉글우드로 돌아갑니다. 롱스트리트는 늘 6시 조금 전에 출장소에서 나갑니다. 그리고 저지 행의 같은 기차를 타지요. 오늘도 습관적으로 그 기차를 탈 수 있도록 파티를 끝내고 호텔을 떠난 것이 바로 언제나와 같은 시간이었다고 생각됩니다. 그러므로 여느 때와 같은 전차를 탄 것은 아마도 그 때문이었겠지요."

"당신도 자주 그 전차를 탄 까닭을 이제야 알겠습니다."

"네, 상회에 늦게까지 있지 않을 경우에는 보통 롱스트리트와 함께 웨스트 잉글우드로 돌아갔지요."

샘 경감이 한숨을 쉬었다.

"당신들은 두 분 다 자동차는 타지 않는 것 같은데, 어째서지요?"

데이비드는 쓴웃음을 지었다.

"뉴욕의 교통 상태로 보아 손해니까요. 잉글우드 역에는 자동차가 기다리고 있습니다."

"다른 면에서도 롱스트리트는 꼼꼼했습니까?"

"사소한 일에 대해 매우 꼼꼼했습니다. 사생활에서는 아주 부모하고 믿을 수가 없었습니다만. 그러나 이미 말씀드린 대로 늘 같은 신문을 읽고 상장란의 시세를 살피곤 했지요. 출근할 때에는 언제나 같은 모양의 옷을 입었고, 여송연도 담배도 늘 종류가 같은 것이었습니다——지독히 많이 피웠지요——사소한 일에 대해서는 거의 일정한 습관대로 했다고 단언할 수 있습니다." 여기서 데이비드의 눈이 쌀쌀해졌다. "점심때에야 상회로 나오는 점에 있어서도 말입니다."

샘 경감은 데이비드에게 아무렇지도 않은 듯이 눈길을 보내면서 새 담배에 불을 붙여 물었다.

"글을 읽을 때는 반드시 안경을 써야만 했습니까?"

"네, 특히 잔글씨를 읽을 때에는 더욱 필요했지요. 그런데 겉치레에 신경을 쓰는 사람이어서 안경이 자기의 멋을 깎는다고 생각한 탓에, 안경이 없으면 불편한데도 외출할 때나 사람을 만날 때에는 절대로 쓰지 않았습니다. 하지만 글을 읽을 때만은 방 안이건 밖이건 써야만 했습니다."

샘은 허물없이 데이비드의 가냘픈 어깨에 한 손을 얹었다.

"데이비드 씨, 솔직히 말해서 브라운 양은 롱스트리트를 데이비드 씨가 죽였다고 비난했습니다. 물론 다른 뜻이 있는 것은 아닙니다만, 브라운 양은 데이비드 씨가 그 사람을 미워했다고 여러 번 말했는데, 사실입니까?"

데이비드는 몸을 조금 움직여 샘의 큰 손이 자기 어깨에서 밀려나도록 하며 냉정한 표정으로 말했다.

"경감님께서 말씀하신 대로 솔직히 말하는 것인지 어떤지는 모르겠습니다만, 저는 공동 경영자를 죽이지 않았습니다."

샘은 데이비드의 맑은 눈동자를 뚫어지게 들여다보았다. 그러나 마침내 어깨를 움츠리고는 다른 사람 쪽으로 눈길을 돌렸다.

"여러분, 내일 아침 9시에 데이비드 앤드 롱스트리트 상회의 타임즈 스퀘어 출장소에서 만납시다. 조금 더 물어볼 것이 있으니까 한 분도 빠짐없이 나와 주시기 바랍니다."

모두들 맥없이 일어서서 어슬렁어슬렁 문 쪽으로 갔다.

"잠깐만 기다리십시오" 하고 경감은 다시 말했다. "매우 죄송합니다만, 여러분은 신체 검사를 받으셔야 하겠습니다. 더피, 부인들을 위해서 여순경을 한 사람 불러오게."

모두들 한숨을 쉬었다. 데이비드는 화난 말투로 항의했다. 샘은 미소지었다.

"어느 분도 숨긴 것은 없으시겠지요?"

몇 분 전에 넓은 방에서 행하여졌던 일이 다시금 샘의 눈앞에서 되풀이되었다. 남자들은 침착하지 못했고 여자들은 얼굴을 붉히며 화를 냈다. 데이비드 부인은 긴 침묵을 깨고 빠른 어조의 스페인 말로 경감의 가슴팍을 향해 대들었다. 경감은 눈썹을 치켜뜨고 여순경에게 단호하게 손으로 신호했다.

"성함과 주소를 말씀해 주십시오."

검사를 받은 사람들이 나가려고 하자 문 앞에 서 있던 조너스의 나른한 목소리가 들려왔다.

더피는 실망한 모양이었다.

"아무것도 없습니다. 바늘도, 코르크도, 색다른 것은 하나도 없습니다."

샘은 방 한가운데에 우뚝 버티고 서서 이맛살을 찌푸리기도 하고 입술을 깨물기도 했다.

"방 안을 뒤져 보게" 그는 엄한 목소리로 말했다.

방 안도 샅샅이 수색을 받았다.

샘 경감은 형사들에게 둘러싸여 차고를 떠날 때에도 여전히 이맛살을 찌푸리고 있었다.

제8장

데이비드 앤드 롱스트리트 상회. 9월 5일 토요일 오전 9시.

토요일 아침, 샘 경감이 데이비드 앤드 롱스트리트 상회의 출장소 문턱에 들어섰을 때, 저 밑바닥에 흐르고 있는 긴장은 아직 겉으로 드러나 있지 않았다. 사원도 손님도 바람처럼 들어온 경감을 깜짝 놀라며 올려다보았다. 어쨌든 여느 때와 다름없이 일하고 있다는 것을 첫눈에 알 수 있었다. 샘의 부하들이 먼저 와서 발소리를 죽여 가며 왔다갔다하고 있었다.

존 O 데이비드라는 푯말이 붙어 있는 뒤쪽 별실에는 피보디 경위의 빈틈없는 감시 아래 어제 저녁의 롱스트리트 일행이 모두 모여 있었다. 더피 형사부장은 파란 옷의 넓은 등을 해리 롱스트리트라고 씌어 있는 유리문——이 문을 통해 옆방으로 가게 되어 있었다——에 기대고 있었다. 샘은 모두를 한 번 둘러보고 무뚝뚝하게 인사말을 하고는 조너스를 손짓으로 불러 함께 롱스트리트의 방으로 들어갔다. 그 방에는 사람의 눈을 끌 만한 젊은 여자가 의자 끝에 초조하게 앉아 있었다. 몸집이 크고 포동포동한 갈색 머리의 여자로서 예쁘기는 하나 어딘지 천박한 느낌이 들었다.

샘은 커다란 책상 앞의 회전 의자에 털썩 앉았다. 조너스는 연필과 수첩을 들고 방 한구석에 앉아 있었다.

"롱스트리트의 비서지요?"

"네, 플래트라고 해요. 안나 플래트. 4년 반 동안 롱스트리트 씨의 비서로 일해 왔습니다."

안나 플래트의 곧은 코 끝이 이상하게 빨갛고 두 눈은 젖어 있었다. 안나는 그 눈에 꼬깃꼬깃한 손수건을 갖다댔다.

"정말 끔찍스러운 일이에요!"

"정말 그렇소."

경감은 우울하게 웃음을 지었다.

"아무튼 이제 그만 울음을 그치십시오. 몇 가지 물어 보겠는데, 당신이 모시고 있었던 분의 일에 대해 잘 알고 계시겠지요. 사생활에 대해서 말입니다. 어떻습니까, 롱스트리트와 데이비드의 사이는 어땠습니까?"

"그다지 좋지 않았어요. 늘 싸우곤 했지요."

"대개 어느 쪽이 이겼습니까?"

"물론 롱스트리트 씨지요! 데이비드 씨는 롱스트리트 씨가 잘못했다고 생각했을 때에는 늘 불평을 하셨지만, 결국은 언제나 졌어요."

"데이비드를 대하는 롱스트리트의 태도는 어떠했습니까?"

안나 플래트는 두 손을 비틀었다.

"사실을 알고 싶으신 것이지요? 늘 데이비드 씨를 위협했어요. 데이비드 씨는 사업가로서 뛰어났으므로 그 점이 마음에 들지 않았나 봐요. 그래서 데이비드 씨를 억눌렀고, 상회에 손해가 오는 그릇된 방법일지라도 자기 고집대로 하셨지요."

샘 경감은 여비서를 머리에서 발 끝까지 훑어보았다.

"훌륭한 아가씨로군요, 플래트 양. 편안히 이야기를 나누어 봅시다. 데이비드는 롱스트리트를 미워했습니까?"

비서는 얌전하게 눈길을 떨어뜨렸다.

"그렇다고 생각해요. 그 까닭도 잘 알고 있어요. 공공연한 추문입니다만 롱스트리트 씨는——여비서의 목소리가 굳어졌다——데이비드 부인과 교제했고, 상당히 깊은 관계를 맺고 있었지요……. 데이비드 씨는 틀림없이 알고 계실 거예요. 롱스트리트 씨에게서도 다른 누구에게서도 그런 말씀을 하셨다는 이야기는 듣지 못했습니다만."

"롱스트리트는 데이비드 부인을 사랑했습니까? 그런데 어째서 브라운 양과 약혼을 하게 됐지요?"

"롱스트리트 씨는 자기 말고는 누구도 사랑하지 않는 사람이에요. 하지만 늘 여러 종류의 여자들이 드나들었고 데이비드 부인도 그 가운데 한 사람이었지요. 대개 여자들이란 거의 그렇지만 부인도 롱스트리트 씨가 자기에게만 정신이 팔려 있다고 생각하셨을 거예요……. 하지만 이런 일이 있었어요." 비서는 날씨 이야기라도 하는 듯한 말투로 이야기를 계속했다. "이 이야기는 아마 참고가 되실 거예요. 롱스트리트 씨는 언젠가 바로 이 방에서 잔느 데이비드에게 치근댄 적이 있었지요. 그런데 로드 씨가 들어오다가 그 광경을 보고 롱스트리트 씨를 때려눕혀서 큰 소동이 벌어졌답니다. 그리고 데이비드 씨가 달려와서 저를 끌고 나갔기 때문에 그 다음은 어떻게 됐는지 모르지만, 그럭저럭 마무리를 지은 것 같아요. 두 달 전의 일이에요."

경감은 냉정한 눈으로 여비서를 평가했다. 참으로 안성맞춤의 증인이었다.

"아주 좋은 이야기를 해주었소, 플래트 양. 정말로 훌륭하오. 그럼, 롱스트리트가 데이비드의 어떤 약점을 쥐고 있다고 생각합니까?"

비서는 망설였다.

"모르겠어요. 하지만 이따금 롱스트리트 씨가 데이비드 씨에게 많은 돈을 요구하곤 했다는 것을 알고 있어요. '개인적으로 꾸는 것'이라고, 징그럽게 웃으며 늘 받았지요. 일주일 전만 해도 데이비드 씨에게 2만 5천 달러나 빌려 달라고 했답니다. 데이비드 씨는 거의 미칠 지경이어서 저는 기절하시는 것이 아닐까 하고……."

"있음직한 일이로군." 샘은 중얼거렸다.

"그래서 큰 소동이 벌어졌었지요. 하지만 결국은 데이비드 씨가 꺾이고 말았어요……."

"협박이라도 했나요?"

"네, 데이비드 씨는 '이 이상은 도저히 더 못하겠다'고 말씀하시더군요. 딱 잘라 결말을 지어야지, 그렇지 않으면 사업이 엉망이 되어 버리겠다고 하셨어요."

"천 달러 지폐가 25장이라——." 경감은 말했다. "그렇게 많은 현금을 가지고 대체 롱스트리트는 무엇을 했을까? 이 상회에서만도 굉장한 수입이 있을 텐데……."

안나 플래트의 갈색 눈이 반짝였다.

"롱스트리트 씨만큼 돈 씀씀이가 헤픈 사람도 없을 거예요." 여비서는 심술궂은 말투로 말했다. "도박을 하고 사치를 하는가 하면, 경마며 투기도 했지요. 거의 언제나 빈털터리였어요. 자기의 수입을 금방 다 써 버리고는 데이비드 씨에게 빌렸지요. 빌렸다고요, 우스워요! 한 번도 갚은 적이 없었으니까요. 정말이에요. 그래서 저는 수표를 지나치게 많이 뗀 변명을 하기 위해 늘 은행에 전화를 해야만 했답니다. 공채며 부동산 증서 같은 것은 벌써 오래 전에 돈으로 바꾸어 버렸지요. 틀림없이 한 푼도 없을 거예요."

샘은 생각에 잠기며 유리를 깐 책상을 두드렸다.

"그렇다면 데이비드는 돈을 한 푼도 돌려받지 못했고, 롱스트리트는 단물을 빨아먹기만 했다는 이야기가 되는군. 알 만해!"

경감이 비서를 바라보자 그녀는 갑자기 당황하며 눈을 내리떴다. 경감은 즐거운 듯이 말을 이었다.

"플래트 양, 아가씨도 나도 어엿한 어른이 아니겠소. 황새가 아이를 데려온다는 말 따위는 믿지 않아요. 아가씨와 롱스트리트 사이에 뭔가 있었지요? 아가씨는 시키는 대로 무엇이든지 하는 비서로 보이는데요."

플래트는 화난 듯이 펄쩍 뛰었다.

"무슨 말씀을 하시는 거예요!"

"어서 앉으시오, 자, 자." 비서가 의자에 다시 앉자 샘은 싱긋이 웃었다. "나는 그렇게 생각합니다. 그래, 그 사람과 얼마나 살았습니까?"

"그렇지 않아요!" 비서는 소리쳤다. "2년쯤 교제를 했을 뿐이에요. 경감님이 경찰관이라고 해서 내가 여기 앉아 있어야 하는 건가요? 모욕을 당해도 좋단 말인가요? 어엿한 숙녀라는 것을 잊지 마세요!"

"네, 네." 경감은 달래듯 말했다. "안나 플래트 양, 양은 부모님과 함께 계신가요?"

"부모님은 서부의 시골에 계세요."

"그러실 줄 알았습니다. 그 사람은 아가씨와 결혼 약속을 했겠지요? 틀림없겠지, 다른 여자와 잘 안 되니까 그랬을 겁니다. 그 다음은 데이비드 부인으로 갈아 치웠고 아가씨는 버림을 받았겠지, 그렇지요?"

"그것은……" 하고 비서는 타일 바닥을 뒤틀린 표정으로 노려보며 입 속으로 중얼거렸다. "네, 맞아요."

"하지만 플래트 양은 활발한 아가씨로군." 샘은 다시금 그녀의 온몸을 감탄하듯이 바라보며 말했다. "정말이오, 롱스트리트 같은 남자와 가까이 지내다가 버림을 받고도 계속 근무하고 있으니 정말 대단하오."

여비서는 아무 말도 더 하지 않았다. 경감이 낚싯밥으로 낚으려는 기색을 보이면 거절할 만큼 영리한 아가씨였다. 샘은 작게 콧노래를 부르며, 얌전히 앉아 있는 단발머리를 찬찬히 바라보았다. 경감이 다시 입을 열었을 때에는 그 목소리도 화제도 바뀌어 있었다.

금요일 오후, 롱스트리트가 사무실에서 나가 그랜드 호텔의 체리 브라운 방으로 가기 전에 마이클 콜린즈가 화가 나서 새빨개진 얼굴로 사무실에 뛰어 들어와 롱스트리트가 사기를 쳤다고 대들었다는 사실을 비서로부터 들었다. 그때 데이비드는 외출중이었다고 한다. 안나 플래트의 말에 따르면 롱스트리트가 콜린즈에게 국제 금속에 투자하라고 권한 데 대해 콜린즈는 롱스트리트를 비난했다는 것이었다. 콜린즈는 다시 찾을 수 없게 된 5만 달러를 변상해 달라고 마구 욕을 퍼부으며 요구했다. 롱스트리트는 난처해하며 아일랜드 인을 달랬다.

"걱정하지 말게, 마이클. 내게 모든 것을 맡기게나. 데이비드에게 대책을 강구하도록 할 테니까."

콜린즈는 롱스트리트에게, 그렇다면 당장 데이비드와의 이 문제에 대한 조처를 해 달라고 요구했다. 그러나 롱스트리트는 데이비드는 외출중이며 이따가 열릴 약혼 파티에 콜린즈도 초대할 테니까 그때 데이비드에게 이야기하자고 약속했다.

안나 플래트의 이야기는 여기서 끝났다. 샘 경감은 여비서를 놓아 주고 데이비드를 롱스트리트의 방으로 불러들였다.

데이비드는 얼굴이 창백했으나 마음을 단단히 먹고 있었다. 샘이 말했다.

"어제 저녁에 물었던 말을 다시 묻겠습니다. 꼭 대답해 주셔야겠습니다. 어째서 당신은 동업자를 미워했습니까?"

"협박은 하지 마십시오, 경감님."

"그럼, 대답을 하지 않겠단 말씀입니까?"

데이비드는 입을 굳게 다물고 있었다.

"좋소, 데이비드 씨" 하고 샘은 말했다. "그렇다면 당신은 큰 잘못을 저지르고 계십니다. 부인과 롱스트리트의 사이는 어땠습니까? 사이좋은 친구였겠지요?"

"그렇습니다."

"그리고 따님과 롱스트리트 두 사람 사이에 불미스러운 일은 없었습니까?"

"모욕하지 마십시오."

"그렇다면 댁의 가족들과 롱스트리트는 별일 없이 잘 지내고 계셨단 말인가요?"

"이보시오!" 데이비드는 벌떡 일어나며 소리를 질렀다. "대체 어쩔 셈이오?"

경감은 미소를 지으며 커다란 한쪽 발로 데이비드의 의자를 찼다.

"자, 자, 흥분하지 말고 앉으십시오. 당신과 롱스트리트는 동등한 경영자였습니까?"

데이비드는 앉았으나 눈에 핏발이 서 있었다.

"그렇소." 데이비드는 짓눌린 듯한 목소리로 대답했다.

"당신들은 언제부터 함께 사업을 시작했습니까?"

"12년 전부터요."

"어째서 둘이 같이 하기로 했습니까?"

"전쟁 전에 우리는 남아메리카에서 광맥을 찾아내어 재산을 만들었었지요. 그 뒤 함께 돌아와 주식 중매업을 하게 된 것입니다."

"사업은 잘 됐습니까?"

"아주 잘 됐습니다."

"그럼" 하고 여전히 즐거운 듯이 경감은 말을 이었다. "두 분 다 사업이 잘 됐고 처음부터 재산도 있었는데, 어째서 롱스트리트는 늘 당신에게서 돈을 꾸어 갔습니까?"

데이비드는 매우 조용해졌다.

"누가 그런 말을 했습니까?"

"질문은 내가 하고 있소, 데이비드 씨."

"그것은 별일이 아닙니다." 데이비드는 딱딱한 수염 속의 흰 수염 한 가닥을 깨물었다.

"이따금 그에게 돈을 꾸어 주었지만, 금액도 얼마 안 되고 아주 개인적인 문제로……."

"2만 5천 달러가 얼마 안 되는 금액입니까?"

여위고 키가 작은 남자는 살가죽이 타들어가기라도 하듯이 의자 속에서 몸을 비틀었다.

"다시 말해서 그것은 차관이 아니기 때문입니다. 개인적으로 꾸어 준 것이니까요."

"데이비드 씨" 하고 경감은 말했다. "어리석은 거짓말은 하지 마십시오. 당신은 롱스트리트에게 거액의 돈을 빌려 주었습니다. 돌려받은 적은 한 번도 없었지요. 아마 처음부터 돌려받을 것을 기대하지도 않았을 것입니다. 그 이유를 알고 싶은데요, 대체——"

데이비드는 크게 소리를 지르며 의자에서 벌떡 일어났다. 얼굴이 일그러지고 핏기가 가셔져 있었다.

"월권이오! 이 문제는 롱스트리트의 죽음과 관계가 없습니다. 아시겠소! 나는……."

"연극은 그만둡시다. 이 방에서 나가서 기다리십시오."

데이비드는 입을 벌린 채 숨을 헐떡거리고 있었다. 이윽고 풀이 죽어 방에서 나갔다. 샘은 딱하다는 듯이 그의 뒷모습을 바라보고 있었다. 저 사람은 모순을 폭로했어…….

경감은 판 데이비드 부인을 불렀다. 데이비드 부인과의 면담은 짧았으며 신통한 결과를 얻지 못했다. 이 여자는 이미 아름다움도 가셔 표독스럽고 도전적인 데가 있어 남편과 마찬가지로 괴짜였다. 어떤 끈질기고 비뚤어진 생각을 가슴에 간직하고 있는 듯했다. 부인은 아무것도, 전혀 아무것도 모른다고 잘라 말했다. 롱스트리트와는 단순한 우정 이상의 관계는 없었다고 쌀쌀하게 대답했다.

롱스트리트가 당신의 딸 잔느 데이비드에게 반해 있었다고 경감이 넌지시 말하자, "그 사람은 조금 더 성숙한 여자에게 흥미를 가졌었지요!" 하고 비웃는 듯이 냉정하게 말했다. 체리 브라운에 대해서는 '앙큼하고 천박한 여배우'로서 그 예쁘장한 얼굴에 롱스트리트가 반해 있었던 것 말고는 아무것도 모른다고 잘라 말했다. 남편 데이비드 씨가 협박당하고 있는 듯한 기색을 몰랐느냐고 묻자, "그런 일은 없어요, 정말 기가 막히는군요!" 하고 대답했다.

샘은 마음 속으로 데이비드 부인에게 욕을 퍼부었다. 이 여자는 심술궂고 사나운 데가 있다고 생각하며 숨을 쉴 겨를도 주지 않고 질문을 퍼붓고 협박을 하고 얼러 보았다. 그러나 데이비드와는 6년 전에 결혼했으며 잔느 데이비드는 데이비드의 전처가 낳은 딸이라는 것을 알아낼 수 있었을 뿐이었다. 샘은 부인을 내보내 주었다.

부인은 나가기 전에 핸드백에서 화장 도구를 꺼내어 이미 짙은 화장을 한 얼굴에 분을 바르기 시작했다. 그 손이 떨려 콤팩트가 바닥에 떨어지면서 거울이 산산조각 났다. 부인은 침착성을 잃고 볼연지를 바른 얼굴이 창백해졌다. 손을 가슴에 대고 십자가를 긋고 눈에 공포의 빛을 띠며 중얼거렸다. "마리아 님!" 그러나 그와 동시에 부인은 침착성을 되찾고 뭔가 켕기는 듯한 눈으로 샘 경감을 흘끗 보고는 깨어진 거울을 피하여 급히 나갔다. 샘은 웃으며 깨어진 조각을 주워서 책상 위에 내던졌다.

경감은 문으로 가서 프랭클린 아헨을 불렀다.

아헨은 키가 큰 남자로 나이에 비해 젊음을 유지하고 있었으며 몸을 꼿꼿이 세우고 들어왔다. 입가에 기분이 좋은 듯한 기색이 나타나 있었으며 온화하고 밝은 눈을 하고 있었다.

"앉으십시오, 아핸 씨. 데이비드와는 언제부터 알게 되었습니까?"

"제가 웨스트 잉글우드로 이사가고 나서부터니까, 6년쯤 되었습니다."

"롱스트리트와는 얼마나 깊이 사귀셨습니까?"

"그다지 깊이 사귀지 않았습니다. 모두 같은 곳에 살고 있긴 했으나 저는 은퇴한 기사라서 두 사람과 사업상의 교제를 한 적은 없었지요. 그러나 데이비드와 저는 서로 마음이 맞았습니다. 이런 말을 하기는 좀 뭣합니다만 롱스트리트는 그다지 좋아하지 않았습니다. 그는 사기꾼이었지요, 경감님. 허풍쟁이고 활달하지만——이른바 사나이다운 녀석이었지요——뱃속까지 썩어 있었습니다. 누가 그 녀석을 죽였는지 모르겠습니다만, 자업자득이라고 해도 좋습니다!"

"그건 그렇고, 어제 저녁에 체리 브라운이 데이비드를 비난한 것을 어떻게 생각하십니까?" 샘은 냉정하게 물었다.

"전혀 근거가 없습니다."

아핸은 다리를 꼬며 샘의 눈을 들여다보았다. 아핸은 덧붙여 말했다.

"입에 올릴 필요조차도 없지요. 히스테리컬한 여자가 흔히 하는 헛소리에 지나지 않습니다. 저는 6년 전부터 데이비드를 알고 있습니다. 그의 몸속에는 꺼림직하고 더러운 근성 같은 것은 조금도 없지요. 다른 사람의 잘못에 대해 아주 너그러우며, 글자 그대로 신사입니다. 살인을 하다니, 터무니없습니다. 가족을 빼놓고 나만큼 그를 아는 사람은 없을 것입니다. 일주일에 서너 번 체스를 하거든요."

"체스를 하십니까?" 샘은 흥미를 느낀 모양이었다. "그거 참 근사하군요. 잘 두시는 편입니까?"

아핸은 웃었다.

"그게 무슨 말씀이십니까? 신문도 읽지 않으시나요? 당신은 지금 이 근방의 체스 선수권자와 이야기하고 계시는 겁니다. 겨우 3주일 전에 나는 대서양 선수권의 자유 참가 토너먼트에서 우승을 했답니다."

"정말입니까!" 하고 샘은 외쳤다. "선수권 보유자와 만나다니, 기쁩니다. 잭 뎀프시(헤비급 권투 챔피언)와 악수한 일은 있지만. 데이비드의 실력은 어떻습니까?"

아핸은 윗몸을 앞으로 굽히며 열심히 이야기하기 시작했다.

"쟁쟁한 아마추어로서 참으로 눈부신 실력의 소유자이지요. 오래 전부터 진지하게 시합에 힘을 기울이고 있습니다. 그래서 토너먼트에 나가 보라고 권하고 있습니다만, 부끄러움을 타고 겸손한 사람이어서요. 굉장히 소극적이랍니다. 두뇌의 회전은 전광석화 같으며 대체적으로 직감적인 시합을 하지요. 결단력이 있어요. 우리는 아주 좋은 시합을 했답니다."

"신경질적인가요?"

"대단합니다. 그는 모든 일에 대해 민감한 사람이어서 휴식이 필요합니다. 롱스트리트가 그를 괴롭히고 있었던 것 같아요. 물론 그의 사업 수완에 대해 이야기한 적은 없습니다만. 롱스트리트가 죽었으니 이제부터 데이비드는 틀림없이 새로운 사람이 될 것입니다."

"아마 그렇게 되겠지요. 그럼, 나가 보십시오, 아핸 씨" 하고 샘은 말했다.

아핸은 기운차게 일어났다. 그는 자기의 커다란 은시계를 들여다보았다.

"아이구, 위장약을 먹을 시간이로군!" 아핸은 경감에게 미소지어 보였다. "위장이 좋지 않아서요. 저는 채식주의자랍니다. 기사 생활을 하고 있던 젊은 시절에 쇠고기 통조림을 지나치게 먹은 탓이지요. 그럼, 실례하겠습니다."

아헨은 힘찬 걸음걸이로 성큼성큼 걸어 나갔다. 샘은 조너스에게 코를 찡긋해 보였다.

"저런 친구가 위장병이라면 나는 미국 대통령이라고 할 수 있겠네. 단순한 신경성일 거야."

경감은 문으로 가서 체리 브라운에게 들어오라고 말했다.

이윽고 책상을 사이에 두고 경감과 마주앉은 것은 어제와는 전혀 다른 모습의 여배우였다. 선천적인 명랑한 기질을 다시 찾은 듯했다. 얼굴은 정성껏 화장을 하여 눈꺼풀에 푸른 아이섀도를 칠했고 유행하는 검은 옷을 입고 있었다. 대답도 또렷또렷했다. 체리는 다섯 달 전에 댄스 파티에서 롱스트리트를 만났고 롱스트리트는 몇 달 동안이나 체리를 쫓아다녔다고 한다. 마침내 두 사람은 약혼을 발표하기로 결정했다. 롱스트리트는 약혼한 뒤 곧 체리에게 유리하도록 '유언장을 다시 쓰겠다'고 약속했다는 것이다. 체리는 이 점을 특히 확신하고 있었다. 롱스트리트가 큰 부자이며 몇 백만 달러를 남겨 놓았을 것이라고 어린아이처럼 믿고 있었다.

체리는 책상 위에 있는 깨진 거울 조각을 보고 눈썹을 찌푸리며 외면했다.

체리는 어제 저녁의 데이비드에 대한 트집이 히스테리에서 나왔다는 것을 인정했다. 전차 안에서는 아무것도 보지 못했으며 그저 '여성의 직감'으로 말했을 뿐이라고 하였으나, 샘은 곧이곧대로 받아들이려 하지 않았다.

"해리는 데이비드가 자기를 미워하고 있다고 늘 말했거든요." 체리는 조심스럽게 목소리를 돋구어 가며 주장했다. 그 까닭이 무엇이냐고 묻자 어깨를 움츠렸는데, 그 모습은 차라리 귀엽다고 하는 편이 좋을 정도였다.
 마침내 경감이 문을 열어 주며 배웅하자 애교있는 눈으로 경감에게 아양을 떨었다.
 크리스토퍼 로드가 점잔을 빼면서 방 안으로 들어왔다. 샘은 그의 바로 앞에 섰고 두 사람은 서로의 눈을 들여다보았다. 로드는 롱스트리트를 때려눕힌 일이 있지만 조금도 후회하지 않는다고 똑똑히 말했다. 그놈은 근성이 썩어 있었으니까 자업자득이라고 할 수 있다는 것이었다. 그리고 직속 상관인 데이비드에게 사표를 냈으나 데이비드는 그를 달랬고, 자기는 진심으로 데이비드를 좋아했을 뿐만 아니라 롱스트리트가 다시 한번 잔느에게 치근덕거리면 잔느를 지켜 주어야 할 것 같아서 사표를 다시 돌려받는 데 동의했다고 말했다.
 "소공자 기질을 발휘했소?" 하고 샘은 중얼거렸다. "그런데 데이비드는 성격이 과격한 것 같은데, 자기 딸을 해치는 그런 문제를 어째서 덮어 버리고 싶어했을까요?"
 로드는 커다란 두 손을 주머니 속에 집어넣었다.
 "경감님" 하고 로드는 말했다. "그것은 저도 모르겠습니다. 전혀 그분답지 않거든요. 롱스트리트와의 관계를 빼놓으면 그분은 모든 일에 있어서 날카롭고 기민하고 지조를 굽히지 않으며 이상이 높고 독립심이 강한 분입니다. 월 거리에서도 가장 빈틈이 없는 중매업자 가운데 한 사람이지요. 잔느의 행복과 평판에 기를 쓰고 계시니만큼 잔느를 뻔뻔스럽게도 욕보이려던 그 늙은 원숭이 따위는 한 방 먹여야 할 텐데, 그분은 그렇게 하지 않았습니다. 어째서 타협을 했는지 저는 도무지 알 수가 없습니다."
 "그렇다면 데이비드의 롱스트리트에 대한 태도는 전혀 그의 성질에 어긋나는 것이었단 말입니까?"

"확실히 그분답지 않았습니다."

로드는 이야기를 계속했다. 데이비드와 롱스트리트는 이따금 자기들의 방에서 싸웠다는 것이다. 그 이유는 잘 모르겠다고 말했으며, 데이비드 부인과 롱스트리트와의 관계를 묻자 금발의 젊은이는 고상하게 허공을 바라볼 뿐이었다. 마이클 콜린즈에 대해서는 데이비드 밑에서 일하고 있었으므로 롱스트리트와의 교제에 대해서는 모른다고 대답했다. 롱스트리트가 콜린즈에게 개인적으로 주식을 권한 사실을 데이비드가 몰랐다니 있을 수 있는 일이냐고 말하자, 롱스트리트를 안다면 있을 수 있는 일로 생각될 것이라고 로드는 대답했다.

샘은 책상 끝에 걸터앉았다.

"롱스트리트는 그때 말고도 잔느에게 치근덕거린 일이 있었습니까?"

"네" 하고 로드는 불쾌한 표정으로 대답했다. "그때는 그 자리에 없었습니다만, 안나 플래트가 나중에 이야기해 주었지요. 잔느는 롱스트리트를 밀치고 사무실에서 나갔다고 하더군요."

"당신을 어떻게 했습니까?"

"네, 롱스트리트에게로 가서 닦아세웠지요."

"말다툼을 했습니까?"

"네……. 심하게 말다툼을 했습니다."

"좋습니다." 갑자기 샘은 말했다. "데이비드 양을 들여보내십시오."

그러나 잔느 데이비드는 조너스 형사의 노트에서 여러 페이지를 메우고 있는 지금까지의 증언에 아무것도 더 보태 주지 않았다. 그녀는 열심히 아버지를 감쌌다. 샘은 우울하게 듣고 있다가 옆방으로 돌려보냈다.

"암페리얼 씨!"

스위스 사람은 키가 크고 뚱뚱해서 입구를 메울 정도였다. 한치의 빈틈도 없이 단정하게 옷을 입고 있었다. 그의 반들반들한 반다이크 수염은 적어도 조너스에게는 강한 인상을 준 듯 그는 두려움에 찬 눈으로 이 사나이를 보았다.

  암페리얼의 밝은 눈길이 책상 위의 깨진 거울에 쏠렸다. 꺼림칙한 듯이 얼굴을 찌푸리고는 샘에게로 몸을 돌려 정중하게 인사했다. 그는 데이비드와 유럽에서 만난 이후 4년 동안 친구로 사귀어 왔다고 말했다. 데이비드가 스위스의 알프스 지방을 여행할 때 알게 되어 서로 관심을 갖게 되었다는 것이었다.

  "데이비드 씨만큼 친절한 사람은 없습니다." 가지런하고 아름다운 이를 드러내 보이며 그는 말했다. "회사 일로 미국에 네 번 왔습니다만, 그때마다 늘 데이비드 씨의 집에서 묵었지요."

  "회사의 이름은?"

  "스위스 정밀 기계 회사입니다. 총지배인을 맡고 있지요."

  "그렇습니까……. 암페리얼 씨, 이번의 사건에 대해 무슨 의견이 없으신가요?"

  암페리얼은 깨끗이 손질한 두 손을 펼쳤다.

  "전혀 없습니다, 경감님. 롱스트리트 씨와는 그저 표면적으로 알고 있을 뿐이니까요."

  샘은 암페리얼을 자유롭게 해주었다. 스위스 사람이 문으로 나가자 샘은 까다로운 얼굴을 하고 큰 소리로 말했다.

  "콜린즈!"

  몸집이 큰 아일랜드 사람이 비틀거리며 들어왔다. 두 입술이 원망스러운 듯이 늘어져 있었다. 경감의 질문에 대한 대답은 사납고 무뚝뚝했으며 시원치 않았다. 샘은 옆으로 가서 거칠게 그의 팔을 잡았다.

"이 정치가의 앞잡이 같으니라구! 나는 당신이 말해 주기를 기다리고 있었소. 오늘 여기에 증언을 하러 오지 않으려고 어젯밤에 잔재주를 부린 것도 나는 잘 알고 있단 말이오. 어처구니없군! 당신이 어째서 롱스트리트에게 엉터리 예상을 했는지 해명을 듣기 위해 여기로 뛰어 들어왔을 때 싸움 같은 것은 않았다고 분명히 말했잖소! 어제는 그냥 넘겼지만 오늘은 그런 말이 통하지 않을 거요! 사실대로 말하시오, 콜린즈!"

콜린즈의 몸은 짓눌린 노여움으로 떨리고 있었다. 맹렬한 기세로 샘의 손을 뿌리쳤다.

"정말 알량한 경관이로군, 당신은" 하더니 콜린즈는 고함을 질렀다. "내가 무엇을 했단 말이오. 그에게 키스라도 한 줄 아시오? 물론 꽥꽥 소리를 질렀지요. 그런 더러운 녀석은 지옥으로 가야 합니다. 나를 파산시켰으니까!"

샘은 조너스에게 싱긋이 웃어 보였다.

"잊지 말고 적어 두게, 조너스." 경감은 아일랜드 사람 쪽으로 부드럽게 얼굴을 돌렸다. "그를 처치해야 할 이유가 있었겠지요?"

콜린즈는 독살스럽게 웃었다.

"한 술 더 뜨는군! 온통 바늘투성이의 코르크 알을 빈틈없이 준비해 놓고 주가가 떨어지기를 기다리고 있었단 말이오? 누구 집 사랑방에서 밥이나 얻어먹고 있지 그러시오. 당신에게는 이 일이 너무 벅차오."

샘은 눈을 껌벅거렸다. 그러나 다만 이렇게 말했다.

"롱스트리트가 당신에게 말한 예상에 대해, 데이비드는 어째서 몰랐소?"

"그건 내가 가장 알고 싶은 일이오." 콜린즈는 속이 뒤틀린다는 듯이 말했다. "어쨌든 이놈의 상회는 정말 엉터리 거래소란 말이야!

하지만 이것만은 말해 두지요, 경감님." 콜린즈는 목덜미에 파란 힘줄을 세우며 얼굴을 앞으로 내밀었다. "데이비드 녀석에게 뒷수습을 하라고 해야겠소, 그렇지 않으면 가만 있지 않겠습니다!"

"적어 두게, 조너스, 알겠지?" 경감은 작은 소리로 말했다. "이 녀석은 자기 목에 오랏줄을 감으려고 지금 이러는 거야……. 콜린즈, 당신은 국제 금속에 5만 달러를 넣었다고 하는데, 그만한 돈이 어디서 났지? 당신의 뻔한 월급으로 5만 달러라는 돈을 짜낼 수가 없을 텐데?"

"쓸데없는 참견은 마시오, 경감! 시시한 소리를 하면 두들겨 팰 테니."

샘의 커다란 손이 콜린즈의 윗옷 깃을 움켜쥐었다. 확 잡아당기자 콜린즈의 얼굴과 샘의 얼굴 사이는 1인치밖에 되지 않았다.

"그 더러운 입을 꼭 다물고 있지 않으면 당신의 목을 꺾어 주겠소" 하고 경감은 으르렁거렸다. "자, 어서 나가시오!"

경감이 콜린즈를 내동댕이치자 콜린즈는 말도 못하고 발을 구르며 방에서 나갔다. 샘은 몸을 흔들며 입버릇이 되어 버린 욕설을 퍼붓고는 단검 같은 턱수염을 기른 포랙스를 불러들였다.

이 배우는 마른 늑대 같은 얼굴을 한 이탈리아 인이었다. 포랙스는 겁을 먹고 있었으므로 샘은 화가 난 듯한 눈으로 노려보았다.

"이봐요!" 샘은 커다란 손가락을 칼라 밑으로 집어넣었다. "시간이 별로 없어서 잘라 말하겠는데, 롱스트리트 살해에 대해 뭔가 아는 것이 있소?"

포랙스는 책상 위의 깨진 거울 조각을 언뜻 곁눈질해 보고는 이탈리아 말로 중얼거렸다. 경감을 두려워하면서도 도전적인 태도였다. 포랙스는 단조롭게 연극 같은 투로 말했다.

"아무것도 모릅니다. 어제도 저와 체리에게서 아무것도 캐내지 못했잖습니까."

"백지 상태란 말이오? 젖먹이 어린아이처럼?"

"경감님, 그 롱스트리트란 사나이는 언젠가는 그렇게 되게 돼 있었습니다. 그대로 두었더라면 체리의 생활을 망쳐 놓았을 테니까요. 그는 브로드웨이의 불량배로 널리 알려져 있었지요. 분별 있는 사람이라면 이런 일을 그대로 내버려 두지 않을 거요. 정말입니다."

"체리를 잘 알고 있소?"

"누가요? 제가 말입니까? 단짝이었지요."

"그 여자를 위해 뭔가 해주려고 했소?"

"무슨 뜻입니까?"

"아무 뜻도 없습니다. 가도 좋소."

포랙스는 방에서 홱 나갔다. 조너스가 벌떡 일어나서 마루 위를 똑같이 걸어 보였다. 샘은 흥 하고 코웃음을 치며 문까지 가서 불렀다.

"데이비드 씨! 잠깐 봅시다."

데이비드는 침착성을 되찾아 아무 일도 없었다는 듯이 행동했다. 문지방을 넘을 때 재빠른 눈길이 산산조각이 난 거울에 멈추었다.

"누가 깨뜨렸습니까?" 그는 날카롭게 물었다.

"모르셨습니까? 부인이 그랬지요."

데이비드는 앉아서 한숨을 쉬었다.

"정말 재수 없는 일이군요. 앞일이 야단입니다. 아내는 이 깨진 거울 때문에 몇 주일이나 마구 화풀이를 할 테니까요."

"부인은 미신을 믿으십니까?"

"지독하리만큼요. 절반은 스페인 사람의 피가 섞여 있거든요. 어머니가 스페인 사람이고 아버지는 프로테스탄트인 데다가, 어머니 자신은 교회에서 이탈했으면서도 딸을 가톨릭으로 키웠답니다. 그래서인지 판은 골칫거리이지요."

샘 경감은 깨진 거울 조각 하나를 책상 위에서 튀겼다.

"데이비드 씨는 그런 것을 믿지 않으시겠지요. 매우 실제적인 사업가라고 들었으니까요, 데이비드 씨."

데이비드는 허물없이 솔직하게 경감을 바라보았다.

"친구들이 말했나 보군요. 그야 물론이지요. 그런 하찮은 일은 믿지 않습니다."

샘은 불쑥 말했다.

"데이비드 씨, 당신을 부른 이유는 우리 부하나 검사국 친구들에게 협력해 주시기를 바라기 때문입니다."

"그 점에 대해서는 염려 마십시오."

"다시 말해서 롱스트리트의 사업 면에서뿐만 아니라 개인적인 편지까지도 조사해야 합니다. 은행과의 거래 관계도 모두 말이지요. 여기 나와 있는 우리 형사들을 가능한 한 도와 주실 수 없을까요?"

"염려 마십시오."

"고맙군요."

샘 경감은 다른 방에서 기다리고 있는 사람들을 모두 돌려보내고 피보디 경위와 브르노 지방 검사의 조수 가운데 착실해 보이는 한 젊은이에게 어떤 지시를 내리고 데이비드 앤드 롱스트리트 상회에서 천천히 걸어 나갔다. 몹시 우울한 얼굴이었다.

제9장

햄릿 장. 9월 8일 화요일 오후 12시 10분.

퀘이시는 벽난로에 작은 통나무를 던져 넣었다. 통나무는 활활 타올랐다. 브르노 지방 검사는 그 흔들거리는 빛으로 도르리 레인의 얼굴을 찬찬히 바라보았다. 레인은 희미하게 웃고 있었다. 샘 경감은 눈썹을 찌푸리고 말없이 앉아 있었다.

"이제 다 말씀하셨습니까, 경감님?"

샘은 고개를 끄덕였다. 그러자 레인은 눈을 내리떴다. 한순간 근육의 긴장을 풀고 잠을 자고 있는 듯했다. 경감은 머뭇거렸다.

"뭔가 빠뜨린 말이라도 있는 것 같습니까?"

그 목소리에는 빠뜨린 것이 있다 하더라도 그다지 중요한 점은 아닐 것이라는 암시가 있었다. 샘 경감에게는 언제나 심술궂은 데가 있었다.

키가 큰 유명한 배우의 조용한 자태가 꼼짝도 하지 않자 브르노 지방 검사가 웃었다.

"들리지 않소, 샘. 눈을 감고 있으니까."

샘은 실망한 듯했다. 튀어나온 턱을 긁적거리고 높다란 엘리자베스 왕조 시대의 의자 끝으로 몸을 내밀었다. 도르리 레인은 눈을 뜨고 재빠르게 손님들을 바라보다가 브르노가 나자빠지리만큼 별안간 벌떡 일어났다. 레인은 몸을 옆으로 돌렸다. 난로불 빛이 그 날카롭고 단정한 옆얼굴의 그림자를 던졌다.

"두세 가지 여쭈어 볼 것이 있습니다, 경감님. 시링 의사의 해부 결과 흥미있는 새로운 사실은 나오지 않았습니까?"

"아무것도 없었습니다" 하고 샘은 힘없이 대답했다. "니코틴 분석 결과는 검시관의 첫 번째 보고와 같았습니다. 그러나 독약의 출처는 아직도 알 수가 없습니다."

"게다가" 하고 지방 검사는 덧붙였다. 본능적으로 레인의 고개가 그쪽으로 돌아갔다. "코르크도 바늘도 출처가 뚜렷하지 않습니다. 적어도 지금으로서는 알아내지 못하고 있습니다."

"시링 의사의 해부 보고서 사본을 가지고 계십니까, 브르노 씨?"

지방 검사는 공문서 같은 서류를 꺼내어 레인에게 건네주었다. 레인은 불 옆으로 서류를 가지고 가서 허리를 굽혔다. 읽어 가면서 차츰 눈이 야릇하게 반짝였다. 빠른 어조로 크게 소리를 내기도 하면서 그는 서류를 읽어 내려갔다.

"질식사——혈액의 특징은 거무스름하다는 점. 흐음…… 중추 신경, 특히 호흡 중추 마비, 틀림없는 강력한 니코틴 중독의 결과…… 폐장과 간장에 충혈…… 뇌에 현저한 충혈…… 흐음…… 폐의 증상은 피해자가 담배에 대한 강력한 저항력을 가지고 있음을 나타내 줌. 분명히 담배를 많이 피우는 사람임. 이 저항력 때문에 담배를 피우지 않는 사람의 경우 즉사 또는 1분 안에 죽음을 초래하는 표준 치사량인데도 불구하고 사망 시각이 연장됐음……. 육체상의 특징은 죽기 전 쓰러지면서 생긴 듯한 무릎 부분의 가벼운 타박상…… 9년쯤 지난 맹장염 수술 자국.

오른손 무명지가 20년 전 또는 그 이전에 잘렸음……. 당(糖)의 함유도는 정상임. 뇌의 알코올 함유량에 이상이 있음. 신체는 지난날에는 건장한 체격과 강력한 체질을 가졌고 강한 저항력을 지니고 있었으나 지나친 방탕으로 엉망이 된 중년 남자의 체질로 변했음……. 키 187센티미터. 죽은 뒤의 몸무게 96킬로그램 등등……."
레인은 중얼거리더니 브르노 지방 검사에게 서류를 돌려주었다.
"잘 봤습니다."
레인은 성큼성큼 걸어서 벽난로로 돌아가 커다란 떡갈나무 선반에 기대어 섰다.
"차고의 별실에는 아무것도 없었습니까?"
"네, 없었습니다."
"웨스트 잉글우드의 롱스트리트 저택도 모두 수색하셨겠지요?"
"물론이지요." 샘은 주춤거렸다. 그 눈은 장난기 어린, 반쯤 익살스러운 지루함을 나타내고 있었다. "아무것도 없었습니다. 편지는 많이 찾아냈습니다만 롱스트리트의 여자 친구가 보낸 편지도 거의 다 석 달 전의 것이었습니다. 영수증, 청구서…… 흔해 빠진 것들뿐이었지요. 하인으로부터도 아무것도 알아내지 못했습니다."

"시내에 아파트를 빌리고 있을 텐데 알아보셨습니까?"

"그럼요. 빠뜨릴 리가 있습니까. 과거의 정부도 모두 조사했습니다만, 아무것도 나오지 않았지요."

레인은 신중하게 두 손님을 바라보았다. 사려깊은 눈이었다.

"경감님, 바늘이 꽂힌 코르크가 롱스트리트의 주머니로 들어간 것은 전차를 타고 난 다음이며, 그 이전이 아니라는 절대적인 확신을 갖고 계십니까?"

샘은 앵무새처럼 그대로 되뇌며 대답했다.

"그것은 우리가 절대로 확신하고 있는 단 하나의 사실입니다. 전혀 의심할 여지가 없습니다. 혹 코르크를 보시겠다고 하실까봐 여기 가지고 왔습니다."

"그거 참 고맙군요, 경감님! 어쩌면 그렇게도 짐작을 잘하셨습니까."

낭랑한 목소리에 열의가 담겨 있었다. 샘은 윗옷 주머니에서 차곡차곡 꾸린 작은 유리병을 꺼내어 레인에게 건네주었다.

"뚜껑은 열지 않는 것이 좋겠지요, 레인 씨. 아주 위험하니까요."

레인은 병을 난롯불에 비추어 한참 동안 그 알맹이를 바라보았다. 전면에 튀어나온 바늘 끝과 귀에 거무스름한 것이 발라져 있는 코르크 알은 전혀 죄가 없는 것처럼 보였다. 레인은 미소지으며 경감에게 병을 돌려주었다.

"손으로 만든 흉기겠지요, 물론. 그리고 시링 의사가 말했듯이 교묘하군요……. 승객들이 전차에서 내려 차고로 들어가기 직전에도 비가 몹시 쏟아졌습니까?"

"네, 억수같이 쏟아졌습니다."

"그럼 경감님, 차 안에 노동자 같은 사람은 없었습니까?"

샘은 눈을 크게 떴다. 브르노는 놀라며 이마에 주름을 지었다.

"무슨 뜻인지요, 노동자라니요?"

"도랑 파는 인부, 공사장 인부, 미장이, 벽돌 굽는 사람 등등 말입니다."

샘은 깜짝 놀라는 것 같았다.

"아니오, 없었습니다. 모두 회사원이었지요. 대체 어째서……"

"물론 한 사람도 빠짐없이 조사하셨겠지요?"

"네" 하고 경감은 엄한 목소리로 말했다.

"부디 언짢게 생각하지 마십시오, 경감님. 부하 여러분들의 능력을 의심해서 그러는 것이 아닙니다……. 틀림없겠지만 다시 한 번 묻겠습니다. 전차의 승객, 차 안, 또는 모두 가 버린 뒤의 차고 별실 안에는 아무런 이상도 없었다는 말씀이시지요……. 아무 데도!"

"분명히 말씀드렸다고 생각하는데요, 레인 씨"

샘은 쌀쌀하게 대답했다.

"하지만 날씨가 계절이나 또는 관계 인물들의 인품과 견주어 보아 그 자리에 어울리지 않는 것은 없었는지요."

"말씀하시는 뜻을 잘 모르겠군요."

"예를 들어 코트, 야회복, 장갑 그런 것은 없었습니까?"

"아, 그런 것 말씀이십니까! 그러고 보니 레인코트를 입은 남자가 있었습니다만, 제가 직접 조사했고 말씀드린 대로 아무런 이상이 없었습니다. 그밖에는 말씀하시는 그런 물건은 없었습니다. 단언할 수 있습니다."

도르리 레인의 눈이 번쩍 빛났다. 그는 한쪽 손님에서 다른 손님

쪽으로 눈길을 옮겼다. 온 몸을 펴자 낡은 바람벽에 던져진 그의 그림자가 그를 덮칠 것만 같았다.

"브르노 씨, 검사국의 의견은 어떻습니까?"

브르노는 얼굴을 찌푸리며 미소 지었다.

"레인 씨, 분명히 말해서 이렇다 할 결정적인 의견은 없습니다. 이 사건은 많은 관계자들이 모두 동기를 가지고 있기 때문에 매우 복잡합니다. 예를 들어 데이비드 부인은 틀림없이 롱스트리트의 정부였고 롱스트리트가 자기를 버리고 체리 브라운에게 옮겨간 것을 원망하고 있었습니다. 판 데이비드의 모든 행동은 네, 이상했지요.

마이클 콜린즈는 공무원으로서 그다지 평판이 좋지 않은, 뱃속이 시커멓고 조심성 없는 성급한 변덕쟁이입니다. 마음 속에는 틀림없이 동기가 있을 겁니다. 로드 젊은이는 소설의 주인공이라도 된 듯한 기분으로 복수하는 의리의 사나이 역을 맡아 가지고서 사랑하는 귀부인의 명예를 지키기 위해 살인쯤 했을지도 모르지요. 그러나 전체적으로 생각해 볼 때 샘도 저도 자꾸만 데이비드에게로 손가락이 가는군요."

"데이비드라——" 레인은 조심스럽게 말했다. 그 두 눈은 깜박거리지도 않고 지방 검사의 입을 바라보고 있었다. "어서 계속하십시오."

"문제는" 하고 초조한 듯이 눈썹을 찌푸리며 브르노는 말했다.

"데이비드와 직접 관계가 있는 증거가 거의 하나도 없다는 점입니다. 다른 사람들도 마찬가지입니다만."

샘은 불평스럽게 말했다.

"롱스트리트의 주머니 속에 누구든지 코르크 알을 집어넣을 수가 있었습니다. 그 일행이 아닌 다른 승객이라도 할 수 있었지요. 그러나 모두 심문해 보았지만 롱스트리트와 관계가 있는 승객은 한 사람도 찾아내지 못했습니다. 전혀 단서가 없어요."

이윽고 지방 검사가 매듭을 짓듯이 말했다.

"그래서 경감과 저는 이렇게 당신을 찾아뵐 수밖에 없었습니다, 레인 씨. 우리의 코 밑에 있던 것을 지적하신 클레이머 사건에 대한 그 훌륭한 분석 솜씨로 미루어 보아 틀림없이 다시 한 번 솜씨를 보여 주시리라고 생각했기 때문입니다."

레인은 손을 흔들었다.

"클레이머 사건은 초보적인 것이었습니다만, 브르노 씨."

레인은 생각에 잠기는 듯한 눈으로 손님들을 바라보았다. 얼마쯤 답답한 침묵이 그들을 에워쌌다. 구석에 앉아 있던 퀘이시는 열심히 주인을 지켜보고 있었다. 브르노와 샘은 서로 살짝 눈길을 주고받았다. 두 사람 모두 실망하고 있었다. 경감은 비웃는 듯한 엷은 웃음을 띠고 있었다. 틀림없이 '그것 보시오, 내가 뭐라고 그랬소!'라고 말하는 듯했다. 브르노는 어깨를 조금 으쓱해 보였다. 도르리 레인의 우렁찬 목소리에 두 사람은 깜짝 놀라 얼굴을 들었다.

"앞으로 어떻게 해야 할 것인지 잘 아시겠지요?"

레인은 조용히 즐기고 있는 듯한 표정으로 그들을 바라보며 말했다. 이 조용한 말은 전기 같은 효과를 나타내어 브르노는 입을 크게 벌렸다. 샘은 강한 주먹을 맞고 정신을 차리려는 권투 선수처럼 머리를 설레설레 흔들었다.

경감은 벌떡 일어나며 외쳤다.

"잘 알고 있다고요? 무슨 말씀이십니까, 레인 씨? 당신은……"

"진정하십시오, 경감님" 하고 도르리 레인은 낮은 목소리로 말했다. "햄릿의 부왕 망령처럼, 당신은 '죄지은 사람같이 무서운 부름'에 겁을 먹고 계시는군요. 그렇습니다, 절차는 정해져 있습니다. 샘 경감이 말씀하신 것이 모두라면 이 범죄의 출처는 단 하나라고 믿어집니다."

"이거 참 놀랍군요" 하고 경감은 신음했다. 그는 축 늘어진 눈으로 믿지 못하겠다는 듯이 뚫어지게 레인을 바라보았다.

지방 검사는 낮은 목소리로 물었다.

"그럼, 단순한 사실만을 설명한 샘 경감의 이야기에서 롱스트리트를 죽인 사람이 누구인지 아셨단 말입니까?"

레인의 매부리코가 움직였다.

"네, 알 것 같습니다……. 믿어 주시는 수밖에 없겠지요, 브르노 씨."

"저런!" 하고 마음을 놓은 듯한 목소리로 두 사람은 말했다. 그리고 서로 뜻있는 눈길을 주고받았다.

"의심하시는 것이 당연하겠지만, 저로서는 근거가 없는 의심이라고 말하고 싶습니다."

레인의 목소리는 매력적이었고 설득력을 담고 있었다. 칼의 명수가 칼을 다루는 듯한 목소리였다.

"부득이한 이유로써 지금은 당신들이 찾고 계시는 범인——지금부터 그 인물을 X라고 부르겠습니다만——의 정체를 밝히는 것을 삼가겠습니다. 공범으로 여겨지는 사실도 짚고 있습니다만."

"하지만 레인 씨" 하고 브르노 검사는 조금 날카로운 어조로 말했다. "망설이고 있으시다면 결국……."

도르리 레인은 인디언처럼 불그스름한 빛 속에 꼼짝도 않고 서 있었다. 즐거운 듯한 표정이 코와 입술에서 사라지고 얼굴은 페로스 섬(에게 해에 있는 대리석의 산지)의 대리석 조각처럼 선명하게 떠올랐다. 입술은 거의 움직이지 않았으나 목소리는 놀라우리만큼 또렷했다.

"망설인다고요? 물론 위험하지요. 그러나 범인의 정체를 경솔하게 말해 버리는 것보다는 위험하지 않다는 사실을 믿어 주셔야만 합니다."

샘은 불만스러운 듯이 우뚝 서 있었다. 진절머리가 난 듯했다. 브르노는 입을 벌리고 있었다.

"지금은 독촉하지 마십시오. 그런데 부탁드려야 할 일이 있습니다만……."

손님들의 얼굴에서 불신의 빛이 사라지지 않자 레인의 목소리에 초조한 투가 나타났다.

"우편으로든 사람을 시켜서든 피해자의 사진을 보내 주실 수 없겠습니까? 물론 살아 있었을 때의 것을 말입니다."

"네, 그렇게 하지요." 브르노가 중얼거렸다. 그는 화가 난 초등 학생처럼 공연히 다리를 고쳐 앉았다.

"그리고 사건의 진전에 대하여도 자주 알려 주십시오." 레인은 조용한 어조로 말했다. 그는 잠깐 사이를 두었다가 말을 이었다. "나에게 의논한 것을 후회하지 않으신다면 말입니다."

잠시 두 사람을 물끄러미 바라보던 레인의 눈에 다시금 아까의 즐거운 듯한 빛이 서렸다.

두 사람은 그렇지 않다는 뜻의 말을 중얼거렸다.

"제가 있건 없건 퀘이시가 전화를 받아서 저에게 전해 줄 것입니다."

레인은 그을린 벽난로 선반 위로 손을 뻗쳐 초인종을 눌렀다. 불그레한 얼굴에 배가 나온 키 작은 노인이 제복을 입고 불쑥 방으로 들어왔다.

"저와 함께 식사를 하지 않으시겠습니까?"

두 손님은 굳이 사양했다.

"그럼, 브르노 씨와 샘 경감님을 자동차 있는 데까지 모셔다 드리게, 폴스태프. 두 분이 햄릿 장에 오시면 언제나 반가이 맞이하도록 해야 하네. 한 분이건 두 분이 함께 오시건 나에게 알려 주게……. 그럼 안녕히 가십시오, 브르노 씨와 샘 경감님."

레인은 몸을 조금 구부려 인사했다.

브르노 지방 검사와 샘 경감은 한 마디도 하지 않고 하인의 뒤를 따라갔다. 문 앞에서 두 사람은 똑같이 멈추어서서 뒤돌아보았다. 도르리 레인은 벽난로 앞에서 이 세상의 것으로 여겨지지 않는 낡은 가구들에 둘러싸인 채 정중하게 작별의 미소를 보내고 있었다.

제2막

제1장

지방검찰청. 9월 9일 수요일 오전 9시 20분.

 다음날 아침, 브르노 지방 검사와 샘 경감은 브르노의 책상을 사이에 두고 마주앉아 있었다. 골머리 아픈 수수께끼를 안고 이 실질적인 사람들은 서로 눈길을 주고받으며 난처해하고 있었다. 지방 검사의 손은 깨끗이 쌓여 있는 서류더미를 만지작거려 일껏 정돈해 놓은 것을 흩뜨리고 있었다. 샘의 짜부라진 코는 창 밖의 추위와 그리고 별로 진전이 없었다는 것을 말해 주고 있었다.
 "아" 하고 경감은 나직이 신음했다. "이거 손을 들어야겠소. 완전히 손을 들어야겠단 말이오. 오늘 아침에는 독약도 코르크도 바늘도 막다른 골목에 다다르고 말았다오. 니코틴은 사 온 것이 아니라 손수 만들었거나, 시링 의사가 말했듯이 살충제인지 뭔지에서 빼낸 모양이라는군요. 게다가 도르리 레인 씨. 그도 별 수 없는 것이나 아닌지 모르겠소."

브르노는 반대했다.

"아니오, 경감. 나는 그렇게 말하고 싶지 않소. 그런 몹쓸 말은 하지 마시오." 검사는 두 손을 벌리며 말했다. "당신은 그 사람을 과소평가하고 있소. 사실 별난 사람이긴 하오. 그런 곳에서 살며 낡은 도깨비에 싸여 셰익스피어나 읊고……."

"그렇고말고요!" 경감은 얼굴을 찌푸렸다. "나더러 말하라면 증기 덩어리 같다고 하겠소. 우리를 현혹시키고 있는 거요. 롱스트리트를 죽인 범인을 알고 있다고 즉흥적인 미친 소리를 한 것이지 뭐요."

"아니오, 경감! 당신의 말은 옳지 않소." 지방 검사는 항의했다. "요컨대 그 사람은 그렇게 단언한 이상 발뺌할 수 없다는 것을 잘 알고 있소. 결국에는 해결을 지어야 한다는 것을 잘 알고 있단 말이오. 그렇고말고요. 그 사람은 자기가 무슨 말을 했는지 잘 알고 있소. 정말로 단서를 잡고 있지만 뭔가 특별한 이유가 있어서 말하지 않을 뿐이라고 생각하오."

샘은 쾅 하고 책상을 내리쳤다.

"그럼, 우리 두 사람은 바보란 말이오? 뭐, 단서를 잡았다고요? 대체 어떤 단서 말이오? 그런 것은 없소! 무시해 버리는 것이 좋을 거요. 당신도 어제는 같은 생각을 했잖소……."

"생각을 바꾸어서 나쁠 것은 없잖소." 브르노는 따끔하게 말했다. 그러나 이윽고 조용하게 말을 이었다. "클레이머 사건 때 우리들이 못 보고 그냥 넘긴 것을 그 사람이 얼마나 잘 집어냈었는지 잊어서는 안 되오. 이 어려운 사건에 있어서 조금이라도 도움을 얻을 수 있는 기회가 있다면 나는 그것을 놓치고 싶지 않소. 그리고 협력해 달라고 부탁해 놓고서 나중에 몰아낸다는 것도 말이 안되오. 이봐요, 경감. 가는 데까지 가 봐야 하지 않겠소. 그 사람이 별로 해를 끼치는 것도 아니고……. 그런데 뭔가 새로운 사실이라도 나타났소?"

샘은 담배를 반으로 물어서 찢었다.

"콜린즈가 또 몹쓸 짓을 했소. 콜린즈가 그날 이후 세 번이나 데이비드를 찾아간 것을 부하 한 사람이 발견한 거요. 물론 데이비드에게서 돈을 뜯어내려는 것이오. 그래서 녀석을 감시하고 있지만, 이것은 데이비드 자신의 문제이고……."

브르노 지방 검사는 무심코 눈앞에 있는 편지를 펼쳤다. 처음의 두 통은 정리 보존용 서류함에 던져 넣었다. 세 번째의 싸구려 봉투에서 꺼낸 편지를 읽다가 그는 고함을 지르며 벌떡 일어났다. 브르노가 편지를 읽는 동안 샘의 눈이 가늘어졌다.

"살았소, 경감!" 브르노는 외쳤다. "이것은 훌륭한 돌파구가 되겠소! 무슨 일인가?"

지방 검사는 방으로 들어온 비서에게 호통을 쳤다.

비서가 명함 한 장을 내밀자 브르노는 그것을 낚아채듯 하여 들여다보았다.

"그가 왔군." 브르노 지방 검사는 목소리를 완전히 바꾸어서 중얼거렸다. "좋아, 바니. 들여보내게……. 경감, 여기 그대로 있으시오. 이 편지에는 놀라운 사실이 적혀 있소. 그러나 어쨌든 그 스위스 사람이 무슨 일로 찾아왔는지 만나 보도록 합시다. 루이 암페리얼 말이오."

비서는 문을 열어, 미소지으며 들어오는 키가 크고 단단한 몸집을 한 스위스 실업가를 안내했다. 암페리얼은 여전히 깨끗이 손질된 모닝코트 차림이었으며 깃에는 싱싱한 꽃을 꽂고 옆구리에 스틱을 끼고 있었다.

"안녕하십니까, 암페리얼 씨. 무슨 일로 오셨습니까?"

브르노는 정중하게 말했다. 조금 전에 읽고 있던 편지는 집어넣고 두 손은 책상 모서리를 잡고 있었다. 샘은 인사말을 중얼거렸다.

"안녕하십니까, 검사님. 그리고 경감님."

암페리얼은 브르노의 책상 옆에 있는 가죽 의자에 천천히 앉았다. 그는 정중한 어조로 말했다.

"잠깐만 실례하겠습니다. 저는 미국에서의 용무를 끝마치고 스위스로 돌아가려는 참입니다."

"그러십니까." 브르노는 샘을 보았다. 샘은 암페리얼의 넓은 등을 노려보고 있었다.

"이미 오늘 밤의 배표도 사 두었습니다."

스위스 사람은 이맛살을 찌푸리며 말했다.

"짐을 운반해 달라고 용달사에도 말해 놓았는데, 당신네 경관들이 제 숙소로 찾아와서 출발해서는 안된다고 하는군요."

"데이비드 씨의 집에서 나가시는 것을 말입니까?"

암페리얼은 조금 초조한 빛을 보이며 고개를 저었다.

"아니오, 이 나라에서 나가서는 안 된다는 것입니다. 저의 짐을 움직이면 곤란하다는 것이지요. 그렇다면 저는 매우 난처합니다, 브르노 씨! 저는 사업가입니다. 베를린 본사에서는 저더러 빨리 오라고 합니다. 어째서 못 가게 합니까? 정말——"

브르노는 가볍게 책상을 두드렸다.

"제 말 좀 들어 보십시오, 암페리얼 씨. 그 나라에서는 어떻게 하는지 모르겠습니다만, 당신은 미국 경찰의 살인 사건 수사에 휘말려 있습니다. 아시겠습니까, 살인 사건의 수사란 말입니다."

"네, 알고 있습니다. 그러나……."

"아무튼 어쩔 수 없습니다, 암페리얼 씨."

브르노는 일어섰다.

"참으로 안됐습니다만 해리 롱스트리트 살인 사건이 해결되든지 적어도 공식적인 결정이 내려질 때까지는, 이 나라에 머물러 계셔야만 합니다. 물론 데이비드 씨의 집에서 나와 다른 곳으로 옮기시는 것은 좋습니다. 그런 일까지 말릴 수는 없지요, 아무튼 소환에 응할 수 있는 곳에 계셔야만 합니다."

암페리얼은 일어나서 몸을 꼿꼿이 폈는데 쾌활하던 그 얼굴이 일그러졌다.

"하지만 일에 지장이 있단 말입니다."

브르노는 어깨를 으쓱해 보였다.

"좋습니다!"

암페리얼은 거친 동작으로 모자를 썼다. 그 얼굴은 도르리 레인 집 벽난로 불처럼 새빨갰다.

"영사에게 직접 부탁해서 조처해 달라고 하겠습니다. 아시겠습니까? 나는 스위스 시민이므로 당신들에게 붙잡힐 이유가 없습니다! 안녕히 계십시오!"

암페리얼은 머리를 까딱해 보이고는 거칠게 문으로 걸어갔다. 브르노는 미소지었다.

"하지만 배표는 물리는 것이 좋으실 겁니다, 암페리얼 씨. 돈을 낭비하게 될 테니까요……."

그러나 암페리얼은 나가 버렸다.

"자, 경감, 앉으시오. 저 사람은 저대로 내버려 두고 이 편지나 봅시다."

브르노는 주머니에서 편지를 꺼내어 경감 앞에 펼쳐놓았다. 샘은 재빨리 편지의 맨 끝을 보았다. 서명은 없었다. 싸구려 괘지에다 유별나게 필적을 바꾸거나 하지 않고 빛바랜 검은 잉크로 쓴 것이었다. 지방 검사에게 보낸 편지였다.

저는 롱스트리트라는 남자가 죽음을 당했을 때 그 전차에 타고 있던 사람입니다. 그를 죽인 범인에 대하여 저는 어떤 사실을 알고 있습니다. 저는 이 정보를 지방 검사님에게 전하고 싶지만 제가 알고 있다는 것을 범인이 알아차리지나 않을까 하고 몹시 겁이 나며, 눈독을 들이고 있는 것 같은 생각이 듭니다.

그러나 수요일 밤 11시에 당신이 저를 만나 주시든지 누군가를 보내 주시면 제가 알고 있는 사실을 말씀드리겠습니다. 그 시간에 위호켄 나루터의 대합실에서 기다리겠습니다. 제가 누구인지는 그 때 만나서 알려 드리겠습니다. 이 편지에 대해서는 외부 사람에게 이야기하지 마십시오. 저를 위해 비밀을 지켜 주셔야만 합니다. 제가 이야기했다는 사실을 범인이 알게 되면 나라에 대한 의무를 다한 탓으로 저는 죽음을 당하고 말 것입니다. 부디 저를 보호해 주십시오. 수요일에 만나 보시면 저를 만나기 잘했다는 생각이 드실 것입니다. 중대한 문제입니다(이 구절에 줄이 그어져 있었다). 그 때까지는 저 스스로 제 몸을 지키겠습니다. 대낮에 경관과 이야기하는 것을 목격당하고 싶지 않습니다.

샘은 신중한 태도로 편지를 다루었다. 책상 위에 놓인 봉투를 자세히 보았다.
"뉴저지 위호켄의 소인이로군요. 어제 저녁의 것입니다. 더러운 지문이 잔뜩 찍혀 있군요. 그 기차를 타는 저지 족의 하나이겠지요……. 그런데 브르노 검사님, 어떻게 받아들여야 좋을지 모르겠군요. 의심스러운 편지일는지도 모르고, 혹은 그렇지 않을지도 모르니까요. 이런 종류의 편지는 흔히 있는 법이지요. 어떻게 생각하십니까?"
"글쎄, 뭐라고 말할 수가 없구려."
브르노는 천정을 쳐다보았다.

"단서가 되는지도 모른다는 생각이 드니까 아무튼 가 보기로 하겠소. 만의 하나 그럴 수도 있잖겠소." 그는 기운차게 일어나서 방 안을 걸어 다녔다. "잘될 것 같은 예감이 드오. 이것이 누구인지는 모르지만 편지에 이름을 쓰지 않은 것이 그럴듯하오. 앞뒤가 잘 맞지 않고, 매우 중요한 인물이 된 기분으로 으스대고 있지만, 결국에 가서는 자기가 비밀을 폭로함으로써 무슨 일이 일어날까봐 덜덜 떨고 있는 거요. 게다가 문장도 별로 신통치 않고 장황하게 늘어놓았으며 겁을 먹고 있단 말이오. '만난다'는 단어의 철자가 틀렸고, t자의 옆으로 긋는 작대기가 빠져 있소. 이것은 정말이지, 생각하면 할수록 마음에 드오."

"글쎄요······."

샘은 반신반의했다. 그러나 이윽고 명랑한 얼굴이 되었다.

"어쨌든 도르리 레인을 따돌릴 수가 있겠군요. 그의 건방진 의견 같은 것은 필요치 않게 되는지도 모르오."

"잘됐소, 경감. 빨리 기소할 수 있을지도 모르겠군요." 브르노는 만족한 듯이 두 손을 비볐다. "그럼, 강 건너 허드슨 군의 지방 검사 렌넬즈와 연락을 취해 주시오. 그리고 저지 경찰에다 모든 준비를 갖추어 위호켄 역을 감시하라고 지시해 주구려. 관할권을 들고 나오면 성가시거든! 정복은 안 되오, 경감. 모두 다 사복이라야 하오. 당신도 가겠소?"

"못 가게 할 수 있으면 해보시구려." 샘은 몹시 거칠게 말했다.

샘이 요란스럽게 문을 쾅 닫고 나가자 브르노 검사는 곧 책상 위의 전화기를 들고 햄릿 장을 불러 달라고 신청했다. 벨이 울릴 때까지 그는 아주 즐거운 표정으로 기다리고 있었다.

"여보세요, 햄릿 장입니까? 도르리 레인 씨는······. 여기는 브르노 지방 검사······. 여보시오, 누구시오?"

날카롭고 떨리는 듯한 목소리가 대답했다.

"퀘이시입니다. 레인 씨는 지금 제 옆에 계십니다."

"아, 그렇지요. 잊고 있었군요. 귀가 안 들리신다는 것을 말입니다. 레인 씨에게 뉴스가 있다고 전해 주십시오."

퀘이시의 늙은 목소리가 전해 달라는 말 한 마디 한마디를 되풀이하고 있는 것이 들려왔다.

"'알았다'고 말씀하십니다." 퀘이시의 카랑카랑한 목소리가 울려왔다. "그리고 또 하실 말씀이 있습니까?"

"롱스트리트 살인범을 알고 있는 사람은 레인 씨 뿐만이 아니라고 전해 주십시오" 하고 브르노는 의기양양하게 말했다.

퀘이시가 이 말을 레인에게 되풀이하는 동안 브르노는 열심히 귀를 기울였다. 이윽고 놀랄 만큼 똑똑한 레인의 말이 들려왔다.

"브르노 씨에게 그것은 참으로 글자 그대로 뉴스라고 말씀드리게. 또 범인이 자백했느냐고 여쭈어 봐."

브르노는 퀘이시에게 익명의 편지 내용을 들려주었다. 전화를 받는 사람은 입을 다물고 있었으나 마침내 당황하지도 않고 떠들지도 않는 레인의 목소리가 들려왔다.

"직접 그 사람과 이야기할 수 없는 것이 유감이라고 브르노 씨에게 전해 주게. 오늘 밤의 그 장소에 나도 가도 좋으냐고 여쭈어 봐."

"그야 물론 나오셔도 좋지요." 브르노는 퀘이시에게 말했다.

"저어…… 퀘이시 씨, 레인 씨는 놀라고 계시지 않으십니까?"

브르노는 상대방이 기묘하게 소리를 죽이며 웃는 소리를 들었다. 뚱뚱한 도깨비가 웃는 듯한 짓눌린 웃음 소리였다. 마침내 웃음을 참을 수 없어 목소리를 떨며 퀘이시는 말했다.

"아니오, 사태의 변화를 무척 즐기고 계시는 것 같습니다. 늘 뜻밖의 사태를 기대하신다고 말씀하셨거든요. 레인 씨는——"

그러나 브르노 지방 검사는 짤막하게 "안녕히 계시오!" 하고는 수화기를 놓았다.

제2장

위호켄 나루터. 9월 9일 수요일 오후 11시 40분.

뉴욕 중심가의 등불은 맑게 갠 날 밤에는 검은 하늘에 밝은 광선의 줄무늬를 그리지만, 수요일 밤에는 낮부터 내내 그리고 밤에도 걷히지 않는 안개의 장막에 싸여 거의 완전히 뿌옇게 되어 있었다. 뉴저지 쪽의 부두에서는 이따금 보이다 말다 하는 전등 빛과 강 상류의 자욱한 안개 말고는 아무것도 보이지 않았다. 뱃머리에서 선미까지 아랫갑판에 휘황하게 등불을 밝힌 나룻배가 느닷없이 어디에서인지도 모르게 살짝 나타났다. 작은 배가 유령처럼 강을 기어 올라갔다 내려 왔다하고 있었다. 강의 교통 안전을 위해 앞뒤 양옆의 배들에게 경계의 고동을 울리며 다니는 것이었다. 그러나 이러한 무적(霧笛)조차도 안개에 싸여 버렸다.

위호켄 나루터 뒤에 있는 커다란 차고 같은 건물의 대합실에 12명의 사나이들이 모여 있었다. 대부분 말없이 긴장한 모습을 하고 있었다. 남자들 한가운데에 땅딸막한 나폴레옹 같은 모습의 브르노 지방 검사가 서 있었다. 그는 초조한 듯 10초마다 손목시계를 들여다보며 비어 있는 공간을 신들린 사람처럼 왔다갔다 했다. 샘 경감은 대합실 안을 서성거리며 문 쪽과 새로 들어오는 사람을 날카로운 눈초리로 쳐다보고 있었다. 대합실 안은 거의 비어 있었다.

형사의 무리로부터 혼자 떨어져 도르리 레인 씨가 앉아 있었다. 그의 색다른 모습에 배나 기차를 기다리고 있는 손님들이 놀란 듯한,

때로는 재미있다는 듯한 시선을 보냈다. 레인은 매우 온화한 태도로 무릎 사이에 끼운 굵고 위엄 있어 보이는 인목(鱗木) 지팡이의 손잡이를 희고 긴 손으로 쥐고 있었다. 길고 검은 색의 인버네스를 입었으며 어깨에서 케이프가 늘어져 있었다. 부드러운 머리카락 위에 곧은 차양이 달린 검은 펠트 모자가 얹혀 있었다. 샘 경감은 이따금 그 옷차림을 보며 복장이며 머리털이 그토록 나이 들어 보일 수가 없으면서도 얼굴이나 모습이 또한 이토록 젊어 보이는 사람도 없을 것이라고 생각했다. 그 이목구비가 뚜렷하고 늠름하며 온화한 얼굴은 35살이라고 해도 좋을 만했다. 냉정한 모습은 강렬하고 인상적이었다. 그는 사람들의 호기심을 무시하고 있는 것이 아니라 전혀 의식하고 있지 않았던 것이다.

밝은 두 눈은 브르노 지방 검사의 입술에 쏠려 있었다.

브르노가 뚜벅뚜벅 걸어와서 앉았다.

"벌써 45분이나 지났습니다. 모처럼 오셨는데 헛걸음을 하시게 한 것 같습니다. 밤을 새우면서라도 우리는 버텨 보겠습니다만, 이젠 조금 얼빠진 일을 하고 있는 것 같은 기분이 드는군요."

"조금 걱정이 되기 시작하신 거겠지요, 브르노 씨." 레인은 그 잘 울리는 목소리로 말했다. "그럴 이유가 있을 테니까요."

"그럼, 당신은……" 브르노는 눈살을 찌푸리며 말하다가 밖의 나루터에서 들려오는 쉰 목소리의 당황한 부르짖음을 듣고 저쪽에 있는 샘 경감과 함께 몸을 긴장시켰다.

"무슨 소동입니까, 브르노 씨?" 하고 레인은 조용히 물었다.

브르노는 몸을 내밀고 귀를 기울였다.

"당신에게는 들리지 않았겠지만…… 레인 씨, '사람이 빠졌다!'라고 외치는 소리가 들렸습니다!"

도르리 레인은 벌떡 일어났다. 샘 경감이 큰 소리로 고함을 질렀다.

"선창에서 사고가 났군요!" 울부짖는 듯한 목소리였다. "가 보겠소!"

브르노는 안절부절못하며 서 있었다.

"경감, 부하들과 함께 나는 여기 있겠소. 유인하기 위해 그러는지도 모르니까. 그리고 이제라도 그 남자가 올는지 모르오."

샘은 벌써 성큼성큼 문 쪽으로 가고 있었다. 도르리 레인도 급히 그 뒤를 따라갔다. 여섯 명쯤 되는 형사가 뒤따라갔다.

그들은 금이 간 판자가 깔린 마룻바닥을 지나 부르짖는 소리가 들린 쪽을 살피기 위해 걸음을 멈추었다. 지붕이 달린 선창 끝에 막 나룻배가 들어와서 배의 옆구리를 철판이 깔린 상륙용 계단에 들이대고 있는 참이었다. 샘과 레인과 형사들이 그곳에 이르렀을 때에는 몇 안 되는 사람의 그림자가 배와 물가의 틈새를 뛰어넘고 있었다. 한편 터미널에서 급히 나가는 사람도 있었다. 윗갑판에 있는 조타실에는 금 글씨로 모호크라고 씌어 있었다. 아랫갑판의 북쪽에는 승객들이 활 모양으로 휜 뱃전의 난간에 기댄 채 몹시 붐비고 있었고, 오른쪽 갑판의 벽이 있는 창문에서도 저 아래의 안개 낀 어둠을 내려다보고 있었다.

선원 셋이 군중을 헤치고 갑판으로 가기 위해서 몸부림치고 있었다. 도르리 레인은 샘의 뒤를 따라가며 언뜻 손목시계를 보았다. 11시 40분이었다.

갑판으로 건너뛴 샘 경감은 여위어 뼈만 남은 늙은 선원의 목덜미를 움켜쥐었다.

"경찰이오! 무슨 일이 생겼소?" 하고 경감은 외쳤다.

선원은 움찔했다.

"어떤 남자가 떨어졌습니다, 경감님! 이 배가 선창에 닿는 순간

맨 윗갑판에서 떨어졌습니다."

"그게 누구인지 알고 있소?"

"모릅니다."

"레인 씨, 이리로 오십시오" 하고 경감은 외쳤다. "나루터 사람들이 그 남자를 끌어올리겠지요. 떨어진 곳부터 가 봅시다."

두 사람은 뱃전의 인파를 뚫고 선실문으로 들어갔다. 그 순간 샘은 소리를 지르며, 우뚝 멈추어서서 한 손을 들어올렸다. 아랫갑판의 남쪽에서 연약하고 키가 작은 사람이 선창으로 내리려 하고 있었다.

"여보시오, 데이비드 씨! 기다리시오!"

연약하게 보이는 그 사람은 외투로 몸을 감싸고 있었는데, 얼굴을 들고 주춤거리다가 다시 돌아왔다. 그 얼굴은 창백했다. 숨을 조금 헐떡거렸다.

"경감님이셨군요!" 데이비드는 천천히 말했다. "여기서 뭘하고 계십니까?"

"일이 좀 생겨서요." 샘은 아무렇지도 않은 듯이 말했으나 눈에는 흥분한 빛이 어려 있었다. "당신은?"

데이비드는 외투의 왼쪽 주머니에 손을 집어넣고 몸을 떨었다.

"집으로 돌아가는 길입니다. 무슨 일이 생겼습니까?"

"그것을 알게 될 때까지 여기에 좀 계시면 어떻겠습니까." 샘은 상냥하게 말했다. "이리 오십시오. 도르리 레인 씨도 만나 보시고요, 우리의 일을 도와주시고 계시답니다. 레인 씨는 배우이시며 유명한 분이지요. 레인 씨, 이분은 데이비드 씨, 롱스트리트의 공동 경영자이십니다."

도르리 레인은 반가운 듯이 고개를 끄덕였다.

데이비드의 침착하지 못한 눈길이 갑자기 배우의 얼굴에 못박히듯 멈추었다. 이윽고 상대를 알아보고는 존경의 빛이 떠올랐다.

"이거 정말 영광입니다."

샘은 얼굴을 찌푸리고 있었으나 뒤에 있는 형사들은 끈기 있게 기다렸다. 샘은 고개를 내밀어 누구를 찾는 듯한 자세로 중얼거렸다.

마침내 경감은 어깨를 움츠렸다.

"이쪽으로!" 그는 날카롭게 말하며 커다란 몸집으로 돌진해 갔다.

선실 안은 매우 혼란한 상태였다. 샘이 배 한가운데의 놋쇠를 붙인 계단을 뛰어올라가자 다른 사람들도 뒤따랐다. 달걀 모양의 윗선실로 올라가 북쪽의 문을 지나서 어두운 윗갑판으로 나왔다. 형사들은 손전등의 강하고 작은 빛의 동그라미로 갑판을 살폈다. 배의 중앙과 뱃머리 사이를 죽 훑어 나가다가 뱃전이 넓어진 갑판에서 1미터쯤 내려간 곳, 윗조타실 바로 뒤에서 샘은 길게 긁힌 듯한 자국을 발견했다. 형사들은 손전등으로 그곳을 비추었다. 긁힌 자국은 십자형 난간에서 갑판의 뒤쪽을 향해 가로질러 선실 밖의 북서쪽 구석을 칸막이한 조그만 곳까지 이어져 있었다. 이 작은 방의 서쪽과 남쪽 벽은 선실 밖에 해당된다. 북쪽 벽은 얇은 판자였다. 동쪽에는 벽이 없었다. 불빛이 그 속을 비췄다. 간판의 긁힌 자국은 거기에서 시작되어 있었다. 연장 상자가 있고 자물쇠가 채워진 채 한쪽 벽에 붙어 있었다. 구명대가 몇 개 있고, 빗자루가 하나, 통이 하나, 그 밖의 자질구레한 물건들이 있었다. 쇠사슬이 벽이 없는 쪽의 중간쯤에 처져 있었다.

"속을 살펴보게. 열쇠를 얻어다가 저 상자를 열어 보게. 뭔가 있을지도 모르니까."

형사 두 사람이 달려갔다.

"그리고 짐, 아래로 내려가서 배에 타고 있는 사람들을 모조리 가두어 두게."

샘과 레인은 데이비드와 함께 난간까지 갔다. 갑판 바닥이 난간에서 뱃전 쪽으로 7, 80센티미터쯤 튀어나와 있었다. 샘은 손전등을 손에 들고 갑판의 긁힌 자국을 자세히 살펴보았다. 그는 도르리 레인을 올려다보며 말했다.

"이상한 것이 있군요, 레인 씨. 구두 뒤축 자국입니다. 갑판 위로 무거운 것을 끌고 갔나 보지요. 시체겠지요, 제기랄! 구두 뒤축에 긁힌 자국입니다. 살인일지도 모르겠군요."

도르리 레인은 손전등의 반사에 의한 희미한 빛 속에 떠오른 샘의 얼굴을 열심히 바라보고 있었다.

두 사람은 난간에 기대어 아래의 혼란한 광경을 보려고 했다. 샘은 곁눈질로 데이비드를 지켜보았다. 키가 작은 주식 중매업자는 얌전했고 어쩐지 체념한 듯한 기색이었다.

경찰 보트가 선창 끝에 멈춰서 있었다. 경관들의 그림자가 몇 개 미끈미끈한 말뚝 끝으로 기어오르고 있었다. 강력한 탐조등이 두 줄기 불쑥 빛을 뿜어 나루터를 밝게 비추었으므로 선창이 안개를 통해서 뚜렷이 떠올랐다. 윗갑판도 환히 밝아졌다. 탐조등은 아랫갑판까지 비추어서 그곳의 광경을 구석구석까지 드러내 보였다.

아랫갑판 바닥은 바깥쪽으로 부풀어서 선창의 흔들거리는 미끈미끈한 말뚝의 줄과 부딪쳤는데, 이 말뚝은 줄 밑에서는 아무것도 보이지 않았다. 나루터 직원과 선원들이 말뚝 위에 서기도 하고 무릎을 꿇기도 한 채 어두컴컴한 윗조타실을 향해 큰 소리로 뭔가 지시를 내리고 있었다. 나루터 안에서는 한순간 덜커덩거리는 기계 소리가 났다. 배는 옆으로 미끄러지며 조금씩 북쪽 선창을 떠나 남쪽 선창으로 움직였다. 조타실 안의 두 사람, 선장과 조타수는 시체가 떠 있는 물 위의 지점에서 멀어지려고 미친 듯이 움직여 대고 있었다.

"엉망으로 짓이겨졌겠군" 하고 샘 경감은 무뚝뚝하게 혼잣말로 중얼거렸다. "배가 말뚝과 닿으려는 순간 여기서 떨어졌으니 말이야.

배와 말뚝 사이에서 아마 산산조각이 났겠지. 그 다음에 배가 움직였으니 저기 튀어나온 판자 밑으로 미끄러져 떨어졌을 거야. 일이 성가시게 됐는걸. 이제 물이 보이기 시작하는군!"

배가 둔한 소리를 내며 옆으로 비키자 기름이 뜬 거무칙칙한 수면이 떠올랐다. 수면은 부글부글 거품이 일고 있었다. 말뚝 위의 어둠 속에서 불쑥 쇠갈고리가 나타났다. 경관과 선원들이 보이지 않는 시체를 찾기 시작했던 것이다.

데이비드는 샘과 레인 사이에 서서 아래에서 벌어지고 있는 기분 나쁜 작업을 정신없이 보고 있었다. 형사 하나가 샘 경감 옆으로 다가왔다.

"무슨 일인가?" 하고 샘은 무뚝뚝하게 물었다.

"상자 속에는 아무것도 없습니다, 경감님. 다른 데도 없었습니다."

"좋아, 갑판 위의 구두 자국을 밟지 않도록 하게."

샘의 눈은 엉뚱한 곳을 보고 있었다. 데이비드를 뚫어지게 보고 있었던 것이다. 이 연약하게 보이는 키작은 남자는 왼손으로 밤안개에 젖은 난간을 붙잡고 있었다. 오른손은 꼭 주먹을 쥔 채 팔꿈치를 구부려 난간 위에 얹고 있었다.

"왜 그러시지요, 데이비드 씨? 손을 다치셨나요?"

데이비드는 천천히 경감 쪽을 보며 희미하게 웃고는 오른손을 내려다보았다. 그는 오른손을 뻗어 샘 앞에 내밀었다. 레인이 들여다보았다. 4센티미터쯤 되는 새 상처가 집게손가락의 첫 관절에서 세로로 나 있었다. 상처에는 엷은 딱지가 앉아 있었다.

"아까 클럽 운동장에 있는 기구에 손가락을 베었어요. 저녁 식사 전이었습니다."

"저런."

"클럽의 모리스 의사가 치료해 주셨습니다. 조심하라고 하시더군요. 조금 아파 오는데요."

아래에서 술렁이는 소리가 들려왔기 때문에 데이비드와 샘은 난간에 몸을 바싹 갖다댔다. 도르리 레인은 두 사람의 동작에 놀라 똑같이 아래를 내려다보았다.

"있다, 있어!"

"조심해!"

밧줄이 말뚝 사이로 드리워졌고 쇠갈고리가 거무칙칙한 수면 밑에서 어떤 물체를 잡았다. 3분쯤 뒤에 물이 뚝뚝 떨어지는 흐느적거리는 덩어리가 물 위에 나타났다. 그러자 곧 몇 사람의 외침 소리가 아랫갑판에서 들려왔다. 아무런 뜻도 없는 중얼거림과 당황한 고함 소리였다.

"아래로 내려갑시다!" 하고 경감이 외쳤다. 세 사람은 한덩어리가 되어 문으로 달려갔다. 데이비드는 재빨리 갑판을 건너 문손잡이를 붙잡았으나 금방 고통스러운 소리를 질렀다.

"왜 그러십니까?" 하고 샘이 다급하게 물었다. 데이비드는 얼굴을 찌푸리며 오른손을 보았다. 상처에서 피가 줄줄 흐르는 것이 샘과 레인의 눈에 비쳤다. 상처 자국이 여러 군데 찢어져 있었다.

"문을 열 때 오른손을 쓰지 말아야 했는데, 그만 상처가 찢어지고 말았습니다. 조심하라고 모리스 의사가 말했는데……" 하고 데이비드는 신음했다.

"그렇다고 죽지는 않을 테니 염려 마십시오."

샘은 퉁명스럽게 말하며 데이비드의 옆을 지나 계단을 내려가기 시작했다. 뒤돌아보았더니 데이비드는 윗옷 주머니에서 손수건을 꺼내어 오른손을 느슨하게 감싸고 있었다. 도르리 레인은 외투 깃을 세워 턱까지 파묻고 있었다. 눈은 그늘이 져서 보이지 않았으나 명랑하게 뭐라고 중얼거리며 데이비드와 함께 샘의 뒤를 따라 계단을 내려갔다.

 세 사람은 아래의 선실을 지나 구조대가 돛의 천을 펴놓은 앞 갑판으로 나갔다. 천 위에는 아까의 덩어리가 놓여 있었는데, 흠뻑 젖은 채 악취를 풍기는 물웅덩이에 잠겨 있었다. 이미 사람의 형태를 알아 볼 수 없을 만큼 짓이겨진 피투성이였으며 엉망진창이었다. 머리와 얼굴은 곤죽이었다. 누워 있는 모습이 기묘한 것으로 보아 등뼈가 부러진 듯했다. 한쪽 팔은 이상스럽게 납작해져 마치 트랙터로 짓이겨진 것 같았다.

 도르리 레인의 얼굴은 한층 더 창백해졌다. 이 끔찍스러운 모습의 시체를 보고 있는 것만으로도 상당한 노력을 하고 있는 듯했다. 피비린내 나는 장면에는 익숙한 샘 경감조차도 얼굴을 찌푸리며 한숨을 쉬었다. 데이비드는 가냘프게 신음하며 얼굴을 홱 돌렸는데 핏기를 잃고 있었다. 주위에는 나루터의 직원들, 선장, 조타수, 사복 형사들, 제복 경관들이 모두 입을 다문 채 시체를 바라보고 있었다.

 배의 남쪽 끝 선실에서 흥분한 고함 소리가 들려왔다. 승객들이 기다란 방에 갇힌 채 감시당하고 있었던 것이다.

 시체는 엎드려 있었으나 하반신은 부자연스럽게 한쪽으로 뒤틀려 위로 젖혀져 있었다. 흉하기 짝이 없는 머리는 옆쪽으로 뉘어 있었다. 천 위에는 앞차양이 달린 검은 모자가 흠뻑 젖은 채 놓여 있었다.

 샘은 무릎을 꿇고 한 손으로 몸통을 눌러 보았다. 젖은 밀가루 자루처럼 흐느적거리며 반동이 없었다. 경감은 시체를 옆으로 돌려 보았다. 형사 한 사람이 도와서 위를 보게 했다. 붉은 머리털의 키가 크고 우람한 남자의 시체였다. 얼굴이 짓이겨져서 누구인지 알아볼 수가 없었다.

 샘은 놀라 소리를 질렀다. 죽은 사람은 짙은 파란 색 윗옷을 입고

제2막 115

있었는데, 주머니에는 검은 가죽 테가 둘러지고 목에서 아래까지 놋쇠 단추가 달려 있었다. 샘은 갑자기 낚아채듯이 갑판 위에서 모자를 집었다. 차장 모자였다. 차양 위의 휘장에는 2101이라는 번호가 박혀 있었고, 금글씨로 제3대로 철도라고 씌어 있었다.

"이런 일이 있을 수 있을까?" 경감은 말을 하다가 입을 다물며 도르리 레인을 날카롭게 올려다보았다. 레인은 몸을 앞으로 내밀고 뚫어지게 모자를 들여다보고 있었다.

샘은 모자를 놓고 이번에는 무심코 죽은 사람의 윗옷 안주머니에 손을 집어넣었다. 그 손은 흠뻑 젖은 낡은 가죽 지갑을 끄집어냈다. 경감은 속을 뒤지다가 벌떡 일어서더니 험상궂은 얼굴을 빛냈다.

"바로 이 사람이야!" 하고 그는 외치며 재빠르게 주위를 둘러보았다.

브르노 지방 검사의 땅딸막한 모습이 외투자락을 나부끼며 역에서 나루터 쪽으로 급히 오고 있었다. 사복 형사들이 그 뒤에서 숨 가쁘게 따라왔다.

샘은 몸을 홱 돌려 한 형사에게 말했다.

"승객들을 가두고 있는 선실을 엄중히 경비하게." 경감은 발돋움을 하고 흐느적거리는 지갑을 휘둘렀다. "브르노 검사님, 빨리 오십시오! 우리가 기다리던 남자를 찾았소!"

지방 검사는 달려와서 배로 뛰어오르더니 시체와 주위 사람들과 레인과 데이비드를 쭉 둘러보았다.

"뭐라고요?" 검사는 허덕이고 있었다. "누구 말이오, 편지를 보낸 사람 말이오?"

"이것 보시오," 샘은 쉰 목소리로 말하며 시체를 발로 쿡쿡 찼다. "누군가가 선수를 친거요!"

브르노는 다시 시체의 윗옷에 달린 놋쇠 단추와 갑판 위에 있는 차양 달린 모자를 보고는 눈이 휘둥그레졌다.

"차장——" 브르노는 찬 바람이 부는 것도 모르고 모자를 벗어 땀을 닦았다. "정말이오, 경감?"

샘은 대답 대신 지갑에서 물이 배어 부드러워진 카드를 꺼내 지방 검사에게 건네주었다. 도르리 레인은 브르노 뒤로 살짝 다가가서 어깨 너머로 들여다보았다.

제3대로 철도 회사 발행의 네 귀퉁이가 둥근 신분 증명서였는데, 2101이라는 번호가 찍히고 서명이 있었다.

서명은 휘갈겨 쓴 것이었으나 똑똑히 보였다. 찰스 우드라고 씌어 있었다.

제3장

위호켄 종착역. 9월 9일 수요일 오후 11시 59분.

서쪽 강가에 있는 위호켄 종착역 대합실은 낡고 바람이 잘 통하는 이층 건물로, 마치 거인의 나라에서 갖다 놓은 헛간 같았다. 천장에는 대들보가 모두 드러나 보였는데, 그 하나하나가 서로 거칠게 엇갈려 있었다.

아래층보다 무척이나 높은 이층 벽을 따라 난간이 둘러쳐진 플랫폼이 있었다. 이 플랫폼 끝에 복도가 있고 여기에서 작은 사무실로 통하게 되어 있다. 모든 것이 그을리고 먼지투성이로 잿빛을 띠고 있었다.

찰스 우드 차장의 흠뻑 젖은 시체는 들것에 실려 물을 뚝뚝 흘리며 텅 빈 대합실을 지나 플랫폼을 따라서 이층으로 올라가 역장실로 운반되었다. 대합실의 일은 뉴저지 경찰이 맡아 기차를 기다리던 승객들은 모두 내쫓겼다. 모호크 호의 남쪽 선실에 갇혀 있던 승객들은 경관의 호위를 받으며 떠들썩하게 대합실로 옮겨갔다. 그곳에서 그들은 경관들이 지켜보는 가운데 샘 경감과 브르노 지방 검사가 취조하기를 불안한 기분으로 기다리고 있었다.

모호크 호는 샘의 명령으로 부두에 매어졌다. 나루터 직원들이 회의를 열어 배의 예정을 바꾸었으므로 여러 척의 배가 안개 속을 뚫고 들어왔다 나갔다 하고 있었다. 기차는 예정대로 운행해도 좋다는 결정이 내려졌으나 임시 매표소가 차고에 설치되었기 때문에 승객들은 나루터 대합실을 통하여 들어와야만 했다. 승객이 없는 모호크 호는 불을 켜 놓았고 형사와 순경으로 가득 차 있었다. 역무원과 경찰관 말고는 아무도 그 배에 오를 수 없었다.

이층의 역장실에는 몇몇 사람들이 뉘인 시체를 둘러싸고 있었다. 브르노 지방 검사는 바쁘게 전화를 걸고 있었다. 처음에 건 곳은 허드슨 군에 사는 렌넬츠 지방 검사의 집이었다. 브르노는 죽은 남자가 뉴욕의 해리 롱스트리트 살해 사건——자기가 담당하고 있는 사건인데——의 증인이었다는 사실을 짤막하게 설명했다. 그리고 살인은 뉴저지 지구에서 일어났으나 우드 살해의 예비 조사를 자신이 할 수 있도록 허가해 달라고 말했다. 렌넬즈가 인정해 주었으므로 브르노는 곧 뉴욕 경찰청에 연락했다. 샘 경감도 전화로 본부의 형사들을 더 보내 달라고 명령했다.

도르리 레인은 조용히 의자에 앉아 브르노의 입술이며 한쪽 구석에 앉아 있는 존 데이비드의 입을 꼭 다문 핏기없는 얼굴이며, 샘 경감의 냉혹하고 거친 동작 등을 지켜보고 있었다.

샘 경감이 수화기를 놓자 레인이 말했다.

"브르노 씨."

지방 검사는 시체의 발치로 가서 까다로운 표정으로 시체의 끔찍스러운 몸을 내려다보고 있다가 얼굴을 레인 쪽으로 돌렸다. 어떤 기묘한 기대의 빛이 그 눈에 떠올랐다.

"브르노 씨, 우드의 서명을 자세히 보셨습니까? 신분 증명서의 서명 말입니다" 하고 도르리 레인은 말했다.

"무슨 말씀이십니까?"

레인은 조용히 설명했다.

"아마 익명의 편지를 쓴 주인공의 신분을 확인하려면 그것이 무엇보다도 중요할 것입니다. 경감님은 우드의 서명과 편지의 필적이 동일인의 것이라고 생각하고 계시는 듯한데, 지당한 의견이십니다만 전문가가 보증해 준다면 저로서는 더욱 안심하겠습니다."

샘 경감은 씁쓰레한 웃음을 띠었다.

"동일인의 것입니다, 레인 씨. 걱정하실 필요 없습니다."

경감은 우드의 시체 옆에 쭈그리고 앉아 양복점의 마네킹을 다루는 것보다도 더 거칠게 죽은 사람의 주머니를 뒤졌다. 이윽고 꼬깃꼬깃하고 흠뻑 젖은 종이쪽지 두 장을 들고 일어났다. 한 장은 제3대로 철도의 사고 보고서로서, 이날 오후에 자동차와 충돌했던 사실이 자세히 적혀 있고 서명이 되어 있었다. 또 한 장은 소인이 찍힌 우표가 붙은 뜯지 않은 봉투였다. 샘은 봉투를 뜯어 다 읽은 다음 브르노에게 건네주었다. 브르노는 그것을 읽고 나서 레인에게 넘겨주었다. 운전 기술의 통신 강의록을 보내 달라는 편지였다. 레인은 두 장의 편지 필적과 서명을 살펴보았다.

"브르노 씨, 지난번의 서명 없는 편지를 갖고 계십니까?"

브르노는 지갑을 뒤져 편지를 꺼냈다. 레인은 옆에 있는 책상 위에 석 장의 종이를 펴놓고서 눈 한 번 깜박하지 않고 신중히 조사했다. 이윽고 웃음을 띠며 종이를 브르노에게 돌려 주었다.

"미안했습니다, 경감님. 석 장 모두 틀림없이 같은 사람이 쓴 것입니다. 사고 보고서도 통신교육학교로 보내는 편지도 우드가 쓴 것이 틀림없으며 필적이 같은 이상 익명의 편지도 이 사람이 보냈겠지요……. 그러나 전문가가 경감님의 의견을 보증할 필요는 있을 겁니다."

샘 경감은 중얼거리며 다시 죽은 사람 옆에 쭈그리고 앉았다. 브르노 지방 검사는 석 장의 종이를 지갑에 넣고 다시 전화기 쪽으로 갔다.

"시링 선생님을 부탁합니다……. 아, 시링 선생이시오? 브르노입니다. 위호켄 역에 있소, 역장실 말입니다. 맞소, 나루터 뒤의……. 곧 와 주시오, 뭐라고요? 그럼, 끝마치고 될 수 있는 대로 빨리 와 주시오……. 4시라고? 할 수 없지요. 허드슨 군의 시체 안치소에 시체를 날라다 놓을 테니 그곳에서 검시해도 좋소……. 암, 그렇고말고요. 꼭 당신이 와 주어야 하오. 찰스 우드의 시체란 말이오. 롱스트리트 사건 때의 전차 차장이오……. 알았소, 그럼."

"또 한 말씀 드려야겠습니다, 브르노 씨" 하고 도르리 레인은 의자에 앉아서 말참견을 했다. "우드가 모호크 호에 오르기 전에 선원이나 철도원 누구에게든 말을 걸었거나 또는 보았다는 사람이 있을지도 모르겠군요."

"그거 아주 좋은 생각입니다, 레인 씨. 아직 그 근방에 있을지도 모르지요." 브르노는 수화기를 들고서 뉴욕 쪽의 나루터를 불러냈다. "뉴욕의 브르노 지방 검사입니다. 위호켄 역에서 걸고 있는 것입니다. 살인 사건이 일어나서요——벌써 알고 계십니까?——지금 곧 도와 주셔야 할 일이 있습니다……. 고맙습니다. 오늘 밤에 제3대로 철도 42번 거리 노선의 차장 찰스 우드, 등록 번호 2101을 보았거나 이야기를 나눈 선원이 있으면 이리로 보내 주십시오……. 그리고 근무중의 철도경비원을 찾아 주십시오. 경찰정(警察

艇)을 보내겠습니다."

브르노는 수화기를 놓고 형사 한 사람을 모호크 호 가까이에 매어 있는 경찰정의 정장(艇長)에게 보내어 명령을 전달시켰다.

"자, 레인 씨. 샘 경감이 시체를 조사하는 동안 함께 아래층으로 내려가실까요? 할 일이 산더미처럼 많습니다."

지방 검사는 두 손을 비볐다.

레인은 일어섰다. 그는 구석에 조용히 웅크리고 있는 데이비드의 모습을 여태껏 곁눈질해 보고 있었던 것이다. 레인은 부드러운 바리톤으로 말했다.

"데이비드 씨도 함께 가시면 어떨까요, 여기는 데이비드 씨를 불쾌하게 하는 일뿐이니까요."

브르노의 두 눈이 테 없는 안경 뒤에서 번쩍하고 빛났다. 그의 거친 얼굴이 웃음으로 일그러졌다.

"물론이지요, 좋으시다면 가십시다, 데이비드 씨."

이미 머리털이 희끗희끗한 키 작은 주식 중매업자는 인버네스 차림을 한 레인의 모습을 향해 감사의 눈길을 보냈다. 데이비드는 두 사람을 따라 방에서 나갔다. 세 사람은 플랫폼 끝을 지나 아래층 대합실로 내려갔다.

지방 검사는 숨을 죽이고 기다리고 있는 사람들 가운데서 한쪽 손을 들었다.

"모호크 호의 조타수, 이리 나오시오. 물어 볼 것이 있소. 선장도 함께 나오시오."

조타수와 선장은 승객들 속에서 나와 무거운 걸음걸이로 다가왔다.

"조타수입니다. 샘 애덤스라고 합니다."

조타수는 땅딸막하고 늠름한 몸집의 사나이로, 검은 머리를 짧게 깎고 황소 같은 얼굴을 하고 있었다.

제2막

"잠깐 기다리시오. 조너스는 어디 있나? 조너스!"

샘의 조수인 형사가 수첩을 들고 급히 다가왔다.

"이제부터 듣게 될 증언을 적어 두게……. 그럼 애덤스 씨, 그 시체의 확실한 신원을 알고 싶어서 그러는데, 배의 갑판으로 시체를 끌어올렸을 때 당신도 보았겠지요?"

"네, 보았습니다."

"전에도 그 사람을 본 적이 있소?"

"여러 번 보았습니다." 조타수는 일부러 그러는 듯이 바지를 끌어올렸다. "친구나 다름없었지요. 머리가 엉망으로 깨어졌지만 횡단선의 차장 찰스 우드임을 성서를 놓고 맹세해도 좋습니다."

"어째서 그렇다고 생각하시오?"

조타수 애덤스는 모자를 벗고 머리를 긁적였다.

"어째서라니요……. 그야 알 수 있지요. 몸집도 같고 붉은 머리도 같고 옷도 같으니까요. 어떻게 알 수 있는지 꼭 집어서 설명할 수는 없지만, 아무튼 알 수 있습니다. 더구나 저는 오늘 밤에 그와 배에서 이야기를 했거든요."

"아, 그렇소! 그 사람을 만났단 말이로군. 어디서——조타실에서요? 규칙 위반일 텐데……. 어쨌든 모두 이야기해 주시오, 애덤스 씨."

애덤스는 기침을 하고 가까이에 있는 타구에 침을 뱉었다. 그리고 나서 옆에 서 있는 키가 크고 여윈, 햇빛에 그을린 선장에게 난처한 듯한 시선을 던지고 나서 말했다.

"그럼, 이야기하겠습니다. 저는 그 찰스 우드를 오래 전부터 알고 있었습니다. 저는 이 항로에 9년 가까이 근무하고 있거든요. 그렇잖습니까, 선장님?"

선장은 천천히 고개를 끄덕이고는 매우 정확하게 타구에다 침을 뱉었다.

"찰스는 이 위호켄에 사는 것 같았어요. 근무를 마치면 늘 10시 45분 나룻배를 탔지요."

"잠깐만." 브르노는 레인에게 뜻있는 듯이 끄덕여 보였다. "오늘 밤에도 10시 45분 배를 탔소?"

타수는 당황하는 것 같았다.

"그것을 지금 말씀드리려던 참입니다. 틀림없이 탔습니다. 몇 년 전부터 습관적으로 위의 승객용 갑판에 올라와 밤 한때를 보냈다고나 할까요. 네, 그랬습니다!"

브르노가 얼굴을 찌푸리자 애덤스는 당황하며 말을 계속했다.

"어쨌든 찰스가 올라와서 인사를 하지 않으면 저는 왜 그런지 서운했답니다. 물론 그가 비번이라든가 뉴욕에서 자게 되는 밤에는 만나지 못했습니다만, 거의 언제나 모호크 호를 탔지요."

"그거 참 재미있군" 하고 지방 검사는 말했다. "참 재미있긴 하지만 빨리 말하오, 애덤스. 연재 소설을 듣고 있는 것은 아니니까."

"네, 그럴 생각입니다."

조타수는 앉음새를 고쳤다.

"오늘 밤 10시 45분에 찰스는 늘 그랬듯이 오른쪽 뱃전의 위쪽 승객용 갑판에 올라와 저에게 '아호이, 샘!' 하고 인사했습니다. 제가 뱃놈이니만큼 다른 배를 부를 때 '아호이' 하고 부르기 때문이지요. 녀석은 장난꾸러기였거든요, 암요!"

브르노가 흰 이를 드러내 보이자 애덤스는 다시 정색을 하고 재빨리 이야기하기 시작했다.

"네 네, 빨리 말하겠습니다. 그래서 저도 '아호이' 하고 대답해 주고는, '끔찍한 안개로군, 찰스. 우리 할머니의 지독한 아일랜드 사투리만큼이나 말이야!' 하고 말해 주었지요. 그러자 녀석이 저에게 고함을 지르더군요. 바로 지금 제가 당신을 보고 있듯이 얼굴을 비췄지요. 녀석은 '정말이야, 샘. 너무 지독해' 하고 말하더군요. 저는 이렇게 말했지요, '근무중에 별일없었나, 찰스?' '그래, 그럭저럭했네' 하고 녀석은 말했지요. 그리고는 '오후에 시보레 차와 부딪쳤다네. 기네스가 몹시 화를 냈지. 얼빠진 할망구가 운전을 하고 있었거든. 그런 족속들 때문에 정말 못해 먹겠어'라고 말하기에——"

선장의 거친 팔꿈치가 살찐 갈비뼈를 쿡 찌르자 애덤스는 깜짝 놀라 소리를 질렀다.

"그런 거짓말은 하지 말아, 샘" 하고 선장은 말했다. 온 방 안에 울려 퍼지는 텅빈 듯한 낮은 목소리였다. "키를 제대로 잡고 있지 않으면 한 대 얻어맞게 돼 있잖아."

애덤스는 자기의 윗사람을 돌아보았다.

"옆구리 좀 찌르지 마세요."

"이제 그만!" 하고 브르노가 엄격한 목소리로 말했다. "둘 다 그만두시오. 당신이 모호크 호의 선장이오?"

"그렇습니다." 키가 크고 마른 남자는 굵은 목소리로 대답했다. "새터라고 합니다. 이 강에서 2년 동안 일하고 있지요."

"이 조타수가 이야기하는 동안 조타실에 있었소?"

"그럼요, 검사님. 안개 낀 밤에는 늘 그렇게 합니다."

"우드가 애덤스에게 고함을 지르고 있을 때 그 우드라는 사람을 보았소?"

"네, 보았습니다. 검사님."

"틀림없이 10시 45분이었소?"

"맞습니다."

"애덤스와 이야기를 끝마친 다음에 다시 우드를 본 적이 있소?"

"아닙니다. 두 번째 본 것은 강에서 건져 올릴 때였습니다."

"신원은 확실하오?"

"아직 할 말이 있는데요." 애덤스가 호소하는 듯한 목소리로 끼어들었다. "그 녀석은 다른 말도 했답니다. 오늘 밤은 우물거릴 시간이 없다고 말이에요. 저지에서 누구를 만나야 한다고 그랬습니다."

"틀림없겠지? 새터 선장도 그 말을 들었소?"

"이런 얼빠진 허풍선이라도 이따금 정말을 말할 때가 있습죠. 그것은 분명히 우드였습니다. 여러 번 본 적이 있으니까 틀림없습니다."

"애덤스, 우드는 우물거릴 시간이 없다고 말했단 말이지요? 늘 우물거렸소?"

"늘 그랬다고는 할 수 없지만 기분이 좋을 때, 특히 여름철에는 배로 왕복할 적도 있었거든요."

"이젠 그만 해도 좋소."

선장과 조타수는 몸을 돌리다가 도르리 레인의 명령조 목소리에 다시 돌아섰다. 브르노는 턱을 어루만졌다.

"조금만 물어 보겠습니다, 브르노 씨." 레인은 상냥하게 말했다. "좋겠지요?"

"물론입니다. 무엇이든지 언제라도 물어 보십시오, 레인 씨."

"고맙습니다, 애덤스 씨와 새터 선장님." 두 선원은 입을 벌리고 레인을――케이프며 검은 모자며 희한한 스틱을 뚫어지게 바라보았다. "우드가 당신과 말을 주고받은 다음 서 있던 윗갑판의 그 지점에서 떠나는 것을 보았습니까?"

"그렇고말고요." 애덤스는 대뜸 대답했다. "신호가 있어서 배를 출발시키려고 할 때였습니다. 우드는 손을 흔들어 보이고는 위쪽 승객용 갑판의 차양 밑으로 돌아갔습니다."

"그 말이 맞습니다." 새터 선장이 굵은 목소리로 말했다.

"밤에 불이 켜져 있을 때 조타실에서 윗갑판이 정확하게 얼마만큼 보입니까?"

새터 선장은 또 타구에다 침을 뱉었다.

"그다지 잘 보이지는 않습니다. 승객용 갑판의 차양 위는 도무지 보이지 않지요. 더구나 밤에 안개가 끼면 조타실 불빛의 반사 밖에 있는 것은 바다 밑처럼 어둡습니다. 조타실은 부채 모양으로 생겼거든요."

"10시 45분에서 11시 40분까지 윗갑판에 사람이 얼씬거리는 듯한 기척이 없었단 말입니까?"

선장은 걸쭉한 목소리로 말했다.

"안개 낀 밤에 강을 건너 본 적이 없으십니까, 레인 씨? 다른 배와 부딪치지 않도록 한다는 것은 정말 대단한 일이랍니다."

"그렇겠지요."

도르리 레인은 자리로 돌아갔다. 브르노는 눈살을 찌푸리며 고개를 끄덕여 두 사람을 제자리로 가게 했다. 검사는 대합실의 벤치에 올라가 큰 소리로 말했다.

"윗갑판에서 사람이 떨어지는 것을 본 사람은 모두 이리로 나오시기 바랍니다!"

여섯 명의 승객이 서로 얼굴을 쳐다보다가 마침내 주춤거리며 브르노의 무서운 시선 아래로 거북스럽게 걸어 나왔다. 그들은 의논이라도 한 듯이 한꺼번에 말하기 시작했다.

"한 사람씩, 제발 한 사람씩 말해 주십시오." 브르노는 엄하게 말했다. 그는 금발에다 배가 불룩 나온 키 작은 남자에게 눈길을 주었다. "당신부터, 이름은?"

"어거스트 허브마이어라고 합니다." 키 작은 남자는 겁을 먹으며 대답했다. 목사 같은 둥근 모자를 쓰고 끈처럼 가느다란 검은 넥타이를 매고 있었다. 옷은 초라하고 더러웠다. "인쇄공입니다. 집으로 돌아가는 길이었습니다."

"인쇄공인데 집으로 돌아가던 중이었단 말이지요?" 브르노는 뒤꿈치를 세우고 몸을 흔들었다. "알았소, 허브마이어 씨, 배가 선창에 있을 때 윗갑판에서 남자가 떨어지는 것을 보았습니까?"

"네, 보았습니다."

"그때, 당신은 어디 있었소?"

"선실 안에 앉아 있었습니다. 선실의 창문 저쪽에 앉아 있었지요." 독일 사람은 두꺼운 입술을 핥으며 말했다. "배가 마침 저기 저 말뚝 사이로 들어가……."

"말뚝 사이로 말이오?"

"네, 말뚝 사이로 들어가고 있었지요. 바로 그때 크고 검은 것이…… 얼굴같이 보였습니다만 뚜렷하지는 않았어요. 윗갑판 언저리에서 저쪽 창 밖으로 떨어졌습니다. 그것이——그것이 와지끈하며……." 허브마이어는 떨리는 윗입술에서 떨어지는 구슬 같은 땀방울을 닦았다. "너무나 갑작스러운 일이어서——"

"본 것은 그뿐이오?"

"네, 저는 '사람이 떨어졌다!'고 큰 소리로 외쳤는데, 다른 사람들도 보았는지 모두 외치기 시작했습니다……."

"당신은 이제 됐소, 허브마이어 씨."

작은 남자는 살았다는 듯이 물러갔다.

"그럼, 다른 분들도 이 사람과 똑같습니까?"

모두 다 그렇다고 말했다.

"누구든 다른 것을 본 사람은, 떨어질 때의 얼굴을 본 사람은 없습니까?"

대답이 없었다. 사람들은 의심스러운 듯이 서로의 얼굴을 살펴보았다.

"좋소! 조너스, 이름과 주소와 직업을 적어 두게."

형사들은 사람들 속으로 들어가 참으로 재빠르게 여섯 명의 승객을 취조했다. 허브마이어가 맨 처음에 입을 열어 주소를 말하고는 가장 사람이 많은 곳으로 숨어 버렸다. 두 번째 남자는 키가 작은 구중중한 이탈리아 사람으로 거무스름한 옷을 입고 검은 제모를 쓰고 있었다. 주제페 살바토레라는 구두닦이였다. 그때 어떤 승객의 구두를 닦고 있던 중이었는데, 배의 창문 쪽을 향하고 있었다는 것이었다. 세 번째는 흙투성이의 키 작은 아일랜드 노파였는데, 이름은 마사 윌슨으로 타임즈 스퀘어의 어떤 사무실에서 잡역부로 일하고 있으며 집으로 돌아가는 길이었다고 말했다. 허브마이어 옆에 앉아 있었으므로 똑같은 광경을 보았다는 것이었다. 네 번째는 헨리 닉슨이라는 몸집이 크고 깨끗한 남자였는데, 야한 체크 무늬의 옷을 입고 있었다. 싸구려 보석을 파는 세일즈맨으로서, 시체가 창문을 지나칠 때 선실 안에서 뱃머리 쪽을 향해 걷고 있었다는 것이었다. 나머지 두 사람은 젊은 처녀였다. 메이 코엔과 루스 토비아스라는 이름의 사무원으로 브로드웨이에서 뉴저지의 집으로 돌아가는 길이었으며, 브로드웨이에서는 "멋진 쇼를 보았다"고 말했다. 시체가 떨어질 때 허브마이어와 윌슨 노파 가까이 있는 의자에 앉아 있다가 마침 일어서려던 참이었다고 했다.

여섯 명의 승객 가운데 누구 하나 배 안에서 차장의 제복을 입은 붉은 머리 남자를 본 사람이 없다는 사실을 브르노는 깨달았다. 여섯 명은 모두 뉴욕 쪽에서 11시 30분 배를 탔다고 강력히 주장했다. 모두들 윗갑판에는 올라가지 않았으며 윌슨 노파도 그렇다고 증언했는데 승선 시간이 아주 짧고 날씨도 '이렇게 나빴기 때문에'라고 덧붙였다.

 브르노는 그들을 대합실 저쪽에 몰려 있는 승객들 속으로 보내며 뒤를 따라가 다른 사람들에게도 짤막하게 심문했다. 붉은 머리의 차장 같은 사람을 본 손님은 없었다. 윗갑판에 올라갔던 사람도 없었다. 모두 11시 30분에 뉴욕에서 편도표를 사고 배를 탔다고 말했다.

 브르노와 레인, 그리고 데이비드는 다시 2층의 역장실로 돌아갔다. 부하에게 둘러싸인 샘 경감이 의자에 앉아 찰스 우드의 엉망진창이 된 몸을 노려보고 있었다. 세 사람이 들어가자 샘은 벌떡 일어나 데이비드를 보고 무슨 말을 하려다가 입을 다물고는 누워 있는 시체 앞에서 두 손을 뒤로 돌려 뒷짐을 진 채 왔다갔다하기 시작했다.
 "브르노 씨" 하고 경감은 작은 소리로 말했다. "은밀히 이야기할 것이 있소."
 지방 검사의 코 끝이 꿈틀했다. 샘의 옆으로 가서 두 사람은 소곤소곤 말을 주고받았다. 이따금 브르노는 데이비드의 얼굴을 살피듯이 흘끗거렸다. 결국 검사는 고개를 크게 끄덕이고는 경감 곁을 떠나 성큼성큼 걸어와 책상에 기댔다.
 샘은 마루를 쾅쾅 울리며 걸어가서 놀랄 만큼 무서운 얼굴로 데이비드를 보았다.
 "데이비드 씨, 당신은 오늘 밤 몇 시에 모호크 호를 탔습니까? 어느 배에 탔지요?"
 데이비드는 작은 몸을 곧바로 세웠다. 억센 수염 하나하나가 곤두섰다.
 "샘 경감님, 제가 대답하기 전에 한 말씀 해주시겠습니까? 대체 무슨 권리로 당신은 저의 행동을 캐묻습니까?"
 "제발 순순히 대답해 주십시오, 데이비드 씨."

지방 검사가 부드럽지 않은 어조로 말했다.

데이비드는 눈을 깜박거렸다. 그 눈이 도르리 레인의 얼굴을 바라보며 호소하고 있었다. 그러나 명배우의 얼굴에는 기운을 돋워 주려는 기색도 비난의 기색도 없었다. 데이비드는 어깨를 움츠리더니 다시 샘을 보며 말했다.

"좋소, 11시 30분 배를 탔습니다."

"11시 30분이라고요? 그렇게 늦은 시간에 집으로 돌아가다니 웬일입니까?"

"번화가의 거래인 클럽에서 저녁 한때를 보냈습니다. 나루터에서 뵈었을 때 말씀드렸을 텐데요."

"그러셨지요." 샘은 담배를 입으로 가져갔다. "강을 건너는 10분 사이에 모호크 호의 윗갑판으로 올라갔었습니까?"

데이비드는 입술을 깨물었다.

"또 용의자로 모는 겁니까? 가지 않았습니다."

"배 안에서 찰스 우드 차장을 만났습니까?"

"아니오."

"만일 만났다면 그를 알아보셨겠지요?"

"그렇겠지요. 횡단선에서 여러 본 보았으니까요. 그리고 롱스트리트 사건을 조사할 때 인상에 남아 있었으니까. 하지만 오늘 밤은 절대로 보지 못했습니다."

샘은 종이 성냥을 꺼내어 한 개비 뜯어서 몹시 신중하게 담배에 불을 붙였다.

"전차 안에서 우드를 만나면 늘 말을 걸었습니까?"

"경감님도 참!" 하고 데이비드는 우습다는 듯이 말했다.

"말을 걸었습니까, 안 걸었습니까?"

"안 걸었습니다."

"그러니까 그 사람을 보면 알지만 말을 걸어본 적은 없으며, 오늘 밤에는 못 보았단 말이지요……. 좋습니다, 데이비드 씨. 아까 내가 배에 발을 들여놓았을 때 당신은 내리려던 참이었지요. 무슨 사건이 일어났다는 것을 아셨을 텐데, 그것이 무엇인지 보고 싶은 생각도 들지 않았습니까?"

데이비드의 입술에서 미소가 사라지고 있었다. 얼굴은 긴장되었고 심문에 지친 듯한 모습이었다.

"그런 생각은 들지 않았습니다. 피곤해서 빨리 집으로 가고 싶었지요."

"피곤해서 빨리 집으로 가고 싶었다……" 하고 샘은 과장된 어조로 말했다. "제법 그럴싸한 이유로군요……. 데이비드 씨, 담배를 피우십니까?"

데이비드는 눈을 크게 뜨고 "담배라고요?" 하며 화가 난 듯이 되풀이하고는 지방 검사를 보았다. "브르노 씨" 하고 그는 외쳤다. "어이가 없군요. 이런 무의미한 심문에 대답해야 합니까?"

브르노는 냉정한 목소리로 말했다.

"어서 질문에 대답이나 하십시오."

데이비드는 도르리 레인을 한 번 흘끗 보았으나 맥없이 다시 눈길을 돌렸다.

"네" 하고 천천히 대답했다. 피곤해 보이는 눈꺼풀 밑이 씰룩씰룩 떨리고 있었다.

"피웁니다."

"궐련입니까?"

"아니오, 여송연입니다."

"지금 가지고 계십니까?"

데이비드는 말없이 윗옷 가슴 주머니에 손을 넣어 금글씨가 선명하게 새겨진 고급 담뱃갑을 꺼내어 경감에게 건네주었다. 샘은 뚜껑을 열고 세 대 가운데 한 대를 꺼내어 자세히 살폈다. 여송연에는 J.O. Dew라는 글씨가 씌어진 금띠가 둘러져 있었다.

"개인용이군요, 데이비드 씨."

"그렇습니다. 하바나의 웬거스에게 주문하여 특별히 개인용으로 만들게 한 것입니다."

"띠도 역시 그렇습니까?"

"네."

"웬거스가 띠도 둘러 줍니까?" 샘은 끈질기게 물었다.

"쓸데없는 질문을 하시는군요." 데이비드는 거리낌없이 말했다. "그런 무의미한 질문을 해서 뭐하시렵니까? 당신의 머릿속에는 몹시 음침하고 어리석은 생각만 가득 차 있는 모양이군요. 그래요, 웬거스가 띠를 둘러서 담뱃갑에다 넣어 배편으로 저에게 보내 줍니다. 대체 그게 어쨌단 말입니까?"

대답도 하지 않고 샘 경감은 여송연을 담뱃갑에 도로 넣더니 그대로 자기의 커다란 주머니에 집어넣었다. 여송연을 이런 식으로 제멋대로 압수당한 데이비드는 불만스러운 표정을 지었으나 작은 몸집을 도전적으로 젖혔을 뿐 아무 말도 하지 않았다.

"또 한 가지 더 물어 보겠습니다, 데이비드 씨." 경감은 매우 상냥하게 말을 계속했다. "이 여송연을 우드 차장에게 준 일이 있습니까? 전차 안에서든 다른 어디서든 말입니다."

"옳아." 데이비드는 신중한 목소리로 말했다. "이제야 알겠습니다."

그러나 아무도 입을 열지 않았다. 샘 경감의 입에 늘어져 있던 담뱃불은 꺼졌고 그는 호랑이같이 험악한 눈으로 주식 중매인을 지켜보고 있었다. 데이비드는 망설임 없이 말을 계속했다.

"결국 저는 몰리고 있는 셈이군요, 그렇지요, 경감님? 매우 교묘한 수법을 쓰십니다그려. 우드 차장에게 전차 안에서든 다른 곳에서든 이 여송연을 준 일은 한 번도 없습니다."

"그렇습니까, 데이비드 씨. 아주 멋지게 넘기시는군요," 샘은 크게 웃었다. "하지만 나는 이 죽은 사람의 조끼 주머니에서 당신의 이름이 새겨진 특제 여송연을 찾아냈답니다!"

데이비드는 이런 말이 나올 것을 미리 알고 있었다는 듯이 씁쓰레한 얼굴로 끄덕였다. 그는 무슨 말인지 하려다 말고는 다시 입을 열어 침울한 어조로 말했다.

"그렇다면 이 사람을 죽였다는 혐의로 체포하려는 것입니까?" 그는 웃었다. 노인 특유의 사람을 무색케 하는 듯한 토막토막 끊기는 새된 웃음 소리였다. "저는 꿈을 꾸고 있는 것이 아닐까요? 살해당한 남자가 저의 여송연을 가지고 있다니!"

데이비드는 가까이에 있는 의자에 맥없이 쓰러졌다. 브르노가 쌀쌀하게 말했다.

"아무도 체포한다고 말하진 않았습니다, 데이비드 씨······."

이때 한 무리의 사람이 서장 제복을 입은 사람에게 이끌려 문 앞에 나타났다. 브르노는 말을 하다 말고 그 경관에게 눈짓을 했다. 경관은 끄덕이더니 사라졌다.

"들어오십시오," 샘은 상냥한 목소리로 말했다.

새로 온 사람들은 주춤거리며 줄지어 들어왔다. 그 중 한 사람은 아일랜드 사람인 운전 기사 패트릭 기네스로, 롱스트리트가 살해당했던 전차를 운전하는 사나이였다. 두 번째는 여윈 노인이었는데 초라한 옷차림에다 차양이 달린 모자를 쓰고 있었다. 피터 힉스라는 뉴욕 쪽 나루터의 직원이었다. 세 번째 사람은 햇빛에 그을린 차내 검사계 직원이었다. 그는 42번가행 전철과 나란히 붙어 있는 나루터행 전철의 종점 바깥쪽에 있는 횡단선 종착역에서 근무한다고 했다.

이 사람들 뒤에는 몇몇 형사들이 있었는데 피보디 경위도 섞여 있었다. 더피 형사부장의 넓은 어깨도 피보디 뒤에 언뜻 보였다. 모든 사람들의 눈이 어느덧 돛의 천 위에 누워 있는 시체로 집중되었다.

기네스는 우드의 시체를 후딱 보고는 침을 꿀꺽 삼키며 눈을 크게 뜬 채 얼굴을 돌렸다. 기분이 언짢아진 듯했다.

"기네스 씨, 이 사람을 정식으로 확인해 주시오" 하고 브르노가 말했다.

기네스는 말을 더듬었다.

"네, 저 머리는……. 틀림없이 찰스 우드입니다."

"틀림없겠지요?"

기네스는 떨리는 손으로 시체의 왼발을 가리켰다. 바지는 뱃전과 말뚝에 부딪쳐 찢어지고 터져 있었다.

신과 양말은 있었으나 왼발은 벗은 채였다. 장딴지에 나 있는 길다란 상처는 비뚤어지고 뒤틀려 있었다. 금방 입은 듯한 기묘한 상처였다.

기네스는 쉰 목소리로 말했다.

"저 상처는 여러 번 보았습니다. 찰스는 철도 회사에 들어왔을 무렵부터 제게 저 상처를 보여 주었지요. 그 노선으로 오기 전부터 있었던 것 같습니다. 오랜 옛날에 사고로 입은 상처라고 하더군요."

샘은 양말을 들추어 기분 나쁜 상처 자국 전체를 드러냈다. 발목 바로 위에서부터 무릎 아래까지 나 있었는데 장딴지 중간에서 호를 그리고 있었다.

"당신이 본 것과 똑같은 것이겠지요?" 하고 샘이 물었다.

"바로 저 상처입니다." 기네스는 힘없이 대답했다.

"좋소, 기네스 씨." 샘은 일어서서 무릎의 먼지를 털었다. "다음은 힉스 씨, 오늘 밤의 우드의 행동에 대해서 뭔가 할 말이 있소?"

씩씩한 늙은 선원은 고개를 끄덕였다.

"있고말고요. 찰스에 대해서는 잘 알고 있습니다. 거의 매일 밤 배를 탔으니까요. 대개 나에게 들러서 이야기를 하다가 가곤 했습니다. 오늘 밤 10시 30분쯤에 찰스는 배의 종점으로 들어와 여느 때와 마찬가지로 저와 이야기했습니다. 그러고 보니 조금 초조해하는 것 같았어요. 잠시 동안 이야기했을 뿐입니다만……."

"시간은 확실하오, 10시 30분이라는 것이?"

"네, 확실합니다. 시간에 대해서는 까다롭습니다. 나루터 사람들은 시간표로 움직이니까요."

"무슨 말을 했소?"

"녀석이 가방을 들고 있기에 어제 또 집에 들어가지 않았느냐고 물었습니다. 이따금 뉴욕에서 자므로 새 옷을 싸들고 다니거든요. 그러나 녀석은 아니라고 말했습니다. 오늘 비번 시간에 나가서 산 고물 가방이라고 하더군요. 전에 쓰던 가방의 손잡이가 떨어졌다나요. 그리고——" 힉스는 입술을 핥았다.

"어떤 가방이었소?" 샘이 물었다.

"어떤 가방이라니요?" 힉스는 입을 오므렸다. "가방이 별다른 것이라도 있습니까? 1달러 주면 어디서든 살 수 있는 검은 싸구려 손가방이지요. 정사각형이었습니다."

샘은 피보디 경위에게 몸짓을 했다.

"아래층 대합실 승객 가운데 힉스가 말하는 가방을 가진 사람이 있는지 보고 오게. 그런 물건이 모호크 호에 있는지도 조사해 봐. 윗갑판도 조타실도 모두 구석구석 말일세. 그리고 경비정 사람들에게 물 속도 수색하라고 이르게. 배 밖으로 내던졌거나 떨어뜨렸을 지도 모르니까."

피보디는 얼른 나갔다. 샘은 다시 힉스를 향했다. 말을 하려는데 도르리 레인이 조용히 입을 열었다.

"죄송합니다, 경감님……. 이야기를 주고받는 동안 우드가 여송연을 피운 일이 있었습니까, 힉스 씨?"

힉스는 이 갑작스러운 심문자를 보고 눈을 동그랗게 떴다. 그러나 금방 대답했다.

"네, 그렇습니다. 사실은 한 대 달라고 제가 말했지요. 클레모를 피우고 있는 것을 보니 견딜 수가 없더군요. 그러자 녀석은 주머니를 뒤져——"

"조끼 주머니였겠지요?" 레인이 말했다.

"네, 조끼 주머니며 다른 주머니도 뒤졌습니다. 그러더니 이렇게 말하더군요. '제기랄, 하나도 없네, 피터. 이것이 마지막이야'하고 말입니다."

"좋은 질문이십니다, 레인 씨." 샘은 내키지 않는 듯 말했다.

"틀림없이 클레모였겠지요, 힉스 씨. 다른 것은 하나도 없었단 말이지요?"

힉스는 불만스러운 어조로 말했다.

"이분에게 말씀드린 대로라니까요……."

데이비드는 얼굴을 들지 않았다. 돌처럼 의자에 앉아 있었다. 그 눈을 보면 지금까지의 대화를 듣고 있었는지 어떤지 의심스러운 정도였다. 금방이라도 튀어나올 것 같은 핏발이 선 눈이었다.

"기네스 씨" 하고 샘은 말했다. "우드는 오늘 밤 일을 끝마친 다음에도 그 가방을 가지고 있었소?"

"네, 가지고 있었습니다." 기네스는 들릴락말락한 목소리로 대답했다. "힉스가 말한 대로입니다. 우드는 밤 10시 30분에 일을 끝마쳤습니다. 낮부터 내내 가방을 차 안에 두었었지요."

"우드가 어디 사는지 아시오?"

"위호켄의 하숙이지요. 2075번집니다."

"친척은 있나요?"

"없는 것 같았습니다. 분명 결혼은 하지 않았고 친척에 대해서 말하는 것도 들은 적이 없습니다."

"그러고 보니 이런 일이 있었습니다."

선원 힉스가 말참견을 했다.

"찰스와 제가 이야기하고 있을 때 찰스는 갑자기 차에서 내려오는 키 작은 늙은이를 가리켰습니다. 옷을 꽤나 복잡하게 입은 그 사람은 매표장 쪽으로 들어오더니 배표를 샀습니다. 그는 표를 상자에 던지고 대합실로 가더군요. 아무에게도 들키고 싶지 않은 사람처럼 배를 기다리고 있었어요. 찰스는 살짝 이렇게 가르쳐 주더군요. 저 땅딸보는 주식 중매업자인 존 O 데이비드라는 사람인데 찰스의 차에서 일어난 살인 사건에 관계가 있는 녀석이라고요."

"뭐라고!" 샘이 무서운 목소리로 말했다. "그때가 10시 30분이었단 말이오?" 경감은 데이비드를 노려보았다. 데이비드는 깜짝 놀랐으나 앉은 채 몸을 앞으로 구부리고 의자를 두 손으로 붙잡았다. "힉스 씨, 그 다음을 말하시오."

"글쎄요." 힉스는 약이 오를 만큼 천천히 말했다. "그 데이비드를 보고 나서 찰스는 안절부절못하는 것 같았습니다……"

"데이비드는 우드를 보았소?"

"보지 못한 것 같았습니다. 그 사람은 내내 구석에 틀어박혀 있었으니까요."

"또 다른 일은 없었소?"

"10시 40분에 배가 들어왔으므로 저는 일을 해야만 했지요. 데이비드라는 사람도 입구로 들어가더군요. 찰스도 잘 있으라고 인사하고는 들어갔지요."

"시간은 확실하겠지, 10시 45분 발 배였단 말이지요?"

"왜 이러십니까!" 힉스는 넌더리가 나는 모양이었다. "몇 번이나 말해야 아시겠소!"

"힉스 씨, 비켜요." 샘은 선원을 밀어젖히고 초조하게 윗옷을 만지작거리고 있는 데이비드를 노려보았다. "데이비드 씨! 이쪽을 보십시오!" 데이비드는 천천히 얼굴을 쳐들었다. 그 눈길은 경감조차도 깜짝 놀랄 만큼 비참한 것이었다. "힉스 씨, 우드가 가리킨 사람은 바로 이 사나이였소?"

힉스가 가느다란 목을 길게 빼고 눈을 크게 뜨고는 데이비드의 얼굴을 뚫어지게 보더니 마침내 말했다.

"그렇습니다. 틀림없이 이 사람입니다."

"좋소, 힉스 씨와 기네스 씨, 그리고 당신, 차내 검사계원이라고 했지요? 당신들은 이제 됐소. 아래층에 가서 기다려 주시오."

세 사람은 떠나고 싶지 않은 듯한 얼굴로 방에서 나갔다. 도르리 레인은 갑자기 의자에 앉더니 스틱에 몸을 기대며 슬픈 눈길을 하고 있는 데이비드의 단정한 모습을 바라보았다. 레인의 맑디맑은 눈의 깊숙한 곳에 희미한 망설임이, 판단을 망설이는 듯한 의심 같은 것이 깃들어 있었다.

"그럼, 존 O 데이비드 씨." 샘 경감은 울부짖는 듯한 목소리로 말하며 작은 남자 앞에 버티고 섰다. "당신이 10시 45분발 배에 타는 것을 보았다는 사람이 있는데, 아까는 11시 30분발 배를 탔다고 하신 이유를 설명해 주실까요."

브르노는 몸을 조금 움직였다. 그의 얼굴은 심각했다.

"데이비드 씨, 당신이 하시는 말씀이 당신에게 불리하게 이용되는 수도 있다는 것을 대답하시기 전에 미리 말씀드려야겠습니다. 한 마디 한 마디를 적어 두는 속기사가 있으니까요. 대답하고 싶지 않으시다면 대답하지 않으셔도 좋습니다."

데이비드는 꿀꺽 침을 삼키고는 가느다란 손가락을 칼라 뒤로 집어넣으며 애써 웃음을 지어 보이려고 했다.

"난처한데" 하고 그는 일어나면서 중얼거렸다. "사실은 감추기 위해서였습니다……. 네, 저는 거짓말을 했습니다. 10시 45분에 떠나는 배를 탔습니다."

"적었겠지, 조너스?" 샘 경감은 외쳤다. "어째서 거짓말을 했습니까?"

"그것은 대답할 수가 없습니다." 데이비드는 조용히 대답했다.

"어떤 사람과 10시 45분 발 배에서 만나기로 약속했거든요. 하지만 용건은 순전히 개인적인 것으로, 이 끔찍스러운 사건과는 관계가 없습니다."

"그럼, 10시 45분발 배에서 누구와 만날 약속이었으며 어째서 11시 40분까지 서성거리고 있었습니까?"

"경감님" 하고 데이비드는 말했다. "부디 말을 좀 삼가 주십시오, 그런 말투를 들어 본 적이 없어서요. 만일 그런 식으로 계속한다면 더 이상 절대로 입을 열지 않겠습니다."

샘은 호통을 치려다가 브르노의 재빠른 눈짓을 보고는 깊이 숨을 들이마셨다. 그는 말투를 부드럽게 했다.

"알겠습니다. 이유를 말씀해 주십시오."

"그렇다면 말씀드리겠습니다" 하고 데이비드는 말했다. "그 이유는 기다리는 사람이 오지 않았기 때문입니다. 늦나 보다 싶어서 배를 타고 두 번이나 왔다갔다했지요. 11시 40분에는 단념하고서 집으로 돌아가려고 했습니다."

샘은 히죽이 웃었다.

"우리가 그것을 믿으리라고 생각합니까? 기다리던 사람은 누구였습니까?"

"말씀드릴 수 없습니다."

브르노는 데이비드에게 비난하는 듯한 몸짓을 했다.

"아시겠습니까, 데이비드 씨? 당신은 자기 자신을 매우 난처한 입장으로 몰아넣고 계십니다. 당신의 이야기는 지극히 근거가 희박하다는 사실을 아셔야 합니다. 지금 하신 말씀은 특별한 증거가 없는 한 인정해 드릴 수가 없습니다."

데이비드는 입을 다물고 가슴에다 가는 두 팔을 끼고는 바람벽을 응시했다.

"그러니 어떤 약속이었는지 말씀해 주시지 않겠습니까?" 경감은 다그쳤다. "기록해 놓은 증거――즉 편지나 말로 한 약속이라면 증인이라도 있을 게 아닙니까?"

"약속은 오늘 아침에 전화로 했습니다."

"수요일 아침이란 말씀이지요?"

"그렇습니다."

"저쪽에서 걸어 왔습니까?"

"그렇습니다. 월 거리의 사무실로 걸려 왔었지요. 그러나 사무실 교환수는 외부에서 오는 전화는 별로 체크해 두지 않습니다."

"상대가 누구인지 알고 있겠지요?"

데이비드는 잠자코 있었다.

"그리고 배에서 슬며시 달아나려고 한 유일한 이유는, 기다리다 지쳐서 웨스트 잉글우드로 돌아가기로 했기 때문이라는 말씀이지요?"

샘은 다그쳤다.

"아마도 그 말을 믿지 않으시겠지요" 하고 데이비드는 중얼거렸다.

샘의 목덜미 혈관이 부풀어 올랐다.

"당연하지 않습니까!"

경감은 브르노의 한 팔을 거칠게 움켜쥐고 방 한구석으로 끌고 갔다. 두 사람은 작은 목소리이긴 하나 격렬한 어조로 의논했다.

도르리 레인은 한숨을 쉬고 두 눈을 감았다.

이때 피보디 경위가 여섯 명의 승객을 데리고 대합실에서 돌아왔다. 형사들은 검은 손가방 다섯 개를 들고 급히 역장실로 들어왔다.

샘은 피보디에게 빠른 어조로 말했다.

"어떻게 됐나?"

"찾으라고 하신 가방과 비슷한 것을 몇 개 가지고 왔습니다. 그리고 저 사람들은 몰수당했다고 법석을 떠는 가방 주인들입니다" 하고 피보디는 웃었다.

"모호크 호에는 아무것도 없었나?"

"가방의 그림자도 없었습니다. 경비정 사람들도 아직까지 찾아내지 못하고 있습니다."

샘은 문으로 가서 고함을 질렀다.

"힉스 씨! 기네스 씨! 이리로 오시오!"

나루터 직원과 운전 기사는 계단을 달려 올라와 방 안으로 뛰어들었다. 깜짝 놀란 모습이었다.

"힉스 씨, 이 가방들을 좀 봐 주시오, 우드의 것이 있는지 말이오."

힉스는 마루 위의 가방을 자세히 살펴보았다.

"글쎄요, 모두 비슷비슷해서 가려내기가 힘들군요."

"기네스 씨는 어떻소?"

"마찬가지입니다. 그 가방 같기도 하지만 확실하지가 않아요."

"좋소, 물러가 계시오."

두 사람은 방에서 나갔다. 샘은 의자에 털썩 앉아 가방을 하나 열어 보았다. 잡역부 마사 윌슨 노파가 작게 소리를 지르고 코를 훌쩍거리기 시작했다. 샘은 더러운 작업복과 도시락과 페이퍼 북의 소설책을 끄집어냈다. 낙심한 경감은 다음 가방을 뒤지기 시작했다. 세일즈맨 헨리 닉슨이 화를 내며 항의하려고 했다. 판지에다 나무토막을 박아서 싸구려 보석이며 장신구를 붙인 것, 이름이 새겨진 주문용 편지지 등이 들어 있었다. 샘은 그 가방을 옆으로 내던지고 다음 가방을 조사하기 시작했다. 더러워진 낡은 바지와 공구가 몇 개 나왔다. 샘은 얼굴을 들어 불안한 듯이 자기를 바라보고 있는 모호크 호의 조타수 샘 애덤스를 보았다.

"당신 것이오?"

"그렇습니다."

경감은 다른 두 개의 가방도 열어 보았다. 하나는 몸집이 큰 흑인 배 목수 엘라이어스 존스의 것으로, 갈아입을 옷과 도시락이 들어 있었다. 또 하나에는 갓난아기의 기저귀가 석 장, 절반쯤 들어 있는 우유병, 값싼 책, 안전핀 한 통, 그리고 작은 담요가 들어 있었다. 토머스 코콜란이라는 젊은 부부의 것이었다. 남편은 졸린 듯한 모습으로 보채는 갓난아기를 안고 있었다. 샘이 호통을 치자 갓난아기는 눈을 동그랗게 뜨고 쳐다보다가 아버지의 팔에 안긴 채 몸을 뒤로 젖히고 작은 머리를 아버지의 어깨에 묻고는 울음을 터뜨렸다. 그 날카로운 목소리가 역장실에 울려 퍼졌다. 형사 하나가 껄껄거리며 웃었다. 샘은 짜증스러운 웃음을 띠며 여섯 명의 승객에게 짐을 들려서 돌려보냈다. 도르리 레인은 누군가가 죽은 사람에게 빈 자루를 두세 장 아무렇게나 뒤집어씌워 놓은 것을 재미있는 듯이 바라보고 있었다.

경감은 부하 한 사람을 아래층에 보내어 운전 기사 기네스와 차내 검사 계원과 나루터 직원 피터 힉스를 돌아가게 했다. 순경이 하나 들어와서 피보디 경위에게 뭐라고 큰 소리로 말했다. 피보디는 고개를 끄덕였다.

"경감님, 강에는 아무것도 없답니다."

"그럼, 가라앉은 모양이로군. 찾아내기 힘들겠어."

더피 형사부장이 헐떡거리며 계단을 뛰어올라왔다. 새빨개진 손에는 갈겨쓴 글씨가 적힌 종이가 쥐어져 있었다.

"아래층에 있는 사람들 모두의 이름과 주소를 적은 것입니다, 경감님."

브르노는 급히 와서 샘의 어깨 너머로 선객 명단을 들여다보았다. 샘과 둘이서 무엇인가 찾고 있는 것 같았다. 마침내 두 사람은 알았다는 듯이 서로 눈길을 주고받았다. 지방 검사의 입이 꽉 다물어졌다.

"데이비드 씨." 검사는 엄한 어조로 말했다. "롱스트리트가 살해당한 전차에 타고 있던 손님 가운데 오늘 밤의 배를 탄 사람은 당신뿐이라는 사실이 재미있지 않습니까!"

데이비드는 눈을 깜박거리며 멍청한 얼굴로 브르노의 얼굴을 쳐다보았다. 그러나 마침내 가볍게 몸을 떨며 고개를 숙였다.

"브르노 씨의 말씀은 사실이겠지요" 하고 도르리 레인의 상쾌한 목소리가 침묵 속에서 울려 왔다. "하지만 나는 입증할 수는 없다고 말하고 싶군요."

"어째서지요? 무슨 말씀이십니까?" 샘은 고함을 질렀다.

브르노는 얼굴을 찌푸렸다.

"경감님." 레인은 작은 목소리로 말했다. "아까의 그 소동이 일어난 다음 경감님과 내가 모호크 호로 달려갔을 때 몇몇 승객이 배에서 내리는 것을 보셨지요. 그 사람들을 계산에 넣으셨습니까?"

샘 경감은 윗입술을 삐죽이 내밀었다.

"그럼, 그 사람들을 찾아내면 되지 않습니까?" 샘은 협박하는 듯한 어조로 말했다. "알아내면 그만이겠지요?"

도르리 레인은 미소지었다.

"그 결과가 합법적이라고 말할 자신이 있으십니까? 한 사람도 빠짐없이 찾아냈다는 것을 어떻게 알 수 있습니까?"

브르노는 샘에게 뭐라고 속삭였다. 데이비드는 다시 감사의 뜻이 담긴 처량한 눈길로 도르리 레인을 바라보았다. 샘이 육중한 몸을 흔들며 더피 형사부장에게 명령을 내리자 형사부장은 방에서 나갔다.

샘은 손짓으로 데이비드를 오라고 했다.

"함께 아래층으로 가십시다."

주식 중매인은 잠자코 일어나 경감보다 앞서서 나갔다.

3분 뒤에 두 사람은 다시 돌아왔다. 데이비드는 입을 다문 채였고, 샘은 기분이 좋지 않은 듯했다.

"틀렸소." 경감은 브르노에게 속삭였다. "꼼짝 못하게 호통을 칠 수 있을 만큼 데이비드의 행동을 기억하고 있는 승객은 하나도 없었소. 단 한 사람 데이비드가 구석에 혼자 있는 것을 보았다는 이가 있긴 하오. 하지만 데이비드 자신이 그 엉터리 같은 약속 때문에 사람의 눈에 띄지 않도록 하고 있었다고 하니, 제기랄!"

"그러나 그것이 오히려 우리에게는 다행이오, 경감" 하고 브르노는 말했다. "우드의 시체가 윗갑판에서 던져졌을 때의 알리바이가 성립되지 않잖소."

"데이비드가 윗갑판에서 내려오는 것을 보았다는 증인을 찾을 수만 있다면 얼마나 좋겠소. 그건 그렇고, 데이비드를 어떻게 하면 좋을까요?"

브르노는 고개를 저었다.

"오늘 밤에는 그냥 보냅시다. 행동을 개시하기 전에 뚜렷한 증거를 굳혀야 하니까. 두 사람쯤 따라 붙여 두시오. 설마하니 달아나기야 하려구."

"그렇게 하지요." 경감은 데이비드 쪽으로 성큼성큼 걸어가 그의 눈을 뚫어지게 들여다보았다. "오늘 밤은 그만 돌아가십시오, 데이비드 씨. 하지만 검사님과는 연락을 취하셔야 합니다."

데이비드는 한 마디도 하지 않고 일어나더니 기계적으로 윗옷의 먼지를 털고 희끗희끗한 머리에 중절모를 쓰고는 주위를 둘러보며 한숨을 쉬었다. 그리고 역장실에서 뚜벅뚜벅 걸어 나갔다. 샘이 집게손가락으로 신호하자 형사 두 사람이 재빨리 주식 중매인의 뒤를 따라 나갔다.

브르노는 외투를 입었다. 방 안은 담배를 피우고 있는 사람들의 말소리로 소란스러웠다. 샘은 죽은 사람을 내려다보고 서 있다가 웅크리고 앉더니 깨어진 두개골에서 빈 자루를 벗겼다.

"이 바보야" 하고 경감은 중얼거렸다. "그 얼빠진 편지에다 롱스트리트를 죽인 녀석은 X라고 적어 놓기라도 했으면 좋았을걸!"

브르노는 방 안을 가로질러 가서 샘의 억센 팔에 손을 얹었다.

"이보시오, 경감. 머리가 돌아 버리겠소. 그 윗갑판의 사진은 찍어 두었소?"

"부하가 찍고 있는 중이오. 뭔가, 더피?"

형사부장이 숨을 헐떡거리며 들어오고 있었다. 더피는 커다란 머리를 저으며 말했다.

"달아난 승객에 대해서는 전혀 알 수가 없습니다. 몇 사람인지도 알 수가 없습니다."

한참 동안 아무도 말을 하지 않았다.

"아, 이런 성가신 사건 따위는 냅다 던져 버렸으면 좋겠군." 샘은 어색한 침묵 속에서 외쳤다. 그는 자기의 꼬리를 뒤쫓으며 화를 내고 있는 개처럼 몸을 홱 돌렸다. "형사 몇 사람을 데리고 우드의 하숙집에 가 보세. 브르노 검사님, 집으로 돌아가시겠소?"

"그렇게 할까 하오. 시링이 이 시체의 검시를 잘해 주면 좋으련만. 레인 씨와 함께 돌아가겠소."

검사는 몸을 돌려 모자를 쓰고 레인을 찾았다.

놀라움의 표정이 검사의 얼굴에 떠올랐다.

도르리 레인은 이미 사라진 뒤였다.

제4장

샘 경감의 사무실. 9월 10일 목요일 오전 10시 15분.

경찰 본부 샘 경감 사무실의 의자에 몸집이 커다란 남자가 안절부절못하며 앉아 있었다. 잡지를 들추기도 하고, 손톱을 깎기도 하고, 여송연 끝을 입으로 자르기도 하고, 아무 재미도 없다는 듯 창 밖의 흐린 하늘을 내다보기도 했다. 문이 열리자 남자는 벌떡 일어났다.

샘 경감의 무서운 얼굴은 창 밖의 날씨처럼 우중충했다. 성큼성큼 들어오더니 모자와 윗옷을 옷걸이에 걸고는 책상 뒤의 회전의자에 털썩 주저앉아서 뭐라고 혼자 중얼거렸다. 자기 앞으로 살금살금 걸어 나오는 남자는 무시한 채였다.

경감은 우편물의 겉봉을 뜯고, 부내 전달기를 들어 몇 가지 명령을 내리고는 남자 비서에게 편지 두 통을 구술시켰다. 이윽고 그는 눈앞에서 주춤거리고 있는 남자 쪽으로 무섭게 부릅뜬 눈을 돌렸다.

"어떻게 됐나, 모셔? 뭔가 해명할 것이라도 있나? 날이 저물기 전에 한 번 더 돌고 와야 할 텐데."

모셔는 말을 더듬었다.

"저…… 모두 말씀드린다면——그——즉……."

"빨리 말하게. 일에 대한 이야기겠지?"

몸집이 큰 남자는 침을 삼켰다.

"어제 명령대로 하루 종일 데이비드를 뒤따라 다녔습니다. 밤새껏 번화가의 거래인 클럽에서 서성거렸지요. 10시 10분에 데이비드가 나와서 자동차를 타고 운전 기사에게 나루터로 가자고 하더군요. 저도 다른 차를 타고 그 뒤를 따랐습니다. 그런데 제8대로에서 42번 거리로 꺾어질 때에 이쪽 운전 기사가 혼잡 속으로 휘말려들어가고 말았습니다. 그리고 다른 차와 부딪쳐서 큰 소동이 벌어졌습니다. 저는 곧 그 차를 버리고 다른 차를 타고 42번 거리를 쏜살같이 달렸습니다만, 데이비드의 차는 보이지 않았습니다. 나루터로 간다는 것을 알고 있었기 때문에 그대로 42번 거리를 가로질러서 나루터로 갔으나 때마침 배가 떠나는 참이었습니다. 다음 배가 올 때까지 2분쯤 기다려야 했습니다. 아무튼 가까스로 겨우 위호켄에 닿자 서쪽 해안선의 대합실로 달려갔습니다만 데이비드는 보이지 않았습니다. 시간표를 보았더니 웨스트 잉글우드 행 기차가 조금 전에 떠났더군요. 그 다음은 밤중까지 떠나는 차가 없었습니다. 데이비드는 틀림없이 그 웨스트 잉글우드 행 기차를 탔을 것이라는 생각이 들었습니다. 그래서 버스를 타고 웨스트 잉글우드까지 갔는데……."

"도착하지 않았단 말이지?" 샘 경감은 너그러이 봐 주었다. 울화통이 가라앉아 있었다. "그래서 어떻게 했나, 모셔?"

형사는 마음을 놓은 듯이 길게 숨을 쉬었다.

"기차보다 먼저 도착했기 때문에 기차가 닿을 때까지 기다렸지요. 그런데 데이비드는 그 기차를 타지 않았던 것입니다. 어떻게 하면 좋을지 알 수가 없었습니다. 결국 못보았거나 차가 부딪쳤을 때 살짝 달아났을 것이라는 생각이 들었습니다. 그래서 본부에 보고하기 위해 전화를 걸었지요. 아래층의 킹이 전화를 받았는데, 경감님은 사건이 있어 출동중이시니 그대로 대기하며 상황을 살피라고 하더군요. 그래서 저는 데이비드의 집 부근에서 망을 보았지요. 한밤중이 이슥할 무렵――3시쯤이었을 겁니다――마침내 데이비드가 차를 타고 돌아왔습니다. 그러자 그린버그와 오핼럼이 그 뒤를 따라오더군요. 그리고는 나루터의 살인 사건이며 그 밖의 이야기를 해주었습니다."

모서가 급히 나간 다음 조금 있다가 브르노 지방 검사가 샘의 사무실로 들어왔다. 검사의 얼굴에는 피로의 빛이 서려 있었다.

검사는 딱딱한 의자에 앉으며 물었다.

"어젯밤에 무슨 일 없었소?"

"허드슨 군의 렌넬츠 지방 검사가 바로 당신이 돌아간 다음 그 역으로 왔었소. 그 부하와 함께 우드의 하숙집으로 가 보았지요. 단서는 아무것도 없었소. 시시한 잡동사니뿐이었지요. 그의 손으로 쓴 것을 몇 장 찾아내긴 했지만. 프리크가 익명 편지와 우드의 필적을 대조해 보겠다고 했는데 만나 봤소?"

"오늘 아침에 만났소. 익명 편지와 다른 필적은 같은 사람의 것이 틀림없다고 말하더군요. 우드가 투서했다는 것은 의심할 여지가 없소."

"그리고 우드의 방에서 찾아 낸 견본도 같은 필적인 듯했소. 여기 있으니 추가해서 조사시키시오. 레인 씨가 꽤 만족하겠는걸. 빌어먹을 영감쟁이 같으니!"

샘은 책상 너머로 기다란 봉투를 던졌다. 브르노는 그것을 지갑에 넣었다.

"그리고 잉크병과 편지지가 있었소." 하고 샘은 이어서 말했다.

"필적이 일치한다는 것은 그다지 중요하지 않소." 하고 지방 검사는 넌더리가 난다는 듯이 말했다. "잉크도 편지지도 검사해 봤소. 모두 같은 것이라고 말하더군요."

"잘됐군요."

샘은 책상 위의 서류를 훌훌 넘겼다.

"오늘 아침에 추가 보고서가 왔소. 마이클 콜린즈에 관한 것이오. 토요일 이후 데이비드를 살짝 찾아갔다는 사실도 알고 있다고 내 부하가 위협 심문을 했지요. 콜린즈는 여전히 애를 먹이는 녀석이었지만 데이비드를 찾아갔다는 사실은 인정하더라는군요. 롱스트리트의 그릇된 주가 예상 때문에 잃은 돈의 결말을 짓기 위해 쫓아다닌다는 것도 인정했지요. 데이비드는 거들떠보지도 않는다고 하는데 이 일에 있어서만은 그 늙은이를 나쁘다고 할 수가 없지요."

"오늘 아침에는 데이비드에 대한 기분이 달라진 것 같구려?" 하고 브르노는 한숨을 쉬었다.

"천만에요!" 샘은 고함을 지르듯이 말했다. "다른 보고서도 있소. 토요일 이후 데이비드가 찰스 우드의 전차를 두 번 탔다는 사실을 모서가 알아냈지요. 모서더러 어젯밤에 데이비드를 미행하라고 했더니, 이 바보가 차가 부딪치는 바람에 놓치고 말았다는군요."

"재미있구먼. 어떤 뜻에서는 큰 실수를 했지만 말이오. 모서가 밤새껏 데이비드를 놓치지 않고 따라다녔더라면 여러 가지로 색다른 일을 목격했을지도 모르오. 살인하는 것을 보았을지 누가 알겠소."

"하지만 나는 데이비드가 토요일 이후 두 번이나 우드의 전차를 탔다는 보고가 더 재미있소." 샘은 불만스럽게 말했다. "롱스트리트를 죽인 사람을 우드가 어떻게 알아냈는지 상상할 수 있겠소? 죽인 바로 그 날은 몰랐던 것이 틀림없소. 알았더라면 그때 뭐라고 말했을 게 아니겠소? 브르노 검사님, 이 전차에 두 번 탔다는 보고는 매우 중요한 일이오!"

브르노는 깊이 생각에 잠기며 말했다.

"즉 우드가 무슨 말을 들었다는 뜻이오? ……맞아! 모셔는 데이비드가 전차를 타고 있는 동안 누구하고 같이 있었는지 알아내지 못했소?"

"일이 어디 그렇게 척척 들어맞겠소? 혼자였다고 하오."

"그렇다면 데이비드가 뭔가 떨어뜨린 것을 우드가 주운 것이 아닐까요, 경감? 이것은 조사해 볼 만한 가치가 있겠는걸." 브르노는 얼굴을 묻었다. "그 편지를 그토록 조심스럽게만 쓰지 않았던들……. 이미 엎질러진 물을 이러쿵저러쿵 해봐야 무슨 소용이 있겠소. 그밖에 다른 것은?"

"이것뿐이오. 롱스트리트의 사무실 관계 문서에는 뭔가 색다른 것이 없었나요, 브르노 검사님?"

"그렇소. 그러나 어떤 흥미를 끌 만한 것을 찾아내도록 하라고 수배는 해 놓았지요." 하고 지방 검사는 대답했다. "그런데 롱스트리트의 유언장 같은 것이 하나도 없다는 사실은 알고 있소?"

"체리 브라운의 말에 의하면 아마도……."

"롱스트리트의, 남을 위하는 척하며 자기 실속을 차리는 그 수법이겠지. 사무실이며 집이며 빌리고 있던 아파트의 방이며 사서함과 클럽의 로커까지 모두 찾아보았소. 하지만 증거가 될 만한 것은 하나도 없었지요. 네글리라는 롱스트리트의 엉터리 변호사도 롱스트리트가 유언장을 만들지 않았다고 말했다더군요."

"체리 양을 속인 것이로군요. 다른 여자들과 마찬가지로 말이오.

롱스트리트에게는 친척이 없소?"

"전혀 없다고 하오, 경감. 롱스트리트의 있지도 않은 재산 처분 때문에 또 한바탕 옥신각신할 것 같구려. 재산은 없고 빚더미뿐이니 말이오. 오직 값어치 있는 것이라고는 데이비드 앤드 롱스트리트 상회의 소유 주식뿐이오. 물론 데이비드가 롱스트리트의 몫을 사면 그 점은 그럭저럭 낙착이 되겠지만······."

브르노는 얼굴을 찌푸리며 말했다.

"어서 오시오, 시링 선생."

시링 의사가 머리——누구나 그의 머리는 대머리라고 생각하고 있지만 아직 아무도 확인해 본 사람은 없다——에 헝겊 모자를 쓰고 샘 경감의 방으로 들어왔다. 의사의 두 눈가에는 검은 기미가 생겨 있고 안경 뒤의 눈이 개개풀려 있었다. 더러운 상아 이쑤시개로 이를 쑤시고 있다.

"안녕하시오, 두 분. 시링 선생더러 밤샘을 했느냐고 묻지 않소? 묻지 않는군." 의사는 한숨을 쉬며 딱딱한 의자에 앉았다. "4시가 지나서도 허드슨 군의 시체 안치소에 갈 수가 없었다오."

"검시 보고서는 다 만들었나요?"

시링 의사는 가슴 주머니에서 기다란 종이 조각을 꺼내어 샘 앞의 책상 위에 내던지고는 의자 등에 기대어 금방 잠이 들어 버렸다. 천진스러운 얼굴이 찌그러지며 오동통한 주름이 생겼다. 쩍 벌린 입에는 아직 이쑤시개가 매달려 있었는데, 느닷없이 코를 골기 시작했다.

샘과 브르노는 단정하게 씌어 있는 보고서를 재빨리 읽어 내려갔다.

"아무것도 없구려." 샘은 투덜거렸다. "흔해 빠진 말들이오. 이봐요, 선생!"

경감이 고함을 지르자 시링은 작은 눈을 가까스로 떴다.

"여기는 여인숙이 아니오. 졸리면 돌아가요. 24시간쯤 살인이 일어나지 않도록 해 놓을 테니까."

시링은 신음 소리를 내며 일어났다.

"그렇게 해주겠소."

시링은 비틀비틀 문 쪽으로 걸어가다가 곧 멈추어섰다. 문이 눈앞에서 열리고 도르리 레인이 웃는 얼굴로 의사를 내려다보며 서 있었다. 시링은 깜짝 놀라 새된 목소리로 변명 비슷한 말을 늘어놓으며 옆으로 비켜섰다. 레인이 방 안으로 들어서자 검시관은 크게 하품을 하며 나갔다.

샘과 브르노는 일어섰다. 브르노는 쓴웃음을 지었다.

"어서 오십시오, 레인 씨. 앉으십시오. 어젯밤에는 연기처럼 사라지셨더군요. 어디로 가셨었습니까?"

레인은 의자에 앉아 무릎 사이에 인목 스틱을 끼었다.

"배우는 연극을 한다는 것을 잊지 마십시오, 브르노 씨. 무대에서의 진행을 효과적으로 하기 위한 첫째 원칙은 극적인 퇴장이랍니다. 어제의 저의 퇴장에 켕기는 데가 있었던 것은 아닙니다. 필요한 것은 모조리 보았으니, 그만 햄릿 장이라는 은신처로 돌아갔을 뿐입니다……. 경감님! 우중충한 아침입니다만 기분은 어떠십니까?"

"그저 그렇습니다." 샘은 내키지 않는 듯이 대답했다. "나이 드신 명배우로서는 무척 이르시군요. 배우란——죄송합니다, 연기하시는 분은 주무시는 줄 알았지요."

"가혹한 말씀을 하시는군요, 경감님."

도르리 레인의 싱싱하고 맑은 눈이 깜박였다.

"성배(聖杯) 찾기(아서 왕 이야기에 있는 중세 기사의 일 가운데 하나)를 하지 않게 된 뒤부터 저는 가장 활동적인 직업인의 한 사람이랍니다. 오늘 아침에도 6시 반에 일어나 아침 식사를 들기 전까지 2마일이나 헤엄을 쳤으니까요. 그리고는 왕성한 식욕을 채운 다음 퀘이시가 어제 만들어 놓았다고 자랑하는 가발을 살펴보고는 연출가 클로포토킨이며 무대 장치가 필립 호프와 협의했고, 많은 우편물을 읽은 다음 셰익스피어와 관계가 있는 1586, 7년의 연구라는 흥미진진한 일에 몰두했지요. 그러다가 지금 10시 30분에는 여기 있습니다. 평일날 아침치고는 대단하지 않습니까, 경감님?"

"대단하십니다." 샘은 억지로 쾌활하게 대답했다. "하지만 당신 같은 분들, 즉 은퇴한 분들은 우리들 실제 사회에서 일하는 사람과는 달리 머리를 많이 써야 할 일이 없으시겠지요. 예를 들어 누가 우드를 죽였느냐 하는 따위 말입니다. 아니, 그만 합시다. 레인 씨. 그 X에 대해서는 묻지 않기로 하겠습니다. 롱스트리트를 죽인 사람을 아신다고 하셨으니까요."

"샘 경감님!" 하고 배우는 낮은 목소리로 말했다. "브루터스의 말로 대답해야 할까요? '참고 들어 주자. 이런 중요한 이야기는 많은 시간을 두었다가 대답하는 것이 좋으리라. 그 날까지 나의 친구여, 곰곰이 생각해 보지 않겠는가!' 하고 말입니다." 레인은 조그맣게 웃었다. "우드의 시체에 대한 검시 보고서는 받으셨습니까?"

샘은 브루노를 보았고 브루노는 샘을 보았다. 두 사람은 서로 웃고는 조금 기분이 좋아졌다. 경감은 시링 의사의 보고서를 집어서 말없이 레인에게 건네주었다.

도르리 레인은 눈앞에 그것을 높이 치켜들고 진지한 얼굴로 찬찬히 읽었다. 간결한 기록이었으나 신중한 독일식 글씨로 씌어 있었다. 레인은 이따금 읽다 말고는 눈을 감고 조용히 생각했다.

보고서에 의하면 우드는 물 속에 던져졌을 때 의식을 잃고 있었으나 죽은 것은 아니었다. 머리가 깨어지지 않은 부분에 있는 타박상을 보면 틀림없다는 것이었다. 시링 의사의 기록에 의하면 폐에 소량의 물이 있는 것으로 미루어 보아 물 속에 가라앉은 다음에도 몇 초 동안 무의식 상태로 살아 있었음을 증명한다는 것이었다. 결론적으로 말해서 우드는 둔기로 얻어맞아 의식을 잃었고, 배에서 던져진 다음 물 속에서 아직 살아 있었으나, 모호크 호의 뱃전과 흔들리는 말뚝 사이에 끼어서 죽었다는 것이었다.

보고서에는 이어서 다음과 같이 씌어 있었다.

폐 속의 니코틴 흔적에는 이상이 없으므로 그다지 심한 흡연자는 아니었다고 할 수 있다. 왼발의 상처는 적어도 20년 전의 것으로 여겨진다. 보기 흉하게 중간이 휘어진 깊은 상처로, 비전문가의 손에 의해 치료된 것으로 여겨진다. 혈액 속에서 볼 수 있는 소량의 당분은 피해자를 당뇨병 환자로 인정할 만한 것은 못된다. 알코올 중독 증세가 뚜렷하게 나타나 있는 것으로 미루어 보아 강한 술을 마시기 쉽도록 만들어서 늘 마셨다는 사실을 알 수 있다. 시체는 붉은 머리털에 든든한 몸집의 중년 남자로, 손가락이 뻣뻣하고 손톱이 고르지 않아 손을 쓰는 노동에 종사했음을 나타내고 있다. 오른쪽 손목에 있는 골절 흔적은 오래 전의 일이며 잘 아물어 있다. 왼쪽 엉덩이에 작은 기미가 있고 2년 전에 맹장염을 수술한 자국이 있다. 늑골에 금이 간 흔적이 있으나 적어도 7년 전의 것으로, 충분히 유착되어 있다. 몸무게 92킬로그램, 키 184센티미터——

도르리 레인은 보고서를 찬찬히 읽고 난 다음 미소지으며 샘 경감에게 돌려주었다.

"뭔가 짚입니까, 레인 씨?" 하고 브르노가 물었다.

"시링 검시관은 꼼꼼한 분이시군요" 하고 레인은 대답했다. "아주 훌륭한 보고입니다. 그토록 엉망이 된 시체에서 이만큼 빈틈없는 검시 보고서를 만들 수 있다니, 굉장합니다. 그건 그렇고, 존 O 데이비드에 대한 혐의는 어떻게 되었습니까?"

"흥미가 있으십니까?"

"있고말고요, 경감님."

"그 사람의 어제 행동을 지금 검토하고 있습니다." 브르노는 급히 말했다. 이것이 대답인 것 같았다.

"저에게 뭔가 숨기고 계시는 것은 아니겠지요?" 레인은 일어나서 어깨의 망토를 바로잡았다. "아니, 그럴 리야 절대로 없으시겠지요……. 경감님, 롱스트리트의 멋진 사진을 보내 주셔서 고맙습니다. 막이 내려지기 전에 쓸모가 있을지도 모릅니다."

"그거 참, 잘됐군요" 하고 경감은 즐거운 듯이 말했다. "그런데 도르리 레인 씨, 브르노 지방 검사와 제가 데이비드를 지목하고 있다는 사실을 말씀드리는 편이 나을 것 같군요."

"정말입니까?"

레인의 잿빛 어린 푸른 눈이 샘으로부터 지방 검사에게로 움직였다. 그리고 그 눈이 흐려지며 레인은 스틱을 더욱 꼭 쥐었다.

"어서 일 많이 하십시오. 저도 오늘은 할 일이 많아서요."

레인은 성큼성큼 방을 가로질러 문까지 가더니 뒤돌아보았다.

"진심으로 말씀드립니다만, 지금으로서는 데이비드에게 특별한 행동을 취하지 마시기 바랍니다. 지금 우리는 어려운 시기에 놓여 있습니다. 감히 '우리'라고 말씀드렸습니다만, 제발 믿어 주십시오."

레인은 고개를 숙여 보이고 방에서 나가 조용히 문을 닫았다. 두 사람은 자신도 모르게 고개를 저었다.

제5장

햄릿 장. 9월 10일 목요일 오후 12시 30분.

목요일 낮 12시 30분쯤에 만일 샘 경감과 브르노 지방 검사가 햄릿 장에 있었다면 그들은 자기들이 꿈을 꾸고 있는 것이 아닌가 하고 의심했을지도 모른다.

그들은 여태껏 본 적이 없는 이상한 도르리 레인을 보았을 테니까. 레인다운 데는 절반쯤밖에 없고 두 눈과 말투가 여느 때의 그와 같을 뿐 옷차림은 딴판이었으며, 퀘이시 노인의 교묘한 솜씨에 의해 얼굴이 놀랍도록 달라지고 있는 참이었다.

도르리 레인은 딱딱하고 등이 곧은 의자에 단정하게 앉아 있고 그 앞에 있는 삼면경이 비스듬히, 또 옆에서, 뒤에서, 여러 각도로 그의 모습을 비춰 주고 있었다. 밝고 창백한 전등이 직접 그의 얼굴을 비췄다. 두 개의 창문은 검은 차양으로 가려져서 밖의 잿빛 광선이 한 줄기도 이 이상한 방으로 비쳐들지 못하게 되어 있었다. 꼽추 노인은 주인 앞에 놓인 긴 의자에 연지며 분으로 더럽혀진 가죽 앞치마를 두른 채 무릎을 꿇고 있었다. 퀘이시의 오른쪽에 있는 육중한 테이블에는 안료병, 분, 연지, 접시, 눈에 보이지 않을 만큼 가느다란 붓, 여러 가지 빛깔의 머리카락 다발 같은 것이 놓여 있었다. 그 테이블 위에는 어떤 남자의 상반신 사진도 있었다.

두 사람은 중세 활인화(活人畫) 속의 인물처럼 강렬한 불빛 아래에 앉아 있었다. 방 안은 파라켈수스(16세기 스위스의 의학자이며 연금술사)의 실험실처럼 넓었는데, 작업대며 잡동사니들이 널려 있었다. 찌그러진 고풍스러운 벽장문이 열려 있어 그 안에 기묘한 물건들이 얹힌 선반이 보였다. 마룻바닥에는 작은 머리카락 다발이 흩어져 있고 갖가지 빛깔의 떡밥이 노인의 발에 짓밟혀 있었다. 그리고 전기 재봉틀을 만화화한 듯한 이상한 장치가 방 한구석에 설치되어 있었다. 또 한쪽 벽을 따라 굵은 철사가 쳐지고 거기에 치수와 빛깔과 모양이 서로 다른 50개 이상의 가발이 걸려 있었다. 다른 쪽 벽의 움푹 들어간 곳에는 각각 적당한 자리에 실물 크기로 사람 머리의 석고상이 잔뜩 놓여 있었다. 그것들은 흑인, 몽골인, 코카서스 인 등인데 머리털이 있는 것, 대머리인 것, 온화한 얼굴, 공포로 일그러진 얼굴이 기쁨, 놀라움, 슬픔, 고통, 비웃음, 노여움, 결의, 애정, 방관, 악의 등등의 표정을 띠고 있었다.

작업실에는 도르리 레인의 머리 위에서 빛나고 있는 거대한 전등만이 켜져 있을 뿐이었다. 크기도 모양도 다른 여러 가지 전등이 주위에 있었지만 켜 두지 않았다. 하나밖에 없는 큰 전등이 던지는 커다란 그림자는 신기한 이야기를 간직하고 있는 듯했다. 레인은 꼼짝도 하지 않았다. 그의 그림자는 손도 발도 모두 컸으며, 바람벽 위에서 꼼짝도 하지 않고 있었다. 한편 작은 꼽추 퀘이시의 모습은 벼룩처럼 이리 뛰고 저리 뛰고 있었다. 그 그림자는 바람벽 위에서 레인의 그림자와 맞붙기도 하고 떨어지기도 하여 마치 검은 액체가 흐르고 있는 듯했다.

모든 것이 이상스럽고 음침하며 어쩐지 연극 같았다. 방 한구석에서 김이 솟아나고 있는 물통은 이 세상의 것이 아닌 듯했다. 뭉클뭉클 솟아나는 김이 벽을 타고 오르고 있었는데, 마치 세 마녀가 큰 솥에서 솟아오르고 있는 듯했다. 맥베스의 장면처럼 기분 나쁘고 초자연적인 느낌을 주었다. 온갖 그림자를 옛날 이야기에 비유한다면 가늘고 기다란 부동의 자세는 마술에 걸린 사람의 그림자라고 할 수 있으리라. 눈이 돌아가리만큼 바쁘게 움직이는 그림자는 꼽추 스벵거리, 난쟁이 메스머, 별이 박힌 의상이 없는 마린이라고나 할까.

사실은 퀘이시 노인이 늘 그렇게 했듯이 가장 하기 쉬운 방법으로 안료와 분과 익숙한 솜씨로 주인의 얼굴을 바꾸어 놓는 일을 하고 있을 뿐이었다.

레인은 삼면경에 비치는 자기의 얼굴을 들여다보았다. 그는 이렇다하게 눈에 띄지 않는 낡아 빠진 외출복을 입고 있었다. 퀘이시는 뒤로 물러서 앞치마로 손을 닦았다. 잘못된 곳은 없나 하고 작은 눈으로 자기가 해 놓은 일을 이리저리 살펴보았다.

"눈썹이 너무 굵어. 조금 지나친 것 같군그래, 퀘이시."

레인은 긴 손가락으로 눈썹을 두드렸다.

퀘이시는 가무잡잡하고 작은 도깨비 같은 얼굴을 찌푸리고 얼굴을 뒤로 젖힌 채 멀리 물러서서 모델의 몸의 비율을 재고 있는 초상화가 같은 태도로 한쪽 눈을 감았다.

"그럴는지도 모르겠군요" 하고 그는 새된 목소리로 말했다. "왼쪽 눈썹의 곡선이 너무 처져 있군요."

퀘이시는 혁대에 매달려 있는 작은 가위를 뽑아서 천천히 주의 깊게 레인의 가짜 눈썹을 자르기 시작했다.

"이젠 됐지요?"

레인은 고개를 끄덕였다. 퀘이시는 한쪽 손바닥에 살색 떡밥을 잔뜩 발라 놓고 주인의 턱을 들어 올렸다.

5분 뒤 퀘이시는 뒤로 물러서서 가위를 내려놓고 작은 두 손을 엉덩이에 갖다댔다.

"그럭저럭 잘됐습니다. 어떻습니까, 주인님?"

배우는 자기의 얼굴을 자세히 들여다보았다.

"캐리번, 이 일만큼은 틀림이 있어서는 안 되네." 퀘이시는 요정처럼 싱긋 웃었다. 도르리 레인도 만족스러운 표정이었다. 당연한 일이었다. 레인은 퀘이시의 솜씨를 특별히 인정했을 때만 캐리번(《템페스트》에 등장하는 반짐승인 하인)이라고 부르기 때문이었다. "하지만 그럭저럭 잘됐어. 이번에는 머리야."

퀘이시는 방구석으로 가서 전등을 켜고 철사에 매달려 있는 가발을 열심히 살펴보았다. 레인은 의자에서 자세를 편안하게 가졌다.

"캐리번" 하고 레인은 무슨 말을 하고 싶은지 작은 목소리로 불렀다. "자네하고는 근본적으로 의견이 일치하지 않고 있는 것이 아닐까?"

"네?" 퀘이시는 뒤돌아보지도 않고 되물었다.

"분장의 진정한 역할에 대해서 말인데, 자네의 기막힌 솜씨 어딘가에 잘못이 있다고 구태여 흠을 잡는다면 지나치게 완전하다는 점이 아닌가 하네."

퀘이시는 철사에서 폭신한 반백의 가발을 골라내어 전등을 끄고 주인에게로 돌아왔다.

"지나치게 완전한 분장이란 없습니다, 주인님. 엉터리 기술자나 그렇겠지요."

"자네의 솜씨가 나쁘다는 것은 아니야." 레인은 노인이 손톱으로 가려내는 재빠른 손놀림을 보고 있었다. "하지만 분장의 자질구레한 기술은 어떤 뜻에서 그다지 중요한 것이 아니야. 말하자면 소도구에 불과하지."

퀘이시는 불만스러운 듯했다.

"정말이야. 자네는 정상적인 인간이 지니고 있는 사물 전체를 보고 본능을 염두에 두지 않고 있어. 일반적인 관찰자는 자질구레한 점보다는 대체적인 것을 보게 마련이야."

퀘이시는 흥분하여 날카로운 소리로 말했다.

"하지만 그 자질구레한 점이 중요합니다! 만일 자질구레한 점이 한 군데라도 잘못되면 어떻게 말하면 좋을까요. 한 가지 요점이 잘못되면 전체를 보는 눈에 뭔가 이상한 점이 있다고 느껴집니다. 그러면 그 눈은 무엇이 이상한지 찾아내려고 합니다. 그러므로 자질구레한 부분이 완벽해야 합니다."

"자네의 말도 옳아, 캐리번."

레인의 목소리에는 따뜻한 인간미와 애정이 담겨 있었다.

"잘 말했네. 하지만 토론의 미묘한 점을 자네는 모르고 있군. 분장의 자질구레한 부분이 사람의 주의를 끌 만큼 조잡해서는 안 된다는 것은 결코 아니야. 그야 물론 구석구석이 완벽해야지. 하지만 세밀한 점이 모두 필요한 것은 아니야! 알겠나? 분장이 지나치게 정확하다는 것은 파도 하나하나를 충실히 그린 바다의 경치, 나뭇잎 하나하나의 윤곽을 뚜렷이 그린 나무의 그림을 보는 것과도 같아. 파도 하나하나, 사람의 주름 하나하나를 정확하게 그리면 졸작이 되고 말지."

"그럴는지도 모르지요."

퀘이시는 마지못해 말했다. 가발을 불빛에 가까이 갖다대고 들여다보더니 고개를 저으며 손에 쥔 빗을 솜씨있게 움직였다.

"그러니까 안료, 분, 그 밖의 분장 도구는 메이크업 비슷하게 만드는 것이지 메이크업 자체를 만드는 건 아니라는 결론이지. 얼굴의 어느 한 부분을 강조해야 한다는 것은 자네는 알고 있겠지. 만일 나를 에이브러햄 링컨으로 분장시키려면 기미와 턱수염과 입술을 강조해야 하며, 다른 곳은 눌러 두는 편이 좋아. 완전한 성격 묘사나 사람을 납득시키는 리얼리즘에 필요한 것은 생명과 동작과 몸짓이야. 예를 들어 납인형을 그 모양이나 빛깔의 세밀한 점까지 실물과 비슷하게 만들었다 해도 그 납인형이 생명이 없는 물질임에는 변함이 없어. 하지만 그 인형이 유연하게 팔을 움직이고 납의 입술로 온갖 이야기를 하고 유리눈을 자연스럽게 빛내며 움직인다면──내가 하고자 하는 말을 알겠지."

"다 됐습니다" 하고 퀘이시는 가발을 밝은 전등빛 아래로 들어올리며 조용하게 말했다.

도르리 레인은 눈을 감았다.

"연극에서 늘 매력을 느낀 것은 그 점이었어. 동작으로, 목소리로, 몸짓으로 생명이 있는 것, 실제 인물의 모습을 만들어 내는 일이었지……. 벨라스코(미국의 극작가, 연출가, 1859~1931)는 이 인생을 재현하는 기술을 아무도 없는 무대에서조차도 마음껏 발휘해 보였거든. 예를 들면 벽난로의 불빛을 의지하지 않고도 기분 좋은 장치로 보이도록 만들어 놓은 무대가 있었지. 장치가가 만들어 놓은 효과에 만족하지 않고 현실 그대로의 장면, 평화스럽고 아늑한 분위기를 잘 나타냈단 말이야. 막이 열리기 전에 고양이를 매어 놓아 움직이지 못하도록 했다가 막이 오르기 직전에 끈을 풀어 주거든. 막이 올라가면 눈에 익은 장면이므로 고양이는 무대에서 일어나 울음소리를 내며 난로 앞에서 네 다리를 쭉 뻗는단 말이야……. 그러면 관객은 한 마디의 대사도 듣기 전에, 누구나가 알고 있는 고양이의 간단한 동작만으로도 이 장면이 따뜻하고 아늑한 방이라는 것을 알게 되지. 벨라스코가 고용했던 장치가의 기술만으로는 그 장면의 분위기를 이토록 잘 느끼게 할 수 없었을 거야."

"재미있는 이야기이십니다." 퀘이시는 주인의 몸에 바짝 달라붙어서 레인의 잘생긴 머리에다 미묘한 손놀림을 하며 가발을 씌워 주었다.

"정말 훌륭한 사람이었어." 레인은 중얼거렸다. "사람이 지어 낸 연극에다 생명을 불어넣는 일을——뭐니 뭐니 해도 엘리자베스 왕조 시대의 연극은 수십 년 동안 인생의 환영을 만들어 내는 데 있어 각본과 배우의 연기에만 의존해 왔지. 어떤 연극이건 장치 없는 벌거숭이 무대에서 상연됐었어. 단역 한 사람이 나뭇가지를 들고 무대를 천천히 걷는 것만으로 버넘 숲이 댄시네인으로 다가오고 있다는 것을 충분히 나타냈으니까(맥베스 제5막). 그것만으로도 몇십 년 동안이나 일반석 손님도 특별석 손님도 만족했던 거야. 나는 이따금 현대 무대의 기술이 너무 지나친 것 같은 생각이 들어. 연극으로서는 마이너스지……."

"주인님, 다 됐습니다." 퀘이시가 배우의 정강이를 쿡쿡 찔렀다. 레인은 눈을 떴다. "다 됐습니다, 주인님."

"알았네. 거울 앞을 좀 치워 주게."

5분 뒤 도르리 레인은 일어섰다. 이미 입고 있는 옷도, 용모도, 몸짓도, 인상도 도르리 레인이 아니었다. 전혀 다른 사람이었다. 그는 성큼성큼 방을 가로질러 가서 방 한복판의 전등을 켰다. 가벼운 외투를 입고 여느 때와는 모양이 다른 반백의 머리에 회색 중절모를 썼다. 아랫입술이 앞으로 튀어나와 있었다.

퀘이시는 즐거운 듯이 배를 움켜쥐고 웃었다.

"도로미오에게 준비를 마쳤다고 말해 주게. 그리고 자네도 준비해."

목소리마저 달랐다.

제6장

위호켄. 9월 10일 목요일 오후 2시.

샘 경감은 위호켄에서 배를 내려 주위를 둘러보았다. 인기척이 없는 모호크 호의 승선구 부근을 지키고 있던 뉴저지 경관이 경례를 하자 그는 가볍게 고개를 끄덕여 보였다. 그리고 나루터 대합실을 지나 밖으로 나갔다.

경감은 나루터로 통하는 자갈길을 지나 선창이며 부두에서 강가로 이어진 깎은 듯이 솟아 있는 절벽 꼭대기로 난 가파른 언덕길을 오르기 시작했다. 몇 대의 자동차가 천천히 옆을 지나가더니 경감이 애써 올라온 언덕길을 내려갔다. 경감은 뒤돌아서서 저 아래 끝없이 펼쳐져 있는 강과 그 너머에 빌딩들이 우뚝 솟아 있는 뉴욕 전경을 물끄러미 바라보았다. 그리고는 다시 길을 오르기 시작했다.

꼭대기에 이르러 경감은 교통 순경 한 사람을 붙잡고 무뚝뚝한 바리톤으로 큰길로 가는 길을 물었다. 넓은 드라이브 길을 가로질러서 조용하고 나뭇잎이 마르기 시작한 낡은 가로수 길을 계속 걸어가 번잡한 교차로에 이르렀다. 거기가 바로 찾고 있던 거리였다. 그는 북쪽으로 꺾어들었다.

간신히 2075번지 집을 찾아냈다. 목조 건물로 우유 가게와 자동차 부속품 가게 사이에 조그맣게 끼어 있었다. 긴 세월 동안의 비바람에 칠이 바래고 낡아 빠졌으며 파손되어 있었다. 구식 흔들의자 세 개와 삐걱거리는 긴 의자가 놓인 기울어진 현관이 보였다. 문 앞의 매트에는 거의 지워져 가는 글씨로 '손님 환영'이라고 씌어 있었다. 현관의 한쪽 기둥에 걸려 있는 노란 간판에는 '남자분들에게 적당한 방이 있습니다'라고 씌었던 흔적도 있는 것 같았다.

샘 경감은 길을 한 바퀴 둘러본 다음 옷매무새를 고치고 모자를 다시 쓰고는 삐걱거리는 계단을 올라가 '관리인'이라고 씌어 있는 방의 초인종을 눌렀다. 찌그러진 벌집 같은 안쪽에서 초인종 소리가 희미하게 들리더니 슬리퍼 끄는 소리가 났다. 문이 조금 열리고 그 틈새로 여드름이 난 코가 튀어나왔다. 짜증스러운 여자의 목소리가 물었다.

"왜 그러시지요?"

그 다음 크게 숨을 쉬는 소리와 짓눌린 듯한 웃음소리가 들리더니 문이 열리며 후줄근한 평상복을 입은 몸집이 좋은 중년 여자가 나타났다. 그 건물과 비슷하게 낡은 여자였다.

"경찰관이시군요! 아이쿠, 샘 경감님. 어서 오십시오, 몰라 뵈어서 죄송합니다."

여자는 웃는 얼굴을 지어 보이려고 애쓰며 열심히 지껄였지만 잇몸이 드러나는 천박한 웃음을 지었을 뿐이었다. 옆으로 비켜서서 줄곧 뭐라고 지껄이며 무덤 같은 방으로 경감을 들어오게 했다.

"정말 너무했어요!" 여자는 계속 지껄였다. "신문 기자며 커다란 카메라를 짊어진 사람들이 오전 내내 들락거려서 우리는 그만——"

"위층에 누가 있소?" 하고 샘 경감은 물었다.

"아직 버티고 있답니다. 담뱃재로 융단이 온통 엉망이 되어 버렸지 뭡니까" 하고 여자는 새된 소리를 질렀다. "오늘 나는 사진을 넉 장이나 찍혔어요……. 그 가엾은 사람의 방을 또 한 번 보시려고 오셨습니까?"

"위층으로 안내해 주시오" 하고 샘은 무뚝뚝하게 말했다.

"네, 네——"

여자는 또다시 억지 웃음을 웃으며 터진 손으로 더러운 스커트를 살짝 집어올리고 얇은 융단이 깔린 계단을 비틀거리며 올라갔다. 샘은 뭐라고 중얼거리며 따로 올라갔다. 위에서는 불독 같은 얼굴의 남자가 그들 앞을 가로막았다.

"누굽니까, 머피 부인?"

그 남자는 어둠 속을 살펴보며 물었다.

"떠들지 말게, 나야." 경감이 소리 질렀다.

남자의 얼굴이 밝아지더니 히죽 웃었다.

"잘 보이지 않아서요. 잘 오셨습니다. 지루해서 견딜 수가 없었어요."

"어젯밤부터 아무런 이상이 없나?"

"네."

남자는 이층의 넓은 방을 지나 뒷방으로 안내했다. 관리인 머피 부인이 뒤에서 다리를 질질 끌며 따라왔다. 샘은 열려 있는 문 앞에서 멈추어섰다.

방은 작고 살풍경했다. 빛바랜 천장은 금이 가 있었고, 바람벽은 오랜 세월로 인해 더러워지고 바닥에는 해진 융단이 깔려 있었으며 가구는 덜거덕거렸다. 세면대의 수도관은 녹이 슬었고 하나밖에 없는 창문의 무명 커튼은 오래된 것이었다. 그러나 방 안은 손질이 잘돼 있고 냄새가 산뜻했다. 유행에 뒤떨어진 쇠침대에 찌그러진 장롱이며, 대리석이 박힌 단단한 탁자며, 철사로 고쳐 놓은 의자며, 옷장이 있었다.

경감은 방 안으로 들어가 서슴없이 옷장 앞으로 가더니 이중문을 열었다. 안에는 낡은 옷이 세 벌 단정히 걸려 있었다. 구두가 두 켤레 있었는데 한 켤레는 아직 새것이었고 또 한 켤레는 끝이 구부러진 것으로 옷장 밑바닥에 놓여 있었다. 윗단에는 종이 봉지에 든 밀짚모자와 땀에 전 비단 리본을 두른 중절모가 있었다. 샘은 양복 주머니에 손을 집어넣고 구두며 모자를 자세히 살펴보았으나 관심을 끌 만한 것은 하나도 없었다. 실망한 듯 굵은 눈썹을 찡그리며 옷장문을 닫았다.

"틀림없겠지?" 하고 경감은 문 앞의 머피 부인 옆에 서서 자기를 바라보고 있는 형사에게 중얼거렸다. "어젯밤부터 아무도 손대지 않았겠지?"

형사는 고개를 끄덕였다.

"근무중에는 충실히 제자리를 지킵니다, 경감님. 어젯밤에 보신 그대로입니다."

옷장 옆의 융단 위에 싸구려 갈색 가방이 있었는데, 손잡이 하나가 떨어져 한쪽만 남아 있었다. 경감은 가방을 열어 보았다. 안에는 아무것도 없었다.

경감은 장롱 앞에 가서 단단하고 무거운 서랍을 뒤져 보았다. 장롱 안에는 낡긴 했으나 산뜻한 속옷이 두세 벌 있었고 세탁한 손수건이 쌓여 있었다. 중간색 계통의 줄무늬 셔츠가 여섯 벌, 꾸깃꾸깃한 넥타이가 두세 개, 깨끗한 양말이 몇 켤레 뭉쳐 있었다.

샘은 장롱에서 물러섰다. 밖은 으스스했지만 방 안은 문을 꼭 닫아놓았기 때문에 경감은 비단 손수건으로 홍당무 같은 얼굴을 닦았다. 방 한가운데 우뚝 서서 얼굴을 찌푸리더니 대리석이 박힌 작은 탁자 앞으로 갔다. 잉크 병, 잉크가 말라붙은 펜, 값싼 편지지 등은 거들떠보지도 않았다. 그러나 로열 벵갈 여송연 상자를 집어 들고 그 안을 자세히 살폈다. 여송연이 꼭 한 개 상자 속에 있었는데 손가락으로 집자 부슬부슬 부스러졌다. 샘은 상자를 내려놓고는 눈살을 더욱 찌푸리며 다시 한번 방 안을 둘러보았다.

구석의 세면대 위에는 선반이 있는데 몇 가지 물건이 얹혀 있었다. 경감은 성큼성큼 다가가서 선반을 내려다보았다. 찌그러진 자명종 시계는 멈춰서 있었다. 호밀 위스키가 4분의 1쯤 들어 있는 연붉은 빛깔의 술병——샘은 마개를 뽑아 냄새를 맡아 보았다——과 컵이 하나, 칫솔, 녹슨 면도곽에 들어 있는 두세 가지 화장 도구, 아스피린 병, 청동으로 만든 낡은 재떨이 등이 있었다⋯⋯. 경감은 재떨이에서 꽁초를 집어들고 잿속에 떨어져 있는 찢어진 상표를 살펴보았다. 클레모 담배였다. 샘은 깊이 생각하며 뒤돌아보았다.

머피 부인의 심술궂은 작은 눈이 열심히 경감의 동태를 살피고 있었다. 부인은 갑자기 코맹맹이 목소리로 말했다.

"방 안이 이런 꼴이어서 죄송합니다. 이분이 청소를 못하게 해서요."

"아니, 괜찮소" 하고 샘은 말했다. 그리고 갑자기 멈추어 서서 뭔가 마음에 걸리는 듯한 표정을 지으며 관리인 여자를 보았다. "그런데, 머피 부인. 우드를 찾아오는 여자 손님은 없었습니까?"

머피 부인은 코웃음을 치며 여드름투성이의 턱을 내밀었다.

"경찰관이 아니라면 호통을 쳐 주겠어요! 그런 일은 절대로 없었습니다! 우리 집이 엄격한 곳이라는 것은 누구나 다 알고 있어요. 방을 빌려 주는 사람에게 맨 먼저 이렇게 말해 주지요. '여자 친구를 불러들여서는 안 됩니다'라고요. 점잖게, 그러나 딱 잘라 말하지요. 머피네 집에서는 시시덕거리거나 장난을 치지 못합니다!"

"흐음, 그럼 여자는 오지 않았단 말이로군……. 혹 친척은? 누님이나 누이동생 같은 사람이 온 적도 없었습니까?" 하고 샘은 하나밖에 없는 의자에 앉으며 말했다.

"그야 여자 형제라면 뭐라고 말할 것이 못되지요. 우리 집에 세들어 있는 사람들 가운데는 여자 형제가 찾아오기도 하고, 아주머니나 사촌이 찾아오는 수도 있었습니다. 하지만 우드 씨는 없는 것 같았어요. 저는 늘 우드 씨를 모범적인 사람이라고 생각하고 있었습니다. 5년 동안이나 살면서도 한 번도 말썽을 일으킨 적이 없었으니까요. 무척 얌전하고 예절바르며 정말 신사였어요! 손님은 한 번도 찾아온 적이 없었습니다. 하지만 어쨌든 그 사람하고는 별로 얼굴을 대하는 일이 없었어요. 오후부터 밤까지 뉴욕의 전차에서 일을 하고 있었으니까요.

식사를 제공하는 하숙이 아니기 때문에——세든 사람들은 모두 각자 사먹지요——그래서 그 사람이 어떤 식사를 하고 있었는지도 모릅니다. 하지만 그 가엾은 사람을 위해서 제가 말한다면 방세를 꼬박꼬박 내어서 제 속을 썩힌 일도 없었고, 술이 취해서 돌아온 적도 전혀 없었습니다. 집에 있는지 없는지도 모를 정도였으니까요. 저는——"

그러나 샘은 일어나서 그 육중한 등을 돌렸다. 부인은 말을 하다

말고 개구리 같은 눈을 껌벅였다. 그리고 눈을 흘기고는 형사 앞을 지나 방 밖으로 홱 나가 버렸다.

"닳아빠진 할망구 같으니라구" 하고 형사는 기둥에다 대고 헐뜯었다. "누이동생이나 아주머니를 상관하지 않는 하숙이야 얼마든지 있지."

형사는 엉큼한 표정을 지으며 씩 웃었다.

그러나 샘은 웃지 않았다. 방 안을 천천히 걸어다니며 한쪽 발로 닳아 빠진 융단을 살펴보기도 했다. 융단 끝부분 한 곳이 조금 부풀어 오른 데가 경감의 흥미를 끌었다. 융단을 들춰 보았으나 판자가 몹시 튀어 올라와 있을 뿐이었다. 침대 앞에 이르러 조금 주저하다가 마침내 무릎을 꿇고 침대 밑으로 기어들어가 장님처럼 더듬어 보았다. 형사가 말을 걸었다.

"경감님, 도와 드리겠습니다."

그러나 샘은 대답도 하지 않고 융단을 잡아당겼다. 형사는 엎드려서 침대 밑으로 손전등을 비췄다. 샘은 의기양양하게 중얼거렸다.

"있어!"

형사가 융단 끝을 들치자 샘은 얇은 노란 수첩을 찾아냈다. 두 사람은 먼지투성이가 되어 침대 밑에서 기어 나와 숨을 몰아쉬며 옷의 먼지를 털었다.

"예금 통장이로군요?"

그러나 경감은 아무 말 하지 않고 급히 펼쳐 보았다. 통장엔 몇 년 전부터 조금씩 예금한 것이 기록되어 있었다. 찾아 쓴 적은 한 번도 없었고, 10달러 이상의 예금은 하지 않았다. 통장 한가운데 깨끗이 접어놓은 5달러짜리 지폐가 있었는데, 찰스 우드가 죽었기 때문에 예금하지 못했던 최후의 돈이 틀림없을 것이다.

샘은 통장을 주머니에 집어넣고 형사를 보며 말했다.

"언제 비번인가?"

"새벽 4시입니다. 그때 교대가 올 것입니다."

"내일 2시 반에 본부에 있을 테니 나에게 전화를 걸어 주게. 그때 자네에게 특별히 시킬 일이 있으니까, 알겠나?" 하고 말하며 샘은 얼굴을 찌푸렸다.

"알았습니다. 2시 반 정각에 전화 드리겠습니다."

샘 경감은 방에서 나가 계단——한 단 한 단마다 돼지새끼처럼 빽빽거리는——을 내려와 그 집을 떠났다. 머피 부인이 열심히 현관을 쓸고 있었다. 부인은 연기 같은 먼지 속에서 새빨간 코를 킁킁거리며 경감이 지나가도록 길을 비켜 주었다.

거리로 나온 샘은 예금 통장의 표지를 들여다본 다음 주위를 둘러보고는 큰길을 가로질러 남쪽으로 걸어갔다. 길모퉁이를 세 개 지나자 찾던 건물이 나타났다. 모조 대리석 건물의 작은 은행이었다. 경감은 안으로 들어가 'S에서 Z까지'의 푯말이 붙은 출납계 창구로 들어갔다. 나이 지긋한 출납계 직원이 얼굴을 들었다.

"이 창구의 계원이십니까?" 하고 샘은 물었다.

"그렇습니다. 무슨 용건이십니까?"

"이 부근에 살던 찰스 우드라는 전차 차장이 살해당한 사건을 아시겠지요?"

출납계 직원은 고개를 끄덕였다.

"나는 이 사건을 담당하고 있는 강 건너 본청 살인과의 샘 경감입니다."

"그러십니까." 출납계 직원은 크게 느끼는 바가 있는 것 같았다.

"우드 씨는 우리 은행에 예금하던 고객이었지요, 경감님. 오늘 아침 신문에서 그 사람의 사진을 보았습니다."

샘은 주머니에서 우드의 예금 통장을 꺼냈다.

"저……" 경감은 쇠 격자 너머로 명찰을 언뜻 보고는 말했다.
"애쉴리 씨, 이 창구를 맡으신 지 얼마나 되십니까?"
"8년째입니다."
"그렇다면 우드를 처음부터 응대하였겠군요."
"그렇습니다."
"이 통장을 보면 우드는 일주일에 한 번씩 예금을 한 것 같은데, 무슨 요일이라고 꼭 정해 놓고 하지는 않았다 하더라도, 뭔가 이 예금에 대해 느낀 점은 없었습니까?"
"별로 없었는데요. 말씀대로 우드 씨는 매주 한 번씩 꼬박꼬박 오셨습니다. 제가 기억하기에는 한 번도 거른 일이 없었습니다. 그리고 늘 같은 시간에 오셨지요. 1시 반이나 2시쯤이었습니다. 신문 기사에 의하면 뉴욕으로 일하러 나가기 전에 늘 오셨던 모양입니다."
샘은 눈살을 찌푸렸다.
"늘 자신이 직접 예금을 하던가요? 이 점을 특히 알고 싶습니다. 늘 혼자 왔었습니까?"
"다른 사람과 함께 오시는 것은 한 번도 본 적이 없습니다."
"고맙소."
샘은 은행에서 나오자 큰길을 따라 걸어서 머피 부인의 하숙집 부근으로 돌아갔다. 우유 가게에서 서너 채 더 가자 문방구가 있었다. 샘은 안으로 들어갔다.
"이 부근의 머피 부인 하숙에 살던 찰스 우드라는 사람을 아십니까? 어젯밤 나루터의 배 위에서 살해당한 사람 말입니다."
노인은 흥분한 듯이 눈을 껌벅거렸다.
"알고말고요! 우리 집 단골손님이었으니까요. 늘 여송연이며 종이를 사 갔지요."

"어떤 여송연을?"

"대개 클레모나 로열 벵갈이었습니다."

"어느 정도 피웠나요?"

"거의 매일 점심때가 지나면 와서 사 가더군요, 일하러 나가기 전이지요."

"거의 매일이었다고요? 다른 사람과 함께 온 적은 없었나요?"

"없었습니다! 늘 혼자였지요."

"문방구도 여기서 사 갔나요?"

"네, 이따금 종이며 잉크 따위를 샀지요."

샘은 윗옷 단추를 채웠다.

"이 가게에 드나들기 시작한 것은 언제부터였습니까?"

주인은 더러운 흰 머리를 긁었다.

"4, 5년 전부터였습니다. 댁은 신문 기자이십니까?"

그러자 샘은 말없이 가게에서 나왔다. 보도에서 잠깐 멈추어 섰다. 두세 채 앞에 잡화상이 보이자 구두 소리도 요란하게 안으로 들어갔다. 거기에서도 우드가 남자 옷가지 등을 사곤 했다는 사실을 알았을 뿐이었다. 그리고 역시 늘 혼자 왔었다는 것이었다.

경감은 더욱 더 얼굴을 찌푸리며 그 가게에서 나와 차례차례로 이웃의 세탁소 겸 염색소, 구두 수리점, 구둣방, 식당, 약방 등을 찾았다. 어느 집에서나 우드를, 몇 년 전부터 액수는 적어도 가끔 사 가는 착실한 단골손님으로 기억하고 있었다. 그러나 누구와 함께 온 일은 없었다는 것이었다. 식당에서조차도 그러했다.

약방에서 샘은 여분의 질문을 했다. 그러나 약제사는 우드의 주문으로 약을 조제해 준 기억은 없다고 말했다. 병에 걸려 의사의 처방을 받았다 해도 뉴욕에서 조제해 받을 수도 있었을 것이라고 말했다. 샘의 요구에 따라 약제사는 부근에 있는 11명의 의사와 3명의 치과 의사 이름을 적어 주었다. 그 부근 다섯 블록 가량의 범위 안에 있는 의사들이었다.

경감은 한 집 한 집 찾아갔다. 어느 의사에게나 똑같은 말을 하고 난 다음 똑같은 질문을 되풀이했다.

"어젯밤 위호켄 나루터에서 찰스 우드라는 42번 거리의 횡단선 차장이 살해당한 기사를 신문에서 읽으셨겠지요. 이 부근에 살고 있었습니다. 나는 샘 경감으로 그의 배후 관계를 알아보고 다니는 중입니다만, 사생활이며 교우 관계며 방문자 등에 대해 알고 있는 사람을 찾습니다. 우드가 댁에서 진찰을 받았거나 병에 걸려 왕진을 청한 일은 없었습니까?"

의사 가운데 네 명은 살인 기사를 읽지도 않았고 우드를 전혀 모른다고 말했다. 나머지 일곱 명은 신문기사는 읽었지만 우드를 치료해 준 일도 없고 우드에 대해서는 아무것도 모른다고 말했다.

경감은 턱을 바짝 죄며 약제사가 적어 준 세 명의 치과 의사를 찾아다녔다. 맨 처음 집에는 35분이나 기다린 끝에 치과 의사를 만날 수 있었다. 샘은 간신히 의사를 진찰실 한구석에 몰아넣었는데 신분증명서를 보이기 전에는 질문에 대답할 수 없다고 거절당했다. 의사의 눈빛에 기대할 만한 것이 있는 것 같아서 샘은 위엄을 부리며 대답하라고 강요했다. 치과 의사는 마지못해 대답했으나 찰스 우드에 대하여 결국 아무것도 모르고 있었으므로 기대는 무너지고 말았다.

나머지 두 사람도 살해당한 사람에 대해서는 아는 것이 하나도 없었다.

실망한 샘 경감은 언덕 위의 넓은 드라이브 길로 되돌아가 나루터로 향하는 구불구불한 언덕길을 기운 없이 내려갔다. 경감은 뉴욕 행 배를 탔다.

뉴욕.

뉴욕에 닿은 샘 경감은 그 길로 제3대로 철도 본사로 향했다. 사람이며 차들이 오가는 속을 걸어가는 그의 미운 얼굴에는 고민으로 지친 표정이 떠올라 있었다.

큰 건물 안으로 들어가 인사 과장에게 면회를 청하자 넓은 사무실로 안내되었다. 인사 과장은 까다로운 듯한 사람으로, 얼굴에는 깊은 노고의 흔적이 새겨져 있었다. 그는 재빨리 걸어와서 한 손을 내밀었다.

"샘 경감님이십니까?" 하고 그는 정중히 물었다.

샘은 끄덕였다.

"앉으십시오, 경감님." 과장은 먼지투성이의 의자를 끌어내어 억지로 샘을 앉게 했다. "찰스 우드 때문에 오셨지요? 정말 끔찍한 일입니다."

과장은 책상 뒤에 앉아 여송연 끝을 잘랐다.

샘은 냉정한 표정으로 상대를 바라보며 굵은 목소리로 말했다.

"피해자의 신변을 조사하고 있습니다."

"그렇습니까, 정말 끔찍합니다. 저는 도무지 알 수가 없습니다. 찰스 우드는 모범 사원이었거든요. 얌전하고 착실하고 믿음직스러운 사람이었습니다. 흠잡을 데가 없는 직원이었지요."

"그렇다면 말썽 따위는 부린 일이 없었겠군요, 클롭 씨?"

과장은 진지한 표정을 지으며 몸을 앞으로 내밀었다.

"경감님, 그는 우리 회사의 보배였습니다. 근무중 술을 마신 적도 없었고 누구나 그를 좋아했지요. 성적도 우수한 모범 사원이었습니다. 사실 조금 더 좋은 지위에 올랐어야 했어요. 5년이나 최우수 성적으로 근무했으니까 검사계로 가야 할 참이었습니다."

"소공자 대우라도 해주어야 했단 말이군요, 클롭 씨."

"그런 뜻으로 말씀드린 것은 아닙니다, 경감님." 클롭은 당황하며 대답했다. "그저 믿을 만한 사람이었다고 말씀드렸을 뿐입니다. 신원 증명서를 보시겠습니까? 이 회사에 오고 나서 하루도 빠지지 않고 근무했습니다. 출세하려고 몹시 애를 썼거든요. 우리도 될 수 있는 대로 끌어올려 주었지요. 우리 회사의 방침이니까요. 출세 의욕을 보이는 사원은 뒤를 밀어 주고 있답니다."

샘은 끙 소리를 냈다.

"정말이지, 지각도 조퇴도 없었고 휴가도 반환하여 특근수당을 받아 돈을 벌었답니다. 차장이나 운전 기사들은 늘 가불하기에 바쁜 법이거든요. 그런데 찰스 우드는 그렇지 않았어요. 저금을 하고 있었지요. 한 번은 통장을 보여 주더군요."

"이 회사에는 얼마 동안이나 있었습니까?"

"5년입니다. 근무표를 가져오게 할까요?" 클롭은 벌떡 일어나 문으로 달려가서 방 밖으로 고개를 내밀고 소리쳤다.

"이봐, 존! 찰스 우드의 근무표를 가져오게!"

과장은 곧 길다란 서류를 들고 책상 앞으로 돌아왔다. 샘은 팔꿈치를 짚고 기록을 읽기 시작했다.

"이것 보십시오" 하고 클롭은 손가락으로 가리켰다. "5년 전에 입사했지요. 처음에는 동부 제3대로 선에서 근무하다가 자원해서 3년 전에 운전 기사 패트릭 기네스와 함께 횡단선으로 옮겼습니다. 위호켄에 살고 있었으므로 편리한 노선을 택한 것이겠지요. 어떻습니까? 나쁜 표시는 하나도 찍혀 있지 않지요!"

샘은 깊이 생각에 잠겨 있는 듯했다.

"클롭 씨, 그의 사생활은 어땠습니까? 친구라든가, 친척이라든가, 동료에 대해서 아시는 것이 없으신지요?"

"그런 것은 잘 모릅니다만, 별로 나쁜 소문을 들은 적이 없습니다. 사귐성은 있었지만 제가 아는 한에서는 그다지 사람들과 어울리지 않더군요. 가장 가까운 친구라면 패트릭 기네스 정도라고나 할까요. 잠깐만 기다려 주십시오."
과장은 서류를 들췄다.
"어떻습니까? 입사 원서입니다. 근친자는 없군요. 이만하면 되겠습니까?"
"좀더 확실한 것을 알고 싶었는데——."
샘은 중얼거리듯이 말했다.
"기네스라면 아마——"
"아니, 됐습니다. 필요해지면 제가 직접 만나 보지요."
샘은 중절모를 집어 들었다.
"이만 실례하겠습니다. 고맙습니다."
인사 과장은 샘의 손을 힘껏 잡고 사무실 밖까지 나와 협력하겠다는 뜻을 되풀이하여 말했다. 샘은 그 손을 뿌리치듯 작별 인사를 하고는 마침내 길모퉁이를 돌았다.
경감은 누구를 기다리기라도 하듯이 그 길모퉁이에 서서 여러 번 손목시계를 들여다보았다. 10분 뒤 창문에 커튼이 드리워진 검은 색의 기다란 대형 링컨 형 리무진이 원을 그리며 경감 앞에 와서 멈춰섰다. 운전석에 앉은 제복을 입은 말라빠진 젊은 남자가 이를 드러내어 웃으며 급브레이크를 걸고는 차에서 뛰어나와 뒷문을 열고 옆으로 비켜섰는데, 여전히 미소를 짓고 있었다. 샘은 재빠르게 주위를 둘러보고 자동차에 올라탔다. 구석에 웅크리고 앉아서 여느 때보다도 더욱 요정 같은 얼굴로 느긋하게 낮잠을 자고 있는 것은 늙은 퀘이시였다.
운전 기사는 문을 닫고 자기 자리로 올라탔다. 차는 혼잡한 속을 향해 소리를 내며 움직이기 시작했다. 퀘이시는 잠에서 깨어나 퍼뜩 정신을 차렸다. 그는 샘 경감이 깊은 생각에 잠긴 채 자기 옆에 꼼짝도 않고 앉아 있는 것을 보았다. 퀘이시는 홈통 끝 같은 입술에 갑자기 미소를 지으며 몸을 굽혀 자동차 바닥에 장치되어 있는 칸막이를 열었다. 그리고 힘차게 커다란 금속 상자를 끄집어냈다. 상자 뚜껑 안쪽은 거울로 되어 있었다.

샘 경감은 넓은 어깨를 흔들었다.

"이것저것 하다 보니 꼬박 하루해가 지났군, 퀘이시."

이렇게 말하며 모자를 벗고 상자 속에 한 손을 집어넣어 그 속을 휘저어 무엇인가 꺼냈다. 그리고는 크림 같은 액체를 얼굴에 힘차게 문지르기 시작했다. 퀘이시는 그 앞에서 거울을 받쳐들고 부드러운 헝겊을 내밀었다. 경감은 번들거리는 얼굴을 그 헝겊으로 문질렀다. 이게 어찌 된 일인가! 헝겊을 걷어치우자 샘 경감의 얼굴은 사라지고 없었다. 완전히 없어진 것이 아니라 떡밥 같은 것이 조금씩 묻어 있긴 했으나 변장은 지워지고 도르리 레인의 단정하고 날카로운 얼굴이 미소를 지으며 나타났던 것이다.

제7장

웨스트 잉글우드의 데이비드 저택. 9월 11일 금요일 오전 10시.

금요일 아침, 반짝이는 햇빛 속을 대형의 검은 링컨 형 리무진이 포플러 가로수가 늘어선 조용한 주택가를 달리고 있었다. 포플러 잎은 물들고 햇빛을 받아 지금이라도 낙엽이 질 듯했다.

도르리 레인은 차창으로 밖을 내다보며, 웨스트 잉글우드는 부자들의 주택가로서의 격식은 갖추지 못했지만 적어도 건축상의 잘못은 없다고 퀘이시에게 느낀 바를 말했다. 한 집 한 집의 대지가 충분했고 이웃과 뚜렷이 구분지어져 있었다. 퀘이시는 햄릿 장이 훨씬 좋다고 무뚝뚝하게 대답했다.
 차는 손질이 잘 되어 있는 아담한 저택 앞에 멈춰섰다. 여기저기 불쑥 튀어나온 포치가 있는 하얀 식민지풍의 집 둘레에는 넓은 잔디가 깔려 있었다. 레인은 여전히 인버네스에 검은 모자를 쓰고 인목스틱을 손에 든 모습으로 차에서 내려서 퀘이시에게 따라오라고 손짓했다.
 "저도 가야 합니까?"
 퀘이시는 깜짝 놀라며 걱정했다. 늘 두르고 있던 앞치마가 없어서 자신이 없는 모양이었다. 중절모를 쓰고 짧고 검은 비로드 외투에 반짝거리는 새 구두를 신고 있었는데, 길에 내려섰을 때 얼굴을 찡그리는 것으로 미루어 보아 발 끝이 아픈 모양이었다. 퀘이시는 신음 소리를 지르며 레인의 뒤를 따라 현관으로 향했다.
 제복을 입은 키 큰 노인이 두 사람을 맞이하여 눈부실 만큼 반들거리는 복도를 지나 우아한 옛날식 거실로 안내했다.
 레인이 앉자 퀘이시는 그 뒤에 서서 어찌할 바를 몰라했다. 레인은 주위를 둘러보며 고개를 끄덕였다.
 "도르리 레인입니다." 그는 집사에게 말했다. "아무도 안 계십니까?"
 "네, 아무도 안 계십니다. 데이비드 씨께서는 뉴욕에 가셨고, 아가씨는 물건을 사러 나가셨습니다. 부인께서는……." 노인은 헛기침을 했다. "마사지인지 뭔지 하는 걸 받으신다고 나가셨어요. 그래서……"
 "좋습니다." 도르리 레인은 미소지었다. "그럼, 당신은……?"
 "조겐즈라고 합니다. 데이비드 씨의 하인으로, 오래 전부터 모시고 있습니다."
 레인은 커버가 씌워진 의자에 편안하게 앉았다.

"마침 잘됐습니다, 조겐즈 씨. 할 이야기가 있습니다."
"저에게 말씀입니까?"
"롱스트리트 사건을 담당한 지방 검사 브르노 씨를 아시겠지만, 그분이 저에게 혼자서 조사할 수 있는 권한을 인정해 주셨습니다. 그래서……."
노인의 얼굴에서 딱딱한 표정이 사라졌다.
"실례입니다만, 저 같은 것에게 변명하실 필요는 없습니다. 도르리 레인 씨라면……."
"알았습니다." 레인은 조금 초조한 듯한 몸짓을 했다. "당신의 생각은 고맙소. 그런데 두세 가지 묻고 싶은 것이 있는데, 정확하게 대답해 주었으면 좋겠습니다. 데이비드 씨는——"
조겐즈는 몸을 꼿꼿이 했다. 얼굴에서 핏기가 가셨다.
"데이비드 씨를 위해 좋지 않은 일이라면……."
"조겐즈 씨, 훌륭한 마음씨입니다. 나는 데이비드 씨를 생각하기 때문에 여기까지 왔다는 것을 분명히 말씀드리겠습니다."
조겐즈의 핏기 가신 입술에 마음을 놓는 듯한 미소가 희미하게 떠올랐다.
"그럼, 이야기를 계속하겠습니다. 데이비드 씨는 그 끔찍스러운 롱스트리트 살인 사건에서 피해자와 가까운 관계가 있었기 때문에 말려들어가고 말았습니다. 그 관계를 뚜렷이 밝히면 롱스트리트를 죽인 범인을 체포하는 데 필요한 정보를 얻을 수 있을 것 같습니다. 롱스트리트는 여기에 자주 왔었나요?"
"아니오, 좀처럼 오시지 않았습니다."
"어째서 그랬을까요?"
"저는 잘 모르겠습니다. 하지만 아가씨께서 롱스트리트 씨를 좋아하지 않으셨거든요. 그리고 데이비드 씨께서도……저, 데이비드 씨는 롱스트리트 씨에게 억눌려 계시는 것 같았으며, 솔직히 말씀 드린다면……."
"그랬었군요. 부인은 어떠셨나요?"
집사는 말을 더듬었다.
"저……."
"말하기 거북합니까?"
"말씀드리지 않는 편이 좋을 것 같아서요."
"장하십니다……. 이것으로 네 번째로군. 퀘이시, 앉게나. 힘들 텐데." 퀘이시는 주인 옆에 앉았다. "조겐즈 씨, 데이비드 씨를 모신 지 얼마나 됐습니까?"
"11년이 넘습니다."
"데이비드 씨는 사교성이 있는 사람입니까, 붙임성 같은 것 말이오."
"그다지 좋으신 편은 못됩니다. 단 한 분의 친구는 아핸 씨인데, 이웃에 살고 계십니다. 하지만 데이비드 씨를 깊이 사귀어 보시면 명랑한 분이라는 것을 아실 수 있습니다."
"그렇다면 이 댁에 늘 드나드는 손님은 없단 말인가요?"
"별로 없습니다. 그야 암페리얼 씨가 지금 이 댁에 와 계시지만, 그분 역시 특별한 친구 분이시지요. 여태껏 서너 번 오셨을 뿐입니다. 그밖에는 그다지 손님을 초청하지 않으십니다."
"그다지라고 하는데, 그럼 이따금 묵고 가는 손님은 있단 말이로군요. 아마 사업상의 단골 손님이겠지요?"
"그렇습니다. 하지만 그런 분도 그다지 많지 않습니다. 어쩌다 한 분 정도 오시지요. 최근에는 남아메리카에서 사업 관계로 오셨다가 묵고 가신 분이 계셨습니다."
도르리 레인은 어떤 생각을 더듬어 보는 것 같았다.

"얼마 전입니까?"

"한 달쯤 묵고 계시다가 약 한 달 전에 떠났습니다."

"전에도 여기 온 적이 있는 사람입니까?"

"제가 기억하기에는 없습니다."

"남아메리카라고요? 남아메리카의 어디입니까?"

"모르겠습니다."

"정확하게 언제 떠났습니까?"

"8월 14일이었다고 생각합니다."

레인은 잠시 말이 없었다. 또다시 입을 열었을 때에는 몹시 흥미를 느낀 듯한 목소리였다.

"그 남아메리카 사람이 이 댁에 묵고 있는 동안, 롱스트리트가 여기에 왔었는지 기억하고 있습니까?"

조겐즈는 대뜸 대답했다.

"네, 여느 때보다 자주 오셨습니다. 마킨차오 씨가 오신 다음날 저녁에는——그분의 이름은 펠리페 마킨차오라고 합니다——밤새껏 계셨습니다. 데이비드 씨와 롱스트리트 씨와 마킨차오 씨는 한밤중이 훨씬 지난 뒤까지도 서재에서 계셨습니다."

"물론 이야기의 내용은 못 들었겠지요?"

조겐즈는 움찔하는 것 같았다.

"못 듣고말고요!"

"그럴 테지요, 어리석은 질문이었습니다" 하고 도르리 레인은 중얼거렸다. "펠리페 마킨차오…… 외국인인 모양이군. 어떤 느낌을 주는 인물이었습니까? 생김새를 설명할 수 있겠습니까?"

집사는 헛기침을 했다.

"외국인이었습니다. 스페인 사람 같았지요. 살빛이 검고 키가 컸으며 짤막한 군인 수염을 기르고 있었습니다. 살빛이 너무 검어서 마치 흑인이나 인디언 같았습니다. 어딘가 남다른 데가 있는 신사분이시더군요. 그다지 말씀도 안 하셨고 집에도 별로 계시지 않으셨습니다. 이 댁 식구들과 함께 식사하는 일도 그다지 없었지요. 말하자면 가까이 지내지 않으셨습니다. 새벽 4시나 5시까지 돌아오시지 않을 때도 있었고, 아주 안 돌아오실 때도 있었습니다."
레인은 미소를 지었다.
"그 손님의 그런 색다른 행동에 대해 데이비드 씨는 어떤 태도를 취하시던가요?"
그러자 조겐즈는 난처한 모양이었다.
"그야 데이비드 씨께서는 마킨차오 씨의 출입에 대해 아무 말씀도 안 하셨지요."
"그 사람에 대해 달리 뭔가 아는 것은 없습니까?"
"글쎄요, 스페인 어의 억양으로 영어를 하셨고, 짐이라고는 큰 여행 가방 하나뿐이었습니다. 밤에는 데이비드 씨와, 때로는 롱스트리트 씨도 함께 여러 번 비밀 이야기를 하셨습니다. 데이비드 씨는 밤에 다른 손님이 오시기라도 하면──뭐라고 할까요──그저 예의적으로 마킨차오 씨를 소개하시더군요. 제가 알고 있는 것은 이런 정도입니다."
"아핸 씨도 그 사람을 알고 있는 것 같던가요?"
"아니오."
"임페리얼 씨는?"
"임페리얼 씨는 그 무렵 이 댁에 계시지 않으셨습니다. 마킨차오 씨가 떠난 다음 얼마 있다가 오셨거든요."
"그 남아메리카 사람이 이 댁에서 어디로 갔는지 아십니까?"
"모릅니다. 여행 가방을 손수 들고 가셨으니까요. 데이비드 씨 말고는 이 댁에서 저만큼 그분을 알고 있는 사람은 없습니다. 아가씨께서도 모르실 겁니다."

"그런데 어떻게 남아메리카 사람이라는 것을 알았습니까?"

조겐즈는 양피지 같은 손으로 입을 가리고 기침을 했다.

"제가 옆에 있을 때 부인께서 데이비드 씨에게 물어 보시더군요. 그때 데이비드 씨가 말씀하셨습니다."

도르리 레인은 끄덕이며 눈을 감았다. 이윽고 눈을 뜨자 또렷한 말투로 물었다.

"최근에 남아메리카에서 온 듯한 손님은 또 없었습니까?"

"네, 없었습니다. 마킨차오 씨가 단 한 분의 스페인 계 손님이었습니다."

"잘 알았습니다, 조겐즈 씨. 매우 즐거웠습니다. 그런데 전화로 데이비드 씨를 좀 불러주시지 않겠습니까. 도르리 레인이 급하게 말씀드릴 일이 있어서 점심 식사를 함께 했으면 한다고 전해 주십시오."

"분부대로 하겠습니다."

조겐즈는 작은 탁자로 가서 침착하게 다이얼을 돌렸다. 잠시 뒤에 데이비드가 나왔다.

"주인님이십니까? 조겐즈입니다……. 네, 그렇습니다. 도르리 레인 씨가 지금 여기 와 계십니다. 오늘 점심 식사를 같이하셨으면 좋겠다고 하시는데요, 꼭 약속해 주기 바란다고 하십니다……. 그렇습니다. 도르리 레인 씨께서 그렇게 전해 달라십니다……."

조겐즈는 레인을 보았다.

"점심때 거래인 클럽이면 괜찮으시겠습니까?"

레인의 눈이 빛났다.

"점심때 거래인 클럽이라. 네, 좋습니다."

레인은 밖으로 나와 커다란 자가용에 올라타자 화가 난 듯이 칼라를 잡아당기고 있는 퀘이시에게 말을 걸었다.

"지금 생각이 떠올랐는데, 퀘이시. 자네는 매우 우수한 관찰력을 가지고 있으면서도 몇 년 동안이나 써먹지 못했어. 어디 한 번 임시로 탐정이 되어 볼 생각은 없나?"

차가 움직이기 시작했다. 퀘이시는 주름진 목에서 칼라를 거칠게 잡아뗐다.

"좋을 대로 하십시오, 주인님. 지금은 이 칼라가 마음에 거슬려서 견딜 수가 없습니다……."

레인은 목구멍을 울리며 웃었다.

"대단한 일은 아니야. 하찮은 일을 시켜서 미안하네만 자네는 이런 일에는 초보자니까……. 오늘 오후 나는 여러 가지로 바쁜 용건이 있어서 그러네. 그동안 뉴욕 시내에 있는 모든 남아메리카 영사관과 연락을 취해 주었으면 좋겠어. 남아메리카 사람으로 키가 크고 살갗이 검고 수염이 있으며 인디언이나 흑인의 피가 섞인 듯한 펠리페 마킨차오라는 사람을 만난 일이 있는 영사관 직원을 찾아내란 말일세. 그가 오셀로쯤 되는지도 모르니까. 퀘이시, 알고 있겠지만 신중히 해야 하네. 그 방면으로 내가 손을 뻗고 있다는 것을 샘 경감이나 브르노 검사에게 알리고 싶지 않네, 알겠나?"

"마킨차오?" 하고 퀘이시는 쉰 듯 새된 목소리로 말했다. 그는 노인다운 갈색 손가락으로 턱수염을 매만지고 있었다. "철자는 어떻게 씁니까?"

"그 이유는 말일세" 하고 도르리 레인은 자기의 생각에만 골몰해 있는 듯했다. "샘 경감과 브르노 검사가 곧 데이비드의 집사를 심문할 생각을 하지 못했다면 일부러 가르쳐주어도 별 수 없기 때문이야."

"그 집사는 말이 많더군요" 하고 퀘이시는 과연 일생을 들어 주는 역할만 맡아 온 사람답게 엄격한 목소리로 말했다.

"아니야, 만만치 않은 사람일세" 하고 도르리 레인은 중얼거렸다. "지나치게 말을 하지 않는 집사지."

제8장

거래인 클럽. 9월 11일 금요일 정오.

도르리 레인의 등장은 화려했으나 미리부터 계획된 것이 아님에는 틀림이 없었다. 월 거리 거래인 클럽의 딱딱한 분위기 속에서 들어갔을 뿐인데, 실제로는 열광적인 분위기를 자아냈다. 휴게실에서 골프에 대한 이야기에 열중하고 있던 세 사람이 대번에 레인을 알아보고 그 스코틀랜드의 국가 경기 이야기는 조그맣게 오므라들고 말았다. 흑인 급사는 인버네스 차림의 레인을 보고 그야말로 눈을 크게 떴으며, 책상 뒤에 있던 사무원은 깜짝 놀라 펜을 떨어뜨렸다. 소문은 금방 퍼져 나갔다.

아무렇지도 않은 체하면서 사나이들이 지나가다가 레인의 색다른 모습을 곁눈질로 신기한 듯이 바라보았다.

레인은 한숨을 쉬고 로비의 의자에 앉았다. 흰 머리의 남자가 재빨리 다가와서 깊숙이 고개를 숙였다.

"어서 오십시오, 레인 씨." 레인은 가볍게 미소지었다. "이렇게 와주셔서 정말 영광으로 생각합니다. 제가 지배인입니다. 무엇이든지 분부해 주십시오. 여송연을 가져올까요?"

레인은 거절하는 손짓을 했다.

"아니, 필요 없습니다. 목에 해로우니까요." 익숙한 어조로 상냥하게 말했으나 몹시 기계적인 말투였다. "데이비드 씨를 기다리고 있는

데, 안 오셨나요?"

"데이비드 씨 말씀입니까? 아직 오시지 않으신 것 같습니다." 지배인의 말투에는 데이비드가 도르리 레인을 기다리게 하다니 괘씸하기 짝이 없다는 듯한 어조가 담겨 있었다. "그때까지 무엇이든지 분부해 주시면 따르겠습니다."

"고맙소." 레인은 의자 등에 기대며 이젠 그만 가 보라는 듯이 눈을 감았다. 지배인은 몹시 자랑스러운 표정을 짓고 뒤로 물러서서 넥타이를 매만졌다.

이때 데이비드의 작고 가냘픈 모습이 로비에 급히 나타났다. 데이비드의 얼굴은 창백했다. 불안한 빛이 서리고 지나치게 긴장하여 마음이 절박한 듯한 표정이 나타나 있었다. 그런 표정으로 급사장의 미소에 응하고는 방 저쪽에 있는 레인에게 선망의 시선을 던지며 재빠르게 걸어갔다.

지배인이 말했다.

"데이비드 씨께서 오셨습니다."

그러나 레인이 대답을 하지 않자 기분이 상한 모양이었다. 데이비드가 지배인에게 물러가라는 몸짓을 하고 레인의 넓은 어깨에 손을 대자 배우는 겨우 눈을 떴다.

"아, 데이비드 씨!" 하고 레인은 기쁜 듯이 말하며 벌떡 일어났다.

"기다리시게 해서 죄송합니다, 레인 씨" 하고 데이비드는 부자연스러운 어조로 말했다. "먼저 약속이 있어서——거절해야만 했기 때문에——늦었습니다."

"그거 참, 안됐군요" 하고 레인은 인버네스를 벗으며 말했다.

제복을 입은 흑인이 급히 다가와 인버네스와 모자와 스틱, 그리고 데이비드의 외투와 모자를 솜씨있게 받아들었다. 두 사람은 지배인을 따라 로비에서 클럽 식당으로 들어갔다. 식당에는 급사장이 직업적인 무표정을 걷어치우고 웃음을 지으며 데이비드의 요구에 따라 식당 별실로 안내했다.

가벼운 점심 식사를 하는 동안——데이비드는 등심고기를 먹었고 도르리 레인은 로스트 비프의 커다란 덩어리를 먹음직스럽게 먹고 있었다. 레인은 딱딱한 이야기는 한 마디도 하지 않았다. 데이비드는 이따금 레인이 식사를 같이하자고 한 목적을 알려고 애썼다.

레인은 그와는 반대로 "식사는 마음을 가라앉히고 하지 않으면 소화가 잘 안되거든요" 하며 화제를 돌렸다. 데이비드는 내키지 않는 웃음을 지었으나 레인은 명랑하고 유쾌하게 이야기를 계속했다. 마치 가장 좋은 영국식 고기 요리를 맛보는 것보다 더욱 중요한 이야기는 없다는 듯했다. 무대에 처음 섰던 무렵의 숨은 이야기며 저명한 연극 배우——오티스 스키너, 윌리엄 페이버샴, 부스, 피스크 부인, 에셀 바리모어——들의 인상적인 이야기를 들려주었다. 식사가 무르익어 감에 따라 노배우의 거침없고 함축성 있는 이야기는 데이비드의 딱딱한 표정을 부드럽게 했고 마침내는 즐거운 듯이 귀를 기울이게 만들었다. 긴장도 어느 정도 풀렸으므로 레인은 마음 놓고 이야기를 계속했다.

커피를 마시고 난 다음 데이비드는 여송연을 권했으나 레인이 거절하자 애써 권하지 않았다. 레인은 말했다.

"데이비드 씨, 당신은 본디 무뚝뚝한 사람도 병적인 사람도 아니시지요?"

데이비드는 깜짝 놀랐으나 아무 말도 하지 않고 담배 연기만 내뿜었다.

"정신병리학자의 감정을 받지 않더라도 당신의 얼굴이나 요즈음 하시는 일에서 좋지 못한 징조를 엿볼 수 있습니다. 아마 만성 우울증에 걸리신 것 같은데, 천성이 그런 것은 아니겠지요?"

데이비드는 중얼거렸다.

"어느 점에서는 생활이 나쁜 탓이겠지요."

"제 생각이 옳았다고 할 수 있군요."

레인의 목소리는 사람을 설득시키려는 어조로 바뀌었다. 길다란 손을 식탁보 위에 얹어 놓고 꼼짝하지 않았다. 데이비드의 눈의 초점이 그 손으로 쏠렸다.

"데이비드 씨, 당신과 1시간이나 이야기를 나눈 첫째 이유는 가까워지고 싶었기 때문입니다. 당신을 조금 더 알고 싶었으며, 내 나름대로——서투른 방식이 되는지도 모르겠습니다만——당신을 도울 수 있을 것 같았기 때문입니다. 사실 당신에게는 도움이 필요하시지 않습니까?"

"친절하신 마음씨를 고맙게 생각합니다." 데이비드는 쓸쓸하게 말했으나 눈길을 들지는 않았다. "지금의 저의 위험한 상태를 잘 알고 있습니다. 지방 검사도 샘 경감도 전혀 너그럽게 봐 주지 않으니까요. 늘 감시당하고 있습니다. 편지마저 엿보는 것 같더군요. 하긴 당신도 우리 집 하인을 심문하셨지만……."

"집사뿐입니다. 그것은 전적으로 당신을 위해서였습니다."

"……샘 경감도 심문했습니다. 아시겠지만, 지금의 제 입장을 저는 잘 알고 있습니다. 하지만 당신은 경찰측과는 조금 다르신 것 같기도 합니다. 좀더 인간적이라고나 할까요?" 데이비드는 어깨를 움츠렸다. "놀라실는지 모르겠습니다만, 지난 수요일 밤부터 당신에 대해서 여러 모로 생각해 보았습니다. 몇 번이나 저를 변호하시려고 했고……."

레인의 얼굴은 진지했다.

"그럼, 두세 가지 여쭤어 보아도 괜찮겠습니까? 이 사건의 수사에 저는 공식적으로 관계하고 있는 것은 아닙니다. 동기는 개인적인 기분에서 진실을 알려고 하는 것이 가장 큰 목적일 따름입니다. 현재보다 더욱 앞으로 나아가기 위해서는 아직도 알아야 할 것이 몇 가지 있습니다……."

데이비드는 움찔하여 레인을 쳐다보았다.

"더욱 앞으로 나아가다니요? 이미 뭔가 짚이는 데가 있습니까?"

"근본적인 것으로 두 가지 정도는——"

도르리 레인은 급사를 손짓하여 불렀다. 급사는 흥분한 듯이 달려왔다. 레인은 커피를 더 시켰다. 데이비드의 여송연은 불이 꺼진 채 잡고 있는 손끝에서 늘어져 있었으나 그는 레인의 옆얼굴에 정신이 팔려서 그것을 몰랐다. 레인은 희미하게 미소를 지었다.

"건방진 말 같습니다만 저는 어느 아름다운 귀부인이 한 말과는 의견이 다릅니다. 데이비드 씨, 그것은 어리석은 예언입니다! 세비니에 부인(18세기 프랑스의 귀부인. 서한집으로 유명함)은 불멸의 셰익스피어를 마치 한 잔 더 마시는 커피처럼 허무하다고 말했습니다."

레인은 조용히 어조를 바꾸지 않고 말을 계속했다.

"그것을 수사의 진전이라고 할 수 있다면 롱스트리트와 우드를 죽인 인물을 알고 있습니다."

데이비드는 레인에게 뺨이라도 맞은 것처럼 창백해졌다. 손가락 사이에서 여송연이 떨어졌다. 레인의 맑은 시선을 받아 눈을 깜박거리며, 너무나 놀라서 숨을 죽이고 냉정을 되찾으려 애썼다.

"롱스트리트와 우드를 죽인 사람을 알고 계시다고요!" 하고 데이비드는 쥐어짜는 듯한 목소리로 말했다. "하지만 레인 씨, 만일 알고 계시다면 어째서 손을 쓰지 않으십니까?"

레인은 조용히 말했다.

"손을 쓰고 있습니다."

데이비드는 꼼짝도 하지 않았다.

"유감스럽게도 융통성 없는 정의를 상대로 하고 있어서요. 이것을 납득시키려면 물적 증거가 필요합니다. 도와주시지 않으시겠습니까?"

데이비드는 잠시 동안 대답하지 않았다. 그의 얼굴은 고뇌로 일그러져 있었다. 이 이색적인 검찰관의 표정 없는 얼굴 뒤에 숨어 있는 것을 열심히 살피려고 했다. 레인이 얼마나 알고 있는지, 정확하게 말해서 무엇을 알고 있는지 살피고 있는 듯했다. 마침내 데이비드는 아까처럼 긴장된 목소리로 말했다.

"제가 할 수 있는 일이라면······."

"그만한 용기가 있다면 말입니까?"

모든 것이 멜로드라마 같아서 얼마쯤 천박한 느낌이 없지 않았다. 노배우의 마음속에는 어떤 혐오의 감정 같은 것이 꿈틀거렸다.

데이비드는 계속 아무 말이 없었다. 살인자의 이름을 살피기라도 하듯이 또다시 레인의 눈을 뚫어지게 보았다. 그는 마지막 성냥을 그어 떨리는 손으로 꺼진 여송연에 불을 붙였다.

"될 수 있는 대로 말씀드리지요, 레인 씨. 하지만······ 뭐라고 할까요. 저는 두 손이 묶여서······. 도저히 대답할 수 없는 일이 한 가지 있습니다. 수요일 밤에 만나기로 약속되어 있던 사람에 대해서입니다만——"

레인은 선뜻 고개를 저었다.

"데이비드 씨, 이 사건에서 가장 흥미 있는 점의 한 가지를 말씀하시지 않으신다면 일은 더욱 더 성가시게 됩니다. 하지만 그 점은 따지지 않겠습니다."

레인은 잠깐 말을 끊었다.

"지금으로서는 말입니다, 제가 알고 있는 것은 당신과 롱스트리트

두 분께서 남아메리카에서 광산업으로 재산을 만들어 가지고 미국에 와서 매우 자본이 많이 드는 주식 중매업을 시작하셨다는 사실입니다. 그러고 보면 광산 일은 크게 잘 되었던 모양이지요? 전쟁 전의 일입니까?"

"그렇습니다."

"남아메리카의 어느 나라에 광산이 있었습니까?"

"우루과이입니다."

"우루과이? 아, 네." 레인은 눈을 반쯤 감았다. "그럼, 마킨차오 씨는 우루과이 사람입니까?"

데이비드의 입이 벌어졌다. 두 눈이 의혹으로 흐려졌다.

"어떻게 마킨차오를 아십니까? 조겐즈가 말했겠군요, 한심한 늙은이로군. 일러두었어야 했는데——"

레인이 날카롭게 말했다.

"그게 무슨 말씀이십니까, 데이비드 씨. 조겐즈는 훌륭한 사람입니다. 충실한 하인이오, 당신에게 이로우리라는 생각에서 가르쳐 주었을 뿐입니다. 당신도 본받아야 할 줄 압니다. 저의 의도를 의심하지 않으신다면 말입니다."

"실례했습니다, 마킨차오는 분명히 우루과이 사람입니다."

데이비드는 괴로워하고 있는 듯했다. 그 눈은 침착성을 잃고 두리번거렸고 아까처럼 날카로웠다.

"하지만 레인 씨, 마킨차오에 대해서는 더 이상 추궁하지 마십시오."

"그러나 말씀하셔야 합니다." 레인의 눈길에는 아무런 속셈도 없었다. "마킨차오는 누구입니까? 직업은 무엇이지요? 댁에 묵고 있는 동안의 색다른 행동은 무엇을 뜻합니까? 이만한 질문에는 절대로 대답하셔야 합니다."

데이비드는 식탁보 위에 뜻도 없는 그림을 덧그리며 나직한 목소리로 말했다.

"꼭 해야 한다면……. 별다른 데가 있는 것은 아닙니다. 순전히 일 때문에 왔었지요. 마킨차오는 남아메리카의 어느 공익 사업 용지(用地)의 시찰원으로서 공채의 발행을 취급해 달라고 우리 상회에 왔기 때문에——그것은 완전한 합법적인 사업입니다——저는……."

"그래서 당신은 롱스트리트 씨와 그 공채 발행을 도와주기로 했었나요?" 레인은 무표정하게 물었다.

"네……, 어쨌든 고려해 보기로 했지요."

데이비드의 스푼은 식탁보 위에서 기하학적인 그림을 그리며 바쁘게 돌아갔다. 각, 곡선, 네모꼴, 마름모꼴.

"고려해 보기로 하셨다고요……"라고 레인은 무뚝뚝하게 말했다.

"그럼, 어째서 그분은 그렇게 오래 머물러 계셨습니까?"

"네, 아마……. 다른 금융 기관을 찾아다녔겠지요. 저로서는 자세한 것을 알 수 없습니다만……."

"그분의 주소를 가르쳐 주실 수 있겠습니까?"

"아니오, 잘 모릅니다. 여기저기 여행을 하니까요. 한곳에 오래 머물러 있지 않거든요."

레인은 갑자기 웃었다.

"당신은 거짓말이 서투르시군요, 데이비드 씨. 이 이야기는 더 이상 계속할 필요가 없겠습니다. 나까지 난처하게 만드는 거짓말로 당신이 심한 혼란을 일으키기 전에 이쯤으로 그만둡시다. 사람을 다루는 능력이 있다고 자부하고 있던 저로서는 당신의 태도에 의해 호된 비판을 받은 셈이 됐군요."

레인은 일어섰다. 급사가 얼른 달려와서 의자를 끌어내 주었다. 그는 급사에게 미소지어 보이고는 아래를 내려다보고 있는 데이비드의 머리를 보며 지금까지와 다름없이 정다운 목소리로 말했다.

"하지만 마음이 변하시거든 언제든지 햄릿 장으로 오십시오. 허드슨 강가에 있습니다. 실례하겠습니다."

사형 선고를 받은 것처럼 풀이 죽어 있는 데이비드를 남겨 놓고 레인은 그 자리를 떴다. 급사장을 앞세우고 식탁 사이를 걸어가다가 레인은 잠깐 멈추어 서서 혼자 미소짓고는 다시 걸어서 식당을 나왔다. 데이비드가 아직 앉아 있는 식탁에서 그다지 멀지 않은 곳에 어느 남자가 혼자 식사를 하고 있었다. 불그레한 얼굴의 그 사람은 거북스러운 자세로 앉아 있었는데, 레인과 데이비드가 이야기하는 동안 내내 몸을 앞으로 내밀고 귀를 기울여 염치없이 엿듣고 있었다.

로비에서 레인은 급사장의 어깨를 두드렸다.

"데이비드 씨와 내가 앉은 식탁 가까이에 있는 저 불그레한 얼굴의 남자는 회원입니까?"

급사장은 불안한 얼굴을 지었다.

"아닙니다, 형사이지요. 배지를 보이며 억지로 들어왔답니다."

레인은 다시 미소지으며 급사장의 손에 지폐를 밀어 넣고는 접수계로 천천히 걸어갔다. 사무원이 벌떡 일어났다.

"클럽 의사 모리스 박사에게로 우선 안내해 주시오. 그 다음에 클럽 간사가 계신 곳을 부탁합니다." 도르리 레인이 말했다.

제9장

지방 검찰청. 9월 11일 금요일 오후 2시 15분.

이날 오후 2시 15분, 도르리 레인은 센트럴 거리를 힘차게 걷고 있었다. 한쪽에는 경찰 본부의 거대한 담장이 솟아 있고 또 다른 쪽에는 뉴욕 번화가의 외국인 상점이 줄지어 있었다. 뉴욕 지구의 주임 검사가 있는 10층짜리 137호 건물 앞에 이르자 레인은 안으로 들어가 복도를 지나서 엘리베이터를 타고 위층으로 올라갔다.

레인의 얼굴 표정은 여느 때와 마찬가지로 완전히 억제되어 무표정했다. 평생 동안 무대에서 쌓은 훈련 덕분에 곡예사가 사지를 다루듯이 얼굴의 근육을 마음대로 다룰 수 있었던 것이다. 그러나 지금은 아무도 보는 사람이 없으므로 레인의 눈은 무언가 뜻이 담긴 듯 누를 수 없는 반짝임으로 빛나고 있었다. 흥분한 듯한 기대의 반짝임이었다. 수풀 속에 숨어서 총을 겨누고 있는 포수의 눈빛처럼 날카로운 활기와 차가운 이성의 반짝임과 기쁨에 가득 차 있었다. 누구든 이 눈을 들여다보았다면, 이 눈의 소유자가 청각 장애자로서 불편한 생활을 하고 있다고는 도저히 상상할 수 없을 것이다. 그 어떤 것이 그의 자아를 눈뜨게 하고, 신선한 활력으로 그의 존재를 용솟음치게 하여 생명의 흐름을 자신감과 활기와 날렵함으로 가득 찬 새로운 길로 인도했던 것이다.

그러나 그가 브르노 지방 검사의 사무실 문을 열었을 때 그 반짝임은 사라져, 본디의 고풍스러운 옷차림을 한 나이보다 젊어 보이는 사람으로 돌아가 있었다.

한 직원이 머뭇거리며 구내 인터폰에 대고 말했다.

"네, 알았습니다, 브르노 검사님." 그러고 나서 직원은 뒤를 돌아보았다. "앉으십시오, 브르노 검사님께서 죄송하다고 말씀하십니다. 지금 경찰 부장님과 회의 중이신데, 기다리시겠습니까?"

레인은 기다리겠다는 뜻을 말하고는 앉아서 스틱 손잡이 위에 턱을 얹었다.

레인이 한 10분쯤 눈을 감고 조용히 쉬고 있는데 마침내 브르노의 사무실 문이 열리며 지방 검사가 나타났다. 그 뒤에 키가 큰 경찰 부장의 우람한 모습이 보였다. 직원은 당황하여 일어섰으나 레인은 졸고 있는지 그대로 앉아 있었다. 브르노는 미소지으며 레인의 어깨를 두드렸다. 퍼뜩 눈을 뜬 레인은 조용히 의자에서 일어났다.

"브르노 씨."

"안녕하셨습니까, 레인 씨." 브르노는 신기한 듯이 레인을 바라보고 있는 경찰 부장 쪽으로 몸을 돌리며 말했다.

"레인 씨입니다. 이분은 버베이지 부장이십니다."

"영광입니다, 레인 씨." 부장은 울려 퍼지는 목소리로 말하며 레인의 손을 잡고 크게 흔들었다. "언젠가 뵌 적이 있습니다……."

"버베이지 씨, 저는 마치 화려한 과거에 의지해서 사는 사람 같군요." 하고 레인은 소탈하게 웃었다.

"천만에요! 옛날과 다름없이 훌륭하십니다. 브르노 검사가 당신의 새로운 재능에 대해서 말씀하셨답니다. 브르노 검사로서도 어떻게 발견하셨는지 아직 알 수 없는 새로운 사실이 있다고요?" 부장은 커다란 머리를 저었다. "우리들도 모르는 일이겠지요. 샘이 여러 가지 설명을 해주었습니다만."

"늙은이의 주착이지요, 버베이지 씨. 브르노 검사님은 참으로 대범한 분이십니다." 레인의 눈꼬리에 주름이 잡혔다. "당신의 이름은 멋이 있습니다. 리처드 버베이지라면 셰익스피어의 생애에서 가장 친했던 세 친구 가운데 한 사람으로, 그 당시에 가장 유명한 배우였지요."

부장은 기분이 좋은 모양이었다.

잠시 동안 이야기하다가 버베이지 부장을 보내고 브르노는 레인을 자기 방으로 안내했다. 샘 경감이 전화를 덮치듯 하며 찌푸린 얼굴로 앉아 있었다. 인사 대신 굵은 눈썹을 움찔해 보였으나 수화기는 그대로 귀에 대고 있었다. 레인은 샘 앞에 앉았다.

"이봐, 알겠나" 하고 샘은 말했다. 수화기를 통해 들려오는 말을 듣고 있던 그의 얼굴은 차츰 빨갛게 상기되더니 마침내 누를 길 없는 노여움으로 터질 것 같이 되었다. "나를 바보로 만들 셈인가? 똑똑히 말해 봐, ……입 다물어! 오늘 오후 2시 반에 나한테 전화하라고 말했다고? 자네에게 시킬 일이 있다고 했단 말인가? 정신이 좀 돌아 버린 모양이로군! 아니면 술에 취했었나? 뭐라고, 내가 말했다고? 이봐, 잠깐 기다려." 샘은 이쪽으로 돌아앉아 브르노를 보았다. "이 얼빠진 녀석은 우리 부하인데 확실히 좀 어떻게 된 모양이오, 녀석은——이봐, 여보세요!" 경감은 수화기에 대고 소리쳤다. "내가 융단을 들칠 때 도와주었다고? 무슨 융단을 말하는 거야? 이 바보 같은 녀석이. 뭐, 뭐라고? 잠깐 기다려." 경감은 또다시 브르노를 보았다. "아무래도 무슨 일이 있었나 보오. 어제 내가 위호켄의 우드네 방을 수색했다는 둥 엉터리 같은 말을 하고 있거든요! 아마도 당신이었지요!" 경감은 미친 듯이 외쳤다. "아무튼 누군가의 소행임에 틀림없어……." 이렇게 말하며 경감의 눈길은 도르리 레인에게로 쏠렸다. 레인은 장난기 어린 정다운 표정으로 경감을 보고 있었다. 경감의 턱이 늘어졌다. 그리고 그의 열기 어린 눈이 번득였다. 쓴웃음이 그 얼굴에 감돌았다. 그는 전화에 대고 신음하듯 말했다. "알았네. 이제 그만 끊고 그 방이나 잘 지켜 주게." 경감은 수화기를 내려놓고 레인을 향해 앉아 책상 위에 팔꿈치를 쾅 짚었다. 브르노는 깜짝 놀라 두 사람을 번갈아 보았다.

"레인 씨, 나로 변장하고 행동했군요?"

레인의 얼굴이 긴장되었다.

"경감님" 하고 그는 엄숙하게 말했다. "지금까지는 당신에게 유머 감각이 있는지 어떤지 의심해 왔지만, 이제부터는 영원히 그 의심이 없어질 것입니다."

"대체 무슨 일입니까?" 브르노가 물었다.

샘은 다시 담배를 물었다.

"일은 이렇게 된 것이오. 어제 나는 위호켄에 가서 머피 부인을 만났고 우드네 방을 수색하여 융단 밑에서 예금 통장을 찾아냈지요. 그것을 6년 동안이나 내 밑에서 일해 온 나의 부하가 도와주었거든요. 그리고 나는 나왔는데, 생각해 보면 기적 같은 일이오. 왜냐하면 내가 위호켄에 있는 동안 그와 동시에 나는 이 센트럴 거리의 내 사무실에서 당신과 이야기하고 있었으니까요!"

브르노는 레인을 보며 웃었다.

"레인 씨, 좀 너무하셨는데요. 그리고 매우 위험하기도 했구요."

"천만에요. 조금도 위험하지 않습니다" 하고 레인은 부드럽게 말했다. "제 친구는 지금 이 시대의 첫째가는 분장술의 명수이거든요, 브르노 씨. 경감님에게는 아무쪼록 용서를 빌어야겠지요. 어제 경감님으로 변장한 것은 중대하고도 확고한 이유가 있었기 때문입니다. 경감님의 부하에게 전화하라고 명령한 것은 그저 장난으로 한 짓이었지요. 그야 물론 당돌한 짓이었지만, 얼마나 감쪽같이 변장을 잘했는지 당신에게 알리고 싶어서 그랬을 뿐입니다."

"이 다음에는 저에게 꼭 저를 보여 주십시오." 샘 경감은 투덜거렸다.

"위험했어요." 경감은 턱을 앞으로 내밀었다. "솔직히 말해서 도무지——아니, 좋습니다. 그 예금 통장이나 이리 주십시오."

도르리 레인은 윗옷 안주머니에서 통장을 꺼냈다. 샘은 그것을 받아들고 그 안을 살펴보았다.

"경감님, 며칠 안으로 당신을 더욱 놀라게 해 드릴 사람을 보여 드리게 될지도 모르겠습니다."

샘은 예금 통장 사이에 끼어 있는 5달러 지폐를 집어냈다.

"아무튼 당신은 정직한 분이십니다" 하고 경감은 싱긋이 웃으며 통장을 브르노에게 건네주었다. 브르노는 그것을 들춰 보고 서랍 속에 넣었다.

"오늘 이렇게 찾아온 것은 저의 친애하는 경감님께서 놀라시는 것을 보기 위해서가 아니라 두 가지쯤 부탁드릴 일이 있기 때문입니다. 그 하나는 그날 배에 탔던 승객 명단의 사본을 얻었으면 하는 겁니다."

브르노는 책상 맨 윗서랍을 뒤지더니 레인에게 얇은 종이 다발을 건네주었다. 레인은 그것을 집어서 주머니에 넣었다.

"또 한 가지는, 지난 몇 달 동안에 행방불명된 사람의 완전한 명단을 얻고 싶습니다. 앞으로의 것도 역시 필요합니다. 힘써 주시겠습니까?"

샘과 브르노는 서로 얼굴을 마주보았다. 브르노는 어깨를 움츠렸고, 샘은 지긋지긋하다는 듯이 전화로 실종 조사계에 명령을 내렸다.

"완전한 기록이 들어오는 대로 햄릿 장으로 보내 드리겠습니다, 레인 씨."

"고맙습니다, 경감님."

브르노는 조심스레 헛기침을 했다. 레인은 호기심에 가득 찬 눈으로 브르노를 보았다.

"당신은 지난번에 우리가 결정적인 행동을 취하기 전에 미리 알려 달라고 말씀하셨지요?" 하고 지방 검사는 말했다.

"결정됐습니까?" 하고 레인은 중얼거렸다. "어떻게요?"

"찰스 우드 살해 사건으로 존 O 데이비드를 체포하기로 결정지었습니다. 샘도 저도 기소할 수 있는 단서가 있다는 점에서 의견을 모았거든요. 부장에게 이야기했더니 당장 착수해도 좋다고 하더군요, 기소해도 틀림이 없을 겁니다."

레인은 진지한 표정을 지었다. 양볼의 부드러운 살결이 갑자기 긴장되었다.

"그럼, 두 분께서는 데이비드가 롱스트리트도 죽였다고 생각하십니까?"

"물론이지요" 하고 샘이 말했다. "당신이 말씀하시는 X가 전체의 배후에 있습니다. 그 두 가지 범행이 한 사람의 손에 의해 이루어졌다는 것은 의심할 여지가 없습니다. 동기에 있어서도 장갑처럼 너무나 꼭 들어맞지요."

"이야기를 참 잘하시는군요, 경감님" 하고 레인은 말했다. "매우 적절한 표현입니다. 그럼, 집행은 언제 하실 예정입니까, 브르노 씨?"

"서두를 필요는 없습니다" 하고 브르노는 말했다. "데이비드는 달아나지 않을 테니까요. 하지만 내일 안으로 체포할 작정입니다. 그동안에 우리의 생각을 바꾸게 하는 일이 일어나지 않는 한 말입니다" 하고 말하며 브르노는 어두운 표정을 지었다.

"그 방법밖에 없습니까?"

"그렇습니다." 브르노는 얼굴을 찌푸리며 미소지었다. "레인 씨, 우리가 햄릿 장에 가서 롱스트리트 사건의 줄거리를 말씀드렸을 때 당신은 어떤 해답을 얻었다고 말씀하셨지요? 데이비드를 체포하는 것이 당신의 해답과 일치합니까?"

"유감스러운데요," 레인은 생각에 잠긴 듯한 목소리로 말했다.

"지나치게 속단하시는 것 같습니다. ……기소할 수 있는 단서가 있다고 말씀하셨는데, 얼마나 강력한 것이지요?"

"데이비드의 변호사를 얼마 동안 불면증에 걸리게 할 만큼은 강력합니다" 하고 지방 검사는 말했다. "데이비드의 공판이 시작되면 검찰측은 대충 이렇게 주장할 겁니다. 확인한 바에 의하면 그는 우드와 같은 시간에 배를 탔고, 두 번 왕복한 뒤 살인이 일어난 시간에도 여전히 모호크 호를 타고 있었던 유일한 사람입니다. 이것은 강력한 논점이 되지요. 더구나 그는 살인 사건이 일어난 직후에 배에서 내리려 했다는 사실을 인정했습니다. 그리고 배를 타고 두 번이나 왕복했으면서도 처음에는 그 사실을 감쪽같이 속이고 있었다는 것을 우리가 강조하자 나중에 그 이유를 진술했지만, 그것은 입증할 수 없을 정도로 아주 희박했습니다. 누구와 만날 약속이 있었다고 하면서도 그것을 입증할 말을 자기 스스로 거부하고 있으니 참으로 한심합니다. 순전히 꾸며 낸 핑계에 지나지 않는다는 것이 두 가지 사실에 의해 더욱 확실해집니다. 즉 그 약속했다는 사람이 나타나지 않았다는 사실과, 그가 받았다는 전화의 출처를 밝히지 못하는 점입니다. 따라서 전화니 약속 상대니 하는 것은 데이비드가 만들어 낸 이야기라는 느낌이 짙습니다. 어떻습니까, 레인 씨? 이러한 사실들을 어떻게 생각하십니까?"

"과연 옳은 말씀입니다만, 거의 다 직접적인 증거는 못되는군요. 어쨌든 계속 말씀해 보십시오."

브르노는 날카로운 얼굴을 씰룩거렸으나 천정을 올려다보며 다시 이야기를 이었다.

"데이비드는 살인 현장인 윗갑판으로 쉽게 접근할 수 있었을 것입니다. 하기는 그 배를 타고 있었던 사람이라면 누구나 다 가능했겠지만 10시 55분 이후에 데이비드의 모습을 본 증인은 없습니다. 그리고 데이비드가 스스로 자기 것이라고 인정했고, 띠에 새겨진 글자로 보아 그의 것임에 틀림이 없는 여송연이 살해당한 남자의 몸에서 나왔습니다. 그는 어디에서도 우드에게 여송연을 준 일이 없다고 말하고 있습니다. 자기로서는 해명했다고 생각하겠지만, 사실은 이것도 우리에게는 유력한 논증의 재료가 됩니다. 시체의 몸에서 여송연이 나왔다는 것은 살인 사건이 일어나기 전에 어떤 다른 곳에서 우드에게 여송연을 주었다고 설명할 수 있는 여지를 없애고 있는 셈이니까요."
레인은 두 손을 맞부딪치며 말없는 갈채를 보냈다.
"그리고 우드가 배에 오를 때 그 여송연을 갖고 있지 않았다는 것이 밝혀졌으니 배 안에서 받았음에 틀림없습니다."
"받은 것일까요?" 레인이 물었다.
브르노는 입술을 깨물었다.
"적어도 그렇게 해석하는 것이 옳으리라고 생각합니다" 하고 그는 말했다. "여송연 건으로 미루어 보아 저는 데이비드가 배 안에서 우드를 만나 이야기를 나누었다고 생각합니다. 그렇게 생각하면 데이비드가 배를 타고 두 번 왕복했다는 사실도, 우드와 데이비드가 배를 타고 나서 우드가 살해당할 때까지의 경과 시간도 설명할 수 있습니다. 이야기를 나누며 데이비드가 여송연을 권했든지, 우드가 달라고 해서 주었든지 했겠지요."
"잠깐만요, 브르노 씨" 하고 레인은 상냥하게 말했다. "그렇다면 데이비드는 여송연을 스스로 권했든지 우드가 달라고 해서 주었든지 한 다음에 우드를 죽였다는 이야기가 되는데, 그 일이 자기에게 틀림없이 혐의가 걸려 올 증거를 남겨 놓는다는 사실을 데이비드는 잊고 있었을까요?"
브르노는 조금 웃었다.
"레인 씨, 사람이란 살인을 할 때에는 여러 가지로 어리석은 짓을 하는 법이지요. 틀림없이 데이비드는 잊었을 겁니다. 몹시 흥분했을 테니까요."
레인은 한쪽 팔을 흔들었다.

"그럼, 다음은 동기의 문제입니다" 하고 브르노는 이야기를 계속했다. "데이비드가 우드를 죽였다면 롱스트리트 살인 사건도 연결시켜서 생각해야 합니다. 여기에 대한 직접적인 증거는 하나도 없습니다마는, 동기상으로 뚜렷한 연관성이 있습니다. 우드는 롱스트리트를 살해한 범인을 알고 있다는 편지를 우리에게 보냈고, 이 사실을 밀고하러 가다가 살해되었습니다. 당연히 밀고자의 입을 막아야 했겠지요. 그의 입을 막아야겠다고 생각한 사람은 오직 롱스트리트를 죽인 범인뿐입니다. 즉 배심원 여러분" 하고 브르노는 장난기 어린 말투로 말을 이었다. "데이비드가 우드를 죽였다면 롱스트리트를 죽인 사람도 역시 그였다고 할 수 있지 않겠습니까?"

샘이 말참견을 했다.

"레인 씨는 당신이 하는 말을 조금도 인정하려 들지 않고 있소. 그러니 헛수고란 말입니다."

"경감님!" 레인은 가벼운 비난의 소리를 질렀다. "저의 태도를 오해하지 마십시오. 브르노 씨는 당연한 결론이라고 생각하시는 것을 지금 지적하고 계십니다. 저도 전적으로 같은 의견입니다. 찰스 우드를 죽인 사람이 롱스트리트도 죽였을 게 틀림없습니다. 하긴 이런 결론에 이르신 브르노 씨의 논법이 맞고 안 맞고는 완전히 다른 문제입니다만."

"그럼, 당신도 데이비드가……" 하고 브르노는 소리를 질렀다.

"어서 다음 말씀을 계속하시지요."

브르노는 얼굴을 찌푸렸고 샘은 고쳐 앉으며 레인의 이름난 옆얼굴을 노려보았다.

"데이비드가 롱스트리트를 살해해야 할 동기는 지극히 뚜렷합니다."

험악한 분위기의 침묵을 깨고 지방 검사가 말했다.

"이 두 사람 사이에는 판 데이비드와의 스캔들이며 롱스트리트가 잔느 데이비드에게 치근덕거렸던 일, 그리고 가장 중요한 사실로는 롱스트리트가 오래 전부터 무엇인가를 구실삼아 데이비드를 협박해 왔다는 것 등의 원인으로 험악한 공기가 감돌고 있었지요. 또한 동기는 별문제로 하고라도 분명히 말할 수 있는 일이 있는데, 그것은 롱스트리트가 전차 안에서 저녁 신문의 시세란을 볼 때 안경을 꺼내는 습관이 있다는 것을 데이비드가 어느 누구보다도 잘 알고 있다는 사실입니다. 그러므로 바늘이 꽂힌 코르크에 롱스트리트가 언제 손을 찔리느냐 하는 일을 정확하게 계획할 수 있었을 것입니다. 롱스트리트를 죽인 사람이 데이비드임에 틀림없다는 단서를 우드가 잡았다는 점에 대하여는 두 가지 범행이 이루어지는 사이에 데이비드가 적어도 두 번 우드의 전차를 탔다는 점으로 미루어 보아 알 수 있습니다."

"그 단서란 어떤 것입니까?" 레인이 물었다.

"그야 물론 모르지요." 브르노는 얼굴을 찌푸렸다. "우드의 전차를 탔을 때 데이비드는 두 번 다 혼자였습니다. 하지만 우드가 어떻게 알았느냐 하는 것을 해명할 필요는 없다고 생각합니다. 그가 알고 있었다고 추정할 수 있는 것만으로도 저의 논증을 위해서는 충분하니까요……. 결국 결정적인 요점으로서 검찰측이 주장하는 가장 강력한 논거는 롱스트리트가 살해당했을 때 전차 안에 있었고, 우드가 살해당했을 때에도 배 안에 있었던 사람은 우리가 알고 있는 한 데이비드뿐이었다는 사실입니다!"

"그야말로 아주 유력한 논증이지요." 샘이 무섭게 말했다.

"법적 견지에서도 흥미가 있습니다." 지방 검사는 깊이 생각하는 어조로 말했다. "여송연 건은 강력한 증거가 될 수 있으며, 데이비드에 관한 그 밖의 추정이나 상황 판단으로 보더라도 배심원이 기소의 평결을 내릴 것은 확실합니다. 그렇게 되면 내가 어지간히 잘못 생각하고 있지 않은 한 데이비드도 그리 태평스럽게 앉아 있을 수만은 없을 겁니다."

"머리가 좋은 변호사라면 훌륭하게 논박할 수 있을 겁니다" 하고 레인은 조용히 말하였다.

"그렇다면" 브르노는 재빠르게 반박했다. "데이비드가 롱스트리트를 죽였다는 직접적인 증거가 하나도 없다는 말씀입니까? 누군가가 데이비드를 모호크 호로 유인했지만 데이비드는 어떤 사정 때문에 그 사람의 정체를 밝힐 수 없다, 그리고 그 여송연은 계획적으로 우드의 시체에 집어넣은 것이다, 즉 데이비드는 우드를 살해한 범인이라는 누명을 쓰고 있다, 이런 말입니까?" 브르노는 미소지었다. "변호인 쪽의 주장은 그런 것이겠지요, 하지만 그 불러냈다는 사람을 증인으로 내세우지 못하는 한 말이 되지 않습니다. 그런 주장을 해봐야 소용이 없을 겁니다. 데이비드는 입을 다물고 아무 말도 하지 않으니 말입니다. 근본적으로 그런 태도를 고치지 않는 한 그로서는 매우 불리합니다. 심리학도 우리 편이요."

"자, 자" 하고 샘은 퉁명스럽게 말했다. "이런 이야기를 한들 무슨 소용이 있겠습니까. 그보다도 레인 씨, 우리의 의견은 들으신 바와 같습니다만, 당신의 의견은 어떻습니까?" 그의 말투는 두 다리를 떡 벌리고 서서 덤빌 테면 덤벼 봐라 하고 적에게 도전하는 듯이 난폭하기 이를 데 없는 것이었다.

레인은 눈을 감고 미소지었다. 이윽고 크게 뜬 두 눈에 강한 빛이 반짝이고 있었다. 의자에서 몸을 일으켜 두 사람 쪽으로 돌리며 그는 말했다.

"아무래도 당신들은 죄와 벌에 대한 마음가짐에 있어 많은 연출가들이 희곡을 해석할 때 저지르는 것과 똑같은 잘못을 저지르고 계시는 것 같습니다."

샘은 노골적으로 소리 내어 웃었다. 브르노는 얼굴을 찡그리며 의자 등에 기댔다.

"그 잘못이란 대충 이런 것입니다." 레인은 두 손을 스틱 꼭대기에 겹쳐서 얹고 차분하게 이야기를 계속했다. "당신들은 문제를 처리하는 데 있어 우리의 어릴 적 친구가 서커스 장으로 몰래 기어들어가려고 할 때처럼 뒷걸음질을 치며 텐트 안으로 들어가려고 하신다고 말씀드리는 것만으로는 잘 모르시겠지요? 희곡에 비유하여 설명해 보겠습니다.

우리들 이른바 무대 예술가들은 주기적으로 햄릿을 다시 상연한다는 어느 연출가의 발표를 보고는 새삼 이 명작의 불후성을 느낀답니다. 그러나 이 악의는 없지만 어긋난 생각을 하고 있는 연출가가 맨 먼저 하는 일이 무엇인지 아십니까? 그는 우선 변호사와 상의하기 위해 뛰어다닌 끝에 놀랄 만한 법률 문서를 작성합니다. 거기에는 완전히 엉망이 되어 버린 고전극에 유명한 발리모어나 위대한 햄덴 등이 주연으로 나온다는 교묘하게 때를 잘 맞춘 선전 의도가 담겨 있답니다. 중점은 전적으로 발리모어나 햄덴에게 두었고 인기를 끄는 것도 발리모어나 햄덴이지요. 대중의 반응 역시 마찬가지랍니다. 사람들은 발리모어나 햄덴의 열연은 보지만 희곡 자체의 훌륭한 매력은 못 보고 맙니다.

게데스 씨는 이러한 스타에게만 치우치는 폐단을 개선해 보려고 뛰어난 신인 매시에게 햄릿 역을 맡겼는데, 그 모험적인 시도도 다른 의미에서 희곡을 망쳐 버려 천박한 것으로 만들고 말았지요. 매시가 아직 햄릿 역을 해본 일이 없다는 점에 착안한 게데스의 생각은 하늘로부터 얻은 것이며, 해석자로서의 명성을 위해서가 아니라 그 자신이 흥미를 느끼고 있는 햄릿을 보여야겠다는 극작가 본연의 의도는 어느 정도 살아났습니다. 그러나 한편으로는 대사를 멋대로 손질하기도 하고, 매시를 터무니없는 방향으로 지도하여 햄릿을 사색형이 아니라 스포츠맨 형인 빈틈없는 생김새의 젊은이로 꾸밈으로써 희곡을 엉망으로 만들어 버렸던 것입니다…….

이러한 스타 편중주의는 비할 데 없는 대극작가 셰익스피어에 대해 냉혹합니다. 명화에 있어서도 같은 경향을 엿볼 수 있지요, 조지 앨리스는 전기 영화에 주연으로 나옵니다. 그때 관객은 신기하게도 목소리와 육체를 갖추고 다시 살아난 디즈레일리를 보기 위해 모여드는 것일까요? 알렉산더 해밀턴을 보기 위해 모여드는 것일까요? 아닙니다. 사람들은 또 하나의 새로운 역을 즐겨 해내고 있는 조지 앨리스를 보기 위해 모여드는 것입니다.

이와 같이 중점은 그릇된 곳에 놓이고 방법은 잘못되어 있습니다. 당신들의 근대적인 범죄 수사 방법 역시 덮어놓고 앨리스를 떠받들거나 햄릿 역을 발리모어에게 시키는 요즈음 무대 활동의 방법과 마찬가지로 중점을 두는 방법이 잘못된, 전적으로 불합리한 것입니다. 연출가는 셰익스피어가 올바른 조화를 찾아서 결정지은 작품 본디의 특징에 발리모어가 적합한지 어떤지 생각해 보지도 않고 햄릿을 변형시키고 삭제하고 조화를 깨뜨려 발리모어에게 적합하도록 고쳐 버립니다. 경감님도 검사님도 이와 마찬가지로 잘못을 저지르고 계십니다. 당신들은 범죄의 확정적인 특징을 조회하여 존 O 데이비드에게 적합한가 적합하지 않은가 하는 것을 판단하려 들지 않고 마음대로 범죄 쪽을 변형시키고 깎아 버리고 조화를 깨뜨려 존 O 데이비드에게 적합하도록 고치고 있습니다. 당신들이 설명을 붙일 수 없는 크고 작은 갖가지 사실을 엉거주춤 안고 계시는 것은 지나친 융통성을 발휘한 가설 때문입니다. 언제나 움직일 수 없는 사실을 모아 놓고 범죄 자체를 고찰하는 입장에 서서 문제를 해결해야 합니다. 어떤 가설이 미

해결의 사실과 모순을 일으킨다면 그것은 가설이 잘못되어 있는 것입니다. 아시겠지요?"

"사실입니다, 레인 씨." 브르노는 눈살을 찌푸렸으나 그 태도는 미묘하게 달라져 있었다. "아주 훌륭한 비유여서 그것이 사실이라는 점에 대해서는 근본적으로 의심할 여지가 없습니다. 하지만 그러한 방법을 실제로 채용할 수 있는 기회가 우리에게 도대체 얼마나 있겠습니까? 우리는 행동해야 합니다. 윗사람에게, 신문에게, 대중에게 몰리고 있습니다. 얼마쯤 애매한 점이 있다 해도 그것은 우리가 그릇된 것이 아닙니다. 설명이 부족했거나 아니면 사건과는 관계가 없는 하찮은 일이기 때문이지요."

"그 말씀에는 토론의 여지가 있는데요······. 하지만 브르노 씨." 레인이 갑자기 말했다. 그 얼굴에는 다시금 수수께끼 같은 침착한 표정이 떠올라 있었다. "이 유쾌한 토론은 이제 그만 하고 나도 법적 조치를 취하시는 데 동의하기로 하겠습니다. 찰스 우드를 살해한 범인으로 어서 데이비드 씨를 체포하십시오."

도르리 레인은 일어서서 미소지으며 고개를 숙이고는 급히 방에서 나갔다.

브르노는 복도의 엘리베이터 앞까지 레인을 배웅했으나 우울한 얼굴로 돌아왔다. 샘은 의자에 앉은 채 그를 바라보았다. 그의 얼굴에서는 여느 때의 험상궂은 표정을 볼 수 없었다.

"샘 경감, 어떻게 생각하시오?"

"잘 생각해 봐야 될 것 같소. 처음엔 늙은 허풍쟁이로만 알았었는데······ 이렇게 되면······."

경감은 벌떡 일어나 방 안을 왔다갔다하기 시작했다. "지금 한 연설은 아무래도 망령 들린 늙은이의 헛소리 같지는 않습니다. 물론 나에게는······ 그건 그렇다 치고, 재미있는 일이 있소. 레인 씨는 오늘 데이비드와 점심 식사를 같이 했답니다. 조금 아까 모셔가 보고해 왔소."

"데이비드와 점심 식사를 했다고요? 그런 말은 한 마디도 없었잖소" 하고 지방 검사는 중얼거렸다. "데이비드에 대해 뭔가 숨기고 있는지도 모르겠군."

"하지만 데이비드와 한패가 되어 무슨 일을 꾸미고 있는 것은 아닌 것 같소" 하고 샘은 엄격한 표정으로 말했다. "모셔의 말에 의하면, 레인이 돌아간 다음 데이비드는 꾸지람을 들은 개처럼 풀이 죽어 있었다니까요."

"그랬겠지" 하고 브르노는 회전 의자에 앉으며 한숨을 섞어 말했다. "결국 우리 편일 테니까. 어쨌든 그 사람이 무엇인가 알아낼 가능성이 조금이라도 있다면 꼭 매달려서 싫은 약이라도 참고 마셔야 하오. 그렇긴 해도……." 그는 다시 한 번 얼굴을 찌푸리며 덧붙여 말했다.

"이 약은 달지 않단 말이야!"

제10장

햄릿 장. 9월 11일 금요일 오후 7시.

도르리 레인은, 한 발자국 옮긴 때마다 창백한 뺨이 몹시 흔들리는 바짝 여윈 카자흐 사람처럼 뵈는 남자와 함께 햄릿 장 안에 있는 그의 개인 극장 휴게실로 들어갔다. 극장은 큰 홀과 평행으로 나 있는 복도에 이어져, 호화스러운 유리가 끼워진 벽을 통해 드나들게 되어 있었다. 휴게실은 여느 극장의 그것처럼 온통 황금빛으로 꾸며진 것이 아니라 주로 청동과 대리석으로 되어 있었다. 그 중앙에 훌륭한 조상이 서 있는데, 그것은 유명한 고워 경의 기념비 청동 복제로, 대좌 위의 셰익스피어 좌상을 둘러싸고 있으며, 한 층계 낮은 단의 사방에는 맥베스 부인과 햄릿, 헬 왕자, 폴스태프의 상이 서 있었다. 이 휴게실 저쪽에 묵직한 청동문이 있다.

레인은 줄곧 몸짓을 섞어 가며 말을 걸어오는 그 남자의 입가를 날카롭게 바라보며 키를 낮추고 그 문을 열었다. 그들은 극장 안으로 들어갔다. 그곳은 특별석도, 로코코 풍의 장식도, 높은 천정에서 늘어진 호화로운 유리 샹들리에도 없었다. 발코니도 없고 깜짝 놀랄 만큼 큰 벽화도 없었다.

무대 위에서는 더러운 작업복 차림의 머리가 벗어진 젊은이가 겹사다리 위에 올라타고 앉아 배경막의 기묘한 인상파풍 한가운데로 힘차게 그림붓을 놀리고 있었다. 그 양쪽은 이상하게 찌그러진 집들이 있는 초라한 뒷골목 풍경이었다.

"훌륭해, 프리츠!" 객석 맨 뒤에서 걸음을 멈추고 젊은이의 작품을 바라보며 레인이 잘 울리는 목소리로 말했다. "마음에 들었어." 극장 안은 텅 비어 있었는데도 레인의 목소리는 조금도 메아리치지 않았다. 맨 뒷좌석에 앉으며 레인은 말했다. "그런데 앤튼 클로포토킨, 자네는 자네 나라 사람의 작품이 지니고 있는 잠재 가치를 과소평가하는 경향이 있어. 그 그로테스크한 작품의 밑바닥에는 진정한 러시아적 정열이 깔려 있단 말일세. 이 희곡을 영어로 번역하면 그 슬라브적인 정열이 약해지고 말지. 그리고 자네가 열을 올려 주장하듯이 앵글로 색슨의 배경에 맞추어 희곡을 고쳐 쓰면······."

청동문이 소리를 내며 안쪽으로 열리더니 꼽추 퀘이시의 작은 모습이 극장 안으로 비틀거리며 들어왔다. 클로포토킨이 커다란 몸을 움직여 돌아보았기 때문에 레인은 이 러시아 사람의 시선을 따라갔다.

"퀘이시로군. 연극의 신성함을 더럽히려고 그러나?" 레인은 정다운 목소리로 물으며 눈을 가늘게 떴다. "몹시 피곤한 모양이지. 가엾은 카시모도(위고 작 《노트르담의 꼽추》의 주인공인 종지기), 어떻게 되었지?"

퀘이시는 거인 클로포토킨에게 투덜투덜 인사하며 가까운 자리에 와서 앉더니 앵돌아진 투로 말했다.

"오늘은 정말 힘들었습니다. 신이 아닌 이상 이겨 낼 재간이 없었지요. 피곤한 정도가 아니라 이젠 지칠 대로 지쳐서……."

레인은 마치 어린아이를 달래듯이 꼽추 노인의 손을 가볍게 두드렸다.

"그래, 잘 됐나?"

가죽 같은 퀘이시의 얼굴에 하얀 이가 반짝였다.

"잘 됐을 리가 있습니까? 대체 남미의 영사들이 그런 식으로 일을 해도 나라일이 제대로 되는지 모르겠어요. 정말 한심합니다. 모두 휴가를 얻어 나가고 아무도 없었습니다. 그래서 저는 헛 전화를 꼬박 세 시간이나……."

"퀘이시, 퀘이시. 수도사의 인내를 배워야지. 우루과이 영사를 만나 보았나?" 하고 레인이 말했다.

"우루과이? 우루과이?" 노인은 새된 소리를 질렀다. "기억이 안 나는데요. 우루과이라고요? 그것도 남미에 있는 나라입니까?"

"그렇구말구. 만나 보도록 해. 잘 될 테니까."

퀘이시는 몹시 추악하게 얼굴을 찌푸리며 자못 밉살스럽다는 듯이 러시아 사람의 옆구리를 쿡 찌르고는 서둘러 극장에서 나갔다.

"괘씸한 쥐새끼 같으니라구!" 클로포토킨은 사납게 말했다. "걸핏하면 옆구리를 찌른단 말이야."

10분 뒤 클로포토킨과 호프와 레인이 어떤 새로운 희곡에 대하여 토론하고 있는데 퀘이시 노인이 싱글거리며 극장으로 돌아왔다.

"정말로 좋은 제안을 해주셨습니다, 주인님. 우루과이 영사는 10월 10일 토요일까지 돌아오지 않는답니다."

클로포토킨은 커다란 발을 움직여 일어서더니 쿵쿵 소리를 내며 멀리 가 버렸다. 레인은 이마에 주름을 잡으며 중얼거렸다.

"운이 나빴군. 역시 휴가인가?"

"그렇습니다. 우루과이로 돌아갔다고 합니다. 영사관에는 이쪽 질문에 대답할 수 있는 사람, 대답을 해줄 생각이 있는 사람은 하나도 없었습니다. 영사 이름은 후안 아호스라고 하며 철자는 A-J-O-S……."

"솔직히 말씀드린다면" 하고 호프가 생각에 잠기며 말했다. "레인 씨, 저는 이 작품으로 한 가지 실험을 해보고 싶습니다."

"아호스는……" 하고 퀘이시는 눈을 깜박거리며 말하기 시작했다.

"그게 뭔가, 프리츠?" 하고 레인은 물었다.

"무대의 측면에 칸을 막아 보면 어떨까요? 기술적으로는 그다지 어려운 문제가 아니거든요."

"지금 막 전화가 걸려 왔었는데요……." 퀘이시는 기를 쓰고 말을 꺼냈으나 레인은 호프의 얼굴을 보고 있었다.

"그것은 고려해 볼 가치가 있는 일이군그래, 프리츠." 레인은 말했다. "자네는……."

퀘이시가 레인의 한쪽 팔을 잡아당기자 레인이 겨우 뒤돌아보았다.

"오, 퀘이시! 아직 할 말이 더 있나?"

"그래서 말씀드리려고 하지 않습니까" 하고 퀘이시는 대들듯이 말했다. "샘 경감님으로부터 지금 막 존 O 데이비드를 체포했다는 전화가 걸려 왔습니다."

레인은 별로 달갑지 않다는 듯이 한 손을 흔들었다.

"어리석군. 하지만 도움이 되겠지. 다른 말은 없나?"

꼽추 노인은 손바닥으로 벗어진 머리를 쓰다듬었다.
"될 수 있는 대로 빨리 기소할 작정이지만, 재판소가 10월까지 쉬기 때문에 공판은 한 달 뒤라야 열릴 것이라는 말씀이었습니다."
"그렇다면 후안 아호스 씨에게 느긋하게 휴가를 즐기라고 말해도 좋겠군. 자네도 한숨 푹 쉬지, 캐리번. 그럼, 어서 물러가게……. 자, 프리츠, 자네의 인스피레이션을 검토해 보세나."

제11장

라이맨·브룩스 앤드 셀든 법률 사무소, 9월 29일 화요일 오전 10시.

판 데이비드 부인은 꼬리를 곤두세운 암표범처럼 응접실을 왔다갔다하고 있었다. 표범 가죽으로 선을 두른 투피스를 입고, 표범 가죽으로 선을 두른 터반을 머리에 감고, 역시 표범 가죽으로 선을 두른 기묘한 구두를 신고 있었다. 부인의 검은 눈동자에는 악의에 가득 찬 암표범의 잔인한 빛이 서려 있었다. 공들여 화장한 늙기 시작한 얼굴은 몇 세기에 걸친 잔혹한 역사를 지니고 있는 토템(미개 종교의 상징물)의 얼굴이라 해도 좋을 것 같았다. 그러나 그러한 얼굴 표면을 뚫고 강렬한 공포의 빛이 배어나오고 있었다.

법률 사무소 직원이 문을 열고 "브룩스 씨가 들어오시라고 합니다"라고 말했을 때, 데이비드 부인은 매우 조용하게 의자에 앉아 있었다. 아까까지의 동작은 다만 자기의 요염함을 불러일으키는 연기에 지나지 않았던 것이다. 부인은 미소를 지으며 표범 가죽으로 선을 두른 핸드백을 집어 들고 직원의 뒤를 따라 법률 서적이 가득 꽂혀 있는 책장이 늘어선 긴 복도를 지나 '브룩스 전용'이라고 씌어 있는 문 앞에 이르렀다.

라이오넬 브룩스는 그 이름처럼 라이온 같은 풍채의 사람이었다. 큰 몸집에 희끗희끗 세기 시작한 금발은 마구 흐트러져 있었다. 수수한 옷차림이었고, 눈에는 고민의 어두운 빛이 가득 서려 있었다.

"앉으십시오, 부인. 기다리시게 해서 죄송합니다."

데이비드 부인은 딱딱한 태도로 앉아 권하는 담배를 거절했다. 브룩스는 책상 끝에 걸터앉아 시선을 돌리며 불쑥 말했다.

"어째서 오시라고 했는지 궁금하시겠지요? 용건은 매우 중대한 뜻을 지니고 있기 때문에 저로서는 말씀드리기가 대단히 곤란합니다. 하지만 부인, 저는 그저 중간에서 심부름을 해 드리고 있을 뿐이라는 점을 양해해 주시기 바랍니다."

부인은 새빨갛게 칠한 입술을 거의 움직이지 않고 대답했다.

"잘 알겠습니다."

브룩스는 결심한 듯 말을 꺼냈다.

"저는 오늘 구류중이신 데이비드 씨를 만났습니다. 물론 살인 혐의를 받고 계시기 때문에 법률상 보석은 허용되지 않습니다. 그분은 이 구류를 철학적인 냉정한 태도로 받아들이고 계시더군요. 하지만 제가 말씀드리려는 용건과는 관계가 없습니다.

사실은 어제 그분이 당신에게 전해 달라고 한 말이 있습니다. 이번에 살인 혐의가 벗겨지고 석방되면 곧 당신에게 이혼 소송을 제기할 의향이 있으시다고 말입니다."

여자의 두 눈에는 조그마한 동요도 나타나지 않았다. 뜻하지 않았던 충격을 받아서 당황한 듯한 기색은 조금도 없었다. 다만 스페인풍의 커다란 눈 깊숙한 곳에서 뭔가 끓어오르는 것이 있을 뿐이었다. 브룩스는 급히 말을 계속했다.

"부인, 만일 부인께서 이 점에 대하여 싸움을 벌이지 않고 말없이 이혼 성립에 협력하신다면 부군께서는 부인에게 독신으로 지내는 한 1년에 2만 달러를 드리겠다고 제안하셨습니다. 부인, 이 경우에 있어서는 사정이 사정이니만큼 데이비드 씨는 대단히 관대한 제안을 하고 계시다고 저는 생각합니다."

데이비드 부인은 차가운 목소리로 말했다.

"소송에 대항한다면?"

"한 푼도 받지 못하고 헤어지겠지요."

여자는 웃었다. 그러나 눈 깊숙한 곳의 불길은 꺼지지 않고 입술만 비뚤어졌기 때문에 그 미소는 추악해 보였다.

"브룩스 씨, 당신도 데이비드도 지나치게 낙관하고 있군요. 위자료라는 것이 있지 않습니까."

브룩스는 의자에 앉아 침착하게 담배에 불을 붙였다.

"그러나, 부인. 위자료는 받지 못하십니다."

"변호사인 당신께서 무슨 말씀을 하고 계시는 거지요?"

부인의 볼연지가 불길처럼 새빨개졌다.

"버림받은 아내는 마땅히 위자료를 받을 자격이 있습니다!"

브룩스는 그녀의 금속적인 목소리에 움찔했다. 인간미가 없는 완전히 기계적인 말투였던 것이다.

"하지만 부인께서는 버림받은 아내가 아닙니다, 부인. 만일 이혼에 합의하지 않고 재판을 제기하신다면 법정의 동정은 부인보다도 데이비드 씨에게 기울어집니다. 이것은 확실합니다."

"좀더 분명히 말씀해 보세요."

브룩스는 어깨를 움츠렸다.

"바라신다면 설명하지요. 부인, 뉴욕 주에서 이혼 소송을 제기할 수 있는 사유는 딱 한 가지뿐입니다. 그리고 데이비드 씨는 증거를 가지고 계시구요. 제가 이런 말씀을 드리게 되어 굉장히 유감스럽습니다만 그것은 부인이 부정하다는 증거이지요. 갈고 닦을 필요도 없이 그대로 가져가기만 하면 되는 그런 증거 말입니다!"

이런 말을 듣고도 부인은 아주 조용했다. 한쪽 눈꺼풀이 조금 늘어졌으나 그뿐이었다.

"어떤 증거지요?"

"어떤 증인이 선서를 한 다음 서명 진술서를 작성했는데, 거기에는 금년 2월 8일 이른 아침에 주말 여행차 시외에 있어야 할 당신이 해리 롱스트리트와 함께 롱스트리트의 아파트에 있는 것을 보았다고 정식으로 증언하고 있습니다. 그 증언에 의하면 오전 8시쯤 당신은 얇은 잠옷 바람이고 롱스트리트 씨는 파자마 차림이었는데, 틀림없이 다정한 남녀 관계였다고 했습니다. 더 자세하게 설명해 드릴까요, 부인? 그 증인은 아주 자세한 점까지 설명하고 있습니다."

"이제 그만, 그만 하세요" 하고 부인은 낮은 목소리로 말했다. 눈 속의 불길이 흔들리고 있었다. 부인은 잔뜩 긴장했던 자세가 허물어지자 인간미가 나타나며 소녀처럼 몸을 떨기 시작했다. 마침내 갑자기 머리를 쳐들고 말했다.

"그 비열한 증인이란 누구지요? 여자인가요?"

"말씀드릴 수 없습니다." 브룩스는 딱 잘라 말했다. "부인께서 무슨 생각을 하시는지 알겠습니다. 단순한 협박이나 거짓말이라고 생각하시지요?" 브룩스의 얼굴은 긴장되었고 말투는 냉정하고 비정하게 바뀌었다. "우리는 그 진술서를 틀림없이 보관하고 있으며 그것을 뒷받침할 증인을 확보하고 있습니다. 절대적으로 믿을 만한 사람이지요. 게다가 롱스트리트의 아파트에서 있었던 이러한 일은 아마도 그 때가 마지막이었겠지만, 절대로 처음이 아니라는 것도 입증할 수 있답니다. 부인, 거듭 말씀드립니다만 사정이 이렇게 되면 데이비드 씨의 제안은 지나치게 관대하다고 할 수 있습니다. 이러한 사건을 취급한 경험이 있는 저로서는 이 제안을 받아들이시라고 권하고 싶습니다. 당신이 조용히 받아들여 소문을 퍼뜨리지 않고 이혼 성립에 협조하신다면 독신으로 지내시는 한 언제까지나 해마다 2만 달러라는 돈이 들어옵니다. 잘 생각해 보십시오."

브룩스는 단호한 태도로 일어서서 부인을 내려다보았다. 판 데이비드 부인은 무릎 위에서 두 손을 마주잡고 바닥에 깔린 융단을 내려다보고 있었다. 마침내 말없이 의자에서 일어나 문을 향해 걸어갔다. 브룩스는 문을 열어 주고 응접실까지 함께 가서 엘리베이터의 단추를 눌렀다. 두 사람은 말없이 엘리베이터를 기다렸다. 엘리베이터가 오자 브룩스는 천천히 말했다.

"이틀 안으로 대답해 주셨으면 좋겠습니다. 변호사에게 의뢰하신다면 그 변호사를 통해서 말씀하셔도 좋습니다."

마치 브룩스 따위는 안중에도 없다는 듯한 태도로 부인은 그의 옆을 빠져나가 엘리베이터에 올랐다. 엘리베이터 급사가 싱긋이 웃었다. 브룩스는 그 자리에 선 채 몸을 흔들며 생각에 잠겼다.

젊은 동료인 로저 셀든이 곱슬머리를 응접실 문 틈으로 들이밀고 얼굴을 찌푸려 보였다.

"돌아갔습니까? 어떻든가요?"

"질려 버렸어, 태연하게 듣고 있더군. 배짱이 이만저만한 여자가 아니야."

"그렇다면 데이비드로서는 다행이로군요. 울고불고하지 않을 테니까요. 아니면 싸움을 걸어올까요?"

"뭐라고 말할 수 없네. 하지만 증인이 안나 플래트라는 것을 눈치 챈 것 같아. 플래트는 자기가 그날 아침 침실을 들여다보았을 때 부인에게 들킨 것 같다고 말했거든. 여자란 정말 애를 먹인단 말이야!" 그는 갑자기 입을 다물었다가 다시 중얼거리듯이 말했다. "여보게 로저, 아무래도 불안해서 견딜 수가 없군. 안나 플래트를 감시시켜야겠네. 그 여자는 믿을 수가 없거든. 데이비드 부인이 매수하면 그 여자가 증언대에서의 진술을 거부하는지도 모른단 말이야."

두 사람은 복도를 지나 브룩스의 방까지 걸어갔다. 셸든은 말했다. "벤 칼럼에게 시키지요. 이런 일을 잘하니까요. 라이맨은 데이비드 사건을 잘해 나가고 있는지 모르겠군요."

브룩스는 고개를 저었다.

"어려워, 정말 어려워. 프레데릭은 대단한 일을 떠맡았지 뭔가. 사실 데이비드의 석방이 얼마나 어려운 것인지 알고 있다면 데이비드 부인은 이혼 소송을 그다지 겁내지 않을 걸세. 이혼당하는 것보다 미망인이 될 가능성이 훨씬 더 많으니까!"

제12장

햄릿 장. 10월 4일 일요일 오후 3시 45분.

도르리 레인은 허리에 두 손을 가볍게 얹고 주위에서 감도는 꽃향기를 맡으며 영국풍의 정원을 거닐고 있었다. 옆에는 갈색 얼굴에 갈색 이를 우물거리며 퀘이시가 따라다니고 있었다. 퀘이시는 여느 때와 마찬가지로 침묵을 지키고 있었다. 주인의 기분이 좋지 않기 때문이다. 퀘이시는 충실한 늙은 개처럼 주인의 기분 변화에 따라 태도를 취하는 것이었다.

"여보게, 퀘이시. 내가 짜증을 부리는 것 같더라도 용서해 주게." 레인은 퀘이시의 울퉁불퉁한 머리를 보려고 하지도 않으며 중얼거렸다. "이따금 나는 초조해질 때가 있어. 그러나 우리의 스승 셰익스피어는 급하지도 않고 급하게 굴어서도 안 될 때에 대하여 많은 좋은 말씀을 하셨지, 예를 들어——" 그는 대사를 읊듯이 말했다. "'시간은 모든 죄인을 가려내는 재판관. 시간에 맡기자'. 이것이야말로 아름다운 로잘린드의 대사 가운데 으뜸가는 진실이지. 그리고 '시간은 교활하게 숨긴 것을 폭로하고 잘못을 파헤치며, 비웃는 자를 끝내는 부끄럽게 만든다'. 이것은 그다지 멋은 없지만 정통을 찌르고 있어. 또한 '시간의 변천이 복수를 가져다 준다'고 말했는데, 이것 역시 틀림없는 진실이야. 그래서……."

두 사람은 이상하게 생긴 고목 앞에 이르렀다. 그 나무는 옹이가 많은 두 갈래의 굵은 잿빛 줄기로 되어 있었고 머리 언저리쯤에 괴상한 혹이 돋아 있었다. 두 갈래의 줄기 사이가 움푹하니 벤치처럼 패어 있었다. 레인은 거기에 앉으며 퀘이시에게도 자기 옆에 앉으라고 몸짓했다.

"퀘이시의 나무지." 레인이 중얼거렸다. "이 나무는 자네 몸의 결함을 위해 바친 기념물이었어." 레인은 눈을 반쯤 감았다. 퀘이시는 근심스러운 듯이 몸을 앞으로 내밀며 앉았다.

"걱정이 있으시군요" 하고 퀘이시가 중얼거리더니, 함부로 말한 것을 뉘우치는 듯 자기의 수염을 잡아 뜯었다.

"그렇게 보이나?" 도르리 레인은 곁눈질을 하며 말했다. "그렇다면 자네는 나 이상으로 나를 잘 알고 있군……. 하지만 퀘이시, 이렇게 때를 기다린다는 것은 그다지 기분 좋은 일이 아니야. 우리는 침체 상태에 빠져 있어. 변화가 조금도 일어나지 않기 때문에…… 대체 변화라는 것이 정말 일어날까 하고 자꾸만 의심이 든단 말일세. 우리는 지금 한 인간이 스핑크스같이 이해할 수 없는 변화를 일으키고 있는 것을 지켜보고 있어. 한때는 숨은 공포에 시달리고 있던 존 O 데이비드가 지금은 어떤 숨은 힘에 의해 굳센 사나이가 되었거든. 대체 어떤 강장제가 그의 영혼을 철근같이 만들었을까? 어제 그를 만났는데, 마치 요가 수도자처럼 초연한 자세로 고민도 하지 않고 동양의 비밀 종교 신도처럼 평온한 경지에 도달하여 죽음을 기다리고 있는 것 같았거든. 이상한 일이지."

"아마" 퀘이시가 새된 소리로 말했다. "석방될 겁니다."

"어쩌면" 레인은 말을 계속했다.

"체념한 듯이 보이는 것은 로마적인 극기였는지도 몰라. 그 사람의 본질에는 무쇠의 세포가 숨겨져 있어. 매우 흥미로운 성격이지……. 그 외의 것은 아무것도 모르겠어. 나로서는 아무것도 할 수가 없단 말이야. 얼빠진 상관처럼 무능하거든……. 실종 조사계 직원들은 매우 친절하지만, 그 보고서는 포프가 말하는 표절 시인만큼도 쓸모가 없어. 샘 경감은 그 저돌적인 박력으로——천진스러운 신사이긴 하지만 말이야, 퀘이시——그 지옥의 나룻배를 탔던 모든 손님의 사생활을 조사해 보았지만 주소도 신원도 배후 관계도 모두 의심할 여지가 없다는 거야. 이것 역시 앞이 꽉 막힌 셈이지……. 어쨌든 무의미해! 현장에서 달아나 버린 사람이 몇 명 있는데, 그것을 추궁할 길이 없다는 거야……. 어디든지 등장하는 마이클 콜린즈는 파후느티우스(아나톨 프랑스의 소설 《타이스》에 나오는 젊은 수도사)의 동굴을 찾아가는 회개자 같은 열성으로 법률상의 무덤에 있는 데이비드를 방문하고 있지. 하지만 아직 구제받을 수 없는 사나이야. 브르노 검사 또한 얼마나 당황하고 있는지 라이오넬 변호사에게 이렇게 말했다더군. 데이비드 부인은 보금자리에 틀어박힌 채 지금으로서는 남편의 제안에 대한 확실한 대답을 하지 않고 있다고 말이야. 빈틈없는 위험한 여자지, 퀘이시. 그리고 어설픈 무대 배우이긴 해도 나와는 동업자인 체리 브라운 양은 지방 검사의 사무실에 자주 나타나 데이비드를 기소하는 일에 협력하겠다고 하지만, 어떤 뜻이 담긴 듯한 교태 외에는 검찰측에 제공하는 게 없다는군. 하긴 증인석에서 예쁜 허벅지를 보이거나 가슴을 드러내 보이면 이것 역시 유력한 재료임에는 틀림이 없겠지만 말일세……."

"주인님, 이것이 4월쯤의 일이었다면," 공경하는 마음에서 잠자코 있던 퀘이시가 대담하게 말했다. "저는 햄릿의 독백을 연습하고 계시는 줄 알겠습니다."

"그리고 가엾은 찰스 우드는" 하고 도르리 레인은 한숨을 쉬며 말을 계속했다. "뉴저지 주에 영원한 유산——945달러 63센트를 남겨 주었지. 권리를 주장하는 사람이 아무도 없었기 때문이야. 예금 통장에 들어 있던 5달러 지폐는 보관소에서 썩고 있겠지…… 아, 퀘이시, 우리들의 이 시대는 정말 놀라운 것으로 가득 차 있어!"

제13장

프레데릭 라이맨의 집. 10월 8일 오후 8시.

도르리 레인의 리무진이 웨스트 엔드 거리의 어떤 아파트 앞에서 멎었다. 문지기가 차에서 내리는 배우를 맞이하여 휴게실로 안내했다.

"라이맨 씨를 부탁하오."

문지기는 구내 전화기를 들었다. 도르리 레인은 엘리베이터를 타고 위로 올라가 16층에서 내렸다. 한 동양 사람이 흰 이를 드러내어 웃으며 인사하고 2층의 아파트 안으로 맞아들였다. 예복 차림의 이목구비가 상당히 잘생긴 중키의 남자가 나왔다. 둥근 얼굴로 턱 밑에 하얀 상처 자국이 있고 넓은 이마에 머리숱이 적었다. 동양 사람이 레인의 외투와 모자를 받아들었다. 두 사람은 악수를 나누었다.

"존함은 이미 오래 전부터 듣고 있습니다, 레인 씨." 서재의 안락의자로 레인을 안내하며 라이맨이 말했다. "이렇게 와 주시다니 정말 영광입니다. 데이비드 사건에 관심을 갖고 계시다는 말을 라이오넬 브룩스로부터 들었습니다."

라이맨은 서류와 법률 서적이 쌓여 있는 널따란 책상 옆을 돌아와서 앉았다.

"이 일에는 상당히 곤란한 점이 많으시지요, 라이맨 씨?"

변호사는 맥을 놓고 의자에 앉아 아래턱의 상처 자국을 초조하게 만지작거리기 시작했다.

"곤란한 점이라고요?" 라이맨은 어수선한 책상 위를 우울한 얼굴로 둘러보았다. "그야말로 손도 댈 수 없을 정도입니다. 저로서는 온 힘을 기울이고 있는데도 말입니다. 저는 몇 번이나 되풀이해서 데이비드에게 태도를 바꾸지 않으면 빠져나갈 수 없다고 타이르곤 했습니다. 그러나 그는 아시다시피 완고하게 입을 꼭 다물고 있어요. 이미 공판이 시작된 지 며칠이 지났는데도 아무것도 실토하지 않으니 참으로 절망적입니다."

레인은 그럴 테지 하는 듯이 한숨을 쉬었다.

"라이맨 씨, 당신은 유죄 판결이 내려지리라고 생각하십니까?"

라이맨은 얼굴을 찌푸렸다.

"별수없겠지요." 그는 두 손을 벌렸다. "브루노 검사는 최상의 설득력을 발휘하여 논고를 펼치고 있습니다. 그는 정말 머리가 좋은 검사거든요. 게다가 매우 강력한 상황 증거를 배심원에게 제시하고 있지요. 나는 12명의 선량하고 진실한 사람들의 모습을 지켜보았습니다만, 그들은 확실히 감명을 받고 있더군요. 참으로 모든 것이 한심합니다."

레인은 변호사의 두 눈 밑의 피부가 조금 늘어지고 거무스름한 데가 생긴 것을 보았다.

"라이맨 씨, 데이비드가 수상한 전화의 주인공 정체를 밝히려 하지 않는 것은 공포 때문이라고 생각하십니까?"

"모르겠습니다." 라이맨이 초인종을 누르자 동양 사람이 쟁반을 손에 들고 조용히 들어왔다.

"레인 씨, 무엇 좀 마시지 않겠습니까? 크림 든 코코아나 애니제트는 어떨까요?"

"아니오, 그보다도 블랙커피나 주십시오."

동양 사람은 나갔다.

"솔직히 말씀드려서" 라이맨은 눈 앞의 종이를 한 장 집어 들며 이야기를 계속했다. "데이비드는 처음부터 애를 먹이고 있습니다. 체념하고 있는 것인지 아니면 무슨 최후의 수단이라도 간직하고 있어서 그러는 것인지 도무지 알 수가 없습니다. 체념하고 있다면 이미 자기의 운명은 확정되었다고 할 수 있지요. 하지만 저는 최선을 다하고 있습니다. 아시리라 생각합니다만, 오늘 오후 브르노 검사는 검사측 논고를 일단 끝마쳤습니다. 내일 아침에 제가 변론을 시작하게 되어 있지요. 아까 폐정 뒤에 판사실에서 글림을 만났는데 그 늙은이는 여느 때보다도 말이 없었지요. 브르노는 어떻게 해서든 이겨 보려고 기를 쓰고 있는데, 꽤 자신이 있는 모양입니다. 승산은 이미 자기 쪽에 있다고 말하는 것을 우리 쪽 사람이 들었답니다. 하지만 저는 이 변호 사업을 하며 얻은 경험에 의해 늘 이렇게 생각합니다. 커다란 위험을 맞이했을 때는 아무리 사소한 희망이라도 그냥 놓쳐서는 안 된다고 말입니다."

"셰익스피어에 비길 만한 튜턴 정신이십니다" 하고 레인은 중얼거렸다. "그래서 어떤 변론을 하실 작정이십니까?"

"브르노의 논고를 뒤엎는 수밖에 없지요. 즉 모든 것은 꾸며진 음모라고 항변해야지요." 하고 라이맨이 말했다. "저는 이미 반대 신문 때에도 어떤 한 가지를 강조하여 브르노의 약점을 찔러 놓았습니다. 사건이 일어난 뒤, 데이비드가 우드의 전차를 두 번 탔다고 해서 어떻게 우드가 데이비드를 범인이라고 지목했는지 설명할 수 없는 점을 찔러 배심원들 앞에서 브르노를 공박했지요. 요컨대 데이비드는 그 전차를 타는 습관에 따랐을 뿐이니까요. 이 점은 배심원들도 납득을 하더군요. 하지만 브르노의 이런 약점에도 불구하고 우드의 시체에서 나온 여송연이라는 직접적인 증거를 깨뜨릴 수는 없군요. 이것이 곤란한 점입니다."

레인은 동양 사람에게서 블랙커피가 든 잔을 받아들고 생각에 잠기며 마셨다. 라이맨은 리큐르 잔을 매만지고 있었다.

"뿐만 아니라" 하고 라이맨은 어깨를 움츠리고는 이야기를 계속했다. "데이비드에게 최악의 적은 그 자신입니다. 아무 데서도 우드에게 여송연을 준 일이 없다고 경찰에 말만 하지 않았더라면 괜찮을 것을. 그랬다면 저로서도 충분히 납득시킬 만한 변호를 펴 나갈 수 있었을 겁니다. 게다가 그날 밤의 어리석은 거짓말…… 정말 한심해요." 그는 잔을 비웠다. "처음에는 나룻배를 한 번만 탔다고 해 놓고는 나중에 두 번 왕복했다는 것을 인정했으니……. 그리고 전화로 대화했다는 수상쩍은 이야기며, 솔직히 말해 이 점에 대하여 법정에서 비웃는 브르노를 나무랄 생각은 없습니다. 데이비드라는 인간을 잘 모른다면 저도 믿지 않았을 테니까요."

"하지만" 하고 레인이 조용히 말했다. "그 증거 앞에서는 데이비드에 대한 당신의 개인적인 평가도 배심원에게 인정시킬 수는 없었다고 생각하신단 말이지요? 옳은 생각이십니다……. 라이맨 씨, 오늘 밤 말씀하시는 것으로 보아 당신이 최악의 사태를 예상하고 계시다는 것은 분명하군요. 하지만 어쩌면……." 그는 미소지으며 커피 잔을 내려놓았다. "우리가 힘을 합치면 괴테의 이른바 '사소한 희망'을 이용할 수 있을지도 모릅니다."

라이맨은 고개를 저었다.

"도와 주시는 것은 고맙습니다만, 그 방법을 알 수 없군요. 법률적으로 말한다면 제가 할 수 있는 최상의 도박은 브르노의 상황 증거에다 될 수 있는 대로 많은 의문 부호를 찍어, 그 결과로서 미심쩍은 데가 있다는 이유로 배심이 무죄의 평결을 내리도록 끌고 나가는 방법입니다. 어려운 계획입니다만 이것이 최선의 공격 방법입니다. 데이비드가 고집스럽게 입을 다물고 있는 이상 그의 무죄를 입증하려고 아무리 지껄여댄들 시간만 낭비하겠지요."

레인은 두 눈을 감았다. 라이맨은 말없이 상대방의 잘생긴 머리를 신기한 듯이 지켜보고 있었다. 배우는 눈을 떴다. 라이맨은 그 잿빛 눈 깊숙한 곳에 틀림없이 놀라움의 빛이 서려 있음을 알았다.

"저, 라이맨 씨" 하고 그는 중얼거렸다. "이것은 저에게는 참으로 놀라운 일이 아닐 수 없습니다. 이 사건을 조사하고 계시는 날카로운 두뇌의 소유자들이 한결같이 그리 대단치도 않은 베일을 뚫고 그 밑에 깔려 있는——적어도 저에게는——사진처럼 뚜렷한 진실을 파악하려고 하지 않으시는 점 말입니다."

그 어떤 것이 라이맨의 얼굴에 떠올랐다. 희망의 빛, 짓눌린 마음에 솟아난 가냘픈 기대의 빛이었다.

"그러시다면" 그는 재빠르게 물었다. "우리들이 전혀 알지 못하고 있는 중대한 사실을 파악하고 계십니까, 데이비드의 무죄를 입증할 만한 그 무엇을?"

레인은 두 손을 마주잡았다.

"라이맨 씨, 당신은 데이비드가 우드를 죽이지 않았다고 진심으로 믿고 계십니까?"

변호사는 불평스럽다는 듯이 중얼거렸다.

"그것은 심상치 않은 질문이시군요."

레인은 고개를 저으며 미소지었다.

"그렇군요, 그럼, 이 말은 취소하고…… 지금 내가 언급한 사진처럼 뚜렷한 진실과 어떤 새로운 사실을 내가 마련한 것으로 당신께서 즉석에서 믿으시는 데 대하여 말씀드립니다만…… 라이맨 씨, 내가 알고 있는 일이라면 샘 경감이나 브르노 검사나 또 당신 자신도 그 사건이 일어난 날 밤에 관한 사실과 상황을 샅샅이 조사해 보면 알 수 있다는 것뿐입니다. 데이비드는 상당히 날카로운 두뇌의 소유자이므로 조건만 다르다면, 아마도 자기 자신이 사건의 중심 인물이 아니라면 이 진실을 꿰뚫어보았으리라고 생각합니다."

라이맨은 초조한 듯이 의자에서 벌떡 일어났다.

"어서 말씀해 주십시오" 하고 그는 외쳤다. "그것이 무엇입니까? 저는…… 아아, 저는 다시 희망을 품기 시작했습니다!"

"앉으십시오, 라이맨 씨" 하고 레인은 상냥하게 말했다. "잘 들으시오, 뭣하면 메모라도 해 두시지요……."

"잠깐만 기다려 주십시오, 잠깐만!" 라이맨은 선반 옆으로 가서 이상한 기계를 들고 왔다. "여기에 녹음기가 있습니다. 마음껏 말씀하십시오, 레인 씨. 그것을 밤새도록 연구해서 내일 아침에 힘껏 해 보겠습니다!"

라이맨은 책상 서랍에서 검은 원통을 꺼내어 기계에 설치하고 레인에게 송화기를 주었다. 레인은 녹음기에 대고 조용히 이야기하기 시작했다……. 9시 반에 레인은 돌아갔다. 라이맨은 너무 기뻐 피로했던 그 눈이 빛나고 손은 어느덧 전화기를 잡고 있었다.

제14장

형사 재판소, 10월 9일 금요일 오전 9시 30분.

검은 법복을 입은 키가 작고 통통한 노인 글림 판사가 위엄 있게 법정에 들어서자 정리(廷吏)가 나무 방망이를 두드렸다. 개정의 말이 높이 울려 퍼지고 사람들의 서성거림과 속삭임이 가라앉자 법정 밖의 복도까지 조용해진 가운데 찰스 우드 살해 용의자인 존 O 데이비드의 5일째 공판이 시작되었다.

법정은 방청인으로 가득 차 있었다. 판사석 앞의 울타리 안에는 법정 속기사의 책상 양옆에 두 개의 책상이 있었다. 한쪽에는 브르노 지방 검사와 샘 경감, 그리고 몇몇 조수가 앉아 있었고 다른 쪽에는 프레데릭 라이맨, 존 O 데이비드, 라이오넬 브룩스, 로저 셸든, 그리고 몇 명의 서기가 앉아 있었다.

울타리 너머 방청석에 빈틈없이 가득차 있는 인파 속에서 군데군데 낯익은 얼굴을 찾아볼 수 있었다. 배심원석에서 그다지 멀지 않은 한 구석에 도르리 레인이 앉아 있고 그 옆에 꼽추 퀘이시의 모습이 보였다. 법정의 반대쪽에는 프랭클린 아헨, 잔느 데이비드, 크리스토퍼 로드, 루이 암페리얼, 데이비드의 집사 조겐즈가 한 무리를 이루어 앉아 있었다. 그들과 가까운 자리에 검은 상복을 입은 요염한 자태의 체리 브라운과 우울한 표정의 포랙스가 앉아 있었다. 마이클 콜린즈는 입술을 깨물며 혼자 앉아 있었다. 롱스트리트의 비서 안나 플래트도 혼자였다. 그리고 저 멀리 뒷자리에 베일로 얼굴을 가린 판 데이비드 부인이 수수께끼 같은 모습으로 꼼짝도 하지 않고 앉아 있었다.

준비가 끝나고 기운을 되찾은 라이맨이 힘차게 일어나 책상 뒤에서 앞으로 나아갔다. 그는 자못 유쾌한 듯이 배심원들을 바라보고 지방 검사에게 미소를 던진 다음 이렇게 말했다.

"재판장님, 변호인측의 첫 증인으로서 피고 존 O 데이비드의 증언을 청합니다!"

브르노는 눈을 크게 뜨고 의자에서 몸을 일으켰다. 샘 경감은 법정 안에 번져 나가는 술렁임 속에서 당황하며 고개를 저었다. 지금까지 자신에 가득 차 침착하게 앉아 있던 지방 검사의 얼굴에 희미한 불안의 빛이 떠올랐다. 그는 샘 쪽으로 몸을 굽히고 한 손으로 입을 가리며 속삭였다.

"라이맨이 대체 무슨 계략을 꾸몄을까? 살인 사건의 재판에서 피고를 증인으로 끌어내다니! 우리 쪽에 공격할 기회를 주는 셈이잖아……." 샘은 어깨를 움찔했다. 브르노는 의자에 다시 앉으며 중얼거렸다. "뭔가 있는 모양이야."

존 O 데이비드는 조용하고 야무진 목소리로 격식대로 선서하고 이름과 주소를 말한 다음 증인석에 앉아 두 손을 마주잡고 기다렸다. 법정은 쥐죽은 듯 고요했다. 데이비드라는 사나이, 그 자그마한 모습과 너무도 침착하여 거의 무관심한 태도는 헤아릴 길 없는 이상한 존재로 보였다. 배심원들은 모두 몸을 앞으로 내밀었다.

라이맨이 아주 정다운 어조로 말했다.

"나이는 몇 입니까?"

"51살입니다."

"직업은?"

"주식 중매업. 롱스트리트 씨가 죽기 전에는 데이비드 앤드 롱스트리트 상회의 대표자였습니다."

"데이비드 씨, 9월 9일 수요일 밤에 당신이 사무실에서 나와 위호켄 나루터에 도착할 때까지의 일을 법정과 배심원 여러분에게 말씀해 주시오."

데이비드는 거의 여느 때의 대화 투로 말했다.

"5시 반에 타임즈 스퀘어 지점을 나와 지하철을 타고 번화가로 가서 월 거리의 거래인 클럽으로 들어갔습니다. 저녁 식사 전의 가벼운 운동으로 풀에서 수영이나 할까 하고 체육장으로 갔습니다. 체육장에서 어떤 기구를 만지다가 오른손의 집게손가락을 다쳤습니다. 길고 보기 흉한 상처가 났고 몹시 피가 흘렀습니다. 클럽 의사 모리스 씨가 재빠르게 피를 멈추게 하고 소독을 해주었습니다. 모리스 씨는 손가락에 붕대를 감으려고 했으나 저는 그럴 필요가 없다고 생각했기 때문에……."

"잠깐만 기다리십시오, 데이비드 씨" 하고 라이맨이 부드럽게 말을 막았다. "손가락에 붕대를 감을 필요가 없다고 생각하셨다고 했는데, 그것은 당신이 겉모양을 중요시하는 성미여서……."

브르노가 벌떡 일어나 유도 심문이라고 이의를 제기했다. 글림 판사는 이의를 인정했다. 라이맨은 미소지으며 말했다.

"그럼, 붕대를 감지 못하게 한 이유에 또 다른 것이 있었습니까?"

"있었습니다. 그날 밤 늦게까지 클럽에 있을 작정이었으므로 모리스 씨의 치료로 피가 멎었는데 거북스럽게 붕대를 감아 불편을 느끼고 싶지 않았기 때문입니다. 그리고 붕대를 감고 있으면 친구들의 질문에 일일이 대답해야 하니까요. 저는 그런 일에 매우 신경을 쓰는 성미입니다."

브르노가 또 일어섰다. 한바탕 화난 목소리와 고함 소리로 논쟁이 계속되었는데…… 글림 판사는 지방 검사를 침묵시키고 라이맨에게 질문을 계속하라고 손짓했다.

"데이비드 씨, 이야기를 계속하십시오."

"모리스 씨는 손가락을 구부리거나 부딪치거나 하면 상처가 벌어져서 피가 흐를 것이라고 주의를 주셨습니다. 그래서 수영은 그만두기로 하고 조금 거북하게 옷을 다시 입고는 저녁 식사를 함께 하기로 한 프랭클린 아헨과 클럽 식당으로 갔습니다. 우리들은 식사를 끝마치고 사업상 알게 된 다른 사람들과 함께 클럽에서 밤을 지냈습니다. 콘트랙트 브리지를 하자는 권유를 받았으나, 손가락의 상처 때문에 거절해야만 했습니다. 10시 10분에 클럽을 떠나 택시로 42번 거리 끝의 나루터로 갔습니다……."

다시 브르노가 일어서서 이 증언은 '부적당하며 무관계하고 또한 불필요한' 것이라고 심하게 이의를 내세우며 피고의 증언을 모두 기록에서 삭제하라고 요구했다.

라이맨이 말했다.

"재판장님, 지금 피고가 진술한 증언은 적절하고 또한 관련성이 있는 것으로서, 고발당하고 있는 범죄에 대한 피고의 무죄를 입증하는 변론을 전개하는 데 매우 중요합니다."

잠시 동안 의론의 공방전이 좀더 계속된 다음 글림 판사는 지방 검사의 이의를 기각하고 라이맨에게 질문을 계속하라고 신호했다. 그러나 라이맨은 브르노를 보며 선선히 말했다.

"브르노 씨, 신문하시지요."

브르노는 주저하며 얼굴을 찌푸렸으나 마침내 일어서서 몹시 심술궂게 데이비드를 공격하기 시작했다. 브르노는 15분 동안이나 법정을 들끓게 하며 데이비드를 몰아세움으로써 증언을 뒤엎고 롱스트리트에 관한 사실을 끄집어내려고 애썼다. 이 공격에 대하여 라이맨은 사정없이 이의를 내세웠고 그때마다 판사의 지지를 얻었다. 마침내 글림 판사의 쌀쌀한 힐책을 받은 뒤 지방 검사는 팔을 저으며 자기 자리에 앉아 이마의 땀을 씻었다.

데이비드는 여느 때보다 더욱 창백한 얼굴로 증언대에서 내려와 변호인측 테이블의 자기 자리로 돌아갔다.

"변호인측 두 번째 증인으로서 프랭클린 아헨을 신청합니다." 라이맨이 말했다.

데이비드의 친구는 그때까지 앉아 있던 한무리의 사람들 속에서 막연한 표정으로 일어나 통로를 지나서 방청석의 칸막이를 통하여 증언대로 올라갔다. 선서한 다음, 벤저민 프랭클린 아헨이라고 정식으로 이름을 대고 웨스트 잉글우드의 자기 주소를 말했다. 라이맨은 두 손을 호주머니에 넣으며 부드럽게 물어 보았다.

"아헨 씨, 당신은 어떤 직업에 종사하고 계십니까?"

"은퇴한 기술자입니다."

"피고를 아십니까?"

아헨은 데이비드를 보며 미소지었다.

"네, 6년 전부터 알고 있습니다. 집이 가깝고 친한 친구입니다."

라이맨이 날카롭게 말했다.

"질문받은 것만 대답하십시오. ……그럼, 9월 9일 수요일 밤에 거래인 클럽에서 피고와 만났습니까?"

"네, 만났습니다. 데이비드 씨가 하신 말씀은 모두 사실입니다."

라이맨은 다시금 날카롭게 말했다.

"제발 질문받은 것만 대답하십시오."

의자 손잡이를 꼭 쥐고 있던 브르노는 입을 다물고 몸을 의자 등에 기대어 마치 지금 처음 보는 것처럼 아헨의 얼굴을 뚫어지게 보았다.

"저는 그날 밤 거래인 클럽에서 데이비드 씨를 만났습니다."

"몇 시에, 그리고 어디서 처음 만났습니까?"

"7시 조금 전이었습니다. 식당 휴게실에서 만나 식사하기 위해 곧장 안으로 들어갔습니다."

"그때부터 10시 10분까지 피고와 내내 함께 있었습니까?"

"그렇습니다."

"피고는 조금 전에 스스로 증언했듯이 10시 10분에 당신과 헤어져 클럽에서 나갔습니까?"
"그렇습니다."
"아핸 씨, 당신은 데이비드 씨의 친구로서 그가 겉모양에 신경을 쓰는 성격인지 어떤지 아십니까?"
"알고말고요, 분명히 말할 수 있습니다. 그는 겉모양에 몹시 신경을 쓰는 성미입니다."
"그럼, 그가 손에 붕대를 감지 못한 것은 그의 성격으로 미루어 보아 당연하다고 생각하시겠군요?"
"물론이지요!" 하고 아핸이 순순히 대답했는데, 그와 동시에 브르노는 이 질문과 답변에 대하여 이의를 부르짖었다. 이의는 인정되었고 두 가지 모두 기록에서 삭제되었다.
"그날 밤, 식사하면서 데이비드 씨가 손가락 다친 것을 아셨습니까?"
"네, 식당으로 들어가기 전부터 알았기 때문에 물어 보았습니다. 데이비드 씨는 체육장에서 다쳤다고 하며 그 손가락을 보여 주었습니다."
"그럼, 손가락을 보셨단 말씀이군요. 그때 그 상처의 상태는 어땠습니까?"
"생생하고 보기 흉했는데, 손가락 안쪽으로 2.5센티미터쯤 길고 깊게 베인 자국이 나 있었습니다. 피는 멎었고 상처 자국엔 이미 마른 피가 딱지처럼 되어 가고 있었습니다."
"식사하는 도중 또는 그 뒤에, 이 상처와 관계있는 어떤 일이 일어나지 않았습니까?"
아핸은 턱을 매만지며 말없이 생각에 잠겼다. 그는 얼굴을 들었다.
"네, 데이비드 씨는 오른손을 내내 거북스럽게 하고 있었으며, 식사할 때도 왼손만 사용했습니다. 데이비드 씨의 고기는 급사가 잘라 주어야만 했지요."

"그럼, 브르노 씨. 신문하시지요."

브르노는 증언대 앞을 성큼성큼 왔다갔다 했다. 아핸은 조용히 기다리고 있었다.

브르노는 턱을 내밀고 적의에 가득 찬 눈으로 아핸을 보았다.

"조금 전에 당신은 피고의 가장 친한 친구라고 증언하셨지요? 가장 친하다고 말입니다. 그러나 아핸 씨, 가장 친한 친구를 위해서 거짓 증언을 하지는 않으시겠지요?"

배심원에서 누군가가 소리를 죽여 웃었고 그와 동시에 라이맨이 웃으며 일어나서 이의를 제기했다. 글림 판사는 이의를 인정했다.

브르노는 '어쨌든 내가 하고자 하는 말을 머릿속에 새겼겠지요'라고 말하기라도 하듯이 배심원을 둘러보았다. 그리고 정면으로 아핸을 보았다.

"그날 밤 10시 10분에 당신과 헤어진 다음 피고가 어디로 가려고 했는지 알고 계셨습니까?"

"몰랐습니다."

"당신이 피고와 함께 집으로 돌아가지 않은 것은 어째서였습니까?"

"데이비드 씨가 누구와 만날 약속이 있었기 때문이었습니다."

"누구와의 약속이었습니까?"

"그것은 말하지 않았습니다. 물론 저도 물어 보지 않았지요."

"피고가 클럽에서 나간 다음 당신은 무엇을 했습니까?"

라이맨이 다시 일어나서 따분하다는 듯이 웃으며 이의를 제기했다. 글림 판사는 이것 역시 인정했다. 브르노는 조금 쾌씸하다는 몸짓을 하며 증인을 놓아 주었다.

라이맨은 자신만만한 태도로 앞으로 나왔다.

"세 번째 증인으로" 그는 일부러 천천히 말하며 검사측 테이블을 보았다. "샘 경감님을 신청합니다."

샘 경감은 사과를 훔치다가 들킨 소년처럼 움찔했다. 그는 브르노를 쳐다보았다. 브르노는 머리를 저었다. 경감은 발소리도 요란하게 나아가 라이맨을 노려보며 선서하고 증인석에 그 육중한 몸을 앉힌 다음 무서운 표정을 짓고 기다렸다.

라이맨은 이것을 즐기고 있는 듯했다. '어떻습니까! 나는 나의 의뢰인을 변호하기 위해서는 위대한 샘 경감님을 불러내는 것조차도 두려워하지 않는단 말씀입니다'라고 말하는 듯이 그는 정다운 태도로 배심원 모두를 둘러보았다. 그는 장난을 치듯이 샘에게 손가락을 흔들어 보였다.

"샘 경감님, 당신은 찰스 우드의 시체가 발견됐을 때 모호크 호의 수사를 담당하셨지요?"

"그렇습니다."

"시체가 강에서 끌어올려지기 직전에 어디 계셨습니까?"

"배의 북쪽 윗갑판 난간에 있었습니다."

"혼자 계셨습니까?"

"아니오!" 샘은 입을 악물며 대들듯이 말했다.

"누구와 함께 계셨습니까?"

"피고와 도르리 레인 씨였습니다. 갑판에는 부하도 몇 명 있었습니다만, 난간에 함께 있었던 사람은 데이비드 씨와 레인 씨뿐이었습니다."

"그때 당신은 데이비드 씨의 손가락 상처를 보셨습니까?"

"보았습니다."

"어째서 보셨습니까?"

"난간에 기댈 때 오른손을 팔꿈치만 대고 거북스럽게 위로 들어올렸기 때문에 이유를 묻자 그날 밤 클럽에서 다쳤다고 말했습니다."

"그 상처를 자세히 보셨습니까?"

"무슨 말씀이십니까, 자세히 보았느냐고요? 상처는 보았습니다. 지금 그렇게 대답하고 있잖소."

"경감님, 너무 화내지 마십시오. 그때 보신 상처에 대해 설명해 주실 수 있습니까?"

샘은 한순간 당황하며 아래에 있는 지방 검사를 보았다. 그러나 브르노는 팔꿈치를 세우고 턱을 괸 채 귀를 기울이고 있었다. 샘은 어깨를 움찔하고는 대답했다.

"손가락을 조금 벌리고 있었으므로 상처가 생생하게 보이더군요. 마른 피가 딱지처럼 앉아 상처 자국 전체를 덮고 있었습니다."

"상처 자국 전체를 덮었다는 말씀이지요, 경감님? 딱지는 완전히 하나로, 금이 간 데는 하나도 없었단 말씀이지요?"

놀라는 기색이 샘의 무서운 얼굴에 떠올랐다. 그의 목소리에는 적의가 가셨다.

"그렇습니다. 딱지는 단단하게 보였습니다."

"그럼, 이 상처는 상당히 나은 상태였단 말씀입니까?"

"그렇습니다."

"그럼, 당신이 보신 것은 방금 입은 상처가 아니었다는 말씀이시군요? 즉 그 난간에서 보시기 직전에 입은 상처가 아니었다는 뜻입니까?"

"질문의 뜻을 모르겠습니다. 나는 의사가 아니니까요."

라이맨은 윗입술을 찡그리며 웃었다.

"지당한 말씀이십니다, 경감님. 질문을 바꾸겠습니다. 당신이 보신 것은 갓 입은 상처였습니까?"

샘은 머뭇거렸다.

"그것은 어리석은 질문입니다. 딱지가 앉았는데 갓 입은 상처일 수 있습니까?"

라이맨은 빙그레 웃었다.

"맞습니다. 그 점을 묻고 싶었던 것입니다. 그럼, 당신이 데이비드 씨의 상처를 보신 다음에 일어났던 일에 대하여 법정과 배심원 여러분에게 말씀해 주십시오."

"바로 그때 시체가 갈고리에 걸렸기 때문에 우리는 아랫갑판으로 통하는 계단을 향해 달려갔습니다."

"그때 데이비드 씨의 상처와 관계가 있는 어떤 일이 일어나지 않았던가요?"

샘은 부루퉁해서 대답했다.

"네, 일어났습니다. 피고가 맨 먼저 문으로 가서 레인 씨와 저를 위해 문을 열려고 손잡이를 잡았는데 그 순간 그는 작은 비명을 질렀습니다. 보았더니 손가락 상처에서 피가 흐르고 있었습니다."

라이맨은 몸을 앞으로 굽혀 샘의 단단하고 살찐 무릎을 두드리며 한 마디 한 마디 힘주어 말했다.

"피고가 문의 손잡이를 잡았을 뿐인데 딱지가 터지며 상처에서 피가 흘렀단 말씀이지요?"

샘은 주춤했다. 브르노는 절망적으로 머리를 저었다. 그 눈에 비통한 빛이 떠올랐다.

샘은 입 속으로 대답했다.

"그렇습니다."

라이맨은 사이를 두지 않고 다그쳤다.

"피가 흐르기 시작한 다음에 그 상처를 보셨습니까?"

"보았습니다. 데이비드는 잠시 동안 손수건을 찾으며 손을 들고 있었습니다. 보니 딱지가 군데군데 찢어지고 그 찢어진 곳에서 피가 흐르고 있었습니다. 그 다음 그는 손수건으로 손을 감쌌고 우리는 아랫갑판으로 달려갔습니다."

"경감님, 당신은 그 문 앞에서 보신 피가 흐르는 상처가 조금 전에 난간에서 본 찢어지지 않았던 상처와 똑같은 것이라고 증언하실 수 있습니까?"

샘은 체념한 듯이 말했다.

"네, 증언할 수 있습니다."

그러나 라이맨은 끈질기게 계속했다.

"새로운 상처는 아무것도 없었다는 말이지요? 생채기 정도의 것도 말입니다."

"없었습니다."

"이젠 됐습니다, 경감님. 브르노 씨, 반대 신문을 하십시오."

라이맨은 배심원들에게 뜻있는 미소를 던지며 이렇게 말하고 물러났다. 브르노는 초조한 듯이 머리를 저었고 샘은 증언대에서 내려왔다. 그의 얼굴은 혐오와 놀라움과 이해 등의 감정이 복잡하게 뒤섞인 좋은 본보기였다. 라이맨이 또다시 나아가자 흥분해서 몸을 앞으로 내밀고 있던 방청인들은 서로 소곤거렸고 신문 기자들은 열심히 쓰고 있었으며, 정리는 큰 소리로 조용히 하라고 명령했다. 브르노 지방 검사는 고개를 뒤로 살짝 돌려 누구를 찾는 듯이 법정 안을 둘러보았다.

라이맨은 침착하고 자신만만하게 모리스 의사를 증언대로 불러냈다. 근엄한 얼굴의 중년 남자인 이 거래인 클럽 전속 의사는 방청석에서 나와 선서하고, 휴 모리스라는 이름과 주소를 대고는 증인석에 앉았다.

"당신은 의사이십니까?"

"그렇습니다."

"근무처는?"

"거래인 클럽의 전속 의사이며 벨뷰 병원의 촉탁 의사이기도 합니다."

"당신의 공인 의사로서의 경력은?"

"뉴욕 주 의사 면허를 받은 다음 21년 동안 일해 왔습니다."

"피고를 아십니까?"

"네, 그가 거래인 클럽 회원이 된 10년 전부터 알고 있습니다."

"9월 9일 밤 데이비드 씨가 클럽의 체육장에서 오른손 집게손가락에 입은 상처에 관한 각 증인의 증언을 들으셨을 줄로 압니다. 체육장에서 일어난 일에 관해 지금까지의 증언이 당신이 알고 계시는 것과 모든 점에서 정확하게 일치합니까?"

"네."

"피고가 붕대를 감지 않겠다고 했을 때 손가락을 조심해서 다루라고 하신 것은 어떤 이유에서였습니까?"

"어쩌다가 갑자기 집게손가락을 구부리거나 하면 다친 상처가 다시 벌어질 것이기 때문입니다. 바로 그날 밤이라면 가만히 손을 쥐는 정도로도 다친 상처의 양쪽이 부풀어 굳어지려던 딱지가 다시 터지고 말았을 겁니다."

"손에 붕대를 감아 주려고 하신 것은 의사로서 그럴 만한 이유가 있었기 때문이었습니까?"

"그렇습니다. 상처의 부위가 잘 드러나 보이고, 다시 벌어지기 쉬운 상처이니만큼 약을 발라 붕대를 감아 놓으면 만일 상처가 벌어지더라도 곪는 것을 막을 수 있으니까요."

"잘 알았습니다, 모리스 선생님." 라이맨은 재빠르게 말했다. "그런데 바로 당신에 앞서 증언을 한 증인이 배 난간에서 본 상처의 딱지에 대해 설명한 것을 들으셨겠지요? 그래서 묻겠습니다만, 모리스 선생님, 증인 샘 경감이 설명한 것 같은 상처를 보기 15분 전에는 그 상처가 벌어진 상태였다고 할 수 있을까요?"

"다시 말해서 15분 전에 벌어져 있던 상처가 15분 뒤에는 경감님이 설명하신 그런 상태로 될 수 있느냐고 물으시는 겁니까?"

"그렇습니다."

의사는 힘주어 말했다.

"그런 일은 절대로 있을 수 없습니다."

"어째서입니까?"

"비록 1시간 전에 벌어져 있던 상처라도 샘 경감님이 말씀하신 것처럼 딱지가 끊긴 곳도 없이 한 줄로 죽 이어져 완전히 굳어진 상태로 될 수는 없습니다."

"그렇다면 샘 경감님의 설명으로 미루어 보아 그 상처는 클럽에서 당신이 치료해 주었을 때부터 피고가 배 안에서 문의 손잡이를 잡았을 때까지 벌어진 일이 없다고 생각하십니까?"

브르노가 맹렬한 기세로 이의를 부르짖기 시작했다. 그러나 그와 동시에 모리스 의사는 침착하게 "그렇게 생각합니다"라고 대답했다. 의론이 오가는 동안 라이맨은 상당히 흥분한 상태로 서로 속삭이고 있는 배심원들을 뜻이 담긴 눈길로 둘러보았다. 그는 회심의 미소를 지었다.

"모리스 선생님, 샘 경감이 난간 앞에서 아까 설명한 피고의 상처를 보기 몇 분 전에 피고가 90킬로그램의 물체를 들어올려서 난간 너머로, 그것도 80센티미터나 되는 너비 쪽으로 밀어 던지면서도 그 상처가 벌어지지 않을 수 있었을까요?"

또다시 브르노가 벌떡 일어나 노여움으로 땀을 흘리며 쥐어짜듯 큰 소리로 이의를 부르짖었다. 그러나 글림 판사는 전문적인 의견을 묻는 이 질문은 변호인측의 논증과 관계가 있다고 인정하여 이의를 물리쳤다.

모리스 의사는 말했다.

"절대로 불가능합니다. 그렇게 하려면 상처가 벌어지지 않을 수 없습니다."

노골적인 승리의 미소를 띠며 라이맨은 말했다.

"브르노 씨, 반대 신문을 하시지요."

법정은 다시 술렁거렸다. 브르노는 아랫입술을 깨물며 의사를 노려보았다. 검사는 우리에 갇힌 들짐승처럼 증언대 앞을 서성거렸다.

"모리스 선생!" 이때 글림 판사가 조용히 하라는 뜻으로 나무 방망이를 두드렸다. 브르노는 법정이 조용해질 때까지 입을 다물고 있었다. "모리스 선생, 당신은 선서를 하였고 전문적인 지식과 경험에 의해 지금 그런 증언을 하셨습니다. 피고의 상처가 증인 샘 경감이 설명한 상태였다면, 피고가 상처를 벌어지게 하지 않고 오른손을 써서 90킬로그램의 물체를 난간 너머로 던질 수는 없습니다."

라이맨이 침착하게 말했다.

"재판장님, 이의 있습니다. 검사의 질문은 증인이 긍정한 것과 내용이 다릅니다. 저의 질문에는 난간 이외에도 모호크 호 윗갑판의 양쪽에 폭 80센티미터의 난간이 둘러져 있다는 말이 있었습니다."

"검사는 질문을 정정하십시오." 글림 판사가 말했다.

이 말에 따라 브르노는 질문을 다시 했다.

모리스 의사는 차분하게 대답했다.

"그 질문에 대해 저는 그렇게 생각한다고 대답했습니다. 저의 의견에 명예를 걸어도 좋습니다."

변호인측 자리로 돌아가 있던 라이맨은 브룩스에게 나직하게 말했다.

"브르노 검사가 가엾게 됐군. 저렇게 당황하는 것은 본 적이 없는걸. 되풀이하면 할수록 배심원들은 그만큼 더욱 강한 인상을 받을 따름인데 말이야!"

그러나 브르노는 아직 손을 들지 않았다. 그는 무서운 기세로 말했다.

"모리스 선생, 당신은 어느 쪽 손을 말씀하시는 겁니까?"

"물론 손가락을 다친 오른손이지요."

"그러나 피고가 그런 행동을 하기 위해 왼손을 썼다면 오른손의 상처는 찢어지지 않았겠지요?"

"물론 오른손을 쓰지 않았다면 오른손의 상처는 찢어지지 않았겠지요."

브르노는 배심원들을 죽 훑어보았다. 이렇게 말하는 것 같았다. 어떻습니까? 한바탕 법석을 떨었지만 결국 아무런 뜻도 없지 않습니까? 소용이 없어요. 데이비드는 왼손으로도 할 수 있었으니까요. 그는 야릇한 웃음을 띠며 자리에 앉았다. 모리스 의사는 증언대에서 내려오려고 했다. 그러나 이때 라이맨이 증인에게 다시 신문하겠다고 말했다. 의사는 흥미를 나타내며 다시 앉았다.

"모리스 선생님, 지금 검사가 피고는 왼손만 써도 시체의 처리를 할 수 있었을 것이라고 넌지시 비추는 말을 들으셨지요? 당신의 판단으로는 피고가 왼손만 쓰고 상처 입은 오른손은 거북스럽게 그냥 둔 채 의식을 잃은 찰스 우드의 90킬로그램이나 되는 몸을 들어 올려 난간 너머로 떨어뜨릴 수가 있었다고 생각하십니까?"

"할 수 없었을 것입니다."

"어째서지요?"

"몇 년 전부터 저는 의사로서 데이비드 씨를 잘 알고 있습니다. 무엇보다 그는 오른손잡이여서 왼손은 여느 오른손잡이의 경우와 마찬가지로 훨씬 약합니다. 그 다음 그는 몸집이 작고 가냘프며 몸무게도 겨우 68킬로그램인 육체적으로 약한 사람입니다. 이러한 사실로 미루어 보아 68킬로그램의 사람이 한 손만으로, 그것도 약한 왼손만으로 말씀하신 대로 90킬로그램의 몸을 들어 던질 수는 없다고 생각합니다!"

술렁임은 귀청이 터질 만큼 커졌다. 몇 명의 신문 기자가 법정에서 달려 나왔다. 배심원들은 서로 끄덕이며 흥분한 어조로 말을 주고받았다. 브르노가 일어나 얼굴을 보랏빛으로 물들이며 고함을 질렀으나 아무도 그를 주목하는 사람은 없었다. 정리는 소리를 질러 질서를 잡으려고 애썼다. 겨우 소란이 가라앉자 브르노는 쉰 목소리로 의학적인 의견을 좀더 질문하기 위해 두 시간의 휴정을 요구했다.

글림 판사가 큰 목소리로 말했다.

"앞으로 심리할 때 이와 같이 창피스러운 소동을 되풀이한다면 모두 퇴정시키고 입구를 막아 버리겠습니다! 휴정 동의를 인정하여 오후 2시까지 휴정하겠습니다."

나무 방망이 두드리는 소리가 들렸다. 모두 일어서서 글림 판사가 자기 방으로 물러가는 것을 지켜보았다. 다시금 법석이 일어나 마룻바닥을 구르는 구두 소리와 서로 토론하는 말소리로 들끓었다. 배심원들이 퇴정했다. 데이비드는 여느 때의 침착성을 잃고 가쁘게 숨을 쉬며 의자에 앉아 있었다. 그 창백한 얼굴에는 아직도 믿을 수 없다는 듯한 안도의 빛이 서려 있었다. 브룩스는 라이맨의 손을 펌프처럼 흔들며 성공을 축하했다.

"몇 년 이래 이런 눈부신 변론은 들어 본 적이 없네, 프레데릭!"

소용돌이치는 소음 속에서 브르노 지방 검사와 샘 경감은 검사측 테이블 앞에 앉아 반쯤 우스꽝스러움이 섞인 노여움을 느끼며 서로 얼굴을 마주보고 있었다. 신문 기자들이 변호인측 테이블을 둘러쌌다. 정리 한 사람이 신문 기자들 속에서 데이비드를 구해 내려고 애쓰고 있었다.

샘 경감이 몸을 앞으로 굽혔다.

"이거 우습게 됐습니다" 하고 그는 신음 소리를 냈다. "당신은 웃음거리가 되고 말았소!"

"샘 경감, 당신도 마찬가지요" 하고 브르노는 대들었다. "당신 역시 웃음거리가 됐지. 결국 증거를 모아 오는 것은 당신의 임무였고, 나는 그것을 제출할 따름이니까."

"그건 그렇지만 말입니다."

"우리는 둘 다 뉴욕 제일가는 바보들이었소." 브르노는 서류를 가방에 밀어 넣으며 신음하듯이 말했다. "당신은 처음부터 끝까지 사실을 잘 알고 있었으면서도 그런 빤한 진실을 한 번도 캐내려 하지 않았소."

"그 말에는 대답할 말이 없군요" 하고 샘은 신음했다. "나는 정말 바보였소. 하지만 당신 역시" 하고 그는 기운 없이 말했다. "그날 밤 데이비드가 손수건으로 손을 감싸고 있는 것을 똑똑히 보았으면서도 아무 말도 물어 보지 않았잖소."

갑자기 브르노가 가방을 떨어뜨리며 얼굴을 붉혔다.

"그것이 프레데릭 라이맨의 공로라면 알아 모셔야겠소! 제기랄, 분해서 견딜 수가 없군. 실컷 연설을 들어야 했으니 말이오! 그것은 당신의 그 못생긴 얼굴에 듬직하게 자리잡고 앉아 계시는 코만큼이나 분명한 일이었는데……."

"옳지" 하고 경감은 소리쳤다. "틀림없이 이건 레인의 짓이오! 능청스러운 늙은이 같으니라구!" 그는 맥 빠진 듯이 말했다. "감쪽같이 한 대 얻어맞았군그래. 이게 모두 그 늙은이를 믿지 않은 대가지."

두 사람은 의자에 앉은 채 몸을 돌려 사람이 뜸해진 법정 안을 둘러보았다. 레인의 모습은 보이지 않았다.

"달아났군." 브르노는 분풀이할 데가 없다는 듯이 말했다. "저기 있었는데……. 어쨌든 샘 경감, 이것은 우리의 실패였소. 그 사람은 처음부터 그러지 말라고 경고했었으니까." 그는 언뜻 놀라는 듯한 표정을 지으며 중얼거렸다. "하지만 그도 나중에는 데이비드를 기소시키고 싶은 눈치를 보였어! 그러면서도 그동안 내내 이 비방을 손에 쥐고 있었으니 참 이상하군. 대체……."

"나도 모르겠소."

"대체 어째서 데이비드의 목숨을 거는 짓을 했을까요?"

"그렇지도 않소" 하고 샘은 무뚝뚝하게 말했다. "그 비방만 있으면 걱정 없으니까요. 데이비드를 틀림없이 구할 수 있다는 것을 알고 있었던 거요. 하지만 어쨌든 이것만은 분명히 말해 두겠소." 그는 일어서서 원숭이 같은 두 팔을 벌리고 털북숭이 마스티프 개처럼 몸을 부르르 떨었다. "이 샘 도련님께서는 앞으로 레인 할아범의 말을 순순히 듣기로 하겠소! X씨 사건에 관해서는 말이오!"

제3막

제1장

리츠 호텔의 방. 10월 9일 금요일 오후 9시.

 도르리 레인은 남몰래 초대자의 얼굴을 지켜보고 있었다. 데이비드는 친구들에게 에워싸여서 명랑하게 이야기를 주고받고 있었는데 심하게 놀림을 받을 때마다 척척 받아넘기는 것이었다.

 그리고 도르리 레인은 연구에 연구를 거듭하여 마침내 얻고자 하는 것을 발견한 과학자처럼 마음 속으로 따뜻한 만족을 느끼고 있었다. 존 데이비드가 성격 연구의 재료로서 무척 사람의 마음을 끄는 윤곽을 드러냈기 때문이다. 딱딱하고 차가운 갑옷으로 무장하고 있던 그가 6시간 사이에 꺼릴 것 없는 사람으로 바뀌어 있었던 것이다. 지금 그는 발랄한 생기에 가득 차 있고, 기지가 넘쳐흘렀으며, 총명하고 상냥한 주인 역할을 하고 있었다. 목구멍에서 그르렁 소리가 나는 늙은 배심원이 바짝 마른 턱을 떨며 감옥의 문을 여는 '무죄'라는 주문을 외던 순간부터 데이비드는 야윈 가슴을 펴고 후유 한숨을 쉰 다음 침묵의 갑옷을 벗어던졌던 것이다.

오늘 밤 그는 내성적인 사람이 아니었다! 이제부터 축사와 웃음소리와 술잔이 부딪치는 소리에 가득 찬 석방의 축하연이 시작되는 것이다…….

사람들은 리츠 호텔의 어떤 넓은 방에 모여 있었다. 한쪽에는 접시와 술잔과 꽃이 놓인 기다란 식탁이 준비되어 있었다. 잔느 데이비드의 얼굴은 생기에 넘치는 장밋빛으로 물들어 있었고, 옆에는 크리스토퍼 로드가 있었다. 프랭클린 아핸은 친구 데이비드의 왜소한 몸을 내려다보고 있었다. 그리고 멋쟁이 루이 암페리얼, 라이맨, 브룩스, 조금 떨어진 곳에 레인이 혼자 있었다.

데이비드가 이야기를 주고받던 친구에게 양해를 구하고 그 무리에서 빠져나왔다. 방 한쪽 구석에서 두 사람은 마주섰다. 데이비드는 조심성 있는 겸손한 태도였고, 레인은 쾌활하고 소탈한 표정을 짓고 있었다.

"레인 씨, 너무 붐비는 통에 기회가 없어서 그만……. 뭐라고 감사의 말을 드려야 할지 모르겠습니다."

레인은 입을 벌리지 않고 웃었다.

"라이맨같이 똑똑한 변호사도 충동적으로 쓸데없는 말을 하는 모양이군요."

"좀 앉으실까요? ……그렇습니다, 레인 씨. 프레데릭 라이맨에게서 들었습니다. 자기는 찬사를 받을 수 없으며, 사실은 당신이 받아야 한다고 했습니다. 참으로 훌륭하게 사실을 정리하셨어요. 굉장하십니다."

데이비드의 날카로운 눈에 흥분의 빛이 떠올랐다.

"그야 뻔한 일이었으니까요."

"아닙니다, 그렇지 않습니다." 데이비드는 즐거운 한숨을 쉬었다. "오늘 밤에 당신이 와 주신 것을 제가 얼마나 영광으로 생각하는지 모르실 겁니다. 당신이 이런 일에는 관심이 없으시고 격식을 차리는 자리에 좀처럼 참석하지 않으신다는 것을 잘 알고 있기 때문입니다."

"그렇습니다" 하고 레인은 미소를 지었다. "하지만 데이비드 씨, 이번만은 제가 왔습니다……. 그러나 제가 이곳에 즐거운 모임이나 당신의 간곡한 초대에 못이겨 온 것은 아닙니다." 어떤 어두운 그림자가 데이비드의 얼굴을 스치고 지나갔다. "실은 언뜻 이런 생각이 들었기 때문입니다. 당신은 뭔가……." 레인의 목소리는 여느 때보다 훨씬 작았다. "뭔가 저에게 하고 싶은 말씀이 있을지도 모른다고 말입니다."

데이비드는 얼른 대답하지 않았다. 그는 주위를 둘러보았다. 명랑하게 떠드는 소리에 귀를 기울이고, 자기 딸의 발랄하고 천진난만한 아름다운 모습을 바라보고, 방 끝에서 흘러오는 아헨의 차분한 웃음소리를 들었다. 연미복 차림의 급사가 연회장의 미닫이문을 열었다. 데이비드는 고개를 돌려 한쪽 손을 가만히 두 눈에 대었다. 그리고 눈꺼풀을 누르며 조용히 생각에 잠긴 자세를 취한 채 움직이지 않았다.

"저는 아니, 당신은 참으로 이상한 분이시군요." 데이비드는 눈을 뜨더니 배우의 엄숙한 얼굴을 뚫어지게 보았다. "레인 씨, 당신에게 모든 것을 맡기기로 했습니다. 그 외의 방법은 없습니다." 그 목소리에는 굳은 결의가 담겨 있었다. "그렇습니다. 저는 사실…… 말씀드릴 것이 있습니다."

"그러시겠지요, 그럼……."

"하지만 지금은 말씀드릴 수가 없습니다." 주식 중매인은 고개를 저었다. "지금은 안 됩니다. 길고도 야비한 이야기거든요. 이 좋은 밤을 망치고 싶지 않습니다. 그것은 저 자신을 위해서도 안 됩니다." 그의 잿빛 손이 가느다랗게 떨렸다. "오늘 밤은 저에게는 특별한 밤입니다. 저는 무서운 운명에서 빠져나왔습니다. 잔느가, 제 딸이……."

레인은 천천히 끄덕였다. '데이비드의 공허한 눈에 비친 것은 잔느 데이비드의 모습이 아니라 판 데이비드의 모습이었을 것이다' 하고 레인은 생각했다. 그를 괴롭히고 있는 것은 아마도 데이비드의 아내가 여기 없다는 사실이리라. 데이비드는 그 특유의 참을성으로 배신한 아내를 아직도 사랑하고 있음에 틀림없다고 레인은 생각했다.

데이비드는 천천히 일어났다.

"오늘 밤을 저 사람들과 함께 지내지 않으시겠습니까? 나중에 모두 함께 웨스트 잉글우드의 저의 집으로 가게 되어 있습니다. 변변치 못한 축하연 준비를 해 놓았답니다. 만일 주말을 우리와 함께 보내 주신다면 바라시는 대로 무엇이든지 마련하겠습니다. 오늘 하룻밤이라면 결코……. 브룩스도 오늘 밤은 저의 집에서 묵겠다고 했습니다. 시트도 말끔히 준비해 놓았지요." 그는 완전히 다른 말투로 덧붙여 말했다. "내일 아침이면 단둘이 있을 수 있게 됩니다. 그때 당신이 마술 같은 직관으로 제가 이야기하리라고 생각하신 것을 말씀드리겠습니다."

레인은 일어서서 데이비드의 작은 어깨에 가볍게 손을 얹었다.

"잘 알았습니다. 모든 것을 잊으십시오, 내일 아침까지."

"내일 아침이란 언제나 있는 것이군요" 하고 데이비드는 중얼거렸다. 그들은 다른 사람들이 있는 쪽으로 걸어가서 함께 어울렸다. 레인은 어쩐지 명치께가 메슥메슥한 기분을 느꼈다. 진부하다……. 그 순간 그는 지루함을 느꼈다. 그의 얼굴은 사람들에게 미소를 던지고 있었으나, 연미복 차림의 급사가 모두를 연회장으로 안내하고 있을 때에는 그의 머리 한구석에 작은 빛이 하나 반짝이기 시작하며 이런 생각에 잠겼다.

'내일이 오고, 내일이 오고, 또 내일이 온다……. 이 세상이 끝나는 마지막 순간까지……' 빛이 밝게 흔들거렸다. '…… 먼지로 돌아가는 죽는 날까지(맥베스의 유명한 대사)……' 그는 한숨을 쉬었으나 자기 팔에 라이맨의 팔이 감기는 것을 느끼자 미소지으며 사람들의 뒤를 따라 연회석을 향해 갔다.

떠들썩한 연회였다. 아핸은 송구스러워하며 야채의 특별 요리를 주문했으나, 이미 토케이 포도주에 입을 대고 있었다. 그리고 암페리얼에게 어떤 체스 시합에 대해 열을 올려 가며 설명하고 있었다. 그러나 암페리얼은 그 이야기에 전혀 무관심했으며 맞은편에 앉아 있는 잔느 데이비드에게 재치 있는 이야기를 속삭이는 데 정신이 팔려 있었다. 라이오넬 브룩스의 금발머리는 방 한구석의 종려나무 그늘에서 현악단이 연주하는 부드러운 선율에 맞추어 흔들거리고 있었다. 크리스토퍼 로드는 옆자리의 잔느에게 곁눈질을 하며 하버드 대학 축구팀의 성적에 대한 자기의 예상을 말하고 있었다. 데이비드는 조용히 앉아 사람들의 이야기 소리, 바이올린의 가락, 방, 식탁, 요리, 따뜻함 같은 모든 것을 즐기고 있었다. 도르리 레인은 그를 자세히 지켜보며 이따금 포도주로 얼굴이 붉어진 라이맨이 뭔가 한 마디 시켜 보려고 애쓰는 것을 가볍게 받아넘기고 있었다.

식후에 커피와 담배를 즐기는 시간이 되자 라이맨이 갑자기 일어나 손뼉을 쳐서 모두를 조용하게 했다. 그는 술잔을 들어올렸다.

"여느 때 같으면" 하고 라이맨은 말했다. "저는 건배하는 습관을 그다지 좋아하지 않습니다. 그것은 스커트 밑의 철사 받침이나 페티

코트, 막간의 어릿광대들이 판을 치던 시대의 낡아 빠진 유물이기 때문입니다. 그러나 오늘 밤은 건배해야 할 훌륭한 이유가 있습니다. 한 사람의 석방을 축하하는 것입니다." 그는 웃으며 데이비드를 내려다보았다. "존 데이비드의 영원한 건강과 행운을 위하여!"

모두들 술잔을 비웠다. 데이비드가 비틀거리며 일어섰다.

"저는——" 목소리가 끊겼다. 도르리 레인은 미소지었으나 메슥거리는 기분은 더해 갔다. "프레데릭과 마찬가지로 내성적입니다만" 이렇다 할 이유도 없이 모두들 웃었다. "여기 계시는 한 분을 소개하겠습니다. 몇십 년 동안 수백만 지식인의 동경의 대상이었고 수많은 관중 앞에 서면서도 그 누구보다도 부끄럼을 잘 타시는 분, 도르리 레인 씨!"

모두들 다시금 술잔을 비웠다. 레인은 또 미소지었으나 어디든 아주 먼 곳으로 가고 싶다는 생각을 했다. 그는 자리에 앉은 채 잘 울리는 바리톤으로 대답했다.

"이런 일을 어렵지 않게 척척 해치우는 분들을 저는 부럽게 생각합니다. 무대 위에서는 냉정을 잃지 않고 잘합니다만, 이럴 때 완전히 침착성을 유지하는 기술은 터득하지 못해서……."

"제발 부탁합니다, 레인 씨" 하고 아핸은 큰 소리로 말했다.

"별수없군요," 레인은 일어섰다. 그의 눈에서 권태의 기색이 사라지고 빛이 뿜어 나오기 시작했다. "뭔가 설교다운 말을 해야 하겠지만 저의 장사 도구는 중의 경문이 아니라 대본이므로 자칫하면 제 설교는 연극 용어로 표현되고 맙니다."

레인은 자기 옆에서 조용히 주의 깊게 귀를 기울이고 있는 데이비드에게 시선을 주며 말을 이었다. "데이비드 씨, 당신은 사람의 감정을 가장 상하게 하는 무서운 경험을 한 가지 얻으셨습니다. 피고석에 앉아 끝없는 세월을 보낼 것 같은 기분으로 생사를 결정짓는, 너무나도 잘못되기 쉬운 판결을 기다린다는 것은 확실히 이 사회의 가장 이해할 수 없는 형벌입니다. 그러한 영원한 가책에 대하여 위엄을 잃지 않고 견뎌내신 것은 참으로 장한 일이었습니다. 저는 프랑스의 저작가 셰이에스가 공포 정치 시대에 무엇을 했느냐는 질문에 대답한, 반은 우스꽝스럽고 반은 비극적인 말이 생각납니다. 그는 그저 '살아 있었다'라고 대답했던 것입니다. 기개와 달관을 지닌 사람이 아니면 할 수 없는 대답이 아니겠습니까." 배우는 깊이 숨을 들이마시고 표정을 전혀 바꾸지 않은 채 모두를 둘러보았다. "아마도 참고 견디는 용기만큼 위대한 미덕은 없을 겁니다. 이 말이 진부하다는 것 자체가 그 진리를 보증하고 있습니다."

모두들 한결같이 조용했으나 특히 데이비드는 손가락 하나 까딱하지 않았다. 그는 이 의미심장한 말이 파도처럼 자기 몸 안으로 스며들어 자기의 일부가 되는 것을 느끼고 있는 듯했다. 그러한 말들이 오직 자기에게만 주어지고 자기에게만 뜻이 있고 자기만을 위로해 준다고 느끼고 있는 듯했다.

도르리 레인은 머리를 들어올리며 말했다.

"저의 버릇입니다만, 함부로 예부터 내려오는 금언을 끌어내어 이 유쾌한 모임에 어두운 그림자를 던지는 일이 있더라도 용서하여 주십시오. 제게 말을 시킨 것은 여러분이니까까……."

그의 목소리는 열을 띠었고 힘을 더해 갔다.

"셰익스피어의 진가를 충분히 인정받지 못한 작품 가운데 하나인 《리처드 3세》 속에 악인이 지닌 선한 면을 그린 한 구절이 있습니다만, 그 깊은 통찰력에는 밉살스러우리만큼 그윽한 데가 있습니다."

레인은 데이비드의 숙인 머리를 천천히 내려다보았다.

"데이비드 씨" 하고 그는 말했다. "지난 몇 주일 동안의 당신의 경험은 다행히도 살인자라는 더러운 이름을 당신에게서 거두어 주었습니다. 그러나 그것만으로는 아직 커다란 문제가 해결되지 않고 있습니다. 왜냐하면 우리들의 둘레 어딘가에 이미 두 사람을 지옥——살해당한 사람을 위해서는 천국이었으면 좋겠습니다만——으로 보낸 살인자가 숨어 있기 때문입니다. 그러나 과연 이 살인을 하는 사람의 성격이며 그의 영혼이 어떻게 생겼는지를 생각해 본 이가 우리 주위에 몇 사람이나 있을까요 ? 비록 고리타분한 사고 방식이긴 합니다만 그들에게도 영혼이 있고, 우리의 정신을 이끌어 주는 사람들의 말을 믿는다면 그 영혼도 불멸의 것입니다. 우리들 대부분은 살인자를 여느 사람과는 다른 괴물로 생각하기 쉽지요. 우리들 자신의 마음 속 깊은 곳에 아주 사소한 자극에 의해서도 살인을 할 수 있는 생생한 감정적 약점이 깔려 있다는 사실을 미처 모르고 있습니다……."

방 안의 공기를 답답하게 만드는 침묵이 감돌았다. 레인은 막힘없이 말을 계속했다.

"그럼, 여기서 셰익스피어의 가장 흥미 있는 극적 인물——피에 굶주린 불구자 리처드 3세에 대한 작자의 관찰을 살펴보기로 합시다. 사람의 탈을 쓴 도깨비라는 것이 있다면 바로 그였을 겁니다. 그러나 만능의 안목을 지닌 작자는 무엇을 관찰했을까요 ? 리처드 자신의 비통한 독백 속에서……."

갑자기 레인은 태도와 표정과 목소리를 바꾸었다. 그 변화가 너무나도 교묘하고 갑작스러워서 사람들은 공포에 가까운 기분에 사로잡히며 그를 바라보았다. 교활, 잔혹, 미친 듯이 날뛰는 사악한 마음, 긴 세월에 걸친 극도의 실망이 지금까지의 쾌활하던 표정을 불길한 선과 그림자로 뒤덮었다. 도르리 레인은 아까와는 완전히 다른 무서운 인물 속으로 융합되고 말았다. 비뚤어진 입이 벌어지며 황금 같은 목구멍에서 쥐어짜 내는 듯한 목소리가 흘러나왔다.

"갈아탈 말을 다오, 상처를 묶어 다오, 아, 살려 주십시오, 예수님!" 목소리는 허덕이는 목구멍에서 찢어지는 듯 쥐어짜는 가엾은 울부짖음으로 바뀌었다. 그러나 갑자기 말투가 낮아지며 걱정도 없고 절망도 없는 거의 들릴락말락한 목소리가 되었다. "그럼, 꿈이었던가……."

모두 매혹당한 채 넋을 잃고 있었다. 중얼거리는 듯한, 그러나 또렷한 목소리가 들려왔다. "에잇, 겁쟁이 양심아, 어째서 나를 괴롭히느냐! 불빛이 파랗구나. 한밤중인 모양이다. 식은땀이 배고 온 몸이 떨리는군. 무엇이 무서우냐? 나 자신이? 나 외에는 아무도 없지 않느냐. 리처드는 리처드가 귀엽다. 나는 나니까. 아니면 여기에 살인자가 있단 말이냐? 바보같이……. 아니, 그렇다. 나는 살인자다. 그럼 달아날까…… 뭐라고? 나 자신으로부터 말이냐? 그렇다, 그럴 만한 이유가 있지. 복수가 무섭거든. 뭐라고? 내가 나에게 복수한다고? 아, 나는 내가 귀여운데 어쩌지? 어째서 귀여우냐고? 자기에게 뭔가 좋은 일을 해주었기 때문인가? 아, 천만의 말씀! 나는 꺼림칙한 소행을 거듭해 온 나 자신이 미운 것이다! 나는 악인이다. 그런데도 그렇지 않다고 거짓말을 한다. 나 자신을 좋게 말하려는 어리석은 인간이다. 이 바보야, 자만심을 가져서는 안 된다……."

흐트러진 가락으로 당장에 끊길 듯이 헤매고 있던 목소리가 별안간 꼿꼿해지며 비극적인, 스스로를 책망하는 듯한 외침으로 끓어올랐다. "나의 양심은 천 갈래로 나누어진 혀를 가졌고 그 혀 하나하나가 여러 가지를 말한다. 모두 하나같이 나를 악인이라고 욕한다. '거짓말이다! 정말 거짓말이다. 가벼운 것이건 무거운 것이건 모든 죄는 유죄다! 유죄란 말이야!' 하고 외치며 법정으로 밀려온다. 이제 살아날 길이 없다…… 나를 사랑하는 자는 아무도 없다…… 내가 죽는다 해도 누구 하나 가엾게 여기지 않겠지. 맞아, 무엇 때문에 남이 나를 가엾게 생각하겠느냐. 나 자신조차도 나를 가엾다고 느끼지 못하는데!"
누군가가 한숨을 쉬었다.

제2장

위호켄 역. 10월 9일 금요일 오후 11시 55분.

 앞으로 몇 분만 더 있으면 밤 12시가 될 무렵 데이비드 일행은 위호켄 서쪽 강가의 종착역으로 들어갔다. 창고 같은 잿빛 대합실에는 천정에 철근이 가로세로 엇갈려 있었고 플랫폼은 머리 위의 벽을 따라 이어져 있었다. 사람은 적었다. 한쪽 구석의 역 구내로 통하는 출입구 가까이의 수하물계에서는 계원이 졸고 있었으며 매점에서는 한 남자가 하품을 하고 있었다. 등받이가 달린 긴 벤치는 모두 비어 있었다.
 그들은 떠들썩하게 지껄이며 들어갔다. 호텔에서 미리 양해를 얻고 자기 아파트로 돌아간 프레데릭 라이맨을 빼놓고는 모두 있었다. 잔느 데이비드와 로드가 매점으로 달려가자 암페리얼이 웃으며 그들의 뒤를 따라갔다. 로드는 커다란 사탕 한 상자를 사서 깊숙이 절을 하며 잔느에게 내밀었다. 암페리얼도 질세라 잡지를 한 아름 사서 구두 뒤꿈치를 소리 높이 맞부딪치며 그녀에게 주었다. 모피를 두른 잔느는 상기된 얼굴에 눈을 반짝이며 웃었다. 그리고 손을 하나씩 두 남자의 한쪽 어깨에 걸치고는 벤치로 이끌고 갔다. 세 사람은 앉아서 지껄이기도 하고 사탕을 먹기도 했다.
 나머지 네 사람은 출찰구 쪽으로 어슬렁어슬렁 걸어갔다. 데이비드는 매점 위의 큰 시계를 올려다보았다. 바늘은 0시 4분을 가리키고 있었다.

"다음 기차가 출발하는 것은 0시 13분이니까 아직 조금 시간이 있군요. 그럼, 잠깐 실례하겠습니다" 하고 그는 기운차게 말했다.

그들은 창구 앞에 서 있었는데 레인과 브룩스는 한 발자국 뒤로 물러섰다. 아핸이 데이비드의 팔을 붙잡았다.

"이봐, 존. 내가 사지."

데이비드는 웃으며 아핸의 팔을 뿌리치고 매표 계원에게 말을 걸었다.

"웨스트 잉글우드 편도 6장."

"7명일세, 존." 아핸이 참견을 했다.

"아닐세, 나는 50회 회수권을 가지고 있다네."

매표 계원이 창구로 6장의 기차표를 밀어내자 데이비드의 얼굴이 흐려졌다. 그리고 미소지으며 무심히 말했다.

"당국에 낡은 회수권의 손해 배상을 청구해야겠군. 기한이 지나 버렸어. 내가 그런 일로——" 데이비드는 말을 중단하고 계원에게 말했다. "그리고 50회 회수권을 주시오."

"성함은?"

"존 O 데이비드, 웨스트 잉글우드까지입니다."

"알았습니다, 데이비드 씨."

계원은 상대방의 얼굴을 자세히 보려고도 하지 않고 바쁘게 일을 시작했다. 잠시 뒤에 날짜가 적힌 기다란 회수권 철을 창구로 밀어 주었다. 데이비드가 지갑을 꺼내어 50달러 지폐를 집어 낼 때 잔느의 맑은 목소리가 울려 왔다.

"아버지, 기차가 왔어요!"

계원이 재빠르게 거스름돈을 내밀자 데이비드는 그 지폐와 잔돈을 바지 주머니에 넣고 6장의 차표와 회수권을 손에 들고 세 사람의 동행자를 뒤돌아보았다.

"뛰어야 합니까?" 하고 라이오넬 브룩스가 물었다.

네 사람은 서로 얼굴을 마주보았다.

"아니오, 시간은 충분합니다." 데이비드는 대답하며 차표와 새 회수권을 조끼의 왼쪽 윗주머니에 넣고 윗옷 단추를 채웠다.

그들은 대합실을 지나 잔느, 로드, 암페리얼과 함께 어울려 지붕이 달린 역 구내의 차가운 공기 속으로 나아갔다. 0시 13분발 구간 열차가 들어왔다. 그들 일행은 개찰구를 지나 기다란 콘크리트 플랫폼을 걸어갔다. 다른 승객 몇 사람이 띄엄띄엄 따라왔다. 맨 끝의 객차는 등불이 켜져 있지 않았으므로 그들은 앞으로 더욱 나아가 뒤에서 두 번째 객차에 올라탔다.

낯모르는 승객이 몇 명 같은 찻간에 탔다.

제3장

위호켄~뉴버그 구간 열차. 10월 10일 토요일 오전 0시 20분.

그들은 두 무리로 갈라졌다. 잔느, 로드, 기사(騎士)인 체하는 암페리얼, 이 세 사람은 찻간의 꽤 앞쪽에 앉아서 이야기꽃을 피웠다. 데이비드, 레인, 브룩스, 아헨, 이 네 사람은 한복판에서 서로 마주앉아 자리를 차지했다.

기차가 아직 위호켄 역을 떠나기 전에 데이비드의 얼굴을 빤히 바라보고 있던 변호사가 맞은편에 앉아 있는 도르리 레인에게로 얼굴을 돌리며 불쑥 말했다.

"저, 레인 씨. 당신이 아까 하신 말씀 가운데 매우 흥미를 끄는 것이 있었습니다. 죽음의 형벌을 내리느냐 아니면 석방하여 새로운 인생을 주느냐 하는 배심의 평결을 피고석에서 기다리는 한순간⋯
⋯ 그 불과 한순간 속에 '끝없는 세월'이 압축되어 있다는 말씀을 하셨지요? 끝없는 세월! 훌륭한 구절입니다, 레인 씨."

"적절한 낱말입니다" 하고 데이비드가 말했다.

"그렇게 생각하십니까?" 브룩스는 데이비드의 매우 침착한 얼굴을 흘긋 곁눈질해 보았다. "그때 저는 전에 읽은 적이 있는 어떤 소설이 생각났습니다. 앰블로즈 비어스(1842~1914? 미국의 특이한 단편 작가.《군인과 시민의 이야기》가 대표작)가 쓴 것이었다고 생각합니다. 매우 색다른 이야기로, 막 교수형을 당하고 있는 남자를 그리고 있습니다. 숨통이 끊기기 직전의 그——아마도 분자적(分子的)이라고나 할 그 순간에 이 남자의 머릿속에는 자기의 일생에 일어났던 일이 눈에 선하게 스치고 지나갑니다. 문학에는 당신이 말씀하시는 끝없는 세월이라는 사고 방식이 있어요. 아마 다른 많은 작가도 썼겠지요."

"그 소설은 저도 읽은 적이 있는 것 같습니다" 하고 레인은 대답했다. 브룩스의 옆에서 데이비드가 고개를 끄덕였다. "이 시간이라는 문제는 지난 몇 년 동안 과학자들이 말하고 있듯이 상대적인 것입니다. 예를 들어 꿈이라는 것은——잠에서 깨어나면 조용히 잠을 자고 있던 시간 내내 꿈을 꾼 것 같이 여겨지지만 어떤 심리학자들의 말에 의하면 실제로는 잠자는 의식 속의 상태와 잠에서 깨어나 의식을 되찾았을 때의 경계인 맨 마지막 순간에 꾼다고 하더군요."

"그 말은 저도 들은 일이 있습니다." 아헨이 말했다. 그는 데이비드와 브룩스의 반대쪽에 마주앉아 있었다.

"그런데 제가 정말 알고 싶었던 것은" 브룩스가 다시 데이비드를 보면서 말했다. "이 기묘한 심리 현상이 당신의 경우 어땠느냐 하는 것입니다. 나는 대부분의 사람이 그러리라고 생각하지만 아까 판결을 받기 직전에 당신은 무엇을 생각했을까 하고 몹시 궁금했습니다."

"아마" 하고 도르리 레인은 조용히 말했다. "데이비드 씨는 말하기 싫으실 겁니다."

"아니오, 그렇지 않습니다." 주식 중매인의 눈은 반짝였고 얼굴은 생기에 넘쳐흘렀다. "그 순간 저는 제 생애 가운데 가장 놀랄 만한 일을 하나 경험했습니다. 비어스의 말과 지금 레인 씨가 하신 꿈의 이야기를 모두 증명할 수 있는 경험이라고 생각합니다."

"설마 그 순간에 자네의 온 생애가 머릿속을 스치고 지나간 것은 아니겠지?" 아헨이 매우 회의적인 태도로 말했다.

"아니, 매우 엉뚱하고도 기묘한 일이었지." 데이비드는 빠른 투로 말하며 초록색 쿠션에다 등을 기댔다. "어떤 사람의 내력을 알게 되었을 때의 일이었습니다. 약 9년 전에 저는 이 뉴욕에서 어떤 살인 사건 재판의 배심원으로 뽑혔었지요. 피고는 덩치만 큰 보잘것없는 노인이었는데, 싸구려 하숙에서 한 여자를 찔러 죽였다는 혐의를 받고 있었습니다. 제1급 살인 사건으로——지방 검사는 계획적 범행임을 뚜렷이 입증했고——그 남자의 범죄 행위에 대해서는 아무런 의문도 없었습니다. 그러나 이 짧은 재판이 이루어지는 동안, 그리고 그 뒤에 배심실에서 그의 운명을 의논하고 있을 때에도 저는 어디선지 피고와 만난 적이 있는 것 같은 기분에 사로잡혀 있었던 것입니다. 이럴 경우 누구나 그렇겠지만 저는 지치도록 머리를 쥐어짜며 그의 정체를 생각해 보았으나 누구인지, 언제 어디서 만났는지 도무지 생각이 나지 않았습니다……."

강한 증기 소리가 나며 크게 한 번 흔들리더니 기차는 덜컹 하고 움직이기 시작했다. 데이비드는 목소리를 조금 높였다.

"이야기가 길기 때문에 간단하게 말하겠습니다. 제출된 증거로 미루어 보아 이 사람이 유죄라는 전반적인 의견에 맞추어 저도 유죄표를 던졌고 배심의 평결이 이루어지자 그 사람은 그대로 고스란히 선고를 받아 처형당했지요. 그 뒤 저는 그 일을 까맣게 잊고 있었던 것입니다."

기차는 정거장을 떠나기 시작했다. 데이비드가 하던 이야기를 멈추고 입술을 축이는 동안 아무도 말을 하지 않았다.

"그런데 기묘한 일이 일어난 겁니다. 제가 기억하는 한 그 뒤 9년이라는 세월 동안 전 그 사람에 대해서도, 그 사건에 대해서도 전혀 생각해 본 적이 없었습니다. 그런데 아까 배심장이 제게 있어 그토록 중대한 평결을 내리는 순간……, 재판장의 질문의 마지막 음절과 배심장의 답신의 첫 마디 사이의 그 어처구니없으리만큼 짧은 순간에, 갑자기 이렇다 할 이유도 없이 지금은 처형되어 흙으로 변해 버린 남자의 얼굴이 저의 마음의 눈 앞에 떠올랐습니다. 그와 동시에 그 사람이 누구였고 어디서 만났었던가 하는 의문도 풀렸습니다. 아시겠습니까, 그 일을 잊은 지 9년이나 지난 뒤에 말입니다."

"그래, 누구였습니까?" 브룩스가 호기심을 보이며 물었다.

데이비드는 미소지었다.

"아까도 말씀드렸듯이 참으로 기묘한 일입니다…… 약 20년 전 남아메리카를 이리저리 떠돌아다닐 때 베네수엘라의 자모라 지방에 있는 바리나스라는 곳에 머문 적이 있었습니다. 어느 날 밤 숙소로 돌아가다가 어두운 골목길에서 심한 격투를 하는 소리를 들었습니다. 그 무렵의 저는 젊었었고 지금보다 분별이 없었지요.

저는 권총을 지니고 있었습니다. 가죽 케이스에서 권총을 뽑아들고 골목길로 달려 들어갔습니다. 누더기 옷을 입은 두 혼혈아가 한 백인을 덮치고 있는 중이었습니다. 한 사람이 백인의 머리 위에 단검을 들이대는 것을 보고 저는 권총을 쏘았습니다. 겨냥은 빗나갔지만 두 강도는 놀랐는지 이미 여러 군데 상처를 입고 쓰러져 있는 백인을 땅바닥에 남겨 놓고 달아났습니다. 몹시 다쳤을 것이라고 생각하며 백인에게로 다가가자 그는 일어나 피투성이의 무명 바지를 손으로 털며 입 속으로 뭐라고 무뚝뚝하게 인사말을 하고는 히죽거리며 어둠 속으로 사라졌습니다. 저는 그 사람의 얼굴을 언뜻 보았을 뿐입니다. 20년 전에 제 손으로 목숨을 구해 주었던 그 남자가 10년 뒤 제 손으로 전기 의자에 보낸 남자였던 것입니다. 하늘의 섭리라고나 할까요?"
잠시 동안 계속된 침묵을 깨뜨리며 도르리 레인은 말했다.
"두고두고 말씀하실 가치가 있는 이야기입니다."
등불이 여기저기서 반짝이는 암흑 속을 기차는 달려갔다. 위호켄 교외였다.
"하지만 너무도 신기한 것은 이 안타까운 수수께끼가 풀린 것이 하필이면 제 자신의 목숨이 위태로울 때였다는 사실입니다! 그 사람의 얼굴은 그토록 오랜 옛날에 단 한 번 보았을 뿐인데 말입니다……"
하고 데이비드가 말했다.
"참으로 놀라운 이야기입니다." 브룩스도 말했다.
"사람의 얼굴이란 죽음 직전에는 더욱 놀랄 만한 일도 이룩하더군요" 하고 레인이 말했다. "8개월 전에 저는 어떤 신문을 통해 빈에서 온 통신으로 한 살인 사건에 대한 자세한 기사를 읽었는데, 그것은 이런 내용이었습니다. 어떤 남자가 호텔 방에서 사살당했는데 경찰은 금방 그 피해자의 정체를 알아냈습니다. 한때 경찰의 스파이로 일한 적이 있는 범죄 사회 출신의 남자였지요. 동기는 틀림없이 복수였으며, 아마도 이 남자의 밀고로 혼이 난 어떤 범죄자의 소행이었을 것입니다. 신문 기사에 의하면 피해자는 몇 달 전부터 그 호텔에 머물러 있었는데, 거의 방에서 나가는 일도 없고 식사도 날라 오게 했다는 것이었습니다. 누군가를 두려워하여 숨어 있었음에 틀림이 없었습니다. 시체가 발견되었을 때 마지막으로 먹다 남은 식사가 테이블 위에 그대로 놓여 있었습니다. 이 테이블에서 7피트 떨어진 곳에 서 있다가 총에 맞아 치명상을 입었는데 즉사하진 않았습니다. 왜냐하면 이 지점에서 시체가 발견되긴 했지만, 그 테이블의 발 밑 융단에 핏자국이 있었기 때문에 확인할 수 있었던 것입니다.

다만, 현장의 상황에는 이상한 점이 한 가지 있었습니다. 테이블 위의 설탕 그릇이 뒤집혀 가루 설탕이 식탁보에 쏟아져 있었는데, 죽은 남자의 손에 이 설탕이 한 움큼 쥐어져 있었던 것입니다."

"재미있군요." 데이비드가 중얼거렸다.

"간단히 해석을 붙일 수 있을 것 같았습니다. 그 사람은 테이블에서 7피트 떨어진 곳에서 총에 맞은 다음 테이블로 가서 초인적인 힘을 쥐어짜 몸을 일으켜 간신히 그릇 속의 설탕을 움켜쥐고는 바닥에 쓰러져 죽었겠지요. 하지만 왜 그랬을까요? 이 설탕은 무엇을 뜻하는 것일까요? 이 최후의 순간을 맞이한 남자의 필사적인 행동을 어떻게 해석해야 할까요? 빈 경찰은 당황하고 있다고 그 통신은 마지막에 썼더군요." 도르리 레인은 듣고 있는 사람들에게 웃음을 지어 보였다. "저는 이 의문에 대한 해답이 머리에 떠올랐기 때문에 빈으로 편지를 보냈습니다. 2, 3주일이 지나가 그쪽 경찰서장으로부터 회답이 왔는데, 범인은 제 편지가 닿기 전에 체포되었으나 범인이 체포된 다음에도 경찰이 설명을 할 수 없었던 피해자와 설탕의 문제는 저의 해답에 의해 비로소 밝혀졌다고 씌어 있더군요."

"어떤 해답을 내셨습니까?" 아헨이 물었다. "단순한 그런 재료만으로는 저는 해답을 내릴 수 없겠는데요."

"저도 그렇습니다." 브룩스가 말했다.

데이비드는 입을 이상스러운 모양으로 오므리고 얼굴을 찌푸렸다.

"데이비드 씨, 당신은 어떻습니까?"

레인이 또다시 미소지으며 물었다.

"설탕 자체의 뜻은 모르겠습니다만" 하고 주식 중매인은 생각에 잠기며 대답했다. "한 가지는 아주 확실하다고 생각합니다. 즉 죽어 가면서 그 남자는 살인자의 정체에 대한 단서를 남기려고 했다는 사실입니다."

"훌륭하십니다!" 하고 레인이 외쳤다. "맞았소, 데이비드 씨. 그럼, 설명하지요. 그 설탕은 설탕 자체가 단서였을까요? 즉 피해자는 범인이──가장 시시한 뜻을 끄집어내게 됩니다만──단 것을 무척 좋아하는 사람이라는 것을 나타내려는 것이었을까요? 아니면 범인은 당뇨병 환자라는 뜻이었을까요? 이것은 억지로 갖다 붙인 말이죠. 나는 그렇게 생각하지 않았습니다. 왜냐하면 이 단서는 틀림없이 경찰에게 알리기 위해 남긴 것이며, 죽어 가는 사람으로선 경찰이 그것을 더듬어 가면 충분히 성공할 가능성이 있는 단서를 남긴다고 생각했기 때문입니다. 그럼, 설탕은 달리 어떤 것을 나타낼 수 있을까요. 가루 설탕과 그 형태가 비슷한 것은 무엇일까요? 그것은 백색의 결정 물질입니다……. 그래서 나는 빈 경찰서장에게 이렇게 써 보냈습니다. 설탕은 범인이 당뇨병 환자임을 가리키고 있을지도 모르지만, 한층 더 가능성이 있는 해석은 범인이 코카인 상용자라는 사실일 것이라고 말입니다."

모두들 레인을 뚫어지게 바라보고 있었다. 데이비드가 넓적다리를 두드리며 소리 없이 웃었다.

"옳지, 코카인이라! 하얀 결정 분말이니까!"

"체포된 남자는" 하고 레인은 이야기를 계속했다. "우리 미국의 적색 신문에도 코카인 중독자로서 재미있고 우스꽝스러운 화젯거리로 오르내리는 사람 가운데 하나였습니다. 경찰서장은 그런 사실을 알리는 동시에 지나친 찬사를 잔뜩 써서 보냈더군요. 하지만 저는 이 수수께끼의 해답이 그다지 어려운 것이었다고는 생각지 않습니다. 그보다도 나의 흥미를 끈 것은 피살당한 남자의 심리였습니다. 그는 보통 지능을 가진 사람이 아닌 것 같습니다. 그리고 최후의 순간에 그의 머리에는 절묘한 생각이 떠올랐던 것입니다. 그리하여 죽기 직전의 아주 짧은 순간에 자기가 남길 수 있는 유일한 단서를 남겼던 거지요. 이와 같이 죽기 직전의 비할 바 없는 성스러운 순간에 인간의 두뇌는 한없이 비약하는 것입니다."

"맞습니다, 그 말씀이 옳아요" 하고 데이비드가 말했다. "아주 재미있는 이야기였습니다, 레인 씨. 당신은 그러한 추리가 간단한 것이라고 말씀하고 계십니다만, 저는 사물의 표면에서 그 내부를 통찰할 수 있는 당신의 뛰어난 재능이 있기 때문에 해결할 수 있었다고 생각합니다."

"만일 빈에 계셨더라면 경찰에 무척 도움을 주셨겠군요."

아헨이 말했다.

노스 바겐의 거리가 어둠 속으로 사라져 갔다.

레인은 한숨을 쉬었다.

"나는 가끔 이런 생각을 한답니다. 만일 사람이 자기의 목숨을 노리는 상대와 딱 마주쳤을 때 비록 아무리 모호한 것이라 하더라도 상대의 정체를 알릴 만한 것을 남길 수 있다면 죄와 벌의 문제는 훨씬 간단해지지 않을까 하고……."

"아무리 모호한 것이라도 말입니까?"

브룩스가 까다롭게 물었다.

"그렇습니다, 브룩스 씨. 아무리 사소한 단서라 할지라도 전혀 없는 것보다는 낫지 않겠습니까?"

모자의 차양을 깊숙이 내려쓴 창백하고 여윈 얼굴의 키 큰 남자가 객차의 앞쪽 문에서 들어왔다. 그 사람은 비틀거리며 서로 이야기하고 있는 네 사람 쪽으로 오더니 초록빛 체크 무늬 천이 씌워진 좌석의 등에 털썩 기대앉아서는 열차의 흔들림에 몸을 맡긴 채 다른 사람들의 어깨 너머로 존 데이비드를 노려보았다.

레인은 입을 다물고 당황한 듯이 그 사나이를 흘긋 올려다보았다. 그러자 데이비드가 불쾌한 목소리로 말했다.

"콜린즈 씨."

노배우는 새로운 흥미를 느끼며 그 사나이를 바라보았다. 브룩스가 말했다.

"취했군요, 콜린즈 씨. 무슨 용건이 있소?"

"네 녀석에게는 용건이 없어, 이 엉터리 변호사야!" 콜린즈는 혀 꼬부라진 목소리로 말했다. "데이비드 씨." 그는 정중한 태도를 보이려고 애쓰며 말했다. "단둘이 만나고 싶습니다."

콜린즈는 모자를 뒤로 젖히며 유쾌하게 웃으려고 했으나 보기 거북한 웃음이 되었을 뿐이었다. 데이비드는 연민과 혐오가 뒤섞인 표정으로 상대의 얼굴을 보았다.

두 사람이 서로 말을 주고받는 동안 도르리 레인의 잿빛 눈은 콜린즈의 험악한 얼굴에서 데이비드의 섬세한 주름이 팬 얼굴로 끊임없이 오갔다.

"콜린즈 씨." 데이비드는 목소리를 조금 누그러뜨리며 말했다.

"몇 번이나 말했듯이 그 일에 대해선 아무것도 해줄 수 없소, 콜린즈 씨도 잘 알지 않소. 그런데 어째서 이런 불쾌한 짓을 하는 거요. 여러분에게 방해가 되고 있는 걸 모르시오? 점잖게 물러가시오."

콜린즈의 입은 맥없이 비뚤어지며 핏발이 선 눈에 눈물이 괴었다.

"데이비드 씨" 하고 그는 중얼거렸다. "데이비드 씨는 내 말을 꼭 들어 주어야만 합니다. 이 일이 나에게 얼마나 중요한 것인지 데이비드 씨는 모르겠지요. 이것은 사느냐 죽느냐의 문제란 말이오."

데이비드는 주저했고 다른 사람들은 모두 시선을 돌렸다. 이 사나이의 가엾은 모습과 비굴한 태도를 차마 볼 수가 없었던 것이다. 콜린즈는 데이비드가 주저하자 여기에 희망을 걸고 열심히 졸랐다.

"약속합니다. 단둘이서 이야기할 수 있게 해준다면 다시는 성가시게 굴지 않겠다고 맹세하겠소, 이번이 마지막이오, 제발!"

데이비드는 쌀쌀하게 콜린즈의 얼굴을 보았다.

"정말이겠지요, 콜린즈 씨? 이번이 마지막이겠지요? 이렇게 자꾸만 따라다니지 않겠단 말이지요?"

"네! 믿어주십시오!" 핏발이 선 눈에 희망의 빛이 이글이글 타올랐다. 데이비드는 한숨을 쉬고 일어나 세 명의 일행에게 양해를 구했다. 그리고 그들은——데이비드는 고개를 숙이고 콜린즈는 빠른 말투로 힘차게 몸짓을 섞어 지껄여 대고 데이비드의 얼굴을 들여다보며——열차의 뒤쪽을 향해 통로를 걸어갔다. 그러나 갑자기 데이비드는 콜린즈를 통로에 남겨 놓은 채 세 사람 쪽으로 돌아왔.

주식 중매인은 조끼의 왼쪽 윗주머니에 손을 넣어 역에서 구입한 회수권 철은 그냥 두고 여섯 장의 차표를 꺼냈다. 그는 그것을 아핸에게 주었다.

"차장이 오면 보여 주게" 하고 데이비드는 말했다. "저 사람하고 옥신각신하려면 시간이 걸릴지도 모르니까. 내 것은 나중에 보이겠네."

아핸은 끄덕였다. 데이비드는 콜린즈가 낙심한 표정으로 서 있는 찻간 뒤쪽으로 다시 돌아갔다. 데이비드가 다가가자 콜린즈는 갑자기 기운이 솟아나 다시 장황하게 호소하기 시작했다. 두 사람이 출입문을 지나 뒤쪽 승강구의 발판으로 나가는 모습이 잠깐 희미하게 보였다. 남은 세 사람에게는 콜린즈와 데이비드가 맨 끝 찻간의 어두운 승강구의 발판으로 건너가는 것이 마지막으로 보였을 뿐, 그 뒤에는 아무것도 보이지 않았다.

브룩스가 말했다.

"저 사람은 불장난을 하다가 손가락을 덴 격이 됐지요. 이젠 별수 없어요. 저런 사람을 도와준다면 데이비드가 바보지요."

"롱스트리트의 끔찍한 권유 때문에 입은 손해를 아직도 데이비드에게 보상해 달라고 하는군요" 하고 아핸이 말했다. "하지만 존은 어쩌면 동정해서 무슨 조치를 취해 줄는지도 모르겠습니다. 오늘 밤은 기분이 몹시 좋고 목숨을 건졌다는 크나큰 기쁨 때문에 롱스트리트의 잘못을 보상해 줄는지도 모르지요."

도르리 레인은 아무 말도 하지 않았다. 그는 뒤쪽 승강구를 돌아다보았으나 두 사람의 모습은 보이지 않았다. 이때 앞쪽 출입구에서 차장이 들어오더니 차표를 검사하기 시작했으므로 모두 다시 앞을 보고 앉았으며 지금까지의 긴장이 풀렸다. 로드가 중간에 있는 세 사람에게 차표가 있다고 차장에게 말하며 이쪽을 보다가 데이비드의 모습이 보이지 않자 놀라는 것 같았다. 차장이 다가왔다. 아핸이 6장의 차표를 주며 일행이 한 사람 더 있는데 지금 잠시 자리를 비웠으나 곧 돌아올 것이라고 말했다.

"좋습니다" 하고 차장은 말하며 차표에 구멍을 뚫어 그것을 아핸이 앉아 있는 자리 위의 차표꽂이에 꽂고 그대로 앞으로 나아갔다.

세 사람은 두서없는 잡담을 주고받았으나 곧 화제가 끊어지고 말았다. 아핸이 양해를 구하며 일어나 두 손을 호주머니에 넣고 통로를 왔다갔다하기 시작했다. 레인과 브룩스는 유언에 대한 이야기에 열중했다. 레인이 몇 년 전에 셰익스피어 극을 공연하기 위해 유럽을 순회하다가 맞닥뜨린 기묘한 예를 들자, 브룩스는 모호한 유언 때문에 성가신 법률 문제를 일으킨 예를 몇 가지 들었다.

기차는 요란한 소리를 내며 계속 달렸다. 레인은 두 번이나 뒤를 돌아다보았으나 데이비드의 모습도 콜린즈의 모습도 보이지 않았다. 노배우의 이마에 주름이 조금 잡혔고 브룩스가 이야기를 끝마치자 골똘히 생각에 잠겼다. 그러나 금방 자기의 어리석은 생각을 떨쳐 버리듯이 고개를 젓고는 다시 이야기를 시작했다.

구간 열차가 하켄서크 교외의 보고타 역에 덜컹거리며 멈춰 서자 레인은 창 밖을 내다보았다. 기차가 다시 움직이기 시작할 때 또다시 잡힌 이마의 주름이 아까보다 더 깊어졌다. 레인은 자기의 시계를 들여다보았다. 바늘은 12시 36분을 가리키고 있었다. 브룩스가 수상쩍다는 표정으로 그를 지켜보고 있었다.

갑자기 레인이 일어섰다. 그것이 너무나 갑작스러워서 브룩스는 자신도 모르게 놀라는 소리를 질렀다.

"미안합니다, 브룩스 씨" 하고 레인은 빠른 어조로 말했다. "제 신경이 조금 날카로워서 그럴는지도 모르겠습니다만, 데이비드 씨가 돌아오지 않는 것이 몹시 걱정되는군요. 잠깐 저쪽에 가 보고 오겠습니다."

"무슨 잘못이 생겼을까요?" 브룩스는 놀라며 물었다. 그는 일어서더니 레인과 함께 통로를 성큼성큼 걸어가기 시작했다.

"그렇지 않기를 바랍니다만." 두 사람은 안타까운 듯이 왔다갔다 하고 있는 아헨의 옆을 지나갔다.

"무슨 일이 생겼습니까?" 아헨이 물었다.

"레인 씨는 데이비드가 돌아오지 않는 것이 이상하다고 말씀하십니다." 브룩스가 빠른 어조로 말했다. "아헨 씨도 같이 갑시다."

레인을 선두로 그들은 뒤쪽 출입문을 빠져나가 그 자리에 멈추어 섰다. 승강구에는 아무도 없었던 것이다. 세 사람은 흔들거리는 연결기를 건너 맨 끝 찻간의 승강구로 가 보았으나 그곳에도 사람의 모습은 보이지 않았다.

세 사람은 서로 얼굴을 마주보았다.

"이상한데, 어디로 갔을까?" 하고 아헨이 중얼거렸다. "둘 다 돌아오는 것을 보지 못했는데요. 브룩스 씨는?"

"유심히 보지는 않았지만, 돌아오지 않은 것 같소" 하고 브룩스는 말했다.

레인은 그들에게는 조금도 신경을 쓰지 않았다. 레인은 한쪽 문으로 다가가서 유리를 통해 뒤로 달려가는 어두운 전원을 내다보았다. 이윽고 다시 돌아와 어두워서 거의 아무것도 보이지 않는 맨 끝 찻간 문의 유리 너머로 그 안을 들여다보았다. 이 차량은 틀림없이 종점인 뉴버그까지 끌고 갈 여분의 차량이며, 내일 아침 러시아워에 위호켄으로 갈 때 사용하려는 것이리라.

레인은 턱을 바짝 죄며 똑똑히 말했다.

"나는 이 안으로 들어가 보겠습니다. 브룩스 씨, 문을 열어 놓고 계시지 않으시겠습니까, 몹시 어두워서요."

레인은 문의 손잡이를 쥐고 밀었다. 문은 스르르 열렸다. 잠겨 있지 않았던 것이다. 거의 아무런 조명도 없는 어둠에 눈이 익숙해지도록 하기 위해 세 사람은 눈을 가늘게 뜨고 잠시 동안 서 있었다. 이윽고 브룩스는 옆을 보았다. 그 순간 그는 바짝 긴장했다……

문 왼쪽에 칸을 막은 방이 있었다. 어느 객차에서나 흔히 볼 수 있는 작은 방이었다. 차량의 앞쪽 벽과 차 안의 첫좌석 등에 해당되는 벽이 칸을 막는 역할을 하고 있었다. 바깥쪽인 레인이 서 있는 곳에는 칸이 막혀 있지 않았다. 이 방에는 차 안의 다른 부분과 마찬가지로 두 개의 길다란 좌석이 서로 마주보게 되어 있었다. 앞쪽 벽이 마주 보이는 좌석의 창가에 앉아서 고개를 가슴에 늘어뜨리고 있는 사람은 존 데이비드였다.

레인은 어둠 속에서 눈을 가늘게 떴다. 주식 중매인은 잠을 자고 있는 듯이 보였다. 브룩스와 아헨에게 밀리며 레인은 두 개의 좌석 사이로 비집고 들어가 데이비드의 어깨를 가만히 눌러 보았다. 대답이 없었다.

"데이비드 씨!"

레인은 날카롭고 탄력 있는 목소리로 부르며 움직이지 않는 몸을 흔들었으나 역시 대답이 없었다. 그러나 이번에는 데이비드의 머리가 흔들리며 눈이 보였다. 그리고 다시금 꼼짝도 하지 않았다……

그 눈은 어둠 속에서도 멍청하니 크게 뜨여 있어 죽은 사람의 눈이라는 것을 곧 알 수 있었다.

레인은 몸을 굽혀 그의 심장 언저리를 더듬었다.

레인은 일어서서 손가락을 비비며 그 방에서 나왔다. 아헨은 덜덜 떨며, 꼼짝도 하지 않는 기분 나쁜 데이비드의 모습을 내려다보고 있었다. 브룩스가 떨리는 목소리로 말했다.

"죽었군요."

"내 손에 피가 묻었소," 레인이 말했다. "브룩스 씨, 문을 붙잡고 계십시오. 등불이 있어야겠소. 전등 스위치를 찾아서 누를 때까지 이렇게 하고 있어야겠습니다."

레인은 아헨과 브룩스의 옆을 지나 승강구로 나갔다.

"시체에 손을 대면 안 됩니다. 두 분 모두 조심하십시오."

레인은 엄하게 말했다. 그들은 본능적으로 몸을 움츠린 채 공포에 질린 듯이 죽은 사람에게서 몸을 돌리지 못했다.

레인은 머리 위를 둘러보다가 찾고 있는 것을 발견하자 기다란 팔을 위로 뻗었다. 그는 힘을 주어 여러 번 잡아당겼다. 비상 신호를 울리는 코드였다. 심한 브레이크 소리가 나더니 기차는 갑자기 덜컹

하고 차체를 떨며 급히 멈췄다. 아핸과 브룩스는 하마터면 쓰러질 뻔하여 서로의 몸을 부둥켜안았다.

레인은 연결기를 건너 밝은 앞찻간의 문을 열었다. 잠시 동안 그 자리에 꼼짝하지 않고 서 있었다. 암페리얼은 지금은 혼자 앉아 졸고 있었다. 로드와 잔느는 머리가 서로 닿을 만큼 바짝 붙어 앉아 있었다. 다른 승객들도 몇 명 있었으나 대부분 졸고 있거나 무엇을 읽고 있었다. 앞쪽 문이 홱 열리며 두 사람의 차장이 레인을 향해 통로를 달려왔다. 승객들은 금방 눈을 뜨고 간혹 잡지며 신문을 내려놓기도 했다. 심상치 않은 사태가 일어났음을 눈치챘던 것이다. 잔느와 로드가 깜짝 놀라 고개를 들었다. 암페리얼은 의아해하는 표정을 지으며 일어섰다.

두 차장이 옆으로 다가왔다.

"누가 비상 신호를 눌렀습니까?" 하고 앞장서서 온 키가 작고 성급해 보이는 노인이 외쳤다.

"무슨 일입니까?"

레인이 소리를 죽이며 말했다.

"중대한 사고가 일어났습니다. 함께 가십시다."

잔느와 로드와 암페리얼이 달려왔다. 다른 승객들도 당황한 질문을 퍼부으며 모여들었다.

"아니, 아가씨는 오지 마십시오, 로드 씨. 자리로 모시고 가시오. 암페리얼 씨도 여기 계십시오."

레인은 뜻이 담긴 시선을 로드에게 던졌다. 로드는 안색이 달라졌으나 곧 당황해하는 잔느의 팔을 붙잡고 억지로 제자리로 데리고 갔다. 키가 큰 또 다른 차장이 몰려드는 승객을 되돌려 보내기 시작했다.

"자리로 돌아가십시오. 떠들지 마시고 어서 자기 자리로……."

레인은 두 차장을 데리고 맨 끝 찻간으로 돌아갔다. 브룩스와 아핸이 아까 그대로의 자세로 화석이 된 듯 꼼짝도 하지 않고 데이비드의 시체를 바라보고 있었다. 차장 하나가 전기 스위치를 눌렀다. 전등이 켜지자 어두웠던 차 안의 모습이 금방 뚜렷이 드러났다. 세 사람은 앞을 가로막은 브룩스와 아핸을 밀어젖히고 찻간으로 들어갔다. 키 큰 차장이 문을 닫았다.

키가 작은 나이 먹은 차장이 칸막이 방으로 발을 들여놓고 몸을 굽혔다. 조끼의 쇠사슬에 무거운 금시계가 매달려 있었다. 그는 주름진 손끝으로 죽은 사람의 왼쪽 가슴을 가리키며 "총알 자국이군. 살인이야……" 하고 외쳤다.

나이 많은 차장은 허리를 펴고 레인을 보았다. 레인은 조용히 말했다.

"조금이라도 손을 대면 안 됩니다, 차장 양반." 그는 지갑에서 명함을 꺼내어 노인에게 주었다. "저는 요즈음 몇 개의 살인 사건에 조사 고문으로서 관계하고 있습니다. 그러므로 이 사건에도 권한이 있다고 생각합니다."

나이 많은 차장은 수상쩍다는 듯이 명함을 들여다보더니 마침내 그것을 돌려주고는 모자를 벗어 흰 머리를 긁었다.

"글쎄요" 그는 노여움이 담긴 어조로 말했다. "그런 말을 어떻게 믿을 수 있겠습니까. 나는 이 열차에서는 선임 차장이니만큼 언제 무슨 일이 생기건 내가 책임자라는 것은 법적으로도……."

"이봐요, 차장." 브룩스가 말참견을 했다. "이분은 도르리 레인 씨요, 롱스트리트와 우드의 살인 사건을 도와주고 계시는 분이란 말이오. 신문에서 읽었으면 알고 있을 텐데……."

"그러십니까!" 노인은 턱을 비비며 말했다.

"이 죽은 사람이 누군지 아시오?" 브룩스는 쉰 목소리로 말했다.

"롱스트리트의 동업자 존 데이비드란 말이오!"

"정말입니까!" 하고 차장은 외쳤다. 그는 반쯤 가려져 있는 데이비드의 얼굴을 의심스럽다는 듯이 들여다보다가 마침내 얼굴을 반짝였다. "그러고 보니 이 얼굴은 본 적이 있습니다. 오래 전부터 늘 이 기차를 타고 다녔으니까요. 알았습니다, 레인 씨. 당신에게 맡기겠습니다. 우리는 어떻게 할까요?"

이런 말이 오가는 동안 레인은 잠자코 서 있었는데, 그 눈이 짜증스럽게 반짝이고 있었다. 레인은 기다렸다는 듯이 외쳤다.

"어서 문과 창문을 모두 꼭 닫고 지켜 주십시오. 기관사에게는 가장 가까운 역까지 기차를 몰고 가라고 전하시오."

"티넥입니다, 다음 역은——" 키 큰 차장이 말참견을 했다.

"어디든 좋으니" 하고 레인이 계속 말했다. "전속력을 내 달라고 하십시오. 그리고 뉴욕 경찰에 전화해서 샘 경감에게 연락을 취하도록. 본부나 자택에 계실 겁니다. 가능하면 뉴욕 지방 검사 브르노 씨에게도······."

"역장에게 부탁하겠습니다."

노인은 깊이 생각하는 듯 말했다.

"좋습니다. 그리고 티넥 역에 닿으면 필요한 조치를 취해서 이 열차를 대피선에 넣도록 해주시오. 당신의 이름은?"

"폼 브톰리라고 합니다." 노인은 진지한 표정으로 대답했다. "그럼, 레인 씨. 가 보겠습니다."

"문제없겠지요, 브톰리 씨?" 레인이 말했다. "빨리 해주십시오."

두 차장은 문을 향해 나갔다. 브톰리가 젊은 차장에게 말했다.

"나는 기관사에게 갈 테니 자네는 출입문을 잘 지켜 주게. 알겠지, 에드워드?"

"염려 마십시오."

두 사람은 끝 찻간에서 나가 다음 찻간의 문간에 밀려 있는 승객을 헤치며 달려갔다.

차장이 가 버리자 침묵이 찾아왔다. 아헨은 갑자기 맥이 빠진 듯 화장실 문에 몸을 기댔다. 브룩스도 입구의 문에 기대어 섰다. 레인은 어두운 표정으로 존 데이비드의 유해를 이리저리 보았다.

레인은 뒤돌아보지 않고 말했다.

"아헨 씨, 난처한 역할이시겠지만 데이비드의 친구로서 아가씨에게 말씀해 주시지요."

아헨은 몸을 꼿꼿이 한 채 입술을 축이다가 아무 말 없이 나갔다.

브룩스는 아직 문에 몸을 기대고 있었고, 레인은 죽은 사람 옆에 보초처럼 서 있었다. 두 사람 모두 말없이 꼼짝도 하지 않았다. 앞쪽 찻간에서 희미하게 비명 소리가 들려왔다.

이윽고 기차가 육중한 강철의 몸을 흔들며 천천히 움직이기 시작할 때에도 두 사람은 똑같은 자세로 서 있었다.

바깥은 캄캄했다.

그 뒤 티넥 역의 대피선.

기차는 환히 전등을 켠 채 티넥 역 구내 녹슨 대피선의 어둠 속에 움직일 수 없는 애벌레처럼 멈추어 있었다. 그러나 정거장 자체는 이리 뛰고 저리 뛰는 사람들로 활기를 띠고 있었다. 어둠 속에서 한 대의 자동차가 요란한 소리를 내며 달려왔다. 기차길 가까이에서 급히 멈추더니 몇 명의 몸집이 큰 남자들이 멎어 있는 열차를 향해 달려오기 시작했다.

샘, 브르노, 시링 의사, 그리고 몇 명의 형사들이 도착한 것이다.

그들은 밝은 전등 불빛을 받으며 기차 밖에서 무언가 이야기하고 있었다. 승무원, 기관사, 구내 계원 등 한 무리의 사람들이 그 옆을 스치며 달려갔다. 한 남자가 각등을 내밀었으나 샘 경감은 그 불빛을 얼굴에서 멀리했다. 그들은 맨 끝 찻간의 양쪽 승강구로 달려갔다. 샘이 딱딱한 주먹으로 문을 두드렸다.

"왔군!" 하는 소리가 안에서 희미하게 들리더니 브톰리 차장이 문을 열어 옆에 있는 멈춤쇠에 고정시켰다. 그리고 승강구의 접는 발판을 내렸다.

"경찰에서 오셨습니까?"

"시체는 어디 있소?" 되묻는 경감의 뒤를 따라 모두들 발판을 밟고 올라왔다.

"이쪽입니다. 맨 끝 찻간입니다."

그들은 맨 끝 찻간으로 몰려 들어갔다. 레인은 아직도 꼼짝하지 않고 있었다. 사람들의 눈은 대뜸 죽은 사람에게로 집중되었다. 옆에는 티넥 지구의 경찰관과 티넥 역장과 젊은 차장이 서 있었다.

"총에 맞았다고요?" 샘은 레인을 보았다. "레인 씨, 대체 어떻게 된 일입니까?"

레인이 비로소 몸을 조금 움직였다.

"돌이킬 수 없는 일이 벌어졌습니다, 경감님. 대담한 범죄입니다. 너무나도 대담무쌍합니다."

윤곽이 뚜렷한 얼굴이 조금 야윈 것 같았다.

헝겊 모자를 뒤로 젖혀 쓰고 코트의 단추를 채우지 않은 시링 검시관이 시체 옆에 무릎을 꿇고 앉았다.

"만졌나요?" 그는 시체를 이리저리 살펴보고 중얼거렸다.

"레인 씨, 당신에게 묻고 있습니다." 브르노가 말했다. "시링 선생님께서 물으십니다."

레인은 기계적으로 대답했다.

"몸을 흔들어 보았지요. 머리가 기울어졌다가 다시 제자리로 갔습니다. 허리를 굽혀 심장 위를 만져 보았더니 손에 피가 묻더군요. 그밖에는 전혀 손을 대지 않았습니다."

모두 묵묵히 시링 의사를 지켜보았다. 검시의는 총알 맞은 구멍의 냄새를 맡고는 윗옷을 잡아당겼다. 총알은 왼쪽 가슴의 주머니 위치에서 윗옷을 뚫고 곧장 심장으로 들어가 있었다. 윗옷이 희미한 소리를 내며 찢어졌다.

"윗옷, 조끼, 와이셔츠, 내의, 심장의 순서로 곧바로 꿰뚫었군."

시링 의사가 말했다.

옷에는 그다지 피가 묻어 있지 않았다. 어느 옷에도 다만 구멍 주위에 불규칙한 형태의 젖은 둥근 테가 빨갛게 둘려져 있을 뿐이었다.

"죽은 지 약 1시간쯤 됐습니다." 검시의는 말을 이었다. 그는 팔목시계를 보았다. 그런 다음 죽은 사람의 팔과 다리의 근육을 만져 보고 무릎의 관절을 구부리는 시도를 해 보았다. "사망 시각은 아마 12시 30분, 아니면 그보다 몇 분 전일는지도 모르겠소."

모두 데이비드의 얼어붙은 듯한 얼굴을 뚫어지게 보고 있었다. 얼굴은 찌그러지고 몹시 흉하게 부자연스러운 표정을 짓고 있었다. 그 표정의 뜻을 이해하기는 어렵지 않았다. 그것은 뚜렷한 공포의 표정이었다. 눈이 치켜 올라갔고 턱의 근육에 긴장의 주름이 새겨졌으며 그 주름 한 가닥 한 가닥에 기력이 꺾이는 절망의 독소가 스며들어 있는 듯했다······.

시링 의사가 가벼운 소리를 질렀다. 모두의 시선은 일제히 죽은 사람의 끔찍한 얼굴에서 떠나 의사가 들어올려 보이는 시체의 왼손으로 옮겨졌다.

"이 손가락을 보십시오" 하고 시링 의사가 말하자 모두들 그것을 보았다. 가운뎃손가락이 집게손가락 위에 겹쳐져 기묘한 모양으로 엉겨 있었고, 엄지손가락과 나머지 두 손가락은 안쪽으로 구부러진 채 굳어 있었다.

"대체 이것은——" 샘이 신음 소리를 냈다.

브르노는 눈을 크게 뜨고 몸을 굽혔다.

"아아!" 그는 외쳤다. "내 머리가 이상해졌거나 내 눈이 어떻게 되지 않고서야 이럴 수 있을까? 이것은——" 그는 웃기 시작했다.

"아니야, 그럴 리가 없어. 중세 유럽도 아닌데…… 이것은 악마의 눈을 피하려는 술법이 아닌가!"

모두들 말이 없었다. 이윽고 샘이 중얼거렸다.

"이건 마치 미스터리소설 같군. 틀림없이 이 화장실에 기다란 송곳니를 드러내고 있는 중국 놈이 숨어 있을 거요."

아무도 웃지 않았다. 시링 의사가 말했다.

"무슨 까닭인지는 모르겠지만, 어쨌든 이렇게 되어 있군요." 시링 의사는 포개진 두 손가락을 잡고 얼굴이 빨개질 때까지 힘을 주어 떼어 보려고 애썼다. 그러나 그는 어깨를 움찔했다. "사후 경직 상태입니다. 나무토막처럼 굳어 버렸어요. 데이비드는 가벼운 당뇨병 증세가 있었던 모양입니다. 이토록 빨리 굳어 버린 것은 그 때문이지요."

시링 의사는 곁눈질로 올려다보며 말했다. "샘 경감님, 손가락을 이런 식으로 겹쳐 보십시오."

모두 기계 인형처럼 경감을 쳐다보았다. 그는 말없이 오른손을 내놓고 조금 거북스럽게 가운뎃손가락을 집게손가락 위로 겹쳐 보였다.

"꼭 눌러 보시오." 시링 의사는 말했다. "힘을 주어서, 데이비드처럼 말이오. 그리고 잠깐 그대로 있으시오……."

경감은 힘주어 눌렀다. 얼굴이 벌개졌다.

"상당히 힘들지요, 안 그래요?" 검시의는 무뚝뚝하게 말했다.

"이런 괴상한 일은 정말 드문 일입니다. 죽은 다음에도 떨어지지 않을 만큼 아주 단단히 얽혀 있으니 말입니다."

"악마의 눈을 피하려는 술법이라는 해석은 믿을 수 없는데요." 샘은 손가락을 풀며 말했다. "싸구려 소설 같아서 말입니다. 말도 안 됩니다. 웃음거리가 되겠는걸요."

"그럼, 다른 설명을 해보시오." 브르노가 말했다.

"글쎄." 샘은 신음소리를 냈다. "아마 죽인 녀석이 데이비드의 손가락을 이렇게 꼬았는지도 모르지요."

"바보 같은 소리 그만두시오." 브르노가 소리 질렀다. "그 말이 오히려 엉터리 같군. 살인자가 대체 무엇 때문에 그런 짓을 하겠소?"

"그야 곧 알게 되겠지요, 곧…… 레인 씨, 어떻게 생각하십니까?" 하고 샘이 말했다.

"이 사건을 제타트라(한 번만 노려보아도 사람을 해치는 힘이 있는 주술사) 찾기로 생각하십니까?" 레인은 몸을 움직였다. "아무래도 존 데이비드 씨는……." 그는 짙은 피로의 빛을 나타내며 말했다. "오늘 밤에 제가 무심히 한 이야기를 대단히 진지하게 생각하신 것 같군요."

샘이 그 설명을 해 달라고 말하려는데 시링이 일어났으므로 입을 다물었다.

"자, 저의 임무는 끝났습니다." 의사는 말했다. "꼭 한 가지 확실한 것은 즉사했다는 사실입니다."

레인이 비로소 활발하게 몸을 움직이며 검시관의 팔을 붙잡았다.

"즉사한 것이 확실합니까?"

"네, 절대로 확실합니다. 총알은 아마 38구경일 테고, 심장의 우심실을 관통하고 있습니다. 겉으로 보아서는 이것이 유일한 상처입니다."

"머리는 아무렇지도 않습니까? 달리 폭행의 흔적, 타박상 같은 것은 없습니까?"

"하나도 없습니다. 심장에 한 방 맞고 죽었습니다. 그뿐입니다. 사실 그것으로 충분하지요. 이렇게 훌륭한 솜씨는 지난 몇 달 동안 본 일이 없습니다."

"그럼, 데이비드 씨가 죽음의 고통 때문에 몸부림치며 손가락을 이렇게 꼬았다고 할 수는 없단 말씀이지요?"

"레인 씨." 시링 의사는 조금 성난 기색을 나타내며 말했다. "제가 지금 즉사했다고 말하지 않았습니까? 죽음의 고통 따위는 있을 리가 없지요. 총알이 심실을 꿰뚫으면 등불이 단숨에 꺼지듯이 순식간에 고꾸라지며 그 인생은 끝나는 겁니다. 사람은 모르모트와는 다르니까요."

레인은 웃지 않았다. 그는 샘 경감을 돌아보았다.

"경감님, 신경질이 많으신 의사 선생님의 의견 덕분에 이제야 흥미 있는 점이 뚜렷해졌습니다" 하고 그는 말했다.

"그게 무슨 뜻입니까? 이 사람이 그 자리에서 즉사했다는 것이 어떻단 말씀이지요? 즉사한 시체는 얼마든지 보았지만 그다지 색다른 점은 하나도 없군요."

"그런데 색다른 점이 있단 말입니다." 레인이 말했다. 브르노가 알고 싶다는 표정을 짓는 것을 보고도 레인은 더 이상 아무 말도 하지 않았다.

샘은 고개를 저으며 시링 의사 옆을 지나 앞으로 나섰다. 그리고 시체 위에 몸을 굽혀 천천히 옷을 살피기 시작했다. 레인은 샘의 얼굴과 죽은 사람의 몸이 모두 보이는 위치로 옮겼다.

"이게 뭐지?" 하고 샘은 중얼거렸다. 그는 데이비드의 윗옷 안주머니에서 몇 통의 낡은 편지, 수표철, 만년필, 시간표, 그리고 두 권의 철도 회수권 철을 찾아냈다.

레인이 무뚝뚝하게 말했다.

"그것은 갇혀 있는 동안에 기한이 지난 50회 회수권과 오늘 밤 우리가 기차를 타기 전에 구입한 새 회수권입니다."

경감은 코를 울리며 낡은 회수권 철의 구멍이 뚫린 페이지를 들췄다. 페이지의 모서리가 접혀 있었다. 표지에도 안쪽에도 낙서가 가득 적혀 있었다. 구멍이 뚫린 주위며 인쇄된 활자를 따라 낙서가 적혀 있었는데, 모두 기하학적인 도형으로 데이비드의 깔끔한 성격을 나타내고 있었다. 회수권은 거의 뜯기어 있었다. 경감은 새로운 회수권 철을 살펴보았다. 그것은 구멍이 뚫린 것도 없었고, 데이비드가 역에서 구입했을 때의 상태 그대로라고 레인은 말했다.

"차장은 누굽니까?" 샘이 물었다.

푸른 차장 제복을 입은 노인이 대답했다.

"접니다. 이름은 폼 브톰리, 이 열차에서는 선임입니다만, 무슨 용건이신지요?"

"이 사람을 알고 있소?"

"글쎄올시다……." 브톰리는 말꼬리를 길게 뽑으며 말했다. "아까 당신이 오시기 전에 여기 계시는 레인 씨에게도 어쩐지 낯이 익은 얼굴이라고 말씀드렸지요, 네, 지금 생각이 났습니다. 이 사람은 몇 년 전부터 이 열차를 타고 다녔습니다. 아마 웨스트 잉글우드 사람이었을 겁니다."

"오늘 밤에도 차 안에서 봤소?"

"보지 못했습니다. 제가 차표를 검사하며 다닌 찻간에는 없었습니다. 에드워드, 자네는 보았나?"

"아니오, 오늘 밤에는 보지 못했습니다." 체격이 좋은 젊은 차장이 머뭇거리며 대답했다. "저도 이 사람은 잘 알고 있습니다만, 오늘 밤에는 보지 못했습니다. 이 앞 찻간에 갔을 때 일행이 몇 분 계셨는데 그 가운데 키가 큰 분이 차표를 6장 내놓으며 동행이 또 한 사람 있는데 지금은 자리에 없다고 말씀하셨습니다. 그러나 그 뒤에도 보지 못했습니다."

"결국 차표를 검사하지 못했단 말이오?"

"어디 있는지 몰랐으니까요. 아마 화장실에 갔나 보다고 생각했지요. 설마 이런 캄캄한 찻간에 있을 줄을 누가 알았겠습니까. 여기에는 아무도 들어오지 않거든요."

"데이비드를 알고 있다고 했지요?"

"그런 이름이었습니까? 그럼요, 늘 이 열차를 타고 다녔기 때문에 잘 기억하고 있습니다."

"얼마나 자주 탔지요?"

에드워드는 모자를 벗고 훌렁 벗어진 이마를 두드리며 생각에 잠겼다.

"자세히는 모르겠지만, 자주 탔다고 할 수는 없고 이따금 탔지요."

폽 브톰리가 단단한 작은 몸집을 앞으로 내밀었다.

"여보십시오, 그런 일이라면 알 수 있는 방법이 있습니다. 나와 에드워드는 매일 밤 이 야간 열차에서 근무하거든요. 그래서 이 사람이 이 열차를 몇 번 탔느냐 하는 문제쯤은 알 수 있지요. 그 낡은 회수권을 이리 좀 줘 보십시오."

그는 모서리가 접힌 회수권 철을 샘의 손에서 빼앗아 그것을 펼쳐 샘에게 보여 주었다. 다른 사람들도 모여서 경감의 어깨 너머로 들여다보았다.

"자, 이것 보십시오." 브톰리는 차표를 뜯어내고 남은 반쪽을 가리키며 수다스럽게 말했다. "한 번 승차할 때마다 차표를 뜯어 구멍을 뚫고 남은 반쪽에도 구멍을 뚫게 되어 있습니다. 그러므로 모양의 수를——이것은 에드워드 톰슨이 뚫은 구멍입니다——이 두 가지 구멍의 수를 세어 보면 알 수 있어요. 이것이 저 사람이 이 열차를 몇 번 탔는지 알 수 있는 방법입니다. 이 열차에는 차장이 우리 둘뿐이니까요. 아시겠습니까?"

샘은 낡은 회수권 철을 자세히 살펴보았다.

"꽤 재치가 있군. 모두 40개의 구멍이 뚫려 있는데 40개 가운데 절반은 뉴욕 행이겠지요? 구멍의 모양이 다른 것으로 미루어 보아 그런 것 같군요."

"그렇습니다" 하고 브툼리는 말했다. "아침 열차는 차장이 다릅니다. 차장은 제각기 모양이 다른 구멍을 뚫거든요."

"알겠소" 하고 샘은 말했다. "그래서 밤에 웨스트 잉글우드로 돌아간 것이 20번, 그 20번 가운데——" 그는 재빠르게 계산했다.

"당신들 두 사람이 뚫은 구멍이 13개 있군요. 13번 탔다는 이야기가 되는군. 그러니까 6시쯤의 보통 열차보다 이 열차를 타는 일이 더 많았다는 이야기이지."

"나도 제법 탐정 못지않은걸." 노인은 싱글거렸다. "이젠 아셨지요? 뚫은 구멍은 속일 수가 없거든요!" 그는 들뜬 듯이 큰 소리로 웃었다.

브르노가 얼굴을 찌푸렸다.

"범인은 틀림없이 데이비드가 보통 통근 열차보다 이 열차를 자주 탄다는 것을 알고 있었군."

"그럴는지도 모르지요." 샘 경감은 넓은 어깨를 뒤로 젖혔다. "그럼, 다른 일도 자세히 알아보아야겠군. 레인 씨, 오늘 밤 여기에서 대체 무슨 일이 일어났습니까? 데이비드는 어째서 이 찻간에 왔습니까?"

도르리 레인은 머리를 흔들었다.

"사실은 무슨 일이 있었는지 저도 모릅니다. 다만 기차가 위호켄을 출발한 지 얼마 안 되어 마이클 콜린즈가……."

"콜린즈라고요?" 샘이 외쳤다. 브르노가 다가섰다. "이번 일에 콜린즈가 관계되어 있습니까? 어째서 좀더 빨리 말씀하지 않으셨습니까?"

"경감님, 조금 침착하십시오……. 콜린즈는 차에서 내렸는지 모르겠습니다. 데이비드의 시체가 발견되자마자 아무도 기차에서 나가지 못하도록 차장에게 출입구를 지키라고 했습니다. 비록 시체가 발견되기 전에 차에서 내렸다 하더라도 달아나지는 못할 겁니다."

샘은 불만스러운 듯이 코를 울렸다. 레인은 평온한 말투로 콜린즈가 최후의 담판을 짓자고 데이비드에게 애원했을 때의 상황을 자세히 설명해 주었다.

"그래서 그들이 이 찻간으로 들어왔단 말이군요?" 샘이 물었다.

"그렇다고는 말하지 않았습니다" 하고 레인은 반대했다. "그것은 당신의 상상이지요. 하긴 그 말씀이 맞을지도 모릅니다만. 우리가 목격한 것은 그들이 저 앞차의 뒤쪽 승강구를 건너서 이 차의 앞쪽 승강구에 서 있는 모습뿐이었습니다."

"좋습니다. 이제 곧 알게 되겠지요." 샘은 몇 명의 형사에게 열차 안을 수색하여 행방불명된 사나이를 찾아내라고 명령했다.

"시체는 여기에 그냥 놓아두겠소, 샘 경감?"

시링 검시관이 물었다.

"그냥 두십시오" 샘은 무뚝뚝하게 말했다. "저쪽으로 가서 심문을 좀 해봐야겠소."

죽은 사람을 지키도록 형사 한 사람만 남겨 놓고 모두 죽음의 차량에서 우르르 몰려나갔다.

잔느 데이비드는 심한 충격을 이기지 못하여 로드의 어깨에 매달려 흐느껴 울고 있었다. 아헨, 암페리얼, 브룩스 세 사람은 아연실색한 표정으로 꼿꼿이 앉아 있었다.

다른 승객들은 없었다. 앞 차량으로 옮겨졌던 것이다.

시링 의사가 조용히 통로를 걸어가 울고 있는 처녀를 내려다보았다. 그는 아무 말도 하지 않고 자기 가방을 열어 작은 병을 꺼내더니 로드에게 물 한 컵을 가져오라고 말하고는 병마개를 열어 그 병을 처녀의 떨리는 코 앞에 내밀었다. 처녀는 깜짝 놀라 숨을 크게 들이마시고 눈을 깜박이며 온 몸을 떨고는 얼굴을 돌렸다. 로드가 물을 가지고 오자 처녀는 목마른 어린아이처럼 꿀꺽꿀꺽 마셨다. 의사는 잔느의 머리를 가볍게 두드리며 무엇인지 삼키게 했다. 이윽고 잔느는 잠잠해지며 눈을 감더니 로드의 무릎에 머리를 얹고 누웠다.

샘은 초록색 비로드 천이 씌워진 한 좌석에 앉아 다리를 뻗었다. 브르노는 바로 그 옆에 서서 브룩스와 아헨에게 오라고 손짓했다. 두 사람은 피곤한 듯이 일어섰다. 그들은 긴장하여 얼굴이 창백했다. 지방 검사가 질문하자 브룩스는 호텔에서 열렸던 축하연, 위호켄으로 가는 도중에서의 일, 정거장에서 기다리는 동안에 있었던 일, 기차를 타고 난 다음 콜린즈가 다가왔던 일 등을 간단하게 이야기했다.

"데이비드의 기색은 어땠습니까?" 브르노는 물었다. "활기가 있었습니까?"

"그토록 유쾌하게 보인 적은 없었던 것 같습니다."

"그렇게도 즐거워하는 모습은 처음 보았습니다." 아헨이 낮은 목소리로 말참견을 했다. "공판, 불안, 겨우 판결이 나서…… 전기 의자를 면했는데 이렇게 되다니……." 그는 몸을 떨었다.

분노의 빛이 변호사의 얼굴에 퍼져 나갔다.

"브르노 씨, 이것이야말로 데이비드의 결백을 증명하는 가장 끔찍스러운 증거가 아니겠습니까. 만일 당신이 그런 어처구니없는 혐의를 걸어 체포하지 않았던들 그는 무사히 살아 있었을지도 모릅니다!"

브르노는 아무 말이 없었다. 이윽고 그가 입을 열었다.

"데이비드 부인은 어디 있습니까?"

"함께 있지 않았습니다." 아헨이 쌀쌀하게 대답했다.

"그녀에게 좋은 소식이 될 겁니다." 브룩스가 말했다.

"무슨 말씀입니까?"

"이제는 이혼당할 염려가 없어졌으니까요."

브룩스는 싸늘한 어조로 대답했다.

지방 검사와 샘은 서로 얼굴을 마주보았다.

"그럼, 이 기차에는 처음부터 타고 있지 않았다는 말입니까?"

"내가 알고 있는 한에서는 그렇습니다." 브룩스는 얼굴을 돌렸다. 아헨도 고개를 저었다. 브르노는 레인을 보았고 레인은 어깨를 움츠렸다.

이때 형사 하나가 와서 콜린즈의 모습은 아무 데서도 찾아볼 수 없다고 보고했다.

"여보게! 아까 그 차장들은 어디 있나?" 샘은 푸른 옷을 입은 차장들을 오게 했다. "브툼리 씨, 키가 큰 붉은 얼굴의 아일랜드 사람을 보지 못했소? 아까 차표를 검사할 때 본 기억이 없느냔 말이오?"

"그 사람은" 레인은 조용히 말했다. "멋진 중절모를 깊숙이 쓰고 봄가을용 트위드 코트를 입었으며, 조금 취해 있었습니다."

브툼리 노인은 고개를 저었다.

"그런 사람의 차표를 검사한 기억은 없습니다. 자네는 어떤가, 에드워드?"

젊은 차장도 고개를 저었다.

샘은 일어섰다. 발소리도 요란하게 앞차량으로 가서 데이비드와 같은 찻간에 타고 있던 몇 명의 승객에게 큰 소리로 질문하기 시작했다. 콜린즈를 기억하고 있는 사람은 없었다. 그가 어떤 행동을 했는지도 알지 못했다. 샘은 돌아와서 다시 앉았다.

"콜린즈가 다시 돌아와 이 찻간을 지나가는 것을 본 분은 없습니까?" 레인이 말했다.

"다시 돌아오지 않은 것은 확실합니다. 아무래도 뒤쪽 두 개의 승강구 중 어느 하나로 빠져나간 것이 틀림없습니다. 어느 문이든 하나 열고 뛰어내리기는 쉬웠을 테니까요. 하지만 데이비드와 콜린즈가 사라진 다음 이런 비극이 일어날 때까지 아무 데서도 기차는 멎지 않았다고 생각하는데요."

샘은 늙은 차장에게 시간표를 꺼내어 조사해 보라고 했다. 시간표를 조사해 본 결과 리틀 페리, 리지필드 파크, 웨스트뷰, 혹은 보고타에서도 콜린즈는 정차중인 기차에서 빠져나갈 수 있었을 것이라는 결론이 나왔다.

"여보게" 하고 샘은 부하 한 사람에게로 몸을 돌렸다. "두 명쯤 데리고 가서 이 정거장의 철길 가를 살펴보도록 하게. 콜린즈의 발자취를 더듬어 보란 말이야. 어디선지 차에서 내려 뭔가 단서를 남겼을지도 모르니까. 보고는 전화로 티넥 역에 해주게."

"알았습니다."

"시간으로 보아 뉴욕으로 돌아가는 기차는 없을 걸세. 그러니까 역 근처에서 택시 운전 기사와도 부딪쳐 봐야 한다는 것을 잊지 말게."

형사는 나갔다.

"이젠 당신들에게 묻겠소." 샘은 두 차장에게 말했다. "곰곰이 잘 생각해 보시오. 리틀 페리나 리지필드 파크나 웨스트뷰나 보고타에서 내린 사람은 없었소?"

차장들은 지금 열거한 역에서 몇몇 승객이 내렸다고 곧 대답했지만

제3막 283

그 인원수며 특징에 대해서는 두 사람 모두 기억하고 있지 못했다.

"얼굴을 보면 아마 몇 명쯤은 기억이 날는지도 모르지요" 하고 브톰리가 미적지근하게 말했다. "하지만 늘 타는 손님이라 하더라도 이름까지야 알 수 없지요."

"하물며 다른 사람을 어떻게 알 수 있겠습니까."

에드워드 톰슨도 끼어들었다.

"샘 경감, 콜린즈든 다른 누구든 기차가 역에 멎었을 때 아무에게도 들키지 않고 기차에서 얼마든지 빠져나갈 수 있소. 기차가 정거장에 멎으면 플랫폼 쪽이 아니면 선로 쪽 문을 열고 뛰어내려 아래에서 문을 닫으면 그만이니까. 어쨌든 이 기차에는 차장이 두 사람뿐이니까 내리는 사람을 모조리 볼 수는 없지 않겠소" 하고 브르노가 말했다.

"그렇군요, 아무라도 할 수 있는 일이지. 제기랄!" 샘 경감은 신음 소리를 냈다. "범인이 권총을 한 손에 들고 시체를 내려다보며 우뚝 서 있는 무시무시한 광경을 좀 봤으면 좋겠는걸……. 그런데 그 권총은 어디 있을까? 더피, 뒷 찻간에서 권총을 찾아냈나?"

형사 부장은 고개를 저었다.

"찻간을 모두 찾아보게. 살인자가 권총을 남겨 놓고 갔을지도 모르니까."

"경감님" 하고 레인이 말했다. "기차가 통과한 선로 변도 찾게 하는 것이 좋겠습니다. 범인이 기차에서 권총을 내던져 어느 철로 가에 떨어져 있을지도 모르니까요."

"그렇군요. 더피, 선로 변도 조사해 주게."

형사 부장은 무거운 걸음걸이로 나갔다.

"자" 샘은 넌덜머리가 난다는 듯이 한쪽 손을 이마에 얹으며 말했다. "이제부터 한바탕 일을 해야겠군."

샘 경감은 데이비드 일행을 노려보았다. "암페리얼 씨! 이리 좀 오십시오."

스위스 사람은 일어서더니 어슬렁어슬렁 걸어왔다. 눈가에는 피로의 그늘이 배어 있었고 반다이크 수염마저 헝클어져 더러웠다.

"그저 형식적으로 질문을 조금 하겠습니다만……" 하고 샘은 빈정거리며 말했다. "암페리얼 씨는 차 안에서 무엇을 했습니까? 어디 앉아 계셨지요?"

"잠시 동안 잔느 양과 로드 씨 옆에 있었습니다만, 방해가 되는 듯 싶어서 자리를 옮겼습니다. 그리고 아마 졸았던 모양이에요. 눈을 떠 보니 레인 씨는 입구에 서 계시고 차장 두 사람이 제 옆을 달려가고 있더군요."

"졸았다고요?"

그러자 암페리얼의 눈썹이 치켜 올라갔다.

"그렇습니다." 암페리얼은 날카롭게 말했다. "거짓말인 줄 아십니까? 나룻배며 기차를 탔기 때문에 머리가 아팠거든요."

"그 말이 맞겠지요." 샘 경감은 비웃듯이 말했다. "그렇다면 다른 사람들이 무엇을 했는지 말해 주실 수 없겠지요?"

"유감스럽게도 졸고 있었으니까요."

샘은 스위스 사람의 옆을 지나 로드가 잔느를 안고 있는 자리로 다가가서 몸을 굽혀 처녀의 어깨를 툭툭 쳤다. 로드가 불끈 성난 표정으로 올려다보았다. 잔느는 눈물에 젖은 얼굴을 들었다.

"죄송합니다만, 잔느 양." 샘은 퉁명스러운 목소리로 말하였다.

"한두 가지 대답해 주셔야겠습니다."

"여보시오, 이게 무슨 짓이오?" 로드가 덤벼들듯이 말했다.

"이 사람이 굉장히 지쳐 있다는 것을 보고도 모르시겠소?"

샘 경감은 로드의 얼굴을 노려봄으로써 입을 다물게 했다. 잔느가 가냘픈 목소리로 말했다.

"무엇이든, 무엇이든 대답하겠습니다. 경감님, 그저 찾아내어, 찾아내어 주세요, 누가 그랬는지⋯⋯."

"그 점은 맡겨 주십시오, 아가씨. 자, 기차가 위호켄을 떠난 다음 당신과 로드 씨가 무엇을 했는지 생각나십니까?"

처녀는 질문의 뜻을 모르겠다는 듯이 상대방의 얼굴을 멍청히 쳐다보았다.

"우리는 거의 떨어지지 않고 함께 있었습니다. 처음에는 암페리얼 씨도 같이 계셨지만 도중에 어디로 가 버렸습니다. 우리는 이야기에 열중해 있었지요. 그리고 마지막까지⋯⋯."

잔느는 입술을 깨물었다. 눈물이 줄줄 흘러내렸다.

"그렇습니까. 그리고요?"

"크리스토퍼가 저를 두고 잠깐 어디로 갔습니다. 그래서 잠깐 동안 혼자 있었는데⋯⋯."

"당신을 혼자 두고 말입니까? 그랬었군요. 어디로 갔었지요?"

샘은 젊은이를 흘끗 훔쳐보았으나 상대방은 말없이 앉아 있었다.

"저쪽 문 너머로 갔습니다." 그녀는 멍청히 찻간의 앞쪽 문을 가리켰다. "어디 간다는 말은 하지 않았어요. 아니, 말했던가요, 크리스토퍼?"

"아니, 말하지 않았어."

"암페리얼 씨가 당신들 곁에서 떠난 다음 그가 무엇을 했는지 보았습니까?"

"네, 한 번요. 크리스토퍼가 자리에서 일어날 때였습니다. 뒤돌아보았더니 두서너 좌석 저쪽에서 졸고 계시더군요. 아핸 씨가 걸어 다니시는 것도 보았습니다. 그리고 나서 크리스토퍼가 돌아왔습니다."

"언제쯤이었습니까?"

잔느는 한숨을 쉬었다.

"잘 생각이 나지 않아요."

샘은 허리를 폈다.

"로드 씨, 저쪽으로 가서 이야기를 좀 나누어야겠소……. 암페리얼 씨! 아니, 시링 선생도 괜찮소. 이 아가씨를 좀 부탁합니다."

로드가 마지못해 일어서자 땅딸막한 검시관이 그 자리에 앉았다. 그는 금방 친밀한 말투로 처녀에게 말을 걸기 시작했다.

두 사나이는 통로를 걸어갔다.

"자, 로드 씨" 하고 샘 경감이 말했다. "정직하게 말하시오, 어디 갔었지요?"

"사정이 좀 있었습니다, 경감님" 하고 젊은이는 또렷한 어조로 대답했다. "이곳으로 오는 도중 저는 나룻배 안에서 언뜻 이상한 것을 보았습니다. 체리 브라운과 그 후줄근해 보이는 남자 친구 포랙스가 같은 배에 타고 있는 것을 보았던 것입니다."

"그게 정말이오!" 샘은 크게 끄덕였다. "검사님, 이리 좀 와 보십시오."

지방 검사가 다가왔다.

"로드 씨는 오늘 밤 여기로 오는 도중 나룻배에서 체리 브라운과 포랙스를 보았다고 하는군요."

브르노는 휘파람을 불었다.

"그리고 또 있습니다." 로드는 이야기를 계속했다. "종점에서 또 한 번 보았습니다. 선창 가까이에서였지요. 두 사람은 뭔가 다투고 있더군요. 그 다음에도 저는 끊임없이 주의를 기울였지요. 아무래도 몹시 수상쩍어서 말입니다. 대합실에서는 보지 못했습니다. 기차를 타고 난 뒤에도 그들을 본 것은 아닙니다만, 역시 신경을 기울였지요. 왜 그런지 기차가 움직이기 시작하자 불현듯 걱정이 되기 시작했기 때문입니다."

"어째서지요?"

로드는 얼굴을 찌푸렸다.

"그 브라운이라는 여자는 닳고 닳은 여자거든요. 롱스트리트 사건을 조사할 때 데이비드 씨에게 미친 듯이 비난을 퍼부은 것을 생각하면 무슨 짓을 할는지 모르니까요. 그래서 어쨌든 잔느에게 양해를 구하고 자리를 비웠던 것입니다. 그들이 타지 않은 것을 확인하고 싶어서였지요. 살펴본 결과 그들이 없었으므로 마음을 놓고 돌아왔습니다."

"저 맨 끝 찻간도 들여다보았소?"

"천만에요! 어떻게 그런 곳에 있으리라는 생각이 들었겠습니까."

"기차가 어디쯤 달리고 있을 때였소?"

로드는 어깨를 움츠렸다.

"그것을 어떻게 압니까. 별로 신경 써서 살펴보지 않았으니까요."

"돌아왔을 때 다른 사람들은 어떻게 하고 있던가요?"

"글쎄요. 아핸 씨는 여전히 왔다갔다 하고 계신 것 같았습니다. 그리고 레인 씨와 브룩스 씨는 이야기를 하고 계시더군요."

"돌아왔을 때 암페리얼을 눈여겨보지 않았소?"

"별로 생각이 나지 않습니다."

"그럼, 좋소. 잔느 양에게로 돌아가시오, 기다릴 테니까."

로드는 총총히 사라졌다. 브루노와 샘은 잠깐 동안 작은 목소리로 주고받았다. 마침내 샘은 앞쪽 문을 지키고 있는 형사에게 손짓했다.

"더피에게 기차 안에 체리 브라운과 포랙스가 있는지 찾아보라고 하게. 그들의 얼굴을 알고 있을 테니까."

형사는 나갔다. 얼마 뒤 더피 형사 부장의 육중한 몸이 찻간으로 들어섰다.

"경감님, 없습니다. 그들을 본 사람도 없습니다."

"알았네, 더피. 자네에게 일거리가 생겼군. 곧 아무나 하나 보내 주게. 아니, 자네가 직접 하는 편이 좋겠어. 지금 곧 거리로 돌아가서 두 사람의 발자취를 더듬어 보게. 여자는 그랜드 호텔에 살고 있지. 거기에 없으면 포랙스의 소굴인 나이트클럽 두세 군데를 뒤져 보도록 하게나. 바 같은 데 있을지도 몰라. 일이 잘 되면 전화하게. 경우에 따라서 밤샘을 해야 할지도 모르겠네."

더피 부장은 이를 드러내어 웃고는 기운차게 몸을 흔들며 나갔다.

"다음은 브룩스 차례로군."

샘과 지방 검사는 통로로 다시 돌아갔다. 브룩스와 레인은 함께 앉아 있었다. 브룩스는 창을 통해 옆 구내를 내다보고 있었고, 레인은 머리를 좌석의 등에 기댄 채 눈을 감고 있었다. 샘이 맞은편 자리에 앉자 레인은 눈을 떴는데, 이상하리만큼 강렬한 빛을 내뿜고 있었다. 브르노는 조금 주저하다가 곧 찻간의 앞쪽으로 되돌아가 앞 차량으로 들어갔다.

"어떻습니까, 브룩스 씨." 샘은 나른한 듯이 말했다. "나는 정말 지쳐 버렸습니다. 이 지긋지긋한 소동 때문에 잠자다 말고 뛰쳐나와야 했으니 말입니다. 그런데 브룩스 씨."

"네, 말씀하십시오."

"브룩스 씨는 차 안에서 무엇을 하고 계셨습니까?"

"데이비드와 콜린즈가 너무 오랫동안 오지 않는다고 하시며 레인 씨가 자리를 뜰 때까지 여기 앉아 있었습니다."

샘은 레인을 보았다. 레인은 고개를 끄덕였다.

"아, 좋습니다." 그는 고개를 돌려 아헨을 보았다. "아헨 씨!"

이름을 불린 초로의 남자는 무거운 걸음걸이로 다가왔다.

"기차가 출발한 다음 줄곧 무엇을 하셨습니까?"

아헨은 재미없다는 듯이 웃었다.

"어릴 적 숨바꼭질인가요, 경감님? 뭐, 아무것도 하지 않았습니다. 레인 씨와 브룩스 씨와 함께 얼마 동안 두서없는 이야기를 하다가 다리를 좀 펴 보고 싶은 생각이 들어서 일어섰지요. 그리고 통로를 왔다갔다했습니다. 그것뿐입니다."

"누군가가 뒤쪽 문으로 빠져나가는 것을 보지 못하셨습니까?"

"솔직히 말해서 저는 망을 보고 있었던 것은 아니니까요. 수상한 것은 하나도 보지 못했습니다. 질문의 뜻이 그런 것이라면 말입니다."

"수상하지 않은 것이라면 보았단 말입니까!"

샘 경감이 성난 어조로 말했다.

"아무것도 보지 못했습니다, 경감님. 굳이 그렇게 따지신다면 수상하지 않은 것도 보지 못했습니다. 실은 저는 재미있는 수를 생각하고 있었습니다."

"재미있는 뭐라고요?"

"수요. 체스의 수 말입니다."

"아, 당신은 체스의 명수였지요. 이젠 됐습니다."

샘이 뒤돌아보자 레인의 잿빛 눈이 호기심을 띤 채 그를 보고 있었다.

"경감님, 다음은 물론 저를 심문하시겠지요?"

레인이 물었다.

샘 경감은 코를 울렸다.

"당신이 이 차 안에서 뭔가 보셨다면 이미 말씀하셨겠지요. 아니, 아무것도 보지 못하셨을 겁니다. 바로 그 점이 실책이었습니다, 레인 씨."

"정말 그렇습니다." 레인은 중얼거렸다. "저는 여태껏 이렇게 부끄럽고 면목 없는 처지에 놓인 적이 없습니다. 이토록 끔찍스러운 사건을 글자 그대로 코 앞에서 일어나게 하다니……." 레인은 자기의 손을 찬찬히 들여다보았다. "이렇게 가까이에서……." 레인은 얼굴을 들었다. "운 나쁘게도 브룩스 씨와 너무나 재미있게 이야기를 하고 있었기 때문에 저는 아무것도 몰랐습니다. 그러나 차츰 걱정이 되기 시작했지요. 마침내 참을 수 없게 되어 저 어두운 찻간까지 살피러 가지 않을 수 없었습니다."

"이 찻간도 철저하게 지켜보지는 못하셨겠지요?"

"면목 없기 짝이 없습니다만, 그렇게 하지 못했습니다, 경감님."

샘은 일어섰다. 지방 검사가 차 안으로 돌아와 통로 건너편 자리에 기대어 섰다.

"다른 승객들도 심문해 보았지만" 지방 검사는 말했다. "이 찻간에 있던 사람들은 하나같이 아무것도 기억하지 못하고 있군요. 통로로 누가 지나갔는지 안 지나갔는지도 전혀 모르겠다는 겁니다. 이처럼 멍청이들만 타기도 힘들 거요. 하물며 다른 찻간에 타고 있던 사람들이야 더욱 쓸모가 없지요. 정말 너무하군요."

"어쨌든 일단 명단을 작성해 둡시다."

샘이 저쪽으로 가서 명령을 내리기 시작했다. 그가 돌아올 때까지 모두 아무 말 없이 있었다. 레인은 마음을 집중시킬 때면 늘 그렇듯 눈을 감고 앉아 있었다.

한 남자가 경감에게로 달려왔다.

"경감님, 단서가 잡혔습니다!" 하고 남자는 외쳤다. "조사하러 나간 형사들에게서 지금 전화가 왔는데요. 콜린즈의 뒤를 알아낸 모양입니다!"

단조롭던 공기가 순식간에 긴장으로 가득 찼다.

"장하군." 샘이 외쳤다. "뭐라고 하던가?"

"리지필드 파크 역에서 본 사람이 있답니다. 택시로 뉴욕으로 갔다는군요. 틀림없이 집으로 돌아갔을 것이라고 생각했는데, 역시 콜린즈는 몇 분 전에 집에 도착했답니다. 택시를 타고 곧장 돌아간 모양입니다. 이제 곧 운전 기사를 찾게 되겠지요. 형사들은 콜린즈의 아파트 밖에서 지키고 있습니다만, 명령을 기다리고 있습니다."

"좋아, 아주 썩 잘했네. 전화는 아직 끊지 않았겠지?"

"네, 아직 연결되어 있습니다."

"달아나려고 하지 않는 한 콜린즈는 그대로 두라고 하게. 한 시간 뒤에 내가 직접 갈 테니까. 하지만 그 아일랜드 인을 놓치거나 하면 목이 달아난다고 말하게!"

형사는 황급히 열차에서 나갔다. 샘은 기쁜 듯이 커다란 발로 바닥을 굴렀다. 다른 형사가 왔다. 샘은 기대의 빛을 띠며 얼굴을 들었다.

"뭔가?"

형사는 머리를 저었다.

"권총은 아직 못 찾았습니다. 기차 안에는 아무것도 없습니다. 승객들도 샅샅이 조사했습니다만 없습니다. 선로 변을 조사하고 있는 이들에게서도 아직 아무 연락이 없습니다. 열심히 찾고 있겠지만 너무 캄캄해서요."

"계속 찾아봐야지⋯⋯ 오, 더피!"

크게 놀라는 빛이 샘의 얼굴에 퍼져 나갔다. 뉴욕에 가 있어야 할 더피 형사 부장의 우람한 체격이 차 안으로 불쑥 들어섰기 때문이다.

"더피, 자네는 대체 왜 여태껏 여기서 꾸물거리고 있나?"

더피는 모자를 벗고 땀에 젖은 이마를 닦았다. 그의 얼굴은 흰 이를 드러내 보이며 웃고 있었다.

"경감님, 추리력을 조금 작동시켜 봤지요. 브라운이라는 여자가 그랜드 호텔에 묵고 있다면 거기까지 가기 전에 호텔에 전화를 걸어서 있는지 없는지 확인해야겠다는 생각이 들었습니다. 경감님이 조금 있으면 여기서 철수하시리라는 것을 알고 있었기 때문에⋯⋯ 될 수 있으면 철수하시기 전에 뭔가 보고를 드리고 싶어서요."

"오오, 그래서?"

"있었습니다, 경감님!" 더피는 큰 소리로 말했다. "호텔에 있었습니다. 물론 포랙스 녀석이 꼭 붙어 있었지요."

"언제 돌아왔다고 하던가?"

"호텔 프런트의 이야기로는 제가 전화를 걸기 조금 전에 돌아와 함께 방으로 올라갔답니다."

"아직 나간 눈치는 없단 말이지?"

"네."

"잘했네. 콜린즈에게로 가는 도중에 들러 보겠네. 자네는 그랜드 호텔에 가서 망을 보고 있게나. 택시를 타고 가도록 하게."

더피 형사 부장이 차 안에서 나가려고 하는데 한 무리의 낯선 사람들이 들어오고 있었다. 중키에 갈색 머리의 남자를 선두로 차 안으로 밀려들어오는 참이었다.

"여보시오, 어디 가는 거요?"

"비키시오, 나는 이 지방의 지방 검사요."

더피는 혀를 차며 기차에서 뛰어나갔다. 브르노가 급히 앞으로 나서자 갈색 머리의 남자는 그의 손을 가볍게 쥐었다. 그는 바겐 군 지방 검사 콜이라고 자기 소개를 하며 브르노의 통지로 자다 일어나 왔다며 투덜거렸다. 브르노는 콜을 맨 끝 차량으로 안내했고 그곳에서 콜은 이미 완전히 굳어 버린 데이비드의 시체를 살폈다. 두 검사는 부드러운 태도로 법적 관할권에 대한 의논을 하기 시작했다. 데이비드가 살해당한 곳은 바겐 군이지만 이 사건은 의심할 여지없이 뉴욕 지구의 롱스트리트 살해 사건 및 허드슨 군의 우드 살해 사건과 관련이 있다고 지적했다. 두 사람은 서로 노려보았다.

그러나 마지막에는 콜이 꺾이었다.

"다음 사건은 틀림없이 샌프란시스코겠지요. 알았소, 브르노 씨. 이 사건은 당신 소관이오. 될 수 있는 대로 도와 드리지요."

두 사람은 앞 찻간으로 돌아갔다. 갑자기 열차가 소란스러워졌다. 뉴저지 병원에서 온 앰뷸런스에서 인턴이 둘 뛰어내리더니 시링 의사의 지휘 아래 데이비드의 시체를 열차 밖으로 날라갔다. 검시관은 지친 모습으로 손을 흔들며 앰뷸런스와 함께 가 버렸다.

열차 안에서는 승객 모두를 한곳에 모아 놓고 샘 경감이 엄하게 주의를 준 다음 주소와 이름을 적고 풀어 주었다. 이 사람들을 위해 급히 임시 열차가 마련되어 터넥 역에서 떠나갔다.

"잊지 말아 주십시오." 콜과 함께 찻간의 앞쪽 부분에 서서 이야기를 나누며 브르노는 다짐했다. "시체가 발견되기 이전에 내린 승객을 찾는 일 말입니다."

"그야 최선을 다하겠지만" 하고 콜은 우울한 얼굴로 말했다. "솔직히 말해서 대단한 결과는 나오지 않을 겁니다. 죄가 없는 사람들이야 출두하겠지만 범인이라면 그 속에 끼어 있다 한들 나서겠습니까."

"또 한 가지 부탁이 있습니다, 콜 씨. 기차에서 권총을 내던졌을지도 모르기 때문에 샘 경감의 부하들이 선로 변을 찾고 있습니다. 콜 씨 쪽에서 교대할 사람을 보내어 수색을 계속해 주지 않으시겠습니까? 이제 곧 날이 밝은 테니 잘 보일 겁니다. 데이비드 일행도 역시 조사해 보았으나 권총은 나오지 않았습니다."

콜은 고개를 끄덕이고는 열차에서 나갔다.

모두들 본디의 객차에 모여 있었다. 샘은 봄가을 코트에 팔을 꿰려고 애쓰고 있었다.

"그런데 레인 씨" 하고 샘은 말했다. "이 사건을 어떻게 생각하십니까? 지금까지 가지고 계시던 레인 씨의 의견을 입증하고 있습니까?"

"레인 씨께서는 누가 롱스트리트와 우드를 죽였는지 지금도 알고 계시다고 생각하십니까?" 브르노가 끼어들었다.

레인은 데이비드의 시체가 발견된 이후 처음으로 미소지었다.

"저는 롱스트리트와 우드를 죽인 사람뿐만 아니라 누가 데이비드를 죽였는지도 알고 있습니다."

두 사람은 할 말을 잃고 레인을 바라볼 뿐이었다. 샘은 레인을 알고부터 두 번째의 일이지만 강렬한 펀치의 충격을 떨쳐 버리려는 권투 선수처럼 머리를 흔들었다. 그리고 우스꽝스러운 놀라움의 소리를 질렀다.

"못 당하겠는데요."

"하지만 레인 씨" 하고 브르노는 불만스럽게 말했다. "뭔가 손을 써야 하지 않겠습니까? 알고 계시다면 말씀해 주십시오. 그놈을 붙잡아야겠습니다. 언제까지나 이렇게 내버려 두고 있을 수는 없잖습니까. 대체 누굽니까?"

레인의 얼굴이 갑자기 핼쑥해지는 듯하며 어두워졌다. 대답하는 목소리에도 침울한 기색이 있었다.

"유감스럽게도 지금은 말씀드릴 수가 없습니다. 부디——우습게 들리실지는 모르겠습니다만——저를 믿어 주십시오. 지금 X의 정체를 밝히면 아무런 이득도 없습니다. 참으셔야 하오. 저는 위험한 승부를 겨루고 있습니다만, 서두르면 손해를 볼 뿐이니까요."

브르노는 신음했다. 그는 어쩔 수 없다는 표정으로 호소하듯 샘을 보았다. 샘은 집게손가락을 입에 물고 생각에 잠겨 있다가 갑자기 결심한 듯 레인의 맑은 눈을 들여다보았다.

"알았습니다, 레인 씨. 무엇이든 하라는 대로 하지요. 저는 제 입장에서 해보도록 하겠습니다. 브르노 검사도 마찬가지겠지요. 만일 당신을 믿은 탓으로 실패한다면 사나이답게 책임을 지겠습니다. 아무튼 지금 저는 완전히——우리들끼리의 이야기입니다만——오도 가도 못할 지경에 처해 있으니까요."

레인은 얼굴을 붉혔다. 이것은 그가 처음으로 보인 감정적인 반응이었다.

"그러나 이런 미치광이 같은 살인자를 그냥 내버려 두면 또 살인을 할는지 누가 압니까."

브르노가 마지막의 필사적인 일격을 가하듯이 말했다.

"브르노 씨, 그 점에 대해서라면 제 말을 믿으십시오." 레인의 목소리에는 냉정한 확신이 가득 차 있었다. "이제부터 살인은 일어나지 않을 겁니다. X는 목적을 달성했으니까요."

제4장

뉴욕으로 돌아가는 길. 10월 10일 토요일 오전 3시 15분.

브르노 지방 검사, 샘 경감, 그리고 그의 부하들은 몇 대의 경찰차에 나누어 타고 티넥 역 대피선에서 뉴욕을 향해 달리기 시작했다.

한참 동안 두 사나이는 말도 하지 않은 채 앉아 머릿속에서 소용돌이치는 갖가지 생각에 잠겨 있었다. 캄캄한 전원이 흐르듯이 스치고 지나갔다.

브르노가 입을 열었다. 그러나 말소리는 요란한 배기음에 휩쓸려 사라지고 말았다.

"뭐라고 했지요?" 샘이 외치며 귀를 갖다댔다.

브르노는 경감의 귓가에서 외쳤다.

"레인 씨는 어떻게 데이비드를 죽인 범인을 알아냈을까요?"

"롱스트리트와 우드를 죽인 녀석을 알아낸 것과 같겠지요." 샘이 외쳤다. "정말 알고 있다면 말입니다."

"아니, 정말 알고 있을 거요. 그 괘씸한 노인네에게서는 자신이라는 것이 엿보였거든. 우리는 짐작도 못하겠는데…… 하지만 어떤 방식으로 생각하고 있는지는 알 것 같소. 아마 롱스트리트와 데이비드의 목숨을 처음부터 누군가가 노리고 있다고 생각했을 거요. 그 사이에 우드가 끼게 된 것은 그때의 형편이 그렇게 돌아갔기 때문에 입을 봉하기 위해서였을 테지요. 이것은 다시 말해서——" 브르노는 크게 고개를 끄덕이면서 말을 덧붙였다. "동기는 틀림없이 오랜 옛날로 거슬러 올라가야만 할 거요."

"아마 그럴 것 같소." 이때 운전 기사가 브레이크를 걸지 않은 채 쾅 하고 한 번 크게 차를 흔들며 마구 달려갔으므로 샘은 심하게 욕을 퍼부었다.

"…… 그래서 레인은 더 이상 살인은 일어나지 않을 거라고 말했겠지요, 안 그렇겠소? 롱스트리트와 데이비드를 해치웠으니 일은 끝난 셈일 테지요."

"그 가엾은 늙은이에게 몹쓸 짓을 한 것 같구려."

브르노는 반쯤 혼잣말처럼 중얼거렸다.

샘도 같은 생각이었다. 데이비드, 무엇인지 아직 잘 알 수 없는 일 때문에 희생이 된 사나이……. 마구 달려가는 차에 흔들리며 두 사람은 입을 다물고 있었으나 기분은 같았다. 얼마 있더니 샘이 모자를 벗고 이마를 계속 두드리기 시작했다. 브르노는 의아해하며 그를 바라보았다.

"왜 그러시오? 기분이라도 나쁘오?"

"데이비드가 남긴 그 손가락을 생각하고 있었소."

"아, 그것 말이오?"

"바보 같은 짓이야. 정말 어리석어. 무슨 뜻인지 알 수가 있어야지."

"데이비드가 일부러 그런 표시를 남겨 놓고 죽은 거라고 어떻게 단정할 수 있소?" 지방 검사는 따졌다. "아무런 뜻도 없이 그저 우연히 그렇게 했을는지 누가 아오."

"그럴 리는 없소. 우연이라니, 말도 안 되지! 내가 손가락을 그런 식으로 구부려 보는 것을 당신도 보았지요. 겨우 30초 동안 그렇게 하고 있었는데도 얼마나 힘이 들었는지 모르오. 그리고 경련으로 손가락이 그렇게 달라붙는다는 말도 들어 본 적이 없소. 시링 의사도 그렇게 생각됐길래 나더러 해보라고 했겠지……. 아니, 그런데……." 경감은 앉음새를 고치며 수상쩍다는 듯이 지방 검사의 얼굴을 쳐다보았다. "그때 당신은 악마의 눈이라는 중요한 말을 하며 대단히 탄복했잖소!"

브르노는 멋쩍은 듯이 웃었다.

"그것은…… 그러나 차츰 생각이 달라졌소. 있을 수 없는 일이니까 말이오. 너무 공상적이어서 전혀 실현성이 없소."

"하지만 또 누가 아오? 이를테면…… 샘 경감, 내가 믿는다는 것은 아니지만……."

"알았소, 알았소."

"어디 그럼, 그 포개진 손가락이 정말로 악마의 눈을 피하기 위한 예방책이었다고 생각해 봅시다. 일단 가능성이 있는 것은 무엇이든 생각해 봐야 하니까. 데이비드는 총에 맞아 즉사했단 말이오. 그렇다면 꼭 한 가지 확실하게 말할 수 있는 것은, 데이비드가 총에 맞기 전에 이미 고의적으로 손가락을 그렇게 꼬고 있었다는 사실이오."

"하지만 아까도 말했듯이, 데이비드가 죽은 다음에 범인이 손가락을 그런 식으로 꼬아 놓았는지도 모르지 않소?"

샘은 불만스럽다는 듯이 말했다.

"바보 같은 소리!" 브르노가 외쳤다. "그전에 죽인 두 사람에게는 아무 짓도 하지 않았는데 어째서 이번만은 그런 짓을 했겠소?"

"아무튼 좋소, 마음대로 생각하시오." 샘은 소리 질렀다. "나는 다만 정공법으로 하고 있을 따름이오, 형사답게 모든 가능성, 모든 잡동사니를 수집해서 말이오."

브르노는 귀를 기울이려고 하지 않았다.

"데이비드가 일부러 그런 표시를 남겨 놓았다면……옳지, 그는 틀림없이 범인을 알고 있었을 거요, 그래서 범인의 정체를 알리는 단서를 남겨 놓기 위해 그렇게 했을 거요."

"거기까지는 좋지만" 하고 샘이 외쳤다. "그런 것은 어린아이도 알 수 있는 일이오!"

"입 좀 다무시오, 악마의 눈이라는 이야기에 대해 생각해 봐야겠으니." 지방 검사는 말을 계속했다. "데이비드는 미신을 믿는 사람이 아니었소, 그가 당신에게 그렇게 말하는 것을 들은 일이 있지요, 그렇다면 이것은…… 옳아 샘 경감!"

"알았소!" 경감이 갑자기 고쳐 앉으며 외쳤다. "데이비드는 범인이 미신가라는 것을 나타내기 위해 그런 표시를 했다 그말이지요! 맞아, 이 말은…… 어쩐지 머리에 확 들어오는군그래! 데이비드에게도 꼭 들어맞소, 그는 머리가 빨리 돌아가는 재빠르고 빈틈없는 장사꾼이었으니까!"

"레인도 그렇게 생각할까요?" 브르노는 생각에 잠기며 말했다.

"레인?" 경감의 흥분은 찬물을 끼얹는 듯이 가라앉았다. 굵은 손가락으로 턱을 어루만졌다. "잘 생각해 보니 그렇지 않을 것 같기도 한데요…… 아무래도 미신이란……."

브르노는 한숨을 쉬었다.

5분쯤 지나자 샘이 갑자기 말했다.

"대체 제타트라란 무슨 뜻이오?"

"제타트라가 노려보는 사람에게는 재앙이 온다는 이야기가 있는데, 나폴리의 전설이던가……."

두 사람은 무거운 침묵에 잠겼다. 차는 계속 달렸다.

제5장

잉글우드의 데이비드 저택. 10월 10일 토요일 오전 3시 40분.

차가운 달빛 아래 웨스트 잉글우드가 고이 잠들어 있을 무렵 한 대의 경찰용 대형 오픈카가 마을 한가운데를 지나 잎이 떨어지기 시작한 가로수가 늘어선 옆길로 들어갔다. 주(州) 경찰관이 탄 오토바이 두 대가 그 양쪽을 지키며, 그리고 뒤에도 형사를 가득 태운 소형차가 한 대 따라갔다.

이들은 잔디밭 사이를 지나 데이비드의 저택과 이어지는 샛길 입구에서 멎었다. 대형차에서 크리스토퍼 로드의 부축을 받은 잔느 데이비드와 프랭클린 아헨, 루이 암페리얼, 라이오넬 브룩스, 도르리 레인이 내렸다. 아무도 말이 없었다.

오토바이를 타고 온 경찰관은 엔진을 끄고 차를 끌어다 스탠드에 세워 놓고는 안장에 걸터앉아 태평스럽게 담배를 피우기 시작했다. 소형차에서 형사들이 우르르 내려와 그들을 둘러쌌다.

"모두 집 안으로 들어가십시오." 한 형사가 위압적으로 말했다.

"콜 지방 검사의 명령입니다. 한곳에 모여 계셔야 합니다."

아헨이 불평을 말했다. 자기는 바로 이웃에 살고 있으므로 아침까지 데이비드의 집에 머물러 있어야 할 이유가 없다는 것이었다. 다른 사람들은 현관을 향해 걸어가기 시작했으나 레인은 주춤거리고 있었다. 몹시 으스대고 있던 형사가 고개를 저었다. 다른 형사 한 사람이 아헨 옆으로 다가왔다. 아헨은 어깨를 움츠리며 다른 사람의 뒤를 따라갔다. 레인은 희미한 미소를 띠며 아헨의 뒤를 따라 어두운 길을 걸어가기 시작했다. 그 뒤를 형사들이 무거운 걸음걸이로 따라갔다.

반쯤 옷을 챙겨 입은 집사 조겐즈가 문을 열고 맞이하며 당황한 얼굴로 그들을 바라보았다. 아무도 설명하는 사람이 없었다. 그들은 뒤따르는 형사들을 거느리고 식민지 시대풍의 커다란 거실로 들어가, 제각기 절망과 피로의 빛을 띠며 의자에 몸을 내던졌다. 조겐즈는 한 손으로 옷의 단추를 채우며 또 한 손으로 전등을 켰다. 도르리 레인은 숨을 후유 내쉬고는 앉아서 스틱을 끌어안고 눈을 반짝이며 다른 사람들을 둘러보았다.

조겐즈가 머뭇거리며 잔느 데이비드에게로 다가갔다. 처녀는 로드에게 기댄 채 소파에 앉아 있었다. 집사는 몹시 조심스럽게 말했다.

"저, 아가씨……."

"왜 그래요?" 하고 처녀는 중얼거렸다. 그 목소리가 여느 때와는 너무 다른 어조여서 노인은 저도 모르게 뒷걸음질쳤다.

그러나 노인은 말했다.

"무슨 일이 있었습니까? 이분들은…… 실례입니다만, 주인님은 어디 계시는지요?"

로드는 쌀쌀하게 말했다.

"조겐즈, 저리 물러가 있어요."

잔느가 또렷한 목소리로 말했다.

"돌아가셨어, 돌아가셨단 말이에요!"

조젠즈의 얼굴이 새파랗게 질렸다. 마치 무엇에 홀린 듯 허리를 굽힌 채 움직이지 못했다. 이윽고 이 끔찍스러운 소식을 확인하려는 듯이 주위를 둘러보았으나, 어떤 사람은 고개를 돌렸고 어떤 사람은 오늘 밤의 무참한 사건으로 인해 감정이 모조리 말라 버렸는지 무표정한 눈길을 줄 뿐이었다. 조젠즈는 아무 말 없이 몸을 돌려 물러가려고 했다.

조젠즈의 앞을 형사가 가로막았다.

"데이비드 부인은 어디 있소?"

늙은 집사는 눈물에 젖은 눈으로 멍청히 형사를 바라보았다.

"부인? 마님 말씀입니까?"

"그렇소, 어서 말하시오, 어디 있소?"

집사는 몸을 긴장시켰다.

"이층에서 주무시고 계실 겁니다."

"밤새도록 집에 있었소?"

"아니오, 그렇지 않은 것 같았습니다."

"어디에 갔었소?"

"모르겠습니다."

"언제 돌아왔지요?"

"돌아오셨을 때 저는 자고 있었습니다. 열쇠를 잊고 나가셨는지 제가 아래층으로 내려올 때까지 초인종을 누르고 계셨습니다."

"그리고?"

"돌아오신 것은 1시간 반쯤 전이었을 거라고 생각합니다."

"좀더 정확하게 알 수 없소?"

"네."

"잠깐만 기다리시오."

형사는 잔느 데이비드를 보았다. 잔느는 두 사람이 대화를 나누는 동안 몸을 꼿꼿이 세우고 열심히 귀를 기울이고 있었다. 형사는 그런 이상한 표정에 당황하는 것 같았다. 그는 고상하게 행동하려고 어색하게 말을 했다.

"저…… 아가씨, 오늘 밤의 일을 당신이 데이비드 부인에게 전하시겠습니까? 알려 드려야 할 테고, 또 저도 물어 봐야 할 일이 있어서요. 콜 지방 검사의 명령입니다."

"저더러?" 잔느는 얼굴을 젖히고 히스테릭하게 웃었다. "저더러 전하라고요?"

로드가 잔느를 정답게 흔들며 뭔가 귓가에 대고 속삭였다. 눈에서 광포한 빛이 사라지며 잔느는 몸을 떨었다. 그리고 반쯤 속삭이듯 말했다.

"조겐즈, 데이비드 부인을 불러다 드려요."

형사가 힘차게 말했다.

"염려 마십시오, 제가 가겠습니다. 나를 안내해 주시오."

조겐즈는 형사 앞에 서서 다리를 끌며 방에서 나갔다. 아무도 말이 없었다. 아핸이 일어나 왔다갔다하기 시작했다. 외투를 입은 채 앉아 있던 암페리얼은 옷깃을 더욱 단단히 여몄다.

"불을 피우는 게 좋겠군요."

도르리 레인이 붙임성 있게 말했다.

아핸은 우뚝 멈추어 서서 방 안을 둘러보았다. 비로소 추위를 느꼈는지 갑자기 몸을 떨었다. 그리고는 난처한 듯이 주위를 둘러보고 조금 주저하더니 난로 앞에 무릎을 꿇고 떨리는 손으로 불을 피우기 시작했다. 마침내 장작더미에서 탁탁 소리가 나기 시작했고 불 그림자가 벽에서 하늘거렸다. 불이 충분히 타오르자 아핸은 일어나 무릎의 먼지를 털고 다시 걸어 다니기 시작했다. 암페리얼은 외투를 벗었다.

멀찍이 한쪽 구석의 의자에 몸을 깊숙이 묻고 있던 브룩스가 의자를 불 가까이로 끌고 왔다.

갑자기 모두 얼굴을 들었다. 당황한 목소리가 따뜻해진 공기와 문을 뚫고 흘러들어왔던 것이다. 그들은 어색하고 부자연스러운 자세로 그쪽을 향해 머리를 돌렸다. 그리고 조각처럼 이상스러우리만큼 무심한 표정으로 무슨 일이 일어나는지 지켜보고 있었다. 이윽고 데이비드 부인이 소리도 없이 미끄러지듯 거실로 들어왔고 이어서 형사와 겁에 질려 아직도 정신이 얼떨떨한 조겐즈가 들어섰다.

그녀의 미끄러지듯하는 걸음걸이는 다른 사람들과 마찬가지로 부자연스럽고 꿈속에서처럼 비현실적이었지만, 그래도 사람들은 그녀의 모습 덕분에 공포와 불길한 일로 가득 찼던 그날 밤의 속박에서 풀려났다. 사람들은 편안한 자세로 돌아갔다. 암페리얼이 일어서서 예절바르게 머리를 숙였다. 아핸은 고개를 조금 숙여 보이며 뭐라고 중얼거렸다. 로드는 잔느의 어깨에 얹은 팔에 힘을 주었다. 브룩스는 난로 앞으로 갔다. 오직 한 사람 도르리 레인 씨만이 그대로의 자세로 귀머거리처럼 고개를 똑바로 세우고 소리가 나타내는 어떠한 작은 움직임이라도 놓치지 않으려는 듯 날카로운 눈을 반짝이고 있었다.

판 데이비드는 이국풍의 가운을 잠옷 위에 급히 걸친 모습이었다. 아직 윤기가 흐르는 검은 머리카락이 어깨 위에서 물결치고 있었다. 낮의 햇빛 아래에서 볼 때보다 아름다웠다. 얼굴의 화장은 지워졌으나 난로 불빛이 나이를 덜 들어 보이게 했다. 판 데이비드는 불안한 듯이 멈추어 서서 조겐즈와 비슷한 눈길로 주위를 둘러보았다. 잔느의 모습을 찾아내자 그 눈을 기묘하니 가늘게 뜨고 방을 가로질러 가서 딸의 늘어져 있는 몸 위로 허리를 굽혔다.

"잔느, 잔느" 하고 판 데이비드는 속삭였다. "나는 정말이지……."

딸은 고개도 들지 않았고 계모를 보려고도 하지 않으며 냉정한 목소리로 말했다.

"저리 가세요."

판 데이비드는 마치 잔느에게 뺨이라도 얻어맞은 것처럼 뒷걸음질쳤다. 그리고 그대로 말도 하지 않고 방에서 나가려 했다. 그 뒤에 서서 지켜보고 있던 형사가 그 앞을 가로막았다.

"부인, 몇 가지 질문에 대답해 주셔야겠습니다."

판 데이비드는 하는 수 없이 멈추어 섰다. 암페리얼이 급히 의자를 가지고 왔다. 판 데이비드는 앉아서 난로불을 응시했다.

숨막힐 듯한 무거운 침묵 속에서 형사는 헛기침을 했다.

"오늘 밤 몇 시에 돌아오셨습니까?"

부인은 움찔했다.

"왜요? 왜 그것을 묻지요? 설마 당신은……."

"질문에 대답해 주십시오."

"2시……조금 지나서였습니다."

"그럼, 2시간 전쯤에 돌아오셨단 말이로군요?"

"그렇습니다."

"어디 갔었습니까?"

"드라이브했습니다."

"드라이브를 하셨다고요?" 형사의 목소리에는 노골적인 의심이 담겨 있었다. "누구하고 같이 계셨습니까?"

"혼자였습니다."

"댁에서 몇 시에 나갔습니까?"

"저녁 식사가 끝나고 한참 있다가 나갔으니까, 아마 7시 반쯤이었을 겁니다. 제 차를 타고 계속……." 부인의 목소리가 꺼져 들어갔다. 형사는 참을성 있게 기다렸다. 판 데이비드는 마른 입술을 적시고 다시 이야기를 계속했다. "뉴욕까지 갔습니다. 얼마를 더 갔는데 성당 앞에 와 있더군요……. 성 요한 성당이었어요."

"암스테르담 거리의 110번 거리 모퉁이 말입니까?"

"네, 차를 세워 놓고 안으로 들어갔습니다. 거기에 앉아서 한참 동안 생각에 잠겨 있었는데……."

"그게 무슨 말입니까, 부인?" 형사는 거친 말투로 힐문했다. "일부러 뉴욕의 산등성이까지 달려 올라가서 2시간 동안이나 성당에 앉아 있었단 말입니까? 몇 시에 그 성당에서 나왔지요?"

"그게 어떻단 말이에요?" 부인의 목소리는 째지듯 날카로웠다. "대체 그게 어쨌단 말이지요? 제가 죽이기라도 했단 말인가요? 그렇군요, 알았어요. 모두들 그렇게 생각하고 계시지요? 이렇게 둘러앉아서 저를 지켜보며 제 태도를 살피고 있군요……."

부인은 매우 슬프다는 듯이 울기 시작했다. 어깨를 덮은 풍부한 머리칼이 물결쳤다.

"몇 시에 성당에서 나왔습니까?"

판 데이비드는 그대로 흐느껴 울며 띄엄띄엄 말했다.

"10시 반, 아니면 11시쯤이었을 거예요. 기억이 잘 나지 않아요."

"그 다음에 무엇을 하셨습니까?"

"계속 차를 몰았을 뿐입니다."

"저지로 돌아올 때 어느 길로 왔습니까?"

"42번 거리의 나룻배로."

형사는 휘파람을 불며 부인을 뚫어지게 보았다.

"뉴욕의 그 번잡한 번화가를 통과해서 돌아왔단 말입니까? 왜 그랬지요? 어째서 120번 거리의 나룻배로 건너오지 않으셨지요?"

부인은 말이 없었다.

"부인." 형사는 야비한 태도로 말했다. "이 점은 꼭 설명해 주셔야겠는데요."

"설명을 하라고요?" 부인은 눈빛이 어두워졌다. "설명할 것은 없어요. 왜 변화가로 갔는지 나도 모르겠는걸요. 그저 차를 달리게 했을 뿐이에요. 생각에 잠기며……."

"생각에 잠기며 달렸다……." 형사는 눈을 번득였다. "무슨 생각에 잠겼지요?"

부인은 일어서서 가운을 여미었다.

"당신은 조금 지나친 것 같군요. 무슨 생각에 잠기건 내 마음대로 아닙니까? 비켜 주세요. 제 방으로 가야겠어요."

형사가 부인에게 바짝 다가갔으므로 그녀는 멈칫했다. 부인의 뺨에서 핏기가 가셨다.

"안 됩니다. 당신은……" 하고 형사가 말하려 하는데 도르리 레인이 쾌활하게 말했다.

"아무래도 부인 말씀이 옳은 것 같군요. 신경이 날카로워지셨으니까 질문은——필요하시다면——내일 아침에 다시 하는 것이 친절한 일이 아닐까요?"

형사는 레인의 얼굴을 뚫어지게 보다가 헛기침을 하고 옆으로 비켜섰다.

"알았습니다." 그는 거칠게 말하더니 마지못해 덧붙였다. "실례했습니다, 부인."

판 데이비드 부인은 사라졌다. 또다시 모두 무감동 속으로 빠져 들어갔다.

4시 15분 조금 지나서 누군가가 살짝 들여다보았다면, 도르리 레인이 기묘한 일을 하고 있음을 알았을 것이다.

레인은 데이비드 저택의 서재에 혼자 앉아 있었다. 외투는 의자 위에 얹혀 있었다. 늘씬한 모습이 일정한 순서에 따라 방 안을 왔다갔다 하며 눈이 여기저기를 살피고, 손은 줄곧 그 주위를 찾아 헤매고 있었다. 방 한가운데에 조각을 한 커다란 호두나무 책상이 놓여 있었다. 레인은 그 서랍을 하나하나 빼어 서류를 가려내고 기록과 문서를 읽으며 조사했다. 그는 만족하지 못하고 있는 것이 분명했다. 벌써 세 번이나 책상 앞을 떠나 벽의 금고 있는 곳으로 갔기 때문이다.

레인은 또다시 금고 손잡이를 흔들어 보았다. 잠겨 있었다. 그는 단념하고 책장 앞으로 가서 한 단 한 단 천천히 주의 깊게 살피기 시작했다. 선반과 책 사이를 들여다보기도 하고 여기저기서 책을 꺼내어 펼쳐 보기도 했다.

책장을 죄다 살피고 나자 우뚝 서서 생각에 잠겼다. 날카롭게 빛나는 시선은 다시 금고 쪽으로 돌아갔다.

레인은 서재 입구로 가서 문을 열고 밖을 둘러보았다. 형사 한 사람이 복도에서 서성거리다가 재빠르게 뒤돌아보았다.

"집사는 아직 아래층에 있습니까?"

"보고 오겠습니다."

형사는 사라지더니 금방 다리를 끌며 걷는 조겐즈를 데리고 왔다.

"무슨 시키실 일이라도 있으십니까?"

도르리 레인은 서재 문의 옆 기둥에 기대어 섰다.

"조겐즈 씨, 금고의 다이얼 번호를 아십니까?"

조겐즈는 깜짝 놀랐다.

"제가요? 당치도 않으신 말씀이십니다."

"부인은 알고 계시겠지요? 아니면 아가씨라도?"

"모르실 겁니다."

"이상하군" 하고 레인은 쾌활하게 말했다. 형사는 복도 저쪽으로 어슬렁어슬렁 걸어갔다. "이것은 무슨 뜻일까요?"

"네, 그것은 데이비드 씨께서는…… 저……." 집사는 난처한 모양이었다. "이상한 일입니다만 데이비드 씨께서는 여러 해 동안 금고를 당신 혼자만 사용하고 계셨습니다. 금고는 이층 침실에도 있어서 부인이나 아가씨께서는 거기에다 보석 종류를 간수하고 계시지요. 그러나 이 서재의 금고는…… 다이얼 번호를 알고 계시는 분은 주인님과 브룩스 변호사님뿐인 것 같습니다."

"브룩스?" 도르리 레인은 생각에 잠겼다. "그럼, 그분을 좀 불러 주시겠소?"

조겐즈는 나갔다. 잠시 뒤에 희끗희끗한 금발을 흩뜨리고 수면 부족으로 눈이 빨개진 라이오넬 브룩스와 함께 돌아왔다.

"레인 씨, 무슨 일이십니까?"

"네, 이 금고의 다이얼 번호를 아시는 분은 당신과 데이비드 씨뿐이라고요?" 브룩스의 눈에 경계의 빛이 떠올랐다. "가르쳐 주시겠습니까?"

변호사는 턱을 쓰다듬었다.

"좀 특수한 주문이시군요, 레인 씨. 도덕적으로 볼 때 가르쳐 드려도 좋을까요? 그리고 법률적으로…… 아무래도 제 입장이 난처해지겠는데요. 번호는 오래 전부터 데이비드 씨에게 들어서 알고 있습니다만, 집안 식구들에게 보이고 싶지 않은 기록 서류가 있답니다. 자기에게 만일 무슨 일이 생겼을 때 공적인 수속 없이는 금고 문을 열지 못하도록 하고 싶다면서……."

"놀랍군요, 브룩스 씨." 레인은 중얼거렸다. "그런 사정이라면 더욱 열어 보고 싶어지는데요. 물론 저에게는 그럴 만한 권한이 있으니까요. 지방 검사에게라면 가르쳐 주시겠습니까?"

레인은 미소짓고 있었으나 그 시선은 변호사의 턱 근육의 움직임을 살피고 있었다.

"유언장이 보고 싶으시다면" 브룩스는 힘없이 말했다. "그것은 전적으로 공적인 일이므로……."

"아닙니다, 유언장이 아닙니다. 그런데 금고 안에 무엇이 들어 있는지 아십니까? 모든 수수께끼를 푸는 열쇠가 되는 어떤 귀중한 것이 틀림없이 들어 있을 겁니다."

"아니오, 모릅니다! 뭔가 수상한 것이 들어 있으리라고는 생각해 왔습니다만, 데이비드 씨에게 물어볼 생각을 해본 적은 없습니다."

"브룩스 씨." 레인은 전혀 다른 목소리로 말했다. "아무래도 저에게 번호를 가르쳐 주시는 편이 좋을 것 같습니다."

브룩스는 주저하며 시선을 돌렸다……. 마침내 어깨를 움츠리고는 일련의 숫자를 중얼거렸다. 레인은 그 입술을 열심히 지켜보며 고개를 끄덕이더니 아무 말도 하지 않고 서재로 들어가 브룩스의 코 끝에서 문을 닫아 버렸다.

노배우는 방을 가로질러 금고 앞으로 갔다. 그는 잠시 다이얼을 이리 돌리고 저리 돌리고 했다. 묵직한 작은 문이 열리자 그는 손을 놓고 기대에 찬 눈으로 들여다보다가 아무것도 흩어지지 않도록 조심하며 조사하기 시작했다.

15분 뒤 도르리 레인은 금고문을 닫고 다이얼을 돌린 다음 책상 앞으로 돌아왔다. 그의 손에는 작은 봉투가 쥐어져 있었다.

레인은 의자에 앉아서 봉투의 겉봉을 보았다. 보통 글씨체로 존 데이비드의 이름이 적혀 있었고 뉴욕 시 그랜드 센트럴 우체국의 소인이 찍혀 있었으며, 올 6월 3일에 부친 것이었다. 레인은 봉투를 뒤집어 보았다. 보낸 사람의 이름은 없었다.

레인은 봉투의 뜯어진 곳으로 조심스럽게 손가락을 넣어 한 장의 편지를 꺼냈다. 봉투에 적힌 글씨와 같은 필적으로 씌어 있었다. 청색 잉크로 6월 2일의 날짜가 적혀 있었다. 첫머리는 잭(존의 통칭)! 하고 당돌하게 시작되어 있었다.

6월 2일
잭!
나에게서 편지를 받는 것도 이것이 마지막이리라. 누구에게나 좋은 때가 있는 법인데, 나에게도 이제 곧 그런 때가 온다네.
속죄할 각오를 하고 있게. 자네가 맨 처음이 되는지도 모르네.

그리고는 일반적인 맺음말도 없이 다만 '마틴 스토프스'라고 서명되어 있었다.

제6장

그랜드 호텔의 한 방. 10월 10일 토요일 오전 4시 5분.

더피 형사 부장이 터무니없이 큰 등을 체리 브라운의 방으로 통하는 문에 대고 근심스러운 표정의 허리가 굵은 남자와 수군거리고 있을 때 샘 경감, 브르노 지방 검사, 그리고 부하들이 그랜드 호텔의 12층 복도를 빠른 걸음으로 걸어왔다.
더피는 근심스러운 표정의 남자를 호텔의 탐정이라고 소개했다. 호텔의 탐정은 샘의 날카로운 눈빛을 보고는 더욱 더 근심스러운 표정을 지었다.
"별 이상은 없었나?" 샘은 험악한 목소리로 말했다.
"네, 조용합니다" 하고 사립 탐정은 중얼거렸다. "쥐새끼처럼 조용합니다. 하지만 일이 성가시게 되는 것은 아니지요, 경감님?"
"아무 소리도 들리지 않아요" 하고 형사 부장이 말했다. "둘이서 잠이 들었나 봅니다."

호텔 탐정의 안색이 달라졌다.

"여기서는 그런 일이 허용되지 않습니다."

"이 방에 또 다른 출입문이 있나?" 샘이 험악하게 소리쳤다.

"저 문이 있습니다." 더피가 늠름한 팔을 들어올렸다. "그리고 물론.비상구가 있습니다만, 그것은 아래에서 지키고 있습니다. 만일을 위해서 지붕에도 사람을 올려 보냈습니다."

"그럴 필요는 없겠지." 브르노가 반대하는 어조로 말했다. 그는 마음이 가라앉지 않는 듯했다. "달아나지는 않을걸세."

"그건 알 수 없지요." 샘 경감은 무뚝뚝하게 말했다. "모두들 준비는 다 됐겠지?"

경감은 복도의 앞뒤를 훑어보았다. 부하와 호텔의 탐정 이외에는 아무도 없었다. 부하들이 이미 옆방 문으로 다가서고 있었다. 이만큼의 수배가 끝나자 샘은 문을 두드렸다.

방 안에서는 아무 소리도 나지 않았다. 샘은 문에 귀를 대고 잠시 동태를 살폈으나 이번에는 마구 두드리기 시작했다. 호텔의 탐정이 항의하려고 하다가 생각을 바꾸었는지 입을 다물고 걱정스럽게 융단 위를 걸어다니기 시작했다.

한참 후에 나직이 속삭이는 듯한 인기척이 경감의 귀에 희미하게 들려왔다. 샘은 어쩐지 기분 나쁜 미소를 입가에 띠며 기다렸다. 마침내 방 안 어디선지 전등 스위치를 켜는 소리가 나고 희미한 발소리가 들려오더니 열쇠 돌아가는 소리가 났다. 샘은 부하들에게 경계하라는 눈짓을 했다. 문이 겨우 5센티미터쯤 열렸다.

"누구세요? 무슨 용건이시지요?" 체리 브라운의 초조한 듯한 흥분된 목소리가 들려왔다.

샘은 문 틈새로 커다란 구두 끝을 들이밀고 비틀었다. 그리고 육중한 손으로 문을 밀자 문이 억지로 열렸다. 밝은 방 안에는 엷은 비단 네글리제를 걸치고 작은 맨발에 공단 슬리퍼를 신은 체리 브라운이 참으로 아름다운, 그러나 몹시 불안한 듯한 모습으로 서 있었다.

체리 브라운은 샘의 얼굴을 보자 숨을 크게 들이마시며 본능적으로 뒤로 물러섰다.

"어머나, 샘 경감님!" 체리는 눈 앞에 샘이 서 있다는 사실이 믿어지지 않는 듯이 가냘픈 목소리로 말했다. "대체 왜 이러시지요?"

"아무것도 아닙니다, 아무것도 아니오." 샘은 힘주어 말하며 방 안을 둘러보았다. 그는 이 여배우의 거실에 서 있었다. 방 안은 상당히 난잡했다. 찬장 위에는 진의 빈 병과 거의 비어 있는 위스키 병이 얹혀 있었다. 테이블 위에는 담배꽁초가 흩어져 있었고 진주로 장식한 야외용 핸드백이 놓여 있었다. 그리고 더러워진 술잔, 뒤집혀진 의자 하나…… 체리는 경감의 얼굴에서 문 밖으로 눈길을 옮겼다. 그 눈은 복도에 있는 브르노며 말없이 서 있는 사나이들의 모습을 보고 크게 둥그레졌다.

침실로 통하는 문은 닫혀 있었다.

샘은 미소지었다.

"자, 검사님. 어서 들어오시지요. 자네들은 밖에서 기다리게."

지방 검사는 방 안으로 들어서자 손을 뒤로 돌려 문을 닫았다.

체리 브라운은 어느 정도 여느 때의 침착성을 되찾았다. 볼이 불그스름해졌고 한 손으로 머리카락을 살짝 쓸어 올렸다.

"흐음!" 체리는 말했다. "숙녀 방으로 쳐들어오기에 아주 적당한 시간이군요, 경감님, 이게 무슨 짓이지요?"

"적당히 해 두시지, 아가씨." 샘은 유쾌한 듯이 말했다. "혼자 있소?"

"그게 어쨌다는 거예요?"

"혼자 있느냐고 물었소."

"쓸데없는 참견은 마세요."

샘은 히죽이 웃으며 방을 가로질러 또 하나의 문을 향해 다가갔다. 브르노는 벽에 기대어 서 있었다. 여배우는 당황하여 작은 외침 소리를 지르며 뒤따라가서 침실 문에 등을 대고 샘을 가로막았다. 그녀는 화를 냈다. 스페인 계의 두 눈이 이글이글 불타올랐다.

"이게 무슨 뻔뻔스러운 짓이에요!" 하고 여배우는 외쳤다. "영장을 보여 주세요! 그것도 없이 이런……."

샘은 커다란 손을 여자의 어깨에 걸치고 밀어젖혔다. 그러자 눈 앞에서 문이 열리더니 포랙스가 전등 빛을 받아 눈을 깜박이며 나왔다.

"이제 그만 해요." 포랙스가 쉰 목소리로 말했다. "아무리 소리를 질러 봐야 별 수 없을 테니까. 대체 무슨 일입니까?"

포랙스는 몸에 착 달라붙는 비단 파자마를 입고 있었다. 낮에 정성들여 가꾸었던 치장은 깡그리 사라지고 없었다. 숱이 적은 머리카락은 곤두섰고 바늘처럼 끝이 뾰족한 콧수염은 힘없이 늘어져 있었다. 툭 튀어나온 두 눈 밑에는 건강치 못한 거무스름한 기미가 끼어 있었다.

체리 브라운은 얼굴을 치켜 올려 한 번 흔들고는 어질러진 테이블 위에서 담배 한 개비를 집어 들어 성냥을 긋고 연기를 폭폭 뿜어 올리더니 그대로 테이블에 앉아서 다리를 흔들거리기 시작했다. 포랙스는 우뚝 서 있었으나 자기의 보기 흉한 몰골이 마음에 걸리는지 발을 주춤거렸다.

샘은 여자로부터 남자에게로 시선을 옮겨 서슴없이 이 남자를 평가하기 시작했다. 아무도 입을 열지 않았다. 짓누르는 듯한 침묵을 깨고 경감이 말문을 열었다.

"두 분께서 오늘 밤에 어디 계셨는지 좀 들어 볼까요?"

체리는 흥 하고 코를 울렸다.

"그런 것은 물어서 무엇하게요? 그보다도 어째서 갑자기 저에게 이토록 관심을 갖게 됐는지 말씀좀 해보시지요."

샘은 위엄 있는 불그스름한 얼굴을 체리의 얼굴 앞으로 내밀었다.

"알겠소, 아가씨." 경감은 격렬한 기색도 없이 말했다. "아가씨와 나는 서로 마음이 잘 맞을 것 같구려——아주 멋지게——아가씨만 거드름을 피우지 않는다면 말이오. 하지만 고집을 피우면 머지않아 그 귀여운 몸이 산산조각이 나고 말 거요. 자, 대답하시오. 거드름은 그만 피우고!"

경감의 눈이 마노(瑪瑙)처럼 체리의 눈을 파고들어갔다. 체리는 소리 없이 가볍게 웃었다.

"글쎄요……. 오늘 밤은 공연이 끝나자 포랙스가 데리러 왔기 때문에 둘이서 여기 왔지요."

"허튼 소리 하지 마시오!" 하고 샘이 말했다.

브르노는 포랙스가 얼굴을 찌푸리며 샘의 어깨 너머로 여자에게 눈짓하는 것을 보았다.

"당신들이 여기 온 것은 2시 반쯤이오. 그때까지 어디 있었소?"

"경감님, 왜 그렇게 화를 내시지요? 우리는 틀림없이 이리로 왔어요. 하지만 극장이 끝난 다음 곧장 호텔로 돌아왔다고는 말하지 않았어요. 저는 그런 뜻으로 이야기한 것이 아니에요. 우리는 45번 거리의 술집에 갔지요. 그 다음에 이리로 돌아왔어요."

"오늘 밤 위호켄의 나룻배를 타지 않았단 말이오? 12시 조금 전에 말이오." 포랙스가 신음했다. "당신도 함께 탔소!" 하고 샘이 고함질렀다. "당신도 함께 있었소. 저지 나루터에서 당신들을 본 사람이 있단 말이오."

체리와 포랙스는 체념한 듯이 서로 얼굴을 마주보았다. 여자는 천천히 말했다.

"그게 어쨌다는 거지요? 뭐가 잘못됐단 말인가요?"

"잘못된 일 투성이지." 경감은 내뱉었다. "둘이서 어디로 가려고 했소?"

"어머나, 그저 나룻배를 타 본 것뿐이에요."

샘은 지긋지긋하다는 듯이 코를 울렸다.

"나 원 참! 당신들은 멍텅구리요? 그런 말을 내가 믿을 거라고 생각하시오?" 샘은 한쪽 발을 들어올려 바닥을 쾅 하고 울렸다. "언제까지나 자꾸 둘러댈 작정이오? 당신들이 그 나룻배를 타고 건너가 저지 쪽에서 내린 다음 데이비드 일행의 뒤를 밟고 있었다는 것을 누가 모를 줄 아시오?"

포랙스가 중얼거렸다.

"사실대로 말하는 게 좋겠어, 체리. 하는 수 없잖아?"

여자는 멸시하는 듯한 눈초리로 남자를 노려보았다.

"바보같이! 겁먹은 아이처럼 죄다 말해 버리자는 거예요? 우리는 아무런 나쁜 짓도 하지 않았잖아요? 꼬리를 붙잡힌 것도 아닌데 말이에요! 무엇 때문에 그렇게 우는 소리를 해야 하지요?"

"하지만, 체리……." 포랙스는 뒷걸음질치며 두 손을 벌렸다.

샘은 두 사람의 말다툼을 내버려 두었다. 조금 전부터 그는 테이블 위에 얹힌 진주 장식의 야회용 핸드백을 바라보고 있었다. 마침내 그는 그것을 집어 들고 무게를 재 보며 생각에 잠겼다……. 이때 마술에 걸린 듯이 말다툼이 뚝 그쳤다. 체리는 경감의 커다란 손이 위아래로 움직이는 것을 지켜보고 있었다.

체리는 쉰 목소리로 말했다.

"그거 이리 주세요."

"굉장히 무거운 도구가 들어 있는 것 같군." 샘은 이죽거렸다. "1

톤은 나가겠는걸. 대체……."

경감이 굵은 손가락으로 재빠르게 핸드백을 열고 손을 들이밀자 체리는 나직이 동물적인 소리를 질렀다. 포랙스는 안색이 달라지며 발작적으로 한 걸음 앞으로 나섰다. 브르노는 기대어 서 있던 벽에서 몸을 일으켜 조용히 샘 옆으로 다가갔다.

경감의 손은 손잡이에 진주조개가 박힌 소구경의 소형 권총을 끄집어냈다. 그는 이 무기를 솜씨 좋게 조작하여 내부를 점검했다. 총알이 세 개 들어 있었다. 샘은 연필에다 손수건을 감아서 총신으로 들이밀고 비벼 보았다. 그 속에서 나온 손수건은 깨끗했다. 다음은 권총을 코끝에 갖다대고 냄새를 맡아 보았다. 그는 고개를 저으며 권총을 테이블 위로 내던졌다.

"휴대 허가증은 갖고 있어요."

여배우가 입술을 적시며 말했다.

"보여 주실까요?"

체리는 찬장 앞으로 가서 서랍 속을 뒤지더니 테이블로 다시 돌아왔다. 샘은 허가증을 들여다본 다음 여자에게 돌려주었다. 그녀는 다시 앉았다.

"여보시오, 당신." 샘은 포랙스에게 말했다. "털어놓으시지. 당신들은 데이비드 일행의 뒤를 따라갔는데, 그 이유가 무엇이오?"

"도무지 무슨 말씀이신지 알 수가 없군요."

샘은 권총에 눈길을 주며 말했다.

"이 권총 덕분에 귀여운 체리 아가씨의 입장이 재미없어진다는 것쯤은 아시겠지요?"

체리가 생침을 삼켰다.

포랙스는 힘없이 입을 벌렸다.

"그건 또 무슨 뜻입니까?"

"존 데이비드가 오늘 밤 서안선 열차 안에서 사살당했소." 브르노 지방 검사가 말했다. 방 안에 들어온 뒤로 지방 검사는 처음 입을 열었다. "죽었단 말이오."

"죽었다고요……?" 두 사람의 입술이 기계적으로 이 말을 되풀이했다. 그들은 겁먹은 표정으로 서로 마주보았다.

"누가 죽였을까요?" 여자가 속삭였다.

"당신은 몰랐단 말이오?"

체리 브라운의 도톰한 입술이 떨리기 시작했다. 포랙스는 처음으로 과감한 행동을 하여 샘과 브르노를 놀라게 했다. 그는 샘이 움직일 틈도 없이 재빠르게 테이블로 달려가서 권총을 움켜쥐었다. 브르노는 옆으로 비켰고 샘의 한쪽 손은 재빨리 바지 뒷주머니로 갔으며 여배우는 비명을 질렀다. 그러나 포랙스는 소동을 부리려고 그런 것은 아니었다. 그는 조심스럽게 권총의 총신을 쥐고 있었다. 샘의 손이 호주머니에서 멈추어 있었다.

"이것 좀 보십시오!" 포랙스가 재빠르게 말했다. 그는 떨리는 손으로 손잡이 쪽을 경감에게로 돌리며 권총을 내밀었다. "경감님, 이 안의, 총알을 자세히 보시오! 실탄이 아닙니다. 껍데기뿐이오!"

샘은 권총을 낚아챘다.

"정말, 껍데기뿐이로군" 하고 그는 중얼거렸다.

브르노는 체리 브라운이 마치 처음 보는 사람처럼 포랙스를 뚫어지게 보고 있음을 알았다. 너무 열심히 설명하려고 했기 때문에 포랙스는 말을 더듬거렸다.

"제가 지난 주일에 바꿔치기해 놓았습니다. 체리는 여태껏 모르고 있었지요. 저는…… 저는 체리가 실탄을 재고 다니는 것이 안심이 되지 않았던 겁니다. 여자는…… 여자란 자칫하면 이런 일에 실수하기 쉬우니까요."

"그럼, 어째서 세 발밖에 없지요, 포랙스 씨?" 브르노가 물었다.
"비어 있는 탄창 하나에 실탄이 들어 있었는지도 모르지 않소?"
"아닙니다, 절대로 들어 있지 않았습니다!" 포랙스는 외쳤다.
"어째서 네 발 다 들어 있지 않는지는 모르겠습니다만, 어쨌든 없었습니다. 그리고 우리는 아까 기차를 타지 않았습니다. 선창까지 가기는 했습니다만 거기서 다시 나룻배를 타고 뉴욕으로 돌아왔지요. 안 그래, 체리?"

여자는 말없이 끄덕였다.

샘은 다시 핸드백을 집어 들었다.

"차표는 샀었소?"

"사지 않았습니다. 매표구나 기차 옆에는 가지도 않았습니다."

"그러나 데이비드 일행을 뒤쫓고 있었던 것만은 사실 아니오?"

포랙스의 왼쪽 눈꺼풀이 우스꽝스럽게 꿈틀거리기 시작했다. 경련이 차츰 더욱 심해졌다. 그러나 포랙스는 바다 거북이처럼 입을 다물고 있었다. 여자는 눈을 내리뜨고 융단을 내려다보고 있을 뿐이었다.

샘 경감은 어두운 침실로 들어갔다. 이윽고 그는 빈손으로 다시 나오더니 사정없이 거실을 뒤지기 시작했다. 아무도 입을 열지 않았다. 마침내 경감은 두 사람에게 등을 돌리고 무거운 발소리를 내며 문을 향해 걸어갔다. 브르노가 말했다.

"언제라도 출두할 수 있도록 대기하고 있으시오. 수상쩍은 짓을 하면 안 됩니다. 두 분 다 말이오."

샘과 브르노가 복도로 나가자 기다리고 있던 형사들은 기대에 가득 찬 눈으로 그들을 보았다. 그러나 샘은 고개를 저으며 앞장서서 엘리베이터 쪽으로 걸어갔다. 브르노가 지친 걸음으로 그 뒤를 따랐다.

"어째서 권총을 압수하지 않았소?" 브르노가 물었다.

샘은 집게손가락으로 엘리베이터 단추를 눌렀다.

"압수해서 뭣하겠소?" 하고 그는 퉁명스럽게 말했다. 호텔 탐정도 바로 뒤에 서 있었는데 근심스러운 표정이 마침내 심각해졌다. 더피 형사 부장은 그를 어깨로 밀어냈다. "아무 소용이 없었던 거요, 시링 검시관은 38구경의 상처라고 했는데 아까 그 권총은 22구경이었다오."

제7장

마이클 콜린즈의 방. 10월 10일 토요일 오전 4시 45분.

동트기 전의 어슴푸레한 새벽 빛 속에서는 이것이 뉴욕인가 하는 생각마저 들었다. 이따금 헤드라이트를 반짝이며 달리는 택시 외에는 아무것도 찾아볼 수 없는 산길처럼 어둡고 살풍경한 한길을 경찰 자동차가 곧장 돌진하고 있었다.

마이클 콜린즈는 서(西) 78번 거리의 아파트에 틀어박혀 있었다. 경찰 자동차가 보도 끝으로 미끄러져 들어가자 건물 그늘에서 한 남자가 튀어나왔다. 샘이 먼저 뛰어내리고 브르노와 형사들이 그 뒤를 이어서 내렸다. 그늘에서 나온 남자가 말했다.

"녀석은 아직 위에 있습니다. 돌아온 다음 한 번도 밖으로 나오지 않았습니다."

샘은 고개를 끄덕였다. 모두들 현관으로 밀고들어갔다. 수위실에 앉아 있던 제복을 입은 노인이 놀라서 눈을 크게 떴다. 졸고 있는 엘리베이터 소년을 흔들어 깨우자 소년은 황급히 그들을 위로 데려다 주었다.

8층에서 내렸다. 다른 형사가 나타나 뜻있는 듯이 어떤 문을 가리켰다. 그들은 말없이 둥글게 진을 쳤다. 브르노는 흥분한 한숨을 내

쉬며 시계를 보았다.

"빈틈은 없겠지?" 샘은 사무적인 어조로 말했다. "반항할지도 모르니까."

샘은 문 앞으로 걸어가 초인종을 눌렀다. 멀리서 벨 울리는 소리가 들려왔다. 금방 발소리가 나더니 남자의 목쉰 소리가 들려왔다.

"누구요? 누구냔 말이오?"

샘이 소리쳤다.

"경찰이오! 문을 여시오!"

짧은 침묵이 흘렀다. 마침내 "개새끼! 너 같은 놈들에게 붙잡힐 줄 알아!" 하고 쥐어짜 내는 듯한 외침 소리가 들리고는 다시 발소리가 나더니 얼어붙은 나뭇가지가 꺾어지는 듯한 날카로운 총소리가 울려 퍼졌다. 그리고 뭔가 무거운 것이 쓰러지는 소리가 났다.

그들은 미친 듯이 움직이기 시작했다. 샘은 한 걸음 물러서서 크게 숨을 들이마신 다음 몸으로 문을 들이받았다. 문은 단단하여 꿈쩍도 하지 않았다. 더피 부장과 또 한사람 힘께나 있어 보이는 형사가 샘과 함께 뒤로 물러섰다. 세 사람은 성문을 부수는 기둥 같은 기세로 문을 향해 몸을 내던졌다. 문은 흔들거렸으나 여전히 부서지지 않았다.

"다시 한 번!" 하고 경감은 고함을 질렀다……. 네 번째의 공격으로 문은 심하게 삐걱거리며 부서졌다. 그들은 어두운 방 안으로 들어갔다. 복도 끝에 환히 불이 켜져 있는 방으로 통하는 문이 있었다.

그 방과 복도 사이의 문지방 위에 파자마 바람의 마이클 콜린즈가 쓰러져 있었다. 오른손 옆에 아직 연기를 뿜고 있는 검은 색 권총이 떨어져 있었다.

샘은 쪽마루 위로 무거운 구두 소리를 내며 달려갔다. 콜린즈 옆에 무릎을 꿇고 그 가슴에 귀를 갖다댔다.

"아직 살아 있다!" 그는 외쳤다. "방 안에 눕혀!"

그들은 축 늘어진 사나이의 몸을 들어올려 불이 켜져 있는 거실로 날라다 긴 의자에 내려놓았다. 콜린즈는 창백한 얼굴에 눈을 감고 이를 드러낸 늑대처럼 입술이 뒤틀린 채 숨을 헐떡이고 있었다. 머리 오른쪽에 헝클어진 머리카락과 흐르는 피 이외의 다른 상처는 보이지 않았다. 얼굴 오른쪽은 온통 빨갛게 물들었고 피가 오른쪽 어깨로 흘러내려서 파자마를 적시고 있었다. 샘이 손가락으로 상처 자국을 만지자 금방 빨갛게 물들었다.

"두개골은 빠져나오지 않았어" 하고 그는 신음하듯이 말했다. "머리의 가장자리를 스쳤을 뿐일세. 그 충격으로 기절했군. 바보 같은 녀석, 아무 의사나 부르게……. 브르노 검사님, 그럭저럭 해결이 날 모양입니다."

부하 한 사람이 뛰어나갔다. 샘은 성큼성큼 세 걸음에 방을 가로질러 가서 권총을 주워들었다.

"38구경이로군. 바로 이것이야" 하고 그는 만족스럽게 말했으나 금세 얼굴이 어두워졌다. "하지만 한 발밖에 쏘지 않았는걸. 지금 자살하려고 쏜 것뿐일세……. 총알은 어디로 갔을까?"

"이 바람벽입니다" 하고 한 형사가 칠이 벗겨진 부분을 가리켰다.

샘 경감이 총알을 파내려고 하자 브르노가 말했다.

"복도에서 거실로 뛰어오며 쏜 모양이오. 총알은 곧장 방을 가로질러 갔겠지. 잘못 쏘고 녀석은 문지방에 쓰러진 거요."

샘은 부서진 총알을 집어 들며 얼굴을 찡그렸다. 그는 그것을 주머니에 넣고 권총을 조심스럽게 손수건에 싸서 다른 형사에게 주었다. 8층 복도에서 떠들썩한 소리가 들려왔다. 모두들 뒤돌아보자 얇은 옷을 입은 몇몇 사람들이 겁을 먹은 채 방 안을 들여다보고 있었다.

두 형사가 나갔다. 구경꾼들과 한참 동안 밀치락달치락하고 있는데 의사를 부르러 갔던 형사가 사람들을 헤치며 돌아왔다. 그 뒤에서 파자마 위에 가운을 걸치고 검은 가방을 든 남자가 거드름을 피우며 나타났다.

"의사 선생님이시지요?" 하고 샘이 물었다.

"그렇습니다. 이 아파트에 살고 있습니다. 무슨 일입니까?"

형사들이 옆으로 물러서자 긴 의자 위의 움직이지 않는 사람의 모습이 의사의 눈에 들어왔다. 의사는 더 이상 아무 말도 하지 않고 무릎을 꿇었다.

"더운 물을 가져다주시오."

재빠르게 손을 놀리며 의사가 말했다. 한 사람이 욕실로 들어가 김이 오르는 세숫대야를 들고 나왔다.

익숙한 솜씨로 5분쯤 치료하더니 의사는 일어섰다.

"조금 심한 찰과상을 입었을 뿐입니다. 이제 곧 의식이 회복될 것입니다."

의사는 상처를 씻고 소독한 다음 머리 오른쪽의 머리털을 깎아 냈다. 다시 한 번 상처를 씻고 매우 직업적인 태도로 상처를 꿰맨 다음 머리에 붕대를 감았다.

"나중에 좀더 치료를 해야 하겠지만, 우선 당장은 이것으로 충분합니다. 머리가 몹시 아파서 괴로워할 겁니다. 아, 정신이 드는 모양이군요."

쉰 목소리로 신음하더니 콜린즈는 몸을 떨었다. 눈을 뜨고 눈알을 굴렸다. 차츰 의식이 회복되자 그 눈에서 놀랄 만큼 많은 눈물이 흘러나왔다.

"걱정하지 마십시오."

의사는 가방을 닫으며 무뚝뚝하게 말했다.

의사는 돌아갔다. 형사 한 사람이 콜린즈의 겨드랑이 밑으로 손을 넣어 그의 몸을 반쯤 일으키고 목 밑에 베개를 밀어 넣었다. 콜린즈는 신음하며 핏기 없는 한 손을 머리로 가져가 붕대를 만져 보더니 다시 긴 의자에 축 늘어졌다.

"콜린즈," 경감은 상처 입은 남자 옆에 앉아 말을 걸었다. "어째서 자살하려고 했나?"

콜린즈는 바짝 마른 혀로 입술을 핥았다. 얼굴의 오른쪽에 온통 피가 말라붙어 있는 그의 모습은 무시무시해 보였다.

"물!"

콜린즈는 입을 우물거렸다.

샘이 얼굴을 들고 눈짓했다. 형사 하나가 컵에 물을 담아 가지고 와서 콜린즈의 머리를 가만히 쳐들어 주자 아일랜드 사람은 벌컥벌컥 마시더니 차가운 물에 코를 갖다댔다.

"자, 콜린즈, 어서 말해 보시오."

콜린즈는 가쁘게 숨을 쉬며 말했다.

"붙잡혔군. 끝내 붙잡히고 말았어. 어차피 틀렸으니까……."

"그럼, 인정한단 말이지요?"

콜린즈는 무슨 말을 하려다가 생각을 달리했는지 끄덕였다. 그러더니 갑자기 놀란 듯이 여느 때의 광포한 빛이 담긴 눈을 치켜떴다.

"무엇을 인정한단 말이오?"

샘은 쌀쌀하게 웃었다.

"이젠 그만 하시지요, 콜린즈. 빤한 연극은 그만두는 게 좋을 거요. 당신이 존 데이비드를 죽였다는 것은 이미 다 드러났으니!"

"내가 죽였다고……?" 콜린즈는 넋이 나간 듯이 말했다. 그리고 일어나려고 몸부림쳤으나 샘에게 가슴을 눌리어 쓰러지자 미친 듯이 고함을 질렀다. "대체 무슨 말을 하고 있는 거요? 내가 데이비드를 죽였다고? 누가 죽였어? 데이비드가 죽은 줄도 모르고 있었는데!

당신들이 미친 게 아니오? 아니면 나를 모함하려는 거요?"

샘은 납득이 가지 않는 듯한 표정을 지었다. 브르노가 움직였다. 콜린즈의 눈동자가 그에게로 돌아갔다. 브르노는 달래듯이 말했다.

"여봐요, 콜린즈, 발뺌하려고 해도 소용없소. 경찰이 왔다고 하자 당신은 '붙잡힐 줄 알아!' 하고 외치며 자살하려고 했지 않소. 결백한 사람이라면 그런 말을 할 리가 없지. 조금 전에도 '끝내 붙잡히고 말았어'라고 했잖소? 이것이 범행의 자백이 아니고 뭐요? 거짓말을 해도 소용없소. 당신의 행동이 죄가 있다는 것을 드러내고 있으니까."

"하지만 나는 절대로 데이비드를 죽이지 않았소."

"그럼, 어째서 경찰이 올 것을 미리 짐작하고 있었던 듯한 태도를 취했소? 어째서 자살하려고 했지요?" 하고 샘이 엄하게 추궁했다.

"그것은……." 콜린즈는 아랫입술을 깨물며 브르노를 바라보았다.

"당신들이 알 바 아니오." 그는 뒤틀린 어조로 말했다. "나는 살인 같은 건 모르오. 나하고 헤어질 때 데이비드는 분명 살아 있었으니까."

콜린즈는 심한 고통의 발작이 일어났는지 신음 소리를 지르며 두 손으로 머리를 감쌌다.

"그럼, 아까 데이비드와 만났다는 것은 인정하겠소?"

"물론 만났지요, 증인은 많아요. 아까 차 안에서 만났소. 그럼, 찻간에서 죽었단 말입니까?"

"얼버무리지 마시오." 샘이 말했다. "뭣하러 뉴버그 선을 탔지요?"

"데이비드를 뒤쫓고 있었다는 것은 인정합니다. 밤새도록 뒤쫓다가 겨우 다른 사람들과 리츠 호텔에서 나오는 것을 보고 역까지 따라갔지요. 나는 오래 전부터, 그가 구류당하고 있을 때부터 무척 만나려고 애를 써 왔었소. 나는 아까 차표를 사 가지고 기차를 탄 다음 기차가 출발하자마자 데이비드에게로 갔지요. 그는 브룩스 변호사와 아헨, 그리고 또 한 사람과 함께 있더군요. 나는 데이비드에게 간청했지요."

"그것은 나도 알고 있소" 하고 경감은 말했다. "그 찻간에서 나와 승강구에서 무엇을 했지요?"

콜린즈는 핏발을 선 눈을 크게 떴다.

"롱스트리트의 엉터리 정보 때문에 입은 손해를 메워 달라고 애원했지요. 롱스트리트는 나를 속였고 그 상회는 데이비드의 것이니까 당연히 책임이 있어요. 나는 그 돈이 꼭 필요한데도 데이비드는 돌려주려고 하지 않고 이렇게 말하더군요——안 된다, 자기로서는 도저히…… 개새끼! 그 녀석은 끄떡도 하지 않았습니다." 억눌렸던 분노가 목소리에 배어 나왔다. "나는 무릎을 꿇다시피 하며 부탁했는데도 그는 안 들어 주었소."

"그때 당신들은 어디 있었소?"

"맨 끝 차량의 승강구에 있었소. 전등이 켜져 있지 않은 찻간의 승강구 말이오……. 그래서 나는 기차에서 내리기로 마음먹었지요, 하는 수 없었으니까요. 리지필드 파크 역에 기차가 멈추자 선로 쪽의 문을 열고 뛰어내렸지요. 그리고는 손을 뻗어 문을 닫고 선로를 가로질러 갔소. 아침까지 뉴욕으로 돌아가는 기차가 없다는 것을 알고 있었기 때문에 택시를 잡아타고 곧장 이리로 왔지요. 맹세하건대 이것이 모두요."

콜린즈는 베개에 기대어 숨을 헐떡거리고 있었다.

"뛰어내릴 때 데이비드는 여전히 그 승강구에 있었소?"
샘이 물었다.

"네, 있었습니다. 나를 내려다보고 있었지요. 개새끼 같으니라구

……." 콜린즈는 입술을 깨물었다. "나는 그 녀석이 미워서 죽을 지경이었소." 그는 말을 더듬었다. "그러나 그를 죽일 만큼은 아니었단 말이오…… 절대로 그런……."

"우리가 그 말을 곧이들을 줄 아시오?"

"죽이지 않았다고 하잖소!" 콜린즈의 목소리가 비명처럼 높아졌다. "선로로 뛰어내린 다음 문을 닫을 때 그 녀석이 손수건으로 이마를 닦는 것을 보았단 말이오. 그리고 손수건을 주머니에 넣고는 캄캄한 찻간의 문을 열고 안으로 들어가더군요. 이 눈으로 똑똑히 보았소, 틀림없어요!"

"그가 자리에 앉는 것도 보았소?"

"그건 못 봤소. 이미 기차에서 멀리 떨어져 있었으니까요."

"어째서 불이 켜진 찻간을 지나 앞쪽의 차장이 열어 주는 문으로 내리지 않았소?"

"시간이 없었기 때문이오. 기차는 이미 역에 정거하고 있었거든요."

"데이비드가 미웠단 말이지요?" 하고 경감은 말했다. "싸웠소?" 콜린즈는 외쳤다.

"어떻게 해서든 내게 뒤집어씌울 작정이오? 나는 정말 정직하게 이야기하고 있소. 말다툼 정도는 했다고 말했잖소. 그야 물론 나는 화를 냈지요. 화를 내지 않고는 견딜 수가 없었으니까요. 데이비드도 화를 냈소. 아마 머리를 식히기 위해 그 어두운 찻간으로 들어갔을 겁니다. 몹시 흥분했었거든요."

"권총을 가지고 있었소?"

"아니오."

"당신은 그 어두운 찻간으로 들어가지 않았소?"

샘 경감이 물었다.

"들어가지 않았다고 말했잖습니까!"

아일랜드 사람은 소리 질렀다.

"역에서 차표를 샀다고 했지요? 어디 좀 보여 주시오."

"옷장 속의 외투 주머니에 있소."

더피 형사 부장이 옷장으로 가서 그 속을 뒤져 금방 차표를 가지고 왔다.

샘과 브르노는 그것을 앞뒤로 뒤집어 보았다. 서안선의 편도 승차권으로, 차표 검사의 구멍은 뚫려 있지 않았다. 지정 구간은 위호켄으로 웨스트 잉글우드까지였다.

"차장의 검사를 받은 흔적이 없는 것은 무슨 까닭이오?"

샘이 물었다.

"내릴 때까지 차장이 차표 검사를 하러 오지 않았으니까요."

"됐소."

샘은 일어서서 두 팔을 벌리고 굉장히 크게 하품을 했다. 콜린즈는 고쳐 앉았다. 체력이 조금 회복되었던 것이다. 그는 파자마 윗옷을 뒤져 담배를 꺼냈다.

"그럼, 이것으로 일단락 짓기로 합시다. 콜린즈, 기분은 어떠시오?"

콜린즈는 입을 우물거렸다.

"조금 나아진 것 같소. 머리가 몹시 아프긴 하지만."

"기분이 나아졌다니 다행이군. 구급차를 부를 필요는 없겠지요?"

"구급차?"

"그렇소. 자, 일어나서 옷을 입으시오. 함께 본부까지 가야겠소."

콜린즈는 입에서 담배를 떨어뜨렸다.

"그렇다면…… 끝내 나를 살인자로 몰 작정이오? 나는 죽이지 않았다고 말하지 않았소! 이봐요, 경감. 지금, 나는 사실대로 말했단 말이오…… 맹세코……."

"바보같이! 누가 데이비드 살해범으로 체포하겠다고 했소?" 샘은 브르노에게 눈짓했다. "중요한 증인으로서 가자는 것뿐이오."

제8장

우루과이 영사관. 10월 10일 토요일 오후 10시 45분.

도르리 레인은 케이프를 검은 구름처럼 나부끼며 보도 위에 스틱을 힘차게 내짚으면서 강한 바다 냄새가 풍겨 오는 배터리 공원을 천천히 걸어가고 있었다. 바다 내음이 온 거리에 감돌고 아침 햇살이 상쾌하게 얼굴을 비춰 주고 있었다. 레인은 공원의 돌담 가에서 걸음을 멈추고 갈매기 떼가 기름이 떠 있는 수면에 내려앉아 둥둥 떠다니는 오렌지 껍질을 쪼는 모습을 바라보았다. 정기선이 천천히 물을 헤치며 바다를 향해 나아가고 있었다. 허드슨 강의 유람선이 요란스럽게 기적을 울렸다. 도르리 레인은 다시 한 번 코를 울려 바다 내음을 맡고는 케이프를 가지런히 여미었다.

한숨을 쉬고 시계를 본 다음 레인은 발길을 돌려 공원 광장을 향해 걸어갔다.

10분 뒤 그는 간소한 방에 앉아 있었다. 모닝코트를 입은 키가 작고 가무잡잡한 피부의 라틴 계 남자와 책상을 사이에 두고 앉아 미소 짓고 있었다. 그 남자의 옷깃에는 싱싱한 꽃이 반짝이고 있었다. 후안 아호스는 갈색 얼굴에 새하얀 이와 검은 눈이 반짝이고 콧수염을 우아하게 기른 쾌활한 사나이였다.

"참으로 영광입니다, 레인 씨" 하고 그는 유창한 영어로 말했다.
"우리 영사관에 오시리라고는 생각지도 못했습니다. 저는 기억하고 있지요. 제가 아직 젊은 외교관 후보였던 시절에 당신의……."

"원, 별말씀을요, 아호스 씨" 하고 레인이 말했다. "휴가에서 돌아오신 지 얼마 안 되어 무척 바쁘실 줄로 압니다만, 실은 조금 색다른 임무를 띠고 이렇게 왔습니다. 최근에 이 뉴욕 근교에서 일어난 일련의 살인 사건에 대하여 아호스 씨께서도 우루과이에 머무르시는 동안 들으셨으리라고 생각합니다만?"

"살인 사건이라고요, 레인 씨?"

"네, 흥미진진하다고 할 만한 살인 사건이 최근 세 건이나 일어났습니다. 나는 비공식적으로 브르노 지방 검사의 수사에 협력하고 있는데——내가 조사한 결과, 맞을지 어떨지는 아직 모르겠습니다만, 유력하다고 생각되는 단서가 하나 나왔습니다. 여기에 대하여 아호스 씨께서 협조를 해주시면 좋겠다고 생각할 만한 이유가 있어서 이렇게 찾아왔습니다."

아호스는 미소지었다.

"제 힘으로 할 수 있는 일이라면 무엇이든지 좋습니다, 레인 씨."

"펠리페 마킨차오라는 이름을 들으신 적이 있습니까? 우루과이 사람이지요."

단정한 용모의 몸집이 작은 영사의 눈에 매우 뚜렷한 빛이 반짝였다.

"바로 찾아오셨습니다, 레인 씨" 하고 그는 쾌활하게 말했다. "마킨차오에 대해서 알고 싶으시단 말씀이지요? 그 선량한 신사라면 서로 안면이 있고 이야기도 나누었습니다. 그에 대해서 무엇을 알고 싶으십니까?"

"만나신 동기와 흥미 있다고 생각하신 점이 있으시면 무엇이든지 말씀해 주십시오."

아호스는 두 손을 펼쳤다.

"네, 무엇이든지 모두 말씀드리지요, 레인 씨. 당신의 수사에 도움이 될는지 어떨지는 모르겠습니다만, 펠리페 마킨차오는 우루과이 법무성 대표자의 한 사람으로서 매우 중요한 인물입니다."
레인의 눈썹이 치켜 올라갔다.
"마킨차오는 몇 달 전에 본국에서 뉴욕으로 왔습니다. 몬테비데오 형무소에서 탈출한 어떤 죄수의 행방을 수사하기 위해 우루과이 경찰에서 파견했기 때문이지요. 그 죄수는 마틴 스토프스라는 이름입니다."
도르리 레인은 아주 조용한 목소리로 말했다.
"마틴 스토프스…… 매우 흥미있는 이야기로군요, 아호스 씨. 그 스토프스라는 영국식 이름의 남자가 우루과이 형무소에 수용되었던 이유가 무엇입니까?"
"제가 알고 있는 것은" 하고 아호스는 옷깃의 꽃내음을 살짝 맡으며 대답했다. "파견 대표 마킨차오에게서 들은 이야기뿐입니다. 그는 범죄 조사의 완전한 사본을 보여 주었고 자기가 직접 알고 있는 사실도 이야기해 주었지요."
"그 이야기를 들려주십시오."
"얘기는 이렇습니다. 1912년에 지질학적인 경험과 기술자로서 상당한 교육을 받은 마틴 스토프스라는 광맥을 탐사하는 청년이 그 지방 출신의 브라질 계 젊은 아내를 죽였다는 죄목으로 우루과이 법정에서 종신형 선고를 받았습니다. 그와 함께 탐사하던 동료 세 사람이 매우 강력한 증언을 했기 때문에 유죄 판결을 받게 되었답니다. 그들은 몬테비데오에서 정글을 거쳐 강을 상당히 많이 거슬러 올라간 구석진 광산에서 일을 하고 있었습니다. 그 동료들은 살인을 목격한 다음 스토프스를 때려눕혀 묶어 가지고 간신히 보트를 타고 강을 내려와 경찰에 넘겨 줄 수 있었다고 법정에서 증언했습니다. 그때 그들은 더위로 인해 보기에도 무참한 상태로 변해 버린 여자의 시체와 2살난 스토프스의 딸을 함께 데리고 왔습니다. 흉기도 제출되었지요. 마셰이트(중남미 토인이 쓰는 칼의 일종)였습니다. 스토프스는 아무런 항변도 하지 않았습니다. 일시적인 착란을 일으켜 허탈 상태에 빠져 있었기 때문에 자기를 위한 항변을 할 수 없었던 것입니다. 급작스럽게 유죄 판결을 받고 투옥되었지요. 딸은 재판소를 통해 몬테비데오의 수녀원에 맡겨졌습니다. 스토프스는 모범수였답니다. 차츰 착란 상태에서 회복되었으며 모든 것을 체념하고 복역하는 것 같았지요. 간수들을 애먹이는 일도 없었습니다. 그렇다고 다른 죄수들과 어울려 지내는 일도 없었습니다."
레인은 조용히 물었다.
"공판할 때 범행의 동기는 판명되었나요?"
"그것이 이상하게도 뚜렷하지가 않습니다. 동기에 대하여는 동료들이 말다툼을 하다가 스토프스가 아내를 죽였을 것이라고 억측했을 뿐입니다. 동료 세 사람은, 자기들은 살인하기 전에는 오두막에 없었고 비명을 듣고 달려가 보았더니 마침 그가 마셰이트로 여자의 머리를 내리치고 있더라고 증언했습니다. 울컥하기 쉬운 성미의 사나이였던 모양이지요."
"어서 계속하십시오."
아호스는 한숨을 쉬었다.
"복역 후 12년째 되던 해에 스토프스는 대담하기 짝이 없는 탈옥을 감행하여 간수들을 당황케 만들었습니다. 틀림없이 여러 해 동안 지극히 신중한 계획을 짠 다음에 탈옥했을 것입니다. 자세히 말씀 드릴까요?"
"아니오, 그럴 필요는 없습니다."
"그는 땅 속으로 스며들어가기라도 한 듯이 모습을 감추고 말았습니다. 남아메리카 대륙을 샅샅이 뒤졌으나 행방을 알 수가 없습니다. 아마도 깊숙한 산 속으로 들어가 무서운 정글에서 헤매다가 죽었을 것이라고 모두들 생각했습니다. 마틴 스토프스에 대한 이야기는 이것이 모두입니다. 브라질 커피라도 한 잔 드시겠습니까?"

"아니오, 괜찮습니다."

"그럼, 우루과이의 진미 마테 차는 어떻습니까?"

"아닙니다, 괜찮습니다. 마킨차오의 이야기가 더 있습니까?"

"네, 당국의 기록에 의하면 그 세 동료는 전쟁 중에 광산을——훌륭한 광산이었답니다——팔았습니다. 매우 질이 좋은 망간이 채취되는 산이었으나 본데, 전시의 군수품을 제조하는 데 있어 망간은 매우 귀중한 것이었지요. 광산을 팔아서 그들은 큰 부자가 됐고 그 뒤 미국으로 돌아왔답니다."

"그래요?" 하고 레인은 말투를 바꾸어 물었다. "미국 사람이었나요?"

"아니, 제가 그 동료들의 이름을 말씀드리는 것을 깜박 잊고 있었군요. 그 세 사람은 해리 롱스트리트, 잭 데이비드, 그리고——뭐더라, 맞아요! 윌리엄 크로켓……"

"잠깐만 기다리십시오." 레인의 눈이 빛났다. "최근에 이곳에서 죽임을 당한 두 사람이 데이비드 앤드 롱스트리트 상회의 공동 경영자였다는 것을 아십니까?"

아호스는 검은 눈을 크게 떴다.

"이거 참!" 하고 그는 외쳤다. "정말 놀랍군요. 그럼, 그들의 예감이……"

"뭐라고요?" 레인이 다그쳐 물었다.

영사는 두 손을 펼쳤다.

"금년 7월에 우루과이 경찰로 뉴욕 소인이 찍힌 익명의 편지가 날아왔습니다. 나중에 데이비드는 자기가 보낸 것이라고 인정했지요. 편지의 내용은 탈옥수 스토프스가 뉴욕에 있으니 우루과이 당국이 조사해 주기 바란다는 것이었습니다. 물론 당국은 책임자가 바뀌었지만 낡은 기록을 조사하여 당장에 수배하기로 결정짓고 마킨차오가 담당자로서 임명되었던 것입니다.

마킨차오는 저하고 상의한 끝에 이런 정보를 보낼 수 있는 사람은 옛날의 그의 동료 가운데 한 사람 외에는 없다고 판단하고 조사한 결과, 롱스트리트와 데이비드가 뉴욕에 살고 있으며, 그것도 굉장히 잘 살고 있다는 것까지 알아냈습니다. 또 하나의 옛날 동료인 윌리엄 크로켓도 찾아내려고 애썼습니다만, 이것은 실패하고 말았습니다. 크로켓은 그들이 미국으로 돌아올 때 이 무리에서 떨어져 나갔던 것입니다. 동료들과의 사이가 나빠졌거나 아니면 자기 몫을 제 마음대로 하고 싶었기 때문이겠지요. 혹은 그 어느 쪽도 아니었는지 모릅니다. 이 모든 것은 그저 억측에 지나지 않습니다만."

"그래서 마킨차오는 데이비드와 롱스트리트를 만났단 말이로군요."

레인은 부드럽게 재촉했다.

"그렇습니다. 그는 데이비드를 만나 모든 이야기를 했지요. 투서 편지도 보였습니다. 잠깐 주저하다가 데이비드는 자기가 투서를 보냈음을 인정했답니다. 그는 마킨차오에게 미국에 있는 동안 자기 집에 머무르면서 자기 집을 일종의 수사 본부로 삼아 달라고 권했습니다. 마킨차오는 무엇보다도 우선 어떻게 스토프스가 뉴욕에 있다는 것을 알았느냐고 물었지요. 그러자 데이비드는 스토프스의 서명이 있는 협박장을 보여 주었답니다."

"잠깐만 기다리십시오." 도르리 레인은 안주머니에서 데이비드의 금고에서 찾아 낸 편지를 꺼내어 아호스에게 주었다. "이 편지입니까?"

영사는 크게 끄덕였다.

"그렇습니다. 마킨차오는 그 뒤 보고할 때 그것을 저에게 보이고 사진으로 복사한 다음 데이비드에게 돌려주었지요. 데이비드, 롱스트리트, 마킨차오, 이렇게 세 사람은 웨스트 잉글우드에서 여러 차례 협의했습니다. 물론 마킨차오는 자기 혼자의 힘으로는 도저히 어떻게도 할 수 없으므로 즉석에서 미국 경찰의 협력을 얻으려고 했습니다. 그러나 그 두 사람은 그렇게 하면 신문에 나게 되고, 결국에는 자기들의 천한 신분이 알려질 것이 뻔하다는 거였죠. 꺼림칙한 살인 사건 재판에 대한 것이 드러나게 되니 경찰은 피해야 한다고 주장했습니다. 마킨차오는 어찌할 바를 몰라 저에게 의논하러 왔더군요. 결국 그들의 입장을 생각해서 원하는 대로 하기로 결정지었습니다. 두 사람 다 5년 전부터 이따금 편지를 받았는데 모두 뉴욕 소인이 찍혀 있었답니다. 그 편지들은 모두 찢어 버렸지만 그때까지의 것보다 훨씬 위협적인 마지막 편지를 받고 데이비드는 몹시 불안해하며 보관해 두었다는군요.

나머지 이야기는 짤막하게 말씀드리겠습니다. 마킨차오는 헛된 수사만 한 달 동안 되풀이하게 되자 저와 그 두 사람에게 실패로 그쳤다고 말하고는 사건에서 손을 떼고 우루과이로 돌아갔습니다."

레인은 생각에 잠겨 있었다.

"그럼, 그 크로켓이라는 사람의 소식은 전혀 알 수 없었단 말씀입니까?"

"마킨차오가 데이비드에게서 들은 바에 의하면 우루과이를 떠난 이후 이따금 두 사람에게 주로 캐나다에서 편지가 왔답니다. 그리고 지난 6년 동안은 연락이 영 끊겼다고 합니다."

"이러한 모든 이야기는 죽은 두 사람의 입에서 나온 것이겠지요?
그런데 아호스 씨, 스토프스의 어린 딸이 어떻게 되었는지 기록에
없습니까?" 하고 레인이 물었다.
아호스는 고개를 저었다.
"어느 시기까지의 기록이 있을 뿐입니다. 6살 때 그 몬테비데오 수
녀원에서 나왔다든가, 누군가가 데리고 갔다든가……어느 쪽이었
는지는 뚜렷하지 않습니다만, 없어진 것만을 알고 있습니다. 그 뒤
그 딸에 대해서는 아무것도 모르지요."
도르리 레인은 한숨을 쉬며 일어나더니 책상 옆에 앉아 있는 조그
마한 영사를 내려다보았다.
"오늘은 정의를 위해 매우 적절한 도움을 얻었습니다."
아호스는 하얀 이를 보이며 웃었다.
"저로서는 매우 기쁜 일입니다, 레인 씨."

"괜찮으시다면" 하고 레인은 케이프의 깃을 조금 헤치며 말했다.
"한 번 더 힘을 빌려 주셨으면 좋겠습니다. 본국에 전보를 치셔서
스토프스의 지문과 사진이 있으면 전송해 달라고 해주셨으면 고맙
겠습니다. 그리고 그의 완전한 인상서도 함께 말입니다. 윌리엄 크
로켓에 대해서도 흥미가 있으므로 그에 대한 기록도 역시 손에 넣
을 수 있다면 부디……."
"당장에 수배하겠습니다."
"작으나마 기업적 정신이 풍부한 당신의 나라이니만큼 근대적인 과
학 시설을 갖추고 계실 줄로 압니다."
레인은 미소지으며 말했다.
두 사람은 문을 향해 걸어가고 있었다.
아호스는 놀랐다는 듯이 말했다.

"그야 물론이지요! 사진은 어느 나라에도 뒤지지 않을 만큼 훌륭한 장치로 전송해 줍니다."
"그렇다면 더할 나위 없습니다."
도르리 레인은 고개를 숙이며 말했다.
레인은 한길로 나오자 공원을 향해 걸어갔다.
"더할 나위가 없다." 그는 들뜬 기분으로 되풀이했다.

제9장

햄릿 장. 10월 12일 월요일 오후 1시 30분.

샘 경감은 퀘이시의 안내를 받으며 꾸불꾸불한 복도를 지나 숨겨진 엘리베이터 앞으로 나왔다. 엘리베이터는 햄릿 장의 제일 큰 탑 속을 달 로켓처럼 날아올라가 꼭대기 가까이의 층계참에다 두 사람을 내려놓았다. 샘은 퀘이시의 뒤를 따라 런던 탑처럼 예스러운 돌층계를 꾸불꾸불 올라가자 쇠빗장이 걸려 있는 떡갈나무의 문 앞에 이르렀다. 퀘이시는 문고리와 무거운 빗장을 상대로 열심히 씨름한 끝에 겨우 벗기고는 노인답게 숨을 헐떡거리며 문을 열었다. 두 사람은 단단한 돌로 흉벽을 둘러친 탑 꼭대기에 발을 들여놓았다.

도르리 레인은 곰 털가죽 위에 거의 알몸에 가까운 모습으로 누워서 두 팔로 눈을 가리고 머리 위에서 쨍쨍 내리쬐는 햇볕을 막고 있었다.

샘 경감은 우뚝 멈추어 섰다. 퀘이시는 이를 드러내어 웃으며 가버렸다. 경감은 도르리 레인의 햇볕에 그을은 피부의 탄력이며 젊음이 넘쳐흐르는 근육의 강인함에 놀라지 않을 수 없었다. 엷은 금빛 솜털 외에는 털이 없는 갈색의 매끈하고 탄탄한 그의 누워 있는 날씬한 모습은 한창 나이의 젊은이와 다를 바가 없었다. 늘씬하고 탄탄한 온 몸을 보고 있으면 흰 머리털이 몹시 어울리지 않게 느껴졌다.

이 배우가 몸에 걸친 것이라고는 하얀 팬티뿐이었다. 갈색의 발도 맨발이었는데, 깔개 옆에 사슴 가죽 슬리퍼가 있었다. 그리고 한쪽에 쿠션이 있는 접는 의자가 놓여 있었다.

샘은 기운 없이 고개를 저으며 코트 깃을 조금 여미었다. 10월의 공기가 차가웠고 탑 위에는 바람이 꽤 불고 있었다. 샘은 성큼성큼 앞으로 나아가 레인이 누워 있는 곁으로 다가갔다. 그 피부는 매우 부드러웠고 소름도 끼쳐 있지 않았다.

빈틈없는 직감이라는 것이 작동하여 레인의 눈을 뜨게 한 모양이었다. 혹은 경감이 그를 내려다보고 있을 때 그림자가 비쳤는지도 모른다.

"경감님!" 레인은 금방 눈을 뜨고는 윗몸을 일으키며 날씬하고 단단한 두 다리를 모았다. "어서 오십시오, 이런 모습이어서 죄송합니다. 그 접는 의자를 이리로, 하긴……." 그는 입 속으로 웃으며 말했다. "거추장스러운 옷을 벗으시고 이 곰가죽 위에 저처럼 앉으시겠다면……."

"아닙니다." 샘은 재빠르게 대답하며 의자에 앉았다. "이렇게 바람이 부는데도 말입니까? 사양하겠습니다." 그는 히죽이 웃었다.

"레인 씨, 실례입니다만 대체 지금 연세가 얼마나 되셨습니까?"

레인은 햇빛 속에서 눈을 가늘게 떴다.

"60살입니다."

샘은 머리를 저었다.

"저는 54살인데도——이거 참, 부끄럽군요——정말이지, 부끄러워서 옷을 벗고 몸을 보여 드릴 수가 없군요. 당신에 비하면 저는 다 늙어빠진 늙은이거든요!"

"그것은 말입니다, 경감님. 아마도 몸에 대해 신경을 쓰실 여유가 없었기 때문일 겁니다. 나는 시간도 있고 기회도 있습니다. 여기서는——" 레인은 손을 흔들어 저 아래의 장난감 같은 광경을 가리켰다.

"여기서는 제멋대로 무엇이든지 할 수 있거든요, 내가 마하트마 간디 식의 팬티를 허리에 걸치고 있는 것은 퀘이시가 부끄럼을 잘 타기 때문이지요. 만일 내가 그——특히 개인적인 부분을 가리고 있지 않으면 그는 말할 수 없이 놀라거든요. 다른 이유는 하나도 없습니다. 가엾은 퀘이시! 20년 전부터 이 태양의 향연을 함께 즐기자고 권하고 있는데……. 그의 팬티만 입은 벌거숭이 모습은 정말 볼 만합니다. 어쨌든 그는 너무 늙었습니다. 자기도 몇 살인지 정확하게 모를 겁니다."

"정말이지, 당신 같은 사람은 처음 보았습니다" 하고 샘은 말했다.

"60살인데도……." 그는 한숨을 쉬었다. "그건 그렇고, 사건은 잘 되어 가고 있습니다. 오늘은 그 뒤의 보고를 드리기 위해 왔습니다. 특히 한 가지 중요한 것이 있어서요."

"콜린즈에 대해서인가요?"

"그렇습니다. 토요일 새벽에 콜린즈의 아파트로 밀고 들어간 일은 브르노 검사에게서 들으셨겠지요?"

"네, 자살을 기도하다니, 참으로 어리석은 사람입니다. 그래, 구류중입니까?"

"목숨에 관계되는 일이니까요." 샘은 얼굴을 찌푸렸다. 그리고 그는 허둥지둥하며 말했다. "요즈음 저는 풋내기 형사 같은 기분이 든답니다. 우리는 이렇게 어둠 속을 더듬으며 이야기하고 있는데 당신은 모든 것을 알고 계시는 듯하니 말입니다."

"경감님, 경감님께서는 오랫동안 저에게 반감을 품고 계셨습니다. 제가 알지도 못하면서 아는 척한다고 생각하셨겠지요. 무리도 아닙니다. 지금도 경감님께서는 제가 입을 다물고 있기 때문에, 이렇게 입 다물고 있는 것이 어쩔 수 없는 사정에 의해서인지, 그럴듯하게 속이고 싶어서인지 모르실 겁니다. 그런데도 불구하고 지금은 저를 의지하시는군요. 지나친 영광입니다. 우리는 서로 끔찍스러운 일에서 당분간 피할 수 없을 겁니다. 해결이 될 때까지는 말입니다."

"그야 그렇겠지요." 샘은 우울하게 말했다. "어쨌든 콜린즈의 일은 드러났습니다. 그의 소행을 파헤쳐 보았더니 어째서 그렇게 기를 쓰고 주식 때문에 입은 손해를 메워 보려고 했는지 알게 되었습니다. 소득세 담당을 맡아 보면서 주(州)의 공금을 써 버렸더군요!"

"정말입니까?"

"모두 드러났습니다. 지금까지 횡령한 액수는 10만 달러, 혹은 그 이상이 될는지도 모릅니다. 아무튼 이만저만한 돈이 아닙니다, 레인 씨. 그러한 공금을 '빌려서' 주식에 투자했던 것입니다. 그런데 그것을 슬쩍슬쩍 하다가 깊숙이 빠져들어 간 거지요. 마침내 롱스트리트가 국제 금속을 사라고 권하자 5만 달러를 슬쩍했더군요. 그로서는 죽느냐 사느냐의 큰 도박이었겠지요. 그때까지 입은 손해를 보충해서 횡령한 액수를 메워 볼 작정이었답니다. 그러다가 문제가 표면화되기 시작하여 장부를 조회하는 조사가 비밀리에 시작되었던 모양이에요."

"콜린즈는 직접 조사당하지 않도록 되어 있었습니까? 어떻게 그런 짓을 할 수 있었을까요?"

샘은 입을 꼭 다물고 있다가 말했다.

"그 녀석으로서는 문제없는 일이었지요. 서류를 변조해서 몇 달 동안 발각당하지 않을 수 있었던 것입니다. 그리고 값싼 뇌물로 먹혀들어갈 수 있는 정치가를 이용했던 것입니다. 그러나 마침내 그 이상 더 속일 수 없는 단계에 이르고 말았지요."

"인간성의 한 면을 드러내는 훌륭한 예로군요." 레인은 중얼거렸다. "울컥하기 쉽고 고집불통이고, 감정의 지배를 받기 쉬운 사람이니만큼 여태까지의 인생은 아마도 늘 남을 짓눌러 왔을 것이며, 콜린즈가 걸어온 길에는 그의 계략에 넘어간 사람들의 시체가 잔뜩 널려 있을 겁니다. 브르노 씨의 말씀에 의하면 그가 무릎을 꿇고 애원했다지요! 패배자로군요, 경감님! 완전히 짓밟히고 분쇄당한 것입니다. 그는 이미 사회에 대해 죄값을 치르기 시작하고 있습니다."

샘은 감명을 받은 기색도 없었다.

"그럴는지도 모르지요. 어쨌든 우리로서는 상당히 강력한 용의자로서 그를 지목합니다. 아직도 상황 증거뿐입니다만 그런 건 관계없습니다. 동기에 있어서는 롱스트리트에 대해서도 데이비드에 대해서도 마찬가지로 강합니다. 롱스트리트에게 속았기 때문에 그 복수로서 그를 죽였겠지요. 그리고 파멸의 극치에 달하여 이 이상 더 악화될 수 없다는 자포자기의 기분에 처해 있을 때 롱스트리트의 거짓 정보의 벌충을 해 달라고 애원했는데도 거절당하자 데이비드를 죽였겠지요. 상황으로 미루어 보아 두 공동 경영자를 죽인 살인범으로 콜린즈를 지명할 수 있습니다. 그리고 우드 살해의 가능성에 있어서도 모순은 없습니다. 모호크 호가 도착하자마자 없어진 몇 명의 승객 가운데 한 사람이었다고 한들 별로 이상할 것은 없으니까요. 지금 그날 밤의 알리바이를 추궁하고 있습니다만, 콜린즈는 알리바이를 내세우지 못하고 있어요……. 그리고 공판을 하게 되면 브르노는 우리가 콜린즈의 아파트로 밀고 들어갔을 때의 그 수상쩍은 행동을 증거로 내놓을 수 있습니다. 그가 외친 말이며 자살을 기도한 일 등을 말입니다……."

"법정에서 지방 검사의 변론의 마술에 걸리면" 하고 레인은 기다란 두 팔을 펼치며 미소지었다. "콜린즈가 꼭 범인으로 보이겠지요.

하지만 새벽 5시에 경관이 문을 두들기자 당황한 콜린즈가 공금 횡령이 발각되어 횡령죄나 중한 절도죄로 체포되는 것으로 지레짐작하고 그랬다고는 생각하지 않으십니까? 그의 심리 상태를 이런 방향으로 생각하면 자살을 기도한 것도, 체포당하는 줄 알고 고함을 지른 것도 모두 이해가 가지 않을까요?"

샘은 머리를 긁적거렸다.

"실은 오늘 아침에 콜린즈를 횡령 건으로 문초했더니 바로 그런 말을 하더군요. 어떻게 아셨습니까."

"원 참, 경감님. 그런 것은 어린아이라도 알 수 있지 않겠습니까?"

"당신은" 하고 샘은 말했다. "이 점에 있어서는 콜린즈가 진실을 말하고 있다고 생각하시는군요. 그가 범인이라고 생각하지 않으시구요. 실은 브르노가 당신의 의견을 슬쩍 타진해 오라고 해서 이렇게 왔습니다. 우리는 콜린즈를 살인죄로 기소하고 싶습니다만, 브르노로서는 먼젓번에도 경솔한 짓을 했었기 때문에 같은 실패를 되풀이하고 싶지 않은 거지요."

"경감님." 도르리 레인은 맨발로 일어서서 갈색의 가슴을 펴며 말했다. "브르노 씨는 콜린즈를 데이비드 살해범으로 기소하시면 안 됩니다."

"그렇게 말씀하시리라고 생각했습니다." 샘은 주먹을 쥐고 그것을 바라보며 어두운 표정을 지었다. "하지만 우리의 입장도 생각해 주십시오. 신문을 보셨습니까? 데이비드를 기소하여 실수했기 때문에 우리가 얼마나 두들겨 맞고 있는지 아시지요? 그들은 그때의 일을 긁어모아 데이비드 살해 사건과 연결시키고 있으므로 우리는 신문 기자들과 얼굴을 대할 수도 없는 형편이랍니다. 우리끼리의 이야기입니다만, 저의 목도 달랑달랑한 모양입니다. 오늘 아침에 경찰서장에게 호통을 맞았거든요."

 레인은 저 밑에서 흘러가는 강을 내려다보고 있었다.

"조금이라도 경감님이나 브르노 씨를 위해 유익하다면 제가 알고 있는 일을 어째서 지금 당장 말씀드리지 않겠습니까? 하지만 경감님, 승부는 지금 마지막 단계에 이르고 있습니다. 머지않아 시합이 끝나는 호각 소리가 울려 올 것입니다. 파면당할까 하는 걱정은, 당신이 범인을 붙잡아 인도하기만 하면 경찰서장도 어쩌지 않을 테니 염려 마십시오."

"제가 범인을……."

"그렇습니다, 경감님." 레인은 벌거벗은 몸을 거친 돌 흉벽에 기대었다. "그건 그렇고, 뭔가 새로운 사실은 없습니까?"

 샘은 금방 대답하지 않았다. 이윽고 전혀 자신이 없는 듯한 투로 말했다.

"이 사건에 대해서 당신이 단정적인 말씀을 하신 것은 이번이 세 번째입니다. 대답을 강요하는 것은 아닙니다만, 콜린즈에게 혐의가 없다는 확신은 어디서 온 것입니까?"

"그것을 설명하자면 길어집니다." 레인은 부드럽게 말했.

"하지만 저로서도 말뿐만 아니라 실제로 입증해야 할 시기가 온 것 같습니다. 오늘 오후 안으로 당신들의 콜린즈 유죄론을 뒤엎을 수 있을 것으로 생각합니다."

 샘은 이를 드러내 보이며 웃었다.

"진작 그랬어야 했지요, 레인 씨! 아, 당장에 기분이 좋아지는군요……. 그건 그렇고, 그 뒤의 새로운 사실을 물으셨지요. 많이 있습니다. 우선 시링 의사가 데이비드의 시체에서 총알을 꺼냈는데, 처음 의견대로 38구경이었습니다. 그 다음 보고는 과히 신통치 않습니다. 바젠 군 지방 검사 콜은 시체가 발견되기 전에 기차에서 내린 승객을 찾아내지 못했습니다. 그리고 그의 부하도 우리 쪽 부하도 철로가에서 권총을 찾을 수가 없다는 것입니다. 물론 브르노 검사로서는 콜린즈의 권총을 의심하고 있기 때문에 지금 데이비드의 시체에서 꺼낸 총알을 콜린즈의 권총에서 나온 총알과 비교해 보는 현미경 검사를 시키고 있습니다. 하지만 그 두 가지가 다르다해도 콜린즈의 무죄를 증명할 수는 없지요. 데이비드를 죽일 때에는 다른 권총을 사용했는지도 모르니까요. 적어도 브르노 검사는 그렇게 주장하고 있습니다. 검사의 생각은, 다른 권총을 썼다면 그 날 밤 콜린즈는 그 권총을 지닌 채 택시를 타고 오다가 택시가 뉴욕으로 건너오는 나룻배에 있는 동안 강물 속으로 집어던질 수도 있었다는 것입니다."

"그거 참, 희한한 생각이로군요" 하고 레인은 중얼거렸다. "어서 계속해서 말씀하십시오."

"그래서 그 점을 밝히기 위해 콜린즈를 뉴욕까지 태우고 간 택시 운전수를 조사하여 나룻배를 이용했는지, 이용했을 경우 배 위에서 콜린즈가 내린 적이 있는지 알아보았습니다. 하지만 운전수는 콜린즈가 내렸는지 안 내렸는지도 모르고 있더군요. 그가 증언한 것은 그 기차가 리지필드 파크 역을 막 떠나고 있을 때 콜린즈가 택시를 잡아탔다는 사실뿐이었습니다. 이 점에 대해서는 그것뿐입니다.

그 다음의 사실은 그다지 새롭다고는 할 수 없습니다. 롱스트리트의 업무상 서류와 개인 관계의 문서를 모두 조사해 보았습니다만, 별로 눈에 띌 만한 것은 하나도 없었습니다.

그러나 네 번째 보고는 매우 재미있습니다. 사무실에서 데이비드의 서류를 조사하다가 굉장한 발견을 했지요. 이미 지불이 끝난 전표였는데, 과거 14년 동안 해마다 두 장씩 수표로 윌리엄 크로켓이라는 이름의 남자에게 송금한 사실이 나타났습니다."

레인은 꼼짝 하지 않았다. 그의 잿빛 눈이 샘의 입가를 지켜보는 동안 엷은 갈색으로 변해 갔다.

"윌리엄 크로켓이라……. 경감님, 그것은 굉장한 뉴스입니다. 그 수표의 액수는 얼마였습니까? 지불 은행은 어디였던가요?"

"액수는 각각 다르지만 모두 1만 5천 달러 이상의 것이었습니다. 모두 같은 은행에서 지불되었더군요. 캐나다의 몬트리올 신탁 은행입니다."

"캐나다라고요? 일이 자꾸만 재미있게 되는군요. 그 수표 발행인의 서명은 어떻게 되어 있었습니까? 데이비드 개인이던가요, 아니면 회사 명의로 되어 있던가요?"

"회사 명의라고 할 수 있겠지요. 데이비드와 롱스트리트 양쪽의 서명이 있었으니까요. 우리도 그 점을 생각해 보았습니다. 데이비드가 협박당하고 있었던 것이 아닌가 하는 생각도 들었습니다만, 아무래도 두 사람 모두 관련이 있는 것 같습니다. 반 년마다 지불된 이 수표 발행의 이유를 설명하는 기록은 하나도 없었습니다. 두 사람의 개인 인출금 계산서에 절반씩 인출한 것으로 기록되어 있더군요. 세금 기록도 조사해 보았습니다만, 이상이 없었습니다."

"그 크로켓이라는 사람을 조사해 보았습니까?"

"물론이지요, 레인 씨!" 샘은 나무라듯이 말했다. "캐나다 경찰에서는 우리가 미친 듯이 날뛰는 데 놀랐을 겁니다. 수표의 전표를 발견하자 이러쿵저러쿵 자꾸만 몰아댔으니까요. 그런데 이상한 일은 말입니다, 몬트리올 경찰을 통해 조사한 바에 의하면 윌리엄 크로켓이란 사람이 어느 수표에나 손수 이서를 하고 받았다는 점입니다……."

"다른 사람의 이서는 없었단 말이지요? 모두 같은 필적이었습니까?"

제3막 345

"틀림없습니다. 지금 말씀드리려고 했습니다만 그 크로켓이란 사람은 캐나다의 여기저기에 우편으로 그 수표를 예금했다가 그 예금을 다른 수표로 인출해 갔더군요. 틀림없이 돈은 받는 대로 금세 써 버린 모양입니다. 은행에서는 크로켓의 생김새라든가 거처에 대해서는 아무것도 모른답니다. 다만 계산서와 지불 증서를 몬트리올 중앙 우체국 사서함 앞으로 우송하도록 요구당하고 있음을 알았을 뿐입니다.

그래서 그 방면의 조사도 해보았습니다. 그 사서함을 살펴보았으나 이렇다 할 것은 하나도 알아내지 못했지요. 조사했을 때는 비어 있었고 언제 상자를 열기 위해 왔었는지 아무도 기억하지 못한답니다. 그래서 데이비드 앤드 롱스트리트 상회의 사무실을 다시 조사해 보았더니 수표는 모두 처음부터 그 중앙 사서함 앞으로 보내졌음이 밝혀졌습니다. 사무실에서는 윌리엄 크로켓이 누구인지, 어떻게 생긴 사람인지, 어째서 수표를 계속 받는지 아는 사람이 하나도 없었습니다. 그리고 사서함은 1년 계약으로 매년 선불로 지불되며, 그것도 우편으로 보내졌답니다."

"참으로 얄밉군요" 하고 레인이 중얼거렸다. "당신도 브르노 씨도 얼마나 약이 오르겠습니까."

"지금까지도 그렇습니다" 하고 경감은 투덜거렸다. "조사하면 할수록 까닭을 알 수가 없어요. 이 크로켓이란 자가 사람들 앞에 모습을 보이지 않으려고 애쓰고 있는 것만은 바보라도 알 수 있습니다만."

"지금 말씀하신 대로 사람들 앞에 모습을 보이지 않으려고 애쓴 것은 본인의 의사라기보다 데이비드와 롱스트리트가 그렇게 하라고 했기 때문이었을지도 모르지요."

"옳아, 그 말씀이 맞겠군요!" 하고 샘은 외쳤다. "그 생각을 못했어요. 어쨌든 이 크로켓이란 자에게 뭣 때문에 그런 거액을 내던졌는지 도무지 영문을 모르겠습니다. 살인 사건과는 관계가 없을지도 모른다고 브르노 검사는 생각하고 있습니다. 그가 그렇게 생각할 만한 전례가 많이 있거든요. 살인 사건이란 반드시 본디 줄거리와 혼돈하기 쉬운 불필요한 꼬리나 지느러미가 많이 달라붙는 법이니까요. 그렇다고는 하지만 어쩌면 진짜 핵심일는지도 모르지요……. 어쨌든 크로켓이 그 두 사람을 협박해 오고 있었다면 살인의 동기는 있었다고 할 수 있지요."

"하지만 경감님." 레인은 미소지으며 말했다. "그런 생각을 그 황금의 알을 낳는 거위의 유쾌한 옛날 이야기와 대조해 보면 어떨까요?"

샘은 얼굴을 찌푸렸다.

"협박이라는 생각이 꼭 들어맞지 않는다는 것은 저도 인정합니다. 첫째로 맨 마지막으로 보낸 수표의 날짜가 지난 6월로 되어 있으니까 크로켓은 그전과 다름없이 반년 분의 돈을 받았다는 이야기가 됩니다. 그렇다면 당신이 말씀하신 대로 황금의 알을 낳는 거위를 죽일 리가 없지요. 더구나 그 마지막 수표는 터무니없이 금액이 크거든요."

"당신의 협박설을 그대로 밀고 나가 생각해 볼 때 크로켓에게는 이미 죽이려 해도 거위가 없었는지도 모르지요. 그 6월의 수표가 마지막 것이었다면 어떻게 됩니까? 송금은 이제 끝이라고 데이비드와 롱스트리트에게서 통고받았다면?"

"그 말씀에는 확실히 일리가 있군요……. 크로켓과의 통신 기록을 찾아보았지만 하나도 없었습니다. 하긴 그들은 통신 기록을 하나도 남기지 않도록 했을 테니까 무리도 아닙니다."

레인은 가볍게 고개를 저었다.

"당신이 내놓으신 재료로 판단한다면 아무래도 협박설에는 동의할 수가 없군요. 어째서 금액이 늘 그렇게 변했을까요? 협박이라면 일정한 금액을 받는 형식이 보통일 텐데 말입니다."

샘은 중얼거렸다.

"하긴 그렇군요. 그 6월의 수표는 1만 7864달러라는 액수였습니다. 어째서 귀가 딱 맞는 액수가 아니었는지 모르겠습니다."

레인은 미소를 지었다. 그리고 저 밑에서 나뭇가지 사이를 누비며 반짝이는 가느다란 실 같은 허드슨 강의 흐름을 아쉬운 듯 내려다보며 크게 숨을 쉬고는 사슴 가죽 슬리퍼에 발을 꿰었다.

"내려가십시다, 경감님. 이젠 '생각해 오던 일을 행동으로 옮길 때'가 온 것 같습니다. 그러니까 '생각해 오던 일'을 해야만 하겠습니다!"

두 사람은 계단을 향해 걸어갔다. 샘은 레인의 벌거벗은 가슴을 보며 싱긋이 웃었다.

"이거 참 놀라운 일입니다, 레인 씨!" 샘은 말했다. "저마저 당신에게 물든 것 같군요. 그런 대사가 좋아지리라고는 생각지도 않았으니까요. 그 셰익스피어란 자는 꽤나 세상을 알고 있었나 보지요. 지금 말씀하신 것은 《햄릿》에 나오는 말이지요?"

"경감님, 어서 먼저 내려가십시오." 그들은 어두컴컴한 탑 속으로 들어가 꾸불꾸불한 돌층계를 내려가기 시작했다. 레인은 샘의 널찍한 등 뒤에서 미소지으며 말했다. "그 덴마크 사람의 대사를 자꾸만 끄집어내는 제 버릇을 아시고 그렇게 판단하신 모양입니다만, 틀렸습니다, 경감님. 지금 한 말은 《맥베스》였습니다."

10분 뒤 두 사람은 레인의 도서실에 앉아 있었다. 레인은 맨몸 위에 회색 가운을 걸치고 커다란 뉴저지 지도를 들여다보며 생각에 잠겨 있었고, 샘 경감은 매우 당황한 표정으로 그것을 바라보고 있었다. 땅딸막하고 뭉실뭉실한 구운 고기 푸딩 같은 레인의 집사 폴스태프의 모습이 양쪽에 책이 그득히 꽂혀 있는 통로를 지나가고 있었다.

얼마 동안 레인은 꼼짝하지 않고 지도를 들여다보고 있다가 마침내 그것을 밀어젖히고 만족스러운 웃음을 띠며 샘에게로 얼굴을 돌렸다.

"경감님, 드디어 순례하러 떠나야 할 때가 왔습니다. 무척 중요한 순례입니다."

"드디어 마지막입니까?"

"아니오, 마지막은 아닙니다" 하고 레인은 중얼거렸다. "아마 마지막에서 두 번째 순례가 될 겁니다. 이번에도 역시 제 말을 믿어 주셔야 합니다, 경감님. 데이비드가 살해당하고 나서, 말하자면 충분히 예상했으면서도 구체적인 방법을 강구해 막지 못했던 그 사건이 있고 나서 아무래도 저는 스스로의 능력을 의심하기 시작했던 모양입니다. 물론 변명일 수도 있겠지요. 데이비드의 죽음은……."

레인은 입을 다물었다. 샘은 이상하다는 듯이 레인의 얼굴을 찬찬히 바라보았다. 레인은 어깨를 움츠렸다.

"자, 본격적으로 해봅시다. 타고난 연극쟁이 기질이 있어서 저는 클라이맥스를 완전하게 만들고 싶습니다. 그러니 제가 하라는 대로 하십시오. 운이 좋으면 당신들의 콜린즈 유죄론을 뒤엎는 훌륭한 증거를 보여 드릴 수 있을 겁니다. 그렇게 되면 지방 검사님의 일을 방해하는 결과가 되겠지만 사람의 목숨을 지켜야 하니까요. 자, 경감님, 지금 여기서 전화로 적당한 연락을 취해 주십시오. 오늘 오후, 될 수 있는 대로 빨리 경찰대를 위호켄으로 출동시켜서 우리와 거기서 만나도록 해주십시오. 그리고 준설(浚渫) 도구를 쓸 줄 아는 사람도 포함시켜야 합니다."

"준설 도구라고요?" 샘은 의아한 표정을 지었다. "물 속을 훑는 겁니까? 시체가 나오나요?"

"어떤 사태가 일어나든 대비해야 하니까요. 오, 왜 그러나? 퀘이시?"

가죽 앞치마를 조그만 허리에 두른 난쟁이 분장사가 커다란 마닐라 봉투를 손에 들고 엉금엉금 도서실로 들어왔다. 그는 가운 속에 아무것도 입지 않은 레인의 모습을 나무라듯이 보았으나 레인은 날렵한 솜씨로 봉투를 받아들었다. 봉투에는 영사관이라는 글자가 인쇄되어 있었다.

"우루과이에서 온 것입니다." 레인은 샘에게 쾌활하게 말했으나 샘은 멍하니 앉아 있었다. 레인은 봉투를 뜯어 단단히 붙인 몇 장의 사진과 긴 편지를 꺼냈다. 레인은 편지를 읽고는 책상 위에 내던졌다.

샘은 호기심을 감출 수가 없었다.

"그것은 어쩐지 지문 사진 같군요."

"이것은 말입니다, 경감님." 사진을 흔들며 레인은 대답했다.

"마틴 스토프스라는 이름을 가진 가장 흥미 있는 인물의 전송 지문 사진이랍니다."

"난 또 뭔가 사건과 관계있는 것인 줄 알았지요."

"이것이야말로 바로 사건이지요!"

샘은 강한 빛 때문에 눈이 부신 토끼처럼 멍한 눈길로 레인의 얼굴을 지켜보았다.

"그…… 저……." 샘은 다급하게 지껄였다. "무슨 사건 말입니까? 우리가 지금 수사하고 있는 살인 사건 말입니까? 네, 레인 씨? 도대체 마틴 스토프스란 누구입니까?"

레인은 충동적인 동작을 취했다. 한 팔로 샘의 씩씩한 어깨를 감싸 안았던 것이다.

"경감님, 경감님보다 제가 유리한 점이 바로 이것입니다. 정말이지 웃어서 죄송합니다. ……마틴 스토프스는 우리가 찾아 헤매던 X랍니다. 해리 롱스트리트, 찰스 우드, 존 데이비드를 이 땅 위에 사라지게 한 책임을 져야 할 사람이지요."

샘 경감은 숨을 죽이고 바짝 긴장하며 눈을 크게 뜨더니 놀랐을 때에 늘 취하는 독특한 동작으로 머리를 저었다.

"마틴 스토프스, 마틴 스토프스, 마틴 스토프스, 범인, 롱스트리트와 데이비드를 죽였다……." 샘은 그 이름을 혀끝으로 굴리며 생각에 잠겼다.

"그럴 리가 있습니까!" 샘은 갑자기 외쳤다. "그런 사람에 대해서는 들어 본 적이 없습니다! 그런 이름은 한 번도 나오지 않았어요!"

"이름이 뭐 그리 대단합니까?" 레인은 사진을 마닐라 봉투 속에 도로 넣었다. 샘은 귀중한 서류인 양 그것을 지켜보며 무의식중에 손가락을 구부렸다.

"이름은 아무래도 좋습니다, 경감님. 당신은 다행스럽게도 여러 차례 마틴 스토프스와 만나셨단 말씀입니다!"

제10장

보고타 부근. 10월 12일 월요일 오후 6시 5분.

여러 시간 동안 수색을 계속하여 샘 경감은 완전히 낙심 상태에 빠지고 말았다. 도르리 레인의 예지력이며 추리력 등을 믿는 마음이 강해지긴 했으나 어떤 격심한 동요가 마음속에서 일어나는 것을 막을 수는 없었다. 스페인 종교 재판의 유물과도 비슷한 괴상한 도구를 가진 한 무리는 오후 내내 서안선을 가로지르는 뉴저지의 깊은 강바닥

여기저기를 휘저어 보았다. 준설 작업이 잇달아 실패로 끝나자 샘 경감은 차츰 언짢은 표정으로 변해 갔다. 레인은 아무 말도 하지 않았다. 그는 수색 작업을 지도했고 찾고 있는 것이 있을 만한 곳을 여기저기 지적할 뿐이었다.

흠뻑 젖고 지쳐 버린 그들이 보고타 거리에 가까운 강가에 도착했을 때는 이미 완전히 어두웠다. 사명을 띤 사람들이 뛰어내렸다. 샘 경감의 마술적인 권위로 새로운 도구가 곧 조달되었다. 강력한 탐조등 몇 개가 선로 옆에 비치되어 잔잔한 물 위로 빛을 던졌다. 오후 내내 계속 일을 해 온 삽 모양의 쇠도구가 다시 활동하기 시작했다. 레인과 침울한 표정의 샘은 작업하는 사람들의 기계적인 움직임을 지켜보며 어깨를 나란히 하고 서 있었다.

"건초 더미 속에서 바늘을 찾는 격이군요." 경감은 투덜거렸다. "절대로 찾지 못할 겁니다, 레인 씨."

이때 샘의 비관적인 말이 운명의 신의 동정을 불러일으키기라도 한 듯 선로에서 6미터쯤 떨어진 곳에서 보트를 젓고 있던 사람 하나가 외쳤다. 그 목소리 때문에 레인은 대답을 하지 못했다. 다른 탐조등의 빛이 그 보트를 비췄다. 삽이 건져 올린 것은 여전히 끈적끈적한 오물, 식물들, 진흙 따위였는데, 이번에는 그 속에 강렬한 빛을 받아 반짝이는 것이 끼어 있었다.

환성을 지르며 샘은 다짜고짜 둑을 달려 내려갔다. 그 뒤를 이어 조금 더 침착한 태도로 레인이 따라 내려갔다.

"그게 무엇인가?" 하고 경감이 고함쳤다.

보트가 조용히 그 곁으로 다가가자 작업하던 사람이 진흙투성이 손으로 반짝이는 것을 내밀었다. 샘은 자기 옆으로 온 레인의 얼굴을 존경하는 듯한 눈길로 올려다보았다. 그리고 고개를 저으며 찾아 낸 물건을 살펴보기 시작했다.

"38구경이 틀림없겠지요?" 레인이 온화하게 물었다.

"바로 이것입니다. 틀림없어요!" 하고 샘은 외쳤다. "잘 됐어요, 오늘은 참으로 운이 좋습니다! 한 방만 쏘았는데요, 이것을 쏘아 보면 총알의 특징이 데이비드의 시체에서 꺼낸 것과 틀림없이 일치할 겁니다!"

샘은 젖은 권총을 애무하듯 어루만져 보더니 손수건으로 싸 가지고 윗옷 주머니에 넣었다.

"자, 모두들!" 샘은 비참한 모습을 하고 있는 사람들을 향해 외쳤다. "찾아냈으니까 이젠 도구를 챙기고 철수하세!"

경감과 레인은 오후 내내 그들을 태우고 다닌 경찰 자동차를 향해 선로를 따라 걸어갔다.

"그럼" 하고 샘이 말했다. "제가 한 번 간추려 보겠습니다. 드디어 데이비드를 죽일 때 사용한 것과 같은 구경의 권총이 그 밤 기차가 건너간 강물 속에서 나온 셈입니다. 발견한 위치로 보아 우선 문제없이 알 수 있는 것은, 이 권총이 범행 뒤 기차에서 물 속으로 던져졌다는 사실입니다. 그야 물론 범인의 손에 의해서지요."

"또 한 가지의 가능성이 있습니다" 하고 레인이 말했다. "범인이 보고타나 그 이전의 정거장에서 내려 저 강까지 갔거나 돌아왔거나 하여 권총을 던졌을 경우입니다. 저는 다만 가능성을 지적하고 있을 뿐, 열차 안에서 던져졌다는 것이 훨씬 더 가능성이 있는 견해이겠지요."

"무엇이든 일단 생각은 해보는 겁니다. 저도 그 말씀이 옳다고 생각합니다."

두 사람은 경찰 자동차 옆으로 가서 마음을 놓은 듯이 검은 문에 기대섰다.

레인이 말했다.

"어쨌든 저기서 권총을 발견했으니 콜린즈를 유죄로 몰 수 있는 가능성은 없어졌군요."

"그럼, 이것으로 콜린즈는 완전히 무죄란 말씀입니까?"

"네, 그렇습니다, 경감님. 그 기차는 0시 30분에 리지필드 파크에 도착했습니다. 콜린즈는 기차에서 내려 택시를 탔지만 그때는 아직 기차가 보였거든요. 이 점이 중요합니다. 그 뒤의 그의 알리바이는 택시 운전수의 증언으로 확실합니다. 뉴욕을 향해——기차가 반대 방향으로 그를 싣고 갔으니까요. 그러니 어떻게 권총을 기차가 강을 건너간 시각인 0시 35분보다 먼저 기차에서 권총을 던질 수 있겠습니까. 비록 걸어서 온 사람에 의해 던져졌다 하더라도 그 사람은 도저히 기차보다 먼저 강까지 올 수는 없었을 겁니다. 콜린즈가 걷거나 차를 타고 강까지 가서 권총을 던진 다음 아직 기차가 보이는 동안에 리지필드 파크로 돌아올 수는 없지요! 리지필드 파크에서 강까지의 거리는 대략 1마일이니까 왕복 2마일이 됩니다. 물론 달리 생각해 볼 수도 있지요. 예를 들어 권총은 범행 시간 훨씬 뒤에 강에 던졌다, 즉 콜린즈가 몇 시간 뒤에 강으로 다시 와서 던졌다고 생각할 수 있겠지요. 하지만 이번 상황은 특수한 것이어서 그럴 수가 없었습니다. 콜린즈는 택시를 타고 곧바로 뉴욕의 아파트로 돌아갔고, 그 다음부터 그의 행동은 완전히 감시당하지 않았습니까. 그러므로 콜린즈 씨는 완전히 퇴장해야 한다는 이야기가 되지요."

갑자기 샘이 의기양양하게 큰 소리로 말했다.

"빠뜨리고 넘긴 점이 있습니다, 레인 씨! 지금 말씀하신 것은 확실히 옳은 말씀이십니다. 콜린즈 자신이 권총을 강에 던지진 못했을 겁니다. 하지만 공범이 있으면 어떻게 되지요? 콜린즈가 데이비드를 죽인 다음 권총을 공범에게 주고는 기차에서 달아났다. 그리고 자기가 차에서 내린 다음 5분이 지나면 기차에서 강물 속으로 던지라고 공범에게 명령했다면 이야기가 안 되겠습니까. 어떻습니까, 잘 맞아 들어가지요, 레인 씨?"

"좀 침착하십시오, 경감님." 레인은 미소지으며 말했다. "우리는 콜린즈의 법적 입장이 어떻게 되느냐 하는 점을 검토하고 있습니다. 내가 공범의 가능성을 짐작하지 못한 것은 아닙니다. 그러나 절대로 그렇지 않습니다. 그럼, 당신에게 이렇게 물으면 더 이상 다른 말이 없으시겠군요. 그 공범자가 누구입니까? 그 사람을 법정에 끌어낼 수 있습니까? 가장 그럴싸한 추측 이외에 달리 배심 앞에 제출할 만한 것이 있습니까? 없습니다. 이 새로운 증거가 나온 이상 콜린즈 씨는 데이비드 살해범으로서 유죄로 몰 수가 없습니다."

"그 말씀이 맞습니다." 샘은 다시 우울한 표정을 지으며 말했다. "브르노도 저도 누가 공범자인지 도무지 알 수가 없습니다."

"공범자가 있다면 말이겠지요, 경감님."

레인은 쌀쌀맞게 말했다.

작업하던 사람들이 몇 명씩 떼를 지어 모여들었다. 샘은 경찰 자동차에 올랐고 이어서 레인도 탔다. 다른 차에도 사람들이 모두 올라타자 그들은 기구를 실은 트레일러를 끌며 위호켄을 향해 출발했다.

샘은 그 표정으로 미루어 보아 괴로운 상념에 잠겨 있는 듯 꼼짝하지 않고 앉아 있었다. 도르리 레인은 긴 다리를 쭉 뻗었다.

"경감님" 하고 레인은 말을 걸었다. "심리적인 관점으로 보더라도 공범설은 빈약합니다." 샘은 신음했다.

레인은 말을 이었다.

"콜린즈가 데이비드를 죽이고 공범에게 권총을 주며 자기가 리지필드 파크에서 내린 다음 5분 있다가 권총을 버리라고 지시했다는 가설을 어디 한 번 검토해 봅시다. 거기까지는 좋습니다. 하지만 이

가설은 콜린즈가 완전히 알리바이를 만들려고 했다고 가정할 때에만 성립이 됩니다. 다시 말해서 반대 방향으로 되돌아갔다고 생각되는 장소에서 5분이 더 걸리는 철로가의 지점에다 반드시 권총을 버림으로써 나중에 발각되게 한다는 줄거리라야 합니다.

그래서 권총이 그가 내린 역으로부터 5분이 더 걸리는 지점에서 발견되지 않으면 콜린즈는 알리바이를 성립시킬 수가 없게 됩니다. 그러므로 콜린즈가 이 모든 것을 계획했다면 권총이 반드시 발견되도록 해 놓았어야 합니다. 그런 우리가 권총을 발견한 곳은 하느님의 은혜라고도 할 수 있는 우연이 아니었다면 영원히 찾아내지 못했으리라고 여겨지는 강물 속이었지요. 콜린즈가 알리바이를 성립시키려고 애썼다는 추정과 권총이 발견되지 않도록 온 힘을 기울였다는 사실을 어떻게 일치시킬 수가 있을까요? 당신은 이렇게 말씀하실지도 모르겠군요——그러나 샘의 얼굴에는 무슨 말을 하고 싶어하는 표정이 떠올라 있지 않았다——'권총이 강물 속에 빠진 것은 우연한 일이었는지도 모릅니다. 공범자는 선로 가에 버릴 작정으로 창문에서 내던졌겠지요' 하고 말입니다. 그러나 콜린즈의 알리바이를 지키기 위해 발견되기 쉬운 장소에 버릴 생각을 가진 사람이 기차에서 6미터나 멀리 떨어진 곳에다 던졌을까요? 우리가 권총을 발견한 장소는 바로 선로에서 6미터 떨어진 강물 속이었잖습니까.

그렇게 멀리 던지지는 않았을 겁니다. 공범자라면 멀리 던지지 않고 그저 창 밑으로 떨어뜨릴 뿐이었겠지요. 그리고 권총이 절대로 선로에서 벗어나지 않도록 떨어뜨림으로써 나중에 발견되기 쉽도록 했을 겁니다."

"즉 당신은" 하고 샘은 중얼거렸다. "권총은 발견당하기 위해 버린 것이 아니라는 점을 입증하고 계시는 거로군요. 그러므로 콜린즈는 절대로 무죄란 말씀이시지요?"

"그렇습니다, 경감님."

"그렇다면" 하고 샘은 낙심한 듯이 코를 울렸다. "이제 저는 손을 들겠다고 말씀드려야겠습니다. 브르노와 제가 X라고 생각하고 누구에게 달려들 때마다 당신이 쳐부수는군요. 마치 이것이 정석이 되어 버린 듯한 느낌마저 듭니다. 그러니 우리들에게는 사건이 더욱 복잡해질 뿐입니다."

"아닙니다." 도르리 레인은 말했다. "그와 반대로 마침내 대단원에 가까워지고 있습니다."

제11장

햄릿 장. 10월 13일 화요일 오전 10시 30분.

퀘이시는 햄릿 장 안의 가발 만드는 작업실에서 전화를 받고 있었다. 도르리 레인은 그 옆 의자에 앉아 있었다. 창의 어두운 해가리개가 걷히어 약한 햇살이 흘러들고 있었다.

노인은 그의 독특한 새된 목소리로 지껄이고 있었다.

"하지만 브르노 씨, 주인님께서 그렇게 말씀하고 계십니다. 네, 그렇습니다······. 네, 오늘 밤 11시에 우리 주인님을 마중하러 오시기 바랍니다. 샘 경감님과 경관을 데리고······. 아, 잠깐만 기다리십시오." 퀘이시는 수화기를 뼈대가 앙상한 작은 가슴에 댔다. "주인님, 브르노 씨께서 경관은 사복을 입어야 하는지, 그리고 무엇 때문에 경관이 필요한지 묻고 계십니다."

"지방 검사님에게 이렇게 말씀드리게" 하고 레인이 나른한 목소리로 말했다. "경관은 사복을 입어야 하고 목적은 뉴저지까지 원정을 해야 하기 때문이라고. 이번 사건과 관련이 있는 가장 중요한 용건 때문에 웨스트 잉글우드 행 서안선을 타야 한다고 말씀드려."

케이시는 눈을 깜박이며 그대로 전했다.

오후 11시.

그날 밤, 햄릿 장의 도서실에 모인 경관들 속에서 샘 경감만이 아마도 다른 사람들보다 이 집 주인과 가까이 지낸 탓인지 매우 편안한 자세를 취하고 있었다. 도르리 레인의 모습은 보이지 않았다. 브르노 지방 검사는 초조한 소리로 중얼거리며 고풍스러운 의자에 앉았다.

땅딸막한 폴스태프가 머리를 숙이고 브르노 앞으로 나아갔다.

"무슨 일인가?"

"죄송합니다만 조금만 더 기다려 주십사 하는 주인님의 말씀이 계셨습니다……."

브르노는 맥빠진 듯한 표정으로 끄덕였다.

샘은 혼자서 소리 없이 웃었다.

기다리는 동안 경관들은 신기한 듯이 넓은 방 안을 둘러보았다. 천장이 아주 높고 삼면의 벽은 바닥에서 천정까지 수천 권의 책들이 가득 채워진 책장으로 덮여 있었다. 책장 윗단에는 도서실용 사다리가 비치되어 있었다. 기묘한 모양의 발코니가 완전히 방을 둘러싸고 있었는데, 양쪽 구석에 있는 나선형 계단을 통해 올라가도록 되어 있었다. 고대 영어를 조각한 청동 표지로 서적이 분류되어 있었다. 방 한 구석에 있는 둥근 책상은 지금은 주인이 없지만 틀림없이 도서 관리인의 책상이리라. 책장이 없는 벽에는 골동품이 몇 개 있었다. 브르노는 애가 타는지 의자에서 일어나 걸어다니기 시작했다. 지방 검사는 그 벽의 중앙에 있는 두텁게 니스 칠을 한 판유리로 덮인 낡은 도면을 보았다. 왼쪽 밑 구석에 씌어 있는 글씨에 의하면 그것은 1501

년의 세계 지도였다. 그 바람벽 가의 바닥 위에는 엘리자베스 왕조 시대의 의상을 수집한 것이 한 벌씩 각각 다른 케이스에 넣어져 진열되어 있었다……

갑자기 도서실 문이 열려 모두 돌아보았더니 바짝 마른 퀘이시가 조용히 들어왔다. 그는 햇볕에 그을린 깊은 주름이 잡힌 얼굴에 뭔가 기다리는 듯한 웃음을 띠고 문을 넓게 열어 놓은 채 손으로 잡고 있었다.

윗부분이 아치 모양으로 된 문으로, 키가 크고 씩씩한, 얼굴빛이 불그레한 남자가 성큼성큼 들어와 사나운 눈초리로 모두를 둘러보았다. 그 사람의 턱은 힘이 있어 보였고 볼은 조금 늘어졌으며 방탕의 그림자가 눈가에 새겨져 있었다. 그는 올이 굵은 트위드를 입고 있었는데, 넓고 활동적인 바지에 양복 저고리를 걸친 차림새였다. 그는 두 손을 주머니에 넣고 여러 사람을 노려보았다.

이 사나이의 출현은 순식간에 강한 효과를 나타냈다. 브르노 지방 검사는 바닥에 얼어붙은 듯이 우뚝 서서 시신경이 대뇌에 보낸 지각을 믿을 수 없다는 듯이 다급하게 눈을 깜박거렸다. 그러나 브르노의 모습이 놀라움이라면, 샘이 받은 영향은 더욱 더 미묘하고 심각한 것이었다. 그의 바위 같은 턱이 어린아이의 턱처럼 조금 떨리며 축 늘어지더니 그대로 계속 떨었다. 언제나 위엄이 있고 냉정한 그의 눈은 공포의 열에 들떠 불타올랐다. 경감은 그 눈을 다급하게 몇 번이나 깜박거렸다. 얼굴에서는 완전히 핏기가 가셔 있었다.

"이게 어떻게 된 일일까." 샘 경감은 나직한 쉰 목소리를 뱉어냈다. "해, 해, 해리 롱스트리트!"

다른 사람들은 꼼짝도 하지 못했다. 문 가의 망령이 어쩐지 기분 나쁜 웃음소리를 나직하게 내어 침묵을 깨뜨렸다. 사람들은 저도 모르게 등골이 오싹해짐을 느꼈다.

해리 롱스트리트가 말했다.

"아, 이토록 훌륭한 궁전에 거짓이 깃들어 있다니!"

도르리 레인의 멋진 목소리로…….

제12장

위호켄~뉴버그 구간 열차. 10월 14일 수요일 오전 0시 18분.

기묘한 여행이었다……. 역사라는 상상력이 없는 메마른 말(馬)이 똑같은 사실을 되풀이했던 것이다. 같은 장소, 어두운 밤, 같은 시각, 같은 차량의 덜컹거림.

0시 18분, 도르리 레인이 소집한 경찰 일행은 시발역과 노스 바겐 사이를 달리고 있는 위호켄~뉴버그 구간 열차의 뒷찻간에 타고 있었다. 레인, 샘, 브르노, 그리고 여러 경관들 외에는 차 안에 다른 승객은 별로 없었다.

레인은 따뜻해 보이는 외투를 입고 펠트 모자의 넓은 차양을 깊이 내리고 있었기 때문에 얼굴이 보이지 않았다. 그는 샘 경감 옆의 창가에 앉아 머리를 창유리에 기댄 채 아무에게도 말을 걸지 않기 때문에 졸고 있는 듯하기도 했고, 혼자 뭔가 생각에 잠겨 있는 듯하기도 했다. 맞은편에 앉아 있는 지방 검사도 경감도 말이 없었다. 두 사람 모두 신경이 몹시 곤두서 있었다. 그 긴장이 주위에 앉아 있는 경관들에게도 번져서 모두 별로 말을 하지 않고 딱딱한 자세로 앉아 있었다. 그들은 그것이 어떤 것인지도 모르지만 강력한 클라이맥스를 기다리고 있는 듯싶었다.

샘은 안절부절못했다. 그는 레인의 옆얼굴을 보고는 한숨을 쉬며 일어섰다. 무거운 발소리를 내며 찻간에서 나갔다. 그러나 금방 다시 흥분으로 얼굴을 벌겋게 물들이며 돌아왔다. 자리에 앉자 몸을 앞으로 내밀고 브르노에게 속삭였다.

"이상한 일도 다 있군요……. 지금 앞찻간에 아헨과 암페리얼이 있는 것을 보았소, 레인 씨에게 말할까요?"

브르노는 레인의 외투에 싸인 머리를 보았다. 그는 어깨를 움츠렸다.

"모든 일을 그저 맡겨 두는 것이 좋을 듯싶소, 무슨 속셈이 있어서 이러는 모양이니까."

기차가 몸부림치며 멎었다. 브르노는 차창으로 밖을 내다보았다. 노스 바겐 역에 도착한 것이었다. 샘은 시계를 보았다. 정각 0시 20분이었다. 정거장의 흐릿한 불빛 속에서 몇 사람의 승객이 기차에 올라타는 것이 보였다. 신호가 흔들리고 여기저기에서 문이 요란스럽게 닫히자 기차는 다시 움직이기 시작했다.

얼마 뒤에 객차의 앞쪽에서 차장이 나타나더니 차표를 검사하기 시작했다. 경찰 일행에게로 다가온 차장은 상대를 알아보고 웃는 얼굴을 지었다. 샘은 무뚝뚝하게 끄덕이고는 일행의 요금을 현금으로 지불했다. 차장은 가슴의 바깥 주머니에서 몇 장의 복식 승차권을 꺼내어 가지런히 포개어 두 곳에다 펀치를 넣어 구멍을 뚫고는 그것을 절반으로 잘라 한쪽은 샘에게 주고 나머지 한쪽은 자신의 다른 주머니에 넣었다…….

졸고 있는지 생각에 잠겨 있는지 알 수 없었던 도르리 레인이 이 순간을 놓치지 않고 갑자기 활동을 하기 시작했다. 그는 일어서자 몸을 가리고 있던 외투와 모자를 벗어던지고 똑바로 몸을 돌려 차장에게 얼굴을 보였다. 상대방은 얼이 빠진 듯 눈을 크게 떴다. 레인은 한 손을 윗옷 주머니에 넣고 은케이스를 소리 내어 열고서 안경을 꺼냈다. 그는 그것을 끼는 것도 아니고 다만 무슨 생각에 잠긴 듯한 기묘한 방심 상태로 차장을 바라보았다. 그 얼굴——씩씩하면서도 방탕으로 늘어지고 지친 얼굴은 차장을 단단히 사로잡은 듯했다.

 그것은 차장에게 이상한 영향을 끼쳤다. 차장의 한쪽 손은 펀치를 쥔 채 허공에서 멎었다. 눈 앞에 있는 기분 나쁜 모습을, 처음에는 영문도 모르고 여기저기 훑어볼 뿐이었으나 마침내 이 무서운 사태를 이해하고는 입이 크게 벌어지며 그 큰 몸에서 온 힘이 쑥 빠져나갔다. 그리고 포도주빛 얼굴이 순식간에 창백하게 변했다. 그의 입에서 숨막히는 듯한 단 한 마디가 흘러나왔다.

 "롱스트리트……."

 그뿐, 온 몸의 신경이 마비되어 화석처럼 우뚝 서 있자, 가짜 해리 롱스트리트의 입술에 미소가 떠올랐다. 그리고 오른손이 은케이스와 안경을 가벼운 동작으로 주머니에 넣고 이번에는 어떤 흐릿한 빛깔의 금속제 물건을 끄집어냈다……. 한순간 덥석 쥐는 손의 움직임과 함께 찰칵 하는 금속성의 소리가 났다. 차장은 눈 앞의 웃는 얼굴에서 눈길을 떼고 맥이 빠진 듯이 멍하니 손목에 채워진 수갑을 내려다보았다.

 여기서 도르리 레인은 또다시 미소지었다. 이번에는 지금의 짤막한 극적 장면을 숨을 죽이고 말없이 꼼짝도 하지 않고 지켜보고 있던 샘 경감과 브르노 지방 검사의 창백하고 믿어지지 않는다는 듯한 표정의 얼굴을 향해 지은 미소였다. 잔잔한 주름이 그들의 이마에 떠올랐다. 그들은 레인으로부터 차장에게로 눈길을 옮겼다. 차장은 떨리는 입술을 적시며 좌석의 등에 기대어 몸을 웅크리고 있었다. 자기의 비참한 몰골을 부끄러워하며 손목에 채워진 수갑을 바라보는 스스로의 눈을 믿을 수 없다는 듯한 태도였다.

 도르리 레인은 샘 경감에게 조용히 말했다.

 "경감님, 부탁드린 스탬프를 가지고 오셨습니까?"

샘은 말없이 호주머니에서 양철 뚜껑이 달린 스탬프와 백지를 꺼냈다.

"이 사람의 지문을 채취하십시오."

샘은 비틀거리며 일어섰다. 아직도 믿을 수 없다는 듯한 표정으로 하라는 대로 했다……. 레인은 풀이 죽어 있는 차장 옆에서 그와 마찬가지로 좌석에 기대어 서 있었다. 그리고 샘이 그 남자의 힘이 빠진 손을 잡아 스탬프에 누르려 하고 있는 동안 레인은 좌석에서 벗어 놓은 외투를 집어 들고 주머니 하나를 뒤져 월요일에 받은 마닐라 봉투를 끄집어냈다. 샘이 차장의 축 늘어진 손가락을 종이에 누르자 레인은 봉투에서 우루과이로부터 온 지문 전송 사진을 꺼내어 소리 없이 웃으며 바라보았다.

"다 됐습니까, 경감님?"

샘은 아직 마르지 않은, 차장의 지문이 찍힌 종이를 레인에게 건네주었다. 레인은 그것을 사진과 나란히 들고 고개를 갸우뚱하며 소용돌이 무늬를 자세히 살펴보았다. 마침내, 젖어 있는 지문의 종이를 사진과 함께 경감에게 돌려주었다.

"어떻습니까, 경감님? 당신은 이런 것이라면 몇 천 개도 더 보셨을 테지요."

샘은 주의 깊게 살펴보았다.

"같은 것 같군요."

"물론 같은 것이지요."

"레인 씨, 누굽니까? 대체 저 사람은……."

브르노가 비틀거리며 일어섰다.

레인은 수갑이 채워진 남자의 팔을 그다지 거칠지 않게 붙잡았다.

"브르노 씨, 샘 경감님, 소개하겠습니다, 가장 불행한 신의 아들 가운데 한 사람인 마틴 스토프스 씨입니다."

"하지만……"

"다른 이름은" 하고 레인은 계속했다. "서안선의 차장, 에드워드 톰슨."

"하지만……"

"또 다른 이름은 나룻배에 타고 있던 누구인지 모를 신사……."

"하지만 그것은……"

"또 다른 이름은" 레인은 조용히 마지막 말을 내뱉었다. "차장 찰스 우드."

"찰스 우드!" 샘과 브루노는 동시에 혀 꼬부라진 소리로 외쳤다. 두 사람은 몸을 돌려 포로의 기죽은 모습을 뚫어지게 보았다. 브루노가 작은 소리로 중얼거렸다.

"하지만 찰스 우드는 죽었잖습니까!"

"브루노 씨, 당신에게는 죽은 것으로 되어 있겠지요. 경감님, 당신에게도 죽어 있겠지요. 하지만 저에게는" 하고 도르리 레인은 말했다. "멀쩡히 살아 있답니다."

무대 뒤에서

도르리 레인 씨의 설명

햄릿 장. 10월 14일 수요일 오후 4시.

처음과 마찬가지로 아득한 저 밑에 허드슨 강이 가로놓여 있고, 하얀 돛대와 증기선 한 척이 그 위에서 천천히 움직이고 있었다. 5주일 전처럼 샘 경감과 브르노 지방 검사를 태운 자동차는, 우아하게 단장한 옛날 이야기에 나오는 성처럼 단풍든 숲에 둘러싸여 미묘하게 아름다운 햄릿 장을 향해 꾸불꾸불한 길을 쉬지 않고 올라가고 있었다.
5주일!
저 멀리 높은 곳에는 구름에 에워싸인 성의 작은 탑, 성벽, 흙벽, 바늘 같은 교회의 뾰죽탑……. 그리고 묘하게 생긴 작은 다리, 초가지붕의 오두막, 흔들거리는 나무 간판을 가리키는 붉은 얼굴의 키 작은 노인……. 소리도 요란하게 삐걱거리며 열리는 낡은 대문, 다리, 끝없이 꾸불꾸불 올라가는 자갈길, 지금은 적갈색으로 변한 떡갈나무 숲, 성을 둘러싸고 있는 돌담…….

그들이 들어올려진 다리를 건너 큰 현관에 다다르자 폴스태프가 마중 나와 있었다. 옛날 귀족의 저택 같은 홀로 들어서면 머리 위에는 고풍스러운 대들보가 가로지르고 있고, 갑옷을 입은 기사와 엘리자베스 왕조 시대의 육중한 가구가 놓여 있다. 기괴한 가면과 거대한 가지가 달린 촛대 밑에는 대머리에 수염을 기른 난쟁이 퀘이시가 있다…….

기분 좋은 온도로 더워진 도르리 레인의 방에서 두 사람은 벽난로에 발끝을 갖다대고 편히 앉았다. 레인은 비로드 윗도리를 입고 있었다. 흔들거리는 불길의 반사를 받아 그 어느 때보다도 멋있고 젊어 보였다. 퀘이시가 벽가의 작은 송화기에 대고 뭐라고 새된 소리를 지르자 장밋빛 볼의 폴스태프가 금방 향기 높은 리큐르 혼합주와 술잔을 쟁반에 얹어들고 상냥하게 나타났다. 카나페(구운 식빵을 썰어 생선이나 고기를 얹은 것)는 샘 경감의 염치없는 약탈을 당하여 순식간에 없어졌다.

모두 흡족하고 상쾌한 기분으로 벽난로 앞에 자리를 잡았다. 이윽고 폴스태프가 주방으로 물러가자 도르리 레인은 말했다.

"저는 지난 몇 주일 동안 너무 젠체하며 알쏭달쏭한 말만 해 온 것 같습니다. 두 분께서는 지금 그 설명을 바라고 계시리라고 생각합니다. 다시 잇달아 살인 사건이 일어나지도 않을 테니까요!"

브르노가 중얼거렸다.

"네, 물론이지요. 하지만 지난 36시간 동안의 제 경험으로 미루어 보아 만일 의논드려야 할 사건이 또 일어난다면 이번에는 지체 없이 당신에게 상의하러 오겠습니다. 조금 에둘러 말하는 느낌이 있습니다만, 저의 진정한 뜻을 이해해 주시겠지요, 레인 씨? 샘 경감도 저도 얼마나 감사하고 있는지……. 아, 참으로 뭐라고 감사의 말씀을 드려야 할지 모르겠습니다."

"다시 말해서." 샘은 쓴웃음을 지으며 말했다. "덕분에 우리는 목이 잘리지 않았다는 말씀이지요."

"원, 천만의 말씀." 레인은 가볍게 손을 흔들어 이 화제를 물리쳤다. "신문에서 읽었습니다만, 스토프스가 자백했다지요? 어디서 어떻게 알았는지 신문사에서 내가 관계되어 있다는 것을 냄새 맡고는 하루 종일 끈질기게 기자들이 포위해서 혼났습니다……. 그래, 스토프스의 자백에서 뭔가 흥미 있는 사실이 나타났습니까?"

"우리에게는 흥미가 있지만 당신은 이미——도무지 어떻게 알아내셨는지 모르겠습니다만——자백의 내용을 알고 계시겠지요" 하고 브르노는 말했다.

"아닙니다, 그렇지 않습니다." 레인은 미소를 지었다. "마틴 스토프스 씨에 대해서는 까닭을 모를 점이 얼마든지 있습니다."

두 사람은 머리를 저었다. 레인은 설명하지 않았다. 그리고 스토프스의 이야기를 하라고 브르노를 재촉했다. 브르노가 처음부터——1912년, 우루과이에서 별로 유명하지 못했으나 열성적인 젊은 지질학자였던 스토프스의 이야기를 시작하자 레인은 말없이 귀를 기울였다. 그러나 몇 가지 자잘한 점에 있어 흥미를 느꼈는지 재치 있게 질문하여 우루과이 영사 후안 아호스에게서 듣지 못했던 정보를 알아냈다.

그리하여 레인은 다음과 같은 사실을 알게 되었다——1912년에 망간 광산을 발견한 것은 마틴 스토프스 자신으로, 동료 크로켓과 둘이서 구석진 미개지의 광맥을 찾아 헤매던 때였다. 두 사람 모두 무일푼이었는데, 채굴하기 위하여서는 자본이 필요했으므로 광맥을 찾아다니던 다른 두 사람을 자기들보다 배당을 적게 준다는 조건으로 동료로 맞아들였다. 이들이 롱스트리트와 데이비드로서 크로켓이 스토프스에게 소개한 사람들이었다. 스토프스는 그 뒤 그가 죄를 뒤집어쓴, 칼로 아내를 찔러 죽였다는 범죄는 크로켓이 저지른 것이었다는 애처로운 사실을 밝혔다. 어느 날 밤 스토프스가 가까운 광산에 나가 있는 동안 크로켓은 술에 취한 끝에 욕정에 사로잡혀 스토프스의 아내를 덮쳤다. 그러나 저항했기 때문에 죽이고 말았다. 롱스트리트가 주모자가 되어 이 기회를 이용하여 셋이서 스토프스를 살인자로 몰아넣을 계획을 세웠다. 그 결과, 아무도 이 광산이 실제로 스토프스의 것이라는 사실을 몰랐으므로 그들은 광산을 자기들의 소유로 만들어 버렸다. 광산은 그때까지 등기되어 있지 않았던 것이다. 이때 크로켓은 자기가 저지른 범행을 두려워한 나머지 두말없이 그 계획을 받아들였다. 스토프스의 말에 의하면 데이비드는 좀더 착한 사람이었으나, 롱스트리트에게 지배당하고 협박당하여 음모에 끌려들어갔다는 것이었다.

아내의 죽음이라는 충격과 동료들에게 배신당했다는 생각이 젊은 지질학자를 미치게 만들었다. 유죄로 판결되어 투옥당한 뒤에야 비로소 그는 정상적인 능력을 되찾았다. 그리고 어떻게도 할 수 없다는 사실을 깨달았다. 그 순간부터 그의 사상과 야심과 포부는 모조리 뼈저린 복수욕으로 바뀌고 말았다. 나머지 여생을 모두 탈옥과 세 악당을 죽이는 일에 바칠 것을 결심했다고 그는 고백했다. 마침내 탈주하기에 이르렀을 때 그는 몹시 늙어 버렸다. 몸은 전과 다름없이 튼튼했지만 엄격한 감금 생활 때문에 모습이 바뀌고 말았다. 복수의 날이 온다 해도 자기가 노리고 있는 희생자들은 자기를 알아보지 못하리라는 확신을 갖게 되었다.

"하지만 레인 씨" 하고 브르노는 마지막으로 말했다. "이러한 사실들은 당신이 사건을 해결하신 초자연적인——적어도 나에게는 그렇게 여겨집니다만——그 초자연적인 방법에 비하면 지금 저희들에게는 그다지 중요한 것이 아닙니다. 대체 어떤 방법으로 그런 불가사의한 해결을 하실 수가 있었습니까?"

"초자연적이라고요?" 레인은 고개를 저었다. "저는 기적 따위를 믿지도 않을뿐더러 스스로 만들어낸 적도 없습니다. 이번의 흥미로운 수사에서 제가 거두어들인 성공은 모두 관찰한 것을 생각하고 또 생각한 결과에 지나지 않습니다.

그럼 우선 개괄적으로 설명하겠습니다. 우리가 직면한 세 건의 살인 사건 가운데 가장 간단한 것은 첫 번째 사건이었습니다. 뜻밖입니까? 하지만 롱스트리트의 기묘한 죽음을 에워싼 상황을 생각해 본다면 이상하리만큼 확고부동한 결론이 나옵니다. 기억하고 계시리라고 생각합니다만, 제가 그 상황을 알게 된 것은 흔히 만족스럽지 못한 방법으로 알려져 있는 방법——즉 남에게서 전해 들은 것이었습니다. 범행 현장에 없었기 때문에 저는 저의 직접적인 관찰이 아니라는 핸디캡을 염두에 두고 생각했던 것입니다. 그러나——그는 경감을 향해 공손하게 허리를 굽혔다——경감님의 설명이 지극히 명확하고 상세했기 때문에 마치 내가 그 자리에 있었던 것처럼 드라마의 구성 요소를 머리에 또렷이 그릴 수가 있었습니다."

도르리 레인의 눈이 반짝였다.

"그 전차 안에서의 살인에서 논의할 여지가 없는 결론이 하나 나왔습니다. 너무나도 빤한 일이므로 어째서 당신들이 이러한 이치를 깨닫지 못하셨는지 아직도 이해할 수가 없습니다. 즉 흉기가 그런 성질의 것이니만큼 맨손으로 만지면 만진 사람 자신이 독침에 찔리어 치명상을 받는다는 빤한 사실 말입니다. 경감님, 경감님도 그 코르크알의 바늘에 찔리지 않도록 몹시 주의하셨지요? 핀셋을 가지고 집어서 유리병에 넣으실 정도였으니까요. 그 흉기를 나에게 보여 주셨을 때 저는 금방 범인이 그것을 전차 안으로 가지고 들어갈 때에도, 롱스트리트의 주머니 속에 넣을 때에도 자기의 손가락을 보호하는 어떤 물건을 사용했음에 틀림이 없다고 생각했습니다.

저는 그것으로써 곧 알아차렸다고 말했지만, 사실에 있어 그 코르크알을 보지 않았다 하더라도 경감님의 설명이 아주 정확했으므로 이 점을 그냥 넘기지는 않았을 겁니다.

그러므로 당연히 이런 의문이 나오게 됩니다. 손을 보호하는 가리개로서 보편적인 것은 무엇입니까? 그야 장갑이지요. 그럼, 장갑이 어떤 식으로 범인의 필요 조건을 채워 주었을까요? 확실히 장갑은 실제에 있어 범인의 목적에 적합한 물건입니다. 장갑은 헝겊이 튼튼하며 특히 가죽일 경우 완벽하게 보호해 줍니다. 그리고 흔히 있는 물건이기 때문에 다른 특수한 것보다 눈에 띄지 않아서 좋습니다. 교묘하게 계획된 범죄이니 흔해빠진 장갑이 훨씬 더 목적을 쉽게 달성시켜 주므로 범인이 일부러 눈에 띄는 물건을 택할 리가 없다는 생각이 들었지요. 그리고 남이 보더라도 별로 이상하게 생각하지 않을 터이고요. 장갑 대신 쓸 수 있고 일부러 만들 필요도 없고 의심을 살 필요도 없는 것이라면 손수건 정도겠지요. 하지만 손수건을 손에 감고 행동하려면 손이 마음대로 움직여지지 않고 남의 눈에 띨 뿐만 아니라 독침에 찔릴 우려도 있습니다. 저는 또 범인이 경감님이 쓰신 방법과 같은 방법——즉 핀셋으로 코르크알을 집어 올리지 않았나 하고도 생각해 보았습니다. 하지만 그런 방법으로는 자기의 피부를 독침으로부터 보호할 수 있을지 모르지만 그런 만원 전차 안에서는 손을 움직이기도 힘들 것이고 시간도 한정되어 있으므로 어렵다는 생각이 들었습니다.

그래서 저는 롱스트리트의 주머니에 독침이 꽂힌 코르크알을 몰래 넣을 때 범인은 장갑을 끼고 있었음에 틀림없다고 확신했습니다."

샘과 브르노는 서로 얼굴을 마주보았다. 레인은 눈을 감고 억양이 없는 나직한 말투로 설명을 계속했다.

"그런데 코르크알은 롱스트리트가 전차에 오른 뒤에 주머니에 넣어졌다는 사실을 우리는 증언을 통해 알았지요. 그리고 롱스트리트가 전차에 탄 뒤부터 출입문과 창문이 꼭 닫힌 채였는데, 다만 두 번 예외가 있었다는 사실도 알았습니다. 그렇다면 범인은 전차에 타고 있던 사람, 그리하여 나중에 경감님의 취조를 받은 사람 가운데 하나임에 틀림이 없다는 결론이 나옵니다. 롱스트리트와 그 일행이 전차에 탄 다음 꼭 한 사람만 제외하고는 내린 사람도 없으며, 그 한 사람도 더피 형사 부장의 명령으로 내렸다가 틀림없이 돌아왔기 때문이지요.

그리고 차장도 운전 기사도 포함하여 전차에 타고 있던 사람들을 모두 검사했지만 그들의 몸에서도, 나중에 그들을 심문한 차고의 방에서도 장갑은 발견되지 않았습니다. 경감님, 생각나십니까, 경감님이 설명을 끝마쳤을 때 저는 장갑 같은 것은 없었느냐고 다짐해 물었지요? 경감님은 없었다고 대답하셨습니다.

바꾸어 말하면 범인은 그대로 차 안에 있었지만 범행 때 사용했음에 틀림없는 물건은 범행 뒤 보이지 않았다는 기묘한 일이 생긴

무대 뒤에서 371

것입니다. 창문으로 버렸을 리는 없습니다. 롱스트리트 일행이 승차하기 전부터 창문은 전혀 열지 않았으니까요. 문을 통해 버렸을 리도 없습니다. 범행 뒤에는 더피 형사 부장이 직접 문을 여닫았는데, 그런 것은 보지 못했거든요. 보았다면 틀림없이 보고했겠지요. 장갑을 찢거나 산산조각으로 만들지도 못했을 겁니다. 그런 짓을 했다면 곧 발견되어 보고되었을 테니까요. 비록 공범자에게 넘겨주거나 아무것도 모르는 사람에게 살짝 밀어붙였다 해도 틀림없이 발견되었을 겁니다. 공범자가 있었다 해도 범인처럼 감쪽같이 처리하지 못했을 것이고, 아무것도 모르는 사람에게 밀어붙였다면 검사할 때 나왔을 테니까요. 그렇다면 이 유령 같은 장갑은 어디로 사라졌을까요?"

도르리 레인은 지금 막 폴스태프가 주인과 손님을 위해 날라 온 김이 무럭무럭 나는 커피를 만족스러운 듯이 마셨다.

"정말은 저는 조금 재미있다는 생각이 들더군요. 아까 기적이라는 말이 나왔는데, 브르노 씨, 그때 저는 하나의 기적과 직면한 셈이었지요. 하지만 저는 좀 회의적인 편이어서 그 장갑의 행방을 현실적인 방법으로 해명해 보려고 했습니다. 저는 온갖 처리 방법을 검토하고 제거하여 마지막으로 단 한 가지만 남겨 놓았습니다. 그 마지막 남은 방법이란 늘 귀에 익은 윤리학의 법칙에 의해 해석할 때 정당한 수단에 의한 방법임에 틀림없었습니다. 그러니까 장갑이 전차에서 내던져진 것도 아닌데 전차 안에 없다면 전차에서 내려갔던 사람이 몸에 지니고 나갔다고밖에 생각할 수 없습니다. 그런데 전차에서 내린 사람은 단 한 사람밖에 없습니다! 차장 찰스 우드였습니다. 더피 형사 부장이 경찰에게 연락해 달라고 내보낸 사람이었습니다. 시텐필드 순경이 제9대로의 파출소에서 달려왔을 때 그를 전차 안으로 넣어 준 사람은 더피였으며, 그 다음에는 차에서 내리지 않았습니다. 우드 차장을 따라 마지막으로 온 모로 순경도 마찬가지였습니다. 즉 범행이 일어난 뒤 두 사람이 승차했지만 그들은 경관이었고, 범행 뒤에 하차한 사람은 찰스 우드밖에 없었던 것입니다. 우드가 돌아왔다는 사실은 물론 이 논리와는 관계가 없습니다.

그리하여 저는 다음과 같은 결론을 내리지 않을 수 없었습니다. 있을 수 있는 일 같지도 않고, 터무니없는 미친 짓 같지만, 전차 차장 찰스 우드가 범행 현장에서 장갑을 가지고 나가 다른 곳에서 처분했다고. 처음에는 석연치 않은 기분이 들었지요. 하지만 이러한 추리는 너무나도 엄밀하여 타협할 여지가 없었으므로 이 결론을 인정하지 않을 수 없었습니다."

"정말 훌륭하십니다." 지방 검사가 말했다.

레인은 미소지으며 다음을 계속했다.

"그러니까 차 안에서 장갑을 들고 나가 처분한 찰스 우드는 범인이거나 아니면 혼잡 속에서 얼떨결에 범인에게서 장갑을 받아 처분한 공범자라는 이야기가 되지요.

기억하시겠지만 경감님이 설명을 끝마쳤을 때, 전 이제부터 어떻게 할지는 분명히 말씀드렸지만 설명은 하지 않았습니다. 그때는 아직 우드가 범인이라고 단정 지을 수는 없었고, 다만 공범자일 가능성이 있을 뿐이었기 때문입니다. 하지만 어느 쪽이든 그가 죄를 범하고 있다는 점에 대한 확신은 있었습니다. 우드가 모르는 동안에 장갑이 그의 호주머니에 넣어졌다면, 즉 공범 의식이 없었다면 장갑은 검사를 받을 때 그의 몸에서 나왔을 테고, 그렇지 않으면 우드 자신이 발견하여 내놓았을 것입니다. 바꾸어 말한다면, 그가 장갑을 내놓지도 않았고 그의 몸에서 발견되지도 않은 이상 모로순경을 부르러 가기 위해 차에서 내렸을 때 일부러 없앴음에 틀림이 없습니다. 자기를 위해서든 남을 위해서든 장갑을 처분했다면 죄를 범한 것입니다."

"분명하군요, 그야말로 그림을 보듯이 분명합니다."

샘은 중얼거렸다.

"우드의 유죄를 이론적으로 드러내는 것으로서" 하고 레인은 조용히 이야기를 계속했다. "심리적으로 뒷받침할 만한 요소가 있습니다. 당연한 일입니다만, 전차에서 내려 장갑을 처분할 기회가 주어지리라고 그가 예상했을 리가 없습니다. 오히려 여러 가지의 가능성을 검토당하고 수사당하여 장갑은 발견될 것이며, 버릴 기회가 없다는 점도 각오하고 있었을 겁니다. 그러나 바로 여기에 범인의 계획 가운데 가장 미묘한 점이 하나 있었던 것입니다! 비록 우드가 장갑을 가지고 있다는 사실이 발견되었다 하더라도, 또 실제로 그랬듯이 다른 사람에게서 장갑이라고는 하나도 발견되지 않았다 하더라도 의심을 받을 염려는 없다는 것이었지요. 즉 한여름의 무더위 속에서 여느 사람들이라면 장갑을 끼거나 갖고 다니지 않겠지만 차장이 근무중에 장갑을 끼는 것은 당연한 일이니까요. 아침부터 밤까지 돈을 취급하는 차장으로서 장갑을 가지고 있는 것을 사람들은 당연하게 생각하리라는 심리적 이점이 처음부터 있었습니다. 그리고 저는 또한 이 확고부동한 추리의 실을 더듬어 장갑에 대한 맨 처음의 생각이 절대로 옳다는 것도 확신했습니다. 우드가 손을 보호하기 위해 사용했던 물건을 처분할 기회가 없으리라고 생각했다면 반드시 장갑처럼 가장 평범한 물건을 사용했음에 틀림이 없습니다. 손수건 같은 것은 독이 묻으면 눈에 잘 띌 테니까요.

또 한 가지 생각해야 할 점이 있습니다. 우드는 하필이면 출입문이나 창문을 닫아야 하는 비 오는 날에 범행을 저지를 생각은 없었겠지요. 오히려 맑게 갠 날을 택하기로 계획을 세웠을 겁니다. 갠 날이라면 창문이나 문으로 장갑을 버릴 수 있는 기회가 충분히 있을 것이고 차 안에 있던 사람이면 누구든 버릴 수 있다고 경찰이 생각하리라는 점도 계산에 넣을 수 있으니까요. 그리고 갠 날에는 도중에서 타고 내리는 사람도 많을 터이므로 경찰은 범인이 도망해 버렸을지도 모른다는 가능성 역시 생각하게 되겠지요. 그렇다면 갠 날이 아니면 이토록 유리한 조건들이 갖추어지지 않는데 어째서 그는 하필이면 비 오는 날을 골라서 롱스트리트를 죽였을까요? 이 점에 대해서는 조금 애를 먹었습니다. 하지만 생각을 좀더 깊이 해보자니, 비가 오건 안 오건 그 날이 범인으로서는 다시없이 좋은 기회였다는 것을 알았습니다. 즉 롱스트리트가 많은 친구들과 함께 탔으며, 그들 한 사람 한 사람이 모두 의심을 받을 것이라고 생각했기 때문이지요. 아마도 앞으로 다시 올까말까한 이 절호의 기회를 만난 범인은 앞뒤 가리지 못한 채 나쁜 날씨 따위는 잊고 말았겠지요.

두말할 나위도 없이 그는 차장이었기 때문에 여느 범인이라면 지닐 수 없는 두 가지 이로운 점을 지니고 있었습니다. 첫째는 누구나가 알고 있듯이 차장의 윗옷에는 거스름돈을 넣는 가죽 주머니가 여러 개 있으므로 그 하나에다 흉기를 넣어 두더라도 자기 자신은 절대로 위험하지 않습니다. 아마도 그는 여러 주일 동안 독침이 꽂힌 코르크 알을 언제든지 쓸 수 있도록 그 주머니에 넣고 다녔을 겁니다. 둘째로, 차장이기 때문에 희생자의 주머니에 흉기를 넣을 기회를 잡기가 쉽다는 점입니다. 그 42번 거리의 횡단선 전차라면 승객은 누구든지 반드시 차장 옆을 지나가야만 하기 때문입니다. 더구나 러시아워 때 차장의 자리 부근은 매우 혼잡하기 때문에 더욱 더 쉬웠을 겁니다. 우드가 유죄라고 생각할 경우, 이 두 가지의 심리적 확증을 덧붙일 수 있겠지요……."

"정말 희한하군요" 하고 이때 브르노가 말했다. "어쩐지 기분이 나빠질 정도입니다, 레인 씨. 스토프스의 자백은 하나에서 열까지 레인 씨가 말씀하신 것과 같습니다. 그런데 레인 씨는 그와 이야기해 본 일이 없으니 말입니다. 스토프스의 말에 의하면 그 코르크알은 자기가 만들었다고 하며, 독약도 시링 의사가 검시 보고에서 설명했듯이 어디서나 구할 수 있는 살충제를 사다가 고아서 순수 니코틴 함유율이 높은 점액을 만들어 냈다고 합니다. 그것을 바늘에 발랐다는군요. 그는 롱스트리트가 차장의 자리 앞에 멈추어 서서 일행의 차비를 지불하고 거스름돈을 받으려고 기다리고 있는 동안 그의 주머니에 그 흉기를 넣었답니다. 그리고 더욱 추궁해 보았더니 그는 날씨가 좋은 날에 죽일 작정이었으나 그토록 많은 동행자를 데리고 가는 롱스트리트를 보자 비는 오지만 그의 친구들까지 용의자로 몰고 싶은 유혹을 누를 수가 없었답니다."

"우리가 학자였다면 물질에 대한 정신의 승리라고 레인 씨를 칭찬해야 할 참이로군요." 샘 경감이 끼어들었다.

레인은 미소를 지었다.

"이름난 현실주의자로부터 대단한 칭찬을 받으니 몸둘 바를 모르겠습니다, 경감님. 이야기를 계속해 볼까요? 그래서 저는 경감님의 설명을 다 듣고는 우드가 범죄에 관계하고 있다는 것을 확신했으나 과연 그가 살인자인지, 단순한 공범자로서 제2의 미지의 인물의 앞잡이인지 알 수가 없었습니다. 물론 그것은 익명의 편지가 오기 전의 일이었습니다.

그런데 운이 나쁘게도 우리는 그 편지를 쓴 사람이 우드였다는 것을 몰랐고, 필적 감정에 의해 사실이 밝혀졌을 때에는 제2의 비극을 막기에 이미 때가 늦었었지요. 편지를 받았을 때 우리는 위험성이 내포된 중요 사실을 우연히 알게 된, 이 사건과 관계가 없는 목격자가 생명의 위험을 무릅쓰고 경찰에 알리려 한다고 생각했지요. 하지만 그 뒤 그 편지를 쓴 자가 범죄와 관계가 없다고 할 수 없는 우드임을 알고 저는 그 편지를 분석하여 그 뜻하는 바가 다음과 같은 점들이라고 생각했습니다. 첫째, 그 자신이 범인이며 경찰에 허위 정보를 제공하여 아무 관계도 없는 사람을 끌어들여서 자기에 대한 혐의를 다른 데로 돌리려 하는 경우입니다. 둘째, 우드는 공범자이며 진짜 범인을 알려 주려고 했거나, 또는 진짜 범인의 부추김을 받아 관계없는 인물을 끌어들이려고 하는 경우 둘 중 어느 하나인 것입니다. 그런데 여기서 이상한 일이 일어났지요. 우드 자신이 살해당했다는 사실입니다."

레인은 손끝을 마주 대며 두 눈을 감았다.

"이러한 모순과 부딪친 저는 편지에 대한 두 가지 해석을 다시 한번 검토해야만 했습니다. 가장 긴급하게 해결해야 할 문제는 다음과 같은 것이었습니다. 우드가 (공범자가 아니라) 롱스트리트를 죽인 범인이라면 어째서 그 자신이 모호크 호에서 살해당했을까? 누가 그를 죽였을까?" 레인은 무엇을 회상하듯 미소지었다. "이 문제는 흥미진진한 추리를 잇달아 낳았습니다. 저는 곧 세 가지의 가능성이 있음을 알았습니다. 첫째는 우드 자신이 범인인데 공범자가 있어 그가 우드를 죽였다. 즉 자기는 주범이 아닌데도 우드가 롱스트리트 살해범 또는 선동자로서 자기를 모함할 우려가 있다고 생각한 경우입니다. 둘째는 우드의 단독 범행으로, 공범자는 없으나 관계없는 사람에게 누명을 씌우려다가 그 사람에게 살해당한 경우, 셋째는 우드가 롱스트리트 살해와는 아무런 관계가 없는 이유 때문에 미지의 인물에게 살해당한 경우입니다."

레인은 계속 이야기를 이어나갔다.

"저는 이러한 가능성 하나하나를 철저하게 분석해 보았습니다. 첫째의 경우, 이것은 받아들이기 힘든 일입니다. 롱스트리트 살해의 주범이나 선동자로 몰릴 것을 두려워했다면 우드 자신이 범인이니만큼 우드를 살려 두는 것이 공범자로서는 유리할 겁니다. 죄를 뒤집어썼을 경우 우드에게 다시 뒤집어씌울 수가 있으니까요. 그리고 죽여 버리면 첫 번째 살인의 공범자인데다가 또 새로운 살인의 범인이 되므로 무거운 벌을 모면할 수 없게 될 뿐만 아니라 주범의 죄를 폭로할 기회마저 전혀 없어져 버리고 말지요.

둘째 경우도 역시 그다지 있을 법한 일이 아닙니다. 왜냐하면 무엇보다도 먼저 롱스트리트를 죽였다고 밀고하여 죄를 뒤집어씌우려는 우드의 속셈을 아무런 관계도 없는 사람이 미리 짐작하지는 못했을 것이고, 비록 짐작했다 하더라도 살인 누명을 뒤집어쓰지 않기 위해 살인을 할 리가 없기 때문입니다.

셋째의 경우 알 수 없는 이유로 미지의 인물에게 우드가 살해당했을 가능성은 확실히 있습니다. 그러나 그것은 서로 관계없는 살인 동기가 나란히 이웃하고 있었다는 놀랄 만한 우연의 일치를 뜻하게 되는데, 이 가능성이 지극히 희박한 것이지요. 그래서 결국 이상하다는 생각이 들지 않을 수 없게 되었습니다."

레인은 잠시 벽난로의 불빛을 바라보다가 다시 눈을 감았다.

"저는 가장 엄밀한 논리의 선을 따라 검토해 왔기 때문에 분석의 결과가 이렇게 되자 이 해석은 틀린 것——우드는 롱스트리트의 살인범이 아니라는 결론을 내리지 않을 수 없었습니다. 내가 고찰한 세 가지 가능성은 전혀 받아들일 수 없는, 거의 만족스럽지 못한 것이었기 때문입니다.

그래서 저는 추리의 세찬 흐름에 몸을 맡기고 나아가기로 했습니다. 가능성이 있는 다른 해석을 생각해 보기로 했던 것입니다. 즉 우드는 롱스트리트 살해의 주범이 아니라 공범자인데, 진범인을 밀고하기 위해 편지를 냈다는 해석 말입니다. 이렇게 생각하면 곧 우드가 암살당한 사실을 전적으로 납득할 수 있게 됩니다. 즉 진범인은 우드가 배신하리라는 것을 알고 입을 막기 위해 죽여 버렸다는 이론적인 추정인데, 여기에는 모순이 하나도 없습니다.

그러나 저는 아직 갈대숲 속에서 빠져나오지 못하고 있었던 겁니다. 실제로는 더욱 더 깊은 추리의 수렁 속으로 빠져 들어갔습니다. 만일에 이 가설이 옳다면 이렇게 자문해야 하기 때문입니다. 롱스트리트 살해에 공범으로서 한 역할을 맡은 우드가 왜 주범을 배신하고 경찰과 가까이 하려고 했을까? 살인자의 정체를 밝힌다 해서 자기가 맡았던 역할을 감출 수 있는 것도 아니며, 경찰에 추궁당하여 자백해야 하든지 체포당한 주범이 필사적인 보복으로서 폭로할 테니까요. 그럼, 자기가 위험해지리라는 것을 알면서도 우드가 살인자의 정체를 폭로하려고 하였던 이유는 무엇일까? 어째서일까? 오직 하나의 해답은──이치에 어긋나지는 않지만 어딘지 부족한 느낌이 드는 해답은, 롱스트리트를 살해하는 일에 가담했던 공범자가 후회했거나 아니면 겁이 나서 주범을 고발하여 자기 자신을 지키기로 했다는 것입니다.

여기까지 추리해 오면 선택의 여지가 없는 결론이 나옵니다. 롱스트리트 살해의 공범이면서도 경찰에 편지를 보내어 배신하려고 했기 때문에 우드는 주범에게 살해당했다는 결론이지요."
레인은 한숨을 쉬고 장작을 얹어 놓은 선반 옆으로 다리를 뻗었다.
"어느 쪽이든 간에 취해야 할 행동은 명백하고도 피할 수 없는 것이었습니다. 저는 우드의 생활과 경력을 조사하여 그가 공범으로서 협력해 준 상대의 정체를 알아내는 단서를 찾아야만 했습니다. 한 사람이 아니라 두 사람이 이 범죄 사건에 관계하고 있다면 그 사람이야말로 살인자임에 틀림이 없기 때문입니다.

이 점에 대한 조사를 하다가 저는 문제의 전환점을 찾아냈던 것입니다. 처음에는 헛수고인 듯했으나 아주 뜻밖의 사실로부터 새로운 분야가 열렸고, 어처구니없게도……. 아니, 우선 차례차례로 이야기를 진행시켜 보겠습니다.

경감님, 제가 더할 나위 없는 실례를 무릅쓰고 경감님으로 변장하여 위호켄에 있는 찰스 우드의 하숙집에 갔던 일을 기억하고 계시겠지요? 무슨 깊은 속셈이 있어서 그랬던 것은 아니며, 다만 당신의 인격과 권위를 빌리면 성가신 절차 없이도 조사를 진행시킬 수 있었기 때문입니다. 어디서 무엇을 찾아내어야겠다는 계획이 있었던 것도 아닙니다. 그저 방 안을 뒤져 보았는데 눈에 띈 것 중에는 아무런 이상도 없었습니다. 여송연이며 잉크, 종이, 은행의 예금 통장——그런데 여기에 우드의 기막힌 솜씨가 있었던 것입니다! 그는 자기가 만들어 내려고 했던 환영에다 가장 그럴싸한 색채를 더하려는 목적으로 통장을 남겨 두었고, 그로서는 상당히 큰 액수였음에 틀림없는 돈을 포기했던 것입니다! 은행에도 가 보았으나 예금에는 손도 대지 않은 채 고스란히 남아 있었습니다. 예금은 규칙적으로 했으므로 의심해 볼 만한 여지도 없었습니다. 저는 이웃의 가게를 찾아다니며 그의 생활에 비밀스러운 교제 관계가 있었다는 사실을 나타낼 만한 단서가 있는지, 또는 그런 것을 본 사람이 있는지 알아보기 위해 조사했습니다. 그러나 아무것도 없었습니다. 단 한 가지도 없었던 겁니다. 그 다음은 부근의 의사와 치과의사를 찾아가 보았는데 여기에서 저는 흥미를 느꼈습니다. 그는 의사를 찾아간 일이 한 번도 없었던 모양입니다. 그럴 수 있을까 하고 생각했습니다만, 아마 뉴욕의 의사에게서 진찰받을 수도 있었겠지 하고 생각했지요. 어떤 약제사가 그렇게 말했거든요. 그리하여 언뜻 머리에 스치고 지나가는 의혹을 털어 버렸습니다.

저는 그래도 뭔가 정체를 알 수 없는 의혹의 그림자에 사로잡힌 채 전철 회사의 인사 과장을 방문했습니다. 그러자 참으로 뜻밖이고 기괴하며 믿을 수 없는, 그러나 더욱 흥미를 끄는 사실과 부딪쳤습니다. 기억하고 계시리라고 생각합니다만, 모호크 호에서 살해당한 우드의 시체 검시 보고서에는 2년 전에 맹장 수술을 한 자국이 있다고 쐬어 있었습니다. 그런데 우드의 근무 기록을 조사하며 과장과 이야기하다가 우드가 지난 5년 동안 휴가도 얻지 않고 개근했다는 사실을 발견했던 것입니다."

레인의 말투가 무르익어 갔다. 샘과 브루노는 노배우의 생기 찬 기색에 매혹당하여 몸을 앞으로 내밀었다.

"하지만 대체 2년 전 맹장 수술을 받은 우드가 어떻게 5년 동안 개근할 수 있었을까요? 누구나 알고 있듯이 맹장 수술은 적어도 10일 정도는 입원을 해야 합니다. 대개 맹장 수술을 하면 2주일에서 6주일 동안 일을 못하지 않습니까.

대답은 맥베스 부인의 야심처럼 타협의 여지가 조금도 없는 것이었습니다. 이 모순은 티끌만큼도 의심할 수 없이 우드의 것으로 여겨졌던 시체, 2년 전에 맹장 수술을 한 흔적이 있는 시체는 결코 우드의 시체가 아님을 증명해 주었습니다. 이것은 즉——이 새로운 발견 때문에 저의 눈이 얼마나 열렸는지 모릅니다——이것은 즉 우드는 살해당한 것이 아니라 계획적인 수단으로 살해당한 것처럼 보이도록 꾸몄다, 다시 말해서 우드는 살아 있다는 것을 말해 주는 것이었습니다."

무거운 침묵이 찾아오자 샘은 몹시 흥분하여 한숨을 쉬었다. 레인은 미소지으며 낮은 목소리로 거침없이 이야기를 계속했다.

"두 번째 살인 사건의 모든 요소는 자연히 질서 정연하게 배치가 바뀌었습니다. 우드가 아직 살아 있다는 움직일 수 없는 사실에 의해, 그의 필적으로 쓰어진 편지는 일종의 위장이며 경찰이 우드가 살해당했다고 여기게끔 하기 위한 준비 공작이었음을 알 수 있었습니다. 즉 처음부터 롱스트리트를 죽인 사람은 아무개라고 밀고할 생각은 없었던 것입니다. 범인을 밀고하겠다고 약속한 뒤에 우드가 살해당한 것이 발견되면 경찰은 범인이 그의 입을 막기 위해 우드를 죽였다고밖에 생각할 수 없겠지요. 그리고 우드는 자기 자신을 정체 불명의 범인에게 살해당한 제3자처럼 보이게 해 놓고는 무대에서 완전히 사라져 버렸습니다. 그러므로 편지와 물 속의 시체의 연극은 진범인인 우드 자신에 대한 경찰의 추궁을 완전히 끊게 하는 교묘한 수단이었던 것입니다.

그리고 이 중대하기 짝이 없는 결론에서 추리의 실은 다시금 풀려나오기 시작했던 것입니다. 두 번째 범죄에서 우드가 자기 자신을 없애 버린 이유는 다음에 일으킬 세 번째 범죄를 위해 모습을 감추지 않으면 안 되었기 때문이었습니다. 즉 그는 에드워드 톰슨으로서 증언대로 불려나갈 가능성이 있었고, 그와 동시에 찰스 우드로서 첫 번째 살인 사건의 증인으로 불려나갈 가능성도 있었기 때문입니다. 같은 장소, 같은 시각에 어떻게 두 인물이 되어 나설 수가 있겠습니까? 또 하나의 이유가 있습니다. 우드의 자기 말살 계획은 글자 그대로 일석이조를 노린 것이었습니다. 찰스 우드인 자기를 죽였을 뿐만 아니라 또 하나의 알 수 없는 인물——나루터에서 우드의 옷을 입고 시체가 되어 끌어올려진 남자도 죽인 것입니다.

 이 점에 대하여 추궁해 봅시다. 우드의 것으로 여겨진 시체는 한쪽 다리의 허벅지에 기묘한 상처 자국이 있었고 붉은 머리털이었습니다. 그 밖의 특징은 본디 모양을 알 수 없을 정도로 너무 많이 망가져서 가려낼 수가 없었습니다. 그런데 우드는 분명히 붉은 머리털이었고 운전 기사 기네스의 말에 의하면 역시 다리에 그런 기묘한 상처 자국이 있었다는 것이었습니다. 그러나 발견된 시체는 우드가 아닙니다. 붉은 머리털은 우연의 일치라 할 수도 있었으나 상처는 그럴 수가 없습니다. 그렇다면 우드의 상처는 가짜임에 틀림이 없다는 이야기가 됩니다. 전차 차장의 일을 맡고 난 직후 기네스에게 상처자국을 보였을 때부터 5년 동안 가짜 상처 자국을 지니고 다녔다는 이야기가 됩니다. 그는 적어도 두 가지 점——머리털과 상처 자국——에 있어 모호크 호에서 살해당한 남자와 같은 모양을 하고 다녔다는 이야기가 되지요. 그렇다면 나룻배 위의 범죄는 적어도 5년 전부터 계획되었던 것이라고 할 수 있습니다. 그런데 나룻배 위의 범죄는 롱스트리트 사건의 결과인만큼 롱스트리트 살해 역시 5년, 아니 그 이전부터 계획된 것이었음에 틀림이 없습니다.

 또 하나의 결론이 있습니다. 우드가 나룻배에 타고 있는 것을 보았다는 사람이 있는데 그렇다고 죽은 것도 아니므로 틀림없이 변장하고 나룻배에서 내렸을 겁니다. 아마 경감님이 모든 사람에게 금족령을 내리기 전에 배에서 빠져나간 사람 가운데 하나이거나 아니면……."

"당신의 추측이 맞습니다" 하고 브르노가 끼어들었다. "배 안에 감금된 사람들 가운데 섞여 있었습니다. 보석 세일즈맨 핸리 닉슨이었다고 스토프스는 말했습니다."

"닉슨이었다고?" 도르리 레인은 중얼거렸다. "기가 막힌 솜씨로군요. 그는 배우가 되었더라면 좋았을 겁니다. 변장하는 기술에 있어 천재적인 데가 있군요. 범행 뒤에 우드가 배 안에 있었는지 어땠든지 나는 몰랐습니다. 그러나 세일즈맨 닉슨으로 변장하고 있었다는 말을 들으니 모든 것이 꼭 들어맞는군요. 차장 우드로서 나룻배에 들고 올라갔던 가방을 세일즈맨 닉슨의 가방으로서 들고 나왔다는 이야기가 되는군요. 가방은 세일즈맨으로 변장하기 위해 피해자를 기절시키는 데 필요한 둔기나 피해자의 옷을 강물 속으로 가라앉히기 위한 추 등을 숨겨 가기 위해 필요했겠지요……. 정말 기가 막힌 솜씨입니다. 세일즈맨이라면 취조를 받을 때 주소가 일정치 않더라도 직업상 의심 받을 염려가 없지요. 그리고 잡화를 가득 넣은 가방을 가지고 있다 해도, 추를 매단 피해자의 옷과 둔기를 버린 다음 세일즈맨다운 물건을 가지고 있으면 그럴싸하게 보이겠지요. 자기의 가짜 이름이 박힌 주문서도 가지고 있었고 이따금 묵은 적이 있는 증명할 만한 하숙의 소재지와 번지를 적은 것도 가지고 있었겠지요. 우드가 새 가방을 구입한 이유가 닉슨으로 변장하기 위해서였음을 알 수 있습니다. 세일즈맨으로 변장했으나 우드의 것이라고 대번에 알 수 있는 헌 가방을 배에서 들고 나갈 수는 없었겠지요. 이런 연극을 하기 위해 일부러 헌 가방의 손잡이를 부수기까지 했던 것입니다. 경찰이 발을 묶기 전에 달아나지 못했을 경우를 위해 아주 기가 막히게 대비했다고 할 수 있습니다."

"정말 놀랐습니다, 레인 씨." 샘은 중얼거렸다. "이토록 훌륭한 추리는 아직 해본 적이 없습니다. 솔직히 말씀드려서 저는 처음에 레인 씨를 허풍쟁이 구식 늙은이쯤으로 생각했었습니다. 이건 도저히 사람이 할 수 있는 일 같지가 않습니다!"

브르노는 엷은 입술을 적셨다.

"샘의 말이 맞아요. 저는 사건 전체를 알고 있지만 아직까지도 레인 씨가 어떻게 세 번째 살인 사건을 해결하셨는지 모르겠습니다."

레인이 하얀 손을 들었다. 그는 지금은 기탄없이 웃고 있었다.

"너무 그렇게 서두르지 마십시오. 벌써 세 번째 살인 사건을 말씀하시지만, 아직 두 번째 이야기도 끝나지 않았습니다.

그 단계에서 저는 이렇게 스스로에게 물었습니다. 우드는 역시 공범자에 지나지 않을까, 아니면 진범일까? 나룻배에서 던져진 시체가 우드의 것이 아님을 알기 전에는 모든 증거가 공범자라는 쪽으로 기울어졌으나 이윽고 진범임이 유력하게 되었습니다.

우드가 롱스트리트를 죽였다는 생각이 다시 살아나기 시작한 심리적인 이유가 세 가지 있습니다.

첫째, 우드는 어떤 정체불명의 인물을 죽이기 위해 5년 전부터 그 인물의 특징을 몸에 지니고 다녔다. 이것은 분명히 살인자가 할 짓이지 단순한 앞잡이가 할 짓은 아닙니다.

둘째, 예고 편지를 보내놓고 우드 자신이 살해당하는 결과를 가져다 준 시체의 위장 공작은 공범자보다도 주범이 세울 만한 계획이라고 보아야겠지요.

셋째, 모든 사건의 상황과 속임수가 분명히 우드의 안전을 보장하도록 계획되어 있다는 점, 이것 역시 공범자보다도 주범의 계획적 행동임을 나타내고 있습니다.

어쨌든 두 번째 살인 사건 후의 정세는 다음과 같습니다. 롱스트리트와 정체불명의 사나이를 죽인 우드는 자기 자신이 살해당한 것으로 보이게끔 하는 교묘한 방법에 의해 자기를 말살시키는 데 성공했다, 이러한 자기의 위장 살인 사건에 존 데이비드를 계획적으로 끌어들여 놓고 자기는 그대로 살아 있었다는 것입니다."

도르리 레인은 일어서서 벽난로 옆의 초인종을 눌렀다. 폴스태프가 나타나자 뜨거운 커피를 또 가져오라고 이르고는 다시 앉았다.

"그럼, 다음 문제로 넘어가 봅시다. 어째서 우드는 데이비드를 나룻배에 유인해 놓고 여송연을 써서 그에게 죄를 뒤집어씌우려고 했을까? 우드가 꾸민 일이니 데이비드를 배로 유인한 것은 틀림없이 그의 짓이었겠지요. 그 이유는 롱스트리트에 대한 데이비드의 강한 적의가 동기라고 생각한 경찰이 데이비드를 가장 유력한 용의자로 여기게 하기 위해서였겠지요——아니면 이것이 중요한 점입니다만——롱스트리트를 죽인 것과 같은 동기를 우드가 데이비드에 대해서도 가지고 있었기 때문이었든지, 이 둘 중의 하나였을 겁니다.

후자의 경우, 계획이 성공하여 데이비드가 체포되었다가 재판 결과 무죄로 석방되면 범인은 처음부터 세운 계획을 실행하기 위해 데이비드를 덮치리라는 것은 모든 점으로 미루어 보아 예상할 수 있는 일이었습니다."

레인은 폴스태프의 통통한 손에서 새로 가져온 커피를 받아들고 두 손님에게도 몸짓으로 권했다. "그 때문에 저는 데이비드가 결백하다는 것을 알면서도 그가 재판을 받도록 내버려 두기로 했던 것입니다. 데이비드가 법의 손에 의해 단죄의 위험을 겪고 있는 한 그의 신변은 우드의 공격을 받을 염려가 없기 때문이었습니다. 당신들은 저의 묘한 태도를 이상하게 생각하셨겠지요? 매우 역설적인 일이었으니까요. 데이비드를 하나의 위험 속에 내던짐으로써 또 하나의 한층 더 확실한 위험을 막을 수가 있었기 때문이었습니다. 그와 동시에 저도 한숨 돌릴 시간을 얻을 수 있었던 것입니다. 그 평온한 기간에 나의 생각을 잘 정리하여 진범을 체포할 수 있을 만한 증거를 찾아내려고 했습니다. 물론 그때 데이비드가 어떤 심리 상태에 빠져 있었는지는 알지 못했습니다만……. 또 한 가지, 저는 기대하고 있던 일이 있었습니다. 즉 데이비드가 생명의 위험마저 느끼는 재판의 고통을 이기지 못하여 그 가슴에 틀림없이 간직하고 있을 사실, 우드라는 남자와 은밀하게 관련되어 있는 어떤 사실을 털어 놓을지도 모른다는 기대였습니다.

그러나 재판이 데이비드에게 불리하게 돌아가 그의 생명이 위험에 처하게 되자, 저의 수사는 아직 진전이 없었지만 데이비드의 손의 상처를 들고 나와 재판에 간섭하지 않을 수 없었습니다. 여기서 말씀드릴 것은, 만일 데이비드가 손에 부상을 입은 일이 없었다면 저는 절대로 당신들이 그를 기소하도록 내버려 두지 않았을 것이라는 사실입니다. 그리고 브르노 씨, 만일 브르노 씨가 끝내 고집을 부리셨다면 저는 제가 알고 있는 사실을 모조리 털어놓아야만 했을 겁니다. 석방과 함께 데이비드의 신변이 위험하게 되었습니다."

레인의 얼굴이 흐려지고 목소리가 거칠어졌다.

"그날 밤 이후 저는 여러 번 데이비드의 죽음은 저의 책임이 아니라고 스스로에게 타일렀지요. 저는 물론 온갖 예방책을 취했다고 생각합니다. 그래서 그를 따라 웨스트 잉글우드의 저택으로 가겠다고 승낙했고 그날 밤 그 저택에 머무를 작정이었는데……. 제가 얼마나 우드에게 깨끗이 당하게 되어 있었는지 몰랐던 것입니다. 변명 같습니다만, 바로 석방된 그날 밤에 우드가 데이비드를 습격할 줄은 몰랐지요. 요컨대 우드가 이번에는 어떤 인물이 되어 나타날는지, 어디에 있는 인물인지 몰랐기 때문에 데이비드를 죽일 기획을 얻기까지에는 몇 주일, 몇 달이 걸리리라고 생각했던 것입니다. 하지만 우드는 제가 생각했던 것 이상으로 기회주의자였습니다. 그는 데이비드가 석방된 그날 밤에 기회를 찾아내어 그것을 놓치지 않았습니다. 이리하여 우드는 저를 따돌리고 그야말로 느닷없이 해치웠던 겁니다. 콜린즈가 다가왔을 때 저는 별로 경계하지 않았습니다. 콜린즈는 우드가 아님을 알고 있었기 때문이었지요. 그러나──그의 맑은 눈 속에 자책의 빛이 떠올랐다──저는 이 사건에 있어 진정으로 승리했다고 할 수는 없습니다. 저는 날카롭지 못했고 범인이 은밀히 지니고 있는 능력에 대비할 만한 주의도 기울이지 않았던 것입니다. 저는 아직 풋내기 탐정에 지나지 않는 것 같군요. 만일 또 다른 사건에 손을 대는 일이 있다면……."

레인은 한숨을 쉬고 다시 계속했다.

"그날 밤 데이비드의 초대를 받아들인 또 한 가지 이유는 그가 다음날 아침에 중대한 비밀을 털어놓겠다고 약속했기 때문입니다. 지금은 의심할 여지가 없지만, 드디어 자기가 지닌 과거의 비밀을 이야기할 작정이었던 것 같습니다. 스토프스가 당신들에게 자백한 이야기였을 겁니다. 그리고 데이비드를 찾아왔던 남아메리카 사람에 대해서는 모르시는 모양이로군요, 경감님! 아호스라는 우루과이 영사가……."

브르노와 샘은 어이없다는 듯이 레인을 바라보았다.

"남아메리카 사람? 우루과이 영사?" 샘이 큰 소리로 말했다.

"그런 사람들에 대해서는 들은 적이 없습니다!"
"경감님, 그 이야기는 나중에 하겠습니다." 레인은 말했다.
"그래서 우드가 시체의 위장 공작을 해 놓고 아직 살아 있다는 사실을 알게 됨에 따라 우드는 단순한 앞잡이가 아니라 주범이라고 생각하는 편이 절대적으로 확실하다는 중대한 결론에 이르렀습니다. 그것도 오랜 세월에 걸쳐 심사숙고한 일련의 범죄 계획의 복잡한 한 토막 한 토막을 상상력이 풍부하고 대담하기 짝이 없으며 너무도 완벽한 방법으로 실행하고 있는 기가 막힌 살인자였습니다. 하지만 여기에 대한 확신은 있어도 그를 어디서 찾아내야 할는지 도무지 가늠할 수가 없었습니다. 찰스 우드로서의 그는 지구 위에서 사라졌다는 것은 알고 있었으나 다음에 어떤 모습으로 바뀌어 나타날는지 저는 그저 헛된 추측만 할 따름이었습니다. 그러나 그가 틀림없이 나타나리라 생각하고 저는 기다리고 있었습니다. 그러다가 세 번째 살인 사건이 일어났던 것입니다."
레인은 김이 오르는 커피를 마시고 기분을 새롭게 했다.
"데이비드를 그토록 재빠르게 죽인 점과 다른 두세 가지 요소를 연결시켜 생각해 보면 이 범죄 역시 신중히 계획된 것——틀림없이 그전 두 건의 범죄와 동시에 계획된 것임을 똑똑히 알 수 있습니다.

데이비드 살해 사건의 해결은, 그날 밤 서안선의 대합실에서 기차를 기다리고 있을 때 아핸과 브룩스와 제 앞에서 데이비드가 50회 회수권을 샀다는 사실에 의거하여 전적으로 이루어졌다고 할 수 있습니다. 만일 데이비드가 회수권을 사지 않았다면 이 사건은 그다지 만족스러운 해결을 보지 못했을 겁니다. 롱스트리트를 죽인 동일 인물이라는 것은 알 수 있으나 무엇으로 변장하고 스토프스가 데이비드를 죽이러 올는지 알 수 없었기 때문입니다.

　가장 중요한 점은 데이비드가 몸에 지니고 있었던 회수권의 위치였습니다. 역에서 그는 다른 사람들을 위해 구입한 차표와 함께 회수권을 조끼 왼쪽 윗주머니에 넣었습니다. 나중에 콜린즈와 함께 찻간 뒤쪽으로 가면서 그 주머니에서 차표를 꺼내어 아헨에게 주었습니다. 그때 새로 산 회수권은 그 주머니에서 꺼내지 않았습니다. 그런데 경감님이 데이비드의 시체를 조사할 때에는 놀랍게도 회수권이 조끼 왼쪽 윗주머니에 있는 것이 아니라 윗옷 안주머니에 들어 있었던 것입니다!"

레인은 안타깝다는 듯이 웃었다.

"데이비드는 심장을 맞았습니다. 총알은 윗옷 왼쪽 조끼의 왼쪽 윗주머니와 와이셔츠, 내의의 순서로 관통했습니다. 결론은 누구나 알 수 있는 일입니다. 총에 맞았을 때 회수권은 조끼 왼쪽 윗주머니에 없었다는 이야기지요. 있었다면 총알 자국이 나 있어야 할 텐데 우리가 발견했을 때 회수권에는 구멍도 뚫려 있지 않고 그대로였습니다. 저는 그때 생각했습니다. 데이비드가 총에 맞기 전에 회수권이 한 주머니에서 다른 호주머니로 옮겨졌다는 것은 무엇을 뜻하는가?

　그 시체의 상태를 다시 회상해 봅시다. 데이비드의 왼손은 가운뎃손가락과 집게손가락이 포개어져서 어떤 표시를 하고 있는 듯했습니다. 시링 의사가 데이비드는 즉사했다고 단언하고 있으므로, 포개진 손가락은 세 가지의 중요한 결론을 나타내 주고 있습니다. 첫째, 데이비드는 총에 맞기 전에 이 표시를 했다. 죽음의 고통은 없었기 때문입니다. 둘째, 그는 오른손잡이인데 왼손으로 표시를 했으니 그는 이 표시를 만들 때 오른손이 비어 있지 않았음에 틀림이 없다는 것입니다. 셋째, 그가 만든 표시는 의식적으로 노력을 해야만 되는 것이었으므로 뭔가 이 살인과 관련이 있는 뚜렷한 목적을 위해 만들었음에 틀림이 없습니다.

그럼 이 세 번째 결론에 대하여 생각해 봅시다. 데이비드가 미신을 믿는 사람이었다면 이 손가락의 표시는 악마의 눈을 피하기 위한 행동으로서 총에 맞게 되자 본능적으로 '악'을 막아 내려는 미신적인 동작을 취했다고 할 수 있겠지요. 그러나 데이비드는 조금도 미신적인 데가 없었습니다. 그러므로 만들어진 표시는 그 자신에 관한 것이 아니라 범인에 대한 것이었음에 틀림이 없습니다. 이것은 틀림없이 데이비드가 콜린즈와 함께 나가기 조금 전에 데이비드, 브룩스, 아헨, 저, 네 사람이 주고받던 이야기의 결과일 겁니다. 그때 우리는 죽음에 직면한 사람의 마지막 생각에 관한 이야기를 나누었는데, 저는 죽임을 당한 어떤 남자가 죽기 직전에 범인의 정체를 드러내는 표시를 남긴 이야기를 했었습니다. 그래서 데이비드는 가엾게도 방금 들은 이야기를 생각하고 저에게——우리들에게——범인의 정체를 나타내 주는 표시를 남겼다고 저는 확신했습니다."

브르노는 자랑스러운 표정이었다. 샘 경감은 약간 흥분한 어조로 말했다.

"브르노 검사님과 둘이서 상상한 대로였군요!" 그러나 경감의 얼굴은 금방 흐려졌다. 그리고 덧붙였다. "하지만……. 대체 어째서 그것이 우드를 가리키는 표시라고 할 수 있습니까? 우드는 미신가였나요?"

"경감님, 데이비드의 표시는 미신적인 뜻에서 우드나 스토프스를 가리키는 것은 아니었습니다" 하고 레인은 대답했다. "사실 저는 그런 식의 해석은 한 번도 해보지 않았습니다. 너무 시시하기 때문이지요. 그러나 과연 무엇을 뜻하는 것인지 저는 그때 알 수가 없었습니다. 솔직히 말해서 사건을 완전히 풀 때까지 범인과 데이비드의 표시를 연결시킬 수가 없었습니다. 면목 없는 일입니다만, 이 관계는 처음부터 저의 눈 앞에서 굴러다니고 있었는데도 말입니다. 어쨌든 포개진 손가락이 범인의 정체를 가리키고 있다는 해석을 내릴 수 있을 뿐이었습니다. 그런데 범인의 정체에 관한 단서로 남긴 그 표시는 데이비드가 범인이 누구인지 알고 있다, 이 가해자의 독특한 특징을 가리킬 수 있을 만큼 데이비드가 상대를 잘 알고 있다는 것이었습니다.

이 문제에 관하여 좀더 유력한 추정을 내릴 수 있습니다. 손가락의 표시 자체가 무엇을 뜻하건 그것이 왼손으로 만들어졌다는 사실에 의해, 흔히 쓰이는 오른손이 조금 전에 말씀드렸듯이 죽임을 당하기 직전에 비어 있지 않았다는 것을 알 수 있습니다. 그렇다면 그때 오른손은 무엇을 하고 있었을까요? 격투를 벌인 흔적도 없었지요, 오른손으로 상대방을 막으려고 했을지도 모르지만 그렇게 하면서 동시에 왼손으로 상당히 의식적인 노력이 필요한 그런 표시를 만들기는 힘들었을 겁니다. '좀더 그럴싸한 설명을 붙일 수는 없을까?' 하고 나는 생각했습니다. 오른손이 비어 있지 않았다는 것을 설명하는 특징이 시체에 없었던가요? 있었습니다! 회수권이 본디 있던 주머니에서 다른 주머니로 옮겨져 있었던 것입니다.

나는 재빠르게 온갖 가능성을 검토해 보았습니다. 예를 들어서 데이비드가 총에 맞기 직전에 자기 손으로 회수권을 다른 호주머니로 옮겼다고 생각할 수도 있습니다. 즉 이쪽 주머니에서 저쪽 주머니로 회수권이 옮겨진 것은 그 사건과 아무런 관계도 없다는 것입니다. 그러나 그렇다면 사살당하기 전에 오른손이 비어 있지 않았다는 점을 설명할 수가 없습니다. 그러나 사살당할 때 승차권이 옮겨졌다고 생각해 보면 오른손이 비어 있지 않았다는 이유, 여느 때 같으면 오른손을 썼을 텐데 왼손을 써서 표시를 만든 이유를 단번에 설명할 수가 있습니다. 이것은 매우 유력한 이론으로 모든 사실과 맞아 들어갑니다. 효과적이므로 면밀한 검토를 할 필요가 있었습니다. 그 결과는 무엇이었을까요?

다음과 같은 추정을 할 수 있었습니다. 사살당할 때 데이비드는 어째서 회수권을 손에 들고 있었을까? 타당한 설명은 단 한 가지뿐입니다. 그는 회수권을 쓰려고 했다는 추정입니다. 그런데 콜린즈가 데이비드와 헤어질 때까지 차장이 그들에게 와서 차표 검사를 하지 않았다는 사실을 우리는 알고 있었습니다. 그날 밤 당신들이 콜린즈를 아파트에서 체포하셨을 때 그는 아직 구멍이 뚫리지 않은 차표를 가지고 있었지 않습니까. 차장이 그들에게 갔다면 콜린즈의 차표는 차장이 가지고 가 버렸을 겁니다. 그러므로 데이비드가 캄캄한 찻간으로 들어갔을 때 아직 그가 있는 곳까지 차장이 와서 차표를 검사하지는 않았던 것입니다. 이것은 그날 밤 기차 안에서는 몰랐었던 사실입니다. 콜린즈가 차표를 가지고 있었다는 사실은 경감님이 그를 체포할 때까지 몰랐던 일이니까요. 하지만 저는 추리할 때 나중에 확인된 이 가설을 채택했던 것입니다.

데이비드가 어두운 객차로 들어갔을 때까지 차장은 그에게 가지 않았다는 가설——나중에 사실로 밝혀졌지요——에 비추어 볼 때 데이비드가 죽기 직전에 회수권을 끄집어내어 오른손으로 들고 있었다는 저의 추측을 가장 자연스럽게 설명해 주는 건 무엇일까요. 대답은 간단합니다. 차장이 다가왔던 것입니다. 그러나 차장은 두 사람 모두 데이비드가 있는 곳으로 가지 않았다고 말했습니다. 그렇다면 저의 추측이 틀린 것일까요? 반드시 그렇다고는 할 수 없습니다. 만일 차장 하나가 범인이어서 데이비드에게 다가갔고, 범인이기 때문에 거짓말을 했다면 말입니다."

브르노와 샘은 레인의 입술에서 부드럽고 멋진 목소리로 조용하게 흘러나오는 뛰어난 분석에 정신없이 몰두하여 몸을 앞으로 내밀고 있었다.

"이러한 추정이 완전히 밝혀진 사실과 잘 맞아 들어갔을까요? 그렇습니다.

첫째, 이러한 추정에 의해 손가락의 표시가 왼손으로 만들어진 이유를 설명할 수 있습니다.

둘째, 오른손이 어째서 무엇 때문에 비어 있지 않는지 설명할 수 있습니다.

셋째, 데이비드의 회수권에 구멍이 뚫려 있지 않은 이유가 설명됩니다. 차장이 범인으로 데이비드를 죽였는데, 그가 회수권을 손에 들고 있다는 것을 알았으나 구멍을 뚫을 수가 없었겠지요. 그 구멍이 움직일 수 없는 증거가 되어 살아 있는 데이비드를 마지막으로 만난 사람이었다는 사실이 드러날 것이고, 그 결과 자기의 유죄가 밝혀질는지도 모르며, 적어도 살인 사건의 수사에 꼼짝없이 말려들어갈 것이기 때문입니다. 이것은 계획적인 살인자로서는 달갑지 않은 사태이지요.

넷째, 회수권이 어째서 안주머니에 있었는지 그 이유를 설명할 수 있습니다. 차장이 범인이라면 차표에 구멍을 뚫을 수 없다는 같은 이유로 데이비드의 손에 회수권을 그대로 쥐고 있게 한 채 경찰에게 보일 수는 없지요. 즉사했을 때 회수권을 손에 들고 있었다면 데이비드가 차장에게 회수권을 보이려 하다가 사살당했다는, 범인으로서는 감쪽같이 알리고 싶지 않은 사실이 드러날 것이기 때문입니다. 그렇다고 그것을 가지고 갈 수도 없습니다. 표지에 박혀진 날짜로도 알 수 있듯이 그 회수권은 새것이며, 그날 밤에 그걸 사는 것을 본 사람이 있으니 없어졌다는 사실이 드러날 가능성도 있고, 또한 없어졌다면 경찰이 '승차권――차장'이라는 위험한 연상을 얼마든지 할 수 있을 테니까요. 그러므로 차장으로서 최선의 길은 자기에게 의심이 돌아올 만한 것을 일체 현장에 남기지 않는 일입니다.

그렇다면 가장 안전한 길은 회수권을 가지고 가지 않는 일이므로 데이비드의 시체에 회수권을 남겨 두어야 할 텐데, 차장은 그때 어떻게 했을까요? 데이비드의 주머니에 도로 넣었겠지요, 합리적이니까요. 그럼, 어느 주머니에? 어쩌면 차장은 데이비드가 늘 어디에다 넣어 두는지 알고 있었을지도 모릅니다. 아니면 데이비드의 주머니를 이리저리 뒤져서 늘 넣음직한 자리를 찾았을지도 모르지요. 윗옷 안주머니에서 기한이 지난 낡은 회수권을 찾아냈다면 그것과 함께 새 회수권도 그 주머니에 넣는 것은 당연한 일이 아니겠습니까? 데이비드가 새 회수권을 조끼 주머니에서 꺼냈다는 것을 알았다 해도 그 주머니에 도로 넣을 수는 없습니다. 조끼 주머니는 이미 데이비드의 몸을 관통한 총알의 직접 통로가 되어 있었으니 총알 구멍이 뚫려 있지 않은 회수권을 거기에 도로 넣으면 죽인 다음에 넣었다는 사실이 뚜렷해지기 때문입니다. 차장으로서는 반드시 피하고 싶은 일이지요.

다섯째, 지금 설명한 바와 마찬가지로 회수권에 총알 자국이 없다고 해서 다시 한 번 회수권에다 총을 쏜들, 처음 총을 쏘았을 때 호주머니에 들어 있었다면 뚫렸을 자리에다 정확하게 쏠 수는 없습니다. 그리고 두 번째 총소리를 누가 들을지도 모른다는 위험성도 있으니까요. 또 차 안에서 두 발째를 쏘면 어디든 총알 자국이 남아 나중에 발견될 테니까요. 그리고 무엇보다도 그런 조치는 지나치게 복잡하고 성가시며 시간이 걸려서 안 됩니다. 생각 끝에 그는 가장 자연스러운 길, 가장 안전하다고 여겨지는 길을 택했던 것입니다.

지금까지의 추측은 모두 자세한 점까지 들어맞습니다. 그럼, 범인이 기차 차장이라는 확증이 있을까요? 지극히 유력한 심리적 확증이 있습니다. 기차 차장이란 실제에 있어 보이지 않는 거나 다름이 없습니다. 즉 차 안의 어디에 있건 의심받지 않을 뿐 아니라 승객들이 그의 행동을 주의해 보거나 기억해 두지 않는다는 점입니다. 우리 일행의 행동이라면 눈에 띄었을지도 모르고, 실제로 몇 가지 눈에 띈 것도 있습니다만——차장은 실제로 그가 행동했듯이 찻간을 지나 어두운 객차로 들어갔는데도 아무도 기억하지 못했고 아무런 증거도 남기지 않은 채 행동할 수가 있었습니다. 저 역시 주의하고 있었는데도 차장의 행동은 눈여겨보지 않았으니까요. 콜린즈가 없어진 뒤에 제 옆을 지나 어두운 객차로 들어갔을 터인데 지금도 그가 지나간 사실이 전혀 생각나지 않습니다.

또 하나의 증거가 있습니다. 흉기가 없어졌다가 나중에 발견됐다는 사실입니다. 그 권총은 기차 안에서는 발견되지 않았는데——살인이 있은 지 5분 뒤에 기차가 통과한 강물 속에서 발견되었습니다. 범행 뒤 권총을 버리기 위해 5분을 기다렸다는 것이 단순한 우연일까요? 전적으로 우연히, 그것도 기차가 건너가는 강물 속에 빠뜨렸을까요? 범인으로서는 범행 직후에 권총을 버리는 편이 더욱 안전했을 겁니다. 그런데도 그는 기다렸습니다. 왜 그랬을까요?

 캄캄한 밤이었는데도 그 강――기차에서 흉기를 버리기에 가장 좋은 장소――의 위치를 알고 있었기 때문에 5분을 기다린 겁니다. 그는 그 일대의 지리에 밝았을 것임에 틀림이 없습니다. 기차를 타고 있던 사람 가운데 그러한 지식을 가장 많이 갖고 있음직한 사람은 누구일까요? 매일 밤 같은 시각에 같은 길을 달리는 기차의 승무원입니다. 기관사, 제동수, 차장……. 차장……. 물론 차장이지요! 매우 심리적이긴 합니다만, 차장이라는 해석을 더욱 굳혀 주었습니다.

 또 하나의 확증이 있는데, 이것이 가장 강력하고 명백하게 범인을 지적하는 것입니다. 그러나 이것은 조금 뒤에 말씀드리겠습니다.

 사건 당시 저는 흉기에 관한 추리를 거꾸로 해 보았습니다. 저는 스스로에게 물었지요, 만일 내가 범인인 차장이었다면 권총을 어떻게 처분했을까? 발견당할 기회를 최소한으로 줄이려면 어떻게 해야 했을까? 선로 옆이나 선로 위같이 사람의 눈에 띄기 쉬운 장소는 경찰이 맨 먼저 찾을 터이므로 피해야만 합니다. 그러나 연선에는 흉기를 처분할 수 있을 뿐만 아니라 버리는 사람이 필요 없는 수고를 하지 않아도 발견당하지 않고 오래도록 숨겨 둘 수 있는 자연적으로 좋은 장소가 있습니다. 강입니다! 나는 철도 연선의 지도를 조사하여 처분이 가능한 범위 안의 강을 모두 알아냈지요. 그리하여 그곳에서 흉기를 찾아냈던 것입니다."
레인의 목소리는 싱싱한 어투를 띠기 시작했다.
"그럼, 두 차장 가운데 어느 쪽이 죄를 범했을까요――브톰리? 톰슨? 열차의 그 부분이 톰슨의 담당이라는 점 외에는 어느 쪽이 더 의심스럽다는 직접적인 증거가 없습니다.

아, 하지만 조금 기다리십시오! 저는 세 번째 살인의 범인이 차장이라는 결론을 내렸습니다만, 첫 번째 살인의 범인도 차장이었습니다. 이 두 차장이 동일 인물 즉 우드일 수 있을까요? 가능합니다. 매우 억지스럽지 않게 가능합니다. 롱스트리트와 나룻배의 이름 모를 신사와 데이비드, 이 세 사람은 틀림없이 동일 인물이 죽인 것입니다.

그런데 우드라는 사나이는 어떤 육체적인 특징이 있었습니까? 붉은 머리털과 상처 자국은——머리털 따위는 쉽사리 조작할 수도 있는 것이고, 상처 자국은 틀림없이 가짜이므로 문제 삼을 필요도 없지만, 남은 것은 적어도 키가 크고 체격이 좋다는 점입니다. 늙은 차장 브톰리는 키가 작고 체격이 빈약합니다. 톰슨은 키가 크고 체격이 좋습니다. 그러므로 톰슨이 바로 그 사람입니다.

그래서 저는 이러한 결론에 도달했습니다. 데이비드는 톰슨에게 살해당했다, 그 톰슨이 찰스 우드임에 틀림없다고요.

그러나 우드, 즉 톰슨이란 인물은 대체 어떤 사람일까요? 세 건의 살인은 틀림없이 같은 동기에 의한 것이며, 그 동기는 적어도 5년, 아마도 그보다 훨씬 이전에 생긴 것입니다. 그래서 그 다음에 해야 할 일은 명백했습니다. 데이비드와 롱스트리트의 과거를 조사하여 그 사람을 죽이려고 몇 년 동안이나 계획을 짤 만한 충분한 동기를 가진 사람을 찾아내는 일이었습니다.

지금은 두 분께서도 스토프스가 누구인지 알고 계시지만, 그때 저는 그들의 과거에 대하여 전혀 모르고 있었습니다. 저는 데이비드의 집사 조겐즈를 심문하여 바로 얼마 전에 남아메리카에서 이상한 손님이 와서 데이비드네 집에 묵고 있었다는 사실을 알았습니다. 이것이 단서였습니다, 경감님. 여기에서 당신은 저보다 뒤지게 되었던 것입니다……. 매우 유망한 단서인 듯싶어서 저는 남몰래 남미 각국의 영사를 찾아다닌 끝에 마지막으로 뉴욕 주재 우루과이 영사 후안 아호스를 만나 이야기를 듣게 되었습니다. 지금은 이미 잘 알고 계시는 이야기입니다만, 저는 그때 비로소 롱스트리트와 데이비드를 다른 두 사람——탈옥수 마틴 스토프스와 데이비드 앤드 롱스트리트 상회의 제3의 익명 공동 경영자인 윌리엄 크로켓과 연결시킬 수 있었던 것입니다. 이 두 사람 가운데 스토프스가 우드, 즉 톰슨임에 틀림이 없습니다. 그의 동기는 뚜렷하지요, 복수! 다른 세 사람을 똑같이 노리는 것이었습니다. 그래서 나는 스토프스가 차장이며 크로켓이 나룻배에서 살해당한 남자라는 결론을 내렸지요. 이 크로켓을 죽이기 위해 스토프스는 5년 동안 붉은 머리털과 허벅지에 상처 자국까지 만들고 다니며 준비했습니다. 그리고 크로켓의 시체가 발견되었을 때에는 시체가 몹시 짓이겨져서 다른 부분은 알아볼 수 없게 만들어 우드로 잘못 알도록 꾸몄던 것입니다. 아호스에게서 이야기를 듣기 훨씬 이전에 시체가 우드의 것이 아니라는 결론을 내린 제가 실종 조사과의 보고를 부탁드린 것은 우드가 신원 불명의 남자를 죽였으니 보고 속에 살해당한 남자의 정체를 드러낼 만한 단서가 있을지도 모른다고 생각했기 때문이었습니다. 그러나 아호스의 이야기를 듣고는 그 신원 불명의 남자가 크로켓이라는 사실을 알았습니다. 이 신원 불명의 남자가 다른 범죄와 관계없는 단순한 도구로서 몸만 이용당한 사람일 리가 없습니다. 우드는 적어도 5년 전부터 그의 머리털과 상처 자국을 흉내 내어 범죄를 준비하고 있었으니까요. 하지만 어떻게 크로켓이 스토프스에게 유인되어 죽임을 당하게 되었는지 저는 지금도 알 수 없군요. 브르노 씨, 스토프스가 여기에 대해서 뭐라고 말하던가요?"

"네" 하고 지방 검사는 쉰 목소리로 말했다. "스토프스는 크로켓에게 자기의 필적을 알리고 싶지 않다는 특별한 이유 때문에 한 번도 협박장을 보내지 않음으로써 그의 의심을 불러일으키지 않도록 했답니다. 그러다가 느닷없이 데이비드 앤드 롱스트리트 상회에서 파면당한 회계사라고 사칭하여 크로켓에게 편지를 보내어, 해마다 두 번씩 두 사람이 크로켓에게 보내는 수표는 거액이긴 해도 상회가 얻는 순이익의 3분의 1이라는 그가 받을 정당한 몫에서 상당히 모자라는 것이라고 했답니다. 옛날 세 사람이 미국으로 돌아왔을 때 크로켓은 그 두 사람에게 일이 잘 되면 자기에게도 온전한 한 몫을 달라고 요구했답니다. 롱스트리트와 데이비드는 분별이 없고 무책임한 크로켓에게 우루과이에서의 음모를 폭로당하는 것보다는 낫다는 생각이 들어 그에게도 일을 시작하는 데 필요한 자본금의 3분의 1을 내게 하고 이윤의 3분의 1을 주기로 했던 것입니다. 이 약속은 그 뒤 롱스트리트가 여러 번 어기려고 하는 것을 데이비드가 끝까지 막음으로써 오랫동안 지속되었겠지요. 어쨌든 그 편지에서 회계사로 자처한 스토프스는 그러한 속임수의 증거를 쥐고 있으니 크로켓이 뉴욕으로 와 상당한 값을 치르면 그 증거를 제공하겠다고 제안하면서 은근히 협박의 기미를 풍겨 두 동료들이 옛날의 살인 사건을 들먹여 크로켓을 당국에 넘기려 하고 있다고 생각하도록 만들었다는군요. 그리고 뉴욕에 오면 〈타임스〉지의 인사란을 통해 연락하겠으니 주의해 보라고 덧붙여 놓았답니다. 크로켓은 이 편지에 감쪽같이 속아 노여움과 불안에 떨며 뉴욕으로 와서 〈타임스〉에 실린 통신을 보았답니다. '남모르게 호텔에서 나와 10시 45분 발 위호켄 행 나룻배를 타시오. 그 배의 윗갑판에서 만납시다. 남의 눈에 띄지 않도록 해야 하오'라는 것이었다고 합니다. 그리고 거기서 범죄를 저질렀던 것입니다."

"그뿐이 아닙니다." 샘 경감이 참견했다. "스토프스는 데이비드를 어떻게 속였는지도 말했습니다. 정말 간악한 녀석이지요. 그 수요일 아침에 크로켓이라고 속이며 데이비드에게 전화를 걸어 오늘 밤 10시 45분 발 나룻배의 아랫갑판으로 오라고 통고했답니다. 급한 용건인데 사람의 눈에 띄지 않도록 주의하라고 겁을 주었다더군요. 크로켓에게도 똑같은 주의를 주어 데이비드와 크로켓이 될 수 있는 대로 마주치지 않도록 꾸몄던 것이지요."

"재미있군요." 레인이 중얼거렸다. "그래서 데이비드가 만날 약속을 했다는 사람이 누구인지 밝히지 않았었군요. 크로켓이 당황하여 우루과이 시절의 야비한 비밀을 퍼뜨릴까봐 겁이 나서 크로켓에 대한 말을 할 수가 없었겠지요. 하지만 스토프스는 데이비드가 침묵을 지킬 것을 미리 알고 있었지요. 데이비드를 이 사건으로 끌어들이는 교묘한 수법이 엿보이는군요.

저는 정말로 이 스토프스라는 사나이의 자유자재로 움직일 수 있는 활동 능력과 그 대담함에 놀라지 않을 수 없습니다. 이것은 충동적이고 감정적인, 소위 격정의 발작에 몰리어 저지른 범죄가 아닙니다. 오랜 세월에 걸친 고민 끝에 강철같이 굳어 버린 동기에 기인하는 냉정하고 계획적인 범죄입니다. 그에게는 위대한 인물이 될 소질이 있어요. 두 번째 범죄에서 그가 해치운 일들을 생각해 보십시오. 우선 윗갑판에서 우드로서 크로켓을 만나야만 했습니다. 그리고 그를 그 작은 칸막이 방으로 유인해 놓고 가방에서 꺼낸 둔기로 때려눕혔습니다. 그런 다음 자기 옷을 크로켓에게 입히고 작은 가방에서 닉슨의 옷을 꺼내어 입고는 크로켓이 입고 있던 옷은 역시 가방에서 끄집어

낸 추를 달아 강물 속에 던져 넣었습니다. 그리고는 모호크 호가 위호켄 선창에 닿을 때까지 기다렸다가 실신한 크로켓의 몸을 배와 선창의 말뚝에 끼어 으스러지도록 던졌습니다. 그 다음에 남몰래 아랫갑판으로 내려가 닉슨으로 가장한 채 다른 사람들과 함께 '사람이 떨어졌다!' 하고 소란을 피우는 것이지요. 이러한 모든 일은 배짱이 든든하고 뛰어난 두뇌를 가진 자가 아니고서는 계획할 수 없는 일입니다. 옷을 갈아입고 또 입혀야 한다는 위험한 일도 살인을 하기 위해 강을 두 번이나 왕복함으로써 쉽게 할 수 있었겠지요. 아마 첫 번째 왕복하는 동안에 크로켓을 기절시키고 옷을 바꿔 입히고 크로켓의 옷을 처분했겠지요. 그리고 밤이 이슥하여 짙은 안개가 끼어 있었다는 것도, 그리고 42번 거리와 위호켄 사이를 오가는 나룻배는 소요시간이 짧아서 승객이 좀처럼 윗갑판에 나가지 않는다는 것도 도움이 됐습니다. 그리고 그는 자기가 필요한 만큼 얼마든지 천천히 일을 할 수 있었지요. 필요에 따라 강을 네 번 왕복했다 한들 경찰은 그대로 위호켄 쪽에서 기다리고 있었을 테니까요."

레인은 얼굴을 찌푸리며 목에 손을 갖다댔다.

"저도 이젠 많이 늙었나 보군요. 예전에는 연거푸 몇 시간씩 대사를 지껄여도 끄떡도 없었는데……. 그럼, 계속해서 저의 추리를 말씀드리기로 하지요."

레인은 데이비드가 살해당하던 날 밤, 웨스트 잉글우드 저택에서 몇 달 전에 스토프스가 데이비드에게 보낸 협박장을 찾아낸 이야기를 짤막하게 하고서 그 편지를 꺼내어 두 손님에게 보였다.

"이 편지를 보기 전에 저는 이미 사건의 수수께끼는 풀었습니다. 이것을 찾아내지 못했어도 역시 해결했겠지요. 우드와 톰슨은 동일 인물이라는 걸 알고 있었으니까요.

그러나 법적 견지에서 볼 때 이 편지는 중요합니다. 첫눈에 벌써 스토프스의 필적이 우드의 편지와 그리고 승무원 신분 증명서의 서명에서 본 우드의 필적과 같은 것임을 알았거든요. 되풀이해서 말씀드립니다만, 이 필적이 똑같다는 사실은 추리적 해결을 위해서는 필요 없는 것으로써 단순한 법률적인 확증에 지나지 않습니다.

그러나 여기서 저는 저의 해답을 검찰측 견지에서 보아야만 했습니다. 우드와 스토프스와 톰슨이 동일 인물임을 알고 있다는 것과 그것을 증명하는 일은 다른 문제거든요. 그래서 후안 아호스에게 부탁하여 우루과이 정부에 전보를 쳐서 스토프스의 지문을 전송 사진으로 보내 달라고 했습니다. 경감님, 톰슨이 체포됐을 때 제가 맨 먼저 부탁드린 것은 지문을 채취해 달라는 것이었지요? 그리고 그 지문은 스토프스의 전송 지문 사진과 똑같은 것이었습니다. 그래서 톰슨은 스토프스이며, 또한 필적이 같다는 점에서 우드는 스토프스였다는 법적 증거가 갖추어진 셈이지요. 따라서 초등 대수학적 결론으로서, 톰슨은 우드이기도 하다는 결과가 되어 사건은 완전히 해결된 것입니다."

레인은 새로운 힘을 내어 말을 계속했다.

"그러나 아직 몇 가지 모호한 점이 남아 있습니다. 스토프스는 어떻게 세 인물 우드, 닉슨, 톰슨으로 둔갑하면서 모순을 일으키지 않고 몸을 움직일 수 있었을까요? 이 점에 대해서는 아직도 조금 납득이 가지 않습니다."

"스토프스는 그 점에 대해서도 똑똑히 자백했습니다." 지방 검사는 말했다. "생각보다는 어려운 일이 아니었습니다. 그는 우드로서 오후 2시 반부터 10시 반까지 일을 했고, 톰슨으로서 밤 12시부터 오전 1시 40분까지 철도 회사에 임시로 고용되어 단시간 교대 근무를 했던 것입니다. 철도에 근무하러 가기 전에 옷을 갈아입거나 변장하기에 편리하도록 우드로서 위호켄에 살았고, 자기가 근무하는 기차의 종점 웨스트 하버스트 거리에서는 톰슨으로서 살며 거기서 아침까지 잠을 자고는 늦은 아침에 기차를 타고 우드가 되어 위호켄 하숙으로 돌아갔던 것입니다. 닉슨으로서의 역할은 융통성 있게, 별로 자주 써먹는 역할이 아니었지요. 나룻배 살인이 있던 날 밤은 마침 톰슨으로서는 비번이었기 때문에 그날 밤을 택했던 것입니다. 알고 보면 간단합니다……. 게다가 변장도 그리 어려운 일이 아니었지요. 아시다시피 그는 대머리입니다. 우드로 변할 때에는 붉은 머리의 가발을 썼고 톰슨일 때에는 그대로 다녔지요. 우드로 변할 때에는 이리저리 조금씩 손질을 해야 하지만 그것이 별로 어려운 일이 아님은 잘 아실 겁니다. 닉슨으로 변장할 때에는 시간도 충분히 있었으므로 마음 놓고 할 수 있었지요. 아까도 말씀드렸듯이 별로 자주 써먹는 역할이 아니었으니까요."

"그런데 스토프스는" 하고 레인은 이상하다는 듯이 말했다. "데이비드에게 죄를 뒤집어씌우기 위해 크로켓의 시체에 넣은 그 여송연을 어떻게 손에 넣었다고 말하던가요?"

"그 녀석은" 하고 샘이 신음 소리를 냈다. "죄다 말하더군요. 당신이 이 끔찍스러운 사건을 어떻게 해결했는지에 대한 것만 빼놓고 말입니다. 그 녀석의 이야기로는 롱스트리트를 죽이기 얼마 전에 데이비드가 기차 차장으로 변장하고 있던 그에게 여송연을 주었답니다. 그런 벼락부자들은 이따금 그런 짓을 하지요. 별다른 뜻도 없이 그저 불쑥 주는 것이지요. 한 대에 1달러나 하는 여송연을 말입니다. 스토프스는 그것을 받아 가지고 그대로 소중히 간직해 두었던 것입니다."

이번에는 브르노가 덧붙여 말했다.

"그야 스토프스로서도 설명할 수 없는 일이 꽤 있었지요. 예를 들어 롱스트리트와 데이비드 사이가 늘 좋지 않았던 원인 같은 것 말입니다만."

"그것은" 하고 레인이 말했다. "쉽사리 설명할 수 있다고 생각합니다. 데이비드는 도덕적인 약점이 있긴 해도 상당히 훌륭한 사람이었습니다. 젊었을 때에는 롱스트리트가 하라는 대로 했지만, 나중에는 자기가 스토프스를 모함하는 일에 가담한 것을 후회하게 되었지요. 그래서 개인적으로나 사업상으로나 롱스트리트와 인연을 끊으려고 늘 애썼겠지요. 그런데 롱스트리트는 아마도 일종의 가학 심리와 데이비드가 있음으로써 그만큼 확실한 수입이 많다는 이유 때문에 옛날의 꺼림칙한 피비린내 나는 음모를 미끼삼아 거절해 왔던 것입니다. 롱스트리트가 데이비드가 애지중지하는 잔느에게 옛날 일을 폭로하겠다고 협박했다 해도 이상할 것은 없습니다. 어쨌든 두 사람 사이가 나빴던 이유, 롱스트리트의 낭비를 데이비드가 메우고 있었던 이유, 롱스트리트의 노골적인 모욕을 데이비드가 감수하고 있었던 이유를 이제는 알 수 있을 겁니다."

"그게 틀림없는 것 같군요." 브르노가 끄덕였다.

"크로켓에 대한 것은, 무엇보다도 스토프스의 계획 자체가 증명해 주고 있습니다. 스토프스의 아내를 죽인 사람은 크로켓이 틀림없습니다. 스토프스는 세 사람 가운데서도 특히 크로켓에게 가장 끔찍스러운 살해 수단을 썼지 않습니까? 하긴 크로켓의 얼굴을 짓이겨 놓아야만 시체가 우드로 여겨질 테니 그랬겠지만 말입니다."

"저, 레인 씨." 샘이 생각에 잠기며 말했다. "그 지문 사진이 여기 도착했을 때의 일을 기억하고 계시지요? 저는 그때 비로소 마틴 스토프스라는 이름을 들었기 때문에 누구냐고 물었습니다. 그러자 레인 씨는 롱스트리트와 우드와 데이비드를 없애 버린 책임을 져야 할 사람이라고 말했습니다. 그 속에 우드가 끼어 있었기 때문에 저는 당황하지 않을 수 없었지요. 스토프스가 우드인데 그 우드를 죽일 수는 없지 않습니까?"

레인은 빙그레 웃었다.

"경감님, 저는 스토프스가 우드를 죽였다고는 하지 않았습니다. 우드를 이 땅 위에서 사라지게 한 책임이 있다고 했지요. 바로 그 말대로가 아닙니까. 크로켓을 죽이고 그 시체에 우드의 옷을 입힘으로써 우드라는 인물을 이 세상에서 영원히 없애 버렸으니까요."

세 사람은 생각에 잠기며 말없이 앉아 있었다. 불길이 한층 더 높이 타올랐다. 브르노가 보았더니 레인은 두 눈을 조용히 감고 있었다. 샘이 갑자기 그 커다란 손으로 자기의 무릎을 쳤다. 그 소리에 놀라 브르노가 펄쩍 뛰었다.

"옳지!" 하고 경감은 외쳤다. 그는 몸을 굽혀 레인의 어깨에 손을 얹었다. 레인이 눈을 떴다. "레인 씨, 뭔가 말씀을 덜 하신 것 같은 느낌이 들었는데, 역시 그렇습니다! 아직 제가 잘 이해할 수 없는 것이 한 가지 있는데, 그 설명을 하지 않으셨어요. 데이비드의 손가락 표시 말씀입니다. 아까 그 포개진 손가락은 미신과는 관계가 없다고 생각한다고 말씀하셨지요? 그렇다면 그것은 무슨 뜻을 나타내는 것입니까?"

"아니, 이거 미안합니다." 레인은 중얼거렸다. "그것은 참으로 중요한 점이었는데 잘 말씀하셨습니다, 경감님. 여러 가지 뜻에서 이것은 사건 전체를 통해 가장 기묘한 요소입니다." 그의 단정한 옆얼굴이 날카로워지고 목소리가 활기를 띠었다. "톰슨이 데이비드를 죽였다는 결론이 내려질 때까지 저로서도 그 포개진 손가락에 대하여 뭐라고 설명할 수가 없었습니다. 확신할 수 있는 점은 다만 데이비드가 최후의 한순간 제가 한 이야기를 생각해 내고 범인의 정체를 알리는 단서로서 일부러 그런 표시를 남겼으리라는 것뿐이었습니다. 따라서 그 표시가 톰슨과 관계있는 것임에 틀림없으며 그렇지 않다면 일껏 쌓아올린 저의 추리도 허물어지고 맙니다. 그래서 그 표시의 진정한 뜻을 파악했다고 납득할 때까지는 톰슨을 체포할 생각이 들지 않았던 것입니다."

레인은 마치 근육에 힘을 주지 않는 듯한 독특한 동작으로 재빠르고 부드럽게 안락의자에서 일어났다. 두 손님은 그를 쳐다보았다.

"그러나 그 설명을 하기 전에, 스토프스가 데이비드를 죽이기 전에 그들 둘이 무엇을 했는지 이야기했다면 듣고 싶군요."

"그렇군요. 말씀드리지요" 하고 브르노가 말했다. "그는 그 점에 대해 매우 자세하게 자백했습니다. 그는 데이비드 일행이 기차를 타는 순간부터 주의 깊게 눈독을 들이고 있었던 모양입니다. 기회를, 다시 말해서 데이비드가 혼자 있게 되기를 기다리고 있었지요. 필요하다면 그는 데이비드를 남몰래 죽일 수 있는 가장 좋은 기회가 올 때까지 1년이라도 기다렸을 겁니다. 콜린즈가 데이비드와 함께 뒤쪽으로 가는 것을 보았고, 콜린즈가 기차에서 빠져나가는 것을 앞쪽 승강구에서 보았을 때 기회가 왔다는 것을 깨달았지요. 그래서 당신들이 앉아 계시는 찻간을 지나 데이비드가 나중에 시체로 발견된 바로 그 자리에 앉아 있는 것을 보고는 어두운 찻간으로 들어갔습니다. 데이비드는 얼굴을 들어 차장을 보자 본능적으로 새로 산 회수권을 끄집어냈습니다. 그러나 흥분하고 있었기 때문에 톰슨은 데이비드가 어느 주머니에서 회수권을 꺼냈는지 몰랐지요. 드디어 복수가 이루어지는 순간이 왔다는 생각에 불타오르며 톰슨은 힘차게 권총을 빼들고 공포에 떠는 데이비드의 눈 앞에서 자기가 마틴 스토프스라고 정체를 드러냈습니다. 그가 데이비드를 고소하다는 듯이 내려다보며 욕설을 퍼붓고 죽이겠다고 선언하는 동안 데이비드는 스토프스——즉 톰슨——의 허리 가죽 끈에 매달려 있는 니켈 개찰 펀치를 뚫어지게 바라보고 있었다는군요. 데이비드는 창백한 얼굴로 꼼짝도 하지 않고서 말없이 앉아 있었지요. 이때 번개처럼 생각이 떠올라 그런 손가락 표시를 남겼음에 틀림이 없습니다. 이때 톰슨은 누를 길 없는 분노를 폭발시키며 권총을 쏘았던 것입니다. 노여움의 발작은 밀려왔을 때와 똑같이 급속하게 밀려나갔습니다. 데이비드의 머리가 앞으로 축 늘어질 때 그 오른손에 구멍이 뚫리지 않은 회수권이 쥐어져 있음을 알았지요. 그는 그것을 가지고 가면 안 될 것이라고 생각했지만, 데이비드의 손에 그대로 두는 것도 좋지 않다고 생각했습니다. 그래서 데이비드의 주머니를 뒤적여 윗옷 안주머니의 낡은 회수권과 함께 넣어 두었답니다. 스토프스는 데이비드가 손가락을 포개고 있던 사실은 전혀 몰랐답니다. 나중에 그런 일이 있었다는 말을 듣고 매우 놀라며 그 역시 우리들과 마찬가지로 어떻게 해석하면 좋을지 모르겠다고 했습니다. 어쨌든 보고타에 도착하자 그는 어두운 찻간의 문을 열고 나와 문을 닫고 폼을 달려서 앞차에 올라탔지요. 권총은 레인 씨가 설명하셨듯이 처음부터 강물 속으로 던질 계획이었으며, 그 이유 역시 같았습니다."

"고맙습니다." 레인이 침통한 표정으로 말했다. 벽난로의 어른거리는 불빛을 뒤로 받아 키 큰 모습이 검은 윤곽을 뚜렷이 그리며 떠올랐다.

"자, 그럼, 그 손가락의 표시에 대한 문제로 돌아갑시다. '톰슨과 그 손가락, 그 손가락과 톰슨······. 어떤 관계가 있을까' 하고 저는 생각했습니다. 마침내 어떤 하찮은 사실이 머리에 떠올랐을 때 갑자기 현기증이 나는 번개불빛을 받은 듯이 이 성가시기 그지없는 문제의 유일한 해답이 번쩍하고 머리에 떠올랐습니다……."
레인은 조용히 말을 이어 나갔다.
"도무지 뜻이 잘 맞지 않는 악마의 눈이니 하는 해석 이외에, 그 포개진 손가락에는 대체 어떤 뜻이 담겨 있을까요? 특히 톰슨과 관련시킬 때 어떤 뜻이 있을까요? 여기에 대하여 저는 지금까지의 두서없는 생각을 버리고 전혀 다른 방침을 취했습니다. 그 엉겨진 손가락의 형상적인 뜻은 무엇일까? 즉 그 손가락은 그 기묘한 모양으로서 어떤 특별한 도형적 기호를 흉내낸 게 아닐까? 나는 잠시 생각하다가 곧 흥미 있는 것이 떠올랐습니다. 포개진 손가락과 가장 비슷한 도형 기호는 분명 X가 아닙니까?"

레인은 한순간 입을 다물었다. 두 손님의 얼굴에 이해하는 빛이 번져 나갔다. 샘은 자기의 손가락을 포개며 크게 끄덕였다.

"하지만" 레인은 잘 울려 퍼지는 목소리로 계속했다. "X는 미지수를 나타내는 보편적인 기호입니다. 그렇다면 저의 추측은 또 잘못된 것일까요? 아무리 생각해도 데이비드가 수수께끼를 남기려고 한 이유를 모르겠기 때문입니다……. 그러나——X——, X……. 저는 그것을 잊을 수가 없었고, 어쩐지 단서가 잡힐 듯한 기분이 들었습니다. 그래서 저는 X를 톰슨과 연결시켜 보았지요. 그러자 눈 앞을 가리고 있던 베일이 걷히듯이 기차 차장 톰슨에게 하나의 특징이 있다는 것을 생각해 냈습니다. 그것은 뚜렷하고 엄밀하게 톰슨을 가리키는 것이었습니다. 지문이나 마찬가지로 그 사람 특유의 인증표였지요."

브루노와 샘은 얼이 빠진 듯 서로 얼굴을 마주보았다. 지방 검사는 이마에 깊은 주름을 지었다. 샘 경감은 정색을 하며 손가락을 포개어 보았다. 그리고 고개를 저었다.

"모르겠는데요." 레인은 지긋지긋하다는 듯이 말했다. "무엇이 었습니까, 레인 씨?"

대답 대신 레인은 다시 주머니를 뒤져서 이번에는 인쇄된 글씨가 박힌 가느다란 종이를 꺼냈다. 그는 그것을 애처로운 듯 바라보더니 벽난로 앞으로 한 발자국 내디디며 브르노의 손에 얹어 주었다. 두 사람은 그 종이 위로 몸을 구부리다가 머리를 부딪쳤다.

"차장 에드워드 톰슨이 취급한 복식 현금 지불 승차권에 지나지 않습니다" 하고 도르리 레인은 조용히 말했다. "경감님, 그를 체포하기 전에 당신이 우리들의 찻삯을 치렀을 때의 것입니다."

레인이 몸을 돌려 벽난로 옆으로 다가가서 소용돌이치는 연기로 변한 나무 향내를 들이마시고 있는 동안 샘과 브르노는 그 최후의 증거품을 응시하고 있었다.

종이 조각에 두 군데——위호켄이라고 인쇄된 글씨 옆과 그 아래의 웨스트 잉글우드라는 글씨 옆에——또렷하고 날카롭게 뚫린 차장 에드워드 톰슨의 십자 모양의 펀치 구멍 자국이 남아 있었다. 하나의 X 모양으로.

격정에서 비롯되는 흉악범죄는 인간비극의 극치

　제2차 세계 대전 중에 《X의 비극》의 지은이로서 알려져 있던 버너비 로스(Barnaby Rose)가 엘러리 퀸의 다른 이름이라는 소문이 퍼지고 전쟁이 끝난 뒤 그 사실이 확인되자, 미스터리소설계에 하나의 굉장한 뉴스로써 알려졌다.

　미국에 반 다인이 별안간 나타나 본격적인 장편 미스터리소설이라는 새로운 매력으로 세계의 미스터리 애호가들을 매료하자, 그보다 3년쯤 뒤 엘러리 퀸이 나타나 반 다인과 나란히 어깨를 겨루게 되었는데, 그 뒤 더욱 새로운 작가인 버너비 로스가 나와 큰 화제를 제공했다. 그리하여 독자들은 이 이름 없는 작가가 미국의 반 다인이나 엘러리 퀸에 버금갈 만한 새로운 작가의 탄생이라고 하며 기뻐했던 것이다.

　로스의 첫 작품인 《X의 비극》은 1932년에 간행되었으나 포켓북 총서로 넣어진 것은 1941년인데, 그때 비로소 퀸은 오랜 동안의 비밀을 공표했다. 그것은 '독자에게 보내는 공개장'이라고 이름 붙여진 머리글 속에 씌어져 있었다. 그에 의하면 퀸이라는 필명으로 합작을 해 오고 있던 두 젊은이가 '어떤 사람의 간절한 부탁을 받고, 또 여러 가지 사정에 의하여' 완전히 다른 일련의 미스터리소설을 써 달라는 권유를 받았는데, 퀸은 탐정 엘러리 퀸의 공적을 기리는 시리즈를 쓰고 있었으므로 새로운 주인공을 내세우는 이상 같은 필명으로 써서는 좋지 않다고 여겨져 버너비 로스를 탄생시켰다고 한다.

아무튼 퀸이라는 이름 자체가 두 사촌형제의 합작으로써 그 정체가 비밀로 되어 있었던 까닭에, 로스의 새로운 탄생으로 말미암아 2인2역이라는 미스터리소설과도 같은 복잡한 트릭을 연출하지 않으면 안 되었다. 퀸과 로스라는 이름으로 발표된 작품들은 각기 다른 출판사에서 간행되었고, 두 사람이 강연회 같은 데에서 부득이 얼굴을 맞닥뜨리지 않을 수 없는 경우엔 한 사람은 퀸이 되고 다른 한 사람은 로스가 되어 두건이 달린 마스크로 얼굴을 가리고 강단에 올라 서로 미스터리소설가로서의 격렬한 라이벌 의식을 불태워 보여 주었던 것이다.

무엇보다도 먼저 퀸의 정체가 여러 해 동안 비밀에 싸여 있었으며, 만일 지은이가 사람들의 평판에 오르내리게 되면 저작물에 서명하거나 다과회 모임 등 여러 가지 회합에 참석해야만 하므로, 그런 때에는 그들 가운데 한 사람이 눈을 가리는 마스크를 쓰고 나가 한층 더 세상의 호기심을 불러일으키고 있었다.

한편으로는 유치함을 느끼게 하는 정체를 숨기는 이런 방법은 미스터리 작가이니만큼 독자에게 더욱 신비로운 느낌을 안겨 주었다. 그보다 3년 전에 나온 반 다인이나 그 까닭이야 무엇이었든 간에 똑같이 그 정체를 비밀로 하여 세상 사람들의 관심을 부채질했던 선례를 생각해 볼 수 있는데, 확실히 퀸 자신도 그것에 성공했으며 또한 그것에 바퀴를 단 '2인2역'을 연출한 셈이므로 어떻든 미스터리소설가다운 연기라고 아니할 수 없다.

　더욱이 그는 로스라는 새로운 필명을 사용함에 즈음하여 실마리를 빈틈없이 남겨 주고 있었으므로 더욱 더 미스터리소설가답다. 그것은 퀸이라는 이름으로 발표된 첫 작품《로마 모자의 비밀》머리글에 다음과 같이 쓰고 있기 때문이다.
'예를 들면 지금은 이미 옛이야기가 된 버너비 로스 살인 사건에 부딪쳐 빛나는 수사 활동을 하고 있었던 무렵, 리처드 퀸은 그 공적에 의하여…… 범죄 수사의 유명한 대가들과 어깨를 나란히 하는 명성을 확립했다고 일컬어지고 있었다.'
새로운 필명은 이 문장에 그 바탕을 두고 있는 셈이므로, 로스의 탄생은 퀸 시리즈 제1권의 머리글이 씌어졌을 때인 즉 1928년이며, 실제로 그 기록이 세상에 나온 것은 3년 뒤인 셈이 된다.

　그러나 이 실마리는 퀸이 자랑스레 여기는 만큼의 페어 플레이는 아니다. 그것은 다만 버너비 로스 살인 사건일 뿐 그 작가가 3년 뒤에 나타난 새로운 작가 로스라는 증거는 되지 않으니만큼, 본격적인 도전 소설을 좋아하는 지은이의 한낱 강변에 지나지 않는다. 그는 퀸이라는 이름으로 발표된 첫 작품 이래로 줄곧 도전을 좋아했는데, 로스라는 이름의 작품에서도 마찬가지였다. 앞서 말했던 포켓북의 머리글에서 그 작품에 등장하는 탐정 역의 도르리 레인 씨는 본격파이다. 페어 플레이로 독자에게 도전한다. 이《X의 비극》에 있어서도, 또한 이 작품 뒤의 여러《비극》에 있어서도 결말이 오기 전에 미리 모든 실마리가 독자에게 안겨지게 된 것이다.

　그러면 이《X의 비극》에 나오는 실마리는 어떤 것일까. 우선 달리는 전차 안에서 독 묻은 바늘에 찔려 살인이 일어난다. 말하자면 밀실의 변형인 것이다. 독살 수법이 색다르지만, 그보다도 독자가 미처 깨닫지 못한 점으로부터 범인을 추리하는 레인의 뛰어난 솜씨에 더

감탄하지 않을 수 없다. 두 번째 살인에서도 무심코 읽어 지나가는 곳에 작가는 자료를 남겨 두고 있으며, 세 번째 살인에 이르러 제목에서 끌어 낸 'X'의 표시가 나타나는 것도 기발하다.

과연 지은이가 독자에게 도전을 해 오고 있을 뿐만 아니라, 한 글자 한 구절도 그냥 읽고 넘어가게 되지 않는다. 흔한 묘사 속에 모든 실마리가 감추어져 있기 때문이다. 동기는 단순하다고 할 수 있지만, 범인의 정체는 꽤 복잡하게 뒤얽혀 있어 밝혀내기 어렵다. 각 독자에 따라 서로 다르겠지만, 《Y의 비극》처럼 이상한 분위기 속에서 차례차례 일어나는 사건보다 이 작품에서처럼 일상 세계를 무대로 한 쪽을 더 흥미 있게 여기는 사람도 있으리라고 생각한다.

무엇보다도 독자의 흥미를 끄는 것은 로스라는 이름으로 발표된 여러 작품에 등장하는 탐정 도르리 레인일 것이다. 그는 두 귀가 완전히 들리지 않는 귀머거리이다. 탐정이 사색을 중요시하는 점에서, 이제까지 지은이의 연구가 극치에 이른 것은 눈먼 탐정의 창조였었다. 어네스트 블라머의 맥스 칼라도스가 그렇고, 해리슨 홀트의 거스, 크린튼 스타그의 콜튼, B.H. 켄드릭의 덩컨 매클레이도 모두 장님이었다. 그리고 퀸은 드디어 귀머거리 탐정을 만들어 냈던 것이다.

퀸은 작품 속에서 레인으로 하여금 이런 말을 하게 하고 있다. "이 비참하게 병신이 되어 버린 이 부분도 주의력을 잘 집중시켜 줍니다. 눈마저 감고 있느라면, 소리 없는 세계로 들어갈 수 있어 오히려 장애가 없어져서 제가 추구하는 것을 알 수 있게 되지요. 저에게는 이해력이 있습니다. 배경이 있습니다. 사물을 꿰뚫는 힘도 있습니다. 사물을 관찰하는 소질과 주의력도 있습니다. 추리하고 탐정하는 능력에도 자신이 있습니다"라고.

더욱이 레인은 은퇴한 셰익스피어 극 배우이다. 햄릿 장이라고 이름붙인 중세기풍의 성 안에서 남은 생애를 보내고 있다. 그 안에 발을 들여놓으면 눈에 보이는 모든 것에서 엘리자베스 왕조 내음이 난다. 뜬세상에서 멀리 떨어진 생활을 하고 있는 이 귀머거리 주인공이 때때로 셰익스피어의 대사를 입에 올리면서 뉴욕에서 일어난 살인 사건 수사에 참여하는 것이니만큼, 탐정으로서 가장 중후한 부류에 속하는 인물이라고 할 수 있지 않을까.

퀸이 셰익스피어 극 배우인 탐정에 눈길을 돌린 것은 분장의 교묘함을 이용할 수 있는 때문이었는지도 모르지만, 그보다도 화려한 연출 효과를 노리는 조금쯤 현학적인 기질 탓이 아닐까 여겨진다.

이 《X의 비극》은 뒤에 이어 나온 《Y의 비극》《Z의 비극》《도르리 레인 최후의 사건》과 함께 4부작을 이루는 것으로써, 특히 처음의 두 작품은 제0막 제0장이라는 식으로 제목을 붙여 연극적인 연구를 했다. 더욱이 주인공이 배우였으므로 한층 더 효과적이었다.

그리고 각 장면마다 날짜와 시간이 표기되어 있는데, 이것은 1926년에 《벤슨 살인사건》으로 등장한 반 다인의 형식을 그대로 본뜬 것이다. 퀸은 자기의 정체를 숨기는 데 있어 얼마쯤 유치함을 느끼게 할 만큼 책략을 부리고 있으나, 이것도 반 다인의 정체불명이 그의 평판을 한층 더 불러일으켰던 사실에서 본뜬 것이라고 반드시 관측할 수만은 없다고 생각한다. 또한 반 다인이 작품의 제목을 '살인 사건'이라는 말을 붙여 《벤슨 살인사건》이니 《카나리아 살인사건》으로 통일하고 있음에 비해(제12번째 작품만은 예외이지만) 퀸은 첫 작품인 《로마 모자의 비밀》 이래로 나라 이름을 앞세워 뒤에 비밀을 붙이는 것으로 통일한 작품을 줄곧 9편이나 발표하고 있는 것도 반 다인의 모방이며 대항 의식의 나타남이라고 말할 수만은 없다.

선전 판매전에서 강대한 에너지를 경주하고 있는 미국 출판계에 있어 '바이킹 북스'는 양심적인 존재로 알려져 세계적인 일류 작가며 각계의 권위 있는 저서를 발행하고 있었다. 이 출판사는 반 다인이 미스터리 작가로서, 등장하기 이전의 본디 이름인 W.H. 라이트로 저술한 《회화의 장래》가 출판된 곳으로서, 미스터리소설 간행을 좋아하지 않았으나, 반 다인의 미스터리소설이 스크리브너스 사에서 계속 간행되었기 때문에 그에 맞설 미스터리소설 간행을 기도하여 퀸이라는 별명에 의한 작품을 이끌어 낸 것이 효과를 거둔 셈이다. 반 다인보다 좀 늦게 나온 퀸으로서는 여기서 새로운 도전의 기회를 얻었다고도 할 수 있다.

나라 이름을 앞세운 엘러리 퀸의 작품은 본격적인 미스터리물이라 하더라도 어쩐지 연극적인 유치함을 느끼게 하는 경우가 많다. 그러나 《Y의 비극》은 중후함을 지녔으며, 1940년대의 작품을 모두 앞지르는 아취가 있다. 두 사촌형제의 합작 작업에 대해 상세하게 알려져 있지 않으므로 무어라고 말할 수는 없지만, 《X의 비극》은 본질적으로 퀸의 초기 작품이면서도 배우 탐정 레인에 대한 뛰어난 묘사로 말미암아 일종의 품격이 살아나 있어 작품 효과를 높이는 목적을 충분히 달성했다고 말할 수 있다.

그리고 끝으로 그들 두 사촌형제 가운데 한 사람인 맨프리드 B. 리가 1971년 4월 3일에 심장마비를 일으켜 66살로 숨을 거두었음을 덧붙여 써 둔다.